AF179068

Nach seinem Bestseller *60 Kilo Sonnenschein* schreibt Hallgrímur Helgason die Reise seines Landes in die moderne Welt fort: Der junge Waise Gestur ist mittlerweile volljährig und stürzt sich übermütig in den munteren Tanz auf den Heringsplattformen. Dort treffen ausländische Fischer auf einheimische Frauen, in der Luft liegen die Verführungen des Lebens. Und in Segulfjörður beginnt die spektakuläre Reise aus den dunklen Torftunneln in hell erleuchtete Wohnzimmer mit Plüschsesseln und Blumentapeten. Doch dann holt das Schicksal zu einem fiesen Kinnhaken aus.

Ein imposantes, vor Originalität sprühendes Werk, das einmal mehr zeigt, warum Helgason zu den ganz großen Schriftstellern seines Landes zählt.

HALLGRÍMUR HELGASON, geboren 1959 in Reykjavík, besuchte nach dem Studium an der Hochschule für Kunst und Kunstgewerbe in Reykjavík für ein Jahr die Kunstakademie in München. Den internationalen Durchbruch brachte ihm 1996 der Roman *101 Reykjavík*, der kurze Zeit später verfilmt wurde. Helgason ist einer der international erfolgreichsten Autoren Islands. Zuletzt erschienen von ihm bei Tropen die Romane *60 Kilo Sonnenschein* (2020) und *60 Kilo Kinnhaken* (2023), die beide mit dem Isländischen Literaturpreis ausgezeichnet wurden.

KARL-LUDWIG WETZIG, geboren 1956, war Lektor an der Universität Reykjavík und arbeitet heute als Autor und Übersetzer aus den nordischen Sprachen. Er hat u. a. Jón Kalman Stefánsson, Gunnar Gunnarsson und Hallgrímur Helgason ins Deutsche übertragen.

Hallgrímur Helgason

60 *Kilo*
Kinnhaken

AUS DEM ISLÄNDISCHEN
VON KARL-LUDWIG WETZIG

TROPEN

Tropen

www.tropen.de

Die Originalausgabe erschien unter dem Titel »Sextíu kíló af kjaftshöggum«

im Verlag JPV Útgáfa, Reykjavík

© 2021 by Hallgrímur Helgason

Published by agreement with Forlagið, www.forlagid.is

Für die deutsche Ausgabe

© 2023, 2024 by J. G. Cotta'sche Buchhandlung Nachfolger GmbH,

gegr. 1659, Stuttgart

Alle deutschsprachigen Rechte vorbehalten

Cover: Zero-Media.net, München

unter Verwendung der Illustration »Germany's Menace to Neutrals:

A Trawler Blown Up«, Illustration auf der Titelseite von The Graphic,

5. September 1914, gezeichnet von Donald Maxwell (1877–1936) nach

Skizzen von Bergur Pálsson (1874–1967)

Gesetzt von C.H.Beck.Media.Solutions, Nördlingen

Gedruckt und gebunden von Druckerei C.H.Beck, Nördlingen

ISBN 978-3-608-50256-5

E-Book ISBN 978-3-608-12208-4

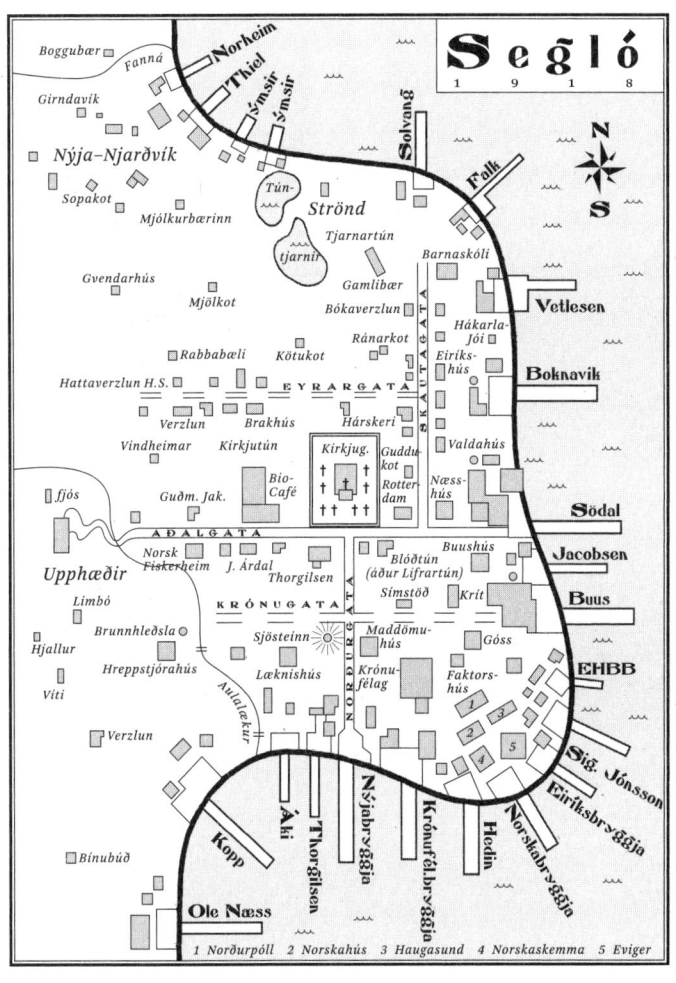

Segló
1 9 1 8

Boggubær
Fanná
Norheim
Thiel
Smsir
Smsir
Solvang
Folk

Girndavík

Nýja–Njarðvík

Sopakot
Mjólkurbærinn
Tún-
Strönd
tjarnir
Tjarnartún
Barnaskóli
Vetlesen

Gvendarhús
Mjölkot
Gamlibær
Bókaverzlun
Hákarla-Jói
Eiríks-hús
Boknavík

Rabbabæli
Kötukot
Ránarkot

Hattaverzlun H.S.
EYRARGATA
Valdahús

Verzlun
Brakhús
Hárskeri
Guddu-kot
Rotter-dam
Næss-hús
Södal

Vindheimar
Kirkjutún
Kirkjug.

fjós
Guðm. Jak.
Bio-Café

Upphæðir
Norsk Fiskerheim
J. Árdal
Thorgilsen
ADALGATA
Buushús
Jacobsen
Blóðtún (áður Lifrartún)
Simstöð
Krít
Buus

Limbó
KRÓNUGATA
Brunnhleðsla
Sjösteinn
Maddömu-hús
Góss
EHBB
Hjallur
Hreppstjórahús
Læknishús
Krónu-félag
Faktors-hús
Viti
NORDURGATA
Aðalækur

Verzlun
Sig. Jónsson
Eiríksbryggja

Bínubúð
Kopp
Áki
Thorgilsen
Nýjabryggja
Krónufélbryggja
Heðin
Norskabryggja

Ole Næss

1 Norðurpóll 2 Norskahús 3 Haugasund 4 Norskaskemma 5 Eviger

4. Buch

Gestur in Strönd

Kapitel 1

Dunkelheit zwischen den Bänden

Zwischen den Bänden herrscht Dunkelheit. Eine rabenschwarze und saukalte isländische Dunkelheit. Doch keine ganz stille, denn Wind pfeift hindurch, Nordwind mit nassen Böen, sie prasseln auf die kleine arktische Ortschaft ein, die wir uns im ersten Band aufgebaut haben.

Der Wind vom Eismeer fällt ungehindert in den Fjord ein und klatscht mit seinem Nassschnee auf die Dächer und gegen die Fenster, gegen Masten und Rahen, sodass kein Schiff ruhig vor Anker liegt. Der Herbststurm fegt auch jeden Bücherwurm um Kirchturm und Kirchenschiff, wo er gern im Dunkel herumlungert, denn der Leser fühlt sich in Druckerschwärze am wohlsten. In einem Fenster erblickt er allerdings ein Licht und fragt sich und den Autor, wer wohl dort noch wach sein mag.

Der Autor, immer eine Eule im eigenen Werk (selten gesehen, aber alles sehend), hockt mit großen Augen auf der Friedhofsmauer und antwortet, dort im Obergeschoss des Madamenhauses liege die alte Pfarrersfrau, die Königin des Fjords. Sie hat die gesamte Geschichte durchlebt, ist inzwischen einhundertzwei Jahre alt und feiert jeden Tag Weihnachten: Nachts lässt sie ihr Licht brennen.

Davon abgesehen ist der Ort in dieser finsteren Septembernacht lichtlos. Und unser Held Gestur liegt in der einem Erdhügel gleichenden Tagelöhnerkate Strönd am Nordufer der Halbinsel Eyri, die mithin die erste Hauswand darstellt, auf die der Nordwind prallt. Gestur schläft im Dunkeln, den Kopf voller Dunkelheit, und in dieser dreht sich das Traumrad und knarrt verhalten. An diesem großen Mühlrad hängt sein Vater Eilífur und schnappt nach Luft, taucht aus dem Meer auf und verschwindet wieder und wieder und wieder. Die See geht mächtig hoch.

Diesen Traum hat der Junge schon oft geträumt, und jedes Mal wacht er mit derselben Frage auf den Lippen auf: Wo ist mein Vater? Manchmal wandelt sich die Frage ab zu: Wer ist mein Vater?

Der Leser reibt seine Nase an der Scheibe im Grasdach über Gestur, denn seine Neugier ist erwacht, er möchte die Hauptperson gern sehen, wissen, wie sie drei Jahre nach dem ersten Band aussieht. Der Tag beginnt wie ein in Tinte getauchtes Blatt. Es steigt papierweiß aus der Druckerschwärze, und das Dunkle läuft von ihm ab, doch einige Tropfen bleiben zurück, sprenkeln die Seite, bis sie ein Muster bilden. Jede Schrift ist Dunkelheit, jedes Blatt Papier Licht. So wirken sie zusammen. Keine Nacht ohne Träume, kein Traum ohne Gespenster.

Kapitel 2

Menschenerwachen

Heulend regt sich der Tag, und wir sehen, wie die Menschen erwachen. Man kann in das Haus aus Grassoden nicht leicht hineinsehen, aber der Erzähler kommt dem Leser entgegen, wischt mit seinem Eulenflügel den Matsch vom Fenster und verschwindet dann im Schneegestöber. Zu dem Zeitpunkt der Geschichte besteht die Scheibe schon aus Glas, nicht mehr aus der Fruchtblase eines Kalbs. Obwohl der größte Teil der Bevölkerung noch immer in Erdlöchern haust, ermöglicht das zwanzigste Jahrhundert eine gute Sicht. Wir richten unser Leselicht nun auf die Bettgestelle und sehen, dass der Morgen mit einem Auge beginnt. Der kleine Olgeir, der Junge in Gesturs Bett, öffnet das seine.

»Es iss Mor'n!«

Er ist wie der Himmel: ein Auge auf, das andere zu, sie werden bestimmt Sonne und Mond genannt. Jetzt ist das eine im Haus aufgegangen, das andere zugekniffen.

»Es iss Mor'n!«

Der Kleine ist drei Jahre alt, trägt ein pipigelbes Wollunterhemd und eine zerrissene, kurze Hose und verkündet den Mitschläfern in der Baðstofa den Anbruch des Tages. Er erkennt ihn an dem grauen Lichtschimmer über dem Dach. Mehrmals hat er nun schon bis zum Anbruch der Dämmerung geschlafen. Selbst das Kind hat gelernt, dass die Fischfangsaison vorbei ist und die Menschen schlafen wollen, solange es dunkel ist. Doch jetzt weicht das Dunkel. Gestur rührt sich und schiebt Olgeir mit dem nackten Arm über der heugefüllten Decke von sich. Sein Gesicht ist nicht mehr so rundlich wie früher, schon markanter geschnitten, die Züge ausgeprägter; er ist jetzt achtzehn Jahre alt. Neben ihm ist der kleine Einäugige bereits putzmunter und voller Energie, er möchte alle wecken und sich unterhalten.

»Gettur, Mor'n iss. Schiffe fahren!«

»Ja, ich weiß, sag das deinem Papa«, gibt Gestur zurück und dreht sich von dem Jungen weg auf die Seite. Keine Spur von Stimmbruch mehr in seiner Stimme.

Auf der anderen Seite des Mittelgangs schnarchte Snjólka in ihrem Bett, weiter hinten schliefen die Alten, Lási auf Gesturs Gangseite und Grandvör ihm gegenüber. Zwischen ihnen konnte man durch das Fenster in der Giebelwand den Segulfjörður sehen. Da das Ufer nicht im Blickfeld lag, sondern nur das Wasser, konnte man sich in dieser Baðstofa wie auf einem Schiff fühlen, zumal bei heftigem Nordwind wie diesem, auf einem Schiff, das aus dem Fjord ausläuft. Wie oft hatte sich Gestur vorgestellt, sie führen zu unbekannten Meeren und Ländern und unterwegs ginge der Großteil der Mannschaft über Bord. Denn trotz spürbarer Fortschritte auf allen Gebieten hatte Gestur es ordentlich satt, in dieser Hütte festzusitzen, mit diesen Menschen, die mit ihm noch immer so wenig blutsverwandt waren wie an dem Tag, an dem sie ihn bei sich aufgenommen hatten, als er mit zwölf, verdüstert von seinem Sturz aus der Welt der Holzhäuser in die der Torfkotten, bei ihnen gelandet war.

»Papa! Papa!«, rief Olgeir laut, bis der Gerufene auf vier Pfoten schwanzwedelnd angedackelt kam. Papa war eine Promenadenmischung norwegischer Herkunft mit hellem Schnurrbart. Im Zwielicht waren seine Augen kaum mehr als glänzende Punkte, als er seine feucht schimmernde, kalte Schnauze über das Bettbrett schob. Der Junge tippte ihm mit dem Zeigefinger auf die Nase. Er hatte gelernt, das Tier nicht zu kraulen und nicht zu streicheln.

»Alter Papa, nasse Schnauze. Willst du in Bett?«

»Nein, er kommt nicht ins Bett«, verbot Gestur und schob den Hund weg. »Das ist ein räudiges Vieh voller Flöhe.«

»Aber er ist mein Papa!«

»Er ist ein Schäferhund und nicht dein Papa. Aber du kannst ihn meinetwegen so nennen, wenn du willst.«

»Aber er ist mein Papa!«

»Nein. Du hast keine vier Beine und keinen Schwanz.«

»Aber ich habe ein Auge.«

Diese Feststellung brachte Gestur zum Schmelzen, er drückte den Jungen an sich und presste ihm Pupslaute auf die Haut, bis er ein Lachen zustande brachte. Ohne den Kleinen wäre das Haus wahrscheinlich längst versunken, sein eines Auge war die Sonne, die es in seinem Inneren hell werden ließ. Gestur verstand inzwischen das alte, übellaunige Sprichwort, das Snjólka manchmal fallen ließ: »Fad ist ein kinderfreies Haus.« Ihr Leben war lange verfinstert gewesen, nachdem sie am Ende des ersten Bandes ihre beiden Kinder und auch ihre Mutter verloren hatte, in jener Lawine, die ihr altes Haus verschüttet und sie hierhergewirbelt hatte. Monatelang brannten ihre Augen von der Sinnlosigkeit des Lebens.

Olgeirs leiblicher Vater, der Bauer und Handwerker Lási, war alt geworden und hatte alle Lebensfreude verloren; er redete fast nicht mehr und reimte sich nur noch fluchend in Rage. Die Lawine schien ihm jeglichen Humor ausgetrieben zu haben. Einem kleinen Jungen hatte er wenig zu geben, auch wenn er sein eigener Sohn war. Olgeir nannte ihn Opa. Gestur war der im Alltag diensttuende Vater und hatte sich nur mit großer Mühe diesen Titel verbitten können.

»Mama, ich will Tei und Pulla! Tei und Pulla!«, krähte Olgeir über den Gang zu Snjólka. Meist schlief er bei ihr und bekam morgens ein Bröckchen Teig zur Morgenmilch, die Gestur von Mjólkurbær holte. Anschließend erhielt er seine Pulla, einen Löffel Haferbrei, der zusammen mit etwas geriebenem Trockenfisch in ein altes Tuch gewickelt wurde, an dessen Zipfel er dann bis zum Aufstehen nuckeln konnte.

Snjólka erhob sich wie ein Automat, verrichtete die letzten Schnarcher im Stehen und sah das Kind gar nicht an, war aber fast aufgewacht, als sie die Küche betrat und die Wärme des Herdfeuers spürte. Über ihr pfiff der Nordwind, denn um das Reinregnen durch den Rauchabzug zu verringern, hatte Lási eine leere Flasche ohne Boden hineingestopft, und dieser gläserne Schornstein war im ganzen Ort bekannt. Der Wind blies sein minimalistisches Morgenlied auf dem grünen Flaschenhals, während das Tageslicht aus der Tiefe heraufstieg.

Ein weiterer Tag fiel in den Segulfjörður ein.

Kapitel 3

Fernseeblick

Strönd bestand aus kaum mehr als einer Baðstofa am Wasser, den Nordgiebel gegen den Wind gestemmt, den anderen nach Süden weisend; ein äußerst kurzer Gang und eine angebaute Küche trugen das Ihre dazu bei, den Grassodenbuckel ein Haus nennen zu dürfen. Es war nicht die übelste Behausung auf der Eyri-Halbinsel, aber auch nicht die beste. Den größten Nachteil stellte die Nähe des Meeres dar, dessen Brandung dem neuen Leben seinen Rhythmus vorgab, sie war die Uhr, die jede Minute einläutete. Selbst an den windstillsten Tagen konnte eine unsichtbare Welle mit solchem Krachen am Ufer brechen, dass die alte Grandvör auf ihrem hohen Kissen zusammenschrak, weil sie es für das Donnern einer Lawine hielt.

Regelmäßig überspülte die Flut das Ufer, und das Haus verwandelte sich in das Schiff, von dem Gestur träumte. Aus den Betten traten sie in knöchelhohes Eiswasser. Das Ufer war voll Seetang, langhalsiger Rhizoide. Zwar hatten die Isländer ihr Land von jeglichem Wald gesäubert, doch das Meer schien zwischen Grund und Ufer dicht damit bewachsen zu sein und tat alles, um so viel wie möglich davon an Land zu werfen. Ständig hingen Vögel in der Luft, Möwen und Raben, die ohne Flügelschlag wie Drachen über dem Strand schwebten und nach etwas Essbarem in den Tanghaufen Ausschau hielten. Am schlimmsten aber war es, wenn die Brecher gegen das Haus krachten. Dreimal schon hatte die Brandung die Fensterscheibe in der Nordwand zerschmettert, und einmal schleuderte sie sogar einen mannsschweren Treibholzstamm aufs Dach der Baðstofa, sodass ein Sparren brach.

Lási schnitzte eine pfiffige Sitzbank aus dem Stamm, die dann vor dem Haus aufgestellt wurde. Erst im Nachhinein kam ihm der Gedanke, es könne angeraten sein, der Familie für die Nachtruhe Stahlhelme zu besorgen. Aber noch hatte er sich nicht aufraffen können, der dänischen Armee zu schreiben.

Gestur hatte sich angewöhnt, vor dem Haus oder auf dem Strandwall zu stehen und zur Fjordmündung hinauszuschauen. Er konnte dort halbe Stunden lang stehen, erst recht nach dem Ende der Fangzeit. Die Mündung war wie ein Fenster aus dem bergigen Zimmer, das der Fjord bildete. Nur dort sah man den Horizont, die kurze Linie von Segulnes im Osten zum Landsendabjarg am westlichen Ufer des Fjords. Und obwohl er genau wusste, dass hinter dieser Linie auch nichts anderes lag als noch mehr Meer und der Nordpol, aber keine Länder, keine Städte, wies der Himmel über der See doch immer einen träumerischen Zauber auf. Die Wolken, die dort schwebten, das Licht, das dort verweilte und zuweilen den letzten Rest des Sonnenuntergangs hinter den Bergen im Westen bildete, waren Verheißungen von Abenteuern und anderen Welten. Daher schaute er immer wieder fasziniert zum Fjord hinaus, so wie Menschen später auf ihre Bildschirme. Selbst im alltäglichsten Regenschauer, der wie ein dunkelgrauer Vorhang über den Horizont wanderte, schienen ihm wunderbare Begebenheiten, eine spannende Geschichte, die Gesänge fremder Völker, Auseinandersetzungen jenseits des Urals, Schiffshavarien im Bosporus zu stecken. Die Fjordmündung war sein Fernseher. Sein Fernseer.

An diesem Tag sah er zu, wie sich der Sommer aus dem Fjord kämpfte. »Schiffe fahren!«

Es ging auf Abend zu, der steife Nordwind ließ nach, und zwei norwegische Segler kreuzten gegen ihn an, ein dritter wurde von einem Motorboot geschleppt. Gestur sah, wie die weißen Segel im heftigen

Wind flatterten, als wären sie ausgelesene Seiten in einem anderen Buch. Die vierte Heringsfangzeit in Segulfjörður war offiziell zu Ende. Reeder dieser Schiffe war der Risikospieler Rune Vetlesen, der als Letzter heimfuhr. Es war schon die zweite Septemberhälfte, und es musste mit jeder Art von Wetter gerechnet werden. Noch immer galt die Regel, dass die Flotte vor dem Sturmtag, dem 6. September, das Land verließ, aber da noch über dieses Datum hinaus Hering gefangen wurde, waren die wagemutigsten Fischer das Risiko eingegangen. Vetlesen war einer von ihnen, ein tollkühner Newcomer in der Branche, und natürlich nannten die Spottdrosseln ihn nicht Vetlesen, sondern Vitleysi, Verrückter. Er hatte den Sommer über gut verdient, im September noch besser. Er würde als schwerreicher Mann nach Hause zurückkehren, oder als Wasserleiche.

Gott sei ihnen gnädig, dachte Gestur wie so manch anderer. Die drei Schiffe hatten den ganzen Tag darauf gewartet, dass sich der Wind legte, und nun schienen sie es gerade noch vor dem Dunkelwerden zu schaffen, sich aus dem Fjord zu stehlen. Gestur begleitete die Fahrzeuge mit den Augen bis Segulnes, wo sie hinter Núpur seinem Blick entschwanden. Praktisch im gleichen Moment schlief der Wind ein, und Stille erfüllte den Fjord. Die Wellen rollten glatt aus wie weiße Laken nach einer turbulenten Wäsche und glichen sich dem Weiß in der Höhe an: Der morgendliche Matsch, der von den Steinen getaut war, lag oben auf den Bergen als Schnee.

Bald wurde die Stille vom Tuckern des Motorboots unterbrochen, das eines der Schiffe aufs offene Meer geschleppt hatte, und das Tageslicht schwand zusehends. Gestur ging mit den Händen in den Taschen zum Strand und kickte ein paar Steine weg. Dieser neue Zeitvertreib war ihm möglich, seit er norwegische Stiefel trug. Am Ufer blieb er eine Weile stehen und bedachte seine Lage. Im ersten Heringssommer war er konfirmiert worden, eigentlich ein Jahr zu spät, weil es keine Kirche gegeben hatte, danach war er im selben Takt wie das Heringsgeschäft gewachsen. Das winzige Fischerdorf war zu einer Ortschaft mit fünfhundert Einwohnern, einigen zweigeschossigen Häusern und drei Geschäften geworden, dennoch ließ sich die neue Zeit für Gesturs Geschmack zu viel Zeit. Und er selbst steckte noch in der alten fest. Alles, was er besaß, stand in Tonis Büchern im Krónufélag, nur so bekam er bessere Konditionen. Im Herbst zahlte er seinen Lohn des Sommers ein und konnte dafür den Winter über Waren entnehmen.

Plötzlich hörte er ein Geräusch hinter sich und fuhr blitzschnell herum (eine Reaktion, die einem die Lawinen beibrachten), aber es war bloß ihr heller Bello mit dem Schnauzbart. »Pap, alter Schäffi!«

Fast hätte er den Hund Papa genannt wie der kleine Einäugige, gerade noch konnte er es sich verkneifen, vermutlich aus schlechtem Gewissen, denn natürlich hätte eigentlich er, Gestur, und nicht der Hund von Olgeir Papa genannt werden müssen. Froh, aus seinen bedrückenden Gedanken gerissen worden zu sein, beugte er sich zu dem Hund und kraulte ihn hinter den Ohren, was er nicht hätte tun sollen, und redete ihm gut zu, wie er es einmal im Sommer bei einem Ausländer gesehen hatte. Isländer hingegen kannten nichts anderes, als ihre Hunde mit Beschimpfungen anzubrüllen, und berührten sie aus Angst vor Läusen und Flöhen niemals, außer um ihnen einen saftigen Tritt zu verpassen. Die Nation stand noch auf der Stufenleiter der Unterdrückung, deren Hierarchie von oben nach unten folgendermaßen verlief: Kirche, Kramladen, Holzhaus, Torfkate, Hund, Katze, Maus, Laus.

Gesturs Sommerlohn war geringer ausgefallen als im Vorjahr. Die Fangmenge lag unter der der ersten drei märchenhaften Sommer, und als der Nachzüglerschwarm kam, hatte er bei den Septembermännern keine Heuer bekommen. Das Heringsgeld würde den Winter über wohl kaum reichen für den Fünf-Personen-Haushalt, der auf seinen Schultern ruhte.

Herr und Hund betrachteten den Fernseebildschirm, auf dem ihn die Abenteuer des Lebens riefen: »Besorge dir einen Platz auf den Wolken, auf einem Schiff ...« Warum versuchte er nicht sein Glück, warum fuhr er nicht mit Vetlesen und seinen Männern übers Meer und versuchte es in einem anderen Haus? Vielleicht erwartete ihn da eine Ja-willige Jente, die ihm die Hand über den Tisch reicht, die liebreizend lächelt und ihn nimmt, wie er ist.

Hier gab es nur wenige Mädchen in seinem Alter, nur seine Konfirmationsschwester Sunna, inzwischen zweifache Mutter in Selber, Anna in Mjölkot, die von ihrer Mutter an einen sechzigjährigen Haifischer verschachert worden war, und die berühmten Drillinge in Kvíðagerði, Sóley, Signý und Sjöfn, die er nie auseinanderhalten konnte, so schlaksig und niedergedrückt, wie sie waren. Ihr Vater Sæmundur hatte ihnen ewig vorgehalten, die Familie würde noch als Gemeindearme enden. »Hat schon jemals jemand ein solches Unglück erlebt? Sich auf einen zusätzlichen Fresser gefasst zu machen und dann drei auf einen Schlag zu kriegen? Und alle drei überleben auch noch!« Das war ein berechtigter Vorwurf, sie waren die einzigen Drillinge in dreihundert Jahren, die in Island am Leben blieben. Jetzt waren sie im heiratsfähigen Alter, lagen ihrem Vater aber noch immer auf der Tasche, weswegen der sie weiterhin verfluchte.

Auch Gestur war jetzt »heiratsfähig«, wandelte allerdings noch nicht auf Freiersfüßen. Er hatte bei der einen oder anderen Saisonarbeiterin mal einen Blick übers Heringsfass riskiert, aber keinen weiteren Schritt unternommen, und allmählich plagte ihn seine Schüchternheit und dass sich auf dem Gebiet nichts tat. Es kam sogar vor, dass er abends auf dem Kopfkissen liegend Lási stille Vorwürfe machte, dass er ihm keine Braut besorgte. War das nicht die Aufgabe von Vätern? Aber nein, anstatt sich für Gestur nach einer guten Partie umzusehen, beschäftigte er sich mit seinem lästerlichen Reimeschmieden und stahl sich zwischendurch aus dem Haus, um in der Nachbarschaft einer Magd ein Kind zu machen! Einmal hatte der Alte immerhin erwähnt, er kenne in Flóðin einen guten Bauern, der eine stattliche Tochter habe. Dann stellte sich heraus, dass die auf die fünfzig zuging.

In der Welt der Holzhäuser gab es wohl ein paar Gleichaltrige, aber die lebten eben in einer anderen Welt. Södals Töchter waren durchaus ansehnlich, auch wenn sie etwas Maskulines an sich hatten; Kaufmann Tonis Schwester Kristjana hielt sich kerzengerade und sah gut aus, hatte aber bei den seltenen Gelegenheiten, bei denen sie sich begegneten, nichts als ein herablassendes Grinsen für ihn, den Proleten aus dem Torfkotten, übrig. Es verletzte ihn jedes Mal. Einmal hatte er das Pech, dass sie ihn im Krónufélag bediente und das große Rechnungsbuch mit seinem Kontostand aufschlug. Dieses hämische Grinsen verfolgte ihn den ganzen Winter lang.

Armut bestand nicht bloß aus Kälte, Hunger und nassen Füßen. Die Einzige, die ihn in seiner Unbeweibtheit aufbaute, war die, die in seiner Vorstellung lebte, die einzige und wahre Súsanna, die Olgeir in seiner Schicksalsstunde gepflegt und Gestur gestattet hatte, sich an ihrer Brust auszuweinen. Er dachte noch an ihre Hochzeit und hatte sie in seinen Phantasien oft etwas verändert: Die Braut schritt durch die Kirche, hob ihren Schleier, beugte sich zu ihm (mit Konfirmationsschleife und offenem Hosenstall) herab und küsste ihn leidenschaftlich. Wobei sich das Bild in den letzten drei Jahren etwas gewandelt hatte: Neuerdings war die Kirche leer und die Braut nackt, wenn auch mit Schleier.

Aber ja, warum hatte er sich nicht mit einem von Vetlesens Schiffen davongemacht? In Norwegen würde er als einer von vielen an Land gehen, da wäre ihm die Torfkate nicht gleich anzusehen. Die Möglichkeit, nach Norwegen zu fahren und dort als Mann ohne Vergangenheit ein neues Leben zu beginnen, hatte er ernsthaft erwogen. Aber als Junge hatte er sich schon einmal an Bord eines Schiffes geschlichen, mit schrecklichen Folgen, das wagte er kein zweites Mal. Außerdem war für ihn klar, wenn er die Menschen in Strönd sich selbst überließe, müsste er ihnen vorher die Kehle durchschneiden. Vier hungrige Mäuler lässt man nicht im Stich. Ihm blieben also nur zwei Möglichkeiten, entweder zum Mörder zu werden oder weiter als Sklave auf der Galeere *Segló* zu schuften. Zusammen mit einem Hund und einem Strandläufer stand er vor dem Haus am Ufer und schaute mit sehnsüchtigen Augen zum Fjord hinaus.

Kapitel 4

Elison

»Hallo, Gestur! Gestur! Das ist doch Gestur, oder täusche ich mich?«, rief es nahe dem Ufer.

Gestur kam zu sich und erblickte einen großen, weißhaarigen Mann in einem kleinen Motorboot im flimmernden Abendlicht lautlos das Ufer entlangtreiben. Woher war er gekommen?

»Könnten Sie mir behilflich sein? Ich komme mit dieser Maschine nicht zurecht.«

»Wie bitte?«

»Sie wissen doch, wie man mit so etwas umgeht, nicht wahr?« Gestur gab keine Antwort, sondern ging zur Strandlinie und watete ins Wasser. Es reichte ihm fast bis zur Hüfte, als er das Dollbord des Boots erreichte. Der Weißhaarige, Kristmundur auf Hvammur, reichte ihm eine Hand, packte mit der anderen das Dollbord und rutschte auf die andere Seite der Ruderbank, damit das Boot nicht kenterte, wenn Gestur sich hineinschwang.

»Ich wollte mich etwas auf dem Fjord vergnügen, wo ich mir nun schon ein Motorboot zugelegt habe wie die anderen auch. Ich weiß aber nicht, was es hat. Die Burschen sind die ganze Woche damit herumgefahren.«

Gestur öffnete die Motorabdeckung, tupfte ein wenig Benzin in den Vergaser und drückte den Starter. Der Motor hustete kurz, sprang an, und das Boot schoss zu Kristmundurs Erstaunen und Freude los.

An Land bellte Papa, als wolle er unbedingt mitfahren. »Oh ja, Sie verstehen … du verstehst dich auf solche Dinge, Gestur Eilífsson!«, rief der alte Honoratior durch den Motorenlärm und siezte Gestur nicht länger.

»Elison«, rief Gestur zurück.

»Was?«

»Ich bin jetzt Elison.«

»Wie das?«

»Ja, ich heiße jetzt Gestur Elison.«

Er hatte diese Schreibung einmal auf Södals Lohnliste gesehen, und sie hatte ihm gefallen. Mit ihr war er den altmodischen, albernen Eilífurnamen los, ein neuer Name für neue Zeiten, und norwegisch hörte er sich auch noch an. Nun brauchte er sich nicht länger für seine Verwandtschaft mit dem Schwierigkeiten machenden Waldieb und Pfarrermörder zu schämen, der diese schweren Anschuldigungen ungebüßt mit in sein nasses Grab genommen hatte. Hans und Baldvin, die bekannten Schandmäuler von Eyri, hatten sich natürlich heftig über die Namensänderung lustig gemacht, und selbst sein Spätvater Lási hatte eine Strophe darüber gedichtet, die einzige, nachdem die Lawine ihm Haus und Frau, dreißig Schafe und zwei Enkelkinder genommen hatte.

> *Bin ich etwa Kaufmannssohn?*
> *Oder eines andern Sohn?*
> *Meine größte Hoffnung wäre schon,*
> *ich wäre Gestur Allersohn.*

Aber das focht Gestur nicht an. Wenn der neue Name ihn fast zu einem Norweger machte, dann sollten die Kleingeister ihren Spaß haben.

Kristmundur auf Hvammur war ein alter Mann geworden. Den schlohweißen Schopf hatte er zwar noch und auch den Tonnenbauch, aber die ehemals speckige Gesichtshaut war wie von Messern eingeritzt, aus den Nasenlöchern wucherten Haare, die blaurote Nase war mit Äderchen überzogen, und die Augen tränten fortwährend vor Verlangen nach Leben.

»Lass uns nach Segulnes rausfahren!«, rief der Großbauer und sah behaglich zu, wie Gestur das Ruder auf den richtigen Kurs brachte. Hatte der Mann getrunken?

Der Abend war kühl und Gestur nass bis zur Brust, aber die Kälte, die er spürte, wich bald der Freude, den hehren Kristmundur von Eyri durch den ganzen Fjord nach Segulnes fahren zu dürfen. Er hatte noch nie ein Motorboot gesteuert. Das Gefühl war unvergleichlich, das Boot rauschte geradeaus, hielt von selbst den Kurs, und seine Ladung war einer der Schirmherren des Fjords, ein Mann, von dem Gestur wusste, dass er der Eigentümer seiner Eltern gewesen war. Bislang hatte sein Leben aus leerem Geklapper und ziellosen Bittwegen durch ein kleines Eyri bestanden, doch jetzt genoss er es, die Wellen eines ganzen Fjords zu zerteilen. Was könnte nicht alles aus ihm werden? Wieso fuhren sie nicht nach Norwegen? Er witterte all die Möglichkeiten, die das Leben bot, und ihm war vielleicht kalt, aber er machte vor nichts halt!

Doch erst musste er noch eine Kleinigkeit zu Ende bringen, das verlangte das Leben an seinem breiten Eingangsportal von ihm.

Kapitel 5

Trockenlegen

Kristmundur hatte mit dem Bauern auf Segulnes etwas Geschäftliches zu regeln, er wollte ihm zwei alte Haifangklepper andrehen, die er nicht mehr brauchte. Ja, inzwischen war sogar der weißhaarige alte Lokalpatriot im norwegischen Zeitalter angekommen. Bis zu einem gewissen Grad. Noch hatte er den Haifang nicht ganz aufgegeben, aber eines seiner Boote war im Sommer bereits dem Hering nachgejagt, und nun führte er eine Revision seiner Bestände durch.

»Aber ihr hier auf Nes haltet noch die alten Tugenden hoch! Von Fanneyri kann man das nicht mehr sagen. Segló nennen sie es neuerdings. Segló! Alles versinkt in einem norwegischen Kauderwelsch. Man schläft in einem Zeitalter ein und wacht in einem anderen auf. So schnelllebig ist alles geworden. Es lässt einen an Geschichten denken, die man aus diesem … Amerika hört.«

So bramarbasierte der Hvammurbauer und wollte die von Segulnes dafür loben, dass sie sich nicht vereinnahmen ließen und den alten Sitten treu blieben. Aber in dem, was er sagte, lag ein hohler Ton, er hatte die alte Leier zu oft abgespult und glaubte nicht einmal selbst mehr an sie. Wie alle anderen auch, sah er, dass die Neuerungen aus Norwegen gesiegt hatten. Nun war dieses Amerika, dieses große Weib, an dessen Namen er sich nicht einmal genau erinnerte, das Neuste vom Neuen. Es kursierten Meinungen im Land, die besagten,

Chancen für tüchtige Isländer gebe es entweder in Amerika oder in Segulfjörður. Gestur stand pitschnass im Dämmerlicht auf dem Hofplatz und erinnerte sich an das, was ihm einmal gesagt worden war: Dass er und sein Vater einst nach Amerika gewollt hatten. Stattdessen war es zu ihm gekommen.

Obwohl Kristmundur wegen eines bescheidenen Geschäfts nach Segulnes gekommen war, nicht viel anders als ein Hausierer im Grunde, war er in einem doch der Alte geblieben: Er ließ sich gern und überall mit allem Tamtam empfangen. Das erreichte er allein durch sein Auftreten, seinen Gang, seine Art, Menschen anzusehen. Dass hier der Kaiser Einzug hielt, blieb weder Hausherr noch Gesinde verborgen, und binnen kürzester Zeit war eine Tafel aufgebaut, wurden die besten Stühle herbeigeschafft, Schüsseln mit Skyr gefüllt und Teller mit leckeren Innereien, kam feines Schmalzgebäck auf den Tisch samt irgendwelchem exotischem Backwerk und Schnaps in geschliffenen Gläsern. Auch Gestur kam in den Genuss all dessen, denn der Hvammurbauer nannte ihn seinen Jungen. Zuerst solle man ihn aber mal nach nebenan bringen.

»Mein Junge ist nass bis unter die Achseln, und hinter den Ohren auch. Hoho! Tut mir den Gefallen und lasst ihn von eurem Mädchen trockenlegen.«

Dabei handelte es sich um einen alten Brauch. Wenn Männer, entkräftet von einem langen Fußmarsch, völlig durchnässt, bis in den Schritt schlammverkrustet oder gar in gefrorenen Kleidern, auf einem Hof eintrafen, wurden sie in ein Gästezimmer oder einen Vorratsraum geführt, wo sie von der jüngsten Magd »trockengelegt« werden sollten, das heißt, sie sollte ihnen die Schaflederschuhe und die Kleider ausziehen, was oft nicht ganz einfach war. Das war der einzige Luxus, der Männern in der Zeit der Grassodenhäuser geboten wurde. Dem Brauch haftete mitunter etwas Erotisches an, denn wenn die Männer Glück hatten, konnte das Trockenlegen schon mal ein *Happy End* haben. Die Frauen hingegen beschwerten sich fast durchweg über diese Pflicht, die nicht selten zu Unannehmlichkeiten führte, und manche Mägde unternahmen alles, um dieser Aufgabe zu entgehen, besonders wenn die Ankömmlinge schwerbetrunken oder bekannte Flegel waren. Man kann sagen, damit habe sich die isländische Sklavenhaltergesellschaft eine Art Entsprechung zu den japanischen Geishas geschaffen, und tatsächlich soll ein unschönes isländisches Wort für ficken von diesem »Trockenlegen« abgeleitet sein.

Wie alle hatte auch Gestur schon von dieser Sitte gehört, aber da er nirgends hinreiste, war er noch nie in ihren Genuss gekommen. Gleichwohl hatten Schilderungen davon ihm nicht wenige Male Anlass zum Onanieren gegeben.

Das Mädchen, das ihn nun trockenlegen sollte, hieß Sigrún. Gestur hatte es noch nie gesehen, es war untersetzt, hatte aber ein ungewöhnlich hübsches Gesicht für Leute aus Segulnes, die gewöhnlich für ein plumpes Äußeres und ein mürrisches Wesen bekannt waren. Wahrscheinlich stammte es aus einer anderen Gegend. Krummbeinig und mit schiefen Schultern schlurfte das Mädchen vor ihm aus der Baðstofa und wies ihn wortlos ins Gästezimmer, dessen Fußboden und Decke mit Holz verkleidet waren, wie vieles auf Segulnes, wo es nie an Treibholz mangelte. Draußen war es inzwischen dunkel, trotzdem zog die Magd einen Vorhang vor dem kleinen Fenster in der Vorderwand zu und dann ein Stück Leder aus Fischhaut unter dem Bett hervor. Sie legte es aufs Bett und bedeutete Gestur, sich mit seinem nassen Heck daraufzusetzen. Dann verschwand sie mit einer gediegenen Tranlampe aus Zinn, die es von irgendeinem Schiff in dieses Haus verschlagen haben musste, erschien gleich darauf wieder, nun mit brennender Lampe, schloss die Tür und legte den Riegel vor. All das erledigte sie flüssig und ohne Zögern.

Gestur legte sich aufs Bett, ließ aber auf Geheiß der Magd die Füße über das Fußende nahe dem Fenster hängen. Sie hatte Mühe, ihm die groben Stiefel auszuziehen. Das Leder war vom Salzwasser hart geworden, und die Stiefel saßen eng an den Füßen. Endlich gelang es, und da gingen die Wollstrümpfe gleich mit ab. Darauf folgten die Hose und der Pullover. Länger dauerte es, das am Leib klebende

Hemd und die Ärmel auszuziehen. Den Unterwäsche-Einteiler streifte sie ihm ab wie die Pelle von der Wurst. Gestur hatte noch nie fremde Hände an den Beinen gefühlt. Sie wrang die Sachen schnell, aber ohne großen Erfolg aus und brachte sie dann irgendwo hin, wo ein Feuer brannte. Der nahezu unbekleidete Gestur blieb frierend und zitternd liegen, bis die wangenschöne Sigrún mit einem Wolltuch zurückkam. Im Licht der Lampe suchte er ihren Blick, erreichte ihn aber nicht, ihr Gesicht blieb ernst und ausdruckslos. Gestur war für sie wie ein Stück Vieh, um das sie sich zu kümmern hatte.

Mit einer einfachen Bewegung streifte sie ihm das Unterhemd ab, legte ihm das Wolltuch auf und rubbelte ihm dessen Wärme in den kalten Leib. Zwischen ihren Haaren hindurch sah sie ihm mit einem Sekundenblick in die Augen, bevor sie seine Unterhose packte, das letzte Kleidungsstück, das noch übrig war. Ehe er sichs versah, lag er komplett gehäutet auf dem Bett und guckte mit großen Augen an sich hinab, wie ein Dorschkopf, der seinen soeben aufgeschlitzten Bauch betrachtet. Sie bearbeitete ihn mit Wolle und bloßen Händen, wo sie hinfasste, sang und jaulte es in seinem Fleisch, der Geist drängte in die Haut, er hatte vorher nie gelebt. Er erschrak allerdings etwas vor ihrer Miene, die nichts als reine Pflichterfüllung ausdrückte, er war die Kuh, sie die Melkerin. Es war nicht gelogen, was man sich über die Menschen auf Segulnes erzählte, sie hielten aus belastbarer Sklavenmentalität an den alten Sitten und Gebräuchen fest. Als Nächstes raffte die isländische Geisha zwei Überröcke hoch, streifte zwei Unterhosen ab und bestieg das Bett und das darin aufgerichtete Stöckchen, dass es in dem gut durchgetrockneten Treibholz für eine Weile nur so knackte. Eine viel zu kurze Weile.

Kapitel 6

Die Lage in Strönd

Sie übernachteten in Segulnes. Gestur dachte wieder und wieder an das, was ihm am Abend widerfahren war, und schwebte noch immer auf Wolke sieben. Er war in eine Frau hineingekommen! Er hatte gelebt! Auch wenn es nur für ein paar Minuten war und seine Gespielin nichts davon gehabt hatte. Er sah noch einmal vor sich, wie die Magd Sigrún nach vollbrachtem Gehopse mit den zielgerichteten Bewegungen einer Reiterin abgestiegen war, die ungesattelt auf den Hof reitet und anderen das Pferd übergibt. Hatte es denn ihrerseits keinerlei Verlangen und Lust gegeben? Hatte sie es nur ihrem Hausherrn zuliebe getan? Oder um dem Brauch Genüge zu tun? War das ein Teil der Kultur auf Segulnes? Dieser achtzehn Jahre alte Familienvater und Ernährer war also seine Unschuld losgeworden. In Gedanken schickte er eine Botschaft nach Hause: Macht euch keine Sorgen, ich komme morgen wieder.

Nachdem die Lawine ihre Existenz auf Ytri-Skriða vernichtet hatte, waren Gestur und seine seltsame Familie, Lási und seine Schwiegermutter Grandvör, die geistig zurückgebliebene Tochter Snjólka und der einäugige Sohn Olgeir, wie gesagt in dem Kotten Strönd untergekommen. Sein voriger Bewohner, jener Þórður, der gegen das Oberkörperentblößen der norwegischen Zimmerleute protestiert hatte, war mit Frau und Töchtern aus dem ungesitteten Fjord geflohen, und daher konnte sich die Familie von Skriða dort unter der niedrigen Tür durchbücken. Von Leihgabe oder Miete war keine Rede, denn auch für diese landlose Behausung galt wie für andere auf Eyri, dass keiner wusste, wessen Eigentum sie war. Sie standen einfach da, als Wartehäuschen verschiedener Lebenswege. Wenn einer auszog, zog ein anderer ein.

Strönd war die einfache Ausgabe eines Grassodenhauses, eine Baðstofa mit sechs abgeteilten Bettstätten, ein sogenannter Sechsschläfer, von dem kleinere Gänge abzweigten, Küche und Vorratsraum. Bemerkenswert waren allein die beiden hölzernen Giebelwände. Die nördliche hatte Lási allerdings mit Grassoden verkleidet, weil ihm bei Nordwind die Zugluft abends die Seiten umgeblättert hatte; manchmal stob der Schnee bis über den First wie im Sturm die Schneefahnen über eine Gletscherkuppe. Die südliche Giebelwand bestand noch ganz aus Holz und wies ein kleines Fenster auf. Mit diesem Spitzgiebel sah die Kate aus wie eine alte Torfkirche ohne Kreuz.

Es handelte sich allerdings nicht um einen Hof, sondern lediglich um eine Häusler- oder Kätnerstelle ohne eigenes Land und Vieh. Daher hingen all ihre Bewohner von Gestur ab, er trug die gesamte Last auf seinen Schultern. In den ersten Jahren hatte das, was er im Sommer verdiente, auch für den Winter gereicht, für Mehl und geräuchertes Bauchfleisch, aber jetzt sah es nicht gut aus. Gestur hatte vorgeschlagen, sie könnten doch Untermieter aufnehmen, da ja zwei Betten frei wären, aber davon wollte Lási nichts hören, er wolle keine Landstreicher unter seinem Dach haben, außerdem diente ihm eine der beiden Bettstellen als Werkstatt und Bibliothek. Deren Bestand war angewachsen, als Gestur ihm in einem Anfall von Wohltätigkeit eine ganze Kiste voll gebundener Schätze gekauft hatte, die die Besatzung eines Heringsfängers aus den Ostfjorden hatte loswerden wollen. Inzwischen verwünschte er die alten Schwarten jedes Mal, wenn er an ihnen vorbeikam. Da lagen mausetote Schinken, die nie ein Auge aufschlugen, in einem Bett, in dem lebende Menschen hätten schlafen können, die ihm für jede Nacht eine Krone hinlegten.

Die alte Grandvör war von der Lawine schwer in Mitleidenschaft gezogen worden. Sie fand an nichts mehr Vergnügen, nicht einmal ihre Stricknadeln hielten sie mehr beschäftigt. In den ersten Wochen hatte sie nur mit dem Gesicht zur Wand im Bett gelegen, inzwischen verbrachte sie ganze Tage auf der Bettkante, starrte ins Halbdunkel und murmelte vor sich hin, als würde sie die todbringenden Lawinen zählen, die sie überlebt hatte. Snjólka wiederum hatte ihre Mutter und ihre beiden geliebten Kinder verloren und sprach ganze zwei Jahre lang kein einziges Wort. Erst nach und nach hatte sie sich mit der Existenz des kleinen Olgeir, ihres »Bruders«, abgefunden, und mittlerweile hatten sich die Vorzeichen vollständig in ihr Gegenteil verkehrt, und dem anfangs verhassten Olgeir galt jetzt ihre ganze Liebe. Das wackere Kerlchen hing zwar völlig an Gestur, pinkelte sogar wie er, durfte aber nie außer »Mama Sokkas« Sichtweite sein; sie nannte ihn ihren Augenstern.

»Olli, pass auf Auge auf! Du hast nur eins.«

Olgeir trug keine Augenklappe. Sein linkes Auge sah aus, als wäre es ständig zugekniffen, und entsprechend war seine linke Gesichtshälfte etwas verzerrt. Er war ein kluges Kerlchen und nannte Snjólka Mama, Gestur aber Gettur. Der hatte sich schließlich auch mit Händen und Füßen dagegen gewehrt, dass der Kleine ihn Papa rief. Als Olgeir zu plappern begann, war Gestur sechzehn Jahre alt, und die Leute sollten auf keinen Fall denken, er hätte der Snjólka, diesem pferdezähnigen Ausbund, ein Kind gemacht. Auch wenn sie eine seltsam zusammengesetzte Familie bildeten, gab es doch Grenzen des Zumutbaren.

Die Dreckschleudern Hans und Baldvin verbreiteten gleichwohl überall, die »Geschwister« hätten das Kind ihres Vaters angenommen.

Die Rolle der beiden Kumpane in der kleinen Gemeinschaft war unverändert: Sie erhielten Lohn vom Krónufélag, obwohl kaum jemand wusste, wofür eigentlich, denn sie waren beileibe keine guten Arbeiter, dafür aber umso flinker mit dem Mundwerk. Manche behaupteten, ihre einzige Aufgabe bestehe darin, die Konkurrenz schlechtzumachen, sie seien so etwas wie Marketing- oder Public-Relations-Beauftragte (Jahrzehnte bevor diese Bezeichnungen entstanden). Ihre Hauptzielscheibe waren indes die ärmeren Leute, von ihrem finanziell gut gepolsterten Hochsitz aus schossen sie genüsslich auf praktisch jeden, der ärmer war als sie.

Lási war inzwischen zum Vollzeitsargschreiner geworden, hatte in einer Ecke bei Södal eine kleine Werkstatt eingerichtet und zimmerte dort für den Tod und dichtete für den Teufel. Anfangs hatte er einiges für den norwegischen Herrn bauen dürfen, doch nach und nach waren die Aufträge weniger geworden. Bald konnte er nicht mehr genug für seinen Lebensunterhalt verdienen und beschränkte sich fortan auf das Schreinern von Särgen. Gestur hatte den Hammer übernommen, und seine Gelegenheitsarbeiten waren die einzigen Einkünfte im Winter, neben dem Heringssegen des Sommers und den Särgen. Die nette Emma in Mjólkurbær trat ihnen eine Zitze der Kuh in der nördlichsten Stallbox ab, genauer bezeichnet die Nordostzitze, und Gestur trabte jeden Morgen mit einem Eimer in der Hand zu ihr. So sah das Leben aus.

Zweimal hatte Gestur sich bei Kopp um Arbeit bemüht, der in der südwestlichen Ecke der Hafenbucht eine ganze Fangstation mit eigener Pier und mehreren Schiffen betrieb, der erste Isländer, der vom Haifang auf Hering umgesattelt hatte. Beim ersten Mal war Gestur dem Hochbehüteten auf der Norwegerbrücke begegnet, aber die Augen des Kaufmanns und Reeders hatten nicht bis zu ihm hinaufgereicht (Kopp war plötzlich einen Kopf kleiner als Gestur), und der Weg an dem Bittsteller vorbei war zu einfach gewesen. Beim zweiten Mal hatte er sich die Treppe zu seinem Kontor hinaufgewagt und war, die Mütze zwischen den Fingern, vor Eðvald Kopps Schreibtisch getreten, hinter dem dieser mit Papieren in der einen und einem Zigarrenstummel in der anderen Hand thronte. Der Großhändler sah durch ihn hindurch bis nach Fagureyri, jedoch ohne die Tränen, die er einmal mit diesem männlichen Wesen auf dem Schoß vergossen hatte.

»Du ... du weißt, wer ich bin ... wer ich einmal war?«

»Sind wir per Du? Seit wann duzen wir uns?«, fragte Kopp mit großen Augen, antwortete dann aber: »Hier wird nicht nach dem gefragt, was einmal war, sondern nach dem, was wird. Das Morgen ist
mein Gott.«

»Ich war einmal ... ich habe mal bei ...«

»Hör mal, Junge, hier haben die Menschen Arbeit zu erledigen.
Sigga!«, rief er unter dem Schnauzbart hervor, der ebenso grau geworden war wie der Haarwuchs um die Ohren; dazwischen glänzte
ein alkoholikerroter Schädel.

Gestur beeilte sich, das Kontor zu verlassen. Auf der Treppe kam
ihm eine junge Frau entgegen. Einen Moment sahen sie sich in die
Augen, die Frau war gut gekleidet, trug einen Rock mit Seidenstruk-
tur, und ihr blondes Haar war so sorgfältig um ihren Kopf frisiert,
dass Gestur sie erstaunt anstarrte. Ganz kurz schien sie sich zu erinnern, wie sie einmal in der Kindheit auf dem Weg ins Büro ihres Vaters laut gerufen hatte, dass der zweijährige Rotzlöffel Vaters Kaffee
getrunken hätte. Sie wollte ihn wohl ansprechen, aber Kopp funkte
dazwischen. »Sigga!«, schrie er wieder gellend aus seinem Kontor.

Als Gestur das Haus hinter sich gelassen hatte, drehte er sich noch
einmal um und sah auf der hölzernen Giebelwand in roten Lettern
stehen: KOPP. Jeder Buchstabe mannshoch. Schon sah er den Namen
ELISON in ebenso großen Buchstaben vor sich, doch dann entdeckte
er einen um die Hausecke lugenden Frauenkopf und musterte ihn genauer. Für einen Moment sahen sie sich an, ehe der Kopf verschwand.

So war die Lage in Strönd. Ihr einziger Besitz waren Lásis schla-
fende Bücher und sein Werkzeug, das aber auch nur selten aufstand.
Ach ja, und das Land von Ytri-Skriða. Aber das war in etwa so viel
wert wie ein Schiff auf dem Meeresgrund.

Am nächsten Morgen erwachte Gestur in Segulnes wie ein vollkommen freier Mann, der im nächsten Hafen gleich eine Neue hat
und sich nicht um Alltagsgejammer schert. Ein ganz anderer Mensch.
Er hielt überall nach Sigrún Ausschau, dem netten Abenteuer, wollte

sich mit dem gebotenen Anstand von ihr verabschieden, sah sie aber nirgends. Kristmundur betrachtete ihn wie ein Vater, der seinen Sohn triumphierend am Eingang zu einem Freudenhaus erwartet, wo dieser völlig fertig die Treppe runterkommt. Ja er tat so, als habe er alles exakt so eingefädelt. Sie nahmen ein einfaches Frühstück aus Trockenfisch, Milch und Hákarl nach Art des Hauses zu sich und verabschiedeten sich anschließend vom Bauern und seiner Frau, die überhaupt nicht wussten, wie man sich ordentlich verabschiedet. »Ich lasse euch die Boote von den Jungen bringen. Wir sehen uns beim Weihnachtsgottesdienst von Séra Árni«, rief Kristmundur munter. Er hatte gerade den Verkauf seiner Haifangboote per Handschlag besiegelt. Gestur sah derweil ein heimliches Schäferstündchen im engen Turm der Fanneyri-Kirche vor sich. Er und Sigrún würden sich während des Gottesdienstes die steile Stiege hinaufstehlen und unter dem Glockenstuhl in zehn Minuten zehn Kinder zeugen, und sie würde ihre Glocken bloßlegen.

Wo steckte sie eigentlich? Er traute sich nicht zu fragen. Draußen herrschte das übliche Septembermatschwetter, und sie nahmen mit dem Motorboot geraden Kurs in den Fjord, fuhren an Eyri vorbei und durch die Hafenbucht, wo sie bei Hvammur anlegten. Von dort musste Gestur zu Fuß nach Hause gehen, nur im Pullover, doch die neue Erfahrung wärmte ihn. Ebenso wie das, was Kristmundur ihm zum Abschied gesagt hatte:

»Ich habe dir eine verantwortliche Position auf Hvammur zugedacht. Nächstes Jahr bauen wir eine Pier und steigen groß in die Heringsfischerei ein. Darin kennst du dich ja bestens aus. Oh ja, mein Sohn, ich habe dich im Auge gehabt.«

Kapitel 7

Ortsvorsteher ohne Ort

Die Pfarrersfamilie wohnte nicht mehr im Madamenhaus, sondern in einem prächtigen, nagelneuen Pfarrhaus, das ein Stück den Hang hinauf über der planlosen Häuseransammlung auf Eyri thronte. Die Spaßvögel hatten es Upphæðir genannt, ein doppelsinniger Name, der sowohl auf die erhöhte Lage als auch auf die Höhe der Baukosten hinwies. Das gefiel Séra Árni ganz und gar nicht, er wollte schlicht in Fanneyri wohnen, aber es gibt nun mal kaum etwas, das sich schneller festsetzt als ein knackiger Spitzname, und inzwischen hatte die Familie die offizielle Postanschrift: Upphæðir, Segulfjörður.

Der Grundbesitz der Kirche hatte so viel Pacht vonseiten der norwegischen und isländischen Heringsfänger eingebracht, dass mit dem Geld etwas unternommen werden musste. So waren von Séra Árnis Prachtbau aus im Sommer neun Anleger zu sehen, und jeden Monat gingen Anträge zur Errichtung weiterer ein. Für die Musik hatte der Pfarrer keine Zeit mehr, aber seine Sammlung von Volksliedern war immerhin vollendet, umfasste auf neunhundertneunzehn Seiten sechshundertsechsunddreißig Lieder und wartete in einem imposanten Schrank in Kopenhagen auf ihre Veröffentlichung. Den halben Winter hatte Séra Árni dort verbracht und versucht, sein Œuvre bei der ehrwürdigen Isländischen Literaturgesellschaft unterzubringen, doch in deren Vorstand saßen strengbrauige und arbeitsscheue Neider, die jegliche verlegerische Tätigkeit verächtlich fanden. Große Taten machen große Männer größer und kleine kleiner. Inzwischen richteten sich die Hoffnungen Séra Árnis ganz auf das Gutachten eines dänischen Musikprofessors namens Hammer und eine eventuelle Förderung durch den mächtigen Carlsberg-Fonds. In diesem Fall musste also auf die Dänen vertraut werden, um diesen Schatz der Isländer zu retten. Letztere waren nämlich schon damals viel zu sehr von all den technischen Neuerungen fasziniert – Motorboote, Wasserklosetts, Autos, elektrisches Licht, Fernschreiber –, um noch eine Neigung zu verspüren, die Vorzeit singen zu hören.

Drei Kinder erfüllten Upphæðir mit Fröhlichkeit und Geschrei. Kristín, fünf Jahre, Birgir, drei Jahre, und der einjährige Aðalsteinn. Außerdem gab es zwei Knechte und zwei Mägde sowie das lebhafte, sommersprossige Kindermädchen Lotta aus Ísafjörður. Im Stall nördlich des Wohnhauses muhten vier Kühe in ihren Ständen. Magnús Mannlos, die gute, kräftige rechte Hand des Pastors, hatte den Pfarrersleuten die Treue gehalten und wohnte in einem kleinen Häuschen südlich des Haupthauses, in Rufweite jenseits des Gemüsegartens wie der Jagdaufseher des Königs von Versailles. Besagte Spaßvögel nannten sein Häuschen Limbo, weil es auf halber Strecke zwischen Upphæðir und der »Hölle« lag, dem Stall für die Schafböcke, der etwas weiter unten am Hang klebte. In Limbo wohnte Magnús zusammen mit einer deprimierten Norwegerin, einer gewissen Stenette, im Fjord stets Steinhetta, Steinkapuze, genannt, die er bei Norskabryggja aus dem Wasser gefischt hatte. Insofern waren beide Treibgut des Meeres, wobei Magnús hartnäckig bestritt, dass sie mehr sei als seine Haushälterin.

Die beiden alten Madamen, Guðlaug und Sigurlaug, waren im Madamenhaus wohnen geblieben, und Erstgenannte war dort in der Weihnachtsnacht des Vorjahrs verstorben. Beerdigt wurde sie allerdings erst Monate später, denn am Weihnachtstag war ein Schneesturm ausgebrochen, der sechs Wochen anhielt. Ihr Leichnam wurde so lange im Turm der Kirche aufbewahrt, weil sich der Krónufélag entschieden weigerte, eine verwesende Madam in seinem Lebensmitteldepot zwischenzulagern. So etwas sei ein Überbleibsel aus alten Zeiten, verkündete Toni, der Sohn des Kaufmanns, der nunmehr dessen Nachfolge angetreten hatte, weil sein Vater Kristján an Typhus gestorben und folglich auf der Karriereleiter der Firma nicht höher gestiegen war. Zum anderen war der Mann aus Fagureyri, den sie als Nachfolger geschickt hatte, unterwegs ertrunken, als sein Boot bei den Útdalabjargar scheiterte. Obendrein war auch der vom Félag Entsandte, der die Nachricht überbringen sollte, ums Leben gekommen, in einem Unwetter oben auf dem Pass von Skeifuskarð.

In diesen Jahren wurde reichlich gestorben.

Die Pfarrerswitwe Guðlaug wurde nach ihrem Ableben also nicht auf die ehrfurchtsvolle Art ihres Mannes, des seligen Séra Jón, aufgebahrt, stattdessen quetschte man sie durch die Bodenluke des Dachreiters und legte sie auf der kleinen Plattform unter dem Glockenstuhl ab. So wenig Aufmerksamkeit erregte ihr Tod, dass selbst die amtierende Pfarrersfrau, die gewissenhafte Madam Vigdís, ihn vergaß, und das sagt einiges über die Flut von Ereignissen jener Tage und was an ihnen alles zu erledigen war. Es ging schon auf Ostern zu, als sich Magnús Mannlos endlich daran erinnerte, dass er die kleine Frau die Stiege hinaufbugsiert hatte. Daraufhin schritt man sofort zur Tat und begrub sie noch am selben Tag in Anwesenheit weniger Trauergäste: Pfarrer und Organist, Leichenträger Magnús (er nahm den zierlichen Sarg nach der Aussegnung auf die Schulter und trug ihn zum Grab), das Gemeindevorsteherpaar Hafsteinn und Mildiríður sowie die Haushälterin im Madamenhaus.

Die vollbusige Halldóra war nicht mit den Pfarrersleuten in das Haus mit Aussicht gezogen, sondern im Madamenhaus geblieben, wo sie eine kleine Kneipe und eine Armenspeisung betrieb. Im Keller beherbergte sie Bedürftige, und im Erdgeschoss empfing sie Kostgänger, gutbehütete Männer, von denen sich, wie es hieß, einer nach dem Essen manchmal nach oben stahl. Die älteste Pfarrersmadam, Sigurlaug, bewahrte sie im Obergeschoss auf, ließ ihr Essen nach oben bringen und auch den gesamten Kerzenvorrat, denn Ihre Majestät ließ jede Nacht Kerzen brennen, als ob Weihnachten wäre. Sigurlaug Sveinsdóttir war, wie schon erwähnt, über hundert Jahre alt, am Krönungstag Kaiser Napoleons geboren, und somit die älteste damals lebende Isländerin. Ein so hohes Alter erreichten nur wenige in diesem harten Land; zweihundert Jahre lag es bereits zurück, dass ein Pfarrer im nahen Dulvíkurdal das gleiche Alter erreicht hatte. Nur Menschen, die in geheizten Räumen lebten, hielten so lange durch: Pfarrer und Madamen. Die Alte trug ihre Kleider nicht mehr auf, sondern lag im Bett und vertrieb sich die Zeit, indem sie in ihrem Internet mit Gott, ihrem verstorbenen Mann und ihren im Land verstreut lebenden Enkelkindern kommunizierte.

Abends stand immer die alte Metta aus Mjölkot, die Mutter des Großmauls Baldvin, vor dem Küchenfenster des Madamenhauses, nicht mehr hoffnungsvoll, sondern hoffnungsgewiss, denn seitdem Halldóra im Haus allein das Sagen hatte und Leute beschäftigte sowie für die im Keller Wohnenden finanzielle Unterstützung von der Gemeinde erhielt, konnte die schmale Kittelträgerin sicher sein, dass man ihr etwas in ihren Kübel tat. Doch nie wollte sie zur Vorderseite des Hauses kommen, was der Köchin einige Umstände bereitete, denn am Küchenfenster ließ sich nur die obere, kleine Unterteilung öffnen, und es bedurfte schon einiger Geschicklichkeit, da hindurch Kartoffeln, Kuchenstücke oder gefüllten Schafsmagen zu reichen. Darum hatte sich Halldóra eine Angel gebastelt, mit der sie ihre Gaben langsam an der Hauswand abseilte. Dann sah man Metta immer buchstäblich an den Haken gehen, was jedes Mal ein rührender Anblick war.

Eigentlich war der krummbeinige Bartträger Hafsteinn Gemeindevorsteher, doch fungierte längst Séra Árni als eine Art geschäftsführender Bürgermeister, obwohl dieses Amt offiziell gar nicht existierte. Es gab derart viel zu tun, dass noch niemand die Zeit gefunden hatte, die Stadtrechte zu beantragen; dabei würde es kaum Schwierigkeiten geben, sie zu bekommen, denn im Lauf der Zeit war Segulfjörður zum zweitgrößten Ort des Nordlands geworden und mit Abstand der größte Fischereihafen. In den letzten Jahren war die Bevölkerung jährlich um hundert Einwohner gewachsen, und in den Sommern hatte sich ihre Zahl jeweils verdoppelt und gar verfünffacht, wenn die ganze norwegische Flotte im Hafen lag. (Im vergangenen Sommer war ein neuer Rekord aufgestellt worden. Der Gemeindevorsteher hatte einen Jungen auf den Berg geschickt, um die Schiffe auf dem Pollur zu zählen. Ergebnis: einhundertachtundfünfzig.) Kaum zu glauben, aus dem armseligen Kaff war ein Ort von zweitausend Einwohnern geworden! Die Massen füllten die Hauswiesen und Gassen von Eyri wie bei einem Open-Air-Festival unserer Tage. Ganz gleich, wie viele Häuser auch gebaut wurden, es mangelte immer an Schlafplätzen. Im Frühjahr hatten Gestur und einige andere auf dem Schlafboden von Södals Laden weitere dreißig Kojen eingerichtet, doch als die Heringssaison losging, hatten sie in einer Notunterkunft trotzdem noch zwanzig Betten mehr aufstellen müssen. Man erzählte sich gar von einem Tagelöhner, der in jeder Heringssaison sein Haus räumte, mit seiner Familie in einem alten Boot am Ufer unterkam und dann den Winter über von den Mieteinnahmen lebte.

Deswegen haderte Gestur mit der Entscheidung seines Vaters Lási, der seit der Schneekatastrophe einer der verbissensten Konservativen des Fjords geworden war. Menschen einen Schlafplatz zu vermieten, nannte er Traumwucherei.

»Ich verkaufe Menschen nicht ihre eigenen Träume.«

»Wir können sie ja umsonst bei uns wohnen lassen«, erwiderte Gestur.

Der alte Mann drehte sich im Mittelgang der Baðstofa schnell um, und seine Augen wurden feucht, während er knurrte: »Ich habe einen ganzen Berg in mein Bett bekommen und wünsche keine weiteren Besuche. Ich will nur, dass man mich in Ruhe lässt.«

»Und in Armut«, schnappte Gestur zurück.

Lási legte eine kurze Denkpause ein; dann sagte er:

»Wer mit den Augen isst, ist immer satt.«
Dazu nickte er in Richtung seines Büchergestells.

Séra Árni war von morgens bis abends damit beschäftigt, Dinge zu erlauben, Genehmigungen zu erteilen oder etwas zu untersagen, Grundstücke aufzumessen und zu verpachten, mit Menschen und Norwegern zu verhandeln. Buchhaltung war seine starke Seite nicht, Papiere verteilten sich wie von allein über seinen Schreibtisch, landeten zuweilen auf dem falschen Haufen oder in der verkehrten Schublade, und Geldbeträge wurden unverbucht in die Kasse gesteckt. Böse Zungen behaupteten, die isländische Staatskirche, die Eigentümerin des Lands von Fanneyri, bekomme nicht alles, was ihr zustehe, von jeder Krone würden einige Öre für das Pfarrhaus, die Verbesserung des Zugangswegs, Teppiche, ein neues Klavier oder schönere Bücherregale abgezweigt. Tatsächlich ging es sogar noch sehr viel weiter, denn laut Gesetz standen alle Einkünfte aus kirchlichem Grundbesitz den dortigen Pfarrern zu. Sämtliche Pachtgelder flossen somit in vollem Umfang Séra Árni zu. Ausgerechnet ihm, der sich anfangs über die armselige Pfarrstelle beschwert hatte, die ihm zugeteilt worden war; seine Frau hatte Ströme von Tränen über ihr schweres Schicksal vergossen. Dieser gottserbärmliche Krähwinkel hatte sich dann aber als der große Lottogewinn entpuppt, der jeden Sommer ausgezahlt wurde, und jedes Mal fiel die Summe höher aus als im Jahr davor.

Auf Séra Árnis Schreibtisch lagen zwei Schreiben seines Vorgesetzten, des Bischofs, in denen er eine genauere Darlegung der Vorgänge im Norden, Abschriften von Verträgen und Rechnungen sowie eine Auflistung der Einkünfte und Ausgaben forderte. Der Pastor hatte noch nicht die Kraft gefunden, der Aufforderung nachzukommen.

Das Pfarrerehepaar residierte mittlerweile ähnlich Aristokraten im Ausland in der besten Lage, mit Butler, Gesinde und Bediensteten, hochglanzpolierten Kommoden und Plüschsesseln in jeder Ecke, die Räume mit Blumenmustern tapeziert, silbergerahmte Bilder und Spiegel an den Wänden. Es gab sogar sechs Zimmerpflanzen. Das

Außergewöhnlichste für Außenstehende war jedoch, dass die Familienmitglieder in sogenannten Nachthemden schliefen. Derartige Kleidungsstücke allein für die Nacht waren völlig unbekannt in einem Land, in dem die meisten Menschen keine Wechselwäsche besaßen und daher nackt unter heugefüllten Bettdecken auf Grassodenmatratzen schliefen, damit sie ihre einzigen Kleidungsstücke nicht im Schlaf verschlissen. An den Waschtagen blieben die Männer im Bett, während die Magd die Sachen wusch, und oft mussten sie zwei Tage liegen bleiben, weil feuchtes Wetter die Wäsche nur langsam trocknen ließ.

Der Pastor ging niemals anders als mit Hut, Stock, Krawatte, dreiteiligem Anzug und spiegelblank geputzten Schuhen aus dem Haus. Man hatte es weit gebracht seit dem Lotterleben in Keflavík. Séra Árni hatte festgestellt, dass die erfolgreichste Art, mit Großhändlern umzugehen, darin bestand, besser als sie gekleidet zu sein, und auch die Norweger traten neuerdings selbstbewusster auf, seit sie sich im vorigen Jahr aus der Union mit Schweden gelöst hatten. Ihr berühmtester Landsmann, Henrik Ibsen, war im Frühjahr verstorben, auf dem Gipfel seines Ruhms als bedeutendster Dramatiker der Welt. Zurzeit konnte Norwegen also mit Weltmeistern in allen drei Disziplinen der Kunst und Kultur aufwarten: Literatur, Malerei und Musik. Und obwohl die waschechten Seebären kaum davon wussten, war doch etwas vom Bewusstsein dieser kulturellen Blüte zu ihnen durchgesickert. Diese Jahre gehörten den Norwegern, die um die gleiche Zeit zum Nord- und zum Südpol vorstießen. Das spürte auch der Pfarrer, der einmal ein Foto von Ibsen gesehen hatte, und beschloss, ihnen in Großmannskleidung entgegenzutreten. Irgendwer musste in dem ganzen Unrat doch Klasse beweisen und einen Stützpfeiler in diesem Chaos bilden, zu dem Eyri geworden war.

Hier gab es so vieles zu planen. Es musste eine Straße in den Fjord gebaut werden, ebenso mussten Brücken über die Stundará, die Fanná und den Aulalækur geschlagen werden. Letztgenannter war außerdem zu säubern, und man musste die Menschen dazu bringen, den Inhalt ihrer Senkgruben nicht länger in den Bach zu kippen, sondern ihn nur noch am Nordufer zu entsorgen. Private Müll- und Misthaufen gehörten verboten, ebenso das ungehinderte Herumstreunen von Rindern. Erst neulich hatte der Bulle von Mjólkurbær die Hauswand von Hákarl-Jóis Hütte eingerannt, und es hatte nicht viel gefehlt, dass der arme Mann unter den Trümmern gelandet wäre.

Es gab endlos Dinge, um die man sich kümmern musste. Die sechsköpfige Familie aus dem Hagafjörður etwa, die sich hier niederlassen wollte, aber kein Führungszeugnis ihrer Heimatgemeinde vorweisen konnte. (Das erinnerte einen daran, sich nach dem Hintergrund der dunkelbraunen Brüder aus Bárðardalur zu erkundigen, die neulich sternhagelvoll zu Pferd in den Ort gekommen waren.) Ein norwegischer Böttcher wollte sich ein Haus aus »Beton« bauen. (Informationen einholen, um was für ein Material es sich dabei handelt.) Drei Kaufleute aus Reykjavík beantragten eine Handelslizenz für den nächsten Sommer, und ein junger Haarstutzer aus dem Osten wollte eine »Rasurgenehmigung«. Und zu guter Letzt ersuchte eine Frau aus dem Eyrarfjörður um eine Ausschanklizenz für Schokolade in Tassen! (Das alles war ihm allein an diesem einen Tag auf den Tisch geflattert.)

Über all das hinaus war Séra Árni vorübergehend auch Rektor der Grundschule, Vorstand der Sparkasse, Vertreter dreier Versicherungsgesellschaften, dänischer Konsul, Leiter des Theatervereins, Kassenwart der Armenfürsorge sowie natürlich, ganz nebenbei, auch noch Pfarrer, Haushaltsvorstand und Musikförderer. Zusätzlich hatte er die leiblichen Freuden wiederentdeckt und war zu einem der tüchtigsten Trinker in Eyri geworden. Wo auch immer eine Flasche geöffnet wurde, schob er sein eigentliches Anliegen beiseite und ließ sich nieder. Zuhause trank er dagegen nie, und er wollte auch nicht betrunken zu seiner Frau zurückkehren, weswegen er seinen Rausch stets am Ort des Besäufnisses ausschlief. Dort stand er dann immer als Erster auf und schlich im Morgengrauen nach Hause, setzte sich unrasiert und nach Alkohol stinkend an den Tisch und las die Zeitung, als ob nichts gewesen wäre. Das sorgte für Stress in der Ehe. Irgendwann glaubte Vigdís den Versicherungen ihres Mannes nicht mehr, er sei »in Sigfús' Kontor eingeschlafen« oder hätte »mit den Norwegern nach Segulnes fahren« müssen. Sie hatte offensichtlich einen Mann, der nicht ins Glas schauen konnte, ohne hinterher in einem fremden Bett zu landen.

Trotz seiner vielen Tätigkeiten und Beschäftigungen nahm sich Séra Árni jeden Abend Zeit, die Geschehnisse des Tages aufzuschreiben. Früher hatten Geistliche die berühmten isländischen Annalen verfasst und darin die Ereignisse jedes Jahres festgehalten, doch jetzt geschah an einem Tag mehr als damals in einem ganzen Jahr, und darum musste alles sofort notiert werden, bevor die nächste Lawine hereinbrach.

Wenn die Tagesmühen es gestatteten, musste der Pfarrer jedoch vor allem anderen an das große Ganze denken. Es ging einfach nicht mehr, dass Häuser nach Belieben und Gutdünken hier und da hingebaut wurden. Hier war ein größerer Ort im Entstehen begriffen, und entsprechend brauchte es Straßen und Planung. Manchmal erinnerte sich der Pfarrer an jenen Augenblick vor zehn Jahren, als er in der Nacht der Sommersonnenwende oben im Bergsattel über Fanneyri gestanden und die schnurgerade Linie von der Sonne über die Kirche zum Anleger entdeckt hatte. Der Stütze des Orts kam es zu, die Hauptachse der Stadt zu entwickeln, und eines Sonntagmorgens kam ihm im Halbschlaf die rettende Eingebung: Die Planung von Segulfjörður sollte sich an den vier Himmelsrichtungen orientieren. Alle Straßen sollten von Nord nach Süd und von Ost nach West verlaufen und so ein überschaubares, einfaches Raster bilden. Der Plan von Eyri würde aussehen wie ein kariertes Rechenblatt. Die erste Straße sollte von seinem Haus hoch am Hang hinunter zur Spitze der Landzunge im Osten führen, wo sie an Södals Landungsbrücke ein würdiges Ende finden würde. Er würde sich einen guten Namen für diese Straße einfallen lassen müssen.

Kapitel 8

Hoffnungsschiffe, Hoffnungsbrüche

An einem dunklen Oktobertag ging eine schwarzgekleidete Gestalt von Bord des Küstenfahrzeugs *Vesta*, holte bei Einheimischen Erkundigungen ein und ging dann in Mantel mit Kapuze und bis auf die Schuhe reichendem Rock ohne Gepäck Richtung Upphæðir. Der Regen fiel in Böen schräg über ihren Weg.

Vigdís war nicht zuhause, aber Lotta bat die Besucherin herein, servierte ihr einen heißen Kakao und stellte ihr die Kinder vor. Die Besucherin lächelte, ohne die Mundwinkel zu heben. Dann wurde ihr ein Gästezimmer zugewiesen. Darin stand sie den ganzen Tag am Fenster, und anschließend lag sie eine Woche zu Bett. Súsanna war aus Norwegen heimgekehrt.

Alles war anders. Sie war verändert, der Ort war verändert. Vigdís war verändert, ebenso Árni, die kleine Kristin, Magnús Mannlos … Das fröhliche Gedränge im Madamenhaus war vom großen und prächtigen Upphæðir abgelöst worden. Die hinzugewonnenen Quadratmeter schienen aber lediglich die Distanz zwischen den Eheleuten vergrößert zu haben, und auch wenn das Haus mit Dienstpersonal aufgefüllt worden war, war dessen Unterwürfigkeit zu groß, waren die Räumlichkeiten zu vornehm, um einem ein Lachen in den Sinn kommen zu lassen. Die Isländer waren erst dabei, zu lernen, wie das Glück mit der Geräumigkeit schwindet. Allein die Kinder, allen voran die jüngsten, konnten auf den Lippen der Erwachsenen ein

Lächeln hervorrufen, oder allenfalls die zerstreuten Missgeschicke des Kindermädchens Lotta, wie das eine Mal, als sie einem norwegischen Kapitän die Muttermilch der Magd Elsa, die auch als Amme der Pfarrersleute fungierte, in den Kaffee schüttete.

Erst nach drei Wochen schafften es die alten Freundinnen aus Reykjavík, die vor zehn Jahren gemeinsam in ein raues Haifängernest gekommen waren, bei einer Abendmahlzeit einen Anflug von Fröhlichkeit in sich zu entdecken. Sie wurde aber gleich wieder von Wehmut getrübt, denn in ihren Erinnerungen erschien alles, was sich damals im Madamenhaus zugetragen hatte, auf einmal in einem unbekümmerten Licht, als wären enttäuschte Hoffnungen schöner als erfüllte. Da saßen zwei Frauen, deren Liebe erwidert worden war und die sich trotzdem nur über die zartesten Anfänge ihrer Märchen freuen konnten. War Glück eine Verderben bringende Kraft des Lebens? Als Séra Árni in ihre Unterhaltung eintrat und an das erste Heringsboot, die *Marsey*, erinnerte, verstummten die Frauen schlagartig. Súsanna musste mühsam schlucken und sah dann eine ganze Weile aus dem Fenster; eine dicke Wolkendecke hing tief über der nassen Halbinsel, und auf der gegenüberliegenden Seite des Fjords waren nur die untersten Uferfelsen zu sehen, dort, wo einmal der Hof Ytri-Skriða gestanden hatte. An Súsannas Hals traten Adern und Sehnen hervor, er sah ergreifend verlassen aus, wie ein Treibholzstamm an einem einsamen Strand, der meilenweit von seinem letzten Laub entfernt war.

Vigdís fragte nichts und verstand alles. Sie sah ihren Mann an, mit Vollbart und buschigen Brauen, den Kopf voller Quadratmeter und Beträge, und sie überlegte, wann sie das letzte Mal zusammen gelacht hatten und auf wem er wohl bei seiner letzten Tour gelandet war. Ob viele von seinen Eskapaden wussten und was sie tun würde, wenn man ihm den Talar nahm. Sie fühlte, wie ihre Verletztheit dabei war, sich in tiefe Verachtung zu verwandeln. Sie begleitete Súsanna nach oben und saß dann neben ihrer heulenden Freundin auf der Bettkante. Sie stellte ihr die gleichen Fragen, die sie sich auch selbst stellte:

»Liebt er dich noch?«

»Das sagt er, aber ... ich glaube ... er kann gar nicht lieben.«

»Wieso sagst du das?«

»Es gibt immer eine andere. Und wenn du dahinterkommst, gibt es schon wieder eine andere andere. Er ist mir immer eine voraus ...«

Vigdís verdaute das und schaute nachdenklich die weißgestrichene Holzwand an. Ihr Blick wanderte zu Súsanna zurück, als die sie anstieß und heftig sagte:

»Arne hat für mich jemanden umgebracht ... oder meinetwegen ... Er hat seinen Koch getötet, diesen Dänen. Das darfst du aber niemandem verraten.«

»Was? Nein, nein.«

»Im Ernst, Vigdís, davon darf niemand erfahren. Er wollte über mich herfallen. Der Koch.«

»Wirklich?«

»Und das nutzt er immer wieder aus. Ich habe für dich einen Menschen getötet, wie kannst du da an mir zweifeln?«

Súsanna zog die Nase hoch und blickte aus dem Nordfenster: Meer, Himmel, Berg.

»Vielleicht hat er auch seine Liebe getötet«, seufzte sie.

Kapitel 9

Ein Botenjunge

Abends las Lási vor, und das war das einzig Nützliche, das er noch tat, wenn man es denn nützlich nennen wollte, denn er suchte immer wieder die unverständlichsten Reime aus: »Niemals war sein Zeugungsrohr / eine Messe wert ...« In anderen Ländern saßen weißbärtige Alte bei Kerzenlicht über den heiligen Schriften, ob sie nun Thora, Koran oder Bibel hießen, in Island aber hing man über ausgesprochen unheiligen Texten, langen, ausufernden Reimen, in denen die Story alles war, die Message nichts: »Der fromme Mann in Klofi fror / im frauenprächt'gen Fjorde.« So etwas las Lási gerade vor, als am Fenster eine Männerstimme laut und undeutlich gottlobte: »... sei Gott!«

Snjólka war mit dem Nachttopf zum Ufer gegangen, Olgeir schnarchte in ihrem Bett, die alte Frau saß wie eine Bronzestatue auf ihrer Bettkante, und Gestur zog sich gerade die Hose aus. Er streifte das zweite Hosenbein wieder über, trottete zur Tür und erkannte beim Öffnen sogleich Magnús Mannlos, das Faktotum des Pfarrers; sein eisweißes Haar leuchtete im Dunkeln.

»Könnten Sie morgen nach Upphæðir kommen? Es wird ein Mann für eine kleine Gefälligkeit gebraucht.«

Gestur war gut zu Fuß, ausdauernd und zuverlässig. Darum holte man ihn hin und wieder, um schnell einen Kanister in einen Fjord zu bringen oder für ein paar Öre einen Brief zu einem Schiff zu rudern.

Am folgenden Tag stand er auf der Treppe des Pfarrhauses und ließ sich von Hochwürden, der ihm ein Kuvert übergab, den Auftrag erklären. Mit dem Umschlag sollte er so schnell wie möglich in den Óðalsfjörður und ihn beim dortigen Telegraphisten abliefern. Diese technische Neuerung hatte ihr Ohr jüngst in dem langweiligen Nest geöffnet, in dem nicht mehr als hundert Seelen wohnten und nie etwas passierte, das eines Telegramms würdig gewesen wäre. Den Segulfjordern hatte der Sýslumaður dagegen eine Telegraphenstation verweigert, obwohl dort an guten Tagen mehr als zweitausend Menschen lebten. Dafür konnte es nur zwei Gründe geben: entweder reine Ausländerfeindlichkeit (»Dahin verlegen wir keinen Telegraphendraht. Dadurch würde sowieso nur Norwegisch geredet!«) oder schierer Neid auf diesen Ort, der so rasch wuchs, dass er selbst höfliche Menschen dazu brachte, in die Tischplatte zu beißen. Fagureyri zählte zu jener Zeit nur sechzehnhundert Köpfe. Auch hier bewahrheitete sich also einmal mehr, dass Großereignisse große Menschen noch größer machen und kleine kleiner.

Gestur freute sich über den Auftrag; er würde selbst ein Boot steuern und sein eigener Kapitän sein dürfen! Doch seine Freude wurde schnell getrübt, leider sei gerade kein Motorboot frei, erklärte der Pfarrer, das Anliegen aber dringend, es könne nicht bis zur nächsten Fahrt erst in einer Woche warten. Gestur solle sich deshalb zu Fuß auf den Weg machen, über den Pass, durch Tal und Hochheide, dem Telegraphisten das Schreiben aushändigen, auf Antwort warten und dann am nächsten Morgen zurückkommen. Für die Tour bekäme er nach seiner Rückkehr zehn Kronen, und zum Bezahlen des Telegramms und, falls notwendig, als Kostgeld drückte ihm der Pastor ein paar Schillinge in die Hand. Man konnte über Skeifuskarð in den Heiðinsfjörður gehen und dann auf der sogenannten Botnaleið über die Bergrücken hinüber in den Óðalsfjörður. Im Winter war diese Route allerdings gefährlich, schon viele hatten sich verirrt oder waren zuletzt so scharfe Grate hinaufgeklettert, dass sie sich dabei die Finger abschnitten. In dem Winter, als Gesturs Vater Eilífur wegen drei Kilo Weizen losgezogen war, war er dort oben herumgeturnt und bezahlte dafür am Ende mit dem Leben von Frau und Tochter. Vor einigen Jahren waren auf der Botnaleið drei junge Brüder in einer Lawine umgekommen, und neulich erst war dort die gesamte Besatzung eines Haiboots verunglückt. Für den Aberglauben war ein solcher Tod der schlimmste: wenn ein Seemann an Land starb, und erst recht, wenn es eine komplette Besatzung traf. Seitdem hatte sich niemand mehr im Winter über den Berggrat zwischen Heiðins- und Óðalsfjörður getraut.

Die allgemein übliche Route zum Letzteren verlief »andersherum«, aus dem Segulfjörður hinauf zum Segulfjörðurpass oder »der Scharte«, wie er meist genannt wurde. Von dort ging man in einem großen Bogen über Berg und Tal zum Óðalsfjörðursattel, von dem die am weitesten landeinwärts entspringenden Bäche kamen. Dort hatte man etwa die Hälfte der Strecke zurückgelegt. Insgesamt dauerte die Wanderung ungefähr zwölf bis vierzehn Stunden. Gesturs Vater Eilífur hatte sie zum Erstaunen aller einmal in nur acht Stunden geschafft.

Im November musste man mit jeder Art von Wetter und Unwetter rechnen, und Gestur rüstete sich so gut aus, wie er konnte. Er setzte eine Wollmütze auf und hatte zusätzlich eine Lammfellkapuze in Reserve, trug zwei Paar Fäustlinge übereinander und ein drittes in der Jackentasche, außerdem einen Beutel mit Mundvorrat. Unter der Jacke trug er noch vier Schichten Kleidung, angefangen bei der Wollunterhose und einem Winteroverall Marke »Vaterland«, dazu natürlich seine guten Stiefel. Außerdem hatte er einen Strick dabei, um sich bei Sturm alles dicht um den Leib zu schnüren. Den Umschlag stopfte er sich vorn in den Bund der Unterhose (die scharfe Papierkante schabte unangenehm auf dem Schaftansatz seines Penis). Die Münzen verwahrte er in der Jackeninnentasche über dem Herzen. Dann verabschiedete er sich von seinen Leuten, trat in die morgendliche Dunkelheit und stapfte bei aufkommender Morgendämmerung langsam zur Scharte hinauf. Im Westen sah der Himmel übellaunig aus, und aus Senken oben in der Scharte stürzten Fallwinde und Turbulenzen herab, die aber keinen Schnee mitführten. Erst einmal war Gestur hier gewesen, vor Jahren schon, damals auf seiner Flucht von dem französischen Schiff.

Am höchsten Punkt des Passes machte er halt, zog ein paar Sachen aus und blickte in den Fjord. Im Hafenbecken lagen keine Schiffe, die Landungsbrücken auf Eyri waren überwiegend abgebaut, nur Nýjabryggja, die Neue Brücke, die Lási zusammengehämmert hatte, und östlich von ihr die Norwegerbrücke standen noch. Zwischen ihnen, gleich südlich der Handelsgebäude, entstand die neue Pier des Krónufélag für seetüchtige Schiffe. Die Stege der Heringsstationen waren nur leichte Sommeranleger, die schon lange vor dem Winter abgebaut worden waren. Die Wohnbehausungen kauerten kümmerlich auf Eyri, einzig Södals großes Lager und das weißgestrichene Haus des Pastors stachen glanzvoll hervor. Weiter draußen lag Segulnes, und sofort musste er wieder an Sigrún denken, was er ohnehin zweimal täglich tat.

Er machte sich auf der jenseitigen Seite des Passes an den Abstieg, musste aber bald in einer Senke wieder anhalten, weil etwas an ihm steil nach oben wollte. Die backenschöne Sigrún rief. Er öffnete die Hose und schob die Unterhose beiseite, seine Erektion machte ihn verrückt. In seinem Wunschtraum legte sie Hand an sein steifes Glied. Aber er hatte nicht an den Umschlag gedacht. Der bekam nun weiße Flügel, der Wind wirbelte ihn hoch in die Luft, und mit seinem Auftrag war es vorbei. Kalt erschauernd sah er dem Kuvert nach, das ihm der Pastor anvertraut hatte, erst flog es noch höher, bevor es plötzlich nach unten absackte. Die Böen hier oben waren unberechenbar. Auf einmal landete der Umschlag im Geröll. Gestur, den Hosenbund mit der Hand zusammenhaltend, stürzte los, balancierte über Steine wie ein schnürender Fuchs und hatte das Kuvert fast erreicht, als der Wind es wieder packte und noch weiter zum Abhang hinwehte. Gestur setzte ihm nach …

Drei Böen später bekam er den feucht gewordenen Umschlag am

Rand eines Bachbetts endlich zu fassen und hielt ihn keuchend fest umklammert, als enthalte er seine eigene Daseinsberechtigung. Es hatte nicht viel gefehlt.

Was mochte eigentlich drinstehen?

Er steckte den Umschlag ein, verbannte die o-beinig wackelnde, krummschultrige Sigrún aus seinen Gedanken und konzentrierte sich wieder auf den Weg.

Ehe er das Tiefland erreichte, setzte heftiger Schneefall ein. Gestur folgte einem Schafspfad an sechs Höfen vorbei und legte am frühen Nachmittag eine Essenspause ein, als der Schneeschauer in die Berge weitergezogen war und er die Flóðin genannte Gegend überblicken konnte, die ein schlechter Scherz der Landnahmemänner gewesen war, denn es handelte sich um den nassesten Fleck des Landes. Dann führte der Weg hinüber ins Hrútadalur, und in böigem Westwind marschierte der Telegrammbote an zwei kleinen Katen vorbei. Auf einer graubuckeligen Wiese begegnete er einem großen alten Mann mit langem Stab, großem Brotbeutel und langem Bart, den ihm der Wind immer wieder vor die Nasenlöcher blies. Er sprach Gestur mit keinem Wort an, sondern ging an ihm vorbei wie ein Toter. Wenig später brach die Dunkelheit herein, doch rechts von Gestur floss der Bach, und er ließ sich von seinem Rauschen leiten, denn das Tageslicht hatte den Wind mitgenommen, und es herrschte Ruhe im Tal. Am letzten Hof im Hrútadalur grüßte er Gott durch ein schadhaftes Fensterchen in einem halbarmen Grasdach und wollte um einen Schlafplatz bitten, wie es ihm der Pfarrer geraten hatte. Aber er war nicht sicher, ob er am richtigen Hof anklopfte, denn übertrieben gastlich sah es hier nicht aus. Ein uralter, krummer Mann kam an die Tür, mit der kleinsten Tranfunzel in der Hand, die Gestur je gesehen hatte. Sie erhellte gerade noch den Bartzipfel dessen, der sie hielt. Der Bauer grüßte wortlos und schlurfte gleich wieder zurück in den Gang. Gestur war unschlüssig, ob er ihm folgen sollte, aber ein anderes Haus gab es nicht, also ging er hinterdrein.

Außer ihnen war im Haus niemand auf den Beinen, doch im hintersten Bett der Baðstofa lag eine alte Frau und rief von ihrem Kissen mit brüchiger Stimme manchmal: »Guðmundur!« Der Bauer kroch wortlos in sein Bett, ohne sich um den Botenläufer zu kümmern oder ihm etwas Essbares anzubieten. Auch die Frau beachtete er überhaupt nicht, er löschte das Licht und atmete tief, sobald er die Decke über sich gezogen hatte.

Die ganze Nacht hörte Gestur die Frau »Guðmundur!« rufen, außerdem tierisch schnaufende Atemzüge. Entweder übernachtete hier ein weiterer Gast mit riesigen Nasenlöchern, oder das Gespenst Glámur hatte sich in der hinteren Ecke zur Ruhe gelegt.

Dennoch schaffte es Gestur einzuschlafen, die Müdigkeit war groß, und er blieb bis zum Tagesanbruch in seinem Bett liegen, denn von hier aus ging es zur nächsten Heide hinauf, und da konnte ihm der Bach nicht bei der Orientierung helfen. Er musste schon sehen können, wo er langging. Allmählich wurde es heller in der Hütte, das Tageslicht tropfte durch das kleine Dachfenster herein wie Saft durch Gaze. Die Frau war irgendwann auch endlich eingeschlafen und schlief anscheinend noch, denn sie rief nicht mehr nach Guðmundur. Vielleicht war der Gute in der Nacht zu ihr gekommen.

Gestur hatte nicht mitbekommen, dass der Bauer aufgestanden war, aber jetzt tauchte der Alte aus dem Gang auf und machte sich an einem Holzverschlag in der Ecke zu schaffen. In dem Pferch erhob sich ein rotfleckiges Kalb und zwängte sich am Hausherrn, der mit dem Gatter in der Hand fast umgefallen wäre, vorbei in die Baðstofa. Als es Gesturs Schlafstätte erreicht hatte, tropfte Schleim aus seinen feucht glänzenden Nüstern. Dem Bauern gefiel das gar nicht, und er bearbeitete das Hinterteil des Kalbs wütend mit einem Stock und gab ihm mit entschiedenen Tönen Kommandos, obwohl kein Wort zu verstehen war. Das Kalb kannte seinen Platz, sobald der alte Langbart sich im Mittelgang an ihm vorbeizwängte, warf es den Kopf hoch und drehte sich so weit um, dass sein Hinterteil über das untere Ende von Gesturs Bett ragte. Der Alte holte noch einmal zum Schlag aus, und sobald der Stock auf den Rücken des Viehs klatschte, löste das ein Bedürfnis aus; es hob den Schwanz und ließ einen Fladen fallen. Er traf das Fußende, und ein Teil platschte ins Bett. Der Junge fühlte, wie sich etwas Darmwarmes auf seinen Fuß legte, aber zum Glück war die hauchdünne Bettdecke aus Sackleinen dazwischen.

Kapitel 10

Frau Mandal

Wer außer mir wird mit einem Scheißkuhfladen geweckt? Das überlegte Gestur die verbliebene Hälfte des Wegs über und kam schließlich zu dem Ergebnis, dass sein Leben nicht viel wert war.

Vier glänzende Sommer lang war er der Fassjunge bei Södal gewesen. Das war nicht schlecht, aber um mehr zu verdienen, musste er auf ein Heringsschiff kommen, doch da heuerten die Norweger lieber selbst an. Junge und alte Frauen waren besser dran, sie wurden per Fass bezahlt und konnten ihren Lohn durch eigene Anstrengung verbessern. Er hatte versucht, Snjólka zur Akkordarbeit zu bewegen, aber sie fürchtete sich vor der Hektik und schob außerdem Olgeir vor.

»Und wo soll mein Olli bleib'n?«

Im Winter war kaum etwas anderes zu bekommen als solche bizarren Gelegenheitsaufträge, bei denen man sich für zehn Kronen hinter den Bergen von Kälbern vollkacken lassen musste.

Und dann hatte er auch noch diese Menschen an der Backe, die als seine Familie galten, die er aber am liebsten los wäre ... Konnte er dieses Telegramm nicht einfach vergessen und sich im Óðalsfjörður oder auf Fagureyri niederlassen und ein neues Leben beginnen? Er hatte sogar etwas Kleingeld bei sich, auch wenn er in seiner Nachtherberge ungesehen eine Münze auf den morschen Brettern zurückgelassen hatte wie einen winzigen Sonnenstrahl in finsterer Nacht. Die anderen steckten noch in der Innentasche, damit konnte er sich den Eintritt in ein anderes Leben an anderem Ort erkaufen. Es war ihm nicht mehr verboten. Die Gesellschaft hatte sich seit den Zeiten seines Vaters verändert. Gestur war diese Möglichkeit noch nie in den Sinn gekommen, aber jetzt erkannte er sie plötzlich. War er diesen Menschen denn etwas schuldig? Hatte er das Asyl, das sie ihm als Kind gegeben hatten, nicht längst abbezahlt? Warum nicht sein Glück versuchen? Warum nicht nach Amerika auswandern, wie es sein Vater geplant hatte? Dagegen fielen ihm Kristmundurs Worte ein, Amerika sei jetzt in ihren Fjord gekommen. Im Übrigen war sein wahrer Vater, Kaufmann Kopp, teilweise von Fagureyri weggezogen, und es hieß, er werde wohl bald seinen Wintersitz nach Segulfjörður verlegen. Wozu sollte er selbst dann wegziehen? Noch immer brannte in Gestur der Ehrgeiz, seinem Kaufepapa zu zeigen, was in ihm steckte. Er würde sich und seine Schutzbefohlenen aus ihren miesen Verhältnissen in Strönd herausholen. Letzten Winter hatte er immerhin für zwei Kochfischmahlzeiten pro Woche sorgen können. Das war schon eine mehr als im Winter davor und zwei mehr, als die Bedürftigen der Gemeinde hatten, »Mildas Leute«, wie sie genannt wurden, wobei Mildiríður, die Frau des Gemeindevorstehers, die Zuteilungen vonseiten der Gemeinde oft mit etwas Mehl und Milch aufbesserte. Das musste man sich mal vorstellen, er war lediglich zwei Fischmahlzeiten davon entfernt, ein Gemeindearmer zu sein. Aber man konnte auch ganz anders denken: Sie waren Flüchtlinge aus einem Agrarland und lebten jetzt in einer völlig neuen Gesellschaftsform, die manche städtisch nannten, andere Fischereiort, sie hielten nicht ein Stück Vieh, waren bei niemandem in Stellung, und er, der Versorger der Familie, hatte nur drei Monate im Jahr eine feste Arbeit. Eigentlich war das ein Luxusleben. Drei Monate harte Arbeit und den Rest des Jahres frei. Aber de facto hatte er nie frei. Arm zu sein, ist ein Vollzeitjob. Wenn er bloß nicht all diese Mäuler zu stopfen hätte, dann … Nein, er fühlte und wusste, dass er Lási, Grandvör, Snjólka und Olgeir nie im Stich lassen würde. Auch wenn sie nicht seine echte Verwandtschaft waren, waren sie doch seine reale Verpflichtung. Also würde er nach Strönd zurückkehren. Obwohl er nie das Gefühl loswurde, dort nur Gast zu sein.

Inzwischen hatte er die Lagune am Ende des Fjords erreicht. Das Wetter war ruhig und schön, Frostwolken standen am Himmel, und die Berge hatten sich zu einem gemütlichen Nachmittagsbad kopfüber ins Haff gestürzt. In ihm stieg etwas von der Freude auf, die mit dem Unterwegssein und neuen Orten verbunden ist. Er bemerkte, dass Dutzende von Holzmasten einen Hang herabstelzten und einer Häuseransammlung am Fjord zustrebten, einer mit dem anderen durch einen glänzenden Kupferdraht verbunden. Gestur schlussfolgerte, dass es sich dabei um die berühmte Leitung handeln musste, und ließ sich von ihr zum Telegraphenhaus führen. Das stellte sich als ärmliches Holzhaus am Südrand des Orts heraus, der selbst nur aus zehn bis fünfzehn Häusern ohne Anlegesteg bestand. Wie Segló vor zehn Jahren. Und doch hatte sich einiges getan, seit sein Vater vor nunmehr sechzehn Jahren hierhergekommen war, um drei Kilo Weizen zu kaufen. Etliche Boote lagen auf den Strand heraufgezogen. Ein Mensch aber war nicht zu sehen. Und es antwortete auch niemand auf sein Klopfen an der Tür des Telegraphenhäuschens, nur ein Hund bellte im Innern. Gestur drückte die Klinke herab, aber die Tür war verschlossen.

Der Botenjunge versuchte es vergeblich bei zwei Torfhäusern, ehe er einen Kramladen entdeckte, auf dem vorne und hinten »P. Bentsson« geschrieben stand. Drinnen fand er ganze drei Männer vor, von denen zwei betrunken waren. »Nee, natürlich kriegt ihr keinen Scheiß-Telegraphen nach Segulfjörður. Ihr habt ja schon die Norweger. Ihr könnt ja nicht alles haben«, dröhnte ein bärtiger Grobian mit einem verbeulten Hut und musterte Gestur mit einem bösen Blick, als wäre der Junge persönlich für die Unverschämtheit verantwortlich, die in seinem Fjord vor sich ging. Der Wirt rief etwas über die Schulter, und in der Tür zum Lager erschien ein kräftiger Bengel, der sich gleich auf den Weg machte, den Telegraphisten zu holen. Gestur sah, wie er aus dem Ort lief. Eine Stunde später erschien zu Pferd ein mopsfideler junger Mann mit einem Seemannsbart um das breite Gesicht, der ein bisschen feminin wirkte. Er rieb sich die Hände vor Vergnügen, froh, als Telegraphist endlich etwas zu tun zu bekommen. »Du hast ein Schreiben für mich?«, fragte er, stieg aus dem Sattel, stellte sich als Kornelíus vor, band das Pferd an einen Stein und schloss das Telegraphenhaus auf. Ein schwarzer Hund freute sich über seine Befreiung und sprang eifrig um sein Herrchen herum, das ihn aber gar nicht beachtete. Gestur übergab den Umschlag, und Kornelíus wies ihm den Warteraum zu, eine winzige Kammer neben dem Eingang mit einer schmalen Bank. Gestur aber war neugierig auf den Fortschritt der Zeit und der Technik und schlich sich ins Telegraphenbüro, wo das edle Gerät auf dem Schreibtisch stand und Kabel über Boden und Wände verliefen. Es klickte schrill in einer Box, die an der Wand hing. Der Hund wollte mit Gestur herein, doch Kornelíus scheuchte ihn mit einem kurzen Wutanfall wieder nach draußen.

»Das hier soll also nach Norwegen telegraphiert werden, richtig?«, fragte er anschließend in ruhigem Ton.

»Das weiß ich nicht. Möglich.«

»Hier steht als Empfänger ein Arne Mandal, Christiansund, Norwegen.«

»Ach ja?«

»Und Absenderin ist eine Súsanna Mandal.«

»Wie? Súsanna? Nein, das kann nicht …«

»Steht aber hier unter dem Text: Frau Súsanna Mandal, Upph., Segulfjörður.« Kornelíus ließ den Blick über die eigentliche Mitteilung wandern, wobei sich unter seiner Schifferkrause ein Doppelkinn bildete, das über Hemdkragen und Krawattenknoten hing. »Oh«, ließ er sich amüsiert entschlüpfen, »eine wichtige Mitteilung …«

Gestur war schlagartig die Neugier in Person. War Súsanna zurückgekommen? Wieso wusste er nichts davon? Und wieso war sie wieder da? Was stand in dem Brief? Durfte er den Inhalt erfahren?

»Aber das dürfen wir nicht lesen. Hier sind ausschließlich Maschinen und stockblinde Mäuse an der Arbeit!« Um die Lippen des Telegraphisten spielte eine leicht kräuselnde Bewegung, die eine meisterliche Mischung aus Bewunderung für die Launen des Schicksals und zugleich ihrer abgrundtiefen Verachtung ausdrückte. Dann tickerte er mit der Taste dem berühmten Morseapparat die Botschaft ein, der sie zum nächsten Telegraphenmasten beförderte, durch den Kupferdraht nach Fagureyri, von dort ostwärts über die Heide, quer durch die Þingeyjarsýsla, über die Haugswüstenei in den Vopnafjörður, auf die Smjörvatnsheiði und in südöstlicher Richtung durchs Héraô und über die Fjarðarheiði hinab nach Seyðisfjörður, wo sie ins Meer tauchte, sich auf dem Meeresgrund Richtung Färöer vortastete und noch weiter … Dass jemand die Worte verstehen konnte, als sie in Norwegen ankamen, war unbegreiflich.

Gestur bezahlte für das Telegramm und dachte an den Auftrag des Pastors, auf eine Antwort zu warten. Der kragenbärtige Kornelíus war davon nicht erbaut. Die Telegraphenstation war sein Reich, darin hatte kein anderer etwas zu suchen. Eingehende Telegramme wurden die Woche über gesammelt und konnten dann im Kaufladen eingesehen werden. Gestur jammerte, zum Segulfjörður wären es zwei Tagesmärsche, er müsse hier übernachten, denn es wurde schon wieder dunkel. Der Telegraphist fragte zurück, ob denn die Diphtherie schon nach Segulfjörður gekommen sei, und schmückte dann seine Informationen über diese Krankheit kräftig aus. In Óðalsfjörður grassiere sie mit katastrophalen Folgen, allein im November seien dreizehn Kinder daran gestorben. Gestur hatte noch nie von dieser Krankheit gehört. Kornelíus schüttelte Kopf und Kinne, richtete die Apparate ein und sortierte Papiere. Dann schloss er das Telegraphenzimmer ab und wies den jungen Mann zurück in das winzige Wartezimmer neben dem Eingang; da könne er schlafen. Er selbst käme erst um die Mittagszeit des nächsten Tages wieder. »Vorher muss ich noch ein Paar Socken fertigstricken.« Mit diesen Worten ritt der stolze Telegraphist hoch zu Ross und von seinem Hund begleitet davon.

Gestur streunte um das Haus und dann zum Strand. Fuhr womöglich jemand mit einem Boot um die Vorgebirge nach Norden? Zwischen den Booten traf er auf einen blassen Mann, der sich gebückt damit abmühte, sie winterfest zu machen, sich aber aufrichtete, als Gestur ihn grüßte. Der Mann hatte einen fadenscheinigen Bart und einen Südwester auf dem Kopf. Von seinem linken Nasenloch verlief eine Narbe senkrecht über den Mundwinkel hinab zum Kinn und verzog sich seltsam, wenn er sprach.

»Nein, nein, es geht nichts mehr. Es liegt Eis.«

Dem Jungen kam der ganze Ort wie ein geschlossener Mund vor, und er traute sich nicht, irgendjemanden auch nur um ein Stück Fisch oder einen Schluck Milch zu bitten. Also legte er sich hungrig schlafen, indem er sich auf die schmale Bank im Wartezimmer klemmte. Dazu musste er auf der Seite liegen und die Knie über die Kante hängen lassen. Trotzdem schaffte er es einzuschlafen, schreckte aber hoch, als nebenan der Morseapparat zu klappern begann. Traf da die Antwort ein? Dann herrschte wieder Stille, bis es durch die dünne Bretterwand zu pfeifen begann. Draußen frischte der Wind auf, und drinnen wurde es ungemütlich kalt. Gestur konnte nicht wieder einschlafen. Er lag wach auf der Bank, dachte an Sigrún und erwog, sich Erleichterung zu verschaffen, als plötzlich ein Hund bellte. Es war derselbe wie zuvor, und Gestur ließ ihn herein. Aus wirbelnden Flocken sauste der Schwarze direkt ins Wartezimmer und auf die Bank, rollte sich gemütlich zusammen und schnarchte bereits, ehe der Junge zurück war.

Verwirrt stand Gestur eine Zeitlang in der Kammer, legte sich schließlich halb unter die Bank auf den Fußboden, konnte aber nur schlecht einschlafen und schlief dann auch schlecht.

Kapitel 11

Kinder, Kinder, Kinder

Eiskalt und unausgeschlafen hörte Gestur seinen Gedärmen beim Grummeln zu, bis der effeminierte Kornelíus lange nach dem Hellwerden erschien und seine Telegraphenstation öffnete. Nein, aus Norwegen war kein Telegramm eingegangen, überhaupt nur ein einziges während der Nacht, an den Arzt gerichtet und weitere Instruktionen für den Umgang mit Diphtherie betreffend. Dieser Auskunft folgte ein so schäbiger Blick, dass Gestur davor zurückschreckte und sich sofort auf den Heimweg machte. Das Wetter war unbeständig, kurze Schneeschauer wechselten mit Aufheiterungen ab. Gestur marschierte bis zum Ende des Fjordtals und machte sich an den Aufstieg. Am Nachmittag meldete sich sein leerer Bauch. Er entdeckte ein kleines Gehöft weiter oben am Anstieg. Das musste wohl der letzte Hof im Óðalsfjörður sein, dahinter lag die Hochheide. Drei schiefe Spitzgiebel sah er, der südlichste davon halb in sich zusammengesunken. Gestur musste an Ytri-Skriða denken. Er klopfte vergeblich an ein Fenster in der Vorderwand, fand dann ein winziges, mit einer Fruchtblase verschlossenes im Grasdach und rief, aber es kam niemand zur Tür. In diesem Hof lebten weder Hund noch Huhn. Er war ratlos. Sollte er sich einfach etwas Essbares stibitzen? Schließlich stieß er die schadhafte Tür auf und trat tastend in den Gang. Die Anordnung war die gleiche wie früher in Skriða, Türen zu beiden Seiten, Gästezimmer und Geräteraum, zwei weitere Türen zu Küche und Speisekammer und am Ende die Baðstofa. Er entbot jeder Tür einen guten Tag und spähte dann zögernd in die Schlafstube.

Zwischen zwei Stützpfeilern saß eine junge Frau auf der Kante eines doppelbreiten Lagers. Das Licht strömte auf sie herab wie ein Wasserfall. Ihr aschblondes Haar leuchtete im Zwielicht und fiel über gerundete Schultern, in Hellblau gekleidet. Ihre Brust hob und senkte sich mit Mühe, als sei sie gerade erst gerannt, um hier in dieser Szene ihren Platz einzunehmen. Gestur trat näher, wünschte einen guten Tag und entschuldigte sich für sein Eindringen, aber sie schien ihn nicht zu hören, so als hielte sie sich in ihrer eigenen Welt auf. Plötzlich zuckte sie zusammen, bemerkte seine Anwesenheit und erschrak heftig. Er entschuldigte sich noch einmal, diesmal auch mit Gesten, setzte sich ihr gegenüber, nannte seinen Namen und fragte nach den Hausbewohnern.

Ihren Gebärden zufolge wollte sie nicht reden. Still saß sie im Licht, das wie von einem Bühnenscheinwerfer von oben durch die Fensterluke fiel. Sie war keine Schönheit, aber in dieser Beleuchtung glich sie einem Engel. Der Junge starrte sie an und saugte die Heiligkeit in sich auf, die von ihr ausstrahlte; nie hatte er eine so schöne Unschönheit gesehen. Die Nase war recht groß, die Lippen waren lasziv weich, das Kinn weit von ihnen entfernt. Das Gesicht, der Haaransatz und die Schläfen glänzten von kleinen Schweißperlen, und ihre Wangen glühten vor Fieber. Sie atmete durch die Nase aus und verzog das Gesicht. Dann stand sie auf und verließ die Baðstofa.

Kurze Zeit später kam sie mit einem Teller Skyr, einem Löffel und einem Becher saurer Molke zurück und reichte alles Gestur. Dann setzte sie sich wieder an ihren Platz, nicht ganz so außer Atem wie vorher, und sah zu, wie er alles in sich hineinlöffelte, der weiße Skyr leuchtete im Dunkeln wie eine Farbe von Gottes Palette.

Gestur war ausgehungert, noch nie hatte isländischer Skyr, dieses spachteldicke Nebenprodukt der Molke, so gut geschmeckt. Nach beendeter Mahlzeit unternahm er einen zweiten Versuch, sich mit der jungen Frau zu unterhalten und sie zu fragen, ob sie auch von irgendwoher an diesem Ort gelandet sei, doch erneut bekam er keine Antwort. War sie vielleicht stumm? Also betrachtete er sie nur weiterhin, diesen aschblonden Engel in einem nicht zu definierenden hellblauen Kleidungsstück. War das ein Pulli, ein Oberhemd oder ein Kleid?

Nachdem sie ihm zu essen gegeben hatte, war das Mädchen ganz und gar schön. Gestur hätte sie den ganzen Tag und länger anschauen können, seinetwegen bis Weihnachten. Sie guckte ernst zurück und schien zu überlegen. Gut gesättigt stellte er das Geschirr beiseite, und sie verzog noch einmal das Gesicht, stand dann auf und ergriff seine Hand. Er blickte auf, sah Schmerz in ihren Augen und erhob sich. Sie führte ihn durch den Gang zum Geräteraum. Er hatte das Gefühl, sie könnte seine Cousine sein. Auf einer primitiven Hobelbank lagen drei Bündel und warfen Schatten in dem Licht, das durch vier kleine Scheiben in der Giebelwand zur Rechten fiel. Wortlos forderte das Mädchen Gestur auf, sich über die Bündel zu beugen. Es war ein entsetzlicher Anblick: zwei Kleinkinder in Windeln und ein etwas älteres, alle tot. Ihre Gesichter waren eisblass, die Lippen schwarz, die Augen geschlossen.

Gestur stockte der Atem, und er wurde ebenso stumm wie die junge Frau. Sie führte ihn aus dem Raum, hinaus auf den Vorplatz und zu einem Schafstall etwas weiter südlich am Hang. Er hatte das Gefühl, sie könnte seine Schwester sein. Im Stall erwarteten sie dreißig Schafe; sechzig Augen in zwei dunklen Pferchen richteten sich auf sie. Sie nahm ihn mit durch den Futtergang zum Ende des Stalls, dahinter schloss sich die Scheune an, ein recht ordentlicher Heuschober, den eine hüfthohe Steinmauer von den Pferchen trennte.

Auch hier fiel von oben etwas Licht ein, dessen Herkunft Gestur nicht ergründete, denn wieder stellte sich die junge Frau in der Mitte der Scheune genau in den Lichtstrahl. Nie hatte er etwas Schöneres gesehen. Vor sich hatte er ein Paar Lippen, und der Moment sprach eine klare Sprache: Er sollte diesen Engel küssen. Was er auch tat. Er hatte noch nie geküsst, er hatte noch nicht gelebt, das hier übertraf alles, das hier war die Weichheit, die Berührung und sie, der sprachlose Engel, der nun wieder sprechen konnte. Ihre Zungen schwärmten füreinander. Einmal unterbrach er ihr Küssen, um kurz in sein früheres Leben zurückzukehren, um zu prüfen, ob er noch von dieser Welt war, dann tauchte er wieder in das Gemälde ein, das er mit seiner Seele berührt hatte.

Sie streifte ihr Kleidungsstück ab, und Gestur sah wie im Taumel ihren Hals erscheinen, den Hals zur Brust werden, ihre Haut weiß wie Kochfisch. Sie nahm seine Hand, führte sie unter ihr Unterhemd, seine Finger tasteten weiter, erforschten fremdes Gefilde, warm und himmlisch, und seine hohle Hand füllte sich.

Er fühlte sich, als wäre sie seine Frau.

Sie verzog das Gesicht, als er sich bereitmachte, und stöhnte, als er in sie eindrang. Tat er ihr weh? Er zog sich zurück, aber das wollte sie nicht, sie fasste sein steinhartes Glied und führte es an die richtige Stelle. Sie zog noch viele Gesichter, bevor das Jungfernhäutchen riss, biss sich auf die Lippen, biss die Zähne zusammen, biss sich erneut auf die Lippen, verzog das Gesicht, verzog es noch heftiger. Gestur war ein einziges Staunen, ein leuchtendes Staunen an fremdem Gestade, seine lodernde Fackel tief in diesen Lebensbrunnen getaucht, und sie … sie packte den Stier bei den Hörnern. Mitten in ihrem Handgemenge fiel sein Blick in den Stall, und er sah sechzig grüne Lichter, die ihr Treiben beobachteten. Ihre Vorstellung war komplett ausverkauft.

Jene Kinder waren gestorben, und nun waren sie Kinder, die einzigen auf der Welt, und er versprach ihr, drei Kinder auf einen Schuss zu zeugen. Er spürte, wie ihre Scheidenmuskeln alles aus ihm herauspressten.

Nachdem es vollbracht war, legte er sich in ihre Arme, zog ihre Sachen über sich und schlief ein. Er träumte von einem Tal und hundert Kindern. Die Liebe ist sprachlos, das Leben sagt Mäh.

Kapitel 12

Súsanna, die einzig Wahre

Er erwachte allein und bei Dunkelheit. Er wusste nicht, wo er war, spürte aber die Anwesenheit rätselhafter Wolltiere, eine Mischung aus leisem Murmeln und kühler Wärme. Da erst fiel ihm der Gesichter schneidende Engel wieder ein, ihre kurze Zeit außerhalb des Lebens, das Abenteuer einer Wanderung. Er zog sich an und seinen Gürtel stramm, suchte nach den Stiefeln und fand sie. Er bahnte sich einen Weg durch die blökende Schafherde nach draußen. Ein Stück weiter am Hang sah er einen schiefen Hausgiebel. Im selben Moment kam ein Lichtfleck auf ihn zugeschossen und kläffte sich die Lunge aus dem Hals. Zwischendurch ließ er ein böses Knurren hören. Erfolglos versuchte Gestur, den Hund zu beruhigen, also ging er über eine steifgefrorene Wiese am Gehöft vorbei. Über ihm wölbte sich ein sternenklarer Himmel: eine Billion Samenzellen aus Gottes Schwengel funkelten hell.

Offenbar war er mitten in der Nacht aufgewacht, denn es wollte und wollte nicht hell werden. Er schüttelte den Hund ab und folgte Fluss und Bächen hinauf zur Wasserscheide, brauchte nach seinem Eindruck aber viel zu lange, um den Sattel zu überqueren. Erst als er am Haus des ungastlichen Paars vorbeikam, dämmerte es endlich. Das Wetter blieb immerhin günstig, bis er den Pass zum Segulfjörður erreichte, doch da setzte so dichter Schneefall ein, dass er kaum die Augen offenhalten konnte. Zehn Eisschmetterlinge gleichzeitig setzten sich auf sie und klappten mit den Flügeln. Er saß dieses Programm zwei Stunden ab und war reichlich ausgekühlt, als die Schmetterlinge endlich zu Fliegen wurden, die Fliegen zu Mücken und die Mücken zu nichts. Das Geröllfeld war völlig zugeschneit, und er passierte es wie eine Spinne eine Marmorplatte. Vollkommen erschöpft kam Gestur an der Treppe von Upphæðir an und klopfte. Die Tür wurde geöffnet, und in ihrem Spalt erschien ein Gesicht, das er kannte, ein Gesicht, das ein Teil von ihm war. Die Frau, der es gehörte, hatte eine Zeitlang seine Phantasie bewohnt, eines ihrer innersten Zimmer, das allerbeste sogar, aber er kam nicht auf ihren Namen, doch, er erinnerte sich: sie war es – Súsanna. Wie sie sich verändert hatte, oder er, oder die Luft, die zwischen ihnen stand und in Stunden gemessen wurde, nicht mit Barometern. Er hatte sie angebetet, sie hatte geheiratet, war in ein anderes Land gezogen, zu einem Stern am Firmament geworden. Aber jetzt stand sie hier, ein Stern im Türspalt. Auch sie starrte ihn an und überlegte sichtlich.

»Sind Sie … bist du nicht Gestur?«

»Ja.«

Er lachte blöd. Wie spricht man mit einem Stern, wenn er so nah vor einem leuchtet?

»Du hattest diesen kleinen Jungen … den mit dem Auge.«

»Ja, Olgeir.«

»Wie geht es ihm?«

»Es … es geht ihm gut.«

»Und das Auge?«

»Das ist … na ja, er hat noch immer bloß eins.«

»Oh, das … das tut mir leid. Hast du eine Antwort mitgebracht?«

»Nein. Es ist keine gekommen.«

»Hat Árni dir nicht gesagt, du sollst auf Antwort warten?«

»Doch, hat er … Ich habe bis Mittag gewartet.«

»Keine Antwort?«

»Nein.«

»Aber das Telegramm hast du abgeschickt?«

»Ja, es wurde verschickt. Vielleicht dauert es, bis es ankommt.«

»Nein, das geht ganz schnell. Es ist Telegraphie. Ich danke dir. Hat man dich schon bezahlt?«

»Nein.«

Sie verschwand und kam mit zwei Geldscheinen zurück. Sie gab ihm zwanzig Kronen, doppelt so viel, wie vereinbart war, aber er bemerkte es nicht, nicht gleich, er sah nur sie, diese Lippen, diesen Hals, diesen Busen, aber alles war einen halben Ton tiefer gestimmt; diese Frau war geliebt und verlassen worden, in ihren Augen lag messerscharfer Kummer.

Dennoch: Noch nie hatte er eine solche Frau gesehen. Sie war die einzig Wahre.

Kapitel 13

Würgeengel der Kinder

Drei Tage nachdem Gestur zurückgekommen war, wurde Olgeir krank. Er bekam Fieber und starken Ausschlag, schwitzte um seine leere Augenhöhle und delirierte. Er hatte Diphtherie. Die Krankheit hatte den Segulfjörður erreicht. Gestur hatte sie in seinem leeren Brotbeutel mit über den Pass gebracht und sie seinem kleinen Jungen verabreicht.

Snjólka verschonte er mit dieser Erklärung, erzählte aber Lási davon und auch Doktor Guðmundur, während sie eilig die Lebertrankochwiese überquerten.

Der Mann mit dem Bart hörte mit besorgt zusammengezogenen Brauen zu.

»Rachenbräune, Diphtheritis«, konstatierte er nach einer ersten Untersuchung und verschwand in seiner Tasche, wo Gestur ihn murmeln hörte: »Der Würgeengel der Kinder.«

»Er ist bloß krank«, wandte Snjólka wütend ein. Sie redete mit dem Leben.

Guðmundur förderte eine Spritze zutage, stach sie in eine Ampulle, zog sie achtsam auf und stieß sie dem Jungen in die Seite, der in seinem Fieberwahn dermaßen brüllte, dass Snjólka auf den Arzt losgehen wollte und Gestur sie festhalten musste.

»Nicht! Er macht ihn gesund. Ganz ruhig!«

»Du böse!«

»Serum, Medizin«, sagte der Arzt und verstaute die Spritze wieder in der Tasche. »Das sollte das Fieber senken.«

Dann schloss er die Tasche, setzte sich auf die Bettkante, sah sie einen nach dem anderen mit todernstem Gesicht an und erklärte, es stehe das Allgemeinwohl auf dem Spiel. Hier auf Eyri und im ganzen Fjord lebten vierzig Kinder unter fünf Jahren, darum müssten besondere Maßnahmen ergriffen werden: Isolation, Quarantäne. Die Ansteckungswege seien einfach zu kurz in diesem Gemeinwesen, in dem sich die meisten mit einem Kuss begrüßten und verabschiedeten, Lippen auf Lippen (so war es allgemeinüblich). Kleinen Kindern würde das Essen vorgekaut, und manche würden sich in der Dunkelheit völlig vertun und die Schöpfkelle in den Urineimer tauchen. Die kleine Familie müsse mitsamt Hund ihr Zuhause verlassen und die nächsten Wochen fern von anderen zubringen. Er würde sich sofort darum bemühen, ihnen Platz auf einem Schiff zu besorgen. So kam es, dass sich Gestur und seine Angehörigen auf dem Segulfjorder Haifangschiff *Sleipnir* einrichteten, demselben, auf dem er sich in früheren Jahren einmal für seine Überfahrt nach Amerika hatte einschmuggeln wollen. Es gehörte inzwischen dem Krónufélag, hatte deutlich bessere Tage gesehen und stand jetzt vor dem Laden auf den Strand gesetzt. Es wurden viele Hände zusammengerufen, um es zu Wasser zu lassen, und dann wurde es mitsamt den Strönd-Leuten weiter hinausgerudert. Drei Mann waren nötig, um Grandvör an Bord zu hieven, sie konnte kaum mehr selbst gehen und schimpfte und fluchte unentwegt auf das, was man ihr antat, schnaubte, zischte und gab an allem dem »Hurenbalg« die Schuld. Die Bezeichnung hatte Gestur seit Ytri-Skriða nicht mehr gehört.

Snjólka bekam für sich und den Jungen, der feuerrot in ihren Armen dämmerte, die beste Koje, in der Kapitänskajüte. Die Spritze schien nicht zu helfen. Sie hockte bei ihm wie eine Gans, die ihr letztes Junges bewacht, und schluchzte dauernd: »Olli, mein Olli!«

Lási hielt es für angebracht, Grandvör in der Kajüte des Vollmatrosen unterzubringen und sie dort allein schlafen zu lassen. Da konnte sie auf das Kind schimpfen, so lange sie wollte. Lási und Gestur quartierten sich in der Steuermannskabine mit ihrer Doppelstockkoje ein. Sie war ein neuerer Einbau und daher etwas bequemer. Ansonsten dünstete die spuckschwarze Holzsinfonie überall Lebertran, Schweiß und Harn aus.

So lagen sie auf dem Pollur vor Anker, an Bord dieses schwarzgestrichenen Pestschiffs, das leicht in der abendlichen Dünung schwojte. In der ersten Nacht lag Gestur lange wach in der oberen Koje. Seine Nase stieß fast gegen die Decke, er atmete den Gestank ein und dachte über Infektionswege nach. Wurde der gesamte Óðalsfjörður davon heimgesucht, oder hatte er sich bei dem weibischen Telegraphisten angesteckt? Nein, wahrscheinlicher war, dass er sich diese Pest auf der Hobelbank im Geräteschuppen bei Fríða Engelfein geholt hatte, als er sich über die drei Kinderleichen gebeugt hatte. Oder war sie aus dem Heuschober gekommen? Oder gar von ihr selbst? Je mehr er, von den Wellen im Segulfjörður geschaukelt, über sein Abenteuer im Óðalsfjörður nachdachte, desto unsicherer wurde er, ob es überhaupt stattgefunden hatte. War alles nur ein Traum? Einbildung oder Wahnvorstellung eines Wanderers durch ein langgestrecktes, dunkles Tal? Sie hatte ihn geradezu in die Scheune und auf sich gezerrt, als ob sie krank und sein Ding die heilende Spritze gewesen wäre. Von ihrer Seite hatte er nicht eine Spur von Liebe wahrgenommen, außer vielleicht in ihren Küssen, und aus ihren vielen Gesichtern hatte er allein das Wort »notwendig« herausgelesen. Wir müssen es »unbedingt« tun. Aber warum? »Wer versteht schon die Weiber«, hatte er Lási diverse Male sagen gehört.

Wie es aussah, war er nicht nur, aus Unwissenheit und Fahrlässigkeit, für den Verlust von Olgeirs Auge verantwortlich, sondern ließ ihn jetzt für lumpige zwanzig Kronen auch noch mit dem Leben büßen. »Olli, mein Olli!«, klang es klagend aus der Nachbarkajüte herüber. Im Gang dazwischen lag Papa mit dem Kopf auf den Vorderpfoten, bekümmerter Miene und aufgestellten Ohren wie ein Vater auf der Entbindungsstation. Die Katze hatten sie in Strönd zurückgelassen, wo sie die Speisekammer gegen die Mäuse verteidigen sollte.

Und wie stand es um die Kinder im Pfarrhaus? Da hatte er an der offenen Tür gestanden, und Súsanna hatte ihm das Geld in die Hand gedrückt. Hatten sich dabei ihre Finger berührt? Wie verbreitete sich diese Krankheit unter den Menschen? Durch Mösensaft? (Die Kerle im Laden hatten das Wort gebraucht.) Oh, alle Liebesbekundungen waren mit Pest und Tod behaftet! War er denn verliebt? Und wenn ja, in wen? In Fríða Engelfein? In Frau Mandal? Nein, die eine gab es nur in seiner Einbildung, und für die andere empfand er nichts als Verehrung und Anbetung. Wenn er jemanden liebte, dann Olgeir.

O, mein Olli, finde in deinem Krankenschlaf zur Gesundung! Endlich schlief Gestur in diesem schwimmenden Gefängnis ein und träumte von Kinderleichen, von tausenden toten Kindern, er krabbelte über sie hinweg wie eine Spinne auf einen offenen Mund zu, weiches Fleisch stülpte sich um ihn und hielt ihn fest. Die Venusmuskeln drückten zu. Verschwitzt fuhr er hoch und knallte mit dem Kopf gegen die Decke.

Kapitel 14

Maskierter Mann aus dem Nebel

Zehn Tage trieben sie wie verdammte Seelen auf dem Pollur. Lási sagte Reime auf, Grandvör nölte im Rhythmus des Schiffs, und Snjólka kümmerte sich um Olgeir. Manchmal wachte sie vierundzwanzig Stunden am Stück an seiner Seite. Bei schönem Wetter setzte sich Gestur an Deck und sah dem Schiffsverkehr und dem Leben an Land zu. Sämtliche Fahrzeuge kamen jetzt von Westen und fuhren auch dorthin zurück. Die Weiterfahrt nach Osten war von Eis blockiert.

Doktor Guðmundur erschien alle zwei Tage mit Handschuhen und Tuch vor dem Mund und verabreichte den Aussätzigen Tropfen von Zuversicht. Der Junge würde durchkommen, der Ausschlag war abgeklungen, und er nahm wieder Milch und Nahrung zu sich, die der Doktor in einer kleinen Kiste mitbrachte.

Weitere Fälle waren in Eyri nicht aufgetaucht, die Vorsichtsmaßnahmen des Arztes schienen sich auszuzahlen. Dafür wurde die arme Snjólka zusehends schwächer. Ihre Haut war fahl, auf der Stirn perlte kalter Schweiß. Gestur die Pflege des Jungen zu überlassen, kam für sie jedoch nicht infrage. Schließlich befahl ihr der Doktor, sich hinzulegen. Sie holten die alte Grandvör, setzten sie zu Snjólka und legten ihr den Jungen auf den Schoß. Das war eine kalte Unterlage, die aber den fiebernden Jungen kühlte; er verschlief fast einen ganzen Tag und erholte sich weiter. Die alte Frau hielt sich zwar mit ihren

Verwünschungen zurück, zeigte aber keinerlei Mitgefühl, weder mit dem Hurenbalg noch mit ihrer Enkelin, die um ihr Leben kämpfte. Gestur sah nach beiden und fühlte Mitleid mit der Frau und mit sich selbst: Wollte sie etwa sterben? Wer würde sich dann des Jungen annehmen?

Es war merkwürdig, alles Abstoßende an ihr war wie weggeblasen, er sah nur noch eine verlässliche und zahnschöne Frau auf einem feuchtkalten Kissen mit dem hundertjährigen Tod ringen, der in einer schwarzen Kutte auf ihr lag. Manchmal wehrte sie sich mit Händen und Füßen gegen ihn, dann wieder versuchte sie ihn wegzuschieben, wobei ihr der Seegang zu Hilfe kam, und manchmal spie sie ihm gelbe Galle ins Gesicht. Das schien ihr für eine Weile Erleichterung zu verschaffen.

An einem tauwetterwarmen Nebeltag Anfang Dezember, als Gestur zusammen mit dem Hund Papa auf einer Kabelrolle abhing und aus einem Stück Holz tote Kinder schnitzte, tauchte ein Boot aus dem Nichts auf. An seinem Bug stand ein schwarzgekleideter Mann mit Hut, schwarzen Handschuhen und einem schwarzen Tuch vor Mund und Nase, sodass unter der Hutkrempe geradeso seine Augen zu erkennen waren.

Sein Bild spiegelte sich auf der unbewegten Wasseroberfläche, und das Plätschern der Ruder drang von Weitem herüber. Papa gefiel der Ankömmling ganz und gar nicht, und er kläffte ihn an. Das Gebell hallte laut durch den Nebelsaal. Der Ruderer hinter dem Maskierten blieb unsichtbar, und als er seine Arbeit einstellte und die Riemen aus dem Wasser hob, standen sie wie federlos verholzte Flügel seitwärts von dem Maskierten ab. War der Tod in einem Boot erschienen?

»Gestur!«, rief er. »Gestur!«

Der Gemeinte richtete sich auf und trat an die Reling.

»Ja.«

»Sie kommen mit uns.«

»Weshalb?«

»Ein zweiter Botengang. Ein zweites Schreiben.«

»In den Óðalsfjörður?«

»Genau.«

»Und die Diphtherie? Ich darf hier nicht …«

»Sie sind der Einzige, der gehen kann«, sagte der Mann.

Seine tiefe Stimme schien im Nebel widerzuhallen, aber das war eine Täuschung. Diese Seewolle dichtete die Luft um das Schiff so hermetisch ab, dass die Akustik den Eindruck vermittelte, hier trieben zwei Boote in einem geschlossenen Raum, einem riesigen Saal mit spiegelblankem Parkett.

Gestur turnte unter Deck, erklärte seinen Leuten, worum es ging, streichelte den Jungen und prägte sich ein letztes Bild von Snjólka ein für den Fall, dass sie bei seiner Rückkehr gestorben sein sollte. Er hielt inne, betrachtete die geschwächte Frau und dachte: Diese Frau, die kaum noch die Kraft hat aufzustehen, tritt vielleicht gleich die längste Reise an, die jedem von uns einmal bevorsteht. Und plötzlich sah er im hintersten, dunkelsten Winkel seines Verstands wie in einem Blitzlicht den Endpunkt dieser Reise: Die Frau stand auf dem letzten Spielfeld ihres Lebens, wo alle ihren Körper zurücklassen müssen, und die Seele flog aus ihrem Käfig und ließ mit schwerfälligem Flügelschlag fremde Farben sehen: Weiß, Schwarz, Orange. Aus ihrer Brust stieg eine Mandarinente. Gestur kam zu sich und sah Snjólka in die Augen: zwei schwarze, sinkende Sonnen.

Er stürzte nach oben und wurde an Land gesetzt, so weit wie möglich vom Ort entfernt, beim Schlick vor der Flussmündung. Der Maskierte händigte ihm einen Brief und einen Ranzen aus, Mütze, Handschuhe und eine teure Pelzjacke, dazu fünfzig Kronen in drei Scheinen und ein paar Schillinge für unterwegs anfallende Ausgaben und die Telegrammgebühr. Gestur stieg aus dem Boot, erreichte mit nassen Füßen die Hauswiese von Hvammur und machte sich auf den Weg in die Berge.

Kapitel 15

Liebe ist Gift

Es herrschte Tauwetter, und das kam ihm gut zupass. Er stieg auf aus dem Nebel und wanderte wieder in ihn hinein; er nahm denselben Weg wie beim letzten Mal, legte an derselben Stelle eine Pause ein, begegnete aber keinem Menschen. Das alte Ehepaar am Einstieg ins Hrútadalur ließ er links liegen und überquerte die Hochheide noch vor dem Dunkelwerden. Unterwegs verfasste er fünfzehn verschiedene Schauspiele über seine Ankunft in Engelfeinstätten.

Oder durfte er den Hof gar nicht aufsuchen? Aber irgendwo musste er übernachten. Nur steckte da nicht die Seuche in jeder Ritze? Aber was habe ich zu verlieren? Ich bin doch ohnehin ein Überträger. Oder werde ich dann mit etwas noch Ansteckenderem nach Hause kommen? Läge die Schuld dafür nicht bei anderen? Ist es nicht völlig verantwortungslos von Séra Árni, mich noch einmal in diesen Diphtheriefjord zu schicken? Und das nur wegen des Liebeskummers einer Freundin der Familie. Sie war einmal die schönste Frau der Erde und noch immer die schönste Frau der Förde, aber das gab ihr wohl kaum das Recht, Menschen in alles Mögliche zu hetzen, oder?

Doch, wahrscheinlich schon. Schöne Menschen brauchen sich an keine Regel zu halten, sie kommen mit allem durch, während die Hässlichen ihrer Macken und Launen wegen in stinkenden Kabuffs im Todeskampf liegen.

Gestur stieg aus seinem Gedankennebel und stand mit einem Mal vor Fríða Engelfeins Haus. Der Hund kam kläffend aus dem Gang, ein hellbrauner isländischer Klotz, der aus Verachtung einen Vorderlauf hob: Was willst du denn hier? Ihm folgte ein Mann mit großer Nase, einem glänzenden Tabaksstreifen über der Oberlippe und einem bräunlichen Lappen in der Hand.

»Ruhig, mein Recke«, sagte er bedächtig, und der Hund hörte aufs Wort. »Na, Freund, sind Sie auf dem Weg rein oder raus?«, fragte der Mann. Er war in seinen besten Jahren, stark und kräftig wie ein Nationalspieler späterer Zeiten, nur sein Kinn war für einen so nasengroßen Mann ungewöhnlich klein. Es waren dieselben Gesichtszüge, die seine Tochter so hübsch-hässlich machten. Seine Stimme klang nach immenser Ruhe und Gelassenheit, doch darunter war ein harter Resonanzboden tiefer Trauer herauszuhören. Der Mann hatte letzten Monat drei Kinder verloren.

Gestur sagte, wo er herkam, und erkundigte sich ohne nachzudenken, ob er wohl über Nacht bleiben dürfe. Die Frage überraschte ihn selbst. Da sprach sein Pimmel und scherte sich nicht um die Folgen seines letzten Besuchs. Die nächsten Sätze hatte er auch schon parat: »Ich möchte so gern deine Tochter vögeln. Lebt sie noch?« Aber sein Verstand behielt diesmal die Oberhand und brachte den Hosenstallinsassen zum Schweigen.

»Ich bin auf dem Weg zur Telegraphenstation.«

Hinter dem Jungen gab der Tag seinen Geist auf, der Berg hinter dem Tal saugte das Restlicht auf wie ein Schwamm. Diese Berge waren vollgestopft mit Tagen, Wochen, Jahrhunderten. Es war verrückt, wie lange die Erde solche Abenddämmerungen geschluckt hatte, und doch nannte jeder Mensch jeden Tag einen neuen, denn ihm sind so wenige von ihnen zugemessen, dass er jedem einzelnen von ihnen auf diese Weise schmeichelte. Dabei war es doch eine der ältesten Erscheinungen der Welt.

Als der Bauer ihn zur Baðstofa führte, hüpfte Gesturs Herz aus Vorfreude. Die Frau des Hauses stand über einige Näpfe auf der vordersten Bettstatt gebeugt und wandte ihm den Rücken zu, weiter hinten saß das Gesinde, eine Frau mit dünnen Haaren und zwei Männer, ein jüngerer und ein älterer, tuschelten durch gebrochene Zähne miteinander; auf der hintersten Schlafbank saß ein altes Paar, beide strickten. Fríða Engelfein war nirgends zu sehen, nur die anderen Bewohner, die bei seinem ersten Besuch nicht zuhause gewesen waren. Die Bäuerin holte etwas Essbares und brachte es ihm auf einem Brett. Ihr Gesicht war rauchgeschwärzt wie bei den meisten Menschen, die an offenen Torffeuern kochten, zudem hatte Trauer ihre Furchen darin hinterlassen.

Taktvoll erkundigte sich Gestur nach der Ausbreitung der Diphtherie, wobei er sie aus Rücksicht auf seine Gastgeber nur »die Krankheit« nannte.

»Von hier ab sind alle Höfe kinderlos geworden«, gab der Bauer zur Antwort und unterband damit jegliche Vertiefung des Gesprächs.

Gestur erzählte nichts von seiner Familie und wurde nicht weiter nach seinem Woher und Wohin gefragt. Als er seine Portion verzehrt hatte, erschien die junge Frau, die er für sich Engelfein genannt hatte, in einem dunklen Pullover und starrte ihn streng und unbeteiligt an. Sie setzte sich zu dem alten Knecht, nahm eine Strickarbeit auf und guckte den Gast nicht mehr an. Sie war kein Engel mehr, das sah er, lediglich ein ganz gewöhnliches Mädchen vom Land mit großer Nase und fliehendem Kinn, aber ihre totale Indifferenz verletzte ihn; sie tat ja gerade so, als wäre nie etwas zwischen ihnen gewesen. Gestur fing an, sich Vorhaltungen zu machen, dass er sich alles nur in seinen Träumen zurechtgesponnen hatte; ja, er hatte nie mit ihr geschlafen, das war nichts als pure Einbildung! Liebe war Gift, voll Fieberwahn und Halluzinationen. Und sechzig grüne Augen in einem Saal. Überzeugt, dass er sich alles nur eingebildet hatte, schämte er sich, er merkte, dass der ältere Mann mit den abgebrochenen Schneidezähnen ihn unter seinen buschigen Brauen permanent böse anstarrte, mit einer Miene, die sagte: Du hast keine Ahnung von diesem Haushalt hier. Dann aber nahm er ebenfalls Strickzeug zur Hand, genauso wie der jüngere Knecht, und die Magd brachte dann auch Gestur etwas zu stricken. Nach getaner Arbeit kam die Frau des Hauses zurück, und als auch der gutgelaunte Hausherr mit der Tabaksspur unter der Nase sein Strickzeug zur Hand nahm, saßen dort neun Menschen und strickten in völligem Schweigen. Vielleicht war es die beste Art, Kinder zu betrauern.

Unter dem vordersten Bett seufzte Recke, der Hund.

Kapitel 16

Amor im Schneetreiben

Am nächsten Tag war er schon einen halbstündigen Fußmarsch vom Hof entfernt, als sie hinter einem Stein hervorsprang,
ihm einen winzigen Zettel in die Hand drückte und so wortlos wie
zuvor wieder heimwärts verschwand. Gestur sah ihr durch dünnes
Schneetreiben nach, ihre Haare wehten wie ihre Rockfalten. Sie sah
wieder wie ein Engel aus, allerdings wie einer, der das Fliegen noch
nicht richtig gelernt hatte und einen so langen Anlauf brauchte wie
ein Huhn. Ihm war, als würde sie in den Himmel hinauf verschwinden. Träumte er schon wieder? Ja, was für eine starke Droge die Liebe
doch war. Auf seiner Stirn schmolzen Schneeflocken und vermisch-
ten sich mit dem Schweiß, der ihm ausbrach. Er schaute in seine
Handfläche und las den Zettel: »Bei Ásbrekka« stand da in Druck-
buchstaben. Die beiden Wörter waren anscheinend aus einer Zeitung ausgerissen worden, denn der Zettel war auch auf der Rückseite
bedruckt.

Wie mochte sie wohl heißen? Und warum hatte sie sich ihn aus-
gesucht? Waren stumme Frauen lustvoller als andere? Zumindest
brauchten sie kein Vorgeplänkel.

Er ging das Tal hinab, Richtung Ortschaft. Auf dem letzten Stück
setzte Schneetreiben ein; die Häuser schwammen wie Boote auf
schneeweißer Brandung, die Telegraphenpfosten waren Masten halb
versunkener Schiffe. Zum Glück für alle hielt sich Kornelíus zusam-

men mit dem schwarzen Hund in seinem Telegraphenschuppen auf und schien guter Laune zu sein. Er tat allerdings so, als hätte er Gestur noch nie gesehen, und behandelte ihn wie einen x-beliebigen Passanten in einer Millionenstadt. Während er die Nachricht in die Leitung tastete, studierte Gestur die Landkarte an der Wand und sah, dass Ásbrekka ein Hof etwa in der Mitte des Fjordtals nördlich des Flusses war. Es handelte sich also nicht um ihren Hof, der stand ganz hinten im Tal auf der Südseite des Flusses. Laut Karte hieß er Litla-Brekka.

Neben der Karte hing eine Spiegelscherbe, und Gestur betrachtete sich darin. Er entwickelte sich zu einem jungen Mann mit breitem Gesicht. Sein Freund Skapti hatte ihn im Herbst zum ersten Mal rasiert. Es war die erste Rasur für beide, zelebriert zur Feier von Gesturs Entjungferung. Vor seinen beiden Freunden, Skapti in Gvendarhús und Svenni in Mjólkurbær, hatte er sich verplappert.

Zu jener Zeit spielten Dinge wie Freundschaft keine große Rolle, sie war ein zukünftiger Luxus, alle wache Zeit war Plackerei und Broterwerb vorbehalten. Nur selten konnte Gestur es sich erlauben, mal für kurze Zeit mit seinen Brüdern im Kottenleben abzuhängen, aber es kam durchaus vor, dass sie sich an einer Hausecke trafen, sich mit den Spaßvögeln unterhielten oder sich in der Hochsaison in einer wunderschönen Schlägereinacht eine Flasche teilten.

Svenni war das reinste Gottesgeschenk aus einer großen Lawinenfamilie im Nachbarfjord, dem Heiðinsfjörður. Seine gesamte Verwandtschaft war in einer vernichtenden Lawine ums Leben gekommen, als er fünf Jahre alt war, er allein war gerettet worden, mithin der letzte Spross seines Geschlechts, und Emma in Mjólkurbær hatte ihn aufgenommen. Er war blond, hatte milchweiße Haut, weiches Fleisch, eine hohe Stimme und so große Augen, als würde er noch immer darüber staunen, dem Tod von der Schippe gesprungen zu sein.

Skapti dagegen hatte scharf geschnittene Gesichtszüge, dunkle Brauen und Haare. Er war eindeutig der am besten Aussehende von ihnen. Aber er war auch ein komplizierter Mensch, überlegte sich fünf Sätze, bevor er einen äußerte, und saß permanent über alles, was er tat, zu Gericht. Er stellte alles infrage, was er wusste, und anderes wollte er lieber nicht wissen, denn sein Verstand benagte jede Tatsache bis auf die Knochen. Gvendur, sein Vater, war einer von zwei Lehrern an der Grundschule und hatte sich damit aus dem Kottendasein herausarbeiten und seiner Torfkate ein winziges Holzhäuschen anbauen können. Manche behaupteten, das Haus sei durch Spekulationsgeschäfte mit den Norwegern finanziert worden, und das Gerücht lastete schwer auf dem Sohn, doch Gvendur hatte als junger Mann zwecks Arbeit und Ausbildung zwei Jahre in Norwegen gelebt und war einer der wenigen Einwohner des Fjords, der fehlerfreies Norwegisch sprach.

Gestur stand noch immer vor dem Spiegel in der Telegraphenstation von Óðalsfjörður. Seine untere Gesichtspartie war schon wieder mit flaumigen Barthaaren bedeckt, die roten Pickel auf seiner Stirn waren hingegen fast verschwunden. Die Nase war nicht groß, aber gerade und sauber, wenn man so sagen durfte. Er war keineswegs unzufrieden mit seinem Aussehen und runzelte die dunklen Brauen unter den hellen Haaren.

Und jetzt hatte er ein Rendezvous mit einer Frau … einer geflügelten Frau …

Diesmal bestand Kornelíus darauf, dass Gestur auf Antwort wartete, doch der wollte lieber am nächsten Tag wiederkommen, denn er hatte auf der Karte gesehen, dass Ásbrekka kaum eine Wegstunde entfernt lag, auf die Antwort aber musste er möglicherweise bis zur Dunkelheit warten.

Doch als Gestur die Außentür öffnete, sah er sich von einer blendend weißen Dunkelheit verbarrikadiert. Das Wetter hatte sich deutlich verschlechtert. Der Hund, der eben noch vor Eifer geschnaubt hatte, wich jaulend zurück. Gestur gehorchte der Vernunft und setzte sich. Diesmal dauerte es keine Viertelstunde, bis aus Norwegen geantwortet wurde. Gestur sah Kornelíus über die Antwort die Stirn runzeln, bevor er die Morsezeichen, sorgfältig vor Gestur abgeschirmt, in gewöhnliche Schrift übersetzte, die Nachricht in einen Umschlag steckte und mit flüssigem rotem Wachs und einer umlaufenden Schnur versiegelte. Gestur bezahlte die Gebühr und steckte den Umschlag in seine Unterhose. Kornelíus und der schwarze Hund guckten baff, als er die Tür öffnete und in das weißschäumende Tosen trat, eine steile Wogenmauer.

Ásbrekka, Ásbrekka: Der Name klang wie eine weiche Glücksmatratze im Himmelreich und wärmte Gestur unterwegs. In Ásbrekka wollte sie ihn treffen. Sie hatte alles genau überlegt. Sie war eine Frau mit einem klaren Plan. Gestur folgte den Telegraphenmasten aus der Ortschaft, während ihn der von Norden kommende Sturm in die rechte Wange biss. Oh ja, er stammt aus dem Norden wie das meiste in diesem Kälteland, dachte Gestur, innerlich ganz warm vor Begierde nach der Frau und dem Wunsch, das schönste Zusammentreffen seines Lebens zu wiederholen. Den Telegraphenstangen zu folgen, brachte ihn ein wenig von seinem Weg ab, war aber sicherer, und als er die Lagune erreichte, ließ der Sturm nach. Die Schneewehen türmten sich kaum zwei Manneslängen hoch, und darüber erschien ein nur leicht bedeckter Himmel. Doch das war nur ein Täuschungsmanöver, denn bald braute sich über dem Berggrat wieder etwas zusammen, und als die Lagune hinter Gestur lag, warf sich der Sturm außer Rand und Band auf ihn und zeigte, was in ihm steckte: Binnen kürzester Zeit kroch Gestur Elison auf allen vieren voran wie einst sein Vater und hatte jegliche Orientierung verloren.

Der Weg in eine Frau war wahrlich beschwerlich.

Doch davon wollte der Bursche nichts hören, denn er fluchte lauthals auf seine Übergeordneten, die ihn losgeschickt hatten wie einen Amor mit Pfeilen im Köcher, und das mitten im Winter, nur um ein treuloses Herz an den Küsten Norwegens zu treffen. Es hatte sich auf Eyri herumgesprochen, wieso die schöne Súsanna nach Island zurückgekehrt war. Sein Freund Skapti hatte es ihm in einem Briefchen gesteckt, das er ihm aufs Quarantäneschiff geschickt hatte. Sie lag mit Kapitän Mandal in Scheidung. Nur warum ließ Gestur so mit sich umspringen? Sich für die Gefühlsregungen anderer einspannen zu lassen, diesem verdammten Holzhausadel einen solchen Gefallen zu tun, der Sturheit einer verlassenen Frau zu dienen ... Was für Geld war das? Für das Olgeir fast gestorben wäre, und Snjólka ... Er sank in sich zusammen und vergrub das Gesicht im Schnee, ließ den Sturm auf seinen Rücken einprügeln und verwandelte sich in einen Berg. Er konnte nicht mehr. Er war letztlich nicht vorangekommen. Hier kroch er genauso auf allen vieren wie damals sein Vater, und das Wetter war auch das gleiche.

Doch da trat sie ihm vor Augen, die Wonnestunde seines Lebens, das Märchen ohnegleichen, hellblaue Schultern und aschblondes Haar, schellfischweiße Haut und jungfernhäutliche Weichheit, die ihm vor dreißig geduldigen Schafen, wahren Liebesspielgönnern alter Schule, gezeigt hatte, wie man geschlechtsverkehrte. Das Mädchen ohne Sprache und ohne Namen, Tochter von Leuten, deren Namen er ebenso wenig kannte, die, die auf einen Schlag drei Geschwister verloren hatte und von einem Hof zum andern fliegen konnte ... Mit einem Mal stand er wieder auf den Beinen und stapfte gegen den Sturm an.

Dreizehn Stunden später erwachte er in einem unbekannten Stall, wo er das Nachtlager mit acht Schafen geteilt hatte. Eins von ihnen pisste gerade in eine Ecke.

Der Sturm war abgezogen. Draußen war es hell, längliche weiße Schneefelder bedeckten den Boden, und über den Bergen war es blau. Niemals sah Island schöner aus als am Tag nach einem solchen Wutausbruch, mit einer Unschuldsmiene, als ob nichts geschehen wäre. Ein schneeweißes Bergpanorama, das keinem ein Haar krümmen konnte, ein Königreich des Friedens und der Schönheit, das lediglich die Kulisse für ein schönes, stummes Liebesspiel abgeben wollte.

Gestur brauchte etwas Zeit, um sich zu orientieren. Er befand sich noch mitten im Tal, hatte für eine Strecke von gut einer Stunde Fußmarsch einen ganzen Tag gebraucht. Er ging hinab zum Fluss, der das Tal in zwei Hälften teilte und jetzt unter einer Eisdecke floss – so er

denn überhaupt floss –, und sah auf der anderen Seite den ásbrekkigs-
ten aller Höfe liegen.

Er balancierte vorsichtig über die Eisdecke und watete dann durch
Schneewehen, die ihm bis in den Schritt reichten, zu dem Hof, wo er
um einen Schluck Milch bat. Die Bäuerin war eine großwangige Frau
mit abweisend strengem Gesicht und vor dem grell reflektierenden
Schneelicht zusammengekniffenen Augen, die ihn wie eine glet-
scherbesitzende Riesin erwartete, die Hände in die Hüften gestemmt.
Sie war weit vor den Hausgang gekommen, wütend über das Wetter,
und schleuderte Gestur entgegen, die Seuche hätte ihre zwölfjährige
Tochter geholt, das hellste Licht in ihrem Leben, aber immerhin die
anderen fünf Kinder verschont, und deshalb würde sie ihn keinen
Fuß über ihre Schwelle setzen lassen. Aber sie verschwand kurz im
Haus, kam mit einer Kelle voll Milch zurück und füllte sie ohne Berührung geschickt in seine Flasche. Der feingewobene weiße Faden
aus so kräftigen Händen erstaunte ihn. Er wollte für den Schluck mit
einer Münze bezahlen, doch sie lehnte ab, sie wolle kein Pestgeld
haben, und schickte ihn mit dem Kinn weg. Gestur bummelte ein
wenig ums Haus und schielte zu den Ställen hinüber, aber das
stumme Mädchen ließ sich nicht blicken, sprang nicht aus einer
Schneewehe wie aus Aladins Wunderlampe oder kam über den Fluss
geflogen wie ein geiler Engel im Eiltempo. Also zog er weiter. Doch
als er sich etwa auf der Höhe des letzten Hofs im Tal befand, der von
Schneewehen verdeckt südlich des Flusses am Hang kauerte, die
kleine Kate, die er im Stillen Engelfeinstätten genannt hatte, die in
Wirklichkeit aber Litla-Brekka hieß, da kam sie plötzlich mit wehenden Röcken zum Fluss gerannt, der so weit oben noch kaum zugefroren war. Er tänzelte auf Eisrändern und Steinen hinüber und riss
sich die Mütze vom Kopf. Eine Zeitlang hauchten sie sich gegenseitig
an, bis auf beiden Gesichtern ein schönes Lächeln erschien, die einzigen in diesem Winter in dem traurigen Tal. Dann wickelten sie
ihre Zungen umeinander und ließen sich auf eine Schneewehe unter
dem hohen Flussufer sinken. Sie war wieder genauso fleißig wie

beim ersten Mal, und ehe er sichs versah, steckte sein bestes Stück schon in ihrem Schatzkästchen. Das Rauschen des Flusses untermalte die Wonnearie; sie war laut bis schrill, kurz und endete in einem langgezogenen hohen Ton. Erneut stellte Gestur fest, dass es sich um ein Solo und nicht um ein Duett handelte. Auf ihrer Seite war die Wonne nicht groß, gab es nur Grimassen und Arbeitseinsatz zugunsten einer Schwangerschaft.

Schnell faltete sie den Rock um sich, und sie saßen bereits brav nebeneinander auf der Wehe wie ein unschuldiges Liebespärchen in schneeweißem Sommer, als nach ihnen gerufen wurde. Sie schien nichts zu hören, doch als sich Gestur umdrehte, stand sie auf und verabschiedete sich mit den Augen von ihm. Auf der hartgefrorenen Uferböschung über ihnen stand der buschigbrauige Knecht in einem schmutzigen braunen Pullover und zeigte seinen abgebrochenen Schneidezahn. Durch seine Atemwolke schossen Zornesblitze aus tiefliegenden Augen. Der Mann war stinkwütend. Sobald das Mädchen von der Schneewehe zu ihm auf die Böschung geklettert war, schlug er sie mit bloßer Hand, dass es nur so klatschte. Sie krümmte sich, und der Mann wollte sich als Nächstes auf Gestur stürzen, doch der war schon über den Fluss und ein gutes Stück hangauf gerannt. Von dort aus sah er seinen Engel am anderen Ufer zum Hof laufen, verfolgt von dem Knecht.

Kapitel 17

Nachricht von einem norwegischen Kapitän

Gestur übernachtete in dem von ihm sogenannten Guðmundurkotten. Da war alles unverändert: Die Münze lag noch immer auf dem Brett, auf dem Gestur sie hinterlassen hatte, und die alte Frau kreischte alle zehn Minuten: »Guðmundur!« Der Junge schlief trotzdem schnell ein und hatte die Hütte schon wieder verlassen, bevor das Kalb auf ihn kacken konnte.

Diesmal ließ er keine Bezahlung zurück und überlegte sogar (zu lange, seiner Ansicht nach), die eine Münze wieder an sich zu nehmen, ließ sie dann aber doch liegen. Er stellte allmählich fest, dass außerhalb des Fjords noch die gute alte Sitte herrschte, wonach die Menschen ihr Land umsonst bereisten. Sein Vater hatte nie für Kost und Logis bezahlt. Die Menschen auf dem Lande begriffen den Wert von Geld nicht, ihr Zahlungsmittel war das gesprochene Wort, die öffentliche Meinung, ein unbeschadeter Leumund, ein guter Ruf; doch auch mit dieser Währung gingen sie sparsam um. In Engelfeins Haus hatte Gestur es nicht über sich gebracht, den Geldbeutel zu ziehen (man bezahlte schließlich nicht den Vater für einen Moment der Wollust mit seiner Tochter). Auf den beiden anderen Höfen hatte man die Bezahlung je auf seine Weise zurückgewiesen.

Inzwischen hatte sich Nebel bis auf die halbe Höhe der Berge herabgesenkt, und die Schneewehen waren zu Butter geworden. Der isländische Winter war wie ein Kleinkind, das abwechselnd lachte und schrie, und mit diesem Partner musste sich die Nation abfinden. Nachdem das Wetter drei Tage und Nächte ohne Pause daran gearbeitet hatte, dem Land mit verschneiter Pracht ein winterliches Aussehen zu geben, änderte es von einer Minute auf die andere seinen Willen und brüllte nun unablässig: »Nein, nein! Ich will Tauwetter! Regen und Matsch!«

Die Temperatur war auf sieben Grad gestiegen, was einen in diesem Landstrich schon an einen ordentlichen Sommertag denken ließ. In weißschäumenden Bächen rann den Bergen der Schweiß, und dann begann es zu regnen. Erst leichter Niesel, dann schüttete es aus Kübeln. Wie es drüben in Flóðir aussah, der regenreichsten Region des Landes, brauchte man gar nicht erst zu fragen. Als Gestur auf dem Weg zum Pass das Tiefland hinter sich ließ, lag die Erde größtenteils bloß und die Hänge hatten sich so vollgesogen, dass sie jederzeit ins Rutschen kommen konnten. Einzelne Felsbrocken flogen ihm die Abhänge hinab entgegen und bohrten sich in den nächsten Schluchtboden. Was für ein Land! Selbst die Wolken konnten zu seiner Formung beitragen.

Ihm wurde so warm, dass er die Jacke ausziehen musste, und sein Pullover saugte nun Schweiß und Regen auf. Um den Hosenbund trocken zu halten, in dem er die Nachricht des norwegischen Kapitäns verwahrte, trug er seinen Proviantbeutel vor dem Bauch, aber das funktionierte nicht gut, also steckte er den Brief in die Jacke und stopfte sie in den Beutel. Je weiter er zur Passhöhe aufstieg, umso dichter wurde der Regen, und die Sicht verschlechterte sich.

Unter einem Felsüberhang suchte er Schutz und setzte sich auf einen dunkelnassen Stein. Er dachte an seinen Auftrag, wickelte die Jacke auf und zog das Schreiben heraus. Es war so nass, dass es sich in seinen Händen beinahe auflöste. Das Siegel aus rotem Wachs war abgegangen. Der Verzweiflung nah, konnte er das Blatt Papier vom Umschlag trennen, und da sah er die ganze Botschaft. Sie bestand lediglich aus drei einfachen Worten. Er schluckte, hatte trotzdem einen Frosch im Hals und passte einen Moment nicht auf. Aus seinen Haaren fiel ein Tropfen aufs Papier. Einblick in das Liebesleben anderer zu bekommen, löst immer ein gewisses Gefühl von Peinlichkeit aus, gemischt mit Selbstverachtung: Ach, wie unbedeutend ist doch mein Leben!

Als Gestur wieder zu sich kam, war die Schrift auf dem Blatt verwischt und das Papier in seinen Händen vollends durchgeweicht. Er hielt nur noch einen pitschnassen Lappen in der Hand. Die letzte Spur einer ehemaligen Liebe? Oder der Anfang eines neuen Lebens?

Kapitel 18

Ein Echo des Herzens

Als er endlich in seinen Fjord abstieg, war er völlig erledigt. Wieder und wieder sprach er sich die Botschaft vor, die er zu überbringen hatte. Aber wie sollte er diese Worte in ein Ohr befördern? Und wieso sollte sie ihm glauben? Das Einzige, was ihm geblieben war: das rote Siegel, die Schnur, die daran hing, und ein paar Fitzel Papier aus der Waschmaschine des Himmels.

Donnerwetter, dachte er, ich bin so etwas wie eine wandelnde Telegraphenleitung. Neulich erst hatte er davon gehört, dass es eine noch neuere Technik geben sollte, kein Telegraph, sondern ein Telefon. Und dieses neue Ding sollte auf Fagureyri sogar schon in Betrieb sein. Dadurch sollten Menschen über alle Berge hinweg miteinander sprechen können. Die Stimme gelangte direkt ins Ohr. Ein Mann sollte sich von seinem Zuhause in Reykjavík aus mit einer Frau nördlich der Hochheiden unterhalten können, als stünden sie beide auf demselben Teppich. Völlig unglaublich. Die telegraphische Kommunikation war im Prinzip ähnlich, aber förmlicher und landete letztlich doch auf Papier. Also war er jetzt zu einer Art Telefonkurier geworden, ein Blablablödian, der mit Sätzen zwischen Menschen hin und her rannte, aus einem Mund in ein Ohr, über Berg und Tal. Dabei musste der Satz, mit dem er losgegangen war, selbstverständlich derselbe sein, den er am Ende zustellte. Aber wie war er auszusprechen, mit Hass oder mit Liebe? Was war der richtige Ton?

Endlich hörte es auf zu regnen, und der Nebel ballte sich auf halber Höhe der Berge zu Wolken. Unten in der Hafenbucht sah er den schwarzen Kahn liegen, auf dem seine Familie weit von anderen Schiffen entfernt in Quarantäne gehalten wurde. Dazu fiel ihm die Anweisung des Maskierten ein: Er solle sich sofort an Bord begeben, an der Flussmündung werde ein Boot auf ihn warten. Er würde ihn folglich nicht zu sehen bekommen.

Der Telefonkurier hatte gerade den Sattel überquert und stieg eine Geröllhalde hinab, als aus dem Ort eine dunkle Gestalt quer über den Hang auf ihn zukam. Sie winkte, ohne stehen zu bleiben. Er hielt an und erwartete sie. Es war nicht zu verkennen, dass es sich um Súsanna handelte.

Sie war von Kopf bis Fuß in Schwarz gewandet, trug sogar einen schwarzen Schleier. Aus der Entfernung ließ sie an ein Gespenst aus den Pestepidemien früherer Jahrhunderte denken. Gestur gefiel dieses Treffen gar nicht, abwehrend hob er die Hand, sie sollte ihm nicht näher kommen. Doktor Guðmundur würde ihm das nie verzeihen. Ungefähr zehn Meter vor ihm blieb sie stehen; es war offenkundig, dass sie keine Minute länger warten konnte. Sie sagte etwas, rang jedoch gleichzeitig nach Atem, weshalb Gestur sie nicht verstand. Sie trat näher und fragte, was er ihr berichten könne. Er habe das Telegramm abgeschickt, antwortete er, und sie fragte, ob eine Antwort gekommen sei. Er erklärte wahrheitsgemäß, die hätte der Regen gefressen. Das traf sie so hart, dass sie weiter auf ihn zuging, als wolle sie sich auf ihn stürzen. Doch drei Schritte vor ihm blieb sie stehen. Wut blitzte aus ihren Augen. Vor einer frisch enttäuschten Frau sollte man sich stets in Acht nehmen. Gestur schluckte den Blick und war unsicher, wie er mit der heiklen Situation umgehen sollte. Schließlich meinte er, er könne ihr die Antwort dennoch überbringen. Sie reagierte, indem sie sich noch einen Schritt näher an ihn heranschob, das Kinn hob und ihn mit einem irren Blick anfunkelte.

»Wie lautete sie?«, fragte sie scharf.

Der durchnässte Gestur hatte zu lange stillgestanden, die kühle

Luft hielt ihn im Griff, und seine Lippen zitterten, als er endlich hervorbrachte: »Ich liebe dich.«

»Wie bitte?«, fragte sie verblüfft und trat noch einen Schritt näher an ihn heran. Er sah und hörte jetzt, wie sie den Dampf der Verzweiflung aus ihrer Nase stieß.

»Ich liebe dich«, wiederholte er.

Lange sah sie die Worte auf seinen Lippen zittern, als wäre ein Echo des Herzens über das Meer ins Herz des Kuriers gelangt und von dort weiter in seine Haut. Und durch die Täuschung der Liebe wurde sie plötzlich von dem Verlangen erfasst, dieses Zittern zu stillen, das Echo mit den eigenen Lippen aufzunehmen und die Worte zu trinken. Sie machte den letzten Schritt und küsste den Sendboten inniglich.

Seine Überrumpelung war total, doch verwandelte sie sich rasch in eine Umarmung, ihre Küsse wurden gieriger, zu liebeshungrigem Schlingen, und Wohl und Wehe der Ortschaft waren ihnen nun egal, das Schicksal aller Kinder in diesem Fjord des Jahres 1906. Die Liebe ist böse.

Kapitel 19

Ein Liebesnest

Es ist untersagt, den Überbringer einer Nachricht zu erschießen, aber man darf ihn sich ins Bett holen. Sie verzogen sich in eine baufällige Hütte, die zum Hof Hvammur gehörte und einmal als Sennhütte gedient hatte, nun aber nur noch als Scheune genutzt wurde.

Es wurde ein mächtiger Hautbrand. Es war, als hätte der Himmel die Meere aufgesaugt und die Kontinente stießen wieder zusammen, die Lust floss aus allen Vulkanen auf einmal, die Herzen erbebten wie die Erde, Brüste hoben und senkten sich wie Kontinentalplatten, Zähne klapperten wie Meeresklippen, Lusthöhle umschloss Glied, der Mond zog vor die Sonne, und die Sonne verschlang ihn.

Ihm brach Schweiß aus wie Tau im Sommer, sie stöhnte wie ein Wal in einem Eisloch, sie zehrten von einem lange angesammelten Liebesvorrat, und der schien nicht abzunehmen, er wurde ebenso wenig kleiner wie der Heuhaufen unter ihnen, obwohl sie hart daran arbeiteten. Die Liebe macht jeden Jüngling zum Mann: Jetzt konnte er auf einmal stundenlang durchhalten, aus den kurzen Arien wurden ausschweifende Opern, und diesmal sang auch sie. Woher kam nur die Kraft, die diese Ewigkeitsmaschine antrieb? Er konnte seine Augen nicht von ihr nehmen, blutschön vor Lust oder verzerrt von fast schmerzhaftem Genuss, und glaubte ihnen trotzdem kaum, er war auf ihr, in ihr, ging in sie ein, sie war sein! Jawohl, wenigstens heute und vielleicht auch morgen. Und zwar keine andere als sie, diese Göttin, dieses unerreichbare Wesen aus der Holzwelt. Und er fickte sie! Sie bog und wand sich unter ihm, sie ritt auf ihm und saugte ihm den Saft aus, er schmeckte sie auf der Zunge, füllte sie mit seinen Fingern, sie drückte seine Knöpfe, und er verlängerte das Klingeln auf immer raffiniertere Arten, sie erprobten Lüste und fanden verborgene Wonnen, sie taten es gemeinsam und wurden eins, ein nacktes, ganz und gar im Augenblick lebendes Wollustwesen, ein säfteschäumendes, vorsintflutliches Sextier.

Nach jeder Runde warfen sie sich auseinander, rangen, über sich selbst staunend, nach Atem und starrten in das schwache Tageslicht. Die Liebe versteht keiner, schon gar nicht die, die sie ausüben. Sie ruhten aus, bis der Schweiß getrocknet war und die Kühle näher kroch (trotz der Tauperiode war der Dezember kühl), dann nahmen sie ihr lustvolles Treiben wieder auf und ritten Richtung Wärme. Ohne Essen, ohne Schlaf, ohne Kleider, ohne alles.

Dieses Mal ließen sie es anfangs ruhig angehen, besinnlich, genau, zart, seine Hände umfassten ihre Brüste, ihre Pobacken, sie waren ihre Lustspender, sie stöhnte unter seiner steifen Härte, und er wurde dabei noch steifer, langsam erhöhten sie das Tempo, in der Sennhütte des weißhaarigen Kristmundur trabte das Tier mit den zwei Rücken, hielt inne, stieg und buckelte schnaubend, schwellend, schäumend. Er drehte sie auf den Rücken, machte sich zu Großem bereit, fühlte, wie der kühle Luftzug, der über seine Hinterbacken strich, ihn nur noch geiler machte. Oh, ah. Oh, ah. Oh, verzeih mir, Sigrún, verzeih mir, Engelfein, aber das hier ist Súsanna, *sú sanna*, die einzig Wahre, *sú sanna, sú sanna, sú sanna, sú sanna, sú sanna, sú sanna, sú sanna, sú sanna, sú sanna, sú sanna, sú sanna, sú sanna, sú sanna, sú sanna, sú sanna, sú sanna, sú sanna, sú sanna, sú sanna,* Súsanna. Er umfasste ihren Hals, vergrub sein Gesicht in ihm, als aus ihren Leibeshöhlen die Schlussakkorde dröhnten, seine Begier sich so tief in sie hineinschleuderte, wie sie nur konnte, wie eine Fangleine flog sie ins Hinterste der Eierstöcke. Es war ein Verkehr, der tötete und zeugte.

Eine ganze Weile lag er mit seiner ersterbenden Lust da, während sie die letzten Tropfen aus sich herausgleiten ließ, dann riss er sich aus seinem Liebestaumel und schmiegte sich eng an sie. Sie war zehn Jahre älter als er, also war es an ihr, den Arm um ihn zu legen – na, komm her, mein kleines Bengelchen, mein hübsches Schwengelchen! Sie umarmte ihn wie eine Mutter ihr Kind und drückte ihn fest an sich. Wie schön, einen Bauch an seinem zu fühlen, ein Herz an seinem, endlich jemand anderen als nur sich selbst im Leben zu haben!

Und er weinte.

Weinte wie ein an Land gespülter Seestern, wie eine umgefallene Lebertranflasche, wie eine Felsnase nach hundert Jahren Dauerregen. Es war ein stockendes, langsames, aber unaufhaltsames Weinen, das von weit hinter einer Lawine und einem französischen Schiff kam, hinter einem anderen Schiff und einer anderen Flut. Ganze fünfhundert Seiten hatte er es zurückgehalten.

Sie lagen beieinander im Heu des Hvammsbauern, in dieser alten, aus Steinen aufgeschichteten Sennhütte etwas weiter oben im Skarðsdalur, mit einem Dach aus dürftigen Holzlatten und Torfplaggen. Diese Ruine, um die sich keiner kümmerte, wurde ihr Liebesnest, in dem sie ganze drei Tage verbrachten. Die beneidenswerteste Quarantäne in der Geschichte Islands.

Ihre Beziehung entwickelte sich so schnell, dass er schon jetzt nach ihrem Ehemann fragte.

»Er ist unheilbar. Du hast ihn doch gesehen«, antwortete sie und schob sich eine Strähne aus den Augen.

»Wie? Ist er krank?«

Ach, er war doch noch ein kleiner, grüner Junge vom Lande.

»Ja, er leidet an sich selbst, an seinem Ego. Wohin er auch kommt, liegen ihm die Frauen zu Füßen, und er meint, er sei es ihnen schuldig, ihnen einen Anteil am Glück, ein Stückchen vom Kuchen geben zu müssen. Er ist ein so höflicher Mensch, weißt du. Ich war bloß eine von hundert. Ich hasse ihn. Und ich hasse mich, weil ich ihn hasse. Aber ich habe Bergen und Christiansund gesehen, und ich war sogar einen halben Tag in Kopenhagen.«

»Ich liebe dich«, sagte er und kuschelte sich noch dichter an sie, sein Mund berührte ihre linke Brust.

»Ist das ein Zitat?«, fragte sie, und er vernahm das Lächeln in ihrer Stimme.

»Nein«, sagte er und schnaubte und dachte sogleich, wie kurz dieses Glück anhalten würde. Vielleicht würde sie ihm noch eine Woche geben. An Weihnachten wäre er bestimmt wieder ein auf sich gestellter Kottenbewohner, der für vier Menschen zu sorgen hatte.

»Enthielt das Telegramm wirklich nicht mehr als das? Nur ›Ich liebe dich‹?«

»Ja, mehr nicht.«

»Du hast mir nichts vorgelogen?«

»Nein, das würde ich nie tun.«

»Typisch für ihn. Er ist ständig verliebt. Einen solchen Mann sollte man niemals lieben.«

Gestur stützte sich auf die Ellbogen und sah ihr in die Augen.

»Sollte ich dich also besser nicht lieben?«

»Doch, doch, doch«, widersprach sie, und sie küssten sich und lachten, wurden aber gleich wieder ernst, weil sie beide an seine Leute auf dem Quarantäneschiff dachten.

»Du musst los und dich um sie kümmern. Du musst aufs Schiff. Doktor Guðmundur meinte, ihre Chancen stünden schlecht.«

»Ja, ich muss gehen. Aber wie kann es sein, dass der Doktor an Bord kommen und dann wieder im Ort herumlaufen darf ... Ist sonst niemand angesteckt worden?«

»Nein, die Bakterien respektieren die Wissenschaft. Außerdem desinfiziert er sich sicherheitshalber vorher und nachher.«

»Womit?«

»Naphthalin.«

»Was ist das?«

»Keine Ahnung.«

»Und was ist mit dir?«

»Ich bleibe hier.«

Kapitel 20

»*Mama tot*«

Als Gestur an Bord kam, war Snjólaug Sigurlásdóttir gerade einen halben Tag tot. Er hatte also das Leben dem Tod vorgezogen und versuchte gleichzeitig, sich zu schämen und zu trauern. Súsanna schien der Tod auf dem Fuß zu folgen.

Snjólka wiederum war ihrer eigenen Mutterliebe zum Opfer gefallen: Sie hatte Tag und Nacht bei ihrem Olli gesessen, und ihre Widerstandskräfte waren erschöpft, als die Bakterienarmee aufmarschierte und zum Angriff durch ihren Rachenweg blies. Doktor Guðmundur hatte erklärt, dass es vorkam, dass auch Erwachsene der Kinderkrankheit erlagen.

Snjólkas Leiche lag, von Ausschlag übersät, knochenspitz und eiskalt in der Kapitänskoje der *Sleipnir*, verbogen im Todeskampf ihrer letzten Stunden, die Brust hochgewölbt, das Kinn gereckt. Das Gesicht war entstellend verzerrt, die fürchterlichen Kälberzähne ragten schlimmer hervor als je im Leben und hatten dadurch fast den Anschein von etwas Heiligem bekommen: Sie sahen aus wie zwei Strahlen, die Gott ihrem Kopf in der Stunde ihres Todes gesandt hatte, Strahlen, die in dem Moment, in dem ihre Seele den Leib verließ, verknöcherten und zerbrachen. Gestur betrachtete Zähne und Leiche mit neugieriger Anteilnahme. Es war die erste Totenmaske, die er in seinem Leben sah, obwohl ihn der Tod doch seit seiner Geburt umtänzelt hatte. Der Leichnam glich einem verkrüppelten Baum, der kriechend über den Boden wuchs, in diametralem Gegensatz zu der bunten Seele, die Gestur aus Snjólkas Brust hatte fliegen gesehen, der Mandarinente.

Er wandte sich der alten Grandvör zu, der Großmutter der Verstorbenen, und legte seine Wange an ihre. Sie war kalt. Der kleine Olgeir schien sich an das Bordleben gewöhnt zu haben und machte sich einen Spaß daraus, über die hohen Schwellen der Kajüte zu klettern, die ihm bis zu den Knien reichten. Hatte er die ganze Zeit hier nur in Gesellschaft der alten Leute verbracht wie ein Kätzchen unter Walrössern?

»Mama tot«, verkündete er ein ums andere Mal, und irgendwie kam Gestur der Satz bekannt vor, obwohl er sich nicht erinnern konnte, woher. Und immer wieder sah er vor sich, wie der Rabe am Hang seinen Schnabel in Olgeirs Auge hackte, und er musterte den Jungen. Er war ein süßes, blondes Kerlchen geworden, kess und neugierig, vollkommen, abgesehen von seinem linken Auge.

Lási lag in der Steuermannskoje und las in seinen im Schritt stets feuchten Reimen. Diesmal handelte es sich um die *Reime von Reitmar Weibersohn dem Jehursalemfahrer, seinen dreizehnhundert Frauen und sechzig Buhurten in der Stadt Gravids. Autor unbemannt.* Erstausgabe von 1728. Ohne den Kopf vom Kissen zu heben, nahm der Zimmermann das Buch aus seiner Koje und wies Gestur auf den hübschen Druckfehler auf dem Titelblatt hin: *Autor unbemannt.* Gestur verzog seinen trauervereisten Mund zu einem milden Lächeln. Daraufhin erhob sich der Alte und erklärte Gestur, was für eine seltene Ausgabe das sei, es gebe lediglich vier Exemplare im ganzen Land und noch eine einzige weitere »in Brummerhaven in Deutschland«. Gestur nahm das Anekdötchen gelassen zur Kenntnis, obwohl er es schon dreimal gehört hatte.

»Was machen wir jetzt?«, fragte er, seufzte tief und lehnte die Stirn an die obere Koje.

»Och, sollen wir uns nicht nach dem Vorbild Ritter Reitmars einfach eine Neue besorgen?«

»Eine Neue?«

»Oh ja, eine neue Frau und eine neue Mutter für unseren Kleinen.«

»Aha. Und wer von uns soll sie heiraten, du oder ich?«, fragte Gestur und schnaubte über den schlechten Scherz.

»Es braucht niemand zu heiraten. Frauen gibt es immer genug. An einem hat es in unserem gesegneten Land nie gefehlt, und das sind Frauen.«

Gestur wollte gern zustimmen. In den letzten Wochen hatte er vor lauter Frauen kaum etwas geschafft.

»Und wo bekommen wir die Frau her? Und wie sollen wir sie bezahlen?«

»Bist du in schlechtes Wetter gekommen?«

»Ja, es hat ordentlich geschneit und gefegt und geregnet nicht minder. Der Sattel wird ein einziger Steinschlag bei solchem Wetter.«

»Das brauchst du mir nicht zu erzählen. Aber das Telegramm hast du überbracht? Für diese … Pfarrersleute, das Upphæðirgeschlecht?«

»Ja.«

»Dieser Hochadel bildet sich mächtig was auf sich ein. Da kann man nicht auf das nächste Postschiff warten wie andere Menschen, nein, da muss sofort jemand in diesen verfluchten Seuchenfjord geschickt werden.«

Lási lief wieder zu alter Form auf, wie meist, wenn man ihn so unvermittelt aus seinen Reimabgründen riss. Gestur hatte Mühe, zu deuten, was er da von sich gab. Seine Worte waren das Äußerste, womit Lási ein Anzeichen seiner Wut und Trauer über den Tod seiner Tochter zum Ausdruck bringen konnte.

Sobald Olgeir in Lásis Koje eingeschlafen war, stieg Gestur mit ein paar Vorräten über Bord in das Ruderboot. In kürzester Zeit war er oben in der Sennhütte und brachte Súsanna etwas Molke zu trinken, Trockenfisch und Topfbrot zu essen. Sie hatte Vigdís ausrichten lassen, ihr habe sich überraschend die Möglichkeit zu einer Fahrt nach Fagureyri geboten, sie wolle zum dortigen Arzt, den kenne sie.

»Morgen können wir ins Hochland gehen wie die Geächteten Halla und Eyvindur«, sagte Gestur im Scherz, und sie kam mit vollem Mund zu ihm und küsste ihn lachend. Das Leben hatte sich in eine Legende verwandelt.

In dieser langen Nacht begnügten sie sich mit Küssen und Umarmungen. Der Regen trommelte aufs Dach, und Gestur lag wach und dachte an Snjólkas Totengesicht, den schlafenden Olgeir und die eiskalte Wange von Grandvör ... Über allem schwebte der Engel aus dem Óðalsfjörður. Ob sie jetzt schwanger war?

Lange vor der Dämmerung, sobald der Regen nachließ, machte er sich auf den Weg. An Bord war alles beim Alten. Er wartete darauf, dass der Junge aufwachte, um ihm sein Frühstück zu geben. Sobald es etwas heller wurde, war ein Motorboot zu hören. Guðmundur kam an Bord. Für Gesturs Geschmack beschaute er die Leiche viel zu lange und eingehend, bevor er sie von den zwei Laufburschen, die ihn begleiteten, an Deck schaffen ließ. »Mama tot«, sagte Olgeir wieder. »Rabe hat geholt.« Das war seine Theorie: Sie war jetzt da, wo auch sein Auge war. An Deck wurde der Leichnam nackt ausgezogen, und der Arzt begann seine Untersuchung. Er war für seine Vorliebe für Pathologisches bekannt, und es fehlte bloß noch eine Obduktion, um die Leichenschau vollständig zu machen. Diesen Honoratior mit steifem Kragen sich an Bord eines Pestschiffs über und unter eine nackte Frau beugen zu sehen, hatte etwas Perverses an sich. Doch irgendwann endete auch dieses Vergnügen. Der Arzt breitete ein Tuch über die Leiche und erklärte, die Familie dürfe sich wieder frei bewegen, die Quarantäne sei beendet, die Ansteckungsgefahr vorüber.

Als Erste wurde die alte Frau an Land geschafft, man fierte sie am Haidavit der *Sleipnir* in einem Netz über Bord. Das Boot kehrte mit einer Ladung Bauholz vom Ufer zurück. Die schönen norwegischen Bohlen wurden an Deck der *Sleipnir* aufgestapelt, und dann kam die Reihe an Gestur und Olgeir. Lási blieb zurück und zimmerte den Sarg für die allerletzte Frau, der er sich annahm. Die Hammerschläge dröhnten durch die Stille im Fjord wie ein dumpfes Klopfen aus dem Innern der Schöpfung, eine Beschwerde, die Gott in den Ohren hallte.

Kapitel 21

Halbwesen

Für Vigdís und Séra Árni waren es die zweiten Weihnachten in ihrem neuen, prächtigen Haus Upphæðir. In einer Ecke stand ein Christbaum, den Södal den Pfarrersleuten aus Norwegen hatte schicken lassen – nicht nur der erste Weihnachtsbaum, sondern überhaupt der erste Baum, der hier zu sehen war. Natürlich war das Schiff in schwere See geraten, und die Kinder erschnupperten einen salzigen Geruch in den Nadeln. Die Zweige schmückten flackernde Kerzen, das Wohnzimmer leuchtete vor häuslichem Frieden, und Séra Árni setzte sich zur Überraschung aller gleich ans Harmonium, als er von der Christmette um sechs Uhr in der vollbesetzten Kirche zurückkam und Weihnachten förmlich den Berg herabrollte. Die Kinder blickten ihren Vater mit großen Augen an, als er ein paar abgestandene Melodien klimperte, die allzu lange ungespielt in ihm gewartet hatten und nun holperig durchs Zimmer klangen. Aus der Küche aber drang köstlicher Bratenduft. Und um Weihnachten komplett zu machen, fiel pünktlich der erste Schnee, seitdem Anfang Dezember plötzlich ein Liebessommer ausgebrochen war. Die Schneeflocken waren leicht wie Papierschnipsel und flogen weit und lange, ehe sie sich in der Windstille irgendwo vorsichtig niederließen.

Gestur hielt auf seinem Weg von der Kirche inne und hatte den Eindruck, auf jedem der weißen Zettel stünde: Bei Ásbrekka. Obwohl er voll und ganz bei Súsanna war, besaß der Engel aus dem Óðalsfjörður noch immer einen Platz in seinem Herzen.

Gleich unterhalb des Hanges erstrahlte das Haus des Gemeinde-vorstehers und ließ hellen Rauch in das Schneedunkel steigen; dort saßen die Bewohner eindeutig beim Weihnachtsessen. Weiter unten auf Eyri blinkten Kerzen in jedem Fenster des Madamenhauses und ebenso in den umliegenden ärmeren Löchern. Sogar beim alten Jón in Vindheimur war Weihnachten, eine Tranlampe glomm in seinem einzigen Fenster, das nach Upphæðir zeigte. Die Heringshäuptlinge waren nicht im Ort, sie feierten Weihnachten in ihren fernen Hei-mathäfen, und ihre Häuser standen leer im Dunkeln, obwohl sie laut Gesetz dazu verpflichtet waren, dort zu wohnen, »mit Tisch und Teller und rauchendem Schornstein rund ums Jahr«. Lediglich Södal signalisierte Entgegenkommen, und an den Tagen, an denen ein Küstenschiff im Hafen lag, rauchte es aus seinem Kamin. Selbst die Spaßvögel Hans und Baldvin hatten noch nicht herausgefunden, wer ihn für den Kerl anheizte.

Die Torfkate Strönd machte ebenfalls einen verlassenen Eindruck, doch immerhin eine Weihnachtskerze brannte dort neben dem Bett der alten Grandvör. Sie hatten sie auf ihrem Siechenlager allein zu-rückgelassen, als sie zur Christmette gingen, denn nach dem Ende der Quarantäne und der Last und Unbequemlichkeit des Abseilens hatte sie erklärt, sie werde das Haus nie mehr verlassen.

»Ich bin zu alt für so ein Theater.«

Sie musste dann über die Dauer des Gottesdiensts hinaus allein un-ter dem Torfdach ausharren, denn die anderen waren überraschend eingeladen worden, bei der Pfarrersfamilie am Weihnachtsessen teil-zunehmen. Olgeir saß zwischen Gestur und ihrem neuen Hausmäd-chen Selmína Ólína Sigurbjörg Kristjánsdóttir. Sie war ein dreizehn-jähriger Feger aus dem Húnaþing, den jemand nach der Fangsaison des letzten Sommers im Armeleutekeller des Madamenhauses zu-rückgelassen hatte. Sie sollte als Haushaltshilfe und Kindermädchen bei Gestur und Lási arbeiten und saß nun am beleuchteten Tisch des Pastors persönlich, oben im vornehmen Upphæðir, und das am Heiligen Abend! Sie wusste sich vor Entzücken nicht zu fassen. Die Wangen glühten, die Augen guckten weit aufgerissen, den Mund bekam sie gar nicht mehr zu.

Am Ende des Tisches saß der alte Lási nur mit einer Backe auf seinem Stuhl und war mit der Hälfte seiner Gedanken bei seinen Reimen, denn eigentlich hatte er die Einladung gar nicht angenommen, saß nun aber trotzdem hier und wiederum auch nicht, wie die wahrhaftigste Verkörperung eines Isländers. Denn kaum jemand verstand sich so gut auf die Kunst, sich körperlich an einem Ort zu befinden, in Gedanken aber ganz woanders zu sein, wie unsere lieben Landsleute.

Das galt auch für andere Anwesende am Tisch.

Seinem Wesen nach war Séra Árni ganz und gar kein Geistlicher, ein Städtebauer aber ebenso wenig, und schon gar kein Grundstücksmakler, doch all diese Tätigkeiten übte er halbwegs und mit halbem Herzen aus. Madam Vigdís weilte in Gedanken noch immer in ihrem Elternhaus. Obwohl es hier in vielem aufwärtsging, war der Ort für ihren Geschmack noch immer zu fischschleimig. In den vergangenen Jahren war sie dreimal in ihren Mann gedrungen, sich auf eine bessere Stelle zu bewerben. Gestur war, obwohl er jetzt sein halbes Leben hier verbracht hatte, in seinem Herzen immer noch ein Fagureyringer, werdender und würdiger Erbe der Handlung Kopp; in dem Schlamassel hier steckte er nur vorübergehend. Magnús Mannlos hätte sich zu Recht glücklich schätzen können, in diesem Bauwerk zu Gast sein zu dürfen, aber man wusste nie genau, woran man bei ihm war, und schon gar nicht wusste man, wo er herkam, dieser Kerl, der wie ein Stück Treibholz aus dem Eismeer angeschwemmt worden war. Seine Haushälterin Steinhetta war lediglich mit der Nase anwesend; es war für alle offensichtlich, dass sie, schüchtern und krumm mit ihrem hausgemachten Buckel, sehr viel lieber anderswo gewesen wäre.

Die attraktive blonde Súsanna hatte sich hier nie ganz niedergelassen. In ihrer halb dänischen Vorstellung besaß sie ein vages Wohnrecht auf einem Gut auf Seeland – sonnenwarme Laubbäume und ein fluchender Vater zu Pferd –, träumte aber auch von einem richtigen Stadtleben in Reykjavík – im langen Kleid in Hotelsälen, umgeben von vornehmen Herren –, und nicht selten dachte sie an das Heim der Thorgilsens in Bíldudalur, vielleicht weil sie zu kurze Zeit dort gelebt und nie Wurzeln geschlagen hatte. Tatsächlich war sie das unsteteste Irrlicht in diesem Raum. Ihr Heimatland war eine sonnenvergoldete Wolke im Westen, da war sie zuhause, in der Schönheit des Sonnenuntergangs. Sie war nichts als Liebe.

Am Tischende beim Fenster saßen zwei Knechte, Torfi und Jökull, die noch nie an einem solchen Tisch gesessen hatten, sondern ihr Futter immer nur draußen auf den Treppenabsatz gestellt bekamen wie Hunde. Doch da heute nun einmal echte Kottenbewohner eingeladen waren, musste man sie ebenfalls zu Tisch bitten. Die Mägde Sigríður und Elsa füllten in der Küche ihre Befürchtungen auf Teller und in Schüsseln. Noch nie hatten sie ein so erlesenes Mahl vorbereitet, und am liebsten wollten sie in den Himmel verschwinden.

All diese Empfindungen passten gut zur Grundeinstellung der Isländer: »Ich weiß nicht, wie lange man hierbleiben kann, mal abwarten.« Ihre Verbindung zum Land war insofern eine lockere, als sie stets bereit waren, abzuhauen. In einen anderen Fjord, auf das nächste Schiff. Daher war Weihnachten für diese Menschen gleichermaßen süß und bitter. Einerseits waren es die einzigen Tage im Jahr, an denen sie mit ihrem Los einigermaßen zufrieden waren, doch gleichzeitig stellten sie eine Mahnung dar, es nächste Weihnachten besser zu machen. Nicht umsonst war die Redensart »Gott weiß, wo wir nächste Weihnachten tanzen« die sechstbeliebteste im Land, enthielt sie doch den heimlichen Wunsch nach einem besseren Leben an einem besseren Ort.

Nur die Kinder Olgeir, Kristín, Birgir und Aðalsteinn waren mit ganzem Herzen dabei, genossen den Augenblick, Welpen und Lämmer. Darum lieben wir Kinder und beneiden sie, weil sie ohne Zögern durch Türen gehen und nur auf die Glöckchen des Augenblicks hören. Sie sind das Urbild des Menschen, das die Geschichte zerstört hat.

»Papa, warum hat der Junge nur ein Auge?«, fragte die fünfjährige Kristín.

»Na, manche haben so viel gesehen, dass ihnen ein Auge reicht«, antwortete Lási anstelle des Pfarrers und drehte dann den gesenkten Kopf zur Seite, als erwarte er einen Schlag.

»Ich seh di«, sagte Olgeir und zeigte auf Kristín auf der anderen Tischseite neben ihrer Mutter. »Ich hab zwei Mamas. Die passen beide auf mein Auge auf.«

»Und wo ist das? Wo ist dein Auge?«, bohrte Kristín nach, obwohl ihre Mutter sie wegen ihrer Neugier ermahnte.

»Im Meer. Rabe hat in Meer geschmissen. Zu meine Mamas.«

Séra Árni nahm seine Stoffserviette und breitete sie über seinen Schoß, während er seine Meinung in einem Schnauben artikulierte. Es war bei ihm nicht üblich, dass Kinder mit am Tisch saßen, darüber hatte es am Vortag eine lange Diskussion mit Vigdís und Súsanna gegeben.

»Nun, wäre es nicht Zeit, allen eine gesegnete Mahlzeit zu wünschen?«, fragte der Hausherr und sandte ein gekünsteltes Lächeln über die Tafel.

»Einen Moment noch, die weiße Soße fehlt noch«, erwiderte Vigdís, schaute über den Tisch und dann schnell und forschend zu den beiden Kindermädchen, die sich in der Mitte der Tafel gegenübersaßen, in vollem Seelenputz und totaler Anwesenheit selbst wie Kinder, denn nie hatten sie Weihnachten an einem besseren Ort gefeiert. Karlotta, die sommersprossige Lotta, das Kindermädchen der Pfarrersfamilie, war Vigdís Vater Birgir Thorgilsen bei einem Empfang in Ísafjörður aufgefallen, wo sie sich auf einzigartig fröhliche Art um die Kinder gekümmert hatte. Kurz darauf hatte er sie seiner Tochter als Geschenk geschickt. Und die Neue, Selmína, hatte sich solche Pracht niemals träumen lassen. In ihrer Kindheit hatte man sie auf gemeine Art glauben gemacht, sie sei eine Tochter des wiedergehenden Friðrikur Sigurðsson, des letzten in Island hingerichteten Mörders, und jetzt saß sie hier und bestaunte Porzellangeschirr und Silberbesteck.

Gleich nachdem sie sich gesetzt hatte, hatte sie den Griff ihres Messers in den Mund genommen und daran gesaugt und geleckt. Die Folgen waren fürchterlich, denn ihre rübenroten Wangen bekamen rote und lilafarbene Flecken.

»Mama, die isst Messa!«, hatte der dreijährige Birgir seiner Mutter gepetzt.

»Psst, mein Kleiner, keine Dummheiten! Es ist Weihnachten.«

Súsanna saß aufgerichtet und mit einem Ausdruck von Verantwortung um die Augen auf ihrem Platz, denn das Ganze war ihre Idee gewesen. Sie empfand Mitleid mit der Ströndfamilie, die Mutter und Kinder in der Lawine verloren hatte, ein Auge in einem Rabenschnabel und nun auch noch die Frau des Hauses in der Epidemie, Letztere durch ihre Schuld. Vigdís hatte sie leicht von ihrem Vorhaben überzeugen können, denn die Pfarrersfrau besuchte in der Adventszeit öfter und gern die Häuser der Armen mit Talgkerzen, Spielkarten und kleinen Keramikschüsselchen. Der Pfarrer aber hatte wenig für Mildtätigkeit zugunsten anderer übrig, er wollte Weihnachten unbehelligt von Armen und Bedürftigen verbringen. Eigentlich verstand er auch diese plötzliche Anteilnahme bei der Freundin des Hauses nicht, die bis dato nichts anderes als ihre Liebesgeschichte und ihr Aussehen im Kopf gehabt hatte.

Kurz vor Mitternacht, als alles vorbei war, alle Geschenke ausgepackt und alle Gäste nach Hause gegangen waren, erklärte Súsanna, sie wolle das ruhige Wetter nutzen und noch einen Spaziergang unternehmen. Neuschnee bedeckte Berge und Eyri, sodass es auf jedem Hofplatz lesehell war. Magnús Mannlos sah Súsanna am Fuß des Hangs fjordeinwärts gehen und schüttelte den Kopf. Gestur legte den Weg am Fjord entlang ganz unauffällig zurück, und so feierten sie in ihrem Liebesnest noch einmal Weihnachten und eine Heilige Nacht. Er schenkte ihr glänzende neue Stricknadeln, die er im Krónufélag besorgt hatte, und sie überreichte ihm die schönsten Fäustlinge, die er je gesehen hatte, mit einer Rose auf dem Handrücken und einem Herzen in der Innenfläche.

Kapitel 22

Ein Drache auf dem Dach

Im Frühjahr erschien zusätzlich zu den bereits am Ort vertretenen ein weiterer heringsdürstender Abenteurer, pachtete Land und bereitete sein Unternehmen vor. Es handelte sich um den dänischen Großkaufmann Jörgen Buus, der aus des Königs Kopenhagen auf seinem eigenen Großschiff eingetroffen war. Ja, jetzt war es so weit, dass selbst Dänen in den Segulfjörður kamen, so bekannt war er geworden. Davor hatte das Herrenvolk wenig Interesse an seiner fernen Kolonie gezeigt und dort keinerlei Chancen und Möglichkeiten für sich gesehen.

Buus war ein lebhafter Glatzkopf mit einem speziellen Humor, einem flinken Stöckchen und schönen, schwarzgerahmten Brillengläsern, die zwei große Ringe auf sein Gesicht malten – sie ließen an eine doppelläufige Flinte denken. Dazu war sein Blick so scharf, dass er dauernd Funken sprühte. Auf dem Kopf trug er tagtäglich eine Melone und im Mund einen Zigarrenstumpen, den er nicht einmal bei langen Sätzen herausnahm. Sein Gesichtsausdruck war genauso hart wie der Hut, doch lag auch etwas in seinen Augen, das einen an eine Kredenz denken ließ, in der ein guter Tropfen aufbewahrt wurde. Eigentlich sah das ganze Gesicht nach rötlichem Holz aus, Kinn, Nase und Ohren wirkten wie feinpolierte Gegenstände aus Ebenholz. Von diesem rothölzernen Gesicht hoben sich die Zähne weiß ab, sodass es hieß, er lache in den dänischen Nationalfarben.

Äußerlich stellte er also beinah die perfekte Verkörperung des kapitalistischen Profitmachers dar (knallharte Plauze, Melone, Zigarre), bei näherer Bekanntschaft jedoch glich er mehr einem ungeduldigen Zirkusdirektor, der ständig Anweisungen erteilte und mit seinem Stock herumfuchtelte. Dazwischen ließ er regelmäßig ein höchst dänisches und lautes Lachen ertönen: Hå, hå, hå! De facto wirkte dieses dröhnende Lachen wie ein Zauber auf Werk und Arbeit: Buus konnte eine Schiffsladung gewissermaßen an Land lachen. Es war das reinste Vergnügen, für ihn zu arbeiten.

In diesem Zirkus war der Direktor der größte Artist.

Außer mit seinem Großschiff lief Buus mit seiner Familie mit fünf Kindern und einer Mannschaft von zehn Arbeitern und zwei maschinengetriebenen Heringsfangbooten ein. Dazu mit Plänen und Material für eine Pier. Außerdem segelte ein Wohnhaus in Einzelteilen an Land, dazu begleiteten den Dänen drei nackte Schweine, zwei Schreibtische, eine Bornholmer Standuhr, etliche Hutschachteln, ein nagelneues Grammophon, das erste in Island, und eine Plattenkamera auf dreibeinigem Stativ. Die größte Aufmerksamkeit erregte jedoch ein vierrädriges Fahrzeug der Marke Daimler-Benz, das erste nördlich der Hochheiden. Es handelte sich um eine offene, schwarzlackierte Luxuskarosse mit schwarzen Reifen, einer zwei Meter langen Lenksäule und zwei Sitzbänken, eine für Fahrer und Beifahrer, die andere, erhöhte, für den Eigentümer und seine Frau.

Wie selbstverständlich erschien der Kopenhagener Kaufherr mitsamt seiner ganzen Zivilisation und kippte sie am südöstlichen Ende von Eyri an Land. Er hatte sich allerdings etwas zu hohe Vorstellungen von dem nördlichen Fjord gemacht und keine Ahnung davon, dass es dort weder Strom noch Telefon, weder Straßen noch Strecken gab. Der Plan für eine erste Ortsstraße lag noch auf dem Tisch des Bürgermeisterpfarrers. »Wie belieben, keine Straße?«, fragte Buus, und dann lachte er wie ein fröhlicher Hase: Hå, hå, hå! Ausprobieren wollte er sein Automobil trotzdem und gab seinem Chauffeur Anweisung, vor den neugierigen Einheimischen eine Runde zu drehen.

An einem sonnigen Maiabend rollte das historische Ungetüm, begleitet von vielstimmigem Hundegebell, an der Krónufélagsbrücke vom Strandwall auf die Wiese bei Kaufmann Toni. Von dort ging es über das Lebertrankochfeld, wo der Wagen vor einem Kotten auswich und die Hühner auseinanderstoben wie Badeschaum von einem planschenden Kind. Weiter ging die dänische Fahrt über das Gelände nördlich des Friedhofs. Die Schafe dort nahmen erschrocken Reißaus und glotzten dann über die Schulter zurück, was für ein radbeiniges Stück Großvieh das denn sein mochte. Die Hunde bellten, was sie konnten, und ständig kamen noch mehr hinzu. Ein so bedrohliches Biest musste vom Grundstück gejagt werden, und zwar auf der Stelle!

Der Fahrer schien von der Hundemeute und ihrer Aufgeregtheit nicht sehr erbaut zu sein. Er schaute andauernd nach vorn und nach hinten: Bissen sie auch nicht in die Reifen? Mit der Meute am Hinterrad brummte er Richtung Mjólkurbær, versuchte da das Rudel mit einer abrupten Wende abzuschütteln und gab Gas, dass die Einwohnerschaft staunte. Was für ein Wundergefährt das war! In den Zeitungen der Hauptstadt nannten sie es »Selbstfahrkutsche«. Der Weg aber war holprig, und als der Fahrer östlich der Wiesenteiche angekommen war, verlor er seine Mütze. Einer der Köter peste mit ihr davon. Das fand der Däne nicht lustig, bog in einer scharfen Kurve Richtung Strönd ab, drehte sich nach der Meute um und schimpfte dabei laut vor sich hin. Sein plötzlicher Entschluss war kein guter. Als der Fahrer wieder nach vorn sah, rollte sein Wagen auf einen grasbewachsenen Hügel zu. Den Anstieg nahm der gute Benz noch ohne Mühe, doch als die Vorderräder oben standen, blieb der Wagen stecken. Im Übrigen handelte es sich nicht um einen Hügel, sondern um ein Haus. Die Selbstfahrkutsche saß auf dem Dachfirst von Strönd fest.

Sämtliche Hunde des Orts tobten jetzt um das Haus und kläfften, so laut sie konnten, das schwarze Monstrum an, das sich wie ein schrecklicher, schuppiger Drache auf dem First niedergelassen hatte.

Die Dachabdeckung brach ein, aber die Balken hielten. Selmína und Lási kamen aus dem Haus gesaust, gefolgt von Klein-Olgeir. Gestur hatte das Spektakel der ersten Autofahrt von der Ecke des Krónufélags angesehen und bekam einen Lachanfall: Das Automobil saß doch tatsächlich auf dem Dach seines Hauses fest. Der Chauffeur saß noch drin und mühte sich mit Rückwärts- wie Vorwärtsgängen ab. Erfolglos. Am Ende gab er auf, kletterte aus dem Fahrzeug und stieg vom Dach. Der Wagen dagegen verblieb oben auf dem Torfgebäude wie ein Kunstwerk späterer Zeit.

An den nächsten Tagen schien die Sonne, und Buus war damit beschäftigt, das Haus für seine Familie zusammenbauen zu lassen, há, há. Es eilte ja nicht, den Wagen vom Dach zu holen. Lási hingegen fand keinen Gefallen an dem Ungetüm über seinem Kopf, und Gestur musste einräumen, dass er mit diesem »Drachen« auf dem Dach nicht besonders gut schlief. Klein-Olgeir andererseits war hochzufrieden mit der neuen Dachzier und rief regelmäßig zu dem Auto hinauf: »Brrr, brrr!« Die Ortsjugend war ebenfalls begeistert, und Jungen wie Mädchen saßen ganze Tage am Lenkrad und spielten, sie würden über den Himmel bis zum König von China fahren. Eines Abends erschienen die Spaßvögel auf dem neuen Spielplatz. Hans und Baldvin hatten ein paar bereitwillige junge Burschen zusammengetrommelt, zogen mit ihnen ins Haus, ließen den alten Lási von seinem Buch weg in der Unterhose aufs Dach tragen und quetschten ihn auf den Fahrersitz. Da saß der edle Mann nun und wurde von der Eyrijugend beklatscht. Das Kunstwerk war vollendet.

Gestur hörte den Lärm oben in der Mulde über Fanneyri, wo er bei einem heimlichen Treffen mit seiner Liebsten lag. Er konnte sich also nicht gleich nach unten begeben, denn alle hätten gesehen, wo er herkam. Sonst stahlen sie sich erst weit nach Mitternacht und jeder für sich nach unten, wenn die Ortseinwohner die Augen geschlossen hatten. Dennoch konnte ihr Verhältnis in einem so überschaubaren Ort auf Dauer kein Geheimnis bleiben, und hier und da wurde schon über Frau Mandal und den Jungen von Strönd getuschelt. »Ist sie denn nicht immer noch mit dem Norweger liiert?« – »Ja, da wird er schon sehen, was er davon hat, wenn der Kapitän im Sommer wiederkommt.« – »Und sie vergreift sich ordentlich nach unten.« – »Wie kann der Pastor solche Hurerei praktisch unter seiner Nase zulassen?«

Als Gestur endlich unten auf Eyri ankam, hörte er, dass der Alte angefangen hatte, über Land und Meer zu rezitieren. Da hockte er, der Mann des neunzehnten Jahrhunderts, in diesem neuen Wundergefährt und sagte die Reime eines Unterleibsbewohners aus dem achtzehnten Jahrhundert auf:

Die Lederhosen wirft gern fort
der Spritzer von Aurora borealis.
Ich hingegen fisch gern dort
in junger Dirnen Seegraswirrnis.

Kapitel 23

Blitzlicht

Irgendwann begann es zu regnen, und es erschienen zwei dänische Laufburschen mit einem großen weißen Segel, breiteten es über das Luxusmobil auf dem Dach und verankerten es im Boden. Strönd sah jetzt aus wie ein aufgeblasenes Indianerzelt. Gestur stand davor und schüttelte den Kopf. Sollte dieser Witz dauerhaft so bleiben?

Irgendwann raffte er sich auf, um sich beim dänischen Großkaufmann zu beschweren. Er traf den Melonenträger an einer Ecke seines neuerbauten Hauses, wo er den Zimmerleuten im Obergeschoss mit dem Spazierstock Anweisungen gab und sogar die Zigarre aus dem Mund nahm, wenn er rufen musste. Gestur kratzte sein Dänisch zu einem kurzen Satz zusammen: »Wir können nicht unter einem Automobil wohnen.« Herr Buus antwortete, indem er den Jungen einlud, eine Fotografie von ihm zu machen. Gestur hatte von dieser ominösen Sache gehört. Das war die Masche des Dänen, sich Menschen gewogen zu machen und sich den Weg in die Fjordgesellschaft zu ebnen.

Es gab dazu aber auch ganz andere Geschichten, die die Begeisterung der Isländer ziemlich dämpften. Es hieß, der Apparat könne einen mit seinem Licht blenden und einem die Seele versengen. Die Abzulichtenden wurden vor eine große Leinwand gestellt, auf die eine Traumlandschaft mit dänischem Einschlag gemalt war, und manche behaupteten, wenn man sich in Buus' halb fertiger Lagerhalle vor dieser dänischen Leinwand fotografieren ließe, würde ein Teil von einem für immer dort stehen bleiben. Im Gegenzug würde das Leben des Fotografierten um diesen Teil beschnitten; man hätte damit seinen eigenen Geist geweckt, und das, während man selbst noch am Leben war.

Doch Gestur war auf alles Neue neugierig, schon sein Name forderte von ihm, keine Einladung auszuschlagen. Außerdem hatte er in seinem kurzen Leben längst erfahren, dass Schwarzmaler nie recht behielten, Schwarzseherei verlor am Ende immer, erst recht gegen lichthelle Dinge. Deshalb stand er nur wenig später in seinem besten Pullover und seiner besten Weste neben einem schön dekorierten Tischchen und ließ sich bei lebendigem Leib mit einem Blitz in die toten Platten der Geschichte einbrennen. Hundert Jahre später würde er immer noch dort stehen, wie eine Statue, vor einer dänischen Leinwand in Buus' halb fertiger Lagerhalle. Der Gedanke war schauerlich.

Er machte ein ernstes Gesicht (nur besoffene Idioten grinsten auf Fotos), die Augen funkelten grau unter hellen Brauen und hoher Stirn und starrten stockstäif in den Apparat und die Zukunft, als wüssten sie, dass ein Blick, der hundert Jahre halten soll, fest und stark sein muss. Seine Haare waren kürzer als sonst, außerdem hatte Helle, die Tochter des Kaufmanns, sie ihm mit Kamm und Wasser aus der Stirn gekämmt. Bei Fotoaufnahmen assistierte sie ihrem Vater immer. Gestur nahm sie erst wahr, als alles im Kasten und der Blitz verglüht war. Vorher hatte sie zu nahe bei ihm gestanden, und er war blind vor Aufregung gewesen. Doch als nun die Blendung durch den Blitz abklang, war das Erste, was er sah, die dänische Kaufmannstochter in ihrem langen rostbraunen Kleid, das sich wie gegossen um ihre attraktiven Formen schmiegte. Und sobald sie ihm aus ihrem blitzsauberen Gesicht verschmitzt in die Augen sah, flammte ein weiterer Blitz auf: Die isländische Namensform von Helle war Birta, und das bedeutete Helligkeit.

Gestur fand nur schwer nach Hause. Sie war in ihm, sie hatte voll und ganz Besitz von ihm ergriffen. Mehr brauchte es nicht, einen kurzen Blick und ein verschmitztes Lächeln. Er hatte sein Dach von einem Monstrum befreien wollen und kam mit einem Mädchen im Herzen zurück.

Kapitel 24

Ein Autounfall

Von da an konnte er an kaum etwas anderes mehr denken als an diese unbekannte junge Frau, an Helle. Er dachte sogar öfter an sie als an Súsanna und versuchte sich ständig neue Gründe auszudenken, um Buus aufzusuchen, andere als Beschwerden über ein widerrechtlich auf seinem Dach geparktes Auto. In seiner Vorstellung war das Gefährt unter seinem Zeltdach zu einem wichtigen Verbindungsglied zwischen Strönd und dem Buus-Haus geworden. Amor hatte die Gestalt einer Riesenheuschrecke angenommen, die von der Wiese des Kaufmanns auf Gesturs Dach gehüpft war.

Innerhalb von zehn Tagen hatte dieses Wesen einen Kokon um sich gesponnen, sodass die Torfkate wie ein modernes zweigeschossiges Haus der Zukunft aussah. War das ein Omen für eine kommende Ehe und ein gemeinsames Heim? Gestur und Helle? Strönd und Buus? Wann sollte die Hochzeit stattfinden? Auf jeden Fall musste er sein Dänisch verbessern. Und stimmte es, dass Dänen zu jeder Mahlzeit Schweinefleisch aßen? Und Brot mit Blutbete belegten? Aber Moment mal, waren Heuschrecken nicht eine Plage? Doch, das hatte er in der Schule gelesen, 2. Buch Mose. Aber sie waren doch von Gott gesandt, der Herr ließ sie das Land der Ägypter bedecken, als Strafe dafür, wie sie Moses behandelten. Hatte das etwas mit Súsanna zu tun? Strafte Gott ihn für die fleischlichen Sünden, die sie begangen hatten?

Er hatte inzwischen unzählige Male mit ihr gehurt, in Ställen und schummrigen Ecken, in Schuppen und Scheunen, überall. Ein Wunder, dass sie nicht längst schwanger war. Und was war mit dem stummen Engel vom Óðalsfjörður? Ob sie noch an ihn dachte? Und was war mit dem Knecht, der sie verprügelt hatte, als ob sie ihm gehörte? Gesturs neunzehnter Winter war ein wunderlicher Winter, wahrlich ein Frauenwinter.

Die, die ihm die Unschuld geraubt hatte, Sigrún auf Segulnes, hatte er beim Weihnachtsgottesdienst wiedergesehen. Du meine Güte, was für ein hässliches Weib! Da kam sie mit rotgeäderten, wie von Zahnfleischentzündung geschwollenen Backen in die Kirche gewatschelt, und er wurde von Schrecken und Scham so überwältigt, dass er sie nicht einmal grüßte, als sie ihn ansah. Er gaffte nur und schluckte. Hatte er wirklich in dieser unförmigen Robbe gesteckt? Unglaublich, was Kerzenlicht für die Liebe bewirken kann. Sie selbst schien ebenso verdattert zu sein, glotzte ihn an wie ein frisch gefangener Dorsch und ließ dann ihren Blick an ihm hinabwandern, vom Scheitel bis zur Sohle, mit angewiderter Miene: War der Kerl am Ende doch bloß ein Häuslerjunge? Dabei hatte sie ihn für einen Großbauernsohn von Hvammur gehalten. Bloß gut, dass bei ihrem Gebrünst kein Kind zustande gekommen war!

Als das Haus der Familie Buus stand und das Lagerhaus regenfest war, machte sich der Kaufmann nach dem Abendessen mit fünfzehn bärenstarken Männern endlich auf den Weg nach Strönd. Sie zogen das weiße Tuch vom schwarzen Monstrum, stiegen aufs Dach, reichten sich unter dem Wagen hindurch die Hände und schafften es, ihn so weit anzuheben, dass die Vorderräder vom Boden abhoben. Gestur hatte Olgeir auf den Arm genommen, damit er nicht mitten in die Bergungsarbeiten rannte, und Lási und Selmína standen mit einer beträchtlichen Zahl weiterer Schaulustiger etwas abseits. Diese Dänen waren wirklich verteufelt stark. Das war nicht gerade das Bild, das die Isländer von ihrem Herrenvolk hatten. In ihrer Vorstellung waren die Dänen allesamt pfennigfuchsende, kleinliche Stubenhocker in feinen Kleidern, mit Fistelstimmen und Sturm in den Köpfen, entnervt von ihrem Aufenthalt auf der Eisinsel.

Nun wollten sie das Fahrzeug vorsichtig über den First heben und dabei die Vorderräder nicht absetzen, damit sich das kostbare Stück nicht selbstständig machen und allein vom Dach rollen konnte. Damit mühten sich die kräftigen Männer ab, als es plötzlich krachte und das Dach in sich zusammenbrach. Dadurch entstand eine neue Rampe für den Wagen, die von der Außenwand geradewegs auf die westlichen Bettstellen zuführte, auf Lásis, Gesturs und das Bibliotheksbett. Der schwere Wagen setzte sich augenblicklich in Bewegung. Von der anderen Seite des Gangs ertönte ein lauter Schrei, die alte Grandvör machte ihrem Zorn Luft. Die eingebrochene Zimmerdecke hing direkt über ihrem Kopf. Von allen Lawinen, die sie überlebt hatte, war diese die schrecklichste, nicht zuletzt, weil sie Dänisch sprach. Mit dem Wagen brachen auch vier Männer ein, die unterschiedlich zu Schaden kamen. Einer von ihnen landete in der Baðstofa und wurde zwischen dem Fahrzeug und dem eingestürzten Rasendach eingeklemmt, wo er laut fluchte.

Das war der erste Autounfall in der Geschichte Islands.

Die alte Frau kam unverletzt davon. Man holte sie am nächsten Morgen aus dem Haus und musste dazu die nördliche Vorderwand aufbrechen. Damit stand der Kotten nach allen Seiten offen, und seine Bewohner wurden vorläufig im neuesten Haus des Ortes untergebracht, im Keller der Familie Buus. Gestur schlief nun direkt unter dem Schlafzimmer der Tochter.

Kapitel 25

Selmína

In Wirklichkeit bedeutete die Umquartierung eine Verbesserung für Gestur und Lási, selbst für Grandvör, während die Dänen die Arbeit übernahmen, das Auto aus dem Torfdach herauszuholen und anschließend das Dach zu reparieren. Zehn Tage lang schwelgten die Strönabewohner in herrlichem Milchreis. Seit dem Tod der seligen Snjólaug hatten sie essensmäßig einiges verkraften müssen; Selmína war in vielem gut, aber vom Kochen verstand sie so viel wie ein Pferd vom Gärtnern.

Es gab nicht nur kein einziges Gericht, bei dem nicht etwas schiefgegangen war (nicht einmal Topfbrot bekam sie hin, ohne es oder sich selbst zu verbrennen), überdies fraß sie noch von allem die Hälfte selbst. Sie war eine Köchin, die den Herrschaften das Essen mit vollem Mund kauend auftrug, manchmal hing ihr sogar noch eine Spur Roggenbrei am Kinn, obwohl es im Topf lediglich Trockenfisch mit Talg gab. Den Duft von Roggenbrei nahmen die anderen oft wahr, aber in die Baðstofa kam nie welcher. Es war deutlich zu merken, dass sie einen Vielfraß im Haus hatten, denn Gestur musste nicht selten Dinge nachkaufen, und gegen Ostern war alles Mehl aufgebraucht. Gestur musste bei Kaufmann Toni anschreiben lassen, was ihm sehr gegen den Strich ging.

Äußerlich war Selmína davon jedoch nichts anzusehen. Sie war kräftig gebaut, hatte aber kein Gramm Fett am Leib. Das konnten die anderen jeden Abend sehen, denn sie zog sich stets vor aller Augen aus, bevor die Lampe gelöscht wurde, und schien es sogar darauf anzulegen, dass die Männer ihre Feige sehen konnten. Ihr Gesicht war nicht unansehnlich, aber sie war nicht gerade auf Sauberkeit bedacht. Sie hatte unreine Haut, und ihr Haar war ein zerzaustes Läusenest, durch das kein Kamm drang. Die äußerliche Erscheinung des Mädchens ließ mithin sehr zu wünschen übrig, aber der Körper, der unter ihren Leinwandklamotten steckte, war ein schönweißer, schwellender Jungfrauenleib, der selbst die besonnensten Männer um den Verstand bringen konnte.

Gestur schirmte seine Augen regelmäßig vor diesen Abendvorstellungen ab, er war inzwischen frauenerfahren genug, und der alte Lási schien für weibliche Anziehungskraft nicht mehr empfänglich zu sein, wenn sie nicht in Reimform auftrat. Gab es aber einmal einen Übernachtungsgast im Haus, konnte man die sexuelle Spannung in der Luft mit dem Messer schneiden. Zweimal musste Gestur Männer aus Selmínas und Olgeirs Bett zerren und ihnen klarmachen, dass das Mädchen noch nicht einmal konfirmiert war und der Kleine jederzeit aufwachen konnte. Was, zum Teufel, sie sich eigentlich dabei gedacht hätten?!

»Sie setzt eben alles ein, was sie vorzuweisen hat«, brummte Lási, als Gestur ihn einmal draußen vor dem Haus auf das Problem ansprach.

»Mit einer Köchin wären wir schon zufrieden«, knurrte Gestur. »Aber sie schleppt gleich alles an, Milben, Kleiderläuse, Kopfläuse, Filzläuse ...«

»Filzläuse? Woher weißt du das?«

»Vom Doktor.«

Lási drehte den Kopf und sah Gestur an. Der erklärte:

»Er bat mich, auf sie achtzugeben, besonders was Gonorrhö angeht. Jeder zweite Norweger soll den Dreck am Stecken haben.«

»Gonorrhö?«

»Tripper. Der kann Leuten ziemlich übel mitspielen. Ich denke nur an sie.«

»Und vielleicht auch an dich?«

»Wie bitte?«

»Du sollst die eine oder andere Weibergeschichte am Laufen haben, hört man. Bis oben nach Hæðir.«

»Wer sagt das?«

»Niemand. Aber Heiligabend konnte einem ja nicht entgehen, wer da was mit wem hat.«

»Das ist schon viel zu weit gegangen«, entgegnete Gestur und schüttelte den Kopf. »Ich mache mir nur Sorgen um Selmína. Ihre Verschlamptheit ist unglaublich. Womöglich hat sie ihren Nachttopf in der Küche und plätschert beim Kochen da rein. Und erst gestern … Hast du gesehen, wie sie von Ránarkot nach Hause gekommen ist? Sie hatte sich Petroleum in die Haare geschmiert. Die hat doch nicht alle Latten am Zaun!«

»Sie ist flink und einfallsreich«, meinte Lási. »Ich beschwere mich nicht. Und meinetwegen kann sie rumtrippern, wo sie will, solange sie ihre Arbeit erledigt.«

»Sie müsste sich auch besser um Grandvör kümmern, die Alte hat sich an einigen Stellen wundgelegen. Und waschen kann sie auch nicht. Ich habe mein Hemd pissgelb von ihr zurückbekommen. Sie hat den Waschurin kochen lassen, als hätte die dusselige Kuh noch nie Wäsche gewaschen. Sie behauptet, sie könne alles, dabei kann sie nichts.«

»Ich nenne sie einfach ein nettes, dreizehnjähriges Fohlen. Sie ist gut zu dem Jungen«, gab Lási mit triefend weiser Nachsichtigkeit zurück.

Selmína kam, wie gesagt, aus ziemlich schrecklichen Verhältnissen, wer wusste schon, was sie alles erlitten und durchgemacht hatte. Sie war aus Sünde und Schafsmist gemacht, wie man im Húnaþing damals über Waisenkinder sagte, und war seitdem von einem Bauern zum nächsten gegeben worden, bis der Magnet im Norden sie anzog wie so manchen anderen nicht registrierten Bedürftigen. Der Segulfjörður war zum Amerika der armen Leute geworden. Geschichten von Akkordlohn, Bargeld und ausschweifendem Leben liefen wie seismische Wellen durchs Land und brachten das Leben vieler zum Wackeln.

Manchmal dachte Gestur, dass Selmína buchstäblich in Ställen zwischen Hörnern und Klauen großgeworden war. Sie konnte wochenlang schweigen wie ein Hornvieh, schnaubte nur ab und zu, wobei sie die Nase krauszog und ihren Pony schüttelte, als wäre sie tatsächlich ein Fohlen. Die seltenen Male, in denen sie der Sprache mächtig wurde, brüllte sie kurz angebunden: »Fisch!« Und nur aus dem Kasus, den sie gebrauchte, konnte Gestur erschließen, was sie sagen wollte: »Wir brauchen Fisch.« Olgeir sprach sie nie an, weder im Guten noch im Bösen, aber sie behandelte ihn stets fürsorglich, und der Junge hing an ihr, gedieh in ihrer Obhut wie eine Blume in der Sonne. Es sind nicht immer Worte nötig. Vielleicht war es sogar der beste Weg, für ein Kind zu sorgen, sich ihm gegenüber zu verhalten wie ein Tier, wie ein Hund, oder wie Gott.

Eigentlich konnten sie also nicht wirklich über ihre ungezähmte Haushälterin klagen. Ihre Gefräßigkeit war dennoch schwer zu ertragen, und besonders ihre Schmuddeligkeit, die alles übertraf, was sie vorher gekannt hatten. Einmal kam Gestur in die Küche mit der gemauerten Feuerstelle, und da hockte sie tatsächlich auf dem Topf, den sie ihren »Gierigen Schmierigen« nannte. Als er sie dafür schalt, stand sie auf, und ohne sich den Hintern abzuwischen, reichte sie ihm den Topf: »Hier, dann nimm ihn doch!« Gestur erblickte auf seinem Boden eine tiefschwarze Wurst, umgeben von rötlich gelbem Urinstein, wie ihn nicht regelmäßig gereinigte Nachttöpfe ansetzen.

Immer wieder vergriff sie sich auch an der Milchflasche, Gestur hatte sie gerade erst aus den Zitzen in Mjólkurbær vollgezapft, da hatte Selmína sie schon vor dem Frühstück geleert. Als die Vorräte zum vierten Mal seit Weihnachten zur Neige gingen, hatte Gestur die Nase voll. Er beschloss, diesmal abzuwarten, wie das Mädchen reagierte, wenn nichts Essbares mehr im Haus wäre (für sich selbst hatte er in einem Versteck eine kleine Reserve aus Bauchfleisch und

Talg angelegt). Bereits am ersten Tag erwischte er sie dabei, wie sie getrockneten Schafsmist vom Herd kaute und im Gesicht schon ganz schwarz von Ruß war. Als er am gleichen Abend sah, wie sie vor den Augen des Jungen an einem alten Stück Schuhleder nagte, verlor er die Beherrschung.

»Bei uns werden keine Schuhe gegessen! So arm sind wir nicht. Und das ist auch nichts für Olli. Wo hast du das überhaupt her?«

Sie nahm den nassgekauten Lappen aus dem Mund – war das nicht ein Hailederschuh des großen Wanderers Eilífur Guðmundsson?

»Súsanna!«, rief sie und grinste mit rußgeschwärzten Lippen, dass ihre braunen Zahnstummel aufglänzten. »Súsanna!«

Kapitel 26

Über den isländischen Hass auf verdichtetes Wohnen

Im Frühsommer segelte die Pfarrersfamilie mit Kindern und Kindermädchen nach Fagureyri und ließ Súsanna mit dem übrigen Personal in Upphæðir zurück. Die feine Familie zog im Haus Pétur Thorgilsens ein, Vigdís' jüngerem Bruder, der sich mit einem eigenen Unternehmen in Fagureyri selbstständig gemacht hatte. Vor Séra Árni lag in der Hauptstadt des Nordlands eine große Aufgabe: Der Sýslumaður, der gesamte Rat der Sýsla und die Abgeordneten des Landesviertels mussten überzeugt werden, dass Segulfjörður nicht länger ohne Telefon bleiben durfte. Es lebten dort mittlerweile Männer, die manchmal tausend leere Fässer auf dem Seeweg anfordern mussten, und das noch vor dem nächsten Wochenende. Aber das hinhaltende Zaudern war groß, es mangelte auch damals nicht an Konservativen; die Ortschaften in Island sollten sich langsam ausbreiten wie Moos und nicht aufschießen »wie Pilze auf dem Mist«.

Die Pilzmetapher wurde oft auf Segulfjörður gemünzt; man nannte die Heringsbranche einen Misthaufen, der überall im Land die Fliegen anzog, dementsprechend seien auch der Gestank und die Unzucht, die dort getrieben würde. Kinder, die im Fjord zur Welt kamen, stammten von »Heringsflittchen« und »Norwegerpussis«. »Sie liegen unter diesem ausländischen Seemannsgelichter«, schrieben

Krawattenträger andernorts in den Zeitungen. Es reichte den Großbauern und Mächtigen im Land schon, dass sich Frauen tagsüber
außer Haus aufhielten und jeden Tag für andere, noch dazu ausländische Männer schufteten, aber dass sie auch noch nachts arbeiteten,
war eindeutig zu viel. Allein der Ausdruck »Frau auf Nachtschicht«
war so anstößig, dass sie den Fjord am liebsten mit Gewalt geschlossen hätten. In den letzten Sommern hatte man sich über den Bevöl-
kerungszuwachs dort im Norden erzählt, bei ihren Landaufenthalten
wimmele es auf Eyri von Fischern wie von Maden im Speck, sie zö-
gen streitlustig umher und verprügelten jeden, der ihnen in die
Quere kam, söffen alles, was flüssig war, und besprängen alles, was
sich flachlegen ließ.

Die an Bevölkerung so geringe Nation betrachtete nichts mit mehr
Argwohn als die Ansammlung von Menschen, nicht von ungefähr
hatte sie sich jahrhundertelang so weit wie möglich im Land verstreut. Alle guten Bauern sahen die Bildung von dichter besiedelten
Ortschaften als Problem, als ein Unwesen, das ausgerottet gehörte,
als Schimmel auf dem Leib des Landes. Es wäre geradezu Anarchie,
den »Freigelassenen« (Menschen ohne Besitzer) und Landstreichern
zu erlauben, sich auf den flachen Landzungen der Fjorde zusammen-
zurotten, wo keiner sie im Auge habe. Und ausländischen Großkauf-
leuten sei es schon gleich gar nicht zuzutrauen, diese Menschen im
Zaum zu halten. Wenn sich das einfache Volk derart herrenlos zu-
sammenballe, werde es in einem allgemeinen Schlamassel enden.
Dieses Volk wohnte jetzt sogar auf seinen eigenen »Höfen«, in wind-
schiefen Bruchbuden und Tagelöhnerkotten, ohne jegliche Aufsicht. Wenn sich die Sklaven ungehindert vermehren dürften, würde
die Rasse bald verwässern. »Was wird dann aus unserer Zucht-
wahl zu Genügsamkeit, die wir tausend Jahre lang verfolgt haben
und die aus uns das zähe Volk gemacht hat, das wir heute sind?«,
schrieben einflussreiche Leser in Zuschriften an die Zeitungen und
meinten damit die Epoche der Grassodenhäuser, in der dieses Volk
zwangsverknechtet war und sich nicht fortpflanzen durfte; nur sei-

nen Besitzern war es gestattet, seine schütteren Bäumchen Früchte tragen zu lassen (auch wenn die Austragende manchmal eine Dienerin oder Magd war). So hörte sich die patriarchale isländische Zuchtwahlideologie an, schon Jahrzehnte bevor solches Denken in Deutschland an die Macht kam. »Das isländische Volk ist ein einzigartiges Produkt jenes Strebens, demzufolge nur starke Männer die Rasse verbessern durften und die Stärksten überlebten, während die Schwächsten in Schneestürmen, Hungersnöten und Epidemien untergingen.«

In Wahrheit war der Widerstand gegen das Entstehen größerer Siedlungen ein Widerstand gegen demokratische Rechte, Frauenrechte und die Vermischung mit Ausländern. Die einheimischen Großbauern wollten ihr Volk allein beackern und verfochten ihre Ansprüche mit einem fast besessenen Pochen auf die Abstammung: Ich stamme aus einer Familie von Pfarrern und Bezirksrichtern in vielen Generationen! Ich stamme in gerader männlicher Linie von Egill Skallagrímsson ab! In meinem Stammbaum gibt es nur hervorragende Männer wie mich! Uneingeweihte hätten denken können, Island wäre die einzige Schwulengesellschaft der Welt und bestünde nur aus Männern. Homosexualität wäre dort mächtiger als andernorts, denn es bekamen Männer nur Kinder mit Männern, und in ganzen Familien gab es scheinbar keine einzige Frau.

In den Zeitungen wurden Beiträge verbreitet, die solches Denken noch verteidigten und propagierten. So schrieb etwa ein Großbauer vom Mývatn, einer der entschiedensten Bekämpfer der Neuerungen in Segulfjörður und anderen Orten, in denen Norweger ihre Fangstationen errichtet hatten:

»Das isländische Volk ist die Krönung der Menschheit, abgehärtet durch widrigste Lebensbedingungen auf dieser fernen Insel der eisigen Ferner. Wir besitzen unsere eigene Schafsrasse, unsere eigene Pferderasse, unsere eigene Hunderasse, unsere ureigene Reimgattung. Und wir sprechen als Einzige noch die Zunge, die die nordische Rasse vor dem Zeitalter der Kreuzzüge sprach.

So ist es uns gelungen, unsere ganz besonderen Eigenschaften zu bewahren und etwas von dem heidnischen Denken zu erhalten, das uns der helle Morgen der Landnahme hinterlassen hat. Und das allen kulturellen und religiösen Demütigungen zum Trotz, die unserem Volk von außerhalb zugefügt wurden. Ich nenne nur die Christianisierung, die Reformation und die Dänenherrschaft. Diese geschichtsvergessene, schweinefleischliebende Flachlandnation hatte glücklicherweise keinerlei Einfluss auf unser Volk und schenkte uns kaum mehr als die Redewendung ›Teufel, dänischer‹. Es liegt daher für jeden seines Verstandes mächtigen Mann auf der Hand, dass die Isländer ein einzigartiges Volk in einem einzigartigen Land sind. Darum sollten wir Athener des Nordens uns nicht in norwegischen Betten tummeln!«

Um diese einzigartige Rasse bestmöglich zu erhalten, kam es natürlich darauf an, die Menschen in ihren Behausungen eingesperrt zu halten. Wer unbedingt aufs Meer wollte, durfte in der Fangsaison zum Fischen hinausfahren und anschließend mit seiner Beute heimkehren. Jahrhundertelang hatte sich die Fischerei in Island so den Erfordernissen der Landwirtschaft untergeordnet. Seeleute waren keine Seeleute, sondern auf den Bauernhöfen in Abhängigkeit Gehaltene, die man zum Fischen schicken konnte, wie man Mägde zum Flechtensammeln in die Berge und die Schnitter auf die Wiesen beorderte. Ihr Lohn und ihr Fang gehörten dem Bauern. Darum wurden aus Booten niemals Schiffe, und die saisonalen Hüttenlager der Fischer nie zu Fischereihäfen. Darum entstanden in den Fjorden keine Ortschaften, darum lebten die Isländer nicht in Ortschaften am Meer, obwohl die Insel rundum Strände aufwies, die Temperaturen an der Küste am mildesten und die natürlichen Ressourcen am reichhaltigsten waren. Sie waren Bauern, die Heumahd war die heilige Zeit, Schafe waren ihre Abgötter, Fisch maximal ein Zubrot. Es mussten erst Norweger kommen, um hierzulande Dörfer und Handelsorte anzulegen, schreckliche Menschen, die allein vom Meer leben konnten und nicht einmal wussten, was Sommerauftrieb hieß. Das war nicht das Island, das wir kannten und wollten. Diese Entwicklung musste gestoppt werden.

»Es scheint, als wüssten unsere dänischen Herren nicht einmal, dass vonseiten einer anderen Nation eine Invasion stattfindet. Wie können sie das geschehen lassen, ohne etwas dagegen zu unternehmen?«, wurde in den Zeitungen im Westen wie im Osten gefragt. Und im Süden, in der Hauptstadt, nutzten einige diese dänische Tatenlosigkeit als weiteres Argument in ihrem Kampf für die Unabhängigkeit Islands.

So erwuchs dem Land Gefahr in einem einzigen Fjord, die Ausgewogenheit der Besiedlung wurde gestört. Vielen begüterten Bauern waren in den vergangenen Sommern Gesinde und Erntearbeiter abhandengekommen, selbst Nebenfrauen waren davongelaufen und füllten ihre Rocktaschen jetzt mit ausländischen Geldscheinen. Wo sollte dieses Unwesen an der Küste noch hinführen?

Und diesem Pack sollte man nun auch noch eine Telefonleitung legen? Das wäre das Verkehrteste, was man tun könnte. Dann würden sie telefonisch nur noch mehr Arbeitskräfte anfordern.

Kapitel 27

Glückseligkeit satt

Die Pfarrersleute waren abgereist, und Súsanna gestattete sich, ihren Liebhaber in Upphæðir zu empfangen. Zum ersten Mal trafen sie sich dort. Sie hatte ihn für den Vormittag bestellt, wenn die beiden Dienstmädchen aus dem Haus waren. Gestur führte Handwerksarbeiten bei Södal aus, dachte sich einen Vorwand aus und schlich nach Strönd, nahm den Rückweg zwischen Mjólkurbær und Mjölkot und dann den schräg aufwärts führenden Seitenweg von Eyri. Er hatte Schmetterlinge im Bauch, denn er befand sich auf dem Aufstieg aus seiner armseligen Kate hinauf nach Upphæðir, um dort mit einer Frau zu schlafen. An jedem Schmetterling hing allerdings auch ein Gramm schlechtes Gewissen, denn er ging nicht mehr mit ganzem Herzen zu diesen Treffen.

Lächelnd öffnete sie ihm in einem einfachen weißen Kittel und bot ihm Kaffee, Cognac, worauf immer er Lust hatte. Er entschied sich für roten Traubensaft, dänische Importware, und genoss zum ersten Mal den Geschmack von Schwarzen Johannisbeeren. Dann küssten sie sich lachend, und sie führte ihn die Treppe hinauf in ihr Zimmer. Höher war er im Leben noch nicht gekommen – auf eine Frau im Obergeschoss von Upphæðir –, seit er mit neun im Warenspeicher von Kopp gestanden hatte, als akzeptierter Sohn und zukünftiger Erbe von dessen ganzem Reich. Ihr Zimmer befand sich im Giebel auf der Nordseite, und vom Fenster aus war das Meer zu sehen. Es war ein herrlich frischer Junimorgen, sonnig, mit weißschäumenden Wellen. Kurz vor Segulnes kämpfte ein fremdes Segelschiff gegen den auflandigen Wind.

Súsanna kam schnell zur Sache, sie trug nichts unter dem Kittel, und er zog sich nicht aus, sondern öffnete nur die Hose. Sie küssten sich heftig. Sachlichkeit war gefragt und kein Herumturteln, denn jederzeit konnte jemand kommen, und Magnús Mannlos war nur einen Gemüsegarten weit entfernt. Forderten sie willentlich das Schicksal heraus? Sie füllte seinen Mund mit ihrer Zunge und behandelte sein Instrument mit virtuoser Fingerfertigkeit. Sie war heiß und kannte alle fleischlichen Wonnen. Ihrem mondänen Äußeren und den teuren Kleidern zum Trotz war sie unbekleidet die pure Lust. Er sah zu, wie sie innerhalb von Minuten in orgasmischen Taumel abdriftete. Sie hatte ihm gezeigt, wie sie es mochte, und er wusste, wie er sie zum Höhepunkt bringen konnte, nachdem er ins Ziel geschossen hatte. Es war eine besondere Methode, die es lohnte, detailliert dargelegt zu werden, wenn dem nicht die neuen Gesetze zum Schutz der Persönlichkeit entgegenstünden.

Anfangs hatte er ihre Leidenschaft angebetet, aber nun stieß sie ihn ab. Das Brüstequetschen und Arschzappeln, der ganze nach Körperflüssigkeiten duftende, säfteschäumende Lusttanz, alles, was er sich in seinen tausend einsamen Nächten gewünscht hatte, diese ganze Herrlichkeit, von der der Junge im Grassodenhaus geträumt hatte, erschien ihm jetzt als in die Länge gezogenes, bedeutungsleeres Getue. Er hatte geglaubt, es sei Liebe, und das hatte die Liebe auch selbst von sich geglaubt, aber jetzt sahen sie beide, dass es nichts weiter war als lustrauschende Eitelkeit. Aus der Ferne hatte er sie als schönste Frau des Fjords und fleischgewordene Liebesgöttin angehimmelt. Und er hatte sie haben wollen, weil sie auf der Stufenleiter des Lebens über ihm stand. Außerhalb jeglicher Reichweite. Geliebt aber hatte er sie nie, sie nur lieben wollen oder, schlimmer noch, gewollt, sie lieben zu dürfen. Das hatte er erreicht, gänzlich unerwartet und wahrscheinlich durch ein Versehen: Hatte sie ihn nicht lediglich als Mittel gegen Liebeskummer eingenommen? Und nun schlürfte er den bittersüßen Nachgeschmack.

Kaum etwas ist schlimmer als das Beste, wenn es eintritt.

Es war ihm nun klar, dass es sich um nichts weiter als verdammten Sex handelte. Hundertfache höllische Hurerei. Dennoch, er konnte nicht nachvollziehen, wie er davon genug haben und sogar Widerwillen dagegen entwickeln konnte.

Sie spürte, dass sie dabei war, ihn zu verlieren, und das traf sie unvorbereitet. Sie war davon ausgegangen, dass sie diejenige sein würde, die ihm nach einem kurzen, heißen Abenteuer den Laufpass geben würde. Im Lauf der Zeit träte sicher ein anderer Kapitän, ein anderer bedeutender Mann in ihr Leben, irgendein Großer, und bis dahin gönnte sie sich diesen hübschen jungen Burschen aus den Kotten, den Konfirmanden von ihrer eigenen Hochzeitsfeier. Sicher, er war zum Mann geworden, mannbar und talentiert, und er hatte Ambitionen, aber mit ihm konnte sie nicht einmal über die Schafspfade des Ortes spazieren, nicht so, wie er angezogen war, er besaß nicht einmal anständige Hosen. Nein, er war keine gleichwertige Partie, Séra Árni würde es nicht einmal in Betracht ziehen. Davon abgesehen war sie eine in Norwegen verheiratete Frau. Und warum badete er nicht häufiger? Er sagte, er würde zweimal im Jahr ein Bad nehmen. Das machte bis jetzt alles in allem achtunddreißig.

Doch nach und nach waren die Unterschiede zwischen ihnen kleiner geworden, sie dachte nicht mehr an den Altersabstand, und der gesellschaftliche Abstand verschwand mit dem Ausziehen, der Geruch allerdings blieb. Wobei das meist keine große Rolle spielte, denn sie trafen sich überwiegend unter freiem Himmel. Die Nächte mit ihm waren wilder als die mit dem anderen, sie führten vertraulichere Gespräche und kamen aus demselben Land, auch wenn Súsannas Vater Däne war. So spielte sie mit dem Gedanken, ihn dauerhaft zu besitzen. Der erste Schritt dahin war, ihn ins Haus einzuladen, aber es hatte sich nie eine Gelegenheit geboten, erst jetzt, und jetzt war es möglicherweise zu spät. Seine Gedanken waren schon auf und davon. Sein Körper war noch bei ihr, den hielt sie noch in ihren Armen, aber weniges quält einen so wie Herzklopfen ohne Herz.

Sie hatte all seine Träume erfüllt, und jetzt hegte er keine mehr. Glück ist das seltsamste aller Tiere, denn es überlebt auch langes Darben, durch Hunger wird es nur stärker und blüht mit dem kleinsten Bissen auf, wird es aber völlig gesättigt, welkt es dahin und stirbt. Sie waren auf ihren letzten Metern angekommen, das war ihr bewusst, dennoch fiel ihr nichts anderes ein, als im Saal der Liebe, der sich allmählich leerte, immer neue und ausgefallenere Praktiken auszuprobieren, in den hintersten Winkeln nach den letzten Krümeln zu kratzen in der Hoffnung, Gestur damit zu halten. Verzweiflung ist Gift für jede Liebe.

Nach vollzogenem Liebesakt blieb er schweigend liegen und starrte die blaugraue Holzwand an, als warte er nur auf einen Grund, etwa ein Geräusch von unten, um sich davonmachen zu können. Sie streichelte sein Haar, ein Ohr, Gesten voller Unsicherheit, die er nicht leiden konnte.

»Kommen die Dienstmädchen nicht bald zurück?«, fragte er schließlich.

»Ach, ist mir egal, wenn sie dich sehen.«

Er stützte sich auf die Ellbogen, sah sie mitleidig an (noch so ein Gift) und hob die Augenbrauen, als wären sie Klappbrücken der Liebe. Unter ihnen fuhr das Schiff durch den schmalen Kanal hinaus aufs Meer.

Er verabschiedete sich an der Hintertür von ihr, so hastig, als wäre Gefahr im Verzug, und ging dann ums Haus. Und wer stand da auf der Treppe, wenn nicht sie, Helle/Birta. Die Nächste. Als hätte sie eine Nummer gezogen und wartete geduldig und dänisch darauf, dass die Reihe an sie käme.

Kapitel 28

Große Helle

»Der Pfarrer ist nicht zuhause. Er ist nach Fagureyri gefahren. Müssten Sie ihn sprechen?«

»Ja, ich soll ihm diesen Brief von meinem Vater geben«, sagte sie und zeigte ihm den versiegelten Umschlag, den sie in der Hand hielt.

»Ich könnte ihn für Sie auf seinen Schreibtisch legen«, sagte er selbstbewusst und forsch auf Dänisch, das allerdings nicht so perfekt war, wie es hier aussieht.

»Sind Sie mit ihm bekannt? Ich meine, arbeiten Sie hier?«

»Ich kenne ihn gut, und ja, manchmal arbeite ich auch für ihn«, gab Gestur ziemlich eingebildet, wie er selbst fand, zur Antwort und dachte an seine Botengänge nach Óðalsfjörður im letzten Herbst.

Er nahm Helle den Umschlag aus der Hand, bat sie, freundlicherweise eine Minute zu warten, und eilte mit dem Brief ums Haus und zur Hintertür hinein. Drinnen sah er sich um und lauschte, sah und hörte aber nichts von Súsanna; also ging er ins Arbeitszimmer des Pastors und legte den Brief auf den Tisch. Beim Hinausgehen stellte er sich taub gegen Rufe von oben und ging draußen zurück zum Vordereingang. Die junge Frau stand noch dort und lächelte ihm entgegen.

Sie war wirklich die reinste Freude. Die sanftesten Wangen nördlich des Kattegats, die frühlingshaftesten Lippen, die er je gesehen hatte, ein Blick, wie er sich akademische Freudenstimmung in einem sonnigen Garten der dänischen Hauptstadt vorstellte: geschwenkte Bierkrüge und geistig hochfliegende Gespräche. Als er ihr in die Augen sah, glommen in seinen Fenstern Lachflämmchen auf. Sie war in seinem Alter, ein wenig kleiner als er, dafür unterrum kräftig gebaut, als würde sie unter dem Mantel vor Gesundheit strotzen. Helle!

Nebeneinander gingen sie die Treppe von Upphæðir und dann den Weg zum Ort hinab. Ins Gespräch vertieft, hörten sie nicht den Schrei im Haus hinter sich und nicht den Knall, mit dem Herzen zerspringen. Er klang außergewöhnlich dumpf und dunkel, als wäre gleichzeitig etwas umgefallen.

Der Weg führte am Ufer des Aulalækur entlang, und sie hatten noch nicht ganz den Hang verlassen, als ihnen vom anderen Ufer ein älterer Herr winkte. Beim Näherkommen erkannte Gestur Kristmundur auf Hvammur. Er war krumm geworden und ging jetzt am Stock. Gestur gab ihm zu erkennen, dass er gerade keine Zeit habe, weil er das vornehme Fräulein nach Hause geleiten müsse, er müsse doch sehen, was für einen feinen Mantel sie trage. Doch der alte Mann rief: »Schau her! Du erinnerst dich doch, was wir abgemacht haben.«

»Was?«

Der Seewind ließ ihn die Worte des Weißhaarigen nur mit Mühe verstehen.

»Schau her! Erinnerst du dich, was wir abgemacht haben?«

»Ja, tu ich.«

Helle sah Gestur an und fragte, wer der Mann sei.

»Kristmundur auf Hvammur, der Großbauer des Ortes.«

Sie gingen weiter und passierten das Haus des Gemeindevorstehers. Hafsteinn stand wieder einmal draußen auf dem Treppenabsatz und rauchte. Gestur hob die Hand und grüßte mit einem stummen Kopfnicken. Helle erkundigte sich, wer dieser Mann sei.

»Gemeindevorsteher, Hafenmeister, Polizist.«

»Sie kennen wohl jeden hier«, meinte sie beeindruckt und sah ihm im Weitergehen in die Augen. Lachende Blitze schossen zwischen ihnen hin und her. War es das Lachen ihres Vaters, das er auf einmal vor sich sah? Auf der ehemaligen Brunneneinfassung im Garten des Gemeindevorstehers stand noch immer der Siebenstein, der dicke Brocken, der siebenmal die Erde umkreist hatte, und leuchtete hell im Sonnenschein. Im Pollur lagen fünfzehn Schiffe und kleinere Boote, alle an gespannten Ankertrossen gerade nach Süden ausgerichtet. Es war einer der seltenen Tage mit leichter Seebrise in Segló.

In Ufernähe entdeckte Gestur eine spazierengehende Melone zwischen Kopps- und Neuer Brücke. Es handelte sich um die andere Melone am Ort. Gestur konnte nicht widerstehen und schaffte es mit einigem Geschick, Helle zu überzeugen, dass es viel besser sei, den Bach auf den Planken unten am Ufer zu überqueren als auf den wackeligen Brückenbohlen weiter oben, wo sie in den Schlammpfützen ihren Mantelsaum beschmutzen könnte; der Bach wurde nämlich zur Entsorgung des Schmutzwassers von Mensch und Tier benutzt. So schaffte er es, dem Vater seiner Kindheit mit einer dänischen Kaufmannstochter an der Seite entgegenzuschlendern. Jawohl, auch wenn er nur eine Schiebermütze trug, war er doch kein Niemand. Der kleingeratene Kopp begegnete ihnen wie ein englischer Gentleman mit auf dem Rücken verschränkten Händen und schien tief in Gedanken versunken. Er schaute vor sich auf den Boden, und seine Augen waren von der Hutkrempe verdeckt. Doch indem er laut und deutlich einen guten Tag wünschte, brachte Gestur ihn dazu, aufzublicken und das dänisch-isländische Paar zu sehen. Beim Heben des Kopfes geriet das Hängekinn in leichte Wallung, und die unansehnliche Nase in dem weinroten Gesicht wurde blass, als er sie wie aus Angewohnheit rümpfte. Auch wenn er den Gruß nicht erwiderte (er wandte den Blick ab, sobald er sah, wer ihn da grüßte), war der Zweck erreicht.

»Und wer war das jetzt?«, erkundigte sich Helle, als sie ein Stück weitergegangen waren.

»Ein Heringsmann. Ein kleiner Mann«, antwortete Gestur und war von seinem harten Urteil selbst überrascht; er hatte vorher noch nie ein böses Wort über seinen Kaufepapa verloren. Manchmal müssen sich die Sprechmuskeln selbstständig äußern dürfen. Er führte sie vom Ufer weg, am Haus des Arztes vorbei, zwischen Madamenhaus und Krónufélag hindurch zum Buus-Haus, ihrem eigenen, neuerrichteten Palast. Unterwegs versuchte er, ein lockeres Gespräch in Gang zu halten.

»Wie gefällt es Ihnen hier?«

Helle guckte gerade auf Guddukot, eine kleine Tagelöhnerhütte, die als allgemeines Ärgernis gleich östlich des Friedhofs stand. In ihrer Tür erschien eine ältere Schürzenträgerin und kippte den Inhalt eines Nachttopfs auf den Misthaufen davor. Unwillentlich sah man, dass er nicht nur Urin enthielt und vor dem Guss eine Ratte das Weite suchte.

»Der Geruch ist nicht gerade der angenehmste«, merkte Helle an und rümpfte das entzückende Näschen.

»Heute ist er doch gar nicht so schlimm«, brachte Gestur zur Verteidigung seines Ortes vor. »Der Wind bläst ihn doch weg.«

»Das stimmt«, lachte sie und wollte gern etwas Positives sagen: »Und es ist sehr hell hier.«

Er gab ihr Lächeln zurück und wollte schon antworten: Ja, seit du hier bist. Änderte es aber ab zu: »Ja, damit wir rund um die Uhr arbeiten können. Das ist alles wohlüberlegt. Dafür wird es im Winter überhaupt nicht hell, damit wir rund um die Uhr schlafen können.«

»Sind die Isländer Eisbären?«

»Wie?«

»Na ja, Eisbären. Die halten Winterschlaf.«

Richtig, Isländer sind Eisbären, Norweger sind Rentiere, und Dänen sind Schweine. Das fiel ihm spontan ein, im letzten Moment hatte er dann aber doch Grips genug, unter völligem Verzicht auf Schlagfertigkeit zu sagen: »Nein, wir sind keine Eisbären, wir sind Menschen.«

Die Antwort fand sie vielleicht doch ein kleines bisschen komisch und stimmte in sein verlegenes Lachen ein. Hatte sie keinen Humor? Trotzdem hätte er zum Abendessen gern in ihre Wangen gebissen und das, kleiner Schatz, am liebsten jeden Abend. Dieses fremde, frische Dänenmädel stammte aus einer anderen Welt.

»Haben Sie sich für den Sommer schon irgendwo beworben?«, erkundigte sie sich. Sie waren auf dem Platz vor ihrem Haus angelangt, sie war stehen geblieben und hatte sich ihm mit einer weichen Drehung zugewandt.

»Nein. Ja, doch. Oder ... ich weiß nicht.«

Solche Antworten gehörten zu dem, was Ausländer an Isländern charmant fanden. Dieses Volk konnte einem auf eine Frage sieben verschiedene Antworten geben, ohne sich dabei zu widersprechen. Im Lauf der Zeit aber begannen sich viele Norweger und auch andere über diese ausweichenden Antworten zu ärgern. Helle jedoch sah ihn freundlich an und fragte zum Abschied:

»Könnten Sie sich nicht vorstellen, im Sommer bei meinem Vater zu arbeiten?«

Das kann kein Mann ablehnen, auch wenn er bereits bei Södal angeheuert und Kristmundur ihn soeben an ihre Absprache vom letzten Herbst erinnert hat. Die hatte Gestur allerdings nicht sonderlich ernst genommen, er konnte sich den Hvammsbauern nicht im Hering vorstellen.

»Doch, warum nicht.«

»Ich werde mal mit ihm reden«, sagte sie und lächelte ihn so unwiderstehlich an, dass er es als Angebot von etwas Großem verstehen musste. Dann entschwand sie über die frisch gebaute, noch nicht gestrichene Treppe, und er blieb auf dem Erdboden zurück, der noch nicht zu einem Vorplatz geworden war. Er wusste in dem Moment ums Verrecken nicht, wie viele Beine er hatte und mit welchem er zuerst auftreten sollte. Hochfliegende Allüren wallten in seiner Brust, sodass ihm ganz heiß wurde. Ihre Schwaden kondensierten zum Bettspielschweiß, der ihm in Upphæðir ausgebrochen war und der ihn unter der Kleidung noch immer juckte. Was war aus ihm geworden? Ein kaltblütiger Schürzenjäger? Oder hatte er jetzt endlich das Glück auf seiner Seite?

Kapitel 29

Limbo

Die Dienstmädchen fanden sie am Fuß der Treppe. War sie die runtergefallen? Sie atmete, war aber nicht bei Bewusstsein. Sie drehten sie auf den Rücken, legten ihr etwas unter den Kopf, redeten mit ihr, holten Wasser und benetzten damit ihre schöne Stirn und die bleichen Wangen. Alles ohne Erfolg.

Eine von ihnen holte Magnús Mannlos, und er schob ihr gleich die Arme unter, hob sie an und trug sie hinüber nach Limbo, sein kleines Haus hinter dem Gemüsegarten. Da legte er sie in seinem engen Schlafzimmer auf sein Bett. Steinhetta sah von der niedrigen Tür aus mit großen Augen zu. Er befahl ihr, Wasser heiß zu machen, und sie verschwand in die Küche, die so winzig war, dass sich gerade ein Mensch darin aufhalten und über einen einfachen Herd beugen konnte, der mit Torf und Kohle geheizt wurde. Ihr Buckel schien wie für diese Kombüse gemacht, denn die Decke war so niedrig, dass man sich über den Topf oder Kessel bücken musste, der auf der Herdplatte Platz hatte.

Die Magd Sigríður kam an die Tür, um nach Súsannas Befinden zu sehen, aber Magnús warf sie mit harten Worten direkt wieder hinaus, knallte die Tür hinter ihr zu und schloss ab. Als Steinhetta mit einem Becher heißem Wasser in der Hand ihre große, missratene Nase durch die Zimmertür ihres Hausherrn steckte, erwartete sie ein merkwürdiger Anblick in der fensterlosen, halb dunklen Kammer. Irgendwie hatte er es geschafft, Súsanna aus ihrem Kleid zu schälen, ihr Oberkörper war nackt, ihre schneeweißen Brüste lagen zu beiden Seiten des etwas rötlicheren Brustkorbs, und der Mannlose begrapschte sie gierig, beugte sich von der Bettkante über die Ohnmächtige und leckte sie fast.

Steinhetta sah der Szene eine Weile fassungslos zu, bis sie sich bewegte, Magnús sie bemerkte und sie mit einem einzigen stechenden Blick aus dem Zimmer wies, der alles auf einmal besagte: Ist mir völlig egal, ob du das hier siehst, für mich bist und bleibst du nicht mehr als ein alter Putzlappen, aber hau trotzdem ab, sieh zu, dass du Land gewinnst, du hässliche norwegische Kuh, du Schafsgesicht, du Teufelsspuckefotze! Guck nur hin und sieh, wie viel schöner sie ist als du buckliges Küchenvieh. Stell den Becher ab und verzieh dich, lass mich diesen Traum genießen, den ich jede Nacht träume, seit ich sie zum ersten Mal gesehen habe. Für dich ist es das Beste, wenn du zuhören darfst.

Während all dieser unausgesprochenen Worte kam die Frau von Upphæðir langsam zu sich. Sie murmelte etwas, kam vollends zu Bewusstsein, starrte zuerst Magnús und anschließend die Frau an. Sie stieß ein kraftloses Wimmern aus und wollte sich aufsetzen, aber der Weißhaarige hielt ihr den Mund zu und drückte sie zurück aufs Kissen. Mit zusammengebissenen Zähnen zischte er:

»Jetzt bist du mein Gast.«

Kapitel 30

Hettas Monolog

Jetzt bastelt er etwas. Am besten gehe ich. Ach, hat er abgeschlossen? Das kann nicht sein. Doch, es ist abgeschlossen. Wo steckt
denn meine Katze? Na ja, gehe ich eben ins Wohnzimmer. Schade
nur, dass die Türen nicht richtig schließen. So! Ach, Katze, da bist du
ja. Komm her! Ja, ein schrecklicher Lärm ist das. Setzen wir uns hier
ans Ostfenster. Nein, lauf nicht weg, Katze! Komm zu mir! Ja, ich
setze mich hierhin und gucke ein wenig aus dem Fenster. Er ist wirklich schrecklich laut, wenn er etwas baut. Unglaublich, wie hell dieser Tag ist. Wenn in Island mal die Sonne scheint, dann durchleuch-
tet sie alles. Bäume fehlen hier. Windschutz und Schatten. Das
Fenster ist viergeteilt. Zwei Viertel nimmt ein Berg ein, in einem
Viertel sind Schiffe und im vierten Häuser zu sehen. Meine Güte, wie
ich mich darauf freue, wieder mit der Arbeit im Hering anzufangen.
Dann kann ich an etwas anderes denken als an das, woran ich ständig
denke. Dabei ist er ein guter Mann, immer hilfsbereit. Er kann sich
eben nur nicht beherrschen. Ich muss netter zu ihm sein. Ich wusste
gar nicht, dass man die Tür auch von innen verschließen kann. Oh,
hat sie sich wehgetan? Er muss vorsichtiger sein. Es wäre schade,
wenn meine Schwester Inger meine Briefe nicht bekommen hätte.
Sie braucht doch die Post von mir. Wer hätte gedacht, dass einmal ein
ganzes Meer zwischen uns liegen würde. Oje, es wird noch lauter,
was für ein Aufstand! Dabei hat Magnús meine Briefe doch nach

Upphæðir gebracht, und die Frau – Verzeihung, Madam – hat sie ent-
gegengenommen und gemeint, sie würde dafür sorgen, dass sie aufs
Schiff kämen. Ach, sie sieht immer so unglücklich aus, die Vigdís. Nie
sehe ich sie lachen. Sollte ich die Briefe besser selbst zum Schiff bringen? Aber er würde sehr wütend, wenn er dahinterkäme. Oh, sie hört
sich schlimm an. Handwerker sind nichts für Frauen.

Kapitel 31

Eldorado

Gestur stand noch immer vor Buus' Haus und ein wenig neben sich, tausend neue Zukunftsaussichten im Kopf. Er kam erst zu sich, als ihn Södal persönlich von der Ecke seines Lagerhauses rief und ihn mit dem Stock zu sich winkte. Gestur hatte nicht gewusst, dass der Reederkönig schon gekommen war, gewöhnlich traf er nicht vor Anfang Juli ein.

Mit schlechtem Gewissen lief Gestur zu ihm, er hatte ganze zwei Stunden verbummelt und erwartete, dafür gescholten zu werden. Aber der schnauzbärtige Heringsgrossist bedeutete ihm, zu folgen, und schritt mit bewesteter Plauze, von der eine Taschenzwiebelkette baumelte, zu seiner Pier. Vor seinem Lagerhaus setzten Böttcher gerade neue Fässer auf. Dabei handelte es sich um eine neuere und größere Art mit drei Bändern. Ihr Handwerk war reine Kunst, Gestur konnte nicht begreifen, wie sie es schafften, die schmalen Holzbretter senkrecht zu einem Kreis zusammenzustellen und anschließend die Bänder darumzulegen, die ebenfalls aus Wäldern stammten. Eisenbänder kamen erst später auf. Das Ergebnis war hinter ihnen aufgestapelt, an die hundert Fässer, schätzte Gestur. Was mochten sie wohl, mit Hering gefüllt, auf die Waage bringen?

»Nå, so hundertachtzig Kilo, tenkjer ich.«

Unglaublich.

»Und bald sollen wir hier im Seglafjord eine Tønnefabrikk haben«, sagte der Norweger in seinem selbstgebastelten Westnordisch und schnäuzte sich in sein Taschentuch.

Erst recht unglaublich. Und wann?

»Tja, das kommt an auf die Hering.«

Das war die übliche norwegische Antwort auf alles. Wie lange werdet ihr bleiben? Das hängt vom Hering ab. Wann werden die beiden heiraten? Das kommt auf den Hering an. Wann wird Island unabhängig? Das richtet sich nach dem Hering.

Doch jetzt drehte der Reeder den Spieß um und deckte den Ortsansässigen mit Fragen ein, wollte wissen, wann ein Telefonkabel verlegt werde, wann Strom in den Fjord komme und wann eine Wasserleitung. Gestur wollte erst in gleicher Münze zurückzahlen und auf Islandnorwegisch antworten: *Det kommer an på silda*, aber das war nicht möglich, denn alles hing von der Zustimmung konservativer Neider ab, die den Fjord nicht zu weit in die Zukunft enteilen lassen wollten. Stattdessen erklärte er, der Pfarrer, Séra Árni, der unermüdliche Erbauer des Ortes, arbeite just in diesem Moment gleichzeitig an all diesen Fragen, in Gesprächen und Sitzungen mit dem Sýslumaður, dem Bezirksausschuss und den Abgeordneten in Fagureyri.

»Nå, wo nu der Däne gelandet ist, wir werden bekommen Telefon«, meinte Södal, schnaufte durch die Nase und bekleckerte seinen Schnauzbart mit tabaksfleckigem Lachen.

Sie gingen hinaus auf die Pier, Södals Privatanleger. An seinem Ende lag ein bildschöner Segler vertäut, der Rumpf schwarzgestrichen, die Takelage in einem glänzenden Goldrot, die Reling weiß. Zwischen den Masten, Rahen, Stagen und Leinen war die verderbenbringende Bergwand zu sehen, die Hänge unterhalb der Skaðaskál, sein altes Zuhause: das Land von Skriða. Es war Gestur immer unangenehm, dorthin zu blicken, doch je weiter sie zum Ende der Brücke gingen, desto näher rückte die Vergangenheit. Genau dort gegenüber hatte er mit dem kleinen Olgeir zehn Stunden lang eingefroren in der Lawine gelegen. Wie gut, dass dieses Schiff nun zwischen seinem heutigen Ich und dem von damals lag. Zwei Hunde kamen angehetzt, liefen an ihnen vorbei und schnüffelten an den Bohlen des Stegs. Zwei Arbeiter in Nankinghosen und Holzschuhen beugten sich über ein gerissenes Lastennetz.

Im Heringshafen herrschte bis weit in den Sommer hinein gute Stimmung, während man auf das Eintreffen des Herings wartete, der sich wie eine Diva immer erst blicken ließ, wenn es im Juli keiner mehr erwarten konnte. In aller Seelenruhe kontrollierten die Arbeiter Werkzeug und Gerät, bevor der Wahnsinn losbrechen würde, wie Roadies späterer Zeiten, die in minutiös festgelegten Abläufen zum hundertsten Mal eine große Bühne aufbauen, völlig unbeeindruckt von der tobenden Menge auf den sich füllenden Zuschauerrängen. Es war jedes Jahr wieder eine wunderbare Zeit, fand Gestur. Doch wo wollte Södal mit ihm hin?

Wortlos ging er Gestur über die Gangway voran auf das schwarze Schiff und dort bis zum Niedergang im Heck. Alles hier war nagelneu, nobel und sauber. Nirgends eine Unordnung zu entdecken. Die Treppe nach unten zur Kapitänskajüte roch nach frischem Lack. Södal kündigte sich an, öffnete eine Tür und stieg über die kniehohe Schwelle. Gestur folgte ihm und hörte, wie der Reeder zwei Männer auf Norwegisch ansprach, verstand aber nicht, was er sagte. Dann wurde der isländische Katenbewohner, der Weiberheld in langen Unterhosen, mit ihnen bekanntgemacht.

Die beiden Männer stellten sich als Óskar und Gunnar Eviger vor, aus dem kleinen Eggesbønes auf der Insel Bergsø, die nur von Ortskundigen in dem Inselwirrwarr der Fjordausläufer südlich von Ålesund aufzufinden sei. Beide waren jüngere Männer um die dreißig, in jeder Hinsicht ansehnlich und respektabel. Ihr Auftreten und ihre Kleidung erinnerten an die Arbeit an Deck und zeugten von Verantwortung, entschlossener Tatkraft und Ehrlichkeit. Sie saßen auf der Bank hinter dem Kapitänstisch und hatten eine Karte vor sich ausgebreitet. Solche Männer hatte Gestur noch nie gesehen. Er fühlte sich, als habe man ihn unwürdig vor zwei dunkelhaarige Traumgötter geführt. Ihre Gesichter waren so weiß wie Haar und Bart schwarz waren. Vier deutlich markierte Augenbrauen, darunter vier flammend braune Augen. Vor ihnen fühlte sich Gestur sofort als noch unbedeutenderer Knecht, als er in Wirklichkeit war. Warum um alles in der Welt wollten ihn diese Männer sprechen?

»Sie sind also Herr Elison?«, fragte der, der näher an der Tür saß, und streckte ihm die Hand hin. Woher kannte er seinen Namen?

»Richtig. Gestur Elison.« Er schüttelte ihnen die Hand, folgte dann einer einladenden Geste und nahm an der ihnen gegenüberliegenden Tischseite Platz wie ein Schafhirte am Regierungstisch.

Södal lehnte sich lediglich an den Rahmen der offenen Tür. Der Wind schaukelte das Schiff sanft, und ab und zu knarrte es gemütlich.

Näher an der Tür saß Gunnar. Er war eindeutig der Ältere und sprach für beide, langsam und bedächtig, hob die Hände mit offenen Handflächen nach vorn oder legte die Fingerspitzen aneinander. Er redete wie ein Staatsoberhaupt, seine Stimme klang ebenso angenehm wie sein Norwegisch. Óskar war der Schweigsame, sein Gesicht war etwas schmaler, sein Bart nicht ganz so üppig und gepflegt, und doch konnte sich Gestur des Eindrucks nicht erwehren, dass er der Klügere der beiden war, es glommen ein paar Zukunftspaläste in seinen Augen. Der Junge im Wollpullover hörte dem wie ein Kapitän gekleideten Gunnar zu.

»Wir sind mit der Absicht hierhergekommen, an diesem Ort eine Heringsverarbeitung aufzubauen, eine Heringsfabrik, um genau zu sein, und wir sehen uns nach diversen Möglichkeiten um. Unser Vorhaben ist größer als das anderer, wir planen weiter in die Zukunft, und wir glauben an diesen Ort, der, wie sich in den zurückliegenden Sommern gezeigt hat, optimale Bedingungen für Heringsfang und -verarbeitung im Nordmeer bietet ... Segelfjord scheint in der Tat auf dem Weg zu sein, das zu werden, was unsere Zeitungen zuhause ein ›Eldorado der Fischer‹ oder das ›Eldorado des Nordens‹ nennen.«

Eldorado? Was bedeutete das? Gestur sah schnell zu Södal, doch der verzog nicht einmal die Brauen über seinem Schnauzbart.

»Unser Anliegen besteht darin, Elison, einen Standort für unsere zukünftige Fabrik zu finden, die, wie ich gerade sagte, um einiges größer sein wird als die Gebäude, die bisher hier stehen, selbst als die ausgezeichnete Fangstation von Södal. Auch er denkt aber daran, sich zu vergrößern. Eine Fässerproduktion steht demnächst an.«

Dabei sah Gunnar seinen älteren Kollegen an, um ihn zu überzeugen, dass er keinesfalls geringschätzig von ihm sprach.

»Aber nachdem wir uns mit Herrn Benediktsson unterhalten haben, dem Pfarrer oder Bürgermeister oder ist er so etwas wie ein Lensmann – das ist uns nicht ganz deutlich geworden ... Nun, jedenfalls hat sich in dem Gespräch mit ihm herausgestellt, dass es auf Eyri so gut wie keinen freien Platz mehr gibt, zumindest keinen, der für uns groß genug wäre. Hier am Ostrand möchten wir Södal und Buus nicht einengen, vor dem Südufer ist es nicht tief genug, und die Nordseite sagt uns wegen der Brandung nicht zu. Darum haben wir uns eine andere Möglichkeit überlegt. Was wir uns vorstellen könnten, wäre also ...«

Hier unterbrach Óskar, der jüngere Bruder, die langatmige staatsmännische Ansprache. Er redete schneller und nicht so gedrechselt: »Wir haben erfahren, dass Sie Land auf der anderen Seite des Fjords besitzen. Das möchten wir gern erwerben.«

Kapitel 32

Eyrarfjörður-Neid

Séra Árni kehrte schlechter Stimmung nach Hause zurück. Die Herren mit den gestärkten Kragen in Fagureyri waren noch größere Sturköpfe, als er gedacht hatte. Eine Telegraphenleitung war mitnichten auf dem Weg nach Segló. Nicht in diesem Jahr und nicht im nächsten. Außer ihm bestand der Bezirksausschuss aus zehn schleifetragenden Gecken, die alle Kristján, Jón oder Stefán hießen und sich für etwas Besseres hielten, wenn sie mit dem Sýslumaður in ihrer Mitte sitzend oder stehend für eine Blitzlichtfotografie posieren durften. Dabei waren sie nichts weiter als ungebildete träge Säcke, die nicht über einen Hauch von eigenem Denken verfügten. Der Sýslumaður setzte im Ausschuss alles durch, was er wollte.

Guðvarður Guðvarðarson hieß er, ein langnasiger, brümmelnder alter Mann mit schlohweißem Haarkranz um eine prächtige Glatze und einem aschgrauen Spitzbart, der aufgrund seiner Färbung immer schmutzig aussah. Viele schrieben den vermeintlichen Schmutz seinem Mund und seiner Sprache zu.

»Uns ist bislang noch kein Nachweis für die Notwendigkeit einer Telegraphenstation weiter nördlich erbracht worden, hm. Wenn die Norweger eine solche für ihre Unternehmen in dem Fjord für wünschenswert halten, hm, dann sei es ihnen freigestellt, auf eigene Kosten eine solche Station zu errichten.«

»Ein norwegischer Telegraph in einem isländischen Fjord?«, warf

Séra Árni hastig ein. »Mir scheint, damit widerspricht der Sýslumaður sich selbst.«

»Sind die Norweger bereit, sich an den Kosten für den Bau einer Leitung zu beteiligen, hm?«

»Ich bin der Meinung, dass das gar nicht in Betracht kommt. Wir Isländer sollten unsere Orte selbst unterhalten, mit isländischem Geld, aber Gebühren und Steuern erheben von Norwegern und anderen Ausländern für das, was mit Steuern und Gebühren belegt ist. Wir werden von den Norwegern keine Leitung erbetteln.«

»Bloß Kinder, hm?«

»Was will der Sýslumaður damit sagen?«

»Nun, erbettelt ihr keine Kinder von ihnen? Ködert sie mit euren Frauen, von denen es heißt, sie gingen ohne Unterhosen zur Arbeit bei ihnen.«

Séra Árni verschlug es die Sprache. Ohne Unterhosen? Das hatte er noch nie gehört. So streng starrte er Guðvarður an, dass sein Schnurrbart leicht zu seinem Schweigen bebte. Zwanzig Augen waren auf ihn gerichtet, zwanzig scheele Blicke, die ihn auf diesem Schulgelände zum Außenstehenden machten, und das allein aus dem Grund, dass die Gegenwart beschlossen hatte, sich in seinem Fjord anzusiedeln und nicht in ihrem. Er war in den Glückstopf gefallen und sollte jetzt in dem ganzen Schlamm, Schlendrian, Schweinskram darin schmoren. Wir werden dieses anstößige Treiben nicht auch noch mit einer Telegraphenleitung verstärken.

Ein einziges Ausschussmitglied hob sich von den anderen ab, hatte die Schleife zuhause gelassen und war überhaupt prinzipiell immer etwas Opposition, ein Bergur Pálsson von Hnísey.

»Tja, für mich sieht es so aus, als hätte der Sýslumaður keine Lust, mit Séra Árni zu telegraphieren.«

Es wurde ein wenig gelacht, und der Pfarrer hakte nach:

»Er weiß eben, wenn wir einen Telegraphen oder ein Telefon bekommen, habe ich ihm nichts mehr zu sagen.«

Es geschah nicht oft, dass Séra Árni die Männer zum Lachen bringen konnte, aber nun lachte der ganze Tisch, und damit endete die Sitzung, denn durch ihre Literatur waren die Isländer so gut erzogen, dass sie wussten, jedes Kapitel solle mit seinem besten Satz schließen. Danach gab es nichts mehr hinzuzufügen. Die Humorvollen unter ihnen bedienten sich dieses Kniffs, wenn ihnen ein Gesprächsverlauf nicht behagte: Mit einer treffenden Pointe bereiteten sie ihm ein schnelles Ende. Hier aber stellte sich der Pfarrer selbst ein Bein, denn er hatte die Sitzung keineswegs beenden wollen, doch sein Gemüt war in Wallung geraten, und er hatte sich die Gelegenheit, einen Stich zu machen, nicht entgehen lassen. Eigentlich wäre er am liebsten schnurstracks nach Hause zurückgekehrt, aber eine Bezirksausschusssitzung endete üblicherweise feuchtfröhlich, und seine Liebe zum Alkohol ging dann doch über seinen Stolz und die Vernunft.

Der sangesfreudige Abend blieb jedoch nicht gänzlich ohne Erfolg: Im Verlauf des Besäufnisses konnte der Pastor den Sýslumaður immerhin von der Notwendigkeit überzeugen, den Segulfjörður einmal aufzusuchen, um die ganze Pracht mit eigenen Augen zu sehen.

Kapitel 33

Heftiges Schluchzen

Vigdís war vom Nachtleben ihres Ehemanns nie erbaut, doch diesmal machte sie ihrem Ärger Luft. Árni kam am nächsten Tag erst um die Mittagszeit zurück und suchte dann noch vor seiner eigenen Familie das Haus seines Bruders und seiner Schwägerin auf. Vigdís schluckte ihre Wut zunächst runter, schleuderte sie ihm dann aber bei der ersten sich bietenden Gelegenheit ins Gesicht. Die bot sich auf Schiffsplanken, als sie an Bord des Küstenschiffs *Vesta* einmal einen gemeinsamen Ausflug im Eyrarfjörður unternahmen und jemand die Kinder unter Deck beaufsichtigte.

»Ich lasse mir das nicht länger bieten. Nicht vor aller Augen. Dass du nicht ein Glas trinken kannst, ohne danach irgendwo im Ort eine Schlampe zu besteigen. Das lasse ich mir nicht mehr gefallen. Du kannst nicht …«

Sie brach ab, entfaltete mit einem Knall ein Taschentuch und stürzte ihr Gesicht hinein.

»Ich … ich habe genug«, hörte man daraus.

»Aber meine Liebe, was redest du da um Gottes willen von einer Schlampe? Glaubst du etwa, ich ließe mich mit anderen Frauen ein? Ich, ein verheirateter Mann?«

»Du kommst nachts nicht nach Hause. Es gibt ungefähr fünfzehn Nächte im Jahr, in denen du nicht nach Hause kommst. Und du machst dir keine Vorstellung, was ich alles zu hören bekomme.«

»Du darfst nicht auf das hören, was dir Feiglinge und Giftnattern einflüstern, Liebes.«

»Und warum kommst du nicht nach Hause?«

»Ich … Es ist, weil … Ich möchte nicht Bacchus in dein Haus bringen.«

»Warum lässt du dich dann überhaupt mit ihm ein?«

»Hm, nun … Er verschafft einem eben viel Freude.«

»Guck dich doch mal an! Du siehst aus wie ein Seeskorpion aus dem Eis. Und riechst entsprechend. Wie soll ich diesen Zustand ertragen? Und die Kinder erst … Was mutest du ihnen nur zu?«

»Vigdís, meine liebe Vigdís … Du darfst nicht glauben, ich wäre dir untreu! Ich habe dich nie betrogen.«

»Aber du kommst nachts nicht nach Hause.«

»Ja, aber nur, weil … Ich möchte nicht, dass du mich betrunken siehst.«

»Ich sehe dich viel lieber betrunken als mit einer anderen Frau.«

»Das verstehe ich. Ich …«

»Was soll ich mir denn dabei denken, wenn du nachts nicht nach Hause kommst?«

Der Pastor blickte sich um, ob auch niemand auf dem Schiff ihre Vorwürfe, ihre Verzweiflung, ihr Schreien gehört hatte. Es war sonst nicht Vigdís' Art, die Stimme zu erheben oder gar zu schreien. Aus dem riesigen Schornstein wallte schwarzer Rauch, und zwischen Mast und Brücke hielten sich vereinzelt Menschen auf, aber die Maschine, der Wind, die Masten und die Wellen waren so laut, dass sie niemand gehört haben dürfte.

»Bitte nicht so laut, meine Liebe«, sagte der Pastor.

Sie senkte die Stimme und fuhr schluchzend fort:

»Was meinst du, wie ich mich fühle? Und was glaubst du, wie ich mich in all den Nächten gefühlt habe, in denen du nicht zurückgekommen bist? Was meinst du, was mir da alles durch den Kopf gegangen ist? Was glaubst du, wie viele Frauen ich in Verdacht hatte? Das heißt, ich habe überlegt, welche Frau in Segulfjörður, in diesem gottverlassenen Herings ..., begehrt er mehr als mich? Er, mein Mann ... der Komponist und Geistliche ... der eigentliche Bürgermeister des Orts, der Vater meiner Kinder ...« Sie schluchzte laut auf und sah ihm anschließend tief in die Augen, mit salzfeuchten Wangen und Salzwind in den Haaren, Wolken vor ihr im Norden und Schneewehen auf den Bergen.

»Welche Frauen waren es?«

Jetzt war es an der Zeit, Tränen zu zeigen. Das bekam Séra Árni hin und versicherte ihr mit schwimmenden Augen:

»Keine, Vigdís. Ich schwöre es. Keine. Nicht eine einzige. Keine Frau außer dir, Vigdís. Ich habe dich mit keiner anderen betrogen, außer mit der ... Flasche.«

Dann packte er sie mit beiden Händen an den Schultern und hielt sie eine Weile fest, während das Schiff die kleinen Wellen auf dem Eyrarfjörður zwischen Hnísey und Bátastrandir teilte. Langsam verstärkte er den Griff, denn hier ging es darum, ihre Ehe zu retten.

»Du musst mir glauben, Vigdís. Du musst mir vertrauen und, wenn möglich, verzeihen.«

Kapitel 34

Herzschmerz

Als sie nach Hause kamen, waren die Eheleute vom Reinen-Tisch-Machen erschöpft. Die Kinder sausten alle Stufen rauf und runter und tobten im Esszimmer, und doch lastete spürbar etwas Bedrückendes auf den Wassern, jedes Stuhlbein war wie aus Schwermut geschnitzt. Und das mitten im Sommer.

Súsanna lag oben in ihren Wunden, und die Dienstmädchen hielten bei ihr Wache wie bei einer sterbenden Königin. Sie guckten wie Heilige, als die Frau des Hauses fragte, was passiert sei. Etwas Furchtbares. Súsanna sei die Treppe hinuntergefallen, und sie hätten sie bewusstlos gefunden. Magnús habe sich zwei Tage und Nächte drüben in Limbo um sie gekümmert und alles getan, was in seiner Macht stand. Gott segne den guten Mann! Und auch die gute Steinhetta habe bei ihr gewacht und geschlafen, aber es habe alles nicht geholfen, als sie von dort zurückkam, sei Súsanna sogar schwächer gewesen als vorher. Jetzt sei sie schon eine Woche lang bettlägerig und nehme kaum etwas zu sich, sauge lediglich manchmal etwas Wasser aus einem Tuch und esse vereinzelt ein in Lebertran getränktes Stück Brot. Es sei wirklich ein ganz schreckliches Unglück.

Vigdís öffnete leise die Tür und trat auf Zehenspitzen zu ihrer Freundin. Im Fenster wachte Nachtdunkel im Norden, ein sehr kompliziertes Wolkengemälde wurde von den Bergen zu beiden Seiten des Fjords eingerahmt, untermalt von einer stillen See. Súsanna sah

149

aus, als würde sie schlafen, schlug jedoch die Augen auf, als Vigdís sich vor dem Nachttisch auf einen knarrenden Stuhl niederließ. Aber sie starrte nur lange leer in die Luft, sah Vigdís nicht an, auch nicht, als die ihre Hand nahm. Auf ihrer Brust lastete ein schleimig-feuchtes Monster, schwarz und mit eisweißen Haaren bedeckt. Es war so groß und schwer, dass sie kaum Luft bekam. Sie konnte nicht sprechen, nie würde sie reden, wie hätte man Derartiges in Worte fassen können? Auf dem Monster saßen zwei Lieben mit gebrochenen Flügeln.

»Was quält sie nur so?«, erkundigte sich der Pfarrer, als seine Frau endlich wieder nach unten kam und ein dramatisches Gesicht machte.

Sie sah ihn durchdringend an und ging dann mit klackenden Absätzen durch den Flur zur Küche.

»Ist es wieder einmal der Herzschmerz?«, rief er ihr nach.

Ihre Antwort bestand darin, dass sie mitten im Flur verhielt, den Kopf einzog und so schweigend stehen blieb. Er betrachtete ihren Rücken, den mit Rosa und Grün auf schwarzem Grund bestickten Schal, der über dem langen schwarzen Rock ein V bildete. Sie drehte sich nicht um, zeigte ihm nur ihr schweigendes Profil und verschwand mit lauten Schritten in der Küche.

Kapitel 35

Ein Verpächter

Séra Árni ging in sein Büro, in dem überall Papiere, Akten und Karten lagen, trat ans Fenster, steckte die Hände in die Taschen und schnaufte in seinen Schnurrbart. Es brachte nichts, zu tief in das Leben von Frauen eindringen zu wollen.

Sonnenstreifen wanderten über Eyri, sein noch kaum bebautes Zentrum leuchtete im Licht auf. Außer der Kirche, die in der Mitte thronte, standen dort lediglich einige Grassodenhäuser wie grünliche Gesichtspickel und die Schule, ein eingeschossiges, ungestrichenes, aber dennoch ganz hübsches Holzhaus. Vor ihr gab es zudem eine erhöhte, längliche Narbe: Gamlibær. Lichtreflexe glitzerten auf dem Bach und zwei Teichen nahe Strönd. Die meisten Gebäude standen hinter dem Madamenhaus in der Südostecke der Halbinsel. Das Lagerhaus des Krónufélag ragte dort ebenso auf wie Góss, das aus Treibholz erbaute Haus von Kaufmann Toni, das Norwegische Haus und ein neues, das die vereinten Heringsherren für ihre Arbeiter und festliche Zusammenkünfte hatten bauen lassen und das ihr Heimweh Haugesund getauft hatte. Die Spötter übertrugen den Namen allerdings schnell auf die schmale Gasse, den »Sund«, zwischen ihm und dem Norwegerhaus, weil dort viel Müll hingekippt wurde und das isländische Wort *haugur* (Mist-)Haufen bedeutet. Nördlich davon befanden sich das neue Buus-Anwesen, zwei Lagerschuppen und ein Wohnhaus. Noch weiter nördlich, also in gerader östlicher

Richtung vom Standpunkt des Pfarrers aus, lag das hölzerne Reich Södals: Wohnhaus, Lager und Anleger. Genau auf dieser Achse sah Árni die erste Straße vor sich, die Hauptstraße, die von ihm aus schnurgerade zu Södals Pier verlief, an der jetzt das prächtige Schiff der Eviger-Brüder vertäut lag.

Hinter dem Schiff auf dem jenseitigen Fjordufer lag das Land von Skriða, das sich mit einem Mal, so hatte der Pfarrer gehört, unglaublicherweise einer gewissen Nachfrage erfreute.

Insgesamt sprangen von Eyri mittlerweile neun unterschiedlich lange Landungsstege vor. In der Südwestecke, Upphæðir am nächsten, ragte Kopps Brücke schräg auf den Pollur, dann kam die frisch verlängerte und verbreiterte Neue Brücke, dann die des Krónufélag, daneben die des Schweden Hedin und schließlich an der südöstlichen Landspitze die Norwegerbrücke. Nördlich davon stand noch der kurze Stummel, den ein einzelner Norweger vor zwei Jahren begonnen hatte, doch dann war er noch vor der Fertigstellung in seine Heimat zurückgekehrt. Weiter nach Norden zu folgten die Anleger von Buus und Södal und am Ende der missratene Steg Rune Vetlesens, der dem ästhetischen Empfinden der Feinfühligsten ein steter Dorn im Auge war.

Der Pastor ließ den Blick weiter über das Nordufer von Eyri schweifen. Da standen einige Häuslerkaten, überwiegend armselige Hütten, und Strönd, der Grassodenbau, der um einiges ansehnlicher geworden war, seit die Dänen ihn wieder aufgebaut hatten. Man erzählte sich, innen sei alles mit frischem Holz verkleidet und getäfelt, der Fußboden mit Dielen ausgelegt, und über der hintersten Bettstatt seien sogar zwei Bücherregale eingebaut. Und dann war da noch Gamlibær. Ein Stückchen weiter südöstlich, nicht weit von Strönd entfernt, stand es schräg zu dem Schachbrettraster, das dem Pfarrer vorschwebte. Der Gedanke an diese alte Baðstofa, die einmal seine Familie beherbergt hatte, erfüllte ihn mit Trauer und Gewissensbissen. Von dort hatte er sein bestes Personal mitgenommen und auf Upphæðir im Keller einquartiert, den Rest aber dortgelassen. Nach und nach waren verschiedene Obdachlose dort untergekrochen, Menschen, die kaum ein Bett fanden. Mitten unter diesen Leuten, von denen er am liebsten nichts Näheres wissen wollte, lagen auch zwei alte Propheten auf ihrem Sterbelager. Als er das letzte Mal nach dem Rechten sehen wollte, hatte er gleich im ersten Bett ein morsches Paar erblickt und noch im Türrahmen kehrtgemacht. Am liebsten hätte Séra Árni sämtliche Torfhäuser im Land plattgemacht. Es war eines der Wunder dieser Erde, dass sein Volk es halbwegs bei Verstand bis hierher an die Schwelle eines neuen Jahrhunderts geschafft hatte, nachdem es ein Jahrtausend lang in diesem Sodom und Gomorrha gehaust hatte.

Er wandte sich ab und machte sich an seine Dokumente, Berechnungen und Pläne mit eingezeichneten Grundstücksgrenzen. Es konnten sich jederzeit optimistische Herrschaften einfinden.

Drei »Spekulanten« waren neulich im Fjord erschienen – der Begriff war ein neues Wort aus dem Dänischen, und man bezeichnete damit entweder optimistische Unternehmer (ein weiteres neues Fabelwort in einem Land, das jahrhundertelang in Unternehmungslosigkeit gehalten worden war), die endlich Möglichkeiten zur Verwirklichung kühner Pläne finden konnten, oder risikoverliebte Zocker, kaltblütige Kanaillen, die immer als Erste riechen, wo schnelles Geld zu machen ist, und noch aus Unglück Profit ziehen, die Küstenabschnitte aufkaufen und wieder losschlagen, die Konkursmassen aufspüren und sich mit Banken anlegen, die heute abkassieren und morgen jammern.

Séra Árni mochte jedoch nicht alle seine Grundstückspächter mit dem neuen Begriff belegen, denn er sah deutlich den Unterschied zwischen einem Unternehmer und einem Finanzglücksritter. Er erkannte sie am Kriterium der Geduld. Erstere gingen langsam zu Werke, Letztere wollten alles möglichst noch am selben Tag unterschreiben. Der Pfarrer machte jedoch nie Unterschiede und verpachtete gleichermaßen an alle zum selben Preis. Es stand ihm nicht zu, zu urteilen, das Wohlergehen des Ortes kam für ihn an erster Stelle.

Geld blieb Geld, und die Summen blieben die gleichen, ob die Scheine nun sauber oder schmutzig waren.

Von den drei Neuen kamen zwei aus dem Inland. Der eine von ihnen war bekannt für sein lautes Auftreten und hatte Vigdís mit den Augen verschlungen wie ein Notgeiler in einer Bar, als er den Hausflur betreten und Árni ihn vorgestellt hatte. Er war ein schnurrbärtiger Geck, der sich wie ein Wurm bewegte, ständig am Wimmeln, selbst sein Schnäuzer bewegte sich wie ein Regenwurm mit heftigem Juckreiz. Nicht einmal auf einen Namen ließ er sich festnageln. Einmal nannte er sich Eiríkur Hreinn Beinteinsson, ein andermal Eiríkur H. B. Bláfeld. Zu Papier gebracht hatte er mit seinem Füllhalter und ausschweifenden Kringeln: E. B. Bláfeld.

Jetzt hatte sich dieser Salonlöwe und Lebemann, der in der Hauptstadt hauptsächlich für Motorbootschiebereien bekannt war, in den Kopf gesetzt, Reeder zu werden, und sich dafür vier Wochen vorgenommen, um eine Plattform mit Anleger zu bauen, was an maßlosen Optimismus grenzte. Der Pastor sah ihm nach, wie er mit im Wind flatternden Rockschößen und Papieren den Weg vom Haus hinabschlenderte. Es gab nicht viele Menschen, die in ihrem Auftreten Mut und Verantwortung vereinen konnten.

Die norwegischen Eviger-Brüder konnten es, daran bestand kein Zweifel. Séra Árni konnte von diesen Verkörperungen männlicher Tugenden nur begeistert sein; selten waren ihm so rechtschaffene Männer begegnet, und er ärgerte sich wieder und wieder darüber, dass es ihm nicht gelungen war, ihnen Land zu verpachten. Für sie war einfach nichts gut genug gewesen. Er hatte ihnen den Uferstreifen zwischen Kopp und dem Aulalækur gleich unterhalb des Gemeindevorsteherhauses angeboten, den er für den besten auf ganz Eyri hielt und eigentlich für sich und die Gemeinde reserviert hatte, aber vor dem sei das Wasser nicht tief genug, hatten sie gemeint. Was für Schiffe wollten sie denn um Himmels willen hier einlaufen lassen?

Trotz dieser drei Vertragsabschlüsse innerhalb einer Woche hatte sich der Geistliche nüchtern halten können. Normalerweise folgte auf eine Unterzeichnung ein Spaziergang hinab nach Eyri, um die Grundstücksgrenzen zu »segnen«, ein Zeremoniell, das nahtlos in einen cognacvergoldeten Kajütenzauber auf dem Schiff des Käufers überging. Seiner Frau zuliebe hatte der Pastor jedoch gelobt, trocken zu bleiben. Das Missverständnis wegen seiner vermeintlichen Seitensprünge wog schwerer.

Kapitel 36

Zehntausend Kronen

Von seinem Treffen mit den norwegischen Halbgöttern ging Gestur wie auf Sprungfedern nach Hause. Sie hatten ihm für sein Land zehntausend Kronen geboten. Das war die gleiche Summe, die Södal Gemeindevorsteher Hafsteinn für die erste Heringsfangsaison gezahlt hatte. Erst später hatte sich herausgestellt, dass Södal für den Betrag sein Grundstück nicht gepachtet, sondern gekauft hatte. Anfängerfehler, Hafsteinn hatte die Sache verpatzt, außerdem besaß er gar nicht das Recht, Teile des Kirchenguts von Fanneyri zu veräußern. Séra Árni hatte seitdem zu Beginn jedes Sommers mit den Grossisten eine Miete ausgehandelt, denn es wusste ja niemand, wie lange das Märchen dauern würde. Södal war allerdings ein Ehrenmann, der sich einverstanden erklärte, die hohe Summe in eine zehnjährige Pacht umzuwandeln. Wahrscheinlich hatte es aber dieses Missgeschicks bedurft, um die wegen der Ankunft der Norweger erregten Gemüter zu besänftigen. Gestur erinnerte sich noch gut an die Gesichter der aufgebrachten Opposition, allesamt wütende Männer, bei der Versammlung im ehemaligen Félagslagerhaus, als sie zum ersten Mal die Summe hörten. Danach hatte keiner mehr widersprochen. Geld war die harte Wahrheit auf der Welt. Ein Jahr später hatte die Schule ihr eigenes Haus bekommen, dann folgte der prächtige Amtssitz des Pfarrers und die Renovierung der Neuen Brücke mit verbesserten Anlegemöglichkeiten für Küstenschiffe. Obendrein hatte die Gemeinde eine Kirche als Zugabe erhalten, und bald kämen noch Straßen und womöglich eine Telefonleitung hinzu.

Zehntausend Kronen.

Gestur war am Verhandlungstisch in der Kapitänskajüte schwarz vor Augen geworden. Um einen Verhandlungstisch hatte es sich nicht wirklich gehandelt, denn er hatte ja keine zwanzigtausend gefordert. Er konnte sich dafür in die Hand beißen! Warum hatte er nicht zwanzigtausend Kronen verlangt? Das Land von Skriða war um einiges größer als Södals Grundstück, andererseits war es steil abschüssig und unwegsam, im Grunde unverkäuflich.

Sobald das Schwarze vor seinen Augen gewichen war, hatte Gestur ein Haus vor sich gesehen, ein richtiges Holzhaus mit zwei Stockwerken, Kohlenherd und abgeteilten Zimmern, so stand es auf dem Kapitänstisch vor ihm. Sie würden in separaten Zimmern schlafen und eine Treppe hinaufsteigen! Die alte Grandvör sollte ihre eigene Kammer bekommen und Lási eine für sich und seine Bücher. Selmína und Olgeir bekämen eine gemeinsame Pritsche nahe der Feuerstelle, und er selbst würde Birta, seine dänische Helle, die Treppe zum Obergeschoss hinaufgeleiten, wo sie mit dem Blick über die Firma und den Anleger ihres Vaters zu Bett gehen würde. Diese Aussicht war so schwindelerregend, dass sein Herz im Pullover zu pochen begann. In drei Sprüngen jagte er nach Hause. Er hatte das Land von Skriða verkauft!

Doch für den alten Lási war es ausgeschlossen, das Land zu veräußern. Das kam nicht infrage, nicht um alles in der Welt. Es wäre dasselbe, wie die Leichen der Enkelkinder zu verschachern. Erinnere sich Gestur nicht an sie, an die schöne Helga und Baldur mit den frischen Wangen? Da gab es nichts zu diskutieren. Gestur war sprachlos.

»Was? Aber ... aber wir haben doch nichts. Das ist unser einziger Besitz.«

»Es ist kein Besitz, sondern verlorenes Vieh.«

»Aber Lási, das ist die Zukunft. Wir können uns doch nicht in der Vergangenheit einmauern.«

»Eine Zukunft, die die Vergangenheit nicht ehrt, ist keine Zukunft.«

»Aber ... aber ... es fehlt an Land.«

»Das geht uns nichts an. Wir werden sie jedenfalls nicht in den trügerischen Morast schicken, dem wir entkommen sind. Man muss das Leben in seiner Gesamtheit sehen, Gestur.«

»Aber dieses Land wird gebraucht. Sie wollen dieses Land. Es ist das einzige, das für sie infrage kommt. Sie haben sich alle Alternativen angesehen, sagen sie. Und sie sind sehr gute Menschen, das sagen alle. Warum sollten sie nicht auch Land bekommen wie alle anderen?«

»Das ist kein Land.«

»So? Was ist es denn sonst?«

»Unland. Ein tödlicher Hang. Ein Ort des Schreckens.«

»Aber Lási, es ist doch nur ein einziges Mal passiert. Und es ist doch nicht unser Problem. Wenn sie das Land erwerben, ist es ihr Problem.«

»Wir verkaufen keine Unglücke.«

»Unglücke? Seit vier Jahren ist da keine Lawine mehr abgegangen. Gut möglich, dass da erst in vierhundert Jahren wieder eine runterkommt. Wir verkaufen ihnen doch keine ...«

»... Lawine? Doch, mir scheint, du hast genau das vor.«

»Lási, wir haben nichts. Rein gar nichts. Unser einziger Besitz sind ein verdammter Kochkessel und ein paar Bücher. Das ist unsere große Chance. Wir können uns ein richtiges Haus bauen. Leben wie Menschen.«

»Niemand würde darin gut schlafen.«

»Wieso nicht?«

»Keiner schläft gut auf Lawinenprofit.«

»Lawinenprofit?«

Lási hatte einen Präzedenzfall vor Augen: Nachdem die Dänen Strönd wieder aufgebaut hatten, ging es dem Alten im neuen Haus nicht sonderlich gut. Die Handwerker hatten überhaupt nicht danach gefragt, wie das Haus ausgesehen hatte, wie die Isländer lebten, sondern Wände und Bettgestelle, Fußboden und Dach einfach so gut wie möglich gebaut. Und so war innen alles mit Holz verkleidet wie eine finnische Sauna. Der Geruch nach Sägemehl war so stark und die Seelenlosigkeit in den ersten Tagen so überwältigend, dass selbst der kleine Olgeir halbe Nächte lang heulte. Für den Zimmermann Lási bedeutete das einen Albtraum und eine Demütigung zugleich; man hatte ihn in eine verfluchte Gegenwart geschleudert, die so totenbleich und exakt und glatt und bretteben war wie Dänemark. In der ersten Nacht war er aufgewacht und hatte sich gestorben gewähnt, und er hatte vor Gespanntheit darauf nicht wieder einschlafen können, wer ihn denn wohl in seinem Reich willkommen heißen werde, Gott oder Teufel.

»Man verkauft nicht sein Unglück.«

Das brachte Gestur zum Schweigen.

»Was glaubst du, Gestur, wird aus Menschen, die so etwas tun?«

»Ich weiß es nicht.«

»Schicksal ist eine Sache, Geld eine andere. Und man kann die eine nicht gut gegen die andere verhökern.«

»Ich kann dieses Schicksalsgeraune nicht mehr hören. Das ist nichts weiter als ein verdammter, beschissener Aberglaube aus vergangenen Zeiten!«

Lási schloss zu Gesturs Schimpfworten die Augen und sagte nur ruhig:

»O jæja.«

»Sie bieten uns zehntausend Kronen für das Stück Land. Zehntausend Kronen!«

Der junge Mann war im Gesicht rot angelaufen, und der alte rührte sich blass und grau keinen Millimeter vom Fleck. Was für eine Antiquiertheit.

»Ob Aber- oder sonstiger Glaube, ich zitiere sonst nicht aus der Babbel, der eiligen Schrift der Christen, aber vielleicht ist jetzt eine Gelegenheit dazu, und dieser Matthäus führte gar keine so schlechte

Feder. Er erzählt die Geschichte, wie der Böse Jesus auf einen Berg führt – und an jenem Berg gab es keine Lawinen – und zu ihm sagt, du erinnerst dich … Also er zeigt ihm die ganze Welt und sagt: All das will ich dir geben, wenn du niederkniest und mich anbetest. Und was hat der Erlöser darauf geantwortet?«

Gestur rannte aus dem Haus und spuckte Galle und Geifer, stapfte vor ihrem Wohnhügel auf und ab, rauschte schließlich zum Strand, schlug sich an die Brust und peitschte die Wellen. Dieser verfluchte alte Sack! Was steckte nur in ihm? Saß seelenruhig da und zitierte eiskalt Jesus Christus. Seine Bücherbesessenheit hatte ihn komplett plemplem werden lassen, und vielleicht hatte ihm die Lawine den letzten Funken Verstand geraubt. Er hatte wohl völlig vergessen, dass er, Gestur, zehn Stunden lang zwischen Heim und Hölle eingeklemmt gewesen war und sich fast aufgegeben hätte, wenn ihm nicht ein einzelnes Auge im dichtgepackten Schnee Hoffnung geschenkt hätte. Was predigte ihm der verkalkte Idiot von Unglück und Verlust, wo er doch seine Helga verloren hatte, seine Liebe, wie er erst nach ihrem Tod gemerkt hatte, das Mädchen, das ihn bedingungslos und grenzenlos geliebt hatte. Auch er hatte etwas verloren, gelitten und geweint und tat es immer noch. Besaß er daher nicht auch ein Recht, seine Wunden mit Geld zu heilen, den Schrecken in bessere Aussichten auf eine hellere Zukunft zu verwandeln? Es war nicht fair. Es war nicht gerecht. Es waren zehntausend Kronen! Geld war nicht nur Geld. Es bedeutete Leben, Wahrheit, Zukunft. Gestur brüllte über den Strand, hinaus zur Fjordmündung, seiner Freundin, und stieß, so laut er konnte, aus tiefster Seele einen tierischen Schrei aus: »Aaahhh!«

Dann brach er zusammen und heulte.

Kapitel 37

Missbrauch

Ein regnerischer Abend Mitte Juli. Es trommelte auf Well-
blechdächer, und Wasser lief in hellen Bächen über die Flächen zwischen den Häusern. Die Rispengräser ließen unter dem Sommerlicht
in Form kristallgrauer Tropfen die Köpfe hängen, das kürzere, som-
mergrüne Gras war pitschnass. Die dänischen Schweine am Buus-
Haus drehten die Hinterteile in den Wind wie Pferde; einige Ortseinwohner hatten sich an ihrem Koben eingefunden, um zu sehen,
wie der Regen den haarlosen Viechern mitspielte. Im offenstehenden Lagerhaus kam unter einer großen Abdeckplane das Rad eines
Autos zum Vorschein.

Massive Wolken hatten die Berge auf der Hälfte gekappt. Fast die
gesamte norwegische Flotte lag im Fjord. Mehr als zweihundert
Schiffskiele waren dort versammelt, gespannte Bogen, die auf ihren
Kampfeinsatz warteten.

Vor dem Stall von Upphæðir standen die Kühe und glotzten auf
ihren Mist, im Haus setzte sich Vigdís zu ihrem Mann in das bessere
Zimmer und nahm keine Handarbeit auf den Schoß. Er saß mit einer
Ausgabe des *Norðurland* in der Ecke, jenem mächtigen Organ der
Eyrarfirðinger und ihres Neids, das manchmal auch Neuigkeiten aus
dem Segulfjörður vermeldete, sofern sie schlecht genug waren. Erst
als er den ernsten Tonfall in der Stimme seiner Frau erfasste, ließ der
Pfarrer die Zeitung sinken.

»Es geht um … Súsanna. Ich weiß nicht, wie ich es ausdrücken kann.«

»Ist sie mittlerweile nicht reichlich lange bettlägerig?«

»Árni, das … Dir ist vielleicht nicht klar, was … Ich meine … Ich habe dir nicht gesagt, was passiert ist.«

»Nicht?«

»Nein, ich …«

Schweigen.

»Was ist ihr denn passiert?«

»Sie wurde … missbraucht.«

»Missbraucht? Inwiefern?«

»Nun, durch … unsittliche Handlungen.«

»Und damit meinst du was?«

»Sie wurde entehrt, man hat sich an ihr vergangen.«

»Wer?«

»Magnús.«

»Magnús, mein Assistent Magnús Mannlos? Unser Magnús?«

»Ja.«

»Das glaube ich nicht. Das kann ich nicht glauben.«

»Du musst es glauben. Wir müssen ihr glauben.«

»Entehrt? Auf welche Weise?«

»Du weißt, was das Wort bedeutet. Notzüchtigen hat man es früher auch genannt.«

»Nein, das verstehe ich nicht.«

»Er hat ihr Gewalt angetan.«

Der Pfarrer reagierte unwillig, schmiss die Zeitung hin, sprang vom Sessel auf und stapfte durch den Raum.

»Um Gottes willen, Vigdís, pass auf, was du sagst! Was behauptest du da? Solches Gerede werde ich mir keinesfalls anhören …«

»Entschuldige, aber das ist, was sie sagt.«

»Um Himmels willen! Dass Magnús, unser Magnús … Ich …«

»Es ist während unserer Abwesenheit passiert. Súsanna war allein hier, mit den Mädchen, Sigga und Elsa. Sie ist die Treppe runtergefallen und ohnmächtig geworden, sagt sie, und er hat sie in sein Haus gebracht.«

»Aber Vigdís, um Himmels willen, das kann nicht sein, mein Magnús würde nie … Entschuldige, ich kann es nicht einmal denken. Ich möchte dich bitten, nicht mehr davon zu sprechen, es wäre eine solche Schande! Es gehört sich nicht, so etwas hier überhaupt zu erörtern, im Haus eines Geistlichen.«

Es wurde still. Die Standuhr tickte, der Pfarrer ging im Zimmer auf und ab, einzelne Dielen knarrten, Madam Vigdís saß stumm auf ihrem Sessel, schaute auf ihre Hände und überlegte den nächsten Schritt. Die Angelegenheit nahm einen schlechteren Verlauf, als sie gedacht hatte. Sie hatte dieses Gespräch zwei Wochen lang vorbereitet. Wie kleidet man etwas Abscheuliches in Worte? Séra Árni packte mit beiden Händen eine Stuhllehne am Esstisch, senkte den Kopf und stöhnte. Dann sah er auf und in die Augen seiner Frau. Sie ergriff die Gelegenheit:

»Wir müssen ihn wegschicken.«

»Wen? Magnús? Niemals.«

»Árni …«

»Wie kannst du nur einem so gewissenhaften Mann wie ihm etwas Derartiges anhängen? Du glaubst es doch selbst nicht, oder?«

Er ereiferte sich, und sein Schnurrbart zitterte bei jedem Wort, Speicheltropfen sprühten über den Tisch in Vigdís' Richtung, die auf einem plüschgepolsterten Sessel in ihrer Nähecke saß.

»Ich weiß es nicht. Ich finde aber, dass …«

Weiter kam sie nicht. Ihr Mann fiel ihr ins Wort:

»Da hast du's, du glaubst es selbst nicht!«

»Soll ich Súsanna etwa nicht glauben? Sie ist seit zwanzig Jahren meine Freundin!«

»Du weißt doch, was sie alles für verrückte Dinge angestellt hat. Erst dieses ganze Norwegenabenteuer und dann poussiert sie auch noch mit diesem Jungen aus Strönd herum, eine verheiratete Frau!«

»Mit dem Jungen aus Strönd? Wovon sprichst du?«

»Na, von diesem Gestur, dem Jungen aus der Lawine, der letzten Herbst ihre Telegramme besorgt hat. Du weißt doch noch, wie sie sich angestellt hat. Und er … der Bursche ist in Ordnung, aber er ist eben nur einer von diesen Häuslern auf Eyri, überhaupt kein Umgang für sie. Was denkt sich die Frau überhaupt?«

»Gestur? Und sie?«

»Jawohl, der halbe Ort weiß davon. Sie haben sich überall im Fjord heimlich getroffen.«

»Ich bin völlig platt. Das glaube ich nicht.«

»Nein? Und wieso mussten die von Strönd an Weihnachten dann unbedingt zu uns eingeladen werden? Sie hat dafür alle Hebel in Bewegung gesetzt. Das war ja eine vornehme Veranstaltung. Wenn ich mich recht erinnere, hat ihr Mädchen sogar eine unserer Kerzen verputzt.«

»Das war doch nur eine Geste der Dankbarkeit für seine Botengänge. Auf einem von ihnen ist er fast umgekommen. Außerdem hatten sie nichts und hatten auch gerade die Frau verloren, die mit den Zähnen. Sie ist an Diphtherie gestorben.«

»An Diphtherie? Sie war doch voll erwachsen.«

»Doktor Guðmundur sagt, es könnten auch Erwachsene daran sterben, besonders solche, die ohnehin schon geschwächt sind. Und dann noch ihre Quarantäne, auch die wegen der Botengänge für Súsanna. Sie wollte etwas wiedergutmachen und ihnen ein schönes Weihnachtsfest schenken.«

»Oh, sicher, alles nur aus reiner Mildtätigkeit! Du solltest sie mal nach dem Jungen fragen und all ihrem Herumtändeln mit ihm. Ich wäre gespannt, was sie darauf antwortet. Sigga und die Mädchen haben mir gesagt, dass er neulich zweimal hier war. Er habe sie sprechen wollen, einen Brief abgegeben und was weiß ich. Beim dritten Mal wollte er zu mir.«

»Zu dir?«

»Ja, irgendwas im Zusammenhang mit einem Grundstücksverkauf. Aber ich war für ihn nicht zu sprechen.«

»Aber Árni, was redest du so schlecht über Súsanna? Magst du sie denn nicht? Ist sie nicht unsere Freundin?«

»Es würde mich nicht überraschen, wenn sie ihn in unserer Abwesenheit ins Haus geholt und unser schönes Heim besudelt hätte mit ihrer ... Hurerei. Mein Gott, ich kann nicht glauben, dass ich dieses Wort in den Mund genommen habe. Stell dir das nur vor ... Und die Kinder ... Aber genau so ist es.«

»Willst du sie allen Ernstes dessen bezichtigen?«

»Ich bezichtige nicht, der ganze Ort weiß es. Und das weiß sie natürlich auch, und jetzt versucht sie, als verheiratete Frau, Magnús die Schuld zuzuschieben, diesem Prachtkerl ... die Verlässlichkeit und Ausdauer in Person ...«

»Warum hast du mir nicht früher etwas davon gesagt?«

»Was? Das mit ihr und dem Jungen? Ich habe mich einfach nicht getraut, etwas so Unanständiges zur Sprache zu bringen. Übrigens, ihre Fahrt zum Arzt nach Fagureyri war eine reine Lüge. Sie ist nie dort gewesen, stattdessen hat sie sich heimlich mit dem ... Erinnere dich, Vigdís, ich habe diesen Jungen bei ihrer Hochzeit konfirmiert. Da stand er mit einer weißen Schleife!«

»Ich ... Ich ... Es fällt mir schwer, das zu glauben.«

»Warum? Du hast doch gesehen, wie der Norweger sie innerhalb von zwei Wochen verführt hat. Das waren keine vier Jahre wie bei uns, oh nein. Wieso sollte sie da nicht ...?«

»Árni, ich bitte dich! Ich werde ...«

»Ja, frag sie, ehe wir Magnús etwas vorwerfen, diesem anständigen Kerl, der uns nie enttäuscht hat, nicht ein Mal, seit er bei uns ist.«

Damit war die Sache erledigt. Vigdís traute sich jedoch nicht, Súsanna auf Gestur anzusprechen. Sie schob die heikle Angelegenheit von sich, und Magnús behielt seine Stellung. Eine schon zweimal verlassene Frau brauchte sich keine Hoffnung auf Hilfe zu machen, ihr aufrichtigstes Verlangen wog schwerer als ihre tiefste Demütigung. Ihre Vergewaltigungsklage wurde abgeschmettert, stattdessen wurde sie selbst der Liebe bezichtigt.

Kapitel 38

Ein armseliger Bau

Södal persönlich saß in ihrer Hütte. Die Hand auf dem Spazierstock, bewunderte er den dänischen Innenausbau. Olgeir starrte fasziniert den Schnauzbart an, dessen Enden so sorgfältig gewichst und gezwirbelt waren, dass sie wie zusammengedrehte Schnurrhaare waagerecht zur Seite abstanden. Diese edlen Fühler wollte er unbedingt anfassen. Gestur servierte dem Reeder demütig und stolz zugleich eine Tasse Kaffee. Selmína hatte es sogar geschafft, Pfannkuchen zu backen, ohne sie oder sich selbst zu beschädigen. Grandvör lag in ihrem Bett und rührte sich nicht, obwohl ein so großer Herr zu ihnen gekommen war und sogar Platz genommen hatte.

Lási hockte still in seiner Bücherecke. Er hatte längst nicht alle Bücher in den beiden dänischen Regalen untergebracht und ihnen daher auf seiner Bettstatt einen Ehrenplatz auf der Matratze eingeräumt. Wenn er sich im Schlaf nicht vorsichtig genug umdrehte, fielen die Stapel über ihm zusammen. »Besser ein Bücherrutsch als ein Schneerutsch«, lautete seine stereotype Reaktion. Außerdem hatte er eine neue Strophe gedichtet, die auf Eyri die Runde machte:

> *Früher löste ich das Tuch*
> *von schöner Frauen Lenden.*
> *Heut lieg ich hier und les ein Buch*
> *mit schlaffem Stock in Händen.*

Johan Södal war gekommen, um den alten Mann umzustimmen. Södal wollte sich für die Eviger-Brüder verwenden, weil solche Männer, von denen er aus den Hafenstädten an der Westküste Norwegens viel gehört hatte, ein Glück für den Ort wären. Größere und bessere Förderer des Fortschritts gebe es nicht. Zuverlässig und verantwortungsvoll bis in die Fingerspitzen. Gestur setzte große Hoffnung in diesen Besuch und packte noch einiges obendrauf, als er seinem Vater Nummer drei die Worte des bedeutenden Mannes übersetzte. Lási saß weißbärtig und mit zerwühlten Haaren auf der Bettkante, als wäre er gerade erst aufgewacht, starrte auf die frisch gehobelten Bohlen gegenüber und dachte, das sei wohl das einzige Sterbebett des Landes, das einem Sarg an handwerklicher Sorgfalt gleichkäme. Dann riss er sich von seinem Gedanken los und hörte, was Gast und Gestur zu sagen hatten. Södal sprach vom Interesse der Brüder am Land von Skriða, diesem guten und geeigneten Grundstück. Bei Gestur wurde aus dieser harmlosen Einleitung eine Frage von Leben und Tod:

»Sie haben alles, was sie hatten, eingesetzt, um hierherzukommen. Wenn sie das Land nicht bekommen, sind sie erledigt.«

Ob es nun am Übereifer des Dolmetschers lag oder an einer Abneigung gegen Norweger, jedenfalls hielt der alte Bauer nur noch stärker an seiner Position fest. Niemals werde er das Land verkaufen, man verschachert nicht seine Fehler! Die Gegend dort drüben hätte niemals bebaut werden dürfen, ebenso wenig wie Útdalir weiter draußen, wo seine hier liegende Schwiegermutter seinerzeit all ihre Angehörigen und ihre ganze Existenz verloren habe.

»Wenn das Leben einen etwas gelehrt hat, dann ist es Nachgiebigkeit gegenüber den verteufelten Naturriesen. Wir müssen lernen, uns zu beugen.«

Naturriesen? Wie ließ sich das nur ins Norwegische übersetzen, grübelte Gestur.

»Oh, das sind alles Satansfelsen, die außer von Vieh und Vögeln von keinem hätten bewohnt werden dürfen! Und es ist das Letzte, was ich tun würde, diesen Norwegerbrüdern, von denen ich höre, dass sie gescheite Männer sein sollen, den Zugang zu Unglück zu verhökern. Sie kennen sich mit den isländischen Fjorden nicht aus, und das ist auch kein Wunder, solche Menschentötersiedlungen wie hier gibt es nicht oft auf unserer Erde.«

Er sprach stockend und undeutlich und schaukelte dabei vor und zurück. Lási erinnerte mittlerweile an die alten Propheten in Gamlibær, Jónas und Jeremías, es war der typische Weg aller alten Männer im isländischen Grassodenhauszeitalter, irgendwann als langbärtige, leicht verschrobene Heilige zu enden, morsch und mit antiquiertem Wissen, voller Reimverse und Verwünschungen. Lási hielt darüber hinaus unerschütterlich an seiner Gegnerschaft zu Gott & Co. fest. Sein junger Dolmetscher schüttelte den Kopf in Richtung Södal, es war unmöglich, Ausdrücke wie »Satansfelsen« oder »Menschentötersiedlungen« zu übersetzen, und es gab auch keinen Grund dazu. Daher machte sich in der kleinen Sauna von Strönd Schweigen breit, bis der alte Mann die Angelegenheit aus seiner Sicht abschloss:

»Ich möchte ihnen nichts Böses, und darum werde ich ihnen das Land von Skriða nicht verkaufen.«

Johan Södal rückte seine Plauze zurecht und fragte schnaufend:

»Kor lenge bodde han i Skrida?«

Gestur: »Wie lange hast du auf Ytri-Skriða gewohnt?«

Lási: »Wie bitte?«

Gestur: »Wie lange du in Ytri-Skriða gelebt hast.«

Lási: »Viel zu lange, siebenunddreißig Jahre. Ja, siebenunddreißig Jahre.«

Gestur übersetzte: »Siebenunddreißig Jahre.«

»Seier du det«, sagte Södal. »Og før det ... budde det nokon der då?«

Gestur: »Hat vor euch jemand dort gelebt?«

Lási: »Ja, da gab es jemanden. Sigurður hieß der, Gamalíelson. Ein Mann mit großen Füßen und sanftem Gemüt.«

Gestur: »Wie lange hat er da gewohnt? Wie alt ist der Hof?«

Lási: »Lange waren sie nicht da. Fünfzehn Jahre vielleicht. Der Hof ist in der großen Hungersnot erbaut worden, um die vorletzte Jahrhundertwende. Ein Hungerleidernest zu allen Zeiten.«

Gestur übersetzte: »Da haben Menschen seit hundertfünfzig Jahren gelebt.«

Södal: »Så me har ikkje hatt ei snøskred på så lang tid?«

Gestur: »Und in der ganzen Zeit hat es nie eine Lawine gegeben?«

Lási: »Nein, aber erwartet hat man sie immer. Der Hof hieß ja auch Næsta-Skriða.«

Gestur übersetzte verkürzend: »Nein, es ist nie eine Lawine abgegangen.«

Södal: »Så me treng ikkje å uroa oss i mindst hundre år framover?«

Gestur: »Wir brauchen uns also für die nächsten zweihundert Jahre keine Sorgen zu machen?«

»Nein, nein, keine Sorgen in tausend Jahren«, antwortete Lási und legte eine kleine Pause ein. »Oder bis Weihnachten.«

Kapitel 39

Einkronenmünzen

Auf dem Weg zu den Schuppen kam ihnen ein Mann entgegen, der Neuankömmling mit den sieben Namen, der Hochstapler und Motorbootschwindler aus der Stadt, Eiríkur Hreinn Beinteinsson Bláfeld. Die Leute im Seglufjörður wussten nicht viel über ihn, aber was sie von ihm gesehen hatten, reichte, um ihm den Spitznamen Rein & Fein zu verpassen. Er stank nach dem Schnaps vom Vorabend und sah ziemlich schräg aus: Er stellte dar, was die meisten Frauen einen stattlichen Mann nannten, aber seine Körperhaltung und seine Gesichtszüge waren krumm und schief, er stand da wie ein Schluck Wasser in der Kurve, die Hände tief in den Taschen vergraben, eine Schulter auf dem Weg hinauf in den Himmel, die andere hinab zum Fjord, ein schmales Schnurrbärtchen wie ein schwebender Rabe im glatten weißen Gesicht. Unter der Jacke trug er ein neumodisches Kleidungsstück, das als Vorhemd oder Hemdbrust bezeichnet wurde, von manchen auch als Brustharnisch oder Humbug, einen steifen weißen Kragen, der auch die Brust bedeckte und so tat, als wäre er ein Hemd, in Wirklichkeit aber lediglich ein Kragen mit Krawatte in einem Stück war, ein echtes Täuschungsmanöver. Am Kinn hatte er einen blutroten Schnitt vom Rasiermesser, als hätte Gott ihn anderen zur Warnung gezeichnet.

»Gott zum Gruße, Herrschaften!«

Södal sah sofort, dass er genau den Richtigen vor sich hatte. Sie hatten sich vor wenigen Tagen kennengelernt, als der Bürgermeister-priester dem Neuankömmling ein südlich an das Buus'sche angrenzendes Grundstück verpachtet hatte, das mit dem Anlegerfragment.

»Was sagen die Norweger heute? Wie lange noch bis zum Hering?«

»Vel, das Herunterzählen hat begonnen, ti Dage, ni Dage … Sind Sie klar?«

Es herrschte eine wasserspiegelglatte Windstille, und von den Bergen, die ihren Wolkendeckel los waren, drang leises Rauschen von Bächen. Nach dem Regen und dem Nordwindgezause der letzten Tage war es endlich aufgeklart.

»Nein, nein, bei Weitem nicht, aber es bleibt ja noch genug Zeit. Zehn Tage, sagen Sie?«

Für einen umtriebigen Isländer bedeuteten zehn Sommertage so viel wie für Norweger zwei Monate. Es war unglaublich, wie viel man an einem rund um die Uhr hellen Tag bewältigen konnte. Und zwei Flaschen schaffte man zwischendrin auch noch und womöglich eine Frau.

»Høyr no, genau das möchte ich besprechen mit Ihnen. Haben Sie Zeit?«

»Zeit? Allerdings. Sagten Sie nicht zehn Tage?«

Kurz darauf saßen sie im Obergeschoss seiner Lagerwelt im Segulfjorder Kontor des norwegischen Heringsherrn. Gestur saugte das schwülstige Gemälde eines norwegischen Fjords ebenso in sich auf wie den Ausblick auf den schiffegeschmückten Pollur und Buus' Gelände. Stand da draußen nicht Helle und hängte Wäsche auf? Derweil erklärte Södal dem Schlawiner Eiríkur die Sachlage. Dessen Gesicht war abzulesen, dass ihn kaum etwas mehr amüsierte als solche mit Geld zusammenhängenden Kniffligkeiten. Mit Armut und finanziellen Schwierigkeiten kannte er sich bestens aus, hatte beides selbst erlebt und genoss es, wie hoch er darüber hinausgekommen war. Er inhalierte förmlich die Zutaten, die Eviger-Brüder, Ytri-Skriða, die Querköpfigkeit des alten Mannes und die wirtschaftliche

Lage der Familie in Strönd. Zuerst hing er noch schräg auf seinem Stuhl, dann zuckte es in seinem Gesicht, der Schnurrbart sträubte sich, er setzte sich bequem zurecht und reckte die Arme wie ein zappeliger Hampelmann. Dann beugte er sich plötzlich vor und erkundigte sich, eigenen Profit witternd:

»Was ist mit diesen Brüdern? Haben sie Geld?«

Södal äußerte sich lobend über sie, und Eiríkur nickte dazu eifrig mit einem Gesicht, als könne er Gold riechen. Schließlich drehte er sich Gestur zu, legte den Zeigefinger ans Kinn, musterte ihn eingehend, überlegte zehn Sekunden und sagte dann:

»Wir lassen sie den Preis in Einkronenmünzen entrichten. Das sind zehntausend Münzen. So viele habe ich zufällig gerade hier, ein ganzes, gut verwahrtes Fass voll, etwa dreihundert Kilogramm schwer. Die Brüder sollen mir den Betrag geben, ich liefere Ihnen dafür den Gegenwert in Kleingeld, und das stellen wir dann in einem soliden Kübel vor den Alten. So einem Anblick widersteht keiner. Er wird in seinem Leben noch keinen solchen Glückstopf gesehen haben.«

Kapitel 40

Dreihundertfünfzig Kilo Kleingeld

Das war ein schlauer Plan, dachte Gestur, und Södal stimmte zu. Der einzige Schönheitsfehler bestand darin, dass Gestur die Münzen aus dem Fass in den Kübel zählen sollte. Eiríkur hatte nicht die Zeit, einen halben oder gar ganzen Arbeitstag mit Münzenzählen zu verbringen, auch dann nicht, wenn es sich um einen so hohen Betrag handelte.

Der Spekulant erwartete zwei Motorboote und hatte ein Grundstück gepachtet, aber noch stand nichts darauf, kein Fass und kein Gebäude, lediglich ein löcheriger Steg. Die Nacht verbrachte er im Madamenhaus, wo er auch seine Mahlzeiten einnahm, einen Winkel für seine Ware hatte er sich bei Kaufmann Toni besorgt, eine winzige Ecke im Lagerhaus des Krónufélag. Dorthin führte er Gestur und zog ein schmutziges Segel von seinem ganzen Besitz: ein rissiges Netz, ein abgewetzter alter Sattel und ein Telefonapparat – Gegenwart, Vergangenheit und Zukunft. Das Telefon bestand aus einem formschönen Holzkasten mit zwei Metallklingeln über einem eisernen Sprechtrichter, auf der einen Seite gab es eine Kurbel, auf der anderen einen Metallhaken, an dem die Hörmuschel hing, durch eine Schnur mit dem Kasten verbunden. Gestur gaffte den Apparat an und übersah das Fass, auf dem er stand. Es war eine Heringstonne, an der alles normal aussah, bis auf ein eisernes Band mit zwei Vorhängeschlössern.

»Was ist das?«, fragte Gestur und zeigte auf den Telefonapparat.

»Das ist meine Verbindung zur Hölle«, antwortete Eiríkur Rein & Fein und versuchte, das Segel abzuziehen, ohne seinen Spekulantenanzug zu beschmutzen, einen schwarzen Dreiteiler mit dem schneeweißen Humbug. Anschließend kam er mit seinem schnellen, steifen, schiefen Gang zu Gestur und zeigte ihm die richtigen Handgriffe: Er nahm den Hörer in die eine Hand und drehte mit der anderen die Kurbel. »Drehen Sie richtig herum, bekommen Sie eine Verbindung mit dem Bischof, kurbeln Sie in die falsche Richtung, meldet sich die Hölle, hahaha. Sie machen sich keine Vorstellung, wie viel Gold ich durch dieses Wunderwerk schon gehoben habe.«

Gestur verstand nicht den ganzen Scherz, aber doch immerhin, dass es sich um eine Art Scherz handelte, und auch, dass er den legendären Sprechkasten vor sich hatte, auf den der halbe Fjord wartete. Durch diese Muschel sollte man hören können, was in Reykjavík gesagt wurde. Eiríkur zog seinen Schlüsselbund, an dem der Zugang zu dreißig Türen hing. Er suchte den richtigen heraus, öffnete die Vorhängeschlösser und dann das Fass. Gestur hielt den Atem an. Das Fass war randvoll mit Münzen, Öre und Kronen, die Öre aus Kupfer, die Kronen aus Silber.

»Hier ist die ganze Pracht, dreihundertfünfzig Kilogramm insgesamt, eine Last für vier Männer, alles dänische Münzen, glaube ich. Niemand wollte mir Scheine dafür geben, was ich nicht verstehe, denn es ist doch eine wertbeständigere Anlage. Erinnern Sie sich an diesen Egill? Aus Vorzeiten. Wessen Sohn war er noch? Ach ja, Egill Skallagrímsson, richtig. Er wollte sein Silber über der Thingversammlung ausstreuen, um den Leuten zu zeigen, wo die Macht lag, und um sie alle zu verspotten, hahaha. Denn Menschen können reden, und Menschen können schreiben, aber vor dem Silber verstummen sie alle und fallen auf die Knie. Ich habe das hier für ein Schiff bekommen. Es ist nicht gezählt worden, aber gewogen: dreihundertfünfzig Kilo. Ich möchte zu gern wissen«, er nahm eine Kronenmünze in die Hand, »was zehntausend von diesen Dingern wiegen.«

Eiríkur Hreinn ließ Gestur stehen, kam aber gleich darauf mit einem Behälter zurück, den er so weit wie möglich von sich weghielt, es war ein Viertel eines Fasses. Er stellte es neben die Münztonne und forderte Gestur auf anzufangen. Wenn er weniger als zehntausend Kronen finden sollte, solle er den Fehlbetrag mit Öre ausgleichen. Damit war er weg, er wollte versuchen, Buus zu sprechen, um mit ihm über die Erlaubnis zu verhandeln, vorerst an dessen Pier anlanden zu dürfen, bis er die alte Brücke, die zu seinem Grundstück gehörte, instand gesetzt hätte.

Gestur seinerseits hätte dem reichsten Mann am Ort nur zu gern eröffnet, dass er mit dessen Tochter so gut wie verlobt sei, fand dann aber, der Ausdruck »so gut wie« verbiete es ihm. Darum sah er lediglich diesem putzmunteren furchtlosen Spekulanten nach, der das Leben als eine einzige großartige Gelegenheit betrachtete und dem es völlig egal zu sein schien, ob er dabei gewann oder verlor. Das Endergebnis wäre ohnehin das gleiche. Wie bei Buus musste es vor allem unterhaltsam sein und Spaß machen. Nur, während das lustige Spiel des Dänen stets innerhalb der Grenzen finanzieller Abgesichertheit verblieb, war Eiríkurs Lustspiel ein reines Risikogeschäft. Der Mann stand andauernd mit einem Bein im Bankrott. Aber dieser Umstand machte das Spiel nur noch reizvoller.

Gestur wandte sich wieder dem Münzschatz im Heringsfass zu. Wie viel mochte er wert sein? Fünfzigtausend? Hunderttausend? Noch mehr? Und das bewahrte er einfach so in Tonis Lagerhalle auf und vertraute es jetzt ihm an, einem jungen Burschen aus dem Ort, den er vor gerade zehn Minuten erst kennengelernt hatte. Er hätte sich ohne Weiteres eine Handvoll Silber in die eigene Tasche stecken können …

Stattdessen begann er mit dem Zählen. Bei einhundertachtundsiebzig kam er zum ersten Mal durcheinander und musste von vorn anfangen. Als dasselbe bei ungefähr dreihundert wieder passierte, beschloss er, das Verfahren zu ändern. Er zog einen schiefen Tisch an die Tonne, stellte immer Häufchen von zehn Kronen darauf und schob zehn von ihnen zu einem Hunderterstapel zusammen. Wer hatte gesagt, Geld stinke nicht? An diesen Münzen haftete ein widerlicher Geruch, und die Hände fühlten sich irgendwie schmierig davon an. Hatte er nicht einmal aufgeschnappt, bei den Römern sei das Wort für Geld von dem Wort für Vieh abgeleitet worden? Durch das geänderte Vorgehen konnte er seinen Gedanken nachhängen, und immer wieder sah er darin die dänische Helle auf den Stufen von Upphæðir vor sich, lächelnd, die stählernen Wangen verziehend und verliebte Blitze aus ihren Augen abfeuernd. Sobald sein neues Haus fertig wäre, würde er sie einladen und die Treppe hinaufführen – seine eigene Treppe, unglaublich! –, und morgens würde er im Obergeschoss aufwachen. Dieses Gefühl füllte seinen Bauch mit Luft, die in die Brust aufstieg, und hundert Schmetterlinge flatterten durch seinen Traum und verschwanden wie geflügelte Lichter in eine dunkle Höhle.

Er zählte Geld, er zählte Einkronenstapel, dreihundertsechzig, er zählte Treppenstufen, dreihundertsiebzig, er zählte Küsse, dreihundertachtzig, er zählte alles, was sein Leben ausmachte, dreihundertneunzig … und dann fiel ihm Súsanna ein. Er hatte sie seitdem nicht mehr gesehen, seitdem nicht mehr getroffen, seitdem nicht mehr von ihr gehört, was mochte sie … dreihundertund… Er musste wieder von vorn anfangen.

Kapitel 41

Schachduell

Súsanna saß an dem kleinen Schreibtisch am Fenster im Obergeschoss von Upphæðir und schrieb einen Brief. »Liebe Birgir und Arnfríður. Hier im Segulfjörður ist alles bestens ...« Es bedeutete eine Anstrengung für sie, solche unverbindlichen Zeilen zu schreiben, eine solche Lüge, und das so bald nach ihrer schwersten Zeit, schwarzen Tagen in einem hellen Sommer.

Sie stöhnte und gab auf. Welche Worte konnte sie dafür finden? Sie stand auf und warf sich aufs Bett; das erfüllte sie wieder einmal mit Ekel, mit Abscheu davor, in demselben Bett schlafen zu müssen, in dem sie zum letzten Mal zusammen geschlafen hatten. Der Schmerz über seine Gleichgültigkeit kam wieder hoch. Hier hatte er in ihren Armen gelegen, den Rücken ihr zugewandt, und innerlich eigentlich schon fort. »Kommen die Dienstmädchen nicht bald zurück?«

Sie hatte um ein anderes Zimmer gebeten, in ihrem sei es nachts zu hell und der Geruch vom Misthaufen dringe herein. Doch aus dem Zimmer, das man ihr auf derselben Etage als Alternative auf der Südseite zeigte, blickte man auf den Gemüsegarten und Limbo, das Haus von Magnús und Hetta. Sie lehnte dankend ab und meinte, sie würde schon eine andere Lösung zur Verdunkelung finden, das Fenster mit einer Decke verhängen oder Ähnliches. Dann schüttelte sie die Haare vors Gesicht und ging in ihr Zimmer.

Vigdís stand am Treppengeländer und überlegte, ihr nachzugehen, ließ es aber und ging nach unten.

Es wurde dunkel über Súsanna. Ihr blondes Haar dunkelte, der Glanz ihrer Augen verlosch, ihre Hände zitterten leicht. Sie hatte mehrere schockartige Tiefschläge erlitten, sie schoben sich in ihr ineinander, vergingen sich an ihr in ihrer Seele, isländischer Bettkampf, isländisches Wälzen im Dreck, Magnús und Gestur, Ringrichter ein hochgewachsener, blonder Norweger. Wie hatte sie sich nur in eine solche Lage bringen können? Vor wenigen Jahren erst hatte das Leben vor ihr gelegen, da hatte sie allein an einem Strand gestanden, eine in einen Mantel gehüllte Göttin an den Wegkreuzungen des Lebens, aus jeder Richtung hatte ihr die Sonne entgegengeschienen, alles hatte ihr offengestanden. Der Siegesstern des Lebens hatte sie mit sich genommen und sie an einem anderen Ufer abgesetzt. Doch Sterne sind Sterne, sie funkeln unter günstigen Bedingungen. Nur was, wenn am Himmel Wolken aufziehen? Dann leuchten sie weiter zu ihrem eigenen Vergnügen, doch zu niemandes Nutzen. Dann musst du allein gegen die Dunkelheit ankämpfen.

Sie fiel von ihrem Stern auf ihr Startfeld, von dort aufs Kottenfeld und schließlich aufs Viehfeld, sie stand auf einer Höhe mit der Kuh, die draußen vor dem Stall auf ihren Mist starrte und manchmal auf den Fjord. Die Kuh war eine verwandelte Frau, doppelt betrogen und entehrt.

Welche Möglichkeiten blieben ihr? Hier konnte sie nicht länger bleiben. Nicht mit diesem Kerl im Garten. Vigdís hatte auf ihre Anschuldigungen nicht reagiert. Sie würde Súsanna glauben, hatte sie versichert, aber Súsanna glaubte ihr nicht. Sie hatte auch behauptet, mit Árni gesprochen zu haben, aber es blieb alles beim Alten. Magnús war noch immer Aufseher und Mitarbeiter und ging im Haus täglich ein und aus.

Súsannas Mutter war vor zehn Jahren bei einem Schiffsunglück im Reykjavíker Hafen umgekommen, und ihr Vater lebte als Magnat auf Seeland und wollte sich sein schönes Leben nicht durch lästige Dinge trüben lassen. In den letzten Jahren hatte er nur auf einen ihrer Briefe geantwortet. Auf die Mitteilung ihrer Hochzeit mit dem Norweger hatte er zurückgeschrieben: »Freut mich zu hören.« Das Einzige, was ihr einfiel, war, ihren späten Zieheltern zu schreiben, dem guten alten Thorgilsen-Paar in Bíldudalur, Vigdís' Eltern. Vielleicht konnte sie zu ihnen. Aber musste sie das nicht vorher mit Vigdís besprechen?

In diesen Gedanken hinein klopfte es leise an die Tür, und ihre Freundin, die Pfarrersgattin im Segulfjörður, trat mit ihrem ins Gesicht geklebten Lächeln und einer zusammengelegten Gardine auf dem Arm ins Zimmer.

»Súsanna, würden dir diese Vorhänge vielleicht helfen? Vater hat sie mir irgendwann geschickt, und ich hatte sie völlig vergessen.«

Súsanna tat so, als wäre sie froh darüber, und sie hielten den Stoff vor das Fenster.

»Ich schicke die Mädchen, um sie aufzuhängen. Und wie ... wie geht es dir sonst so?«

Súsanna stöhnte und warf sich aufs Bett.

»Ich warte nur darauf, dass ihr ihn endlich entlasst.«

»Súsanna«, Vigdís setzte sich auf die Bettkante wie eine Mutter, die eine Verbindung zu ihrer halbwüchsigen, verschlafenen Tochter herstellen will. »Wie du weißt, habe ich mit Árni gesprochen und ihm von der Sache erzählt, so wie du sie mir geschildert hast ...«

»So, wie es war. Er hat mich vergewaltigt.« Ihr harter Tonfall überraschte Súsanna selbst, aber sie war das zimperliche Getue leid.

Vigdís erschrak. Ihre Freundin war nicht nur in eine Welt abgeglitten, die ihr gänzlich fremd war, sie hatte nicht nur den Kapitän eines norwegischen Heringsfängers geheiratet, sie redete jetzt auch anders, wie aus einer dunklen Höhle, von der sie kaum wusste, dass sie überhaupt existierte, und sie benutzte anstößige Ausdrücke.

»Ja, ja, ja.«

Sie wiederholte es noch einmal. Es tat weh, diese vielen Jas zu hören. Glaubte Vigdís ihr nicht? Doch dann hörten die Jas plötzlich auf.

»Árni hat mir in dem Zusammenhang etwas anderes gesagt. Ich ...

wahrscheinlich werfe ich da Dinge durcheinander ... und es ist sicher bloß eine dieser üblen Nachreden, die ... die in diesem gesegneten Ort kursieren, nun, jedenfalls hat er mir mitgeteilt, man zerreiße sich das Maul darüber, dass du ... und dieser Junge aus Strönd ... dass ihr ...«

»Ja.«

Sie gab es ohne Umschweife zu. Vigdís zuckte vor der unverblümten Direktheit und Aufrichtigkeit zurück. Súsanna stritt es nicht ab und beschönigte nichts.

»Es ging den ganzen Winter über. Ich stand unter Schock, war nicht bei mir. Nach meinem Schiffbruch und der Rückkehr hierher ging es mir hundeelend ... Ich ... Es hätte natürlich nie ... Aber ich muss zugeben, dass ich völlig besessen war. Liebe ist und bleibt nun einmal Liebe.«

»Aber Súsanna, er ist einer von den Kätnern. Die nagen alle am Hungertuch ... Das hast du doch Weihnachten gesehen.«

»Vigdís, es war richtig, und es war schön. Aber jetzt ist es vorbei.«

»Und dein Arztbesuch in Fagureyri? War das auch ...?«

Súsanna schwieg anhaltend, bis deutlich war, dass sie ihre Freundin nicht anlügen wollte.

»Warum hast du mir nie etwas gesagt? Den ganzen Winter über, sagst du?«

»Hm, na ja ... Ich dachte, du hättest genug mit deinem eigenen Kummer zu tun.«

»Meinem Kummer?«

»Na ja, mit Árni und seinen Eskapaden.«

»Was weißt du davon?«

»Nichts. Nur, dass er sich mit allen möglichen Leuten betrinkt, mit Säufern, mit Männern aus der Gosse, Abschaum. Ja, auch mit solchen aus den Kotten. Gestur ist keiner von ihnen. Das muss man ihm lassen.«

Damit hatte sie in ihrem speziellen Schachduell gleichgezogen. Auch das Leben der stolzen Vigdís stieß an die Armutsschwelle.

»Auf der Fahrt nach Fagureyri haben wir uns ausgesprochen.«

»Schön. Frauengeschichten sind mir über ihn nicht zu Ohren gekommen. So einer ist er nicht.«

»Wirklich? Na, hoffentlich …«

»Das Schlimmste, was ich gehört habe, ist, dass Freunde von Gestur ihn letzten Sommer in der Haugesund-Gasse hinter dem Norwegerhaus gefunden haben.«

»Ach!«

Vigdís war verletzt, und Súsanna ersparte ihr, dass der Pfarrer sich eingepisst hatte, aber aus dem Verzicht darauf zog sie Kraft für ein nachdrückliches: »Du musst diesen Kerl wegschicken, Vigdís! Es war nicht bloß eine Vergewaltigung. Er hat mich auch noch anderweitig misshandelt. Der Mann ist ein Schwein. Ein Ungeheuer.«

Ihr Kopf bebte vor Entschlossenheit, sie schüttelte die Locken vor ihren Augen.

»Vigdís, ich kann noch immer nicht richtig laufen. Ich bin noch immer wund!«

Vigdís klappte mit den Augenlidern wie ein Schmetterling vor einem Drachen. Súsanna hatte alles in dieses letzte Wort gelegt. Wenn sie noch mehr ausspräche, würde Upphæðir einstürzen. Aber sie weinte nicht. Keine Tränen. Doch, jetzt weinte sie, und Vigdís hockte hilflos auf der Bettkante.

Kapitel 42

Stöße

Gestur stand noch an dem wertvollen Fass und zählte Münzen, als lang und kurz, mit Brille und langen Haaren, Hans und Baldvin erschienen. Aus dem Nichts latschten die beiden Scherzkekse auf noch besseren Schuhen als beim letzten Mal in die Lagerhalle, als wüssten sie, dass der chronisch abgebrannte Gestur dort in einer Ecke stand und Geldhäufchen zählte.

»Ach, was sehen meine müden Augen, ist das nicht der Gast im Bett des Pfarrers?«, legte Baldvin los und ging mit eiligen Schritten auf den jungen Kerl mit dem blonden Schopf zu. Dem hing, über das Fass gebeugt, das Stirnhaar in die Augen. »Ach was, klauen Sie etwa aus Tonis Fässern? Wer hat Ihnen …?« Der lockige Baldvin brach ab, sobald er nah genug war, um zu erkennen, was das Fass enthielt. Hans trat schon an den Tisch, auf dem tausend Kronen zu hundert kleinen Glücksschornsteinen aufgestapelt standen.

»Stehlen Sie jetzt auch noch Geld? Zusätzlich zu allem anderen? Bargeld und Barbusige?«, sagte Hans schrill, wozu sich die Stapel in seinen Brillengläsern spiegelten. Auch wenn er weiter seine coole Haltung zu bewahren suchte, war seinem Gesicht deutlich abzulesen, dass er noch nie solchen Reichtum gesehen hatte; sein Kopf wackelte leicht vor Aufregung.

»Ich zähle das nur für jemand anderen.«

»Für jemand anderen! Sieh an! Für welchen Mann denn? Kennen

Sie etwa einen Mann? Ich dachte, Sie wären nur hinter Weibern her!«, rief Baldvin spöttisch und fast überschnappend vor Hass.

Er wollte sich aus seiner Faszination für die Geldhäufchen losreißen und nahm sich zusammen.

»Tja, für das Verführen verheirateter Frauen wird niemand bezahlt, es sei denn von Gott mit Plagen.«

»Hundertsiebzig«, murmelte Gestur.

»Hundertsiebzig Plagen werden verderben dein Haus, sagt der allmächtige Gott, der Gott in der Höhe von Upphæðir«, dröhnte Baldvin und klang fast exakt wie Séra Árni in seinen Predigten, das Imitationsvermögen des Burschen war unglaublich. Daran war aber auch etwas Neues, denn bis dahin hatte er weder Gemeindevorsteher Hafsteinn noch den Bürgermeisterpfarrer imitiert. Die beiden Witzbolde waren beide beim Krónufélag angestellt, dessen hiesige Niederlassung unter der Leitung des jungen Anton enorm gewachsen war. Baldvin arbeitete in der Buchhaltung, Hans sollte eigentlich Verkäufer im Laden sein, doch überwiegend fungierte er als dessen wandelndes Sprachrohr. Ständig vertrödelte er Zeit im Lager, draußen an einer Hausecke, auf dem Vorplatz oder auf dem Anleger und hielt Maulaffen feil, alberte mit anderen Lästermäulern herum oder lauschte, was die Frauen tratschten. Hans mit dem Glasauge war die Telefonzentrale des Orts, seine Quelle für jeglichen Klatsch, hier passierte nichts, ohne dass er davon wusste. Über Gestur und Súsanna war er seit Langem im Bilde, ihm war sogar Gesturs Verlust der Unschuld auf Segulnes bekannt und, schlimmer noch, auch dessen Abenteuer mit einer namentlich nicht genannten Tochter eines Hauses im Óðalsfjörður.

»Ein wenig Silber können Sie schon gebrauchen, wenn es so weit kommt, dass Sie Buße für den einen oder anderen Ehebruch zahlen müssen.«

Gestur blickte auf und guckte ihn scharf an.

»Buße für Ehebruch?«

»Na ja, haben Sie nicht auf Segulnes ein Rohr verlegt? Und haben Sie etwa nicht in Litla-Brekka das letzte überlebende Kind genagelt, während die Leichen der drei anderen im Schuppen kalt wurden?«

Gestur starrte den Mann an, sah aber nichts als Käfer, Krabbeltier, Ungeziefer. Dieses schnüffelnde Rüsseltier war in seiner Unverschämtheit fast unmenschlich. Gestur trat auf ihn zu und stieß ihn. Hans taumelte rückwärts, blieb aber auf den Beinen. Gestur setzte nach und schubste ihn erneut, obwohl Baldvin jetzt von hinten auf ihn losging, und dann noch ein drittes Mal, woraufhin der Bebrillte endlich hinfiel und mit dem Hintern platschend in einem Wasserbottich landete. Das machte den Kraushaarigen so wütend, dass er mit den Fäusten über Gestur herfiel, sie prügelten sich und rangen miteinander wie zwei Ringer, die die Regeln des Nationalsports Glíma nicht kannten. Schließlich konnte Baldvin Gestur zu Fall bringen, der krachte auf den Tisch mit den Münzstapeln, dessen schiefe Beine unter dem Aufprall brachen. Die Platte knallte mit den beiden Ringern zu Boden, und die Münzen flogen weit umher.

Als hätte er den Kursverfall seiner Valuta gehört, erschien Eiríkur auf dem Schauplatz, lief schnell hinzu und wollte zunächst losbrüllen, dann aber war ihm mehr zum Heulen zumute, als er sein Gold überall auf dem schmutzverklebten Dielenboden liegen und in den Ritzen verschwinden sah.

»Was ist hier los?«

Gestur und Baldvin rappelten sich auf, und Hans zappelte sich mit ziemlich dunklem Hosenboden aus dem Bottich.

»Sie haben mich überfallen und wollten das Geld stehlen«, log Gestur, oder log auch nicht.

»Wie bitte, mein Geld?«, rief Eiríkur in heilig glühendem Zorn. Es hätte ihn nicht schlimmer getroffen, wenn er die beiden dabei erwischt hätte, wie sie gemeinsam mit nackten Hintern auf seiner Mutter gelegen hätten. Er ging auf Baldvin los, flammend und schief, den Schnurrbart wild gesträubt, hielt die kräftigen Hände vorgereckt und stieß den Buchhalter so heftig, dass er rücklings in den Netzhaufen des Spekulanten fiel. Eiríkur warf sich auf ihn, und Funken sprühten aus seinen Augen, als er auf den jungen Burschen eindonnerte:

»Ich weiß, dass ihr hier in eurem Laden noch nie solche Beträge gesehen habt, aber ihr müsst lernen, dass man anderer Menschen Geld nicht anrührt. Kümmert euch lieber darum, oben eure paar Öre zu zählen! Und jetzt seht zu, dass ihr Land gewinnt, oder ich hetze den Toni auf euch, kapiert?!«

Er zerrte den Pummel am Kragen vom Netzhaufen – es war gut zu sehen, dass der Mann Bärenkräfte hatte –, ließ ihn dann los und schoss mit der Faust eine Gerade auf Baldvin ab, die er erst ganz knapp vor dessen Gesicht abstoppte. Der Buchhalter nutzte die Gelegenheit, um mit Hans aus der Lagerhalle zu fliehen. Dann wandte Eiríkur sich an Gestur, der damit beschäftigt war, die Münzen aufzulesen:

»Am besten helfe ich Ihnen dabei. Der verwünschte Däne will nicht mit mir reden. Aber er hat eine verflucht hübsche Tochter. Es müsste herrlich sein, ihr das Kellerfensterchen einzustoßen. Was für ein Körper!«

Gestur sah kurz zu seinem Wohltäter auf, der so schief grinste, dass sein Schnäuzer wie eine Diagonale durch sein Gesicht verlief, die Graphik eines Aufschwungs. In einem Mundwinkel wurde ein schadhafter Zahn sichtbar. Er warf Gestur einen Blick zu.

»Was für eine Figur, Junge!«

Kapitel 43

Der Goldene Topf

An einem nebelnässenden Sonntag trugen die neuen Freunde Gestur und Eiríkur den Kübel zum Haus. Lási lungerte auf seinem Bücherbett, blätterte ziellos Abschnitte und Annalen durch und murmelte dabei Namen und Jahreszahlen vor sich hin. Sie brachten den Goldenen Topf in die Baðstofa und setzten ihn vor Lásis Bett ab. Das alles nicht ganz ohne Anstrengung, denn das Ding war recht unhandlich und wog sechzig Kilo. Zur Feier des besonderen Anlasses steckte sich Eiríkur eine Zigarre an und ließ dabei das Zündholz extra lange brennen, damit das Gold noch stärker leuchtete. Gestur holte sogar eine Kerze, um dem Schein Dauer zu verleihen. Die Grassodenhäuser waren nicht für helle Sommer gebaut, sondern um Winter zu überstehen.

Olgeir, der jetzt vier Jahre alt war, kam angerannt und rief begeistert: »Opa kriegt Geld! Opa kriegt Geld!« Das Gold glänzte im Auge des kleinen Goldjungen, des einzigen, das er hatte und das ein Einfallstor in sein Gemüt war. Zurzeit schien alles, was er ansah, einen magischen Glanz zu bekommen, ganz besonders natürlich dieser große Haufen Geld.

»Semmina, Semmina, guck!«, rief er sein Kindermädchen, das mit zerzausten Haaren und skyrbekleckert ankam und über den Kopf des Kleinen peilte. Sie bekam große Augen, rund wie Geldstücke, und musste sich mehrfach die Lippen lecken. Auch Eiríkur machte große

Augen und ließ sie über Selmínas Leib wandern, während Gestur überlegte, dass er ein Auge darauf würde haben müssen, dass die Küchenhexe den Preis für das Land nicht auffraß. Es wäre ihr zuzutrauen, abends vor dem Schlafengehen noch schnell ein Fünförestück zu verputzen. Eiríkur hatte empfohlen, den Topf ein paar Tage am Kopfende des Verskünstlers stehen zu lassen.

»Spätestens am dritten Tag wird er einknicken, sage ich Ihnen. Länger halten es Menschen nicht im Grab aus, wenn das Himmelreich winkt. Nicht einmal Chrissi Kreuzgott hat's länger ausgehalten.«

»Wer ist Chrissi Kreuzgott?«

»Jesus Christus. Ist am dritten Tag wiederauferstanden.«

Lási würdigte den münzvollen Kübel, der an seinem Bettgestell aufgetaucht war wie Ungeziefer, nicht eines Blickes. Er blätterte weiter in seinen Büchern und geruhte, den funkelnden Glanz in seiner Hütte erst zur Schlafenszeit zur Kenntnis zu nehmen. Gestur hätte vor Frust die Wände hochgehen können, beherrschte sich aber, um dem Alten Zeit zu lassen. Hier war Fingerspitzengefühl gefragt.

»Und was für einen Prunksockel soll das darstellen?«

Prunksockel? Noch so ein Nonsenswort des verschrobenen Buchabäus. Manchmal hätte Gestur ihn erwürgen können. He, dachte er, vielleicht wäre das tatsächlich die beste Lösung.

»Das bekommen wir für Skriða. Der Käufer wollte es dir zeigen, er wollte, dass du den ganzen Betrag mit eigenen Augen siehst. Das sind zehntausend Kronen.«

»Das hört sich fürchterlich an. Wer war dieser Mann mit einem Strich als Schnurrbart?«

»Er ist der Makler. Oder Vermittler. Sein Name ist Eiríkur. Er hat alles in bar herangeschafft.«

»Makler ... Das sind überflüssige Menschen, eine neuzeitliche Sorte.«

»Er möchte einfach nur helfen. Er ist auch ein Reeder, der sich auf Hering verlegen will. Ich glaube, er kommt aus der Stadt.«

»Und warum wird das Ganze nicht in Scheinen gezahlt?«

»Sie sagen, so viele Hundertkronenscheine gebe es im Ort nicht. Daran siehst du, dass es nicht wenig ist.«

Erst jetzt blickte Lási zur Seite auf den Topf. Darin sah er tausend silberne Heringe blinken. Seine Brauen wanderten in die Höhe. Er konnte nicht abstreiten, dass es ein ansehnlicher Batzen war, eine unglaubliche Summe sogar. Glaubte wirklich jemand, er, Sigurlás Friðriksson, Lási auf Skriða, habe ein Anrecht auf einen solchen Berg Geld? Er, der sein ganzes Leben in armseligen Behausungen verbracht und niemals Bargeld gesehen hatte, außer vielleicht wenn ein begeisterter Bauer seine tote Frau in einem schönen Sarg gesehen hatte und den Schreiner dafür mit lauterem Silber belohnen wollte.

»Nein, Olli, nein«, sagte Selmína. »Nicht anfassen! Das gehört Opa.« Sie nahm dem Jungen eine Münze aus der Hand und legte sie in den Kübel zurück, dann schloss sie Olgeir in die Arme und sagte zu dem Greis: »Du musst, Lási. Das ist nur Trotz. Du nutzt das Land doch gar nicht.«

Sieh da, eine unerwartete Verbündete, dachte Gestur und sah die Köchin freundlich an – vielleicht zum ersten Mal. Er hatte sie noch nie so viele Worte auf einmal sprechen gehört.

»Das ist genau der Punkt. Ich nutze das Land nicht, und ich will auch nicht, dass jemand anders es nutzt, weder für dies noch für das.«

»Aber du weißt doch gar nicht, was sie dort machen wollen«, warf Gestur blitzschnell ein.

»Was wollen sie denn machen?«

»Sie wollen eine Fabrik bauen, eine Heringsfabrik, die größte des Landes. Vielleicht wird sie sogar größer als ähnliche Fabriken in Norwegen. Sie wollen sie aus Ziegelsteinen bauen, sie wird jede Lawine überstehen. Das ist das Material, aus dem Rom erbaut wurde.«

»Rom?«, staunte der Alte.

»Ja, war das nicht die Hauptstadt des Römerreichs? Sie steht heute immer noch.«

»Rom, ja? Und das wollen sie errichten auf … Ytri-Skriða, sagst du?«

Einen solchen Irrsinn hatte der alte Mann noch nie gehört. Rom auf Ytri-Skriða! Eine Riesenfabrik anstelle eines Grassodenkottens. Das war so, als würden sie bei seiner alten Bootslände einen Hafen anlegen wollen.

»Richtig. Das heißt, nicht genau an der Stelle, wo der alte Hof stand, sondern am Ufer, wo unsere Bootslände war, und davor kommt eine Hafenanlage und eine Pier für große Schiffe.«

Da drehte sich Lási um und starrte Gestur an. Sein Mund stand offen. Gestur legte nach:

»Sie gehen von dreißig Arbeitsplätzen aus, wenn nicht mehr. Es wird eine eigene kleine Siedlung entstehen.«

»Genau. Zehntausend sind bestimmt zu wenig«, warf Selmína in die Stille. »Sie verdienen sicher eine Million daran. Ich würde ohne Zögern mehr fordern.«

Lási sah sie an, sie Gestur und Gestur sie und dann den Topf. Da krächzte die alte Grandvör:

»Es soll jeder so sterben dürfen, wie er möchte.«

Kapitel 44

Münzlast

Wir stellen uns nicht quer. Soll es seinen Lauf nehmen. Das war die Ansicht der Alten. Sie wollte den Topf haben. Ihr Name war Grandvör, Grandeur.

Doch nach drei Tagen und Nächten mit diesem Teufel unter ihrem Dach kamen Gestur Zweifel. Er wusste ums Verrecken nicht, wie es dazu kommen konnte, aber er schien sich Lásis Standpunkt anzunähern. Das hätte er im Vorfeld nie geglaubt, aber nach drei schlaflosen Nächten in der Baðstofa von Strönd, wo Nacht für Nacht der verfluchte Pott stand und ihm in den Ohren dröhnte wie eine Glocke, war er nahe daran, verrückt zu werden.

Seit zweiundsiebzig Stunden dachte Gestur an nichts anderes. Entweder bekam er es mit der Angst, dass jemand den Geldkübel stehlen oder dass sich jemand (Selmína) daran vergreifen könne, oder dass der Preis zu niedrig war oder zu hoch, dass Lási womöglich recht hatte (verkauften sie nicht eine Gefahrenzone?), oder er wurde einfach nervös und gereizt, weil dieser Quatsch zu keinem Abschluss kam. Er wünschte Eiríkur Rein & Fein zur Hölle, wo sie am tiefsten war. Was hatte der Knilch mit dieser Erzflut nur über sie gebracht?

Am vierten Tag reichte es ihm. Der alte Reimeschmied stand unverrückt zu seiner Entscheidung, obwohl er fast mit der Nase in dem Goldhort geschlafen hatte, und Gestur war wild entschlossen,

Eiríkur den Kübel zurückzubringen. Ihm waren die zehntausend Kronen inzwischen egal, er wollte sein Leben zurückhaben.

Am frühen Morgen kam er gerade vom Melken der Euter in Mjólkurbær zurück, den verfluchten Gestank des Geldes noch immer wie einen Handschuh an den Händen, als er den Strubbelkopf seines Freundes Svenni aus dem Haus kommen sah. Er ging zur Arbeit bei Buus. Gestur nahm ihn stattdessen mit nach Strönd, wo die Einwohner noch schliefen. Mit vereinten Kräften ruckten sie den Kübel durch den Mittelgang zwischen den Betten. Lási wachte von den Geräuschen auf, und im grauen Morgenlicht vom armseligen Fenster zwischen den Bettgestellen sahen sich Vater und Sohn für einen Moment in die Augen. Gestur versuchte, mit seinem Blick so gut wie möglich verständlich zu machen, dass er seine Niederlage einräume und er, der Zimmermannsbauer, recht habe. In dem Lásis gegenüberstehenden Bett lag Grandvör totenstill mit geschlossenen Augen auf ihrem Kissen wie eine altägyptische Mumie. Ein Bett weiter schlummerte Olgeir und sah im Schlaf nicht ganz so einäugig aus. Selmína hatte wohl bereits ihre Morgenschicht in der Küche angetreten.

Unter großer Kraftanstrengung schleppten Sveinn und Gestur den Schatz aus dem Haus und an Gamlibær und Friedhof vorbei Richtung Krónufélag. Sie hatten schwer zu tragen, denn keiner von ihnen war so stark wie Eiríkur Rein & Fein. Zwei Gassenjungen, die vor Neugier platzten, folgten ihnen zusammen mit drei schnuppernden Hunden. An der Friedhofsecke machten die beiden eine Pause, setzten den Kübel ab, verschnauften und streckten sich. Noch waren nur wenige Menschen unterwegs, es nieselte leicht aus tiefer Wolkendecke, und das Meer war morgendlich unbewegt. Es hieß, am Vortag sei Hering gesichtet worden, und die Anspannung in der Flotte war zu spüren. Mindestens ein Dutzend Boote hatte schon Segel gesetzt. Sie leuchteten wie Schneeflecken im dichten Mastenwald. Plötzlich entdeckte Gestur eine unscheinbare Gestalt, die vom Madamenhaus kam und mit gerafftem Rock über die nasse Wiese an der anderen Seite des Friedhofs entlangeilte. Als sie sich kurz umblickte, erkannte er Sel mína. Was hatte sie so früh am Morgen im Madamenhaus zu suchen? Er sah ihr nach, wie sie Strönd zustrebte.

Sie nahmen ihre Münzlast wieder auf und scheuchten die Kinder und die Hunde weg; es waren in der Zwischenzeit mehr geworden. »Gehört das Geld euch?« Gestur antwortete kurz angebunden und meinte, sie sollten sie in Ruhe lassen. Sie hatten das Lebertranfeld überquert, als ihnen vom Madamenhaus Eiríkur mit flatternden Hosenbeinen entgegenkam, Hände in den Taschen, ein Bonbon im Mund, das Schnurrbärtchen mit ausgebreiteten Flügeln unter der Nase.

»Ah, hat der alte Mann endlich eingewilligt?«

Sie stellten die Last ab, und Gestur atmete tief durch. Er schaute über den Fjord auf die Berghänge, das Lawinenland.

»Nein.«

»Wie, nein?«

»Er lässt sich nicht umstimmen.«

»Nicht? Junge, es steckt noch richtig Kraft in dem alten Knochen. Aber so sind die Alten wohl alle, denen kommt man nicht bei. Die gehören einem anderen Volk an, sind in Dunkelheit aufgewachsen und sehen das Licht nicht. Stellt den Topf in die Halle zurück, neben mein Fass. Ich kümmere mich dann darum. Wir finden einen anderen Weg.«

Es schien ihm nichts auszumachen, er wirkte weder enttäuscht noch verärgert. Dieser Mann war durch nichts zu erschüttern. Warum aber gab sich Gestur überhaupt mit diesem Mann ab, der sich manchmal Eiríkur Hreinn, manchmal Eiríkur Beinteinsson, ein andermal E. H. B. Bláfeld nannte, auf Papier aber stets nur EHBB? *Er* wollte ihm doch nicht das Land abkaufen, oder vielleicht doch? Wollte er die Eviger-Brüder etwa ausbooten? Zuzutrauen war ihm so gut wie alles. Gestur musterte ihn eingehend, wie er mit den Zähnen mahlte und dabei die Wangen einsog und wie der Schnurrbart unter der Nase mit den breiten Löchern Wellen warf. Dann bleckte er die Zähne zu einem so breiten Grinsen, dass im Oberkiefer rechts eine

Zahnlücke sichtbar wurde. Gestur starrte durch die Lücke in das Dunkel, das den ganzen Mann ausfüllte.

»Wir finden eine andere Lösung. Aber eben ist mein Schiff angekommen, ich hab's jetzt eilig.« Damit hastete er zu einem der Anleger weiter, bei dem ein Segel zu sehen war.

Im Obergeschoss des Krónufélag erschien ein Gesicht am Fenster. Baldvin presste seine Locken an die Scheibe und beobachtete, wie sie den Kübel ins Lagerhaus trugen. Die Kinder verfolgten sie immer noch – wieso lagen die eigentlich um diese frühe Zeit nicht in ihren Betten? – und fragten: »Habt ihr den Schatz am Ufer gefunden?« Gestur warf sie raus, schloss die Tür, und dann stellten sie das Gefäß, wie Eiríkur ihnen aufgetragen hatte, neben das Münzfass und breiteten das schmutzige Segel darüber. Doch so wollte Gestur den Topf nicht zurücklassen. Das Fass war verschlossen, der Kübel aber nicht, es konnte sich jedweder daraus bedienen. Er entließ Sveinn und bezog Posten auf einem Walknochen in der Mitte der Halle: als Hüter des Schatzes. Immer noch stieg ihm der eigentümliche Metallgeruch in die Nase, und allmählich verfluchte er sich selbst: Warum zum Teufel hockte er hier und bewachte das Eigentum anderer Leute? Es war schließlich nicht seine Pflicht, die Kohle zu bewachen wie ein neumodischer Hirte. Aber sie unbeaufsichtigt lassen konnte er auch nicht.

Zum Donnerwetter, er fing an, dieses verdammte Geld zu hassen.

Kapitel 45

Im Haus der Madam

Weiß und Grün. Das waren die Farben des isländischen Sommerabends, des üblichen Sommerabends mit zehn Grad und Windstille, köstlich für Mensch und Tier, gesund, tiefenentspannt und mit Löwenzahn besät. Niemand war mehr beschäftigt, alle saßen zuhause. Es gab nichts weiter zu tun, als auf den Hering zu warten.

Der Abendnebel war weiß, das Gras grün, und die Küstenseeschwalben hatten rote Schnäbel.

Auf dem Pollur jaulte auf norwegischen Planken ein Schifferklavier, und irgendwo grölten Betrunkene wie Vögel nach Futter kreischen. Auf den Stufen des Madamenhauses standen zwei Männer, ein jüngerer im Pullover, der andere in seinen besten Jahren, in einer Jacke und mit einer Zigarre. Satt und selig standen sie da und guckten in den Abend, weiß und grün. Der Sprühregen des Tages war abgeklungen, die Wiesen waren nass, die Luft aber frisch und trocken. Zum Dank für seinen Wachdienst hatte Eiríkur Gestur eingeladen, mit ihm und den übrigen Kostgängern im Madamenhaus zu Abend zu essen. Es war ordentlich was los gewesen. Fasziniert hatte Gestur im rauchgeschwängerten Esssaal gesessen und Augen und Ohren aufgesperrt. Die Männer schaufelten das Essen in sich hinein, lachten und rauchten, niesten und spuckten und stachen sich über der Fleischplatte gegenseitig mit den Gabeln in die Handrücken, denn das Essen bei Halldóra, ihrer aller Amme, war so lecker, dass jeder den besten Bissen haben wollte. Salzfleisch mit Bohnen! Serviert auf Porzellantellern! Hier gab es keine Holznäpfe, nicht das Torfhausgezeter nassgepinkelter Kleinkinder und nörgelnder Alter und keine Strickarbeit zum Nachtisch. Gestur hatte kaum je solche ausgelassene Munterkeit, Essenslust und Männergeselligkeit erlebt wie hier. Diese Männer hatten sich den Himmel auf Erden geholt.

»Södal hat im Sommer sieben Schiffe.« – »Und Buus?« – »Buus erwartet noch zwei mehr, also insgesamt fünf. Er fängt munter an.« – »Er hat aber schrecklich kleine Boote, der Däne.« – »Er hat keine Ahnung von dem, was er tut.« – »Aber das kann er fotografieren lassen.« – »Wisst ihr, was er hier mit seinem Kraftwagen macht?« – »Nein, was denn?« – »Er nutzt ihn als Krautwagen, im Heidekraut.« Wieherndes Gelächter. »Wie lange wirst du bleiben, Julli?« – »Das kommt auf den Hering an.« Prustendes Gelächter.

Männer kennen nichts Unterhaltsameres, als mit anderen Männern zu essen und über wieder andere Männer herzuziehen.

In der oberen Etage aber saßen die Frauen um den Ernst des Lebens: Der Tod war in das Zimmer der Fjordkönigin getreten, wo sie trotz Sommer bei Kerzenlicht lag. Die älteste der Madamen hatte ein ganzes Jahrhundert und zweieinhalb Jahre gelebt, jetzt aber war sie am Ende ihrer Kräfte angelangt. Sie atmete pfeifend wie ein alter Wasserkessel, unregelmäßig und immer lauter. Ihr Körper hob sich unter der Decke kaum mehr ab, als wäre er schon vorangegangen. Der Kopf ragte im Profil hoheitsvoll aus dem Kissen, das Gesicht knochenweiß, die Haare schneeweiß, die Nase wie der Schnabel eines Vogels, und doch hatte sie nie königlicher ausgesehen. Manchmal trat Stille ein, und dann glaubten Halldóra und die anderen Frauen, die Greisin habe ihren letzten Seufzer getan, doch dann wollte sie Neuigkeiten aus dem Jenseits oder von der Grenze mitteilen. Es war, als hätte der zusehends schwächere Atem sie in ein zukünftiges Leben getragen, doch dann wäre sie wieder zurück in ihr Erdenleben gesunken.

»Sie sollen Tischtücher auflegen! Weiß auf allen Tischen.«

So ging es seit zwei Wochen. Halldóra ließ stets ein Mädchen an ihrem Bett sitzen, um der Sterbenden die Lippen zu befeuchten und ihr endgültiges Hinscheiden zu melden. Die Madam hatte alle irdischen Bedürfnisse abgelegt, sie aß und trank nichts mehr und schied nicht mehr aus. Allein das Leben in seiner reinsten Form flackerte noch ein wenig. Einige Wochen zuvor hatte sich auf Vigdís' Betreiben Pfarrer Árni mit Stift und Papier zu ihr gesetzt und sie bedrängt, ob sie nicht noch etwas zu sagen habe, etwas loswerden wolle, etwas, an das sie sich aus ihrem langen Leben erinnere, wo ihr Ende jetzt nah sei. Aber das wollte sie nicht, dazu war es zu spät, sie befand sich schon zu nah an der Grenze und war viel gespannter auf das, was sie auf der anderen Seite erwartete.

An jenem grün-weißen Sommerabend war es schließlich so weit. Kurz nach dem Essen wurde Halldóra gerufen, und drei Frauen saßen an Sigurlaugs Bett, als sie endlich losließ. Alle waren erleichtert. Federleicht und klein war auch der zurückbleibende Körper. Die Seele dagegen war groß und schwer und füllte schon das ganze Haus. Einige glaubten zu sehen, dass die Scheibe beschlug, und unmittelbar nach dem letzten Atemzug der alten Frau erlosch die einzige Flamme, die Kerze auf ihrem Nachttisch, mit einem wehmütigen Zischen und Qualm, der noch im Zimmer hing, als Lási mit dem Sarg erschien. Vor langer Zeit schon hatte er für die Fjordkönigin sein Meisterstück angefertigt, und nun konnte der Leichnam gleich hineingelegt und abtransportiert werden. Aber es blieb eine drückende Benommenheit im Haus zurück, Halldóra hatte noch tagelang Kopfschmerzen, bis sich die Seele der Madam endlich mit dem Geist des Hauses vereinte.

Kapitel 46

Die Heringskönigin

Noch einmal hatte Eiríkur H & B Gestur eingeladen, mit ihm im Madamenhaus zu speisen. Der war insgeheim ziemlich eingenommen von dem umtriebigen Mann und genoss, mit ihm zusammenzusitzen. Aus jedem Finger konnte er eine Geschichte schütteln. »Habe ich Ihnen von der schwedischen Matrone erzählt, die ich bei Buff-Nielsen verführt habe?« Allerdings spürte Gestur auch, dass er es bestenfalls mit einem zweifelhaft windigen Kerl zu tun hatte.

Sie standen in der Abendstille draußen auf der Treppe und grunzten vor sattem Wohlbehagen. Eiríkur Hreinn schmauchte seine Zigarre und bat Gestur, noch einen Moment zu bleiben. Hatte er irgendwelche Neuigkeiten gehört? Das gestrige Gerücht über den Hering sei wohl voreilig gewesen. Ob er für den Sommer schon bei jemandem Arbeit angenommen habe. Ihm fehlten Leute. Ein Boot sei schon eingetroffen, ein zweites werde morgen erwartet, er könne Gestur einen Platz darauf anbieten.

In Gedanken ging Gestur alle durch, die ihn für die kommende Fangzeit anheuern wollten: Kristmundur, Södal und vielleicht Buus. Keinem von ihnen hatte er eine Absage erteilt. Die dänische Birta wollte darüber mit ihrem Vater reden, und das war für ihn natürlich das verlockendste Angebot. Wenn es ihm ernsthaft unterbreitet werden sollte, würde er es auf jeden Fall annehmen. Aber noch war es ihm nicht angetragen worden, und darum ging er auf die Offerte

Eiríkurs ein, des Mannes, der noch nie ein Schiff bereedert und keine Ahnung von Heringsfang, geschweige denn seiner Verarbeitung hatte. Doch offensichtlich fand er sich rasch zurecht und lernte schnell. Und er besaß dreihundertfünfzig Kilo in metallharter Münze.

»Oh, sehen Sie die Frau da?«, fragte Eiríkur und paffte eine hübsche Wolke in den Abend.

»Wo?«

»Da am Hang über dem Haus des … Gemeindevorstehers.«

Gestur sah sie jetzt.

»Wollen Sie nicht kurz hinlaufen und ihr helfen?«

Eine schwarzgekleidete Frau in langem Rock und mit einem Schal über dem Kopf schleppte sich mit einem augenscheinlich sehr schweren Koffer ab, denn sie konnte ihn immer nur wenige Schritte auf einmal tragen. Gestur lief gleich los, doch etwas sagte seinem Herzen, schneller zu schlagen, denn ihm schwante, wer dort unterwegs war. Der weiße Hund des Gemeindevorstehers kläffte ihn an und lief ihm mit nassem Fell ein Stück nach. Die Frau bemerkte ihn, sah zu ihm hin und gleich wieder weg. Oben am Pfarrhof wurde an der Hausecke eine weitere Frau sichtbar. Gestur fiel in Schritt, er wusste jetzt, wen er vor sich hatte, richtete den Blick auf den Weg und holte sie so ein.

»Hallo, darf ich dir helfen?«

Sie drehte sich um, und kurz trafen sich ihre Blicke an diesem Sommerabend, wie im Bild eines neuen Meisters aus Norwegen. Er erschrak: Sie war gealtert. Das Gesicht sah mitgenommen aus, die Wangen waren eingefallen, die Lippen vertrocknete Blumen, die Augen voller Leere. Sie schlug sofort die Augen nieder und antwortete nicht, rückte den Schal zurecht und ging weiter.

»Wo willst du hin?«

Keine Antwort. Er schaute über die Schulter nach Upphæðir hinauf, die Frau dort war nicht mehr da, doch meinte er in einem der Fenster den Schemen eines Gesichts zu sehen, das sofort verschwand. Der Koffer war schwer und unhandlich, hatte Griffe an beiden Enden, dazu gedacht, von zwei Personen getragen zu werden. Sicher enthielt er alles, was sie besaß. Sie ließ ihn für Gestur stehen und ging schnell vor ihm her den Weg zum Gemeindevorsteherhaus hinab. Unten auf dem Pollur lagen an die zweihundert Schiffe, und doch ging es ruhig zu, waren nur wenige Menschen unterwegs, irgendwo spielte eine Ziehharmonika eine traurige Melodie. Wollte sie auf ein Schiff?

»Súsanna!«, rief er, als er fand, dass sie ihm sehr weit vorauseilte, und er sich zu schlecht fühlte. »Súsanna!« Unmittelbar oberhalb des Gemeindevorsteherhauses blieb sie stehen und wartete auf ihn. Er setzte den Koffer ab und lief zu ihr. Außer Atem stammelte er:

»Súsanna, ich ... Wo willst du hin? Fährst du weg?«

»Du bist nicht mehr gekommen.«

»Zu dir? Nach Upphæðir? Hätte ich das denn gedurft? Ich habe dir geschrieben. Hast du den Brief nicht bekommen?«

Keine Antwort. Also fuhr er fort:

»Ich war mit wichtigen Dingen beschäftigt. Es gibt Interessenten, die uns kaufen wollen ... Ich meine, die Lásis Land kaufen wollen. Aber das Ganze ist festgefahren, er will nicht verkaufen, dabei haben wir doch nichts, das wäre unsere einzige Chance. Ich bin ... Entschuldige, Súsanna. Ich ... Ziehst du bei ihnen aus?«

»Ja.«

»Was ist passiert?«

»Was passiert ist?«

Auch ihre Stimme war verändert, vollkommen freudlos.

»Ja. Ist irgendwas ...?« Gestur fühlte ein Unbehagen, er traute sich nicht, mehr zu sagen. Er sah Wolken in ihren Augen aufziehen. Und diese Frau hatte er einmal geliebt wie die Sonne. Warum hatte sie sich verdunkelt?

»Ich ziehe ins Madamenhaus«, sagte sie tonlos, wandte sich um und ging weiter. »Da komme ich unter.«

Aus einem neuen Haus am Bach kam eine Gruppe schwankender Norweger. Sie ließen eine Flasche kreisen und rissen Witze, zwischendurch rotzten sie ins Gras, und einer pinkelte ins offene Gelände. Gestur sah Súsanna den Bach auf der oberen Brücke überqueren und durch die Gruppe segeln wie eine Gans durch einen Möwenschwarm. Sie schenkten ihr keine Beachtung, in ihren Augen war sie zu alt. Zwei immerhin guckten ihr nach, während sie den Zoten ihrer Saufkumpane lauschten. Gestur überhäuften sie hingegen mit Spott, als er ihr den Koffer hinterherschleppte. Einen hörte er »deine Mutter« sagen, dann brach Gelächter los.

Eiríkur Rein & Fein stand noch immer auf der Treppe des Madamenhauses und rauchte. Gestur machte eine Pause und sah seine ehemalige Geliebte in ihre alte Unterkunft zurückkehren und die Stufen hinaufgehen. Auf derselben Treppe hatte vor vier Jahren ihr Ehemann gestanden und das ganze Gemeinwesen auf den Kopf gestellt. Eiríkur trat gentlemanlike zur Seite und wünschte ihr einen guten Abend. Ob sie seinen Gruß erwiderte, konnte Gestur nicht hören, doch als er mit dem Koffer das Haus erreichte und zu Eiríkur hochsah, schwebte der auf Wolke sieben und verkündete selbstzufrieden:

»Das war keine gewöhnliche Frau, mein Junge, sondern die Heringskönigin persönlich.«

»Die Heringskönigin?«, staunte Gestur.

»Jawohl, die schöne Súsanna, die die Norwegerflotte hierherlockte, nach Norwegen heiratete, aber zurückkam, als letzten Sommer der Heringsfang schlecht lief. Wo sie ist, ist auch der Hering. Sie ist die Königin des Herings. Keine geringe Frau und sehr schön, auch wenn sie eben wie ein Gespenst hier eingegangen ist. Los, mein Junge, bring den Koffer her! Sie will bei uns wohnen, das bedeutet Hering. Wir werden reich!«

Kapitel 47

Aschenputtel

Als Gestur in seinen Kotten zurückkehrte, war er in trauriger Stimmung. Die Mitternacht war hellgrau, die Küstenseeschwalben flogen über Eyri eifrig ein und aus, die Schnäbel voller Futter. Das Gras war schwer von Tau.

Gestur begriff nicht, wie die heißeste Liebe in nur wenigen Monaten zu kaltem Brot hatte werden können. Hatte ihn die dänische Helle geblendet? War seine Liebe zu Súsanna ihretwegen erkaltet? Er konnte es sich nicht erklären.

Nachdem Eiríkur R & F ihm sein skandalöses Verlangen verkündet hatte, seinen Samen in Buus' Tochter »pflanzen« zu wollen (Hielt er das etwa für das passende Vorgehen, um seinen Fisch an der Pier des Dänen anlanden zu dürfen?), war Gestur wie ein Idiot schnurstracks zum Buus-Haus marschiert, hatte dort Birta angetroffen und sie, als siegessicherer und geübter Frauenheld, geradewegs gefragt, ob sie nicht am Abend mit ihm auf den Berg gehen wolle. Nach drei Abenteuern in knapp einem Jahr war er derart dreist geworden und meinte ihr nach der geglückten Promenade über Eyri und dem Besuch im zweitvornehmsten Haus am Ort nähergekommen zu sein.

»*Sie* fordern mich zu einem Ausflug in die Berge auf?«

Sie lächelte ihn an wie eine Mutter ein Kind. Ihr Blick erinnerte ihn an Kristjana im Krónufélag. Die Oberschichtarroganz war wohl überall dieselbe. Bildete er, dieser übelriechende Torfkottenlümmel, sich etwa ein, eine Dame wie sie auf einen Spaziergang in die Berge einladen zu können, sie, eine in Holzhäusern aufgewachsene und in Toiletten urinierende Bürgerstochter, noch dazu eine Dänin? Gestur wurde rot infolge der Demütigung und sah, wie sie kess ein paar Stufen höher stieg, damit ihre Überlegenheit noch deutlicher würde, dann verschwand sie mit dem gellenden Lachen ihres Vaters im Haus.

Er wunderte sich, dass seine Füße auf dem Heimweg das Gras niederdrückten, so unsichtbar kam er sich vor.

In den folgenden Tagen versuchte er, sich dieses Fräulein Hochmut aus dem Kopf zu schlagen und stattdessen seine Begeisterung für Súsanna wiederzubeleben. Aber sosehr er sich auch bemühte, es wollte nicht funktionieren. Diesen Schatz hatte er reichlich leergezapft. War die Liebe etwa nicht anders als Geld? Brauchte sie sich am Ende auf? Und jetzt diese Frau, die jahrelang seine Träume beherrscht hatte, als ganz gewöhnliche Kopftuchträgerin wiederzusehen, die auf die Gnade der Hauswirtschafterin Halldóra angewiesen war, das tat mehr als weh. Súsanna hatte ihr altes Zimmer zurückbekommen, da Halldóra nach dem Tod der Greisin in das Madamenzimmer gezogen war. In diesem Zimmer hatte er Súsanna einmal aufgesucht, als er selbst noch ein Kind und sie jung und unverheiratet gewesen war und den kleinen Einäugigen gepflegt hatte. Warum hatte sie Upphæðir verlassen? War dort etwas vorgefallen? Er verstand es nicht. Er empfand Mitgefühl für Súsanna, wusste aber, dass er ihr nicht helfen konnte. Die Liebe ist ein Land, das man nur einmal besucht. Wer es verlässt, kann nicht wieder dorthin zurückkehren.

Es gab keine Möglichkeit, sich mit Anstand von einer Frau zu trennen.

Die Nässe im Gras drang in seine Schuhe, und er schrak aus seinen düsteren Gedanken auf, als er auf einmal Selmína über die Wiese am Teich kommen sah. Mit einem Schlag erkannte er, was hier im Gange war: Selmína hatte die Nacht im Madamenhaus verbracht, und gerade erst eilte sie zu ihnen zurück, die durchtriebene kleine Hexe.

Wut stieg in ihm auf, er stieß einen leisen Schrei aus und schnitt ihr dann den Weg ab. Was um alles in der Welt dachte sie sich nur? Dieser Mann war mindestens vierzig, und sie war noch ein Kind. Sie hatte so spät abends das Haus nicht mehr zu verlassen. Was war denn dann mit Olli? Und was hatte sie da unter dem Kleid? Sie rangen kurz miteinander, er hielt sie fest und zwang sie, den Gegenstand herauszurücken.

Es war eins von Lásis Büchern. Gestur schlug es auf und entzifferte mit Mühe den Titel, so antiquiert waren die Buchstaben. *Rímur af Fljóðmari oder Der starke Ljóðmar*. Aber da war auch noch eine andere Schrift, die er leicht lesen konnte, denn sie war ihm gut vertraut. In die rechte obere Ecke hatte Lási alterszittrig, aber in schwungvollen Buchstaben geschrieben: Sigurlás Friðriksson, Ytri-Skriða. Gestur war ein wenig gerührt, in dessen eigener Handschrift den vollen Namen des Mannes zu lesen, der sein halbes Leben lang sein Vater gewesen war.

»Was tust du damit?«

»Er wollte es ausleihen.«

»Eiríkur HB?«

»Ja.«

»Eiríkur? Der liest keine Bücher.«

»Jedenfalls wollte er es ausleihen«, erwiderte sie und verzog den Mund, sodass sich auf ihrer rechten Wange ein Grübchen bildete, gleich unterhalb eines nicht näher zu bestimmenden dunklen Flecks, der ihm nach einem Essensrest aussah.

»Und hast du um Erlaubnis gefragt?«

»Ja«, antwortete sie, und es war so offensichtlich, dass sie log, dass Gestur nichts mehr einfiel, sie entwaffnete ihn völlig. Er gab ihr das Buch zurück und entdeckte dabei einen kleinen Stein mit einem Loch, den sie an einem Lederriemen um den Hals trug, ein nicht unhübsches, etwas raues, ungeschliffenes, speziell isländisches Schmuckstück.

»Was ist das?«, fragte er.

»Ein Geschenk«, gab sie schnippisch zurück und guckte verträumt.

»Von wem? Wer hat dir das geschenkt?«

Sie lächelte geheimnisvoll und zog dann mit Buch und Schmuckstück ab, ein unansehnliches kleines Luder, das sich durchzuschlagen wusste und jetzt die Geliebte eines reichlich mit Geld versehenen Mannes aus der Hauptstadt geworden war. Sie schlief in Leinenbettwäsche und überließ dem netten Schurken dafür ihren Schoß. Gestur sah ihr nach, wie sie unterwegs über Kuhfladen hüpfte, Aschenputtel in Sackleinen.

An seinen Pfahl gebunden, brüllte Kaufmann Tonis Stier in die Nacht.

Gestur fragte sich, wer er war, um so über sie herzufallen, welches Recht hatte er auf sie? Sie war weder seine Frau noch seine Schwester, Tochter oder Kindsmutter. Sie war nichts als ein Kind, das sich um ein Kind kümmerte. Und das tat sie gut, das musste er ihr lassen. Lási hatte schon recht, sie hatte ein Anrecht auf ein eigenes Leben, solange der Sprössling schlief.

Papa, der Hund, schoss wie ein vom Bogen geschnellter Pfeil freudig auf Gestur zu, umkreiste ihn, warf dem Bullen einen strengen Blick zu, blaffte eine Seeschwalbe an, die seiner Meinung nach zu tief flog, und begleitete Gestur dann zum Haus.

Keine Frau, kein Holzhaus, alles ist mir zwischen den Fingern zerronnen, dachte der Junge. Bloß ein nasser Hund und ein Scheiß-Torfhaus.

Kapitel 48

Achttausendneunhundert

Zwei Tage später wurde Gestur für vier Uhr nachmittags ins Haus des Gemeindevorstehers bestellt. Der Regen prasselte in die Pfützen auf dem Weg, und der Aulalækur war so angestiegen, dass er an einigen Stellen über die sogenannte Brücke floss. Gestur sprang darüber hinweg und stand kurz darauf in durchnässtem Pullover im Zimmer von Hafsteinn, demselben, in dem einmal ein norwegischer Skipper qualmend die Ankunft von Ringwadennetzen angekündigt hatte, jener Innovation, die binnen weniger Jahre diese steinige graue Kiesbank am Ende der Welt in eine Goldgräbersiedlung verwandelt hatte, *Fiskernes Eldorado*.

Die Brüder Eviger saßen auf dem Sofa und tranken heiße Schokolade, Herr Erik H. Blaafeld lehnte in einem Sessel und schmauchte eine Zigarre, so vornehm gekleidet wie noch nie, mit einer schwarzen Seidenkrawatte über einem blendend weißen Vatermörder.

»Ah, da kommt er.«

Gemeindevorsteher Hafsteinn erhob sich von einigen Papieren, die auf dem Tisch ausgebreitet lagen, und ging Gestur auf Strümpfen, in einer fadenscheinigen Weste und mit einem großen Taschentuch in der Hand entgegen und wies ihm einen einzelnen Esstischstuhl in der Ecke zu.

»Nehmen Sie doch hier Platz, mein Freund. Kommt Lási nicht?«

»Hätte er denn mitkommen sollen?«, fragte Gestur überrascht.

»Nein, nein, nicht nötig. Er hat das Seine schon getan«, warf Eiríkur ein, zwinkerte und zog an der Zigarre. Der Qualm war nicht ganz so dicht wie ehedem, aber der Spekulant war gehörig eingenebelt.

»Ja, ist das nicht storartig, dass immer wieder einmal solche Verträge abgeschlossen werden können? Es ist nicht gerade eine Kleinigkeit, was die verehrten Brüder hier bei uns vorhaben«, begann Hafsteinn und sah Gunnar Eviger auf eine Weise an, die klar machte, dass er etwas sagen solle.

»Ja, genau, akkurat. Vi er strålende zufrieden, dass diese Sache so durchgegangen ist.«

Hafsteinn ging zum Tisch und suchte ein imponierend förmliches Dokument heraus, das er Gestur vorlegte.

»Hier bekommen Sie den Kontrakt ausgehändigt, ein ungemein exzellentes Papyrus. Wie Sie sehen, hat der Sýslumaður es bereits unterzeichnet, alle anderen Beteiligten ebenso, es ist alles fix und fertig. Dies ist Ihr Exemplar.«

Es war die Urkunde über einen Landkauf, beurkundet von Sýslumaður und Gemeindevorsteher, mit gedruckter schnörkeliger Überschrift und diversem Kleingedruckten in verschiedenen Schriftarten. Ins Auge aber sprang vor allem der Name der Immobilie: *Ytri-Skriða, Segulfj.*, von Hand in ein offenes Feld auf der Mitte des Blattes eingetragen. Darunter kam die Kaufsumme, einmal ausgeschrieben, einmal in Zahlen: *achttausendneunhundert Kronen.*

Ganz unten standen fünf verschiedene Unterschriften, die Gestur eine nach der anderen entzifferte: an erster Stelle die des Amtmanns der Eyrfirðingasýsla, Guðvarður Guðvarðarson, sie schien aber nicht handgeschrieben, sondern gestempelt zu sein, dann kam eindeutig der Namenszug des Gemeindevorstehers, Hafsteinn Guðsteinsson, in kindlich optimistischer Handschrift hingesetzt. Darunter folgten zwei Krähenfüße, die man mit gutem Willen als Ó. Eviger und G. Eviger durchgehen lassen konnte. Die Brüder hatten ganz offensichtlich schon mehr Verträge unterschrieben als die Isländer; ihre Handschrift strotzte vor Weltgewandtheit und Selbstbewusstsein.

Ganz unten auf der Urkunde stand in hübsch schwungvollen Buch-staben, die Gestur sofort erkannte, weil er sie erst vor zwei Tagen ge-sehen hatte: Sigurlás Friðriksson.

Er sah von dem Dokument zu Eiríkur, der es dabei bewenden ließ, die Missetat mit einem Blick zu gestehen.

Kapitel 49

Gestur im eigenen Nest

Nach der Zusammenkunft traute er sich kaum nach Hause. Er konnte sich nicht vorstellen, Lási ins Gesicht zu sehen, und was sollte er zu dem Mädchen sagen? Das war vielleicht frech: kaum konfirmiert und spielte schon bei einer Verschwörung und einem Schwindel mit! Und er hatte gute Miene zum bösen Spiel gemacht, lediglich nach der krummen Kaufsumme gefragt. Weshalb betrug sie nur achttausendneunhundert Kronen und nicht zehntausend wie ursprünglich vereinbart.

»Verwaltungsgebühr und Stempelsteuer. Außerdem nimmt die Bank einen Prozentanteil«, hatte Eiríkur erklärt und Hafsteinn dazu zustimmend gebrummt.

»Verstehe«, hatte Gestur gesagt, ohne zu verstehen.

»Machen Sie sich darüber keine Gedanken, das ist bloß Geld, das ins Meer geflossen ist, Sie werden es vergessen haben, wenn Sie erst Ihr neues Haus betreten und aus den frisch verglasten Fenstern gucken.«

Gestur war schon im Begriff zu gehen, die schön geschriebene Urkunde in Händen, als ihm noch eine Kleinigkeit einfiel:

»Und ... das Geld? Wo ist das?«

»Darum kümmere ich mich, keine Sorge«, versicherte Eiríkur breit lächelnd und ließ seinen Schnurrbart wieder in einer steilen Aufschwungslinie ansteigen. »Ich besorge Ihnen das Bauholz und das

Fensterglas für das Haus, einen Herd und das Neuste vom Neuen, zu einem guten Preis. Ich verfüge über Beziehungen, glauben Sie mir. Wir bekommen alles hin.«

Gestur sah den Mann an, der von Gott noch immer mit einer Schnittwunde vom Rasieren gezeichnet war, und er wusste, dass er diesem Glücksritter niemals vertrauen durfte, aber er ließ es gut sein und ging, nachdem er sich von den norwegischen Brüdern mit Handschlag verabschiedet hatte. Am allermeisten erstaunte ihn, dass sie alle, diese seriösen Herren und die Obrigkeit am Ort, dies für ein legitimes Geschäftsgebaren hielten. Oder erkannte außer ihm niemand, dass Eiríkur Lásis Unterschrift gefälscht hatte? Nein, natürlich durchschaute das keiner, zu gut hatte der Gauner die etwas ungelenke, aber liebevolle Handschrift des alten Mannes nachgemacht. Und wieso hätten sie auch Verdacht schöpfen sollen? Ihm, Gestur, wäre es zugekommen, den Betrug auffliegen zu lassen. Doch dann hätte es keinen Verkauf gegeben. Aber war es überhaupt ein Verkauf? »Darum kümmere ich mich, keine Sorge.« Genau deshalb musste er sich Sorgen machen. Gestur war nicht so dumm, diesem Spitzbuben zu vertrauen. Es kam nur alles so überraschend, er stand völlig überrumpelt im Raum des Gemeindevorstehers, und Hafsteinn brauchte ihm bloß die Hand auf die Schulter zu legen, um seinen ganzen inneren Widerstand zerbröckeln zu lassen. Und dadurch, dass er den Vertrag mitgenommen hatte, hatte er sich faktisch mit dem Handel einverstanden erklärt. Es stand auch seine Unterschrift darunter.

Der Gemeindevorsteher begleitete ihn hinaus. Der Regen hatte aufgehört, und in der Flotte auf dem Pollur war eine gewisse Unruhe aufgekommen, kleine Boote eilten zwischen den Schiffen hin und her, von denen einige Segel gesetzt hatten. Ein südlicher Wind blies in sie hinein. Andere vertrauten ihren Maschinen, Metall schepperte, und mindestens zwei Schornsteine standen unter Dampf.

»Ganz famos, storartig! Grüßen Sie den Herrn des Hauses und danken Sie ihm für seine Reimstrophe vom letzten Frühjahr, sie ist ihm genial und unterhaltsam geglückt.«

Auf seinem Gang über Eyri hielt Gestur die Urkunde mit spitzen Fingern ein Stück von sich weg wie eine vollgekackte Unterhose. Noch immer nass kam er ins Haus, stopfte sie rasch unter die Matratze seines Betts – noch immer der sicherste Aufbewahrungsort in der Grassodenhausära – und warf sich selbst darauf. Verflucht und zugenäht, er hatte alles verkehrt gemacht. Er hatte das Menschentöterland verkauft und nichts dafür bekommen. Er hatte seinen Lási für nichts verscherbelt, für das Versprechen eines Tunichtguts, für ein unsichtbares zweigeschossiges Holzhaus. Der Gedanke lähmte ihn, und er wärmte das Bett an wie ein frisch kastrierter Wallach mit leerem Beutel. Warum hatte er nichts gesagt? Hatten die weißen Kragen, die glänzenden Schuhe, der gute Geruch der Brüder vorübergehend den Zigarrenqualm überlagert? All diese bedeutenden Männer ...

Die Baðstofa war menschenleer, auch wenn Grandvör mit offenen Augen auf dem hintersten Kissen lag und zusah, wie eine Spinne Dachstuhl und Wand miteinander verwob. Das Luder Selmína war nicht da; manchmal ging sie mit dem Kleinen hinüber nach Ránarkot, wo es von Blagen wimmelte und sie die Gesellschaft einer Gleichaltrigen fand. Lási war natürlich ins Wasser gegangen. Alles war im Eimer. Wie hatte sich in seinen Händen nur alles zum Schlechten wenden können? In dieses Grübeln hinein erscholl von draußen der Ruf:

»HEEERING! Der Hering ist da! HEEERING! Der Hering ist da!«

Gestur blieb noch einen Moment liegen, dann erhob er sich und ging zur Tür. Und wer stand da? Niemand anderes als die stumme Engelfein, müde vom Wandern, mit eingerissenem Rock, Proviantbeutel auf der Schulter und hochschwanger.

5. Buch

Die Heringsorgie

Kapitel 1

Fischschleimsuppe

Gestur stand schwitzend unter dem Anorak im Laderaum mitten in der Suppe, bis über die Knie in Hering watend. Überall herrschte Enge, Landesteg lag neben Landesteg, Schiff an Schiff, der Himmel hing einem auf dem Kopf, Nebel umwallte einen, und Heringe flutschten ihm in die Stiefel. Er merkte, dass die Beine der alten Lederhose hochgerutscht waren und schleimige Fischmasse an seinen Waden herabrutschte, soweit sie in den engen Lederstiefeln kam. Und zu alledem hatte man noch ständig den verdammten Skipper im Nacken:

»Los, los jetzt! Snøgt!«

Es lag etwas von einem zu früh zur Welt gekommenen August über dem Ort, erste Anflüge von Dämmerung mischten sich in den Nebel, die nächste Landebrücke war gerade so zu sehen, Eiríksbrücke, an der zu beiden Seiten schwerbeladene Schiffe festgemacht hatten, davor lagen weitere und warteten darauf, an die Reihe zu kommen. Das gleiche Bild an der Norwegerbrücke. Das Löschen der Ladung durfte nicht lange dauern. Beeilt euch! Haut rein! Bli no ferdig! Von der nächsten stattlichen Pier, der Hedinsbrücke, legte gerade unter dem Schrillen der Dampfpfeife ein Schiff ab, während ein anderes sich schon mit laut klopfender Maschine an seinen Liegeplatz bugsierte. Festmacherleinen flogen ebenso durch die Luft wie Rufe und Kommandos auf Norwegisch, Schwedisch und selbst Deutsch. Die

Möwen aber waren komplett isländisch, sämtliche Fischabfallbettler des Himmels hatten sich im Segulfjörður eingefunden, stiegen in den Nebel auf oder stießen unablässig aus ihm herab. Jedes Boot, ob in Fahrt oder vertäut, zog einen Schwarm an, jedem Abfallbrocken jagten Dutzende nach. Über den Anlegern war das Gewimmel am dichtesten, ein kollektives Festfressen, eine Wolke kreischender Räuber.

Unter ihr versank alles in stinkendem Fischschleim, der ganze Ort war bis zur Mitte der Fenster mit Fischschuppen beklebt, Fischabfälle rotteten in jedem Winkel, ein Film von Lebertran schwamm auf dem Wasser, Wege und Gassen waren ein einziger Schleimkessel, die Anlegestege rutschig wie Schmierseife, aus jeder Verarbeitungsstätte liefen Bäche von Blut, Matsch mitten im Sommer. An allen Ufern bis hinauf zum Lebertranfeld (das man wegen der Schlägereien dort inzwischen Blutplatz nannte) und sogar bis zur Friedhofsmauer lagen Haufen von Ausschusshering, Fische, die in der vorigen Saison nicht eingesalzen worden waren und sich jetzt mit heftigem Gestank dafür bedankten. (Diese Haufen konnten noch so hoch anwachsen, es kam keiner auf den Gedanken, sich davon für die eigene Küche zu bedienen. Seine Wirtschaftsgrundlage isst man nicht.)

Dazu kamen noch die ganzen so fürchterlich hektischen Geräusche, Hammerschläge, Holzschläge und Rufe: »Salz! Wir brauchen mehr Salz!« Es wurde nach Fässern gerufen, Zahlen wurden gebrüllt, Ankerketten rasselten, Wellen klatschten, Dampfpfeifen schrillten, Maschinen wurden angeworfen. Und auch die erste Schiffsbesatzung des Abends machte sich vernehmlich, grölte, spuckte, sang davon, gemeinschaftlich auf die Gasse zu pissen. Fässer polterten, fielen um, rollten am Führstrick ihrer Besitzer über die Wege oder hatten sich selbstständig gemacht, kullerten hinaus in die Welt … »Wo ist der Deckel?«, rief einer der Fassbinder. »Guck mal an den Himmel«, rief ein anderer zurück und schwang lachend den Dächsel. Dann dröhnten die Schläge.

Was für ein Treiben, was für ein verteufelt herrliches Leben! Und die Uhr zeigte erst 1909.

Gestur und der lange Schlaks Torgersen standen in der offenen Laderaumluke bis zu den Knien in Hering und schaufelten mit dem Kescher Fische in ein halbes Fass mit Handgriffen aus Hanf, das auf Deck stand. Der Kescher war eigentlich eine Schaufel, an der anstelle eines Blatts ein Netz angebracht war. Sie waren mit einem vollbeladenen Deck eingelaufen, schaufelten seit einer halben Stunde und waren inzwischen unten im Laderaum angekommen. Sobald das Halbfass voll war, hoben zwei Männer es über Bord, wo zwei andere es übernahmen und damit über die Brücke zur Heringsplattform liefen; da kippten sie den Inhalt auf den großen Haufen vor den Frauen in Schafiederschuhen, Öltuchschürzen, Fäustlingen von Oma und mit modisch bunten Tüchern um die Köpfe, die von Fischschleim und Schuppen glänzten und ein von Rückenschmerzen verzerrtes Grinsen zur Schau trugen. Sie umstanden den Haufen, jede hatte ihren Eimer vor sich, nahmen mit schnellen Bewegungen einen Fisch aus, warfen ihn in den Eimer, zogen den vollen Eimer zu einem in der Nähe stehenden Fass, schaufelten Salz hinein, kippten die Heringe hinterher, stapelten sie ordentlich, streuten mehr Salz zwischen die einzelnen Lagen, bückten sich dazu in die Fässer und richteten sich wieder auf wie Kolben in einem Motor. An die dreißig Frauen tanzten so auf und nieder, jede in ihrem eigenen Tempo und in ihrem eigenen Bewegungsablauf, wie Tänzerinnen im Modern-Dance-Werk eines noch ungeborenen Choreographen, jede in Konkurrenz zu den anderen. Nach und nach füllten sich die Fässer, die schnellste Arbeiterin rief schon nach mehr Fisch, eine andere richtete sich auf und stöhnte kurz. Wenn er auf ein leeres Fass warten musste, nutzte Gestur die Atempause, hob sich aus der Ladeluke und spähte so schnell, dass der Skipper es nicht merkte, über die Brücke zu den Arbeiterinnen – könnte Anna die eine da sein, oder vielleicht die andere dort bei Eiríkur?

Er hatte ihr einfach mal so Briefe in die Baracke geschickt, einen, zwei und drei.

»He! Los! Weitermachen!«, tönte es über ihm auf Norwegisch,

gleichzeitig klatschte ein Fisch auf seinen neuen Kollegen Torgersen. Er war über seiner Schaufel eingenickt, nach drei Tagen ohne Schlaf. Nachdem er gerade von einer Tour auf einem anderen Boot zurückgekommen war, hatte Skipper Bergsvåg ihn noch auf der Brücke shanghait, weil ihm in seiner Besatzung ein Mann fehlte. Auf der Rückfahrt hatte Gestur den langen Lulatsch überrascht, wie er mit seinem frischgewendeten Seehandschuh spielte. »Sag hej zu meinem Kätzchen!« Er halluzinierte aus Schlafmangel. Jetzt phantasierte er, sie würden einen zäh verschlammten Burggraben ausloten. Gestur trug Lederhandschuhe und darüber Wollfäustlinge und hielt sie stets feucht, das verringerte die Gefahr von Blasenbildung. Den Tipp hatte er vor langer Zeit von Lási bekommen, als sie zusammen ruderten, und doch fühlte er, dass in der Mittelhand bald das rohe Fleisch durchkommen würde, denn sie hatten einen Riesenfang gemacht und das Netz war beim Einholen bleischwer gewesen.

Gestur arbeitete für die Eviger-Brüder. Auf einem der Eviger-Boote. Ein Vollmatrose mit einundzwanzig Jahren. Erhielt nach jeder Tour Heuer ausgezahlt. Der Packen Geldscheine in seiner Hosentasche hatte etwa den gleichen Umfang wie sein steifes Glied, sie stießen innen gegen seine Hose, und es machte ihm gleich viel Vergnügen, an beiden herumzuspielen. Solange ihre Fabrik noch nicht fertig war, hatten die Eviger-Brüder die Erlaubnis, die Norwegerbrücke zu benutzen, jene, die Södal im ersten Heringssommer hatte errichten lassen (inzwischen besaß er eine neue, größere etwas weiter nördlich). Von der Fabrik stand am Ufer unterhalb des ehemaligen Hofs von Skriða erst das Erdgeschoss. Es war immer wieder schön, auf dem Weg in oder aus dem Fjord zu Schiff daran vorbeizufahren und zu sehen, was über Tag oder Nacht schon wieder neu hinzugekommen war. Zuhause aber sprach er nie darüber, weder mit Selmína noch mit Lási.

Er war an die Eviger-Brüder gebunden. Er gehörte ihnen. Das besagte eine ungeschriebene Klausel in dem Kaufvertrag, die er einhalten musste. »Übrigens, im Sommer wirst du für sie arbeiten«, hatte

Eiríkur ihm am Tag nach der Zusammenkunft beim Gemeindevorsteher eröffnet. Gestur hatte den prächtigen Brüdern also nicht bloß seine Selbstachtung und das Land von Skriða abgetreten, sondern auch sein Recht auf freie Wahl des Arbeitsplatzes. Letzteres war allerdings noch das Erträglichste, denn es füllte ihm die Tasche mit beinhartem Bargeld. Und er kam endlich an Bord eines Heringsfängers, ging nicht mehr im Hering, sondern auf Hering. Die große Zahlung stand allerdings noch aus, seit zwei Jahren. Das neue Haus sollte immerhin vor dem Herbst fertigwerden, hatte Eiríkur versprochen; und auch wenn Gestur nicht viel auf den Wert des Versprechens gab, so waren die Fundamente immerhin gelegt. Gestur ging täglich an ihnen vorbei, auf der geneigten Wiese südlich der Schule, und beäugte zwei lächerliche Studenten aus der Hauptstadt, die dort ihre Schaufelstiele festhielten und erregt über isländische Politik debattierten, über die Unionsfrage und »den Entwurf« (zu einer neuen Verfassung).

Gestur und Torgersen schaufelten weiterhin Heringe in das halbe Fass, sie waren jetzt in der schleimigen Brühe angekommen, die sich immer am Boden des Laderaums bildete, wo sich Kielwasser und Blutwasser mischten, aber auch noch der eine oder andere Fisch zappelte. Für den Langen war dieser Teil der Arbeit leichter, Gestur musste sich ordentlich strecken, um den langen Kescher von dort unten nach oben zum Fass zu schwingen, dabei musste er sich noch vor den ausholenden Bewegungen des Norwegers in Acht nehmen, denn in der Luke war gerade eben Platz für zwei. Sie hatten so viel geladen, wie sie konnten, fast den ganzen Schwarm, und manche meinten, bei solchen Mengen würde der Fisch in den unteren Schichten zerdrückt, was auch stimmte, Gestur spürte es unter den Stiefeln, er stand in Matsch, und trotzdem landete alles in Fässern, wenn Gunnar Eviger nicht hinsah. Da hatte dann ein Kaufmann im Ausland eben Pech.

Noch einmal steckte Gestur den Kescher in die Suppe, sah ihm nach und erkannte, die bedeutendste Änderung im Leben hier war wahrscheinlich genau diese Schleimbrühe. Nicht der Hering, sondern der Fischschleim. Das Leben war klebrig geworden. Es pappte alles zusammen, immer war etwas zwischen den Menschen, der Schleim war eine Art Leim. Die Dinge bestanden nicht mehr für sich, ich hier, du da und die Hauswiese noch ungemäht, sondern alles war durch Fischschleim miteinander verklebt, sie steckten alle mit drin, das Fleisch, das Blut, die Innereien und die Schuppen der Fische umgaben sie alle, sie steckten alle in derselben Suppe.

Mit gestärktem weißem Kragen stolzierte Gunnar Eviger zwischen Fässern, Kesseln und Stapeln umher wie ein Dirigent der Wiener Oper, der mit strengem Blick in den Orchestergraben seine Untergebenen mustert, wie sie ihre Violinen und Oboen mit glitschigen Fingern traktieren. In Gedanken steckte er bei jedem versiegelten Fass zwei Kronen in seine Tasche. Er war ein Buchhaltungsfanatiker, pedantisch und sorgfältig auf jede Handbewegung in seiner Fabrik achtend. Am liebsten hätte er jedes einzelne Fass begleitet und überwacht, wie die Arbeiterin die Fische hineinlegte. Der Name Eviger sollte nur für Qualitätsware stehen. Für einen so feinen und peniblen Mann, der sich nie von seinem Anspruch frei machen konnte, immer alles schön sauber in perfekter Ordnung zu haben, bedeutete es eine ziemliche Qual, in einem so hektischen und schleimigen Betrieb zu stehen. Ihm ging der Glaube an das Unkalkulierbare ab, der jeden Heringsreeder auszeichnet. Dafür hatte er seinen Bruder Óskar, dessen Optimismus sie über jede Qual und Sorge hinwegtrug und der jetzt den Neubau jenseits des Fjords leitete. Es hieß, er könne eine ganze Hauswand nur mit seinem Blick errichten, und wurde darum auch der norwegische Napoleon genannt. In den Augen Gesturs und seiner Kollegen stieg er schnell zum hellsten Stern am Heringshimmel auf.

»Gestern habe ich Óskar gesehen.« – »Óskar kämmt sich die Haare so, siehst du?« – »Er raucht deutsche Zigarren.«

Endlich kam der Boden des Laderaums zum Vorschein, und als da nur noch blutig-wässerige Brühe schwappte, kommandierte der

Skipper, die Leinen loszuwerfen. Gestur kletterte an Deck, sah aber, dass der lange Torgersen schon wieder eingeschlafen war, diesmal lehnte er mit hängendem Kopf an der Schiffswand wie ein apathisches Gespenst. Er kam aber zu sich, sobald der Skipper das Boot mit lautem Maschinenstampfen vom Kai wegmanövrierte. Das nächste Schiff in der Reihe half nach, indem es mit dem Bug gegen das Heck drückte wie ein ungeduldiges Kind. Vier Norweger standen bei ihrem Heringshaufen und riefen ihren Kollegen an Bord des frisch geleerten Boots zweideutige Sticheleien nach. Die lachten herzlich darüber, aber Gestur verstand die Pointe nicht.

Kapitel 2

Ein Harem

Nach einigem Suchen fanden sie auf dem Pollur einen Platz, an dem sie zwischen anderen müden isländischen und norwegischen Schiffen vor Anker gehen konnten. Sie nahmen sich die Zeit, alles zu säubern, dann ruderten sie mit dem Beiboot zum Land und nahmen eine Pulle Höllenpisse mit; so nannten sie billigen Aquavit. In dem Gedränge auf dem Pollur und vor den Anlegebrücken war es eine Kunst, die Ruder zu gebrauchen, am besten tauchte man sie senkrecht ein, wodurch die Kähne manchmal ein Bild boten wie Gondeln in einem Stau auf den Kanälen Venedigs. Gestur begleitete seine norwegischen Freunde in den Ort, den er von allen am besten kannte und der ihm doch jedes Mal anders vorkam, so schnell wurde Neues hinzugebaut. Selbst die Spelunken wechselten von Woche zu Woche.

»Wollen wir ihnen nicht helfen?«, krähte der aufgedrehteste von ihnen, der Smut Sevrin mit langen blonden Haaren, als sie am Ende der Brücke bei den Einsalzerinnen vorübergingen.

»Nichts da, erst müssen wir das Zungenbein polieren«, erwiderte der Älteste, der schon weit über dreißig war.

»Mit Politur!«, brüllte einer, der hinter Gestur ging.

»Wer will denn reden? Muss hier irgendjemand quatschen?«, fragte der Komischste der Gruppe, ein ungeschlachter, schlafmützig dreinschauender Kerl von den Lofoten.

Sie platzten vor Lachen, auch Gestur, der gleichzeitig die Gruppe der Frauen abscannte. Anna sah er nicht, aber Hugljúf von Hvammur, die im letzten und vorletzten Jahr den Rekord im Einsalzen aufgestellt hatte. Eviger hatte sie auf Gesturs Tipp hin im Frühjahr von Södal abgeworben. Sie arbeitete wie die schnellste Maschine. Und Pfarrers Lotta war auch da, Lotta auf Upphæðir, die inzwischen zu alt war, um ausschließlich als Kindermädchen zu arbeiten. Selmína ging noch immer mit Eiríkur. Gestur hatte versucht, sie ebenfalls bei Eviger unterzubringen, aber irgendwas hatte Gunnar gehört und wollte sie nicht einstellen. Eine der Frauen rief: »Ein Fass!«, und Sevrin nahm den Ruf auf: »Ein Fass, ein Fass! Ich brauche ein Fass für meinen tierischen Drang«, schrie er, und wieder wurde gelacht.

Jemand wollte in eine Kneipe, die im Keller eines Neubaus aufgemacht hatte, den ein gewisser Sigvaldur, ein Kaufmann aus Reykjavík, auf einem Grundstück westlich von Buus' hatte errichten lassen. Das Haus hieß von Anfang an immer nur Krít (»Kreide«), weil es weißgetüncht war und Sigvaldur bereitwillig bei sich anschreiben ließ. Als sie um die Ecke des Norwegerlagerhauses bogen, kam ihnen Eiríkur Rein & Fein entgegen, der sich in diesem Sommer H. B. Blaafeld nannte. Er war distinguiert gekleidet wie immer und trug nun wie seine Standesgenossen Galoschen, um das Leder seiner Schuhe vor Matsch und Fischabfällen zu schützen. Die Männer der Besatzung grüßten ihn mit einem Grinsen in den Augenwinkeln, wie es unter vornehmen Leuten üblich war, und zogen weiter, doch Gestur blieb stehen; er hatte Eiríkur länger nicht gesprochen.

»Hallo!«

»Guten Tag, mein Freund! Sind Sie von einer Fahrt zurück?«

»Wie geht's mit dem Haus voran?«

»Dem Haus? Das läuft wie geschmiert. Sie haben gerade den Keller gegossen, das haben Sie sicher gesehen, nehme ich an. Und die Fenster sind eingetroffen, mit der *Freyja*. Zwei von ihnen musste ich allerdings verpfänden, aber Sie bekommen zwei.«

Gestur sah ein Haus mit Fensterhöhlen auf jeder Seite vor sich, und nur in zweien saßen Rahmen und Scheiben.

»Wann können wir endlich einziehen?«, fragte Gestur heftiger, als er eigentlich beabsichtigt hatte. Er war leicht angetrunken und hatte seine Stimme nicht mehr ganz unter Kontrolle.

»Sie? Tja, ich würde sagen im Herbst, wenn die Fangzeit endet. Ich habe zwei gute Arbeiter auf dem Bau.«

»Diese Studenten?«

»Genau. Kultivierte Männer mit einem Auge für das Schöne. Und nach ihnen kommen die Zimmerleute. Das wird ein unvergleichliches Haus.«

»Wir müssen so schnell wie möglich einziehen. Unser jetziges Haus ist schadhaft, und Sie wissen vermutlich, dass uns im Winter Nachwuchs ins Haus steht.«

»Wie? Nachwuchs? Nein, ich ... Äh, ist sie wieder in Umständen?«

»Nein, diesmal ist es unser Mädchen, Selmína, Ihre Freundin.«

»Selmína?«

»Richtig. Sie kennen sie doch. Sie geht bei Ihnen ein und aus. Sie war es, die ... Nun, diese eher unansehnliche. Haben Sie sie vergessen?«

»Was? Nein. Ach die. Und die soll jetzt etwas unter der Schürze tragen? Wann erwartet sie denn etwas Kleines?«

»Um Weihnachten.«

»Um Weihnachten, sagen Sie?«, wiederholte Bláfeld nachdenklich, und dabei konnte er seine Gedanken so schlecht verbergen, dass Gestur sie wie einen Zeitungsartikel lesen konnte, und er folgte dem stillen Nachrechnen hinter den glänzenden Fenstern seiner Augen: zwölf minus neun macht drei, macht Ende März. War ich Ende März hier? Nein, ich bin erst im Juni gekommen! Nein, halt, Anfang Juni. Obwohl ... jetzt weiß ich wieder, ich war um Ostern kurz hier, auf einer Spritztour mit dem Küstenschiff, richtig. Aber da habe ich jede Nacht an Bord geschlafen und ... Oh nein, richtig, einmal kam sie mit dem kleinen Einäugigen aufs Schiff, ich habe sie rumgeführt ...

All das sah Gestur mit seinem alkoholklaren Blick und begriff, dass er sich nicht nur, was ein Obdach für seine Familie anging, auf diesen glänzend beschuhten Scharlatan verlassen, sondern auch noch für die Ernährung seines Erben sorgen musste. Sollte er jetzt etwa auch noch einen Sohn oder eine Tochter von Eiríkur H. B. durchfüttern? Der Spekulant drehte den Spieß um:

»Tja, das nenne ich eine stramme Leistung, guter Mann! Ein ganzer Harem im Haus, und alle sind in Umständen oder haben vor Kurzem erst entbunden. Das nenne ich eine fröhliche Kinderschar. Wir müssen Ihnen ein Haus bauen, das sie füllen werden, eins mit vielen Extrazimmern.«

Diese Dreistigkeit verschlug Gestur schlicht die Sprache. Er schnaubte bloß und ließ Bláfeld seines Weges ziehen.

Der Nebel war so dicht geworden, dass man vom Norwegerhaus das Haus Krít nicht mehr sehen konnte. Ein Fassbinder, den Gestur kannte, kam schwankend aus der Seewolle, wie die Norweger den Nebel nannten – eine äußerst poetische Bezeichnung, die sogar Lási Anerkennung abgerungen hatte –, und Gestur grüßte ihn mit einem Kopfnicken. Ihm folgten zwei Heringsfrauen, die von der Arbeit kamen und vor Müdigkeit stolperten. Eine schaffte es immerhin, Gestur anzulächeln. Wer kannte Gestur nicht, den breitgesichtigen Blondschopf von Strönd?

Kapitel 3

Stärkster Vergewaltiger des Nordlands

Es gab reale Gründe für Eiríkur H. Bláfelds Äußerungen. Gestur wohnte mit zwei jungen Frauen zusammen. Die eine war schwanger, die andere hatte vor zwei Jahren ein Kind zur Welt gebracht, ein kleines Mädchen, dem er selbst einen Namen gegeben hatte, weil die Mutter taubstumm war. Bei der Taufe rief er von der ersten Bankreihe aus den Namen in einem Ton, der jegliche Beteiligung seinerseits an dem Kind in Abrede stellte. So, als wäre er ein älterer Herr, der diese Jungfrau Maria lediglich unter seinen Schutz gestellt hätte, und als wäre ihr Jesuskindlein von einem unbekannten Geist in einem Stall in einem anderen Fjord gezeugt worden. Als wollte er lediglich bei einer Zeremonie einspringen, die ihn eigentlich nicht mehr beträfe als jeden anderen. Tatsache aber war, dass ihm das kleine Mädchen absolut ähnlich sah; sein Herz wusste, dass er der Vater war, und die Mutter wusste es auch. Die Freude über diese Gewissheit überlagerte sogar ihre Enttäuschung über die Lieblosigkeit Gesturs ihr gegenüber; es reichte ihr völlig, in menschliche Gesellschaft gekommen zu sein und nicht auch noch obendrein ihre Vergewaltigungen an der Brust liegen zu haben.

Im November des Jahres, in dem Engelfein das Kind zur Welt gebracht hatte, hatte ein durchnässter Mann mit buschigen Brauen an die Tür geklopft und erklärt, er sei gekommen, um eine Frau zu holen, die zu ihm gehöre, und ebenso ein Kind. Zwischen seinen

Worten war ein abgebrochener Zahn zu sehen gewesen. Glücklicherweise war Gestur an die Tür gegangen, und obwohl er den Mann sofort wiedererkannt und einen gewaltigen Schreck bekommen hatte, hatte er so getan, als hätte er ihn noch nie gesehen, sich höflich und hilfsbereit gegeben und dabei blitzschnell überlegt, während er ihn ans Madamenhaus verwiesen hatte, wo die besagte Frau mit ihrem Säugling wohne.

»Sie sagten, sie sei aus dem Óðalsfjörður, nicht wahr?«, fragte unser Mann gespielt unschuldig.

Der Besucher sah Gestur unter dichten, buschigen Brauen schweigend an, als würde er seine Worte durchschauen. Gesturs Herzschlag beschleunigte sich, sicher hatte der Knecht ihn erkannt, obwohl es ein Jahr her war, dass er bei ihnen in der Baðstofa gesessen und er ihn und Engelfein hinter einer Schneewehe beobachtet hatte. Aber sein Verstand gab ihm eine schnelle nächste Frage ein:

»Manche sagen, sie sei stumm. Kann das sein?«

Das wirkte. Sobald der brauenbuschige Bruchzahn im Winterdunkel verschwunden war, schoss Gestur hinüber nach Limbo, um Magnús Mannlos zu holen, von dem er wusste, dass er sich nie für eine Schlägerei zu schade war. Er erklärte ihm unterwegs das Problem, und als sie am Madamenhaus ankamen, hatte er Magnús schon ordentlich in Rage geredet. Wortlos stampfte er die Stufen hinauf, wo der Kerl aus dem Óðalsfjörður mit der Hausherrin, der großen Halldóra sprach, stieß ihn die Treppe hinab und ging mit den Fäusten auf ihn los.

Der Landarbeiter aus dem Óðalsfjörður konnte bestens parieren, und es entwickelte sich ein prächtiger Kampf. Zuschauer strömten herbei, Kostgänger aus dem Haus, Kinder, alte Leute und Spottdrosseln. Jemand wollte den Gemeindevorsteher holen. Der Schnee auf dem Kampfplatz war bald zu Matsch zerstampft, in dem die beiden lagen und um die Oberhand rangen. Aus geplatzten Brauen und getroffenen Nasen tropfte Blut. Gestur sah mit verzerrtem Gesicht zu und hatte ein schlechtes Gewissen, die Brutalität nahm heftigere

Ausmaße an, als er sich vorgestellt hatte. Magnús wurde im Griff des Fremden blass, seine Augen quollen aus den Höhlen. Da sah Gestur oben auf der Treppe zwischen den Hutträgern ein Gesicht, das er kannte.

Súsanna sah wie eine ganz gewöhnliche Frau aus, sie hob sich nicht mehr von ihnen ab, warf aber mit so eleganter Bewegung den Schal um sich, dass es etwas in Gestur anrührte. Einmal mehr staunte er über die Unberechenbarkeit der Liebe. Wie hatte er nur die beste Partie am Ort verschmähen können? Schnell verschwand sie wieder im Haus, als Magnús Oberwasser bekam und seine Hände um den Hals des Gegners schloss. Der Kampf um den Titel »Stärkster Vergewaltiger des Nordlands« schien in die Endrunde zu gehen.

Als Magnús den Óðalsfirðinger schon sieben Minuten im Würgegriff hielt und der Mann noch immer nicht tot war, schaffte Hafsteinn es endlich, die beiden Kontrahenten unter der Bedingung zu trennen, dass der Fremde augenblicklich den Ort verlasse. Sie standen auf, husteten Schleim und Blut, doch sobald der Knecht Gestur in der Menge erblickte, stürmte er auf ihn los, kam aber nicht weit, weil viele Männer dazwischengingen. Schließlich trollte sich der Knecht, nicht ohne etwas von »Räubernest« und »Höllenloch« zu knirschen, und verschwand hinter Eyri im Mondlicht. Magnús hatte im Kampf einen Eckzahn verloren und sah jetzt auch äußerlich wie die Bestie aus, die er innerlich war.

Gestur hatte Fríða Engelfein gut bei sich aufgenommen, als sie mit dickem Bauch vor seiner Tür gestanden hatte, aber eine sexuelle Beziehung wiederaufzunehmen, kam nicht infrage, das Abenteuer war beendet. Er verhielt sich der Kindfrau gegenüber neutral. Selmína dagegen beschwerte sich über ihre Anwesenheit: Hatten denn ausgerechnet sie von allen Leuten die Mittel, ein Armenasyl zu unterhalten? Er erklärte seine Beweggründe weder ihr noch Lási, gab lediglich zur Antwort, eine Isländerin könne ein Kind nicht unter freiem Himmel zur Welt bringen.

Milda, die Frau des Gemeindevorstehers, und die Hebamme Borghildur blieben drei Tage und Nächte auf Strönd und beugten sich über das vorderste Bett, wo sie wie zwei Kurpfuscher, blutig bis zu den Ellbogen, an einem Menschenleben hantierten. Das Neugeborene zwängte sich heulend aus dem stummen Geburtskanal, schien danach aber am Ende seiner Kräfte zu sein. Borghildur hob es nass und mit baumelnder Nabelschnur an den Beinen in die Höhe und versetzte ihm Klapse, bis Leben in das Kind kam. Knapper hätte es kaum verlaufen können. Grandvör tauchte kurz aus ihren Phantasiewelten auf, die sie sich in ihrem Dahindämmern gebaut hatte, und fragte verwundert: »Hat die Kuh ein Kind geworfen?« Die taubstumme Mutter blieb weitestgehend still, stöhnte nur ganz eigentümlich und brummte tief und dumpf bei den heftigsten Wehen. Lási ließ sich nicht ablenken und las sich durch die ganze Aufregung, während sich Selmína in eine Männernacht davonstahl. Gott allein wusste, wo sie sich in diesen Tagen einen Kerl angelte. Gestur lag flach auf der anderen Gangseite ein Bett weiter und lauschte gebannt den Vorgängen, als handelte es sich um eine Länderspielübertragung unserer Tage, während Olgeir mit seinem einen Auge unter der Decke hervor zu ihm linste, die er sich über den Kopf gezogen hatte. In einer Baðstofa geschah alles vor offenen Ohren.

Als das Tageslicht um das Neugeborene spielte und Gestur das winzige Wesen mit seinen vier zappelnden Gliedmaßen betrachtete, wusste er sofort, was niemand wissen konnte: Das war seine Tochter. Er konnte es weder sich noch anderen beweisen, aber er war ganz sicher, dieses Gesicht war von seinem Blut, seine Seele kannte diesen Ausdruck. Und manchmal, wenn es keiner sah, stand er bei dem schlafenden Kind und staunte darüber, dass er mit seinem Kienspan binnen zwei Minuten in einem Heustapel oder einer Schneewehe dieses Leben entzündet hatte. Sein Schein hielt ein Leben lang an.

Kapitel 4

Hansdóttir

Das Wetter, unpassierbare Wege und die großen Entfernungen zwischen den Höfen hatten die Isländer im Lauf von tausend Jahren zu den ausdauerndsten Aufschiebern gemacht, nicht zuletzt was kirchliche Zeremonien betraf. Monatelang konnten Leichen in einem Schuppen zwischengelagert werden, Konfirmationen wurden schon mal um ein oder zwei Jahre verschoben, und es gab Beispiele, dass Kinder auf eigenen Füßen zur Taufe gingen oder das Sakrament erst zusammen mit der Konfirmation erhielten. Es war einer von Lásis Hauptscherzen, es sei doch das Praktischste, für jedes Individuum nur eine einzige kirchliche Feier zu veranstalten, bei der die oder der Betreffende in einem Rutsch getauft, konfirmiert, getraut und ausgesegnet würde. Nirgends kam diese Kultur des Aufschiebens deutlicher zum Vorschein als bei der Namensgebung und der Taufe. Während bei anderen Völkern Kinder gleich nach der Geburt ihren Namen erhalten, konnten Kinder in Island jahrelang ohne Eigennamen bleiben. Wenn den Eltern im Lauf der Schwangerschaft keiner im Traum erschienen war, durfte sich das Kind selbst einen aussuchen.

Das kleine Mädchen in Strönd war um die Weihnachtszeit schon drei Monate alt, als ihre stumme Mutter zum ersten Mal unruhig wurde. Immer häufiger zeigte sie mit dem Finger auf Gestur und goss dem Säugling imaginäres Wasser über den Kopf, wobei sie kurz und ruckartig grinste. Anscheinend wollte sie, dass Gestur dem Kind einen Namen gab. Der drehte den Spieß um und wollte zuerst den Namen der Mutter wissen, bevor das Kind an die Reihe käme. Das hatte er schon oft versucht, ihr Schreibzeug vorgelegt und sie gebeten, ihren Namen zu schreiben, und nie hatte es zu einem Ergebnis geführt, auch diesmal nicht. Als der zahnbrüchige Landarbeiter erschienen war, hatte Gestur in seiner Aufregung vergessen, ihm den Namen der Kindsmutter zu entlocken. Er musste einräumen, dass es ihm an Reife fehlte, dieses Bedürfnis nach Anonymität zu verstehen, und Lási äußerte sich dazu in seiner gewohnt spöttischen Art:

»Nun, da gibt es zwei Möglichkeiten. Entweder ist diese Maid eine Elfenfrau, und speziell genug dazu ist sie, oder sie ist eine französische Prinzessin, die heimlich zu Schiff hierherkam, eine illegitime Angehörige der Familie Napoleon und ihre einzige noch lebende Vertreterin. Anstatt ermordet zu werden, konnte sie nach Island fliehen. Ich meine, ich höre sie manchmal im Schlaf Französisch reden.«

Von allen Theorien des Alten war diese nicht die abwegigste, fand Gestur und sonnte sich manchmal in der Vorstellung, sich mit dieser bedeutenden Familie verbunden zu haben. Grandvör verbat sich dagegen solchen Unsinn und meinte, man kenne solches Verhalten in ländlichen Gegenden der Insel.

»In Útdalir hatten wir einmal eine Magd, die keinem ihren Namen verriet«, sagte die alte Frau auf dem Kissen und kaute lange auf ihrer Zunge, bis die Fortsetzung kam. »Ich erinnere mich auch an eine Herumstreunende, die noch mehr Gesichter zog als die hier und behauptete, keiner kenne ihren Namen, sie am allerwenigsten. Der Winter im Nordland ist hart, und manchmal nimmt er einem alles. Oder es war ein naher Verwandter.« Wieder gab es eine Kaupause, bis das Ergebnis der Überlegung folgte: »Ich finde, es wäre eine große Freiheit, keinen Namen zu haben und wie das liebe Vieh zu leben.«

»Ach, die ist einfach blöd und weiß nicht, wie sie heißt«, warf Selmína von ihrem Bett ein, wo sie mit zwei Kiefern und einem Schenkelknochen mit Olgeir spielte.

Nun aber wollte das namenlose Mädchen seinem Kind einen Namen geben lassen. Gestur forderte sie auf, einen Namen, der ihr selbst gefiel, auf ein Blatt Papier zu schreiben, aber wieder schob sie es weg und bedeutete ihm, er solle die Namensfrage entscheiden. Er sah ihr in die Augen, sie sah ihm in die Augen, und er konnte nichts anderes sehen, als dass hier eine Mutter mit einem Vater kommunizierte. Dennoch meinte Gestur weiterhin, nicht wirklich das Recht zu haben, diesem Menschenwesen einen Namen aufzudrücken, für sein ganzes Leben, dieses Mädchen zu taufen, das er nicht einmal als seine Tochter anerkannt hatte. Der verrückte Teil seines Verstandes flüsterte ihm den Namen Napólena ein, der gescheitere Teil hatte eine bessere Idee. Er konnte nicht umhin, einzusehen, dass der einzige Name, der wirklich infrage kam, Helga war, nach dem Engelchen von Ytri-Skriða, der Tochter von Snjólka und dem fuchsgesichtigen Knecht Jónas, dem Engel, der davongeflogen war, sobald Gestur seine Flügel entdeckt hatte.

Ins Geburtsregister von Segulfjörður, das, gediegen in Leder eingebunden, inzwischen stets aufgeschlagen auf dem Schreibpult im Büro des Pfarrers lag, weil er so oft neue Gemeindekinder eintragen musste, trug Séra Árni mit leicht geneigter Handschrift also ein: *Helga Hansdóttir, geb. 14.8.1907.* Das war das übliche isländische Verfahren bei Kindern, deren Vater unbekannt war: aus dem Possessivpronomen *hans*, »sein«, machte man durch die Großschreibung einen Eigennamen: Hansdóttir, was eigentlich nichts anderes hieß als »seine Tochter«. Zwei Zeilen darüber stand die Mutter eingetragen: *Mállaus Helgumóðir (úr Óðalsf.)*, »Sprachlos Helgamutter (aus Óðalsfj.)«. Der Pfarrer hatte selbst einen Versuch unternommen, den Namen der jungen Frau herauszufinden, als er bei einer feuchtfröhlichen Runde einen Mann getroffen hatte, der ihren Heimathof Litla-Brekka kannte. Der hatte ihm auch einen Namen genannt, aber Séra Árni hatte ihn wieder vergessen. Also blieb die Frau namenlos, und Gestur nannte sie im Stillen weiterhin Engelfein oder Fríða Engilfríður.

All das hatte sich vor zwei Jahren zugetragen. Klein-Helga war jetzt zwei Jahre alt und tappte auf krummen Beinchen und mit pipinassem Po über den dänischen Dielenboden in Strönd, rief Hund und Katze und die komischen Menschen um sie herum. War das nicht ihre Familie? Mutter und Tochter schliefen im ersten Bett auf der Frauenseite der Baðstofa. Olgeir stand oft im mittleren Bett, dem Selmínas, und befahl ihnen, zu schlafen, ihm Frühstück zu bringen oder zu verschwinden.

»Ihr seid nicht Strönd!«

In dem Einäugigen schlummerte ein Diktator, und er nutzte den Vorsprung durch den Altersunterschied von vier Jahren, den er vor Helga hatte, voll aus.

»Du darfst den Schäferhund nicht Papa nennen! Das darf nur ich. Er war mal mein Papa, als ich klein war. Dein Papa ist die Katze. Die ist so stumm wie deine Mama.«

Dieses ganze Papageplärre des Jungen ging Gestur mächtig auf die Nerven. De facto hatte er Vaterspflichten gegenüber beiden Kindern im Haus, und das ließ ihn innerlich stöhnen. Nie wusste er, wie fröhlich er Helga anlächeln oder wie kühl er sie ignorieren sollte. Noch wusste niemand, was er immer sicherer zu wissen meinte: die Kleine war Gestsdóttir.

Kapitel 5

Besoffene Autokratie

In der Gasse hinter dem Norwegerhaus kam er zu sich und stolperte weiter in den Samstagabend, fand endlich das Haus Krít, ging zur Westseite, zwei Stufen nach unten und drückte die Tür auf. Der Lärm und das Halbdunkel schlugen ihm entgegen wie eine Sturmbö. Aus dem dichten Nebelgrau kommend, sah er drinnen zunächst nur aufblitzende Details, im Bogen durch die Luft fliegende Spucke, glänzende Zähne, Schuppen in Haaren, letzte Tropfen in Gläsern, Urin auf dem Boden und zwei Hundeaugen unter einem Tisch. Die Männerwelt war ein zwielichtiges Reich, und sein Sterngefunkel bestand aus Fischschuppen.

Näpfe standen in jeder Ecke vollgespuckt auf schleimigen Bodendielen, und an vier oder fünf grob zusammengehauenen Tischen hingen Gäste auf dem Höhepunkt einer ausgiebigen Zecherei, kräftige Kerle und zwei Frauen. Das war ziemlich unerhört, denn eine Frau, die in diesen Jahren in eine Kneipe ging, kam als Nutte wieder raus. Gestur hatte noch nie Frauen in einer Kneipe gesehen und starrte sie unentwegt an, sobald er in den ganzen Tumult eingetreten war. Es waren stämmige, schrill lachende norwegische Jenter, die eine dunkel, die andere hell. Außer ihm hielten sich noch zwei Isländer in der Kaschemme auf.

Aus einem türlosen Loch in der hinteren Ecke kam gebückt ein junger Mann mit zwei Gläsern voll Höllenpisse; die Decke war niedrig, und die Türen waren noch niedriger. Es war der »Kellner« Sigvaldurs, des kreditfreudigen Kaufmanns aus Reykjavík, der das Haus im Vorjahr hatte bauen lassen und nun wie alle, die es sich erlauben konnten, in seinem Keller eine Bierschwemme betrieb – sehr zum Verdruss seiner Frau und anderer weiblicher Verwandter, denn er hatte manchmal bis drei oder vier Uhr in der Nacht geöffnet, und der Lärm erreichte erst nach dem Schließen seinen Höhepunkt, wenn sich die Bande draußen prügelte. Obwohl das Haus noch neu war, hatten die Kunden seinen Keller in nur zwei Wochen in eine uralte, schmierig-schmutzige Spelunke verwandelt. Am Hang des Menschen, alles zu versauen, mangelte es nicht. In der Mehrzahl der Häuser auf Eyri gab es inzwischen solche »heimlichen« Gaststätten, nach der letzten Zählung waren es nicht weniger als dreiundzwanzig. Keine von ihnen war legal, doch war dagegen wenig zu machen, sobald eine geschlossen wurde, öffneten zwei neue. Alkohol strömte ins Land und kostete weniger als Milch. Die unglaubliche Menge an Fässern, die von den Schiffen angeliefert wurde, war einfach nicht zu kontrollieren, und mit Sicherheit enthielten nicht alle Salz. Außerdem hatten die Norweger neuerdings ausgemusterte Schiffe, bejahrte Schoner und ausgediente Lastensegler aus dem vorigen Jahrhundert, angeschleppt, nutzten sie als Unterkünfte für die Arbeiter und Arbeiterinnen und ließen das Einsalzen an Deck vornehmen. Mitten in der Hafenbucht lag so ein Wrack, die *Britta fra Bergen*, die aber immer nur die *Spritquelle* genannt wurde, denn in ihrem Laderaum stapelten sich Fässer mit reinem Alkohol. Unter Deck schlief eine ganze Hundertschaft norwegischer Heringsarbeiterinnen, die tagsüber bis in den Abend hinein Fische einsalzten, nachts unter Deck schliefen und so gut wie nie an Land gingen. Viele ruderten zu dem Schiff, um an Alkohol zu kommen, oder an Frauen, die meisten wegen beidem. Es sollte Isländer geben, die von einer Nacht auf der *Spritquelle* fließend Norwegisch sprechend zurückgekehrt waren. Andere verbrachten ein ganzes Wochenende an Bord und kamen sozusagen weltmännisch und sexerfahren an Land zurück und meinten, in den Eingeweiden des Schiffs verberge sich ein komplettes Hafenviertel. Manche, die sich auskannten, behaupteten, es stünde dem Rotlichtbezirk von Amsterdam in nichts nach, und ließen zum Beweis ihre Duty-free-Tüten klingen.

Die beiden Frauen in der Kellerkneipe kamen von der *Spritquelle*. Gestur konnte den Blick gar nicht von ihnen lassen. Was für prächtige, wunderschöne Arbeitstiere! Und wie ungeniert sie ihre Schnapsgläser leerten. Das musste man sich vorstellen, Frauen, die tranken!

Die Krönung dieser netten schnapsseligen Gesellschaft war aber die Tatsache, dass die illegalen Kaschemmen keinen fröhlicheren Besucher kannten als die höchste Autorität des Ortes, den Gemeindepfarrer persönlich (auch wenn er den Sommer über aus irgendwelchen Gründen vorübergehend ein seltenerer Gast gewesen war). Die Spottdrosseln nannten dieses beste Regierungssystem aller Zeiten »Besoffene Autokratie«.

»Gestur! Bestur! Setz dich!«, rief der Koch Sevrin lachend auf Isländisch, sobald er seinen Kumpel entdeckte. »Unser Isländer. Vår beste Mann im besten Kaff der Welt. Komm her, sitt med oss! Hej, Kellner, auch einen für ihn!«

Die Norweger liebten seinen Ort, das hatten sie ihm oft versichert. »Eg elsker Seglo. Beste Platz der Welt. Was für ein Fischereldorado!« Anfangs hatte er sich darüber gewundert. Wie konnten sie das über einen Fjord sagen, den er verachtete? Nach und nach lehrte ihre Vorliebe ihn jedoch, die Vorteile des Orts zu sehen, wobei ihm allerdings auch klarwurde, dass er ihre Begeisterung niemals teilen würde. Sie hielten sich hier frei und uneingeschränkt in einem fremden Land auf, kamen lediglich zur Sommerzeit, wenn es rund um die Uhr hell war, und das Beste von allem: Hier konnten sie sich alles erlauben, was bei ihnen zuhause verboten war. Die Netze füllten sich im Handumdrehen mit Hering und die Nächte mit Mädchen, traumhaft schönen und solchen, die auf Träume aus waren, Frauen, die tausend Jahre lang am Kai gewartet hatten und sich jetzt in einem Sommer all die Freiheiten nahmen, von denen dreißig Generationen vor ihnen nur hatten träumen können.

So lautete die norwegische Verhaltensregel: Sobald sie zur Heringssaison in den Segulfjörður einliefen, nahmen verheiratete Männer den Ehering ab und unverheiratete den Kamm zur Hand. Dann schritten sie hochheilig zum Abenteuer, fingen mit dem Saufen an, prügelten sich im Anschluss und landeten schließlich mit irgendeiner im Bett. Branntwein, Blut und Beischlaf. Tags darauf kamen sie zu sich und erhielten in der Kirche Gottes Segen. Außer ihnen kannten nur Südseematrosen ähnliche Freuden. Selbstverständlich liebten sie ihr Segló.

Billiger Fusel, bumsen und besoffene Autokratie!

Gerade aber war die Stimmung im Keller. Der verdammte Sýslumaður hatte zwei ihrer Schiffe festgesetzt. Seit 1901 war die Grenze der Hoheitsgewässer auf drei Seemeilen festgelegt, aber die Dänen waren nachlässige Küstenschützer. Höchstens wenn einmal eins ihrer Kriegsschiffe nach Grönland beordert wurde, guckten sie auch vor Island nach dem Rechten und nahmen mal ein französisches Schiff oder einen britischen Trawler ins Gebet. Das geschah unter »ferner liefen«, das sogenannte Herrenvolk hatte weniger Interesse daran, das isländische zu fördern, als es vielmehr zu unterdrücken. In diesem Sommer aber hatte der Sýslumaður der Eyfirðinger, Guðvarður Guðvarðarson, die Angelegenheit in die eigenen Hände genommen und etliche Schiffe in den Hafen gebracht und ihren Fang, ihr Gerät und in zwei Fällen sogar die Schiffe selbst beschlagnahmt.

An Land war Guðvarður vielleicht ein träger Knochen, auf See jedoch wurde er ein wütender, von heiligem Zorn angestachelter Stier. Er wollte alles aufbieten, um dieses Heringskapitel in der Geschichte des Landes so schnell wie möglich zu beenden, die Norweger nach Hause zu schicken und Segulfjörður seinem Bezirk wieder so einzuverleiben, wie es vor dem Einzug von ausschweifendem Lotterleben und Schweinkram gewesen war. Und an diesem Abend sollte er sich höchstpersönlich in Segló aufhalten, behaupteten die norwegischen Seeleute und verstiegen sich in Drohungen.

»Der schläft heute Nacht nicht in Frieden. Weißt du, wo er hier untergekommen ist, Gestur?«

»Nein. Vielleicht beim Gemeindevorsteher? Oder im Pol?«

»Im Pol ganz sicher nicht, nicht unter unseren Landsleuten. Die Evigers und Solvang logieren da, auch Vetlesen und der Schwede Hedin, hört man. Die würden ihn vor die Tür werfen, sobald sie ihn sähen.«

Der Nordpol war ein neues, zweistöckiges Holzhaus, das zwischen Norweger- und Faktorshaus erbaut worden war und anstelle des Zweiten als standesgemäße Unterkunft vornehmer Gäste aus dem Ausland fungierte, die sich noch nicht selbst einen Holzpalast errichtet hatten wie Södal, Buus und Boknavik. Letzterer war in diesem Sommer hinzugekommen, ein älterer, graubärtiger Herr aus Haugesund, der Älteste der Heringsreeder. Ihm gehörte die *Spritquelle*. Der Nordpol hatte das Madamenhaus als gesellschaftlichen Mittelpunkt der besseren Leute abgelöst. Das Kostgängergewusel bei Halldóra und das Armenasyl im Keller waren für die Herren in Schlips und Kragen und die feineren Damen eine zu große Zumutung. Séra Árni schloss jetzt oft Verträge im Nordpol, nahm dann mit den Großkopferten einen Umtrunk und den Heimweg durch den Keller.

Die kleine Kneipe im Keller von Krít füllte sich langsam zum Bersten mit meerwassergesalzenen Burschen, und der Lärm nahm entsprechend zu. Schon bald verstand Gestur kein Wort mehr von dem, was seine Tischnachbarn sagten, dafür hielt er sich an dem Auge fest, das ihm quer durch den Raum zuzwinkerte. Es gehörte zu der dunkelhaarigen Jente und wurde mit jedem Schluck kecker. Ein Isländer hatte ihm zugeraunt, sie trage den Spitznamen »Auge des Tiefs«, weil dort, wo sie aufträte, augenblicklich der Luftdruck fiele. Die Spottdrosseln hatten allen süßen Schnecken von der *Spritquelle* Spitznamen verpasst, die Blonde zum Beispiel hieß »Norwegische Fahne«, weil sie sich einmal in höchster Not in eine solche gewickelt hatte, als

ein Kerl, der ihr nachstellte, zusammen mit ein paar Gesinnungs-
genossen bei ihr eingedrungen war. Nun lächelte das Auge des Tiefs
Gestur wieder an und hob eine Braue. Forderte sie ihn heraus? Da
mündeten auf einmal alle feuchtfröhlichen Gespräche in ein gemeinsames Singen, in das die ganze Mannschaft einstimmte:

> *Trägt die Inge von mir einen Ring?*
> *Wovon hängt das ab? Vom Hering?*
> *Ja, das hängt ab vom Hering.*
> *Das kommt ganz drauf an, auf den Hering.*

Die erste Zeile klang noch getragen und ruhig, doch dann dröhnte
der Raum von rhythmischem Stampfen, und schließlich grölten alle
den Refrain. Sevrin begann in schluchzendem Tenor eine zweite
Strophe auf Norwegisch, und wieder fielen alle ein:

> *Eller skal det bli Mathilda?*
> *Det kjeme an på silda.*
> *Det kjeme an på silda.*

Alles hängt am Hering. Auf den Hering kommt es an.

Kapitel 6

Festival der Fäuste

Der Gesang drang hinaus in den Sommerabend, der sogleich heller wurde, weil sich der Nebel zu einer Wolke zusammenzog, und dunkler, denn es war August, und Kaiser Augustus hatte eine dunklere Stimme als sein Kollege Julius. Letzterer eroberte zwar mehr Länder, Ersterer regierte dafür länger, wie es das Dunkel gemeinhin tut. Ganz dunkel wurde es allerdings noch nicht, zumal es sich soweit aufhellte, wie es das gern tut, wenn sich der Nebel verzieht. Die Feuchtigkeit in der Luft ließ alles klarer in Erscheinung treten, ob nun eine schwanzwippende Bachstelze in der Nähe oder eine Torfkate am Hang über Upphæðir. Und überall waren Leute, junge Männer, norwegische und neumodische, auch einige junge Frauen, Isländerinnen, die Bergköniginnen früherer Zeiten, die neue Schritte ausprobierten.

Gestur quoll mit anderen eher unwillentlich aus dem Lokal wie Brei aus einem überkochenden Topf. Davor standen dutzende norwegischer Fischer in Gruppen beisammen, ließen die Flachmänner kreisen, riefen sich Witze zu, lachten und grölten. Das Leben hier war ein Riesenspaß. Mützen saßen schief über schiefen Gesichtern, Pullover hatten Löcher an den Ellbogen, andere trugen ihre besten doppelreihigen Seemannsjacken. Tabaksspucke, Pfeifenrauch, Höllenpisse. Holzpantinen und Stiefel. Ein Mann barfuß, ein anderer mit nacktem Oberkörper. Bei einem reparaturbedürftigen Haus schwankte ein Färinger auf soliden Holzschuhen und hörte zwei erregten Norwegern zu, die sich unbedingt mit ihm anlegen wollten. »Nein, ihr fallt nicht über friedliebende Leute her! Färinger prügeln sich nicht«, schritt ein hinzukommender Kollege ein, aber dessen hätte es gar nicht bedurft, denn jetzt kam Bewegung in die Menge. Jemand stürmte in Richtung des Krónufélagslagers, und alle folgten, auch die beiden, die den Färinger hatten in die Mangel nehmen wollen. Gestur sah, wie die Norweger auf eine andere Gruppe ihrer Landsleute losgingen, die gerade an einer Ecke des Lagerhauses mit ein paar Heringsarbeiterinnen anbändelten, Isländerinnen, dem Aussehen nach. Erst flogen Schimpfworte hin und her, dann Fäuste. Auf einmal waren alle in eine Riesenschlägerei verwickelt, Norweger gegen Norweger, Besatzung gegen Besatzung, so fingen die Abende in Sigló an, die Männer prügelten sich gegenseitig in Stimmung.

Und die Isländer sahen verdattert zu. Sie verstanden das nicht. Wieso hauten sich die Norweger gegenseitig auf die Fresse? Lag es an der Kälte? Brauchten sie das, um sich warm zu halten? Oder wollten sie den Frauen imponieren? Oder hatten sie noch den Seegang in den Beinen und wollten ihn auf die Art loswerden? Es war unbegreiflich, verrückt. Anlässe gab es nur ganz geringfügige oder gar keine. Es war ihnen offenbar schlicht ein Bedürfnis. Ein Grundbedürfnis. Norweger konnten anscheinend keinen Spaß haben, ohne sich die Fresse zu polieren. Hier platzte eine Augenbraue, da flog ein Zahn aus einem Mund. Die Hunde sprangen entweder mit ins Getümmel, kläfften und bellten oder hielten hochnäsig Abstand.

Gestur stand an der Hauswand von Krít und sah der blutigen Massentanzeinlage in dem großen Musical zu, zu dem sein Ort geworden war. Seine Mannschaftskollegen vom Heringsboot kamen in verschiedenen Stadien der Trunkenheit aus dem Keller und stürzten sich ins blutige Getümmel, um sich an dem Festival der Fäuste zu beteiligen. Einer fiel hin, kam nicht wieder auf die Beine und spie Schwarzes aufs Grüne. Ein anderer stieß Gestur an, er solle doch mitmachen, aber vergeblich, denn Gestur kapierte das Spiel nicht und hielt sich wie gewöhnlich fern, wo Fäuste flogen. Sicher waren das Rivalitäten zwischen norwegischen Landschaften. Männer aus Haugesund gegen welche aus Ålesund und beide vereint gegen die aus Christiansund, es sei denn, einer aus Tromsø spielte mit, dann fielen sie alle vier über die aus dem Tröndelag her. Etwas in der Art musste es sein. Norwegen war ein langgestrecktes, kompliziertes Land, und fast jeder Fjord besaß seine eigene Sprache. Von einigen Mannschaften verstand er kein einziges Wort.

Er sah, wie zwei Heringsarbeiterinnen mit Kopftüchern am Faktorshaus einem gefallenen Norweger Erste Hilfe leisteten, während andere die Schlägerei beobachteten, gespannt, wer in dieser Nacht ihr Mann werden würde. Manche hatten viel für die Opfer übrig, während andere unbedingt den endgültigen Sieger haben wollten. Soweit Gestur es überblicken konnte, teilten sich die Frauen zu etwa gleichen Teilen auf in die, welche das Mitleid wählten, und solche, die Muskeln vorzogen.

Kapitel 7

Sittenwächter

Auf einmal verlagerte sich das Spiel Richtung Krít, die Flutwelle der Fäuste brandete gegen seine Hauswand, und Gestur drückte sich dagegen. Als er sich umdrehte, lagen zwei Matrosen mit geplatzten Lippen und blutenden Nasen im Gras. Die beiden Norwegerinnen aus der Kellerkneipe erschienen jetzt ebenfalls, und die Blonde beugte sich mit betrunkenem Gelalle über die am Boden Liegenden, die Dunkle jedoch hakte sich bei Gestur unter und zog ihn um die Ecke. So bot sich ihm unvermittelt eine Gelegenheit, er stolzierte mit einer Norwegerin am Arm durch den Ort, als wäre er fast schon mit ihr verheiratet. Mit einer Frau, von der er kaum wusste, wie sie aussah, wer sie überhaupt war und wie sie hieß. Lediglich Blicke hatte er durch Pfeifenqualm und Getöse in der Kneipe von ihr aufgefangen und gehört, dass sie den Druck in den Adern von Männern sinken ließ. Auge des Tiefs. Hai-Jói maß den Luftdruck immer, indem er die Blase eines Lamms aufpustete, und Gestur hatte selbst einmal beobachtet, wie so ein schlaffer Lappen beim Durchzug von Tiefs prall wurde.

Dasselbe stellte er jetzt an sich fest. Zudem nahm er einen Geruch wahr, einen weiblichen Geruch, einen Duft, so intensiv, dass er sogar die Heringsausdünstungen überdeckte, die den schönen Abend erfüllten. Zwischen Faktorshaus und Góss spazierte sie mit ihm zum Wasser, redete auf ihn ein und lächelte, und er sah bloß ihre Zähne, wenn er den Kopf drehte. Gelbliche Zähne. Es war sehr unvorteilhaft, Frauen von der Seite kennenzulernen.

»Nå, du darfst mein kleiner Isländer sein, junger Mann.«

Sie war mindestens dreißig oder noch darüber, ein Jahrzehnt älter als er. Sie führte ihn hinter einen Fässerstapel bei der Eiríksbrücke, die der Glücksritter im Vorjahr erbaut und verloren hatte. Ängstlich sah sich Gestur um. Was, wenn Anna in der Nähe wäre und sähe, dass er sich mit einer Spritquellenschabracke übelster Sorte einließ?

Andererseits lag Gesturs letztes Mal über zwei Jahre zurück. Nach einem unglaublichen Start in der Damenabteilung waren die beiden letzten Jahre eine berührungslose Dürreperiode gewesen. Er war hochnotgeil und hätte trotz aller Gesundheitsrisiken (Tripper war endemisch geworden) keine Gelegenheit ausgeschlagen, wenn dem nicht sein eigentliches Ziel entgegengestanden hätte: Anna. Seit er sie vor drei Wochen zum ersten Mal gesehen hatte, dachte er an nichts anderes mehr. Aber sie stand nicht zur Verfügung, all seine Hoffnungen beruhten auf einem einzigen Blick. Opfert man eine eindeutige Gelegenheit, zum Schuss zu kommen, einer ganz vagen Aussicht auf Liebe? Ja, wahrscheinlich, wenn man ernsthaft verliebt war. War er also nicht verliebt?

Im mitternachtsstillen Fernseer lagen ein paar schwarzgestrichene Boote mit holzfarbenen Masten. Meist gingen Färinger in der schmalen Passage zwischen Eyri und dem Berghang vor Anker. Sie waren die Bescheidenheit in Person und würden niemals einen Platz auf dem Pollur belegen, sie wollten niemanden stören. (Bei der neuerwachten, kleinen isländischen Nation löste es immer noch Verwunderung aus, wenn sie ein Volk erblickte, das noch kleiner war als sie.) Von irgendwoher kamen die langgezogenen Töne eines Akkordeons und mischten sich mit Schreien vom Kampfplatz und Möwengekreisch, das noch immer die Luft erfüllte.

Die Norwegerin führte Gestur an den aufgestapelten Fässern entlang zu einer einzelnen Tonne. Stellte ihn davor (er fühlte deren Kante an seinem Hintern) und presste sich stark riechend an ihn. Gestur fühlte ihren strotzenden Leib und ihre Brüste im blauen Pullover; sie war schön und drall, hatte üppige Backen, wie er gerade noch sah, bevor alles in einem saftigen, stockbetrunkenen Kuss versank. Ihre Zudringlichkeit versetzte all seine Organe in Aufruhr, und die Frage »Was ist mit Anna?« ging in seiner geilen Lust unter; er wollte nach Norwegen, hinein in einen gewaltigen, engen Fjord. Aber er kam nicht weiter, denn er hörte laut seinen Namen.

»Gestur!«, rief ein Auge.

Da kam Olgeir. Was hatte ein sechsjähriger Knirps um Mitternacht noch draußen zu suchen? Papa folgte ihm. Er sprang gleich auf die anonyme Norwegerin zu und verbellte sie wie ein gut ausgebildeter Sittenwächter. »Nein, Papa! Aus!«, befahl ihm der kleine Junge.

»Ist das din sønn?«, fragte die Frau, doch statt ihr eine Antwort zu geben, fragte Gestur Olgeir, was er mitten in der Nacht draußen verloren habe.

»Opa sagt, du sollst kommen.«

»So? Ist was passiert?«

»Ich soll dich bloß holen. Ich habe sieben Kneipen abgesucht.«

Gestur seufzte und sah die Frau an. Sie hatte schwarze Haare und blaue Augen, eine kleine helle Narbe auf einem Nasenflügel in einem geröteten Gesicht. Auf ihren Lippen lag ein holdseliges Lächeln, das international unverwechselbare Merkmal einer Frau, die zum sexuellen Nahkampf bereit ist. Mit Lási hatte Gestur in diesem Sommer wenig geredet. Seitdem der Alte ihm den Erwerb von zehntausend Kronen durch einen Deal mit Norwegern, die nicht von gestern waren, untersagt hatte, war ihr Verhältnis getrübt, und Gestur befürchtete, in Gesprächen könne herauskommen, dass er das Land gegen Lásis Willen trotzdem verkauft hatte und ganz in der Nähe schon die Fundamente für ein neues Haus für die Familie standen. Er hatte seinen Vater und sich selbst betrogen für das unsichere Versprechen einer Holzhütte. Obwohl zwei Jahre verstrichen waren, seit Lási den Kaufvertrag unwissentlich unterschrieben und Gestur ihn für sie beide anerkannt hatte, indem er das Dokument mit nach Hause genommen hatte (es lag noch immer unter einer kalten Torfmatratze in ihrer Baðstofa versteckt), hatte Gestur ihm noch nichts davon gesagt. Das Haus verließ der alte Mann nur noch, wenn er einen Sarg zimmern sollte, was ihn in Södals Lager führte. Daher war es durchaus möglich, dass er noch nichts von den Bauarbeiten auf seinem ehemaligen Land jenseits des Fjords mitbekommen hatte.

»Ich rede morgen mit ihm. Zieh jetzt Leine mit deinem Schäferpapa. Du solltest so spät nicht mehr auf sein. Wo ist denn Selmína, Mínamama?«

»In einer Kneipe.«

Du lieber Himmel, was für ein Familienleben! Und er steckte gerade mit einem Düfte verströmenden Spritquellenrasseweib zusammen. Und wegen eines Gesprächs mit Lási wollte er den kleinen Jungen nicht nach Hause begleiten. In dem Zustand, in dem er sich befand, traute er dem Hund mehr zu als sich selbst. Er war auf dem Weg nach Norwegen!

»Hat er nur ein Auge?«, fragte das Weib.

»Ja, er … hatte einen Unfall«, erklärte Gestur und befahl dann dem Hund und dem Jungen: »Schäffi, ab nach Hause mit Olgeir! Geh nach Hause!«

»Nein, Papa, nicht nach Hause.«

»Olgeir, willst du wohl gehorchen?!«

»Nein, du musst kommen! Ist wichtig. Hat Opa gesagt.«

Die namenlose Frau blickte auf den Knirps und verzog das Gesicht, aber der Kleine ließ nicht locker, er sah nur ein Ziel mit seinem Auge. Nach weiterem Hin und Her hielt sich die Frau an die weibliche Grundregel: Man verführt einen Mann nicht im Angesicht seiner Kinder. Gestur rief ihr wütend nach und teilte dann einige Geraden und Kinnhaken in die Luft aus. Doch als sich sein Glied senkte, stieg sein Verstand aus der Hose, und er konnte sich endlich damit abfinden, dem sturen Bengel und dem Hund zu folgen.

Kapitel 8

Glymur dansur í høll

Um die Rauferei zu vermeiden, nahm Gestur mit Kind und Hund den Weg an den Landungsstegen entlang. Sie passierten EHBBs Anlage und schritten dann die Fischverarbeitungen von Buus, Södal und Boknavik am Ostufer von Eyri Richtung Norden ab. Eiríkurs Brücke sah noch immer wie ein Stummelschwanz aus, seine Verarbeitungsfläche war kleiner als die der anderen und machte einen unordentlichen Eindruck, aber auch da wurde inzwischen an den meisten Tagen Hering ausgenommen und eingesalzen. Im Zwielicht der Augustnacht glänzte die Fläche silbrig von Schuppen.

Buus' Fläche überquerten sie schneller, aus Angst vor einer Begegnung mit der dänischen Birta, die neuerdings mit einem der Södalsöhne verlobt war. Das Haus des Dänen war hinter den aufgestapelten Fässern kaum zu sehen, aber es stand alles in Reih und Glied, Werkzeug lehnte säuberlich aufgereiht neben der Schuppentür, ein Aufseher hantierte gebückt mit einem Wassereimer. In einer Lücke am Ende des Fassstapels lungerten zwei unangenehme Norweger, zahn- und obdachlos, mit einer Flasche und pöbelten die drei an, als sie vorbeigingen. Papa wich ihnen kläffend aus.

»Waren das Fassmänner?«, fragte Olgeir.

»Nein, Lazzaroni.«

»Was ist das?«

»Das sind Norweger, die ihre Boote verlassen oder ihren Platz an

Bord verloren haben und sich hier an Land herumtreiben. Manche von ihnen hausen oben im Víti.«

»Im Hammelstall?«

»Ja, die Hammel haben sie rausgejagt. Sie tun nichts, außer saufen und stehlen, verkaufen ihren Hut oder ihre Schuhe.«

»Ihre Schuhe?«

»Ja, so dringend brauchen sie Schnaps.«

»Ist es nicht schlecht, barfuß Schnaps zu trinken?«

»Ha, ha, doch. Aber manche sind eben so. Dumm.«

»Aber sie hatten einmal Schuhe?«

»Ja, ja, aber manche mussten sich entscheiden: nüchtern in Schuhen oder besoffen und barfuß.«

»Ich würde die Schuhe nehmen.«

»Und Selmína wäre barfuß.«

»Ja, Mínamama will immer barfuß sein, aber sie trinkt keinen Schnaps. Die waren aber böse.«

»Du musst dich vor ihnen hüten. Du hast ja gesehen, dass sogar Papa Angst vor ihnen hatte.«

Sie erreichten Södals Verarbeitungsanlage. Alles sah nach organisierter Betriebsamkeit aus, auch die breite Brücke. An ihrem Ende war eine Gruppe von Männern zum Singen zusammengekommen, man hörte sie trotz des Möwengeschreis. Das waren die Färinger. Sie waren an Land gerudert, um ihren traditionellen Kettentanz zu stampfen. Sie blieben meist unter sich und beteiligten sich selten an der Heringshysterie, gingen kaum in Kneipen und nie zu Frauen, geschweige denn zu Schlägereien. Sie fingen immer noch Kabeljau und keinen Hering. Sie waren sexuell patriotisch orientierte Männer, die sich in sechs Stunden dauernden Tänzen Erleichterung verschafften. »Glymur dansur í høll / dans sláið í ring! / Glaðir ríða Noregis menn / til hildarting.« (»In der Halle dröhnt der Tanz, / schließet den Ring! / Frohgemut reiten Norwegens Mannen / zum Kampfting.«)

Gestur, Olgeir und Papa blieben stehen und sahen zu. Die Gruppe trat immer zwei Schritte nach links, dann einen zurück nach rechts und bewegte sich so langsam von der Stelle. Diese vorsichtige Art des Tanzens war sicher der Enge auf ihren Felsinseln geschuldet: Drei Schritte nach rechts, und die Männer würden von einer Klippe stürzen. So aber konnten sie stundenlang weiterstampfen. Es hieß, jedes Lied umfasse sechstausend Strophen, deutlich mehr als Lásis Reime. Der hatte in seinem katenkrummen Leben aber mit Sicherheit auch noch nie getanzt. In Island existierte keine Tradition des Tanzens, in einer Baðstofa gab es dafür keinen Platz, und Möglichkeiten, im Freien zu tanzen, etwa auf Landungsstegen und Verarbeitungsflächen, waren eine absolute Neuerung. Isländer hatten bestenfalls im Gras vor sich hin geträllert, und so erlebten viele auf den Stegen hier den ersten Tanzabend ihres Lebens, bei dem in mitternächtlicher Helligkeit Quetschkommoden aufspielten und Fischer und Heringsfrauen schwoften, während die Schneefelder auf den Bergen ihre letzten Tränen weinten. Manchmal musste ein Norweger einschreiten, wenn ein sternhagelvoller Isländer glaubte, er wäre im Pferch eines Schafabtriebs, deshalb mitten ins Gedränge watete, sich ein Schaf griff und es nicht wieder losließ, sosehr es sich auch sträuben mochte. Es gab geringere Anlässe für eine Keilerei.

Sie sahen den Tanzenden noch eine Weile zu und gingen dann weiter, quer über Eyri, von der Fischerhütte Hai-Jóis zur Schule und weiter Richtung Strönd. Da waren weniger Möwen. Zwischen einem niedrigen weißen Wolkendeckel und dem stahlgrauen, ruhigen Meer blitzten am Horizont Sonnenstrahlen auf. Zu dieser Jahreszeit dauerte das mitternächtliche Tauchbad der Sonne ganze zwei Stunden, aber ihr Abglanz leuchtete noch um die Wolken. Was für eine herrliche Pracht war diese Nacht! Und die Temperatur auf sieben Grad eingepegelt.

Dennoch war Gestur sauer, weil er es nicht nach Norwegen hineingeschafft hatte. Das verflixte Einauge war noch störrischer als Lási.

Weiter weg erscholl noch immer der Färingergesang: »Setzten ihre Seidensegel, / raus aufs Meer sie fuhren lange, / und es heißt, der König / steuerte die Lange Schlange ...«

Als einziges Volk der Erde beherrschten die Färinger die Kunst, alle gemeinsam Geschichten mit dem ganzen Körper zu erzählen. Und wie bei allen guten Autoren machte ihre Erzählung immer zwei Schritte vor und einen zurück. So entwickelte sich die Geschichte: zwei Wörter zum Weiterkommen und eines zum Nachdenken. Es war ein durch und durch narrativer Tanz. Aber wo steckte der Volksliedpriester? Hätte er sich das nicht ansehen müssen?

Kapitel 9

Aloha Segló!

Séra Árni saß in seinem Salon in Upphæðir und stieß nüchtern mit der Obrigkeit in Person des Sýslumaður und seines Kapitäns Jón Bolman an, ein Muskelprotz mit lockigen Haaren und schmalen Augen, der seit seiner Kindheit nicht mehr gelacht hatte. Die Norweger in Gesturs Mannschaft hatten recht: Der Sýslumaður der Eyfirðinger, Guðvarður Guðvarðarson, hatte sich zum ersten Mal nach Segulfjörður bequemt (bisher hatte er alle, die die Grenze der Hoheitsgewässer verletzten, nach Fagureyri zitiert), und das, was er hier vorfand, hatte ihn ehrlich erschüttert.

Im Verlauf des Tages hatte der Pfarrer ihn dem Schweden Hedin, dem Dänen Buus und den norwegischen Eviger-Brüdern vorgestellt, und solch weltgewandten Herren war der Sýslumaður seit dem Staatsbesuch des Königs 1907 nicht mehr begegnet. Sie sprachen von »Fabriken«, von »Förderbändern«, »Trockenpressen« und, jawohl, von »Elektrizitätswerken«! Dazu noch von anderen Dingen, die er nicht verstand. Buus hatte ihm sogar sein Auto und sein Telefon vorgeführt … Dieser Tag in Segulfjörður kam einer Reise nach Kopenhagen gleich, oder gar einer Reise in die Zukunft.

Alles sehr, sehr unangenehm.

Und jetzt saß er hier in einem so vornehmen und kultivierten Salon, wie er in Fagureyri kaum seinesgleichen hatte, außer vielleicht im Haus des Nationaldichters, in Digurhæðir. Zwei Dienstmädchen gingen umher und boten frischgebackenes Wienerbrot und Cognac an. Weder das eine noch das andere passte in diesen Sündenpfuhl, wie ihn sich der Sýslumaður vorgestellt hatte, bevor er hierhergekommen war. Sah er zum Fenster hinaus, bot sich seinem Blick ein Ort mit fünfzig Häusern dar, mit elf Landungsbrücken, sechs großen Lagerhallen, einer ordentlichen Schule, drei ausländischen Großkaufmannsvillen sowie dem Nordpol, dem einzigen Luxushotel im Norden Islands. Und was das Allerschlimmste war: Im Hafen lagen nicht weniger als zweihundertsechzehn Boote und Schiffe (Bolman hatte sie fluchend gezählt), hundertfünfzig kamen aus dem Ausland, und von denen waren fünfzig hochmoderne Dampfschiffe, drei riesige Frachter und schließlich ein dickrumpfiger Segler (die *Spritquelle*). Und überall stapelten sich Fässer in hellem Gelb von frischem Holz. Es war unmöglich, sie zu zählen, aber der Bürgermeisterpfarrer versicherte, bis jetzt beliefe sich ihre Gesamtzahl in diesem Sommer auf achtzigtausend und weitere dreißigtausend lagerten noch leer im Ort.

»Sehen Sie nur: unsere Goldbarren«, hatte Séra Árni gesagt, als sie die gelben Stapel inspizierten.

Zwischen all diesen Kostbarkeiten spielte sich ein ganzes Freiluftfestival ab, drei Akkordeonbälle fanden auf den Kais statt, zwei Massenschlägereien auf den Hauswiesen, und in einiger Entfernung war ein färingischer Volkstanz zu sehen. Was der Sýslumaður dagegen nicht wusste, war, dass im selben scharfsichtigen Augenblick an den Berghängen, in stillen Winkeln und auf Heuböden dieses nach Fisch riechenden Freudenorts, dieser Südseeinsel in Fjordgestalt, mindestens sechs Paare Sex miteinander hatten.

Aloha Segló!

Die Uhr ging auf zwei zu, als die Fagureyringer noch einen Schnaps akzeptiert hatten und mit ihrem Gastgeber auf den Stufen von Upphæðir standen, der Sýslumaður mit graumeliertem Spitzbart in schwarzem Jackett und Bolman in seinem nach Salz riechenden Pullover. Die nachtweiße Wolkenschicht halbierte nach wie vor die

Berge, aber darunter breitete sich vor ihnen die ganze Fischseimherrlichkeit aus, befunkelt von einem prächtigen Sonnenaufgang: In der Fjordmündung schob die Alte die Wellen beiseite, und bald erschien ihr roter Kopf wie der Schädel eines Neugeborenen im Mutterschoß. Ein neuer Tag war im Entstehen begriffen.

Der Sýslumaður richtete seinen Blick jedoch auf die Fläche am Friedhof, den Blutplatz, wo noch immer eine Rauferei im Gang war, und auf die Landungsbrücken im Südosten von Eyri, wo vor den Goldstapeln getanzt wurde.

»Da wird völlig über die Stränge geschlagen«, stellte der Sýslumaður mit tiefgrummelnder Stimme fest.

»Ja, das kann man wohl sagen«, stimmte Séra Árni zu und lachte entschuldigend.

Jón Bolman schaute über die Spitzgiebel der Grassodenhäuser und die Firste der Holzhäuser und hatte selten ein strengeres Gesicht zur Schau getragen. Die Akkordeonklänge verbanden sich mit dem Geschrei der Möwen, diesen Zikaden des Nordens, und hinter einem Haus am Hang ertönte Muhen.

»Da ist bald kein Unterschied mehr zwischen Mensch und Raubtier. Wie können Sie als Geistlicher ein solches Sodom und Gomorrha tolerieren? Wie können Sie überhaupt in einem solchen Unwesen leben?«

Séra Árni vermeinte, eine Gelegenheit zu erkennen, und drehte den Spieß um.

»Da sprechen Sie etwas an. Uns wäre sehr geholfen, wenn wir die Polizei verstärken könnten. Nach dem jetzigen Stand ist Hafsteinn unser einziger Gesetzeshüter.«

»Hm, der einzige?«

»Richtig, der Gemeindevorsteher. Er müsste eigentlich an drei oder vier Stellen einschreiten, kann aber schlecht an so vielen Einsatzorten gleichzeitig sein, wie er selbst sagt.«

»Hm, hm.«

Der Sýslumaður ließ den Blick über die Menschenmenge schweifen, die auf Eyri unterwegs war und Gassen und freie Flächen füllte. Hier hielten sich sicher an die viertausend Menschen auf, während im Heimatort des Sýslumaðurs laut letzter Volkszählung nur eintausendsiebenhundertachtundvierzig Menschen lebten. Dieser seltsame Ort war eine spezielle Mischung aus europäischem Schlachtfeld (überall lagen gefallene Seeleute) und europäischem Karneval (überall lagen engumschlungene Paare). Guðvarður kannte weder das eine noch das andere und stand dieser neuen Realität daher hilflos gegenüber, zumal sie alles übertraf, was er sich vorgestellt hatte. Alles, was er im Vorfeld über Segló gehört hatte, verblasste vor der Wirklichkeit. Was für eine Unzucht! Und überall diese Stapel, diese Berge von Fässern. Diese Schiffsflotte. Vor Masten sah man kaum mehr das Wasser. Es war ein regelrechter Wald. Und er hatte vor Kurzem zwei Boote ausgesandt und geglaubt, damit würde er eine Bresche in die Reihe der Norweger schlagen …

Jetzt kniff er die Augen zusammen und versuchte, den eher kleinen, krummbeinigen Gemeindevorsteher zu verfolgen, der sich wie ein einsamer Rotkreuzhelfer in der Schlacht von Waterloo einen Weg durch die Menge bahnen wollte, es aber nicht schaffte. Dafür kamen plötzlich zehn Norweger mit zehn rosenwangigen Isländerinnen in langen Röcken den Hang herauf wie in einem Alpenmusical unserer Tage. Sie warfen sich Scherze zu und grüßten die Herrschaften auf der Treppe unter Gelächter höflich: »God kveld!« Dann zogen sie am Stall vorbei weiter hinauf und wollten offensichtlich zum Fanneyrarsattel.

Der Sýslumaður erkannte ein Gesicht wieder, es gehörte einer ehemaligen Magd eines guten Bekannten, eines Großbauern am Eyrarfjörður, und er lief puterrot an. Die Jugend gab sich direkt vor seinen Augen Ausschweifungen hin! Und das mit Ausländern! Hübsche isländische Mädel vom Land machten sich da gerade mit ungekämmten und ungewaschenen Ausländern zu Heringsdirnen!

»Um Himmels willen! Und Sie versuchen nicht einmal, diesem Treiben, dieser … Unzucht Einhalt zu gebieten«, wandte er sich an den Pfarrer. »Sehen diesem schweinischen Treiben einfach zu. Sie, der Pfarrer am Ort.«

»Wir können versuchen, die Leute tagsüber in Schranken zu halten, aber es lässt sich kaum bestimmen, was sie nachts tun.«

»So? Ist die Sünde nicht das hauptsächliche Betätigungsfeld der Geistlichen?«

»Christus konnte Tausende sättigen, aber ich bezweifle, dass er so viele hätte ins Bett bringen können«, gab Séra Árni zurück und zeigte mit einer ausholenden Bewegung auf das trunkene Treiben, um dessen Ausmaß zu unterstreichen.

Guðvarður sah ihn streng an, schwieg aber. Christus, der Menschen ins Bett bringt? Und sie vorher auszieht, oder was? Was hatte der Pfarrer da eigentlich gesagt? Guðvarður entschloss sich, es zu ignorieren, und fuhr fort: »Sie ... dieses ... zieht hier johlend direkt an ihrer Haustür vorbei. Fast nur noch in Unterwäsche!«

»Na ja, das nun nicht gerade. Aber wenn es nötig ist, schauen wir schon mal weg.«

Guðvarður drehte den Kopf und fasste den Pfarrer fest ins Auge.

»Sie schauen weg?«

»Ja, es erweist sich manchmal als notwendig. Immerhin schlafen die Kinder schon. Zum Glück.«

Dem Sýslumaður fehlten die Worte. Der Pastor wollte die Sache besser erklären.

»Nicht alle schaffen es bis rauf auf den Sattel, da wollen die Hosen oft schon vorher runter.«

Séra Árni wunderte sich sehr über sich selbst. Er, der sich doch nie zu Äußerungen unterhalb der Gürtellinie hinreißen ließ, erging sich jetzt in schlüpfrigen Formulierungen. Das hohe moralische Ross, auf das sich der Beamte schwang, provozierte ihn dazu. Man ist eben nie nur man selbst, sondern zur Hälfte auch der, der sich angesprochen fühlt.

»Huren«, polterte Bolman und spuckte eine Ladung Braunes ins Grüne. »Vermaledeite Huren und nichts anderes.«

Der Sýslumaður verschränkte die Arme vor der Brust und warf einen kurzen Blick aufs Gras, bevor er mit bebender Stimme sagte:

»Sie lassen das zu und bereichern sich auch noch daran!«

Séra Árni war getroffen. Mit einem solchen Vorwurf aus dem Mund des Sýslumaðurs hatte er nicht gerechnet. Andere mochten sich in dieser Richtung das Maul zerreißen, aber es von einem mit Macht ausgestatteten Beamten zu hören, traf ihn wie ein Schock. Es war nicht zu leugnen, dass ihm die Invasion der Norweger beträchtliche Einkünfte bescherte; er verpachtete jeden Sommer Kircheneigentum an die Reeder, und es wurden jährlich mehr. Das Alþing hatte vor zwei Jahren die Kirchengesetze geändert, alle kirchlichen Liegenschaften zu Staatseigentum erklärt und die Pfarrer zu staatlich besoldeten Beamten gemacht, damit sie nicht mehr von Einkünften aus ihrem Kirchenland leben mussten. Árni hatte diese Veränderung zunächst persönlich genommen, ihm sollten seine Pachteinkünfte beschnitten werden, und er hatte bedauert, auf bischöfliche Schreiben nicht schärfer geantwortet zu haben, aber in den näheren Bestimmungen des Parlaments hieß es, die Pfründe einer Pfarre sollten weiterhin dem dort amtenden Geistlichen zufließen. Und das, was Séra Árni zufloss, Einnahmen aus dem Heringsfang und von den Norwegern, verblieb ihm also. Zur Belohnung befleißigte er sich eines überlegteren Umgangs mit dem Bischof.

Er erwiderte den Blick des Sýslumaðurs ebenso scharf und erwog, wie er auf die Unverschämtheit antworten solle, blieb dann aber bei dem, was er sich oft genug selbst gesagt hatte:

»Hier verdienen alle am Hering. Auch die Nation.«

Daraufhin wünschte er noch eine gute Nacht und zog sich in sein Haus zurück. Der Sýslumaður und sein Prokurist gingen still den Hang hinab. Die Sonne war aus dem Meer gestiegen, eine überwältigende Prachtentfaltung, zu der man ruhig ein paar Sätze hätte sagen können. Ein blutroter Schild saß auf dem Horizont, ließ an den Wolkenleibern rötliches Strahlengewölle aufleuchten und warf sahnegelbe Strahlen auf die Hänge und Häuser, Schiffe und Fässer und die trällernden Trolle auf den Landungsbrücken. Allerdings erstarrten sie dadurch nicht zu Stein, sondern tanzten nur noch wilder. Holzschuhe fegten über die schuppenbestreuten Bohlen, und es klackte ordentlich laut, wenn sie auftraten.

Kapitel 10

Anna, Anna

Am nördlichen Ufer tanzten Möwen in der Luft und kreischten sich zu. Im Fernseer lief die Liveübertragung des Sonnenaufgangs. Gestur blieb stehen und nahm das Bild in sich auf.

Er hatte seinen Ärger heruntergeschluckt und Olgeir zuhause abgeliefert. Selmína befand sich noch in den Händen des Treibens, genau wie er selbst, doch die Mutter von Gesturs Kind, die stumme und geduldige Elfenfrau, nahm den Jungen zu sich und brachte ihn zum Einschlafen. Lási schlief mit einem aufgeklappten Gedichtband auf der Brust.

Gestur war derweil überhaupt nicht nach schlafen zumute. Mit dieser Nacht musste man etwas anfangen, das fühlte er und kehrte Sonne und Strönd den Rücken und steuerte Richtung Menge. An der Urinlache am Gamlibær blieb er kurz stehen und wrang seinen Lederstrumpf aus. Sein Strahl landete gerade auf einem Torfplaggen, als ein zweiter neben ihm losplätscherte. Er kam von Jeremías, einem der beiden noch lebenden alten Propheten. Gestur wünschte ihm einen guten Abend, obwohl längst Mitternacht vorüber war, dann schwiegen sie beide mit ihren von der Sonne beleuchteten Strahlen und schienen reines Gold zu pinkeln. Als sie fertig waren, fragte Jeremías:

»Gibt es viele Gefallene?«

»Was?«, machte Gestur überrascht.

»Du darfst nicht zu lange wegbleiben. Wir brauchen jeden Mann.«

Gestur sah in die Augen des Greises, zwei stahlblaue Kugeln, verschleiert vom grünen Star, und erinnerte sich der Geschichten über sein Schwarzsehen: In seinem Alter und seiner Vereinsamung glaube Jeremías, es fänden in jeder Nacht Kämpfe zwischen Invasionstruppen und einheimischen Verteidigern statt, und morgens gehe er die Plätze ab und zähle die Blutflecken; er behaupte sogar, zwischen isländischem und Norwegerblut unterscheiden zu können.

Draußen vor Ránakot saß mit blutverschmiertem Gesicht Gesturs Freund Skapti auf der Erde. Ihm war etwas Lustiges passiert: Er war dem Großen Jeppe vor die Fäuste gelaufen. Der Große Jeppe war in diesem Sommer in Segló zur Legende geworden. Er war ein kräftiger norwegischer Heringsfischer mit tiefliegenden Augen, der für drei soff, dann aber auf beiden Augen blind war und sich mit jedem anlegte. Manchmal schlug er dabei auch den Falschen, einmal sogar eine Frau, und jetzt hatte also Skapti eine Abreibung und aufgeplatzte Lippen bekommen.

Gestur half seinem Freund auf die Beine, und gemeinsam mischten sie sich in das Gedränge aus Gewalt und Gefummel, bis sie an der Nordostecke der Kirche auf ein paar Kumpel stießen, breitgrinsende Burschen, die aus einem Kanister Höllenpisse tranken und sich über die Geschichte von Skapti und dem Großen Jeppe schieflachten.

»Einen Kinnhaken von einem Blinden! Das ist ja, wie in Bæjarkot ein Blümelein zu finden.«

Letzteres war zu einem geflügelten Wort geworden, nachdem die selige Steinka vor Jahren im Madamenhaus ihr Gesicht in der Begonie gebadet hatte. Die Burschen wieherten noch lauter. Gestur durchfuhr ein Glücksstrom. Wie lustig das Leben sein konnte, und das hier in diesem Ort! Der Höllensaft hob seine Stimmung, der Morgen war mordsschön, Olgeir hatte ihn vor einem norwegischen Weibsstück bewahrt – er hatte seine Anna nicht betrogen –, und seine Freunde hoben vor bester Laune schier ab. Dann stießen sie auf die Sonne an, die gerade, nicht länger rot, wie ein Gasballon über dem Schulgebäude aufstieg.

Die Morgensonne schien in allen das Beste zum Vorschein zu bringen, alles wurde schön, selbst Ratten, Aas und Innereien. Die Schlägereien ließen nach. Auf die Schifferklaviere, die noch immer auf Hedins und der Norwegerbrücke spielten, übten die ersten Sonnenstrahlen des Tages ebenfalls einen mildernden Einfluss aus, die Musikanten bekamen Heimweh – hier war es ja genauso schön wie zuhause! –, und aus der Ziehharmonika kam ein Harm-Ziehen, das tropfend auf die Bohlen schluchzte. Die Melodie von Ole Bulls »Sæterjentens Søndag« schwebte durch die Luft, einige stimmten ein und veränderten den Text zu »Heringsmädchens Sonntag«, und der hatte nun wahrhaft begonnen.

Gestur hielt wieder Ausschau nach Anna, diesem sanftlächelnden Sonnenschein. Er hatte das zauberhafte Wesen vor drei Sonntagen zum ersten Mal bei einem Tanz auf Buus' Brücke erblickt. Zweimal hatte er versucht, an sie heranzukommen, war aber nicht entschlossen genug gewesen. Beim zweiten Mal hatte ihm ein Norweger gedroht, ihm die Zähne einzuschlagen.

Die Norweger bekamen stets die heißesten Bräute. In ihnen pulsierte etwas (diese ganzen Schlägereien!), sie waren fremd, spannend und sahen gut aus, groß, üppiger Haarwuchs, und außerdem schlummerten in jedem Kuss Träume von einem besseren Leben in einem schöneren Fjord voller Bäume. Die Isländer waren krumm, niedergedrückt von Rachitis im Erbgut und mit Sterbenskranken in der Familie auf dem Buckel, sie waren unansehnlich und verlaust und konnten weder tanzen noch küssen. Wer wollte schon mit so einem in einer weiteren Torfhütte enden? Außerdem stanken sie wie Schimmelpilz durch einen Misthaufen gefiltert und lutschten noch beim Knutschen an ihrem Tabakspfriem. Die Norweger dufteten nach salziger Seeluft und *frischem* Fischseim, und sie waren so höflich, vorher auszuspucken und erst dann zu küssen.

Unvorbereitet hatte Gestur Anna im Laden des Krónufélag wiedergesehen. Sie hatte ihm mit vielsagendem Blick zugelächelt; das musste er doch als Zeichen verstehen, als Aufforderung. Beim Verlassen des Geschäfts hatte sie sogar noch einmal den Kopf gedreht und ihm einen weiteren Blick zugeworfen. Etwas so Herrliches war ihm noch nie widerfahren. Sie hatte ihm ihre Augen geschenkt. Anna!

Danach hatte er sich entschlossen, ihr ganz altmodisch einen Brief zu schreiben, wie ein verschrobener Sonderling vom Lande. Er hatte sogar seinen Ziehvater Lási um Hilfe gebeten, und der alte Reimeschmied hatte ihm zwei Zeilen gedrechselt, die wahrscheinlich ziemlich saftig und als aphrodisierend gedacht waren, aber das machte nichts, Gestur verstand sie nicht und Anna sicher auch nicht. »Schwerlich sah liebreizendere Maid / ich je erschauern vor meinem Schwerte.« Er wusste, dass sie von den drei Briefen, die er ihr schrieb, wenigstens einen erhalten hatte. Anna, o Anna, mit den kurzen, dunklen Haaren und den lustig verschmitzten Augen, ein beseligendes Lächeln auf den Lippen.

Doch seitdem war er ihr nicht mehr begegnet. Segló war eine solche Großstadt geworden, dass ein Gesicht, das einem urplötzlich entgegensprang, im nächsten Augenblick ein Menschenmeer entfernt war, so dicht war das Gedränge, Kinnhaken hagelte es ebenso dicht, und der Tratsch blühte nicht minder. Eyri war wie ein Billardtisch voller Kugeln, die bei der kleinsten Berührung auseinanderstoben, um am Ende paarweise in den Löchern zu verschwinden. Sechs Wochen im Jahr fand hier jeden Abend ein großes Open-Air-Festival statt, ein Brunftplatz, wie das Land noch keinen erlebt hatte. Die Norwegerzeit im Segulfjörður war unvergleichlich.

Skapti hatte herausgefunden, dass Anna aus einem der Fjorde im Osten kam, in Bláfelds Baracke wohnte und bei EHBB angestellt war, aber auch anderswo Schichten übernahm, denn bei Eiríkur gab es oft nicht genug zu tun. Er hatte im Frühjahr zwei seiner vier Boote verkauft.

Die Freunde zwängten sich durch die Menge auf dem Blutplatz Richtung Nordpol, wollten zu einem Tanz bei Buus oder auf der Norwegerbrücke. Weiter weg sangen die Färinger.

Kapitel 11

Ein Fass voller Tränen

In der Gasse zwischen Nordpol und Norwegerhaus stießen sie unter dem Dachvorsprung des Letzteren auf eine Frau, die sich mit einer in einen Schal Gewickelten unterhielt, die ihnen den Rücken zudrehte. Die Frau stützte sich auf ein volles Wasserfass, als wäre es ihr Eigentum, sah kurz auf, und ihr Blick ließ Gestur stehenbleiben. Die Frau war mittleren Alters, sicher über vierzig, hatte kein schlechtes Gesicht und einen stattlichen Körper. Ihr Gesicht war etwas dunkelverschmutzt wie bei vielen Frauen damals, nach Jahren über qualmenden Torffeuern in offenen Herden. Unter der graubraunen Schicht ließen sich Sommersprossen auf den Wangen und um die Augen erahnen, wie Sternenschwärme am Himmel.

Das Gesicht der Frau strahlte Güte und Achtsamkeit aus und wies die »allgemeinen Kennzeichen« auf, die nur wenige besitzen und andere glauben machen, sie würden dieses Gesicht kennen, obwohl sie es noch nie gesehen haben. Aber hier steckte mehr dahinter. Gestur spürte, wie ihre großen Augen etwas in ihm entzündeten, und die Frau ihrerseits verstummte. Eine Weile standen sie still da und ließen die Jahre von der letzten Gelegenheit abblättern, bei der sie sich gesehen hatten, während Männer und Frauen an ihnen vorbeigingen. Der dunkelbrauige und scharfsichtige Skapti stieß einen Schrei aus und verschwand mit einem Bekannten in Richtung der Kais. Gestur verharrte und wartete darauf, dass ihm der Name dieser Frau wieder einfiel, der wahrhaftigsten Mutter, die ihm das Leben vergönnt hatte: Málfríður, seine Mallamama. Sie war es doch, oder etwa nicht?

»Bist du es?«, fragte sie.

»Bist du ...?« Ihm versagte die Stimme.

Er hatte sie seit seinem letzten Tag im Haus der Familie Kopp nicht mehr gesehen, dem Tag, an dem er, zwölf Jahre alt und verheult, seine Kindheit und seine Stellung als Sohn eines Kaufmanns zurücklassen, nach Norden in den Lásifjord und das Leben eines Armen umziehen musste. In seinem Geist stellte sich das Bild einer jungen Frau in Wollstrümpfen mit löcherigen Fersen ein. Niemand bekam diese Löcher zu sehen, nur er, das krabbelnde Kind auf dem Boden. Dazu gehörte ein Geruch, der ihm jetzt aus den Strumpflöchern gekommen zu sein schien. Du liebe Güte, im Stall von Ytri-Skriða hatte er als größerer Junge, umgeben von vierzehn Jahren, einen Brief von dieser Frau gelesen und erneut geheult. *»Denke an mich, mein bester Fúsintes! Du sollst einen Schmalzkringel dafür bekommen.«* Er kam zu sich, weil die Frau etwas sagte.

»Wie groß und stattlich du geworden bist!«

»Du ...«

»Ich wollte dich vorhin aufsuchen, aber du warst nicht zuhause. Nur der alte Sigurlás und eine Frau mit zwei Kindern. Man hatte mir gesagt, du würdest in Strönd wohnen.«

Ach deswegen hatte Lási Olgeir losgeschickt, um ihn zu holen, überlegte Gestur und wollte irgendwas sagen.

»Bist du seit ...«

»Ich bin vor zwei Wochen angekommen. Zurzeit führen ja alle Wege nach Segló. Hier ist ja eine Menge los. Aber jetzt komm mal her, mein kleiner Dummer, und lass dich von der alten Malla umarmen!« Sie lachte mit Mund, Augen, Nase und Ohren, ihr Gesicht ging überall auf, dann breitete sie die Arme aus und sagte lachend: »Mein lieber kleiner Gettur!«

Er tauchte in ihre Haare ein und in ihre Jahre und roch geräuchertes Schaffleisch und Rauch, aber auch diesen früheren Duft, den er gerade wieder in der Nase gehabt hatte und der ihm aus den Löchern in ihren Strümpfen zugeströmt war und ihn beinah aus den Schuhen hob, aus Schleim und Innereien, bis er auf einer Wolke landete und sich dort an einem »Es war einmal«-Feuer und dem wärmsten Herzen der Welt wärmte. Als sie sich voneinander lösten, flossen beider Augen über von Tränen. Sie lachte, er kicherte, sie wischte sich Tränen von den Lidern, er betrachtete sie mit offenen Augen und einem etwas offenstehenden Mund wie ein Kind, das zum ersten Mal die Sonne sieht. Dann wollte er wieder etwas sagen, aber seine Stimme ließ ihn im Stich, sein Hals brannte. Seine Elternlosigkeit stieg in ihm hoch, überfiel ihn plötzlich wie ein Wurf ausgehungerter Eisfüchse, die sich all die Jahre in ihren Bauten und Felsspalten verstecktgehalten hatten und jetzt auf einmal in seinem Hals losheulen durften. Er stellte nicht zum ersten Mal fest, dass da die einzige Frau vor ihm stand, die ihm eine Mutter gewesen war.

»Wo bist du ... Wo hast du ... Woher ... Wo wohnst du?«

»Da im Keller.«

»Im Madamenhaus? Ist das nicht unzumutbar?«

»Ach was, für mich ist das gut genug. Die Männer schnarchen prächtig, und ich werde kaum belästigt.«

Diese Allerweltssätze dienten ihnen als unterschiedlich lange Krücken, ihre Gemüter versuchten Boden zu finden in der dampfenden Aufregung, die aus dem Eimer der Vergangenheit über ihnen ausgegossen wurde.

»Nein, das ist unzumutbar. Du ... du kannst bei uns wohnen.«

War das vernünftig? Noch einen zu füllenden Magen aufzunehmen? Dieses Bedenken erschlug er mit der Keule. Mit ihr würde alles um so vieles leichter werden. Mit Malla. Seine Mallamama war wieder da! Natürlich las sie all diese Gedanken mit und antwortete:

»Nein, nein, Gestur, lass mal! Es ist alles gut so. Mach dir um mich keine Sorgen!«

Dann standen sie eine Weile stumm da und rangen mit »wenn« und »hätte«, bis ihre Blicke zu dem Regenwasser in dem Fass wanderten, auf dessen Rand vier knochenweiße Finger von Malla ruhten, und sie sahen, dass es ein Symbol ihres Wiedersehens war: ein Fass voller Tränen. Irgendwann fragte die junge Frau in dem Schal (eine Statistin mit vorspringendem Kinn), mit der sich Málfríður unterhalten hatte:

»Wer ist das?«

»Das ist Gestur, ich war einmal seine Mutter. Wir haben uns seit wie lange ... einem Jahrzehnt nicht mehr gesehen? Er reichte mir damals gerade bis zu den Rippen, jetzt ist er groß und stark«, sagte Málfríður und kniff ihn in die Wange.

Gut, dass ich mich im Juni rasiert habe, dachte Gestur und sagte:

»Du weißt, dass er auch gerade hier ist?«

»Wer?«

»Kaufepapa.«

»Ach der! Ja, ich habe ihn gesehen«, antwortete Málfríður mit einem bedeutsamen Blick.

Plötzlich kam Skapti um die Ecke geschossen, grüßte kurz und schnaufend herüber und wollte anscheinend nicht ganz zu ihnen kommen. Er hatte den Pullover ausgezogen, sein weißes Hemd leuchtete im Morgenlicht. Seine Lippen waren geschwollen und hübsch violett angelaufen, wie eine aufgehende Sonne in seinem verschwitzten Gesicht.

»Gestur!«, rief er und formte mit den Lippen ein stummes »Anna«.

Dazu zeigte er mit dem Finger. Anna war beim Heringstanz. Mit den Worten, sie würden sich bald wiedersehen, verabschiedete sich Gestur von Mallamama und der Statistin mit dem Kinn. Sein Herz füllte und leerte sich, füllte und leerte sich. Er stürzte davon, und seine ehemalige Mutter sah ihm mit verständnisvollem Lächeln nach.

Kapitel 12

Hallihallo und tralala

Die Sonne war über die Fässerstapel gestiegen und schien nun ungetrübt auf die große Party. Auf dem Platz vor dem norwegischen Lagerhaus hockten Männer zusammen, Gelächter und Pfeifenrauch stiegen von ihnen auf, ein Schifferklavier tönte vom Anleger, der Musikant, ein Norweger in blauer Weste, saß auf einem liegenden Fass und sang: »Komm zum Kosterwalz, / leg mir deinen runden Arm um den Hals«. Beim Näherkommen sah man Paare im Stakkato über die Planken steppen, während es andere langsamer angehen ließen, weil sie entweder zu betrunken oder zu verliebt waren, oder beides. Es war sehr offensichtlich, dass in der Heringsfischerschule weder Walzer noch Reel unterrichtet wurden und die isländischen Jenter ihre Tanzstunden bei jemandem genommen hatten, der selbst nichts konnte. Das Besäufnis war in seine letzte Phase eingetreten, das Fest auf seinem Höhepunkt. Hier fiel jemand von der Pier ins Wasser und rief lautes Gebrüll und Gelächter hervor, da hockte einer im Schatten unter der Hedinsbrücke mit nacktem Hintern und verrichtete in aller Seelenruhe sein Geschäft. Ganz oben um die Bergzinnen wachten die Augustschneefelder und glühten rot, ebenso erhitzt von der Sonne wie die Wangen der Frauen vom Tanzen, und weinten aus Empfindsamkeit über die Schönheit des Lebens noch haltloser als zuvor. Und da war sie – nein, sie war es nicht.

Gestur war es inzwischen gewohnt; in den letzten Tagen hatte er ihr Gesicht an zehn verschiedenen Frauen gesehen, und als er nach einer dreißigstündigen Wache an Bord auf der Fahrt zurück in die Messe gekommen war, hatte sogar das Gesicht des Smutjes ihre Züge angenommen. Er war total erschrocken, als ihm Anna einen Becher mit dünner Kaffeeplörre reichte. Anna war überall, ihr Lächeln in jeder Welle.

Und jetzt kam er zum Anleger und sah siebenhundert Annas. Annas in Röcken, Anna mit Kautabak, Anna mit Pfeife, Anna in Stiefeln. Anna, die mit Anna tanzte. Und doch war Anna nirgends.

Skapti gab ihm die Flasche, und er saugte mit einem tiefen Zug das Sonnenlicht aus der Pulle. »Eben war sie noch hier.« Die Tanzenden umringten sie, und auf einmal waren sie mitten in einer Polonaise, Gestur klammerte sich an die Schultern eines fremden Matrosen, die Schlange ringelte sich über den Anleger, »hallihallo und tralala«, und dreißig neue Annas kamen lachend in der entgegenkommenden Reihe auf ihn zu. Aus der Flotte auf dem Pollur stieg weißer Rauch senkrecht aus einem schwarzen Schornstein, auf dem Fjord spiegelten sich Schiffsrümpfe und Masten. Morgenstille mit Möwen und zwei Paar Eiderenten. Vor lauter Tralala von sich und den anderen hörte er die Räuber der Lüfte gar nicht, aber wo steckte sie wirklich, die kleine, süße, dunkelhaarige Anna?

Die Polonaise zog von der Brücke auf den Platz davor, wo sie noch länger wurde, weil sich immer mehr an den Trampelscherz anhängten, dann kehrte sie auf die Brücke zurück und teilte sich. Die Hälfte, zu der Gestur und Skapti gehörten, enterte ein Heringsschiff, das an der Norwegerbrücke vertäut lag, ein ansehnliches Schiff mit breitem Deck und Steuerhaus. Der tanzende Wurm schlängelte sich dahinter und teilte sich dort erneut, sodass Gestur auf einmal Erster Mann war und als solcher fröhlich wieder vor dem Steuerhaus erschien, wo er auf eine weitere Anna stieß ... Sie lächelte ihn schüchtern und schuldbewusst an. Hinter ihr stand ein schönbärtiger Bursche, dessen Kussröte auf den Wangen die Art ihrer Bekanntschaft verkündete. Dennoch grüßte sie den isländischen Burschen, der aus der Schlange austrat und seinem Freund die Führung überließ. An seinem Ab-schiedsblick erkannte er, dass er diesmal vor der richtigen Anna stand. Sie war keine Einbildung, und sie hatte ihn gegrüßt, und das mitten in einer Knutscherei mit einem anderen!

»Sæll, du bist Gestur, richtig?«

Ehe Gestur antworten konnte, bekam er eins aufs Maul, taumelte, Blut floss, er fing sich einen zweiten Schlag, sein Blut spritzte über die Bordwand, dann fiel er rücklings auf einen nasskalten Netzhau-fen und wusste von nichts mehr.

Zwei Minuten vergingen, zwei lange Minuten in der Geschichte des Orts, zwei ganze Minuten, über die keine Quellen vorliegen.

Als er zu sich kam, hockte sie bei ihm, achtzehn Möwen schwebten über ihnen, ansonsten herrschte Stille auf dem Schiff und auf der Pier, alle Menschen waren weg. Hatte er so lange geschlafen?

Kapitel 13

Nieder mit dem Lensmann!

Nein. Was hingegen geschehen war: Der Sýslumaður der Eyrfirðinger, Herr Guðvarður Guðvarðarson, war auf dem Weg zu seinem Boot an der Neuen Brücke, die Lási gebaut hatte, in der Gasse zwischen Gemeindevorsteher- und Arzthaus gesichtet worden. Das Gerücht verbreitete sich wie ein Lauffeuer über Eyri, und eine halbe Minute später war der Sýslumaður von erregten Norwegern umzingelt und konnte nicht vor und nicht zurück. Nicht einmal, als sein Kapitän Jón Bolman sie mit Blicken, Fäusten und lautstarken Befehlen in einfachem Dänisch in die Flucht zu schlagen versuchte. Einige wollten dem Mann ans Leder und ihn gehörig verprügeln, einer schwang sogar eine Schaufel, doch andere hielten sie zurück, es sei nicht gut für Norweger, wenn sie hier Vertreter der Amtsgewalt erschlügen. Bald riss der Wütendste von allen, Skipper Fartein Nygård, das Wort an sich. Der feiste Hüne hatte Grund zur Klage, denn der Sýslumaður hatte sein Fanggerät beschlagnahmen lassen.

»Vier Sommer lang haben wir hier gefischt und kein einziges Gesetz übertreten. Und jetzt tun Sie so, als gäbe es auf einmal neue Gesetze und Vorschriften. Ohne dass man uns darüber informiert. Das ist unfair. Wir wollen unsere Netze zurück!«

»Die Grenze der Hoheitsgewässer verläuft bei drei Seemeilen, und zwar schon seit 1901«, konnte der Sýslumaður erwidern, bevor die Rufe der Norweger ihn übertönten.

»Ja, aber für Sie sind drei Seemeilen vier.«

»Nie zur See gefahren!«

»Uns hat noch nie einer belangt.«

Im Kern ging es wohl darum, dass isländische Behörden die norwegischen Schiffe auch dann nicht behelligt hatten, wenn sie innerhalb der Drei-Meilen-Zone fischten, sondern sich auf die dänische Küstenwache verlassen hatten, die allerdings nicht stark und dazu noch völlig mit britischen Grundschleppnetztrawlern beschäftigt war. Jetzt aber hatte der Sýslumaður einen härteren Kurs eingeschlagen und die Norweger damit an empfindlicher Stelle getroffen.

Das Gedränge war inzwischen so groß, dass Kapitän Bolman, der Leibwächter des Beamten, Mühe hatte, seinen Chef zu beschützen. Außerdem folgte die Masse ihren eigenen Gesetzen, und dem Sýslumaður blieb nichts anderes übrig, als ihren Bewegungen zu folgen. Zwei Isländer wären fast gestürzt, Fäuste wurden geschüttelt, dass die Knöchel weiß in der Morgensonne glänzten, und das Ganze schien chaotisch zu werden, als von Westen her ein Geknurre durch die Menge lief. Sie wurde etwas leiser, und man konnte nun eine schrille Stimme mit isländischem Akzent rufen hören: »Ná skal vi roe oss ned! Jetzt beruhigen wir uns mal!« Die Stimme fuhr wie ein kleines Lotsenboot durch stürmisches Gewässer, denn ihr Besitzer war erst zu sehen, als er beim Sýslumaður ankam. Es war der Gemeindevorsteher, der einzige Gesetzeshüter im Ort, aber er hatte ein Kraftpaket dabei: Magnús Mannlos.

»Ist das nicht storartig, wie böse Norweger werden können? Aber jetzt wollen wir uns alle wieder beruhigen. Roe oss ned.«

Er hatte zuerst den Sýslumaður angesprochen und sich dann an die norwegischen Seemänner gewandt, die aus vollem Hals sozusagen die Heugabeln gegen ihn schwangen:

»Hier wird es keine Ruhe geben, bis der Sýslumaður uns unsere Netze zurückgibt.«

»Nieder mit dem Lensmann!«

»Kommt, wir nehmen ihn gefangen.«

Der Zorn der Menge wallte wieder hoch, und Magnús wollte schon die Fäuste sprechen lassen, aber der Gemeindevorsteher hielt ihn zurück und befahl ihm, den Sýslumaður zu schützen und ihnen Platz hinunter zum Kai zu verschaffen. Der Spitzbart musste auf sein Boot gebracht werden. Magnús schubste die ersten Norweger beiseite und erhielt prompt einen Kinnhaken, reagierte aber mit einem so schnellen Ellbogenstoß, dass der Boxer in die Menge fiel. Das Durcheinander nutzte Magnús, um ihnen eine Gasse zu bahnen, aber die Menge stemmte sich dagegen und wurde zu einer mächtigen Woge, die über den Landratten zusammenschlug. Sie mussten zurückweichen. Der Gemeindevorsteher sah, dass die Masse im Norden weniger kompakt stand, und befahl Magnús, Kurs auf die Kirche zu nehmen. Der Kraftprotz ging auf die andere Seite des Sýslumanns und fing an, ihnen mithilfe des schweigsamen Bolman in dieser Richtung eine Schneise zu schlagen. Das gelang gleich besser, weil es dort keiner wagte, sich Magnús in den Weg zu stellen, aber nach und nach wechselten mehr Norweger dorthin. Dennoch kamen sie zunächst noch Stück für Stück voran, bis drei aufgebrachte Norweger gegen Magnús antraten. Der Kräftigste von ihnen holte zu einem Schwinger aus, doch Magnús fing den Schlag ab, hielt den Mann am Handgelenk gepackt und benutzte ihn als Schneepflug durch die Menge. So kamen sie der Friedhofspforte immer näher.

Über die Mauer schafften es die Verfolger nicht so schnell, und die Vertreter der Obrigkeit erreichten zügig die Kirche, wo der Gemeindevorsteher den Schlüssel zückte und die Tür aufschloss. Seit zwei Sommern sperrte er die Kirche in der Fangzeit zu, nachdem er einmal ein kaum bekleidetes Pärchen auf der hintersten Bank in flagranti ertappt hatte. Guðvarður, Bolman und Hafsteinn traten ein und verriegelten die Tür hinter sich, Magnús bezog davor Posten. Die Norweger bedrängten ihn, aber vor seinem Gesichtsausdruck schreckten sie zurück. Hinzu kam der tiefverwurzelte Respekt der Norweger vor einer Kirche als Haus und Heiligtum; ihre Wut flaute etwas ab.

Sie belagerten das Gotteshaus allerdings weiterhin, es wurden auch noch vereinzelt Rufe ausgestoßen, und einige lugten durchs Fenster. Sie sahen, wie der kleine, silberbärtige Gemeindevorsteher dem vor Schreck blassen Sýslumaður beruhigend die Hand auf die Schulter legte. Der hockte auf einer Bank und misstraute der Situation. Hier saß er in seinem eigenen Machtbereich in norwegischer Geiselhaft, in einer *Kirche*, die noch dazu von Norwegern erbaut worden war. Was war nur aus Island geworden?

Kapitel 14

Amselgesang

Die Sonne war wieder verschwunden, diesmal hinter einer niedrigen Wolkenschicht, die über Häusern und Schiffen hing; nur wenige rötliche Strahlen drangen hier und da durch die graue Decke. Das eigentümliche isländische Sommerlicht übernahm wieder seine silbrig graue Herrschaft.

Die Sommernächte waren die Heiligtümer der Isländer, ihr wahrer Säulentempel ohne Säulen. Darin fanden die Menschen Heilung und Hirnwäsche, den Glanz inneren Friedens, und an Dunkelheit gewöhnte Ausländer ihr Staunen. Und stets warf diese Helligkeit keine Schatten, denn sie kam nicht nur von oben, sondern auch von der Erde, jeder Fels, jeder Widder, jede Hauswand leuchtete aus sich selbst, der Augenblick verwandelte jeden Hügel in eine Sonne und jede Seele in Gesang. Vielerorts konnte man in den Tälern der Insel Bauern wie Gesinde für sich allein vom Hof ins Moor oder einen Hang hinaufgehen sehen, wo sie ihrer Seele beim Singen lauschten. Das war ein Höhepunkt des Lebens.

Gestur hatte noch kein Wort mit Anna gewechselt. Sie hatte ihm aufgeholfen, und nun saßen sie auf dem Dollbord eines fremden Heringsboots und versuchten, auseinander schlau zu werden. Er lachte und schüttelte den Kopf, schnitt ein Gesicht, fasste sich an den Kiefer und drückte ein Tuch auf die geschwollene Lippe. Ein Tuch, das sie ihm gereicht hatte. Sie fragte ihn, ob es wehtäte. »Nicht der Rede wert«, sagte er und sah sie wieder an, saugte dieses schöne Gesicht in sich auf. Ein paar Schuppen glitzerten in ihrem Haar wie Sterne in der Nacht, darüber psalmodierten die Möwen wie die gerissensten Geistlichen. Hinter ihnen stand der Mastenwald, und in der Ferne rief die Menge nach dem ersten Kuss. Der musste warten, denn sie fand ihre Sprache wieder:

»Hast du mir einen Brief geschickt?«

»Äh, ja. Ich war nicht sicher, ob ich dich wiedersehen würde.«

Durch die Schwellung seiner Lippe klang Gestur schleppend wie ein geistig etwas Unbeweglicher, was gar nicht so falsch war; die Liebe macht jeden Mann zum Trottel.

»Vielen Dank dafür. Waren es sogar zwei?«

»Es waren drei, aber wenn du einen erhalten hast, reicht das.«

»Drei?«, wiederholte sie und lachte.

Er liebte dieses Lachen.

»Und mit Poesie und so. Du bist gut. Die Strophen habe ich nicht ganz verstanden, aber sie waren schön.«

»Äh, danke! Ich verstehe sie selbst nicht ganz. Sind ein bisschen liebreizend, oder?«

Er schnaufte ein Lachen durch die Nase, schüttelte erneut den Kopf, nahm das Tuch weg, spuckte Blut und verzog das Gesicht vor Schmerz.

»Was soll dieses liebreizend eigentlich bedeuten?«, fragte sie mit einem so schön fröhlichen Ton in der Stimme, dass Gestur noch nie mehr Zuneigung für Lási empfunden hatte.

Er fasste seine Chance in ein einziges, ernstes Wort.

»Du.«

Sie hörte auf zu lachen und spitzte die Lippen, und da sanken die beiden Köpfe einander zu wie zwei junge Bäche, die zusammenfließen und dabei nur dem Gefälle folgen.

Gestur erlebte in diesem Moment etwas, auf das alle Menschen ein Anrecht haben: dass ihr Leben sich in einem bergquellreinen Glitzern mit einem anderen vereint. Sie küsste ihn, vorsichtig wegen seiner geschwollenen Lippe, und Gestur tat es weh, aber es war ein Kuss voller Liebe. Von seiner Seite und vielleicht auch von ihrer. Liebe wird mit etwas Vorlauf besser. Gestur hatte dieses Pflänzchen gesät und gewässert. Diesmal war es kein Märchen, sondern Wirklichkeit.

Sie gingen verändert aus diesem Kuss hervor, zwei erhöht schwebende Menschenwesen; und in der Ferne applaudierte die Menge. Das hörten sie nicht, auch nicht den Gesang der Färinger, nur den Amselgesang der Möwen.

Sie wischte ihm Spucke und Blut vom Kinn, bat mit einem Lächeln um Entschuldigung und gab ihm dann das Tuch zurück.

»Es hat wieder angefangen zu bluten. Hier, drück das dagegen! Was für ein Rüpel, dieser ...«

»Wer war das?«

Sie antwortete nicht, sondern schaute verwirrt über das Deck und die gegenüberliegende Reling und den mit Erbrochenem befleckten Steg. Der Liebestaumel ließ ein wenig nach, und Gestur spürte wieder das Pulsen in den Lippen, sein Unterkiefer brannte von dem Faustschlag, und es schmerzte bis in die Zähne. Er spuckte noch einmal Blut aus; es kam auch aus der Innenseite seiner Wange. Aber all das war nichts im Vergleich mit dem Jubel in seinem Herzen.

Sie stieg und trippelte mit ihm über die Spuren des Gelages, an den Tonnenscheunenwänden entlang, durch Haugesund am Norwegerhaus, östlich am Nordpol vorbei, wo drinnen wie draußen noch immer gesungen wurde (jeweils andere Lieder), dann an einem namenlosen Schuppen, an dessen Nordwand das weißliche Morgenlicht einige entblößte Hinterteile beleuchtete, die ihre Gier in eine unglückliche junge Frau stießen, die auf einem Fass lag, hinter dem eine schwengelschwenkende Schlange wartete, während auf umstehenden Fässern weitere Zuschauer saßen – war das eine Massenvergewaltigung oder ein Gangbang mitten in einer Liebesgeschichte? Die beiden blickten rasch weg, und sie sagte: »Jesus, was tun die da?«, wollte sogar stehen bleiben, aber er meinte, er wolle nicht, dass sie von denen auch noch verprügelt würden, also machten sie kehrt und gingen in entgegengesetzter Richtung über einen Kampfplatz, auf dem zwei wie eingefroren im Gras lagen und sich gegenseitig an der Gurgel hatten, in inniger Umarmung wie ein Liebespaar. Schnell passierten sie Krít, wo ohne Frauen Krawattenträger standen und mit Gesichtern wie Stoiker ihre Fasszahlen miteinander verglichen, und weiter nach Norden an Buus' Lagern vorüber, bei denen ein paar Jugendliche krakeelten und auf eine Katze pissten. Einer von ihnen krähte Gestur auf Isländisch nach:

»Der elfte Mann in Anna!«

Sie sahen eine Menschenmenge auf dem Blutplatz, die gebannt zur Kirche blickte, von wo lautes Geschrei, wenn nicht gar Scheibenklirren herüberdrang, bevor sie bei zwei angepflockten Schafen, die Valdi Skó gehörten, und drei schlafenden Hunden wieder abbogen, diesmal zu Södals Station, dort war es ruhiger. Aus einer Kneipe in einem alten Trockenschuppen südlich davon kamen zwei Typen, breiteten die Arme aus, grinsten gutmütig mit braunen Zähnen und lallten Gestur in nahezu unverständlichem Westländisch an:

»Mann, ist die schön!«

»Zehn Fass für sie. Wir bieten dir zehn volle Heringsfässer für die Schönheit da. Zehn Fässer!«

Sie eilten weiter auf das Gelände von Södal, wo in gebührendem Abstand voneinander zwischen Fässern und Karren gleich drei handgreifliche Techtelmechtel im Gange waren. In ihrer Mitte saß ein Norwegertrio mit einer Flasche auf dem Boden und sang:

»… und die Saganacht, die senkt, / senkt Träume auf die Erde.«

Am Ende der Brücke hatten die Färinger das Singen inzwischen eingestellt, schien es Gestur, oder sie machten eine Pinkelpause.

Anna führte ihn in Södals Baracke, eine dunkle, nach Salz riechende Welt, und rechts eine Treppe hinauf. Wohnte sie gar nicht in Bláfelds Baracke? Auf der vierzehnten Stufe saß ein verschwitzter Bursche und auf ihm ein freudiges Mädchen, das ihnen den Rücken zuwandte. Beide waren angezogen, aber fest in der Hand der Lust, verlangsamten allerdings das Tempo ihres Auf und Nieder, bis Anna und Gestur an ihnen vorbei waren. Was war aus diesem Ort geworden, diesem Haifängernest am Polarkreis? Ein Pärchenparadies? Ein Fjord der Liebe? Ein Hort der Freiheit und Freizügigkeit? Oder nur ein Sündenpfuhl? Eine Vergewaltigungshölle? Eine Prostitutionswelt?

Segló konnte sich nicht entscheiden, und so war es das alles und noch mehr.

Kapitel 15

Geheimes Plätzchen

Ob er wirklich ihr elfter Liebhaber war, überlegte Gestur, während er ihr gebückt und mit lädierter Visage (noch immer tat ihm auf der linken Seite der Kiefer weh und suppte es aus der geplatzten Lippe) unter Södals Dachbalken folgte, wo Tageslicht knapp bemessen durch die Nagellöcher in den Dachblechen sickerte, einer weiteren Neuerung der Norweger, die sie Wellblech nannten. Dann ging es wieder ein paar Stufen hinab, in eine dunkle Ecke, wo Anna eine niedrige Tür öffnete. Gestur beugte sich hindurch, und sie schloss hinter ihnen zu. In der Wand saß ein winziges Fensterchen, das Licht auf ein quadratisches Bett mit einer darübergebreiteten braunen Decke warf. Drum herum standen kaputte Möbelstücke, aufeinandergestapelte Stühle und Tische, Faustschläge aus dem letzten und vorletzten Jahr. Gestur näherte sein schmerzendes Gesicht dem Fenster und staunte über den Ausblick. Noch nie hatte er in einem Gebäude so hoch oben gestanden. Man nannte es vermutlich die zweite oder dritte Etage. Er blickte über ganz Eyri, seine Dächer und sein Menschengewühl, bis auf die Hänge oberhalb von Upphæðir, wo hier und da ein paar Liebespärchen zu erkennen waren, dazu die Kühe des Pastors, eine singende Schar und, in kürzerer Entfernung, der Menschenauflauf vor der Kirche.

»Ist jetzt Gottesdienst?«, fragte er die Scheibe, sich und Anna.

»Was?«

Aber er antwortete nicht, drehte sich um und lächelte sie mit lädiertem Unterkiefer und doppelt dicker Lippe an.

Sie setzte sich aufs Bett und winkte ihn zu sich. Er atmete den Geruch von Moder und kaputten Möbeln ein; es roch nach getrocknetem Harz, dem dicken Blut der Stühle, und seit Langem feuchten Holz. Er setzte sich neben sie und fragte, ob sie hier wohne. Sie verneinte, hier wohne niemand.

»Das ist ein Geheimversteck«, sagte sie mit einem so süßen Lächeln, dass er beinah wieder ohnmächtig geworden wäre.

»Dein Versteck?«

»Ja.«

Ihr umwerfendes Lächeln bekam zusätzlich noch einen schelmischen Ausdruck, und auf ihrer festen Wangenhaut bildeten sich Grübchen. Kein Mädchen in Island war je von solcher Schönheit gewesen, sein Herz frohlockte, sie war der süßeste Wonnetropfen der Welt, er wollte ihn – trotz seiner Behinderung – in einem einzigen Zug trinken. Er probierte es auch. Ihre Gesichter verschmolzen, doch plötzlich liefen seine Gedanken in eine einzige Richtung: War es nicht allzu einfach? Tat sie so etwas gewohnheitsmäßig? War er wirklich der elfte Mann in Anna? Schleppte sie alle hier herauf?

Auf der anderen Seite dachte sie: Sein Fischgeruch ist ein anderer als der von diesem Torstein, da ist etwas modrig Feuchtes, der Geruch nach einer Baðstofa. Hätte ich doch den Norweger nehmen sollen? Aber der hier hat mir einen Brief geschrieben, und alle sagen, er sei in Ordnung, auch wenn er immer an der Armutsgrenze entlangschrammt und natürlich nie etwas aus ihm werden wird, nichts als ein Isländer. Torstein hatte etwas von einem Verwandten auf der Insel erzählt, den er beerben würde, wunderbare Träume, ein anderes Land. Aber dann hatte er zugeschlagen, zwei Kinnhaken, die Gestur von den Beinen holten, und sie hatte eine neue Seite an sich entdeckt: Sie sympathisierte mehr mit dem Geschlagenen als mit dem Schläger. Den Ausschlag hatte dann das Ausflippen des Norwegers gegeben, als er diese neue Seite an ihr gesehen hatte, sein rasender Versuch, sie ins Meer zu werfen. Er hatte ihr fast den halben Ärmel vom Pullover gerissen.

Sie überlegten nicht weiter und lösten sich voneinander. Der Kuss hatte ihn Blut und Pein gekostet, er verzog das Gesicht, hielt sich die Wange und drückte das Tuch auf die Lippe.

»War es so schlimm?«, fragte sie mit leisem Spott im Blick.

»Nein, tut nur noch ein bisschen weh«, lachte er.

»Ich habe Blut geschmeckt«, sagte sie und machte schmale Augen. »Komm, leg dich mal hin und lass mich das ansehen.«

O du mein Traum! Er legte sich auf den Rücken, und sie nahm das von seinem Blut und Speichel feuchte Tuch weg, griff nach einem anderen Läppchen, trocken, aber staubig, schüttelte es sorgfältig aus und drückte es auf seine Unterlippe. Er nuschelte durch das Tuch:

»Hast du was mit ... mit diesem ...?«

»Nur ein bisschen rumgemacht.«

Gestur beließ es dabei, was kümmerte es ihn, wer den Tausendkronenschein vorher hatte, wenn er erst in seiner eigenen Tasche gelandet war. Er wusste so gut wie gar nichts von ihr, außer dass sie aus dem Osten kam; nicht einmal, wessen Tochter sie war. Dabei war sie nicht stumm. Sie schauten sich eine Zeitlang in die Augen.

»Anna«, sagte er, vollkommen neutral.

»Gestur«, gab sie mit leisem Lachen zurück.

»Du weißt, wie ich heiße?«

»Ich habe dich so oft gesehen. Elison. Norwegisch ist das aber nicht, oder?«

»Nein, aber die haben mich so gerufen. Eilífsson konnten sie nicht aussprechen. Ich bin Eilífsson.«

»Eyleifsson?«, fragte sie nach und nahm das Tuch von seinen Lippen, um ihn besser zu verstehen.

»Nein, Eilífsson. Eyleifsson wäre besser, das andere klingt so komisch.«

»Nein, gar nicht. Eilífur. Ein schöner Name. Wo ist er?«

»Er ist … in der Ewigkeit. Die Leiche wurde nie gefunden. Er war Haifischer und alles Mögliche … und er war alt.«

»Vielleicht lebt er noch.«

»Wie meinst du das?«

»Na ja, wenn die Leiche nie gefunden wurde …«

»Nein, das Boot wurde total zertrümmert. Das hat keiner überleben können. Es war draußen vor Segulnesbjarg. Das sind absolut mörderische Felsen da. Und du, wessen Tochter bist du?«

»Jónsdóttir. Jón á Mýrum. Vopnafjörður. Meine Mutter ist von den Färöern. Ragnhild.«

»Färöer? Deswegen bist du so schön.«

»Wieso sagst du das?«

»Die Norweger auf dem Schiff behaupten das. Die schönsten Frauen gebe es auf den Färöern. Deshalb dürfe keiner mit ihnen tanzen. Und darum tanzen die Männer, also die färingischen Männer, immer alle zusammen, die Frauen auch. Sonst gäbe es ständig Prügeleien. Psst, hör mal! Kannst du sie hören?«

Beide lauschten. Durch das Geschrei vor der Kirche konnte man die Färinger auf der Brücke hinter Södals Baracke wieder singen hören.

»Kein Wunder, dass sie so ein kleines Volk sind, wenn sie in den Nächten immer nur tanzen«, meinte Gestur, grinste und verstummte. ließ die Wirklichkeit sprechen, die Tatsache, dass sie hier zusammen auf einem Bett lagen. Dann sprach er wie ein Kind, das seinen Brei sieht und »Brei« sagt, noch einmal ihren Namen aus:

»Anna.«

Mehr war nicht nötig. Der Name ist das Kleid der Seele, und indem er ihn so oft aussprach, nun noch einmal mit einem Seufzer, entkleidete er sie, radierte ihr den Stempel der Gesellschaft weg. Er wollte sie sehen, wie sie in der anderen Welt war, bevor sie in diese kam: eine nackte, reine, wahrhaft helle Seele. Er wollte an diesen Tropfen Schönheit heran, der sich in ihren Grübchen gesammelt hatte, diese Originalausgabe der Liebe.

Oder gab es vielleicht einen simpleren Grund für seine Wiederholungen? Wollte er damit vielleicht einfach ihre zehn Liebhaber, die zehn kleinen Norwegerlein, auslöschen? Was weiß man schon davon, was man will und tut?

Das Resultat war jedenfalls die blitzblanke Tatsache, dass er zwei Minuten später nur noch in Unterwäsche vor ihr stand und auch noch schnell die Socken abstreifte. Sie lag mit angezogenen Beinen auf der Decke, komplett nackt, klein und weiß, den Po verdeckt, die Hände auf die eher flachen Brüste gelegt, aber ihre Schönheit und ihr Charme waren derart überwältigend, dass er meinte, vor diesem Wunder sterben zu können, diesen sechzig Kilo lebendiger Lustbarkeit.

Ein Blutfaden hing ihm aus dem Mund bis auf die Brust, und er ächzte leise, als er ihn abwischte. Sie schlug mit einem sanften Lächeln die Augen zu ihm auf und ließ den Blick an ihm herabwandern, als das Unterhemd verschwand, griente schelmisch, als sein Glied aus der Unterhose stieg, stocksteif aufgerichtet und über dem Bund vibrierend wie eine gespannte Ankertrosse, auf die geschlagen wird. Gestur wurde verlegen und beugte sich viel zu schnell über das Bett und sie (er wäre lieber mit seinem Ständer noch länger stehen geblieben und hätte sie angesehen). Sie drehte sich ihm zu, und als Fleisch auf Fleisch traf, kam es zu einer heiligen Begegnung, und umgeben von kaputtem Mobiliar und dem Lärm von draußen, norwegischem Wutgebrüll und färingischem Gesang, berührten und streichelten sie sich, und Gestur hatte das Gefühl, nicht länger Gast in diesem Fjord, in diesem Leben zu sein, sondern oberster Herrscher zu Land und zur See, zu Seele und Sack. Ihre Schenkel öffneten sich, sie führte ihn auf den Weg des Lebens, und er schob seinen Sýslumaður in ihre Kirche.

Kapitel 16

Geschütz des Guten

Guðvarður saß noch immer auf der letzten Bank und versuchte, den Aufruhr draußen zu ignorieren, wobei er innerlich kurz vor dem Überkochen stand. Norweger hatten ein Fenster in der Ostwand der Kirche eingeschlagen, und der besoffene Pöbel grölte durch das Loch in die Kirche. Bolman stand davor wie ein Leibwächter, damit keiner den Sýslumaður sehen konnte. Gemeindevorsteher Hafsteinn stand ebenfalls vor seinem Chef aus Fagureyri, kratzte sich am Kopf und murmelte sein Lieblingswort: »Ganz storartig ...« Der Sýslumaður musterte ihn. Dieser kurzgeratene Mann schien nicht einmal aufgeregt zu sein, vielmehr tat er so, als wäre es eine alltägliche Sache, dass ein ausländischer Mob einen hohen Besucher als Geisel nahm.

»Was wollen Sie unternehmen? Sie müssen das augenblicklich niederschlagen.«

»Ach ja? Ganz storartig.«

»Wie ach ja? Sind Sie nicht die Polizei?«

»Schon, aber schauen Sie, wenig vermag der Einzelne gegen die Masse. Auch wenn Magnús bärenstark ist ... unter den obwaltenden Umständen müssen wir andere Wege gehen.«

»Und welche?«

»Man kann Menschen zu vielem bringen, am besten aus dem Konzept.«

»Ich verstehe nicht.«

»Sie überrumpeln. Das ist die beste Waffe, die einzige, die nötig ist, wenn ein Einzelner es mit Tausenden aufnehmen muss. Ganz storartig, sage ich.«

»Und wie sollen wir mit diesem Pöbel fertigwerden?«

»Halten wir zuerst einmal fest, wie die Lage ist. Also, es gibt hier zum Beispiel kein Gefängnis, keinen Zöllner, keine Aufsicht. Haben Sie eine Ahnung, wie viele Spelunken wir hier inzwischen haben? Ich sage Ihnen, es sind mehr als in der Hauptstadt. Und um all das im Griff zu halten, gibt es genau einen Polizeibeamten, mich, wenn man mich so nennen will. Und dieser Polizist ist weit über sechzig, war nie ein Muskelprotz, sondern ist klein und dick, schauen Sie mich an! Ich weiß, dass sich Séra Árni seit Langem in Ihrem Ausschuss dafür einsetzt, diese Zustände zu beenden, und jetzt, wo Sie sie mit eigenen Augen sehen und sie buchstäblich am eigenen Leib erfahren, da …«

Jetzt war die Gelegenheit, und Hafsteinn nutzte sie. Endlich konnte man ernsthafte Verhandlungen mit der vorgesetzten Stelle einleiten. Nachts in der Kirche. Innerhalb weniger als einer Stunde hatte der Gemeindevorsteher eine Absichtserklärung, wenn nicht gar die Zusage von Verstärkungen errungen; er sollte einen oder mehrere Polizisten bekommen, eine Arrestzelle, ein richtiges Gefängnis sogar, und eine sechsköpfige Eingreiftruppe aus dem Eyrarfjörður sollte an einem Abend sämtliche illegalen Schnapsausschänke schließen und gleichzeitig alle Alkoholvorräte in den Lagerräumen der Schiffe beschlagnahmen. Mit Recht und Gesetz errichtet man einen Staat, wie es schon in der Brennu-Njáls-Saga heißt.

Das alles sagte der Sýslumaður zu und erklärte zusätzlich, eine sittlich-moralische Säuberung des Segulfjörður werde man im Bezirk vorrangig in Angriff nehmen. Zusammenkünfte unter freiem Himmel sollten verboten werden, in geschlossenen Räumen am besten auch. (Von der letztgenannten Idee nahm der Sýslumaður nach einem nachsichtigen Lächeln des lebenserfahrenen Gemeindevorstehers wieder Abstand.)

Wie aber sollte man in der akuten Lage verfahren? Der Sýslumaður war inzwischen sehr müde und sah seine Koje auf dem Schiff vor sich. Außerdem durfte er sich niemals einem ausländischen Pöbel beugen.

»Mein Vorschlag wäre, dass Sie vor die Tür treten und zum Volk sprechen«, sagte Hafsteinn.

»Zum Volk sprechen?«

»Ja, ich schlage vor, Sie geben den Leuten ihre Boote zurück und den Skippern ihr Fanggerät, mit der Ansage, sie sollten es sich eine Lehre sein lassen. Eine Ermahnung heute bedeute morgen eine Strafe.«

»Wie bitte? Sind Sie von Sinnen? Ich nehme eine solche Maßnahme niemals zurück. Das kommt einfach nicht infrage.«

»Was gedenken Sie, dem Volk sonst zu sagen?«

»Dem Volk zu sagen? Ich habe dem Volk nichts zu sagen.«

»Ein wirklicher Führer spricht zu seinem Volk und leitet und lenkt es. Das sagt doch schon das Wort: Staatenlenker. Der Pfarrer spricht jeden Sonntag zu seinem Volk, von der Kanzel da.«

Guðvarður starrte den Gemeindevorsteher an. Wo war er hier eigentlich? In einem Seminar für politische Führung? Gehalten von diesem drolligen kleinen Kerlchen? Vor der Kirche wurde es derweil lauter, die Menge wurde wieder unruhig, unverständliche Rufe drangen durch das zerbrochene Fenster. Der Sýslumaður tat so, als hörte er sie nicht, er ließ das Gesagte in den Schoß fallen und von den Knien zu Boden.

»Ich bin nicht der Führer dieser Leute. Das ist nicht mein Volk.«

Der um guten Rat nicht verlegene Gemeindevorsteher wartete einen Moment, um dem Vorgesetzten Bedenkzeit zu geben; nach deren Ablauf brummte er ein »Na gut«, drehte sich um, verschwand in den Vorraum und erstieg die Treppe zum Turm. Guðvarður und Bolman wechselten Blicke, bis Hafsteinn etwas aus der Puste zurückkam, eine großkalibrige Pistole in der Hand.

»Tja, meine Herren, dann erteilen wir eben Friðbjörg das Wort.«

Der Gemeindevorsteher hob die Pistole, als wäre sie eine klitze-kleine fauchende Gans mit Namen Friðbjörg, Friedensstifterin. Eine Minute später standen sie auf den Stufen vor der Kirche wie die drei Tenöre vor ihrem Publikum und verfolgten, wie der Kleinste von ih-nen das hohe C anstimmte. Der Gemeindevorsteher hob die Waffe zum Himmel und schoss zweimal in die Luft. Die Norwegermenge erstarrte und rückte dann geschlossen ein paar Schritte zurück, wo-bei einige zu Betrunkene über die Friedhofsmauer kippten. Weißer Rauch trieb über den Kirchhof, Menschen und Trommelfelle vibrier-ten, es hatte schockierend laut geknallt. Die Norweger sahen sich an: Will die Kanaille uns etwa totschießen?

Der tatkräftige Gemeindevorsteher machte ein komisches Gesicht wie ein Schüler, der gerade durch ein derart geniales Pfuschen zum Klassenprimus geworden ist, dass er den Titel tatsächlich verdiente. Die Waffe wollte zwar nicht recht zur Erscheinung des bärtigen älte-ren Mannes passen, aber er benutzte sie offensichtlich nicht zum ers-ten Mal. Friðbjörg war ursprünglich das Geschenk eines norwegi-schen Missionars, der den drittletzten Sommer hier verbracht und gesehen hatte, was der Staatsgewalt fehlte. Zum Abschied hatte er dem Ortssheriff den Peacemaker mit den Worten verehrt, er solle nie mit ihr schießen, außer wenn Gott es ihm auftrage. »Dies ist eine Waffe des Guten.« Darum hatte Hafsteinn sie im Kirchturm ver-steckt; die Knarre sollte dem Himmel so nah wie möglich sein, in Reichweite des Herrn.

Hafsteinn ging seinen beiden Begleitern voran und bedeutete Mag-nús mit einem Blick, sich ihnen anzuschließen. Dann steuerte er mit gezückter Waffe auf das Friedhofstor zu und dahinter auf die Neue Brücke. Als sie sich in der dichtesten Zusammenballung der Nor-weger befanden, wieder Rufe laut wurden und es zu Handgreiflich-keiten zu kommen drohte, feuerte er einen dritten Warnschuss ab, woraufhin das wankende Heringsfischerheer erneut vor ihnen zu-rückwich.

Da beging Hafsteinn einen Fehler. Triumphierend betätigte er den

Abzug ein weiteres Mal, doch Friðbjörg gab nur ein Klicken von sich. Ihr Magazin war leer. Die nächststehenden Norweger erkannten die Situation, und Schmährufe und Gelächter brandeten auf. Verzweifelt versuchte Hafsteinn, einen weiteren Schuss abzugeben – vergeblich. Jetzt begriff auch der Letzte, dass die Waffe leer war. Die Menge johlte, und unter vollem Körpereinsatz von Magnús mussten Hafsteinn, Guðvarður und Bolman den Rückzug in die Kirche antreten.

Kapitel 17

Sýslumaðurschlaf

Es wurde nun ernsthaft Tag, und Gestur schlief unter Annas Decke, die sie aus ihrer winzigen Kammer am Nordende von Södals Schuppen geholt und lachend über sie gebreitet hatte. Gestur hatte ihr einen Arm untergeschoben, den anderen über sie gelegt, seine Nase vergrub er in ihrem kurzen, dunklen Haar, das kilometerweit nach einem fremden Duft roch, und in dieser unermesslichen Weite schlief er herrlich ein.

Die Wolkendecke wurde mit dem Morgen dichter und senkte sich tiefer. Gegen sechs fiel ein kurzer Schauer, der Stege und Decks bewässerte und auch die auf Eyri verstreuten Schnapsleichen. In der Kirche hatte sich der Sýslumaður auf einer Kirchenbank ausgestreckt. Bolman hatte seinen Pullover ausgezogen und ihn damit zugedeckt, er selbst überwachte die Fenster und das Knarren der Dielen, während er mit mürrischem Gesicht in Gesangsbüchern blätterte. Als der Gemeindevorsteher sah, dass die meisten Norweger abgezogen waren, hatte er den Sýslumaður wecken wollen, es aber nicht gewagt, weil dessen Schnarchen so obrigkeitlich klang und der Leibwächter es ihm untersagte. Stattdessen hatte sich Hafsteinn lange an ein Westfenster gestellt und zu seinem Haus geguckt, und siehe da, seine jüngste Tochter Mekkín, eine wunderschöne sechzehnjährige Haarflut, kam heraus und stahl sich mit einem jungen Kerl davon, Richtung Kopps Brücke, sicher auf irgendein Schiff. Machte sie also auch schon bei der allgemeinen Schweinigelei mit. In einem ersten Impuls wollte Hafsteinn den Mann mit dem eisweißen Haar auf das Pärchen hetzen, aber Magnús Mannlos war sicher längst nach Hause gegangen und ratzte seinen einschüchternden Mannsviehschlaf neben seiner als Frau gebrochenen Steinhetta. Der Gemeindevorsteher stand im offenen Kirchenportal, einen Fuß im Amt, einen im Privatleben, schaute über das innereiendampfende, frisch gewaschene Eyri (gleich am Fuß der Treppe schliefen zwei alkoholgelähmte Heringssoldaten ihren Rausch aus) und bedachte die Möglichkeiten, die ihm blieben. Doch bald schon gab er es auf, trat zurück in die Kirche und schloss die Tür. Er konnte den Sýslumaður nicht sich selbst überlassen.

Die Kunst, ein älterer Mann, Vater, Großvater und Gemeindevorsteher zu sein, bestand vor allem darin, sich gut zu überlegen, was man wusste und was nicht, lautete das Ergebnis seiner Überlegungen. Ich weiß es jetzt, sollte aber besser nichts davon wissen, und beschließe daher, es nicht zu wissen. Ja, nein, ich habe nicht die leiseste Ahnung, dass meine Mekkín die Nacht mit einem unbekannten Mann unter Deck verbringt. Wer war der Kerl überhaupt? Hol ihn der Teufel! Schließlich legte sich der Gemeindevorsteher auf die vorderste Bank der Kirche und hielt ein storartiges Schläfchen.

Kapitel 18

Ehrgeiz & Aberglaube

In Upphæðir begann der Pastor den Tag früh. Während der Heringssaison konnte man Sonntage nicht vertrödeln. Séra Árni Benediktsson hatte Freude daran, vor einer vollbesetzten Kirche zu predigen, und er hatte sein Norwegisch verbessert. Letzten Sommer hatte er damit begonnen, den halben Gottesdienst auf Norwegisch zu halten, und dafür viel Lob eingeheimst. Södals Sekretär, der überaus gescheite Tollefsen, polierte die Texte für ihn, und gerade ging Árni die Predigt zum Tage noch einmal durch, während im Hintergrund die Kinder die Zimmer mit Krach erfüllten. Er sah die Gemeinde schon vor sich, mit großen Augen bereit für die Botschaft des Tages, die Haare noch zerzaust von den Abenteuern der Nacht, eine Fahne von Höllenpisse und geziert mit Fischinnereien.

An diesem Morgen war der Pfarrer trotz des bösen Ausgangs des Vortags besonders guter Laune, denn in der gestrigen Post hatte sich auch ein Brief befunden, den er wegen der Visite des Sýslumaður erst an diesem Morgen hatte öffnen können. Es war eine kurze, aber positive Mitteilung von Musikprofessor Frederik Hammer aus Kopenhagen: Der Carlsberg-Fonds sagte zu, die Publikation der großen Volksliedersammlung zu unterstützen; da konnte der isländische Verlag wohl kaum länger zurückstehen. Die Veröffentlichung rückte näher! Séra Árni sah sein Lebenswerk schon in den besseren Wohnzimmern des Landes ausliegen: neunhundertneunzehn großformatige Seiten. Was würden die Widerlinge dann sagen? Einmal mehr dachte er an seine Neider überall im Land, gegenwärtige und ehemalige Abgeordnete, die sich gegen eine staatliche Förderung seines bedeutenden Werks von öffentlichem Interesse ausgesprochen hatten, wie auch all die Grashöckerkönige des isländischen Kulturlebens, die das riesige Musikgebirge ausgebuht hatten, von dem für Séra Árni feststand, dass es dessen dürftige Niederungen für lange, lange Zeit überragen würde.

Er sah von seinem Text auf und schaute aus dem Bürofenster auf seinen Ort. Ja, man würde sich wahrscheinlich in hundert Jahren noch an ihn erinnern, in zweihundert, dreihundert …

Der Am-Arsch-der-Welt-Pfarrer verspürte einen Hauch Unsterblichkeit durch die kalte Marmorhand, die sich für einen Moment auf seine rechte Schulter legte, bis ihm ein Schauer durch und durch ging. Dann verglich er diesen Marmor mit der ganzen Lebensfülle, die sich vor ihm ausbreitete, das blühende Wirtschaftswunder, in dem er lebte und das er direkt vor seinem Fenster sah: Dampfschiffe, Schornsteine, Fässerberge und Lagerhäuser, alles Dinge, von denen er sich nicht hatte träumen lassen, dass er sie einmal in Wirklichkeit erleben würde. Und zu seinem eigenen Erschrecken fragte er sich: Was schert sich das Leben um die Nachwelt? Ist der Augenblick nicht süßer als alles andere? Was interessierten ihn die Ansichten von Menschen, die nicht einmal geboren waren?

Hatte er damit seinen Ehrgeiz überwunden? Endlich? Musste man wirklich sein ganzes Leben kämpfen, um sich einen Namen zu machen, nur um dann zu erkennen, wie lächerlich das war? Er brach diese Grübelei ab, lehnte sich in seinem Stuhl zurück, seufzte und blickte zur Seite auf das Jesusbild, das links von ihm an der Nordwand hing. Jesus konnte man nun wirklich keinen Ehrgeiz nachsagen, und trotzdem war er der Unsterblichste von allen. Jesu Größe gründete sich allerdings auf Liebe und Bescheidenheit, wohingegen sein eigener Traum von Unsterblichkeit aus Großmannswahn entsprungen war: er allein auf dem musikalischen Gipfel der Jahrhunderte, der Liedersammler eines ganzen Volkes. Ach, müßige Gedanken, entschied der Pfarrer, man tut bloß, was man tun muss, ohne die Beweggründe zu verstehen, die einen dazu antrieben. Keiner sollte sich Sorgen um sein Nachleben machen, sondern sein wahres Leben in vollen Zügen genießen!

Wie zur Bestätigung dieses Ergebnisses brach auf einmal die Sonne durch, badete Upphæðir in klarem Licht und fegte Séra Árnis Kopfzerbrechen mit der Kehrschaufel auf.

Vigdís schlief noch, als er das Haus verließ. Die Pfarrersgattin hatte bis Mitternacht eine Heringsschicht geschoben, ganze fünf Fässer hatte sie eingesalzen, und daher ging der Pfarrer allein zur Kirche, ungewöhnlich früh und vergnügt vor sich hin pfeifend. Die Sonne hatte etliche Löcher in den Wolkendeckel gebrannt, und ihre poesieweißen Strahlen fielen auf Hänge und Landungsstege. Auf dem Pollur schlief die Heringsflotte, weiter draußen lagen die Kabeljauschiffe der Färinger. Die offene Fläche auf Eyri sah aus wie ein Schlachtfeld: Etliche Gefallene schliefen auf den Hauswiesen, hier und da blinkten zerbrochene Flaschen, Knüppel, Zähne. Manche Grashalme waren schwarz von Blut, andere hell von Erbrochenem.

Árni schlenderte in schwarzem Hut und Jackett den Pfad vom Haus hinab und schwang sein Strunzstöckchen, wie jemand diese Art Rohrstöcke neulich genannt hatte. Er war jetzt im ehrenwerten Alter von bald fünfzig Jahren und hatte bei Södal, Buus und Boknavik gesehen, wie vorteilhaft ältere Herren mit Spazierstock zur Geltung kamen. An diesem Morgen glänzte der Stock vor Selbstbewusstsein, in seinen Bewegungen lag ein besonderer, zusätzlicher Schwung. Als sein Besitzer an zwei seiner Kühe vorbeiging, sah er wieder einen in Leder gebundenen Buchrücken vor sich, darauf seinen Namen und den schlichten, aber kraftvollen Titel: *Isländische Volkslieder*.

Ja, der eitle Ehrgeiz hatte vom Pastor schon wieder Besitz ergriffen, trotz seiner unerwarteten Reaktion auf das Angebot der Marmorhand. Der auf Glitter Erpichte pfiff und flötete auf seinem Weg den Hang hinab aus Pfarrer Árnis Mund. Doch als er am Haus des Gemeindevorstehers vorbeikam, brach das Pfeifen abrupt ab, denn er sah, dass der gute Siebenstein, ein Grundpfeiler des Orts, von der Brunneneinfassung verschwunden war, wo er seit Jahren gestanden hatte, nachdem die Besatzung des norwegischen Walfangschiffs *Bratteli* ihn dem Gemeindevorsteher als Abschiedsgeschenk verehrt hatte. War das nicht im letzten Sommer gewesen, bevor der Hering gekommen war?

Wie konnte das sein?

Der Pastor stand eine Zeitlang vor dem Brunnenrand, kratzte sich am Kopf und begrüßte den Hofhund Snabbi, der wuffend vom Haus auf ihn zukam. Das Pfarrerpaar hatte den langanhaltenden Lärm von der Kirche gehört. Konnte es sein, dass das gemeine Volk seine Wut an dem Stein ausgelassen hatte? Was für eine niederträchtige Tat. Einigen dieser norwegischen Rowdys war sie durchaus zuzutrauen. Er nahm seinen Gang zur Kirche wieder auf, musste aber einen Bogen um einen Lazzarone machen, der in embryonaler Haltung mitten auf dem Weg schlief, sodass die Arschritze und ihre rübenweiße Umgebung zu sehen waren. Als praktizierender Geistlicher durfte sich Pfarrer Árni natürlich keinen Aberglauben erlauben, und er glaubte auch nicht an Stock und Stein, aber er konnte ebenso wenig leugnen, dass ihm der Anblick des entblößten, steinlosen Brunnenrands ein ungutes Gefühl gab. Morgenseligkeit und Triumphgefühl wichen einem Unbehagen, und der Spazierstock klopfte keinen ganz so forschen Takt mehr.

Die Sonne wurde kräftiger, und die Kirche badete voll und ganz in ihren Strahlen, als Árni ihre Stufen erreichte. Es war schon nach neun. »God dag, god dag, liebe Freunde«, grüßte er ein paar dösende Schafe, die ihre verkaterten Knochen auf den Stufen und zwischen den Gräbern ausruhten. »I dag er det søndag og gudstjeneste.« Ein junger Blondschopf erstand geisterhaft von den Toten auf und verzog das Gesicht vor dem hellen Sonnenlicht.

Im Vorraum der Kirche stieß der Pfarrer zu seinem Erschrecken auf die übernächtigten Augen Jón Bolmans. Im Chor erhob sich der

Gemeindevorsteher. Die ersten Gottesdienstbesucher hatten sich aber früh eingefunden! Dann sah er die zerbrochene Fensterscheibe, und Hafsteinn zeigte grinsend auf den Sýslumaður, der noch immer lang ausgestreckt auf der vorletzten Bank der westlichen Seite lag. Mag Schlaf auch ein noch so anerkanntes Phänomen in einer Gesellschaft sein, und so wichtig er auch für die Gesundheit und das Wohlbefinden des Menschen ist, es lässt sich doch niemand gern im Schlaf von Fremden beobachten. Man könnte es geradezu als Definition von Familie betrachten: Das sind die Menschen, die einen im Schlaf sehen dürfen. Handelt es sich beim Betreffenden um eine hochstehende Persönlichkeit und sind die ihn schlafend Sehenden mehr oder weniger seine Kollegen, dann wird sein Schlaf zu einer noch größeren Schwäche als sonst. Wenn Napoleon mit hunderttausend Mann sein Lager aufschlug, stand er doch immer als Erster auf. Der Sýslumaður richtete sich jetzt auf, und wenn er zornig eingeschlafen war, dann erwachte er mit noch deutlich schlechterer Laune. Zwei über seinem Kopf brummende Fliegen gaben seinen inneren Zustand zu erkennen.

»Ich hoffe, Sie haben gut geschlafen, in Gottes Haus findet man sicher einen gesegneten Schlaf«, sagte der Pfarrer, der Situation völlig unangemessen.

Der Sýslumaður sah den Pfarrer an und wunderte sich offensichtlich über dessen Frohsinn. Hatten sie sich nicht ziemlich schroff getrennt?

»Sie belieben zu scherzen. Wir nicht. Hier hat in der Nacht ein Putschversuch stattgefunden. Die nach Recht und Gesetz eingesetzte Obrigkeit des Orts wurde als Geisel genommen. Etwas Derartiges wird niemals vergeben und vergessen.«

Doch verging nur eine Stunde, bis Guðvarður in der Morgensonne vor dem Kirchenportal stand und höfliche und nette Norweger begrüßte. Ausgeschlafen und sonntäglich zurechtgemacht kamen sie aus allen Richtungen und machten einen Diener vor ihm, als wäre er der König von Island. Erst beim dritten Händedruck wurde dem

Sýslumaður klar, dass es sich um dieselben Männer handelte, die ihn in der Nacht mit Parolen und hochgereckten Fäusten mit dem Tod bedroht hatten. Ach, da kam ja auch der Kapitän, der von allen der Lautstärkste gewesen war, Herr Fartein Nygård, dessen Fanggerät er beschlagnahmt hatte. Jetzt trat er bescheiden vor, neigte sein gekämmtes Haupt, ergriff inniglich Guðvarður Hand und legte zur Bekräftigung seine Linke noch obendrauf.

»Hjertelig god dag, min herre, i Guds navn!«

Es waren zwei völlig unterschiedliche Nationen, die Samstags- und die Sonntagsnorweger.

Kapitel 19

Unterhaltung am Sonntagmorgen

In der Luke zum Kirchturm ackerte Magnús Mannlos wie eine Bösewichtausgabe des Glöckners von Notre-Dame, damit das Läuten über ganz Eyri und den Pollur schallte. Mächtig verkaterte Fischer kamen auf Wiesen und Tonnen zu sich, viele rappelten sich auf und eilten zur Kirche, andere haderten und schimpften mit dem Teufel und spuckten die Nacht aus. Das Läuten schepperte auch in Gesturs Gehörgang, bis er sich muckste und seine Nase ins Ohr seiner Gespielin steckte. Sie lagen auf Södals Dachboden wie das erste Menschenpaar auf Erden oder wie ein Ehepaar, das seit vierzig Jahren nebeneinander aufwacht, wie die Liebenden aller Zeiten, jede Morgenstunde ist ein Wunder und ein Fest.

Anna drehte sich ihm mit einem geschlossenen Lächeln und einen Spalt weit offenen Augen zu und flüsterte ein verführerisches »Guten Morgen« wie eine Filmdiva späterer Zeiten. Er säuselte etwas Ähnliches zurück, konnte vor Verliebtheit kaum sprechen, und seine Lippe war auch noch dick. Hier also war sie, hier lag sie in seinen Armen, die Schönste, der Traum, den er aus dem Netz seiner Hirngespinste, aus dem fernen Land der Schönheit in die Welt des Fischseims hatte holen können. Mithilfe des guten Lási. Ihren eigenen Beitrag nicht zu vergessen. Sie hatte ihn gegrüßt – beim Knutschen mit einem anderen. Trotz seiner Erfahrungen mit Frauen verstand Gestur immer noch nicht die Kunst, Frauen anzusprechen, sie für ihn zu interessieren, es hatte sich stets so ergeben, war von allein gewachsen, wie isländische Tumore es tun. Sein erster Schuss in Segulnes, das stumme, arme Mädchen in der Scheune, die verletzte Frau auf feuchter Erde, das Spritquellenweib in der Prügeleikneipe ... Alles Gelegenheiten ohne eigenes aktives Betreiben, alles nur saumäßige Glücksfälle ... Und jetzt Anna, die sich eigentlich gerade mit einem anderen Kerl einlassen wollte. Für die anderen Rosen verdiente er kein Lob, sie hatten ihn gepflückt und nicht umgekehrt. Sein einziger eigener Beitrag zu diesen Herzensangelegenheiten hatte immer nur darin bestanden, die Sache zu beenden. Doch die Umarmung hier hatte er sich selbst erarbeitet, vielleicht war sie auch deshalb süßer als alle anderen, und er würde sie nie beenden; endlich war er der richtige Mann im richtigen Arm. Sie konnten beide sprechen, gehörten zum selben Volk und waren im gleichen Alter.

»Anna.«

»Gestur.«

Lachen.

Kuss.

»Du bist ein solcher Traum.«

»Sagt der Traum.«

Das haute ihn um. Er wurde rot.

»Wohnst du hier?«

Wieder lachte sie, diesmal über sein Sprechen, das durch die Lippe noch immer eingeschränkt war. Sie stützte sich auf die Ellbogen und besah sein Gesicht. Das linke Auge war leicht geschwollen.

»Ach du lieber Gott, du hast ja auch ein blaues Auge! Spürst du das nicht?«

»Doch. Ich habe letzte Nacht eine so schöne Frau gesehen, dass mir davon noch immer das Auge wehtut.«

»Ach, du Ärmster, verzeih mir!«, lachte sie und küsste ihn auf die Wange.

»Wohnst du hier?«, fragte er noch einmal.

»Nicht hier, falls du diese Kiste hier meinst«, antwortete sie und legte sich wieder zurück.

»Nein, ich meine hier in dem Lagerhaus.«

»Ja, wir schlafen zu siebt in zwei Kammern, immer zwei und zwei in einer Koje. Außer Sigrún, sie ist die Älteste.«

»Und die Frechste?«

»Nur die Fetteste.«

Sie lachten leise.

»Und was sagen sie, wenn sie dich jetzt nicht in deinem Bett sehen?«

»Pff, ich nehme an, es ist gar keine da, außer Sigrún.«

»Läuft bei ihr nichts?«

»Ab und zu. Dann schleppt sie die Typen immer zu uns ab. Wenn sie Zigaretten haben, heißt das. Samstagnachts kommt man am besten gar nicht nach Hause. Es ist nicht besonders erbaulich, wenn man … Ich begreife nicht, wieso man hier nicht mehr Häuser baut.«

»Ich baue ein Haus.«

Sie wurde hellwach.

»Du? Ein Haus?«

»Ja.«

Sie richtete sich wieder auf, sah ihm schnell in die Augen.

»Ich glaube dir nicht.«

»Doch. Gleich in der Nähe, etwas nördlich von hier. Du kannst es vom Fenster aus bestimmt sehen.«

Sie sprang aus dem Bett und reckte sich, um aus der Dachluke zu spähen. Er genoss ihren nackten Anblick, mit dem sie nach den frisch gelegten Fundamenten ihres gemeinsamen Lebens Ausschau hielt. Dieser Hals, dieser hübsche Rücken, dieser Po! Dieser Leib, in dem all ihre Kinder wachsen würden. O meine Braut!

»Wo ist es denn? Meinst du etwa die Bruchbude da? Nennst du das ein Haus?«

»Nein, das ist Guddukot. Siehst du nicht die Fundamente auf dem Grundstück vor der Schule?«

»Fundamente? Was ist das?«, fragte sie und presste die linke Schläfe ans Glas, um die Schule zu sehen.

»Der Unterbau. Die Kellerwände.«

»Ach ja, ich sehe etwas Rechteckiges, doch, das sind Mauern.«

»Ja, das sind Mauern«, imitierte er leicht belustigt. Sie drehte sich um, guckte verunsichert.

»Was denn? Habe ich was Dummes gesagt?«

»Nein, es gefällt mir nur, dich das sagen zu hören«, antwortete er und saugte ihre rechte Brust an sich, die sie ihm jetzt mit einer halben Körperdrehung zuwandte, klein und spitz, kaum vom Leben angetastet.

»Du bist komisch«, lachte sie und warf sich mit wackelnden Brüstchen in gespieltem Zorn auf ihn, begann eine Rangelei und biss ihn plötzlich so fest in die Seite, dass es ihm richtig wehtat. Sie merkte es nicht, beendete ihren Überfall mit einem Kuss und legte sich mit einem langgezogenen Seufzer neben ihn. Beide guckten in den Dachstuhl. In den Dachblechen hoben sich die Nagellöcher ab wie Sterne am Himmel, an einem norwegischen Himmel. Zum Spaß suchte er nach Orion, Kastor und Pollux.

Es stellte sich eine kleine Pause ein, in der sie beide schwiegen. Ihm tat noch die Bissstelle weh, dieses Wilde in ihren Augen hatte ihn für einen Moment eingeschüchtert. Ob sie auch in ihn verliebt war, überlegte er. Oder machte das elfte Abenteuer nur mehr Spaß als die anderen?

Ihre Gedanken reichten dagegen nur bis zum Herbst, dann würde sie heimkehren und ihren Sommerlohn in den Winterhaushalt einbringen, das hatte sie dem Bauern Jón versprochen. Doch wo sie jetzt die Grundmauern des Hauses gesehen hatte, eröffneten sich ihr ganz neue Perspektiven. Könnte ein Leben hier, mit diesem Segulfjorder Gestur, vielleicht besser werden als das in dem alten Grassodenhaus? Lohnte es sich, das Risiko einzugehen? Die Mauern machten einen soliden Eindruck. Er sprach von einem Haus. Ein Haus wurde aus Stein, Holz und Glas gebaut, oder nicht? Dieser hellblonde Schopf, dieser helle Junge mit etwas Dunklem im Gemüt schien sich auf dem Weg aus der Torfwelt in die hölzerne zu befinden ...

Wieder bimmelten die Kirchenglocken, diesmal noch frenetischer. Es gab Frauen in Eyri, die meinten, aus der Heftigkeit des Läutens heraushören zu können, wie lange die letzte Vergewaltigung des Glöckners zurücklag. Nur warum ließ der Herr es so laut in diesen Hoden klingeln? Noch dazu in seinem Namen. Es gab Frauen in Eyri, die nie die Kirche besuchten.

»Wie kannst du ein Haus bauen? Arbeitest du nicht für Eviger?«

»Doch. Andere bauen es für mich. Ich habe ein Abkommen mit Eiríkur.«

Als er sich das sagen hörte, fühlte sich Gestur, als gehöre er mit zu den Heringsspekulanten am Ort.

»Eiríkur? Eiríkur Rein & Fein?«

»Genau.«

»Ein Abkommen mit dem? Der hält doch nie einen Vertrag ein. Wir haben alle noch Lohn von ihm zu bekommen. Mir schuldet er vierunddreißig Fass. Vilborg und Lára sind beide von ihm schwanger.«

»Was? Alle beide? Schwanger? Ich kenne noch eine.«

»Da siehst du's. Er ist ein flotter Kerl, und es heißt, er würde gut zahlen, aber er ist ein Betrüger. Wenn man seine Schulden anspricht, fängt er an zu schmeicheln, und wenn du ihm etwas verweigerst, gibt er dir das Gefühl, du wärst ihm etwas schuldig und nicht umgekehrt.«

»Das kenne ich.«

»Und dir schuldet er also ein ganzes Haus?«

»Er nicht, sondern die Eviger-Brüder. Aber er hat es vermittelt.«

»Ach ja! Der ›vermittelt‹ so vieles. Ich kenne Mädchen, die geben ihm zwanzig Prozent von ihrem Lohn, weil er ihnen einen Platz vermittelt hat. Der Kerl ist ein Blutsauger. Hast du Kinder?«

»Was? Nein«, log er und bekam einen roten Kopf.

»Und der kleine Einäugige, den du manchmal bei dir hast? Ist das nicht dein Sohn?«

»Nein, das ist der Sohn seines Großvaters Lási.«

Sie mussten beide lachen.

»Wart mal, und diese Sesselja ist seine Mutter?«

»Sesselja? Du meinst Selmína? Nee, komm, die und der Alte? Ha, ha! Nein, er hat sie als Ziehtochter aufgenommen. Sie macht uns den Haushalt. Aber die ist ein Früchtchen! Sie ist diejenige, die auch von Eiríkur in Umständen ist. Außerdem lebt noch ein Kind bei uns, zusammen mit seiner Mutter.«

»Und von wem ist das?«

»Das weiß niemand, außer der Mutter, und die ist stumm.«

»Ach du heiliger Bimbam! Und du arbeitest für die ganze Bande?«

»Ja.«

»Und baust auch noch ein Haus. Von welchem Geld denn?«

»Das ... kommt von Land, das wir verkauft haben.«

»Und habt ihr dafür kein Geld bekommen?«

»Doch, oder nicht direkt ... Wir bekommen das Haus dafür.«

»Wenn Eiríkur daraus nicht seinen Harem macht.«

Hm, sie war ein bisschen schwierig. Gestur hatte sich nicht träumen lassen, dass diese liebende, reine Schönheit so reden und ihm solche gemeinen Gedanken eingeben könnte. Er hatte sich eingebildet, sie wäre durch und durch gut und schön. Aber sie schien über alles Bescheid zu wissen. Trotzdem konnte er lächeln, sie zu sich drehen und in die Arme nehmen.

»Sag mal, sollten wir nicht zusammenlegen? Mir schuldet er ein Haus und dir vierunddreißig Fass. Wir könnten daraus eine eigene Einsalzstation machen.«

Den Gedanken fand sie gar nicht so abwegig, und sie besiegelten die Gründung der Firma *Elison & Jonsdotter Sild & Salt Fabrik, Segelfjord, Island* mit einem so innigen und Verlangen weckenden Kuss, dass der Sýslumaður sogleich aufstand und sich ihm die Kirche ein weiteres Mal öffnete.

Kapitel 20

Solo an der Orgel

Der Gottesdienst begann mit einem Orgelvorspiel. Vigdís bediente an ihrem Platz gleich neben der Tür, auf dem sie den vollbesetzten Bänken den Rücken zuwandte, mit wunden und salzigen Fingern das Manual. (Es war in dieser Kirche, wo vor rund einem Jahr die bekannte Redewendung »dicht wie die Heringe im Fass« geprägt worden war.) Die Melodie war die eines der üblichen geistlosen Präludien, das sie auswendig auch rückwärts hätte spielen können, und so blieb ihr Muße, der dicken Stubenfliege zuzusehen, die neben dem Instrument auf der sonnenbeschienenen Fensterbank brummend auf dem Rücken lag und so unangenehm ein symbolisches Bild ihres eigenen Daseins abgab. Sie konnte so viel brummen, wie sie wollte, sie erreichte nie mehr, als dass sie sich im Kreis um sich selbst drehte. Vigdís schaute wieder auf ihre spröden, rissigen Hände und dachte zurück an den geistigen Schock, den sie vor einigen Sommern erlitten hatte, als sie sich nach einer Heringsnachtschicht zum ersten Mal wieder an die Orgel gesetzt hatte: Woher bin ich gekommen, und wo bin ich gelandet? Was ist aus meinem Leben geworden? Das fragte sie sich auch jetzt wieder und sah dabei aus dem Fenster. In dem Moment verspielte sie sich, schlug eine falsche Taste an, wurde knallrot und musste noch einmal einsetzen.

Sie hatte eine schwarzgekleidete Frau erblickt, die quer über die Wiese auf die Kirche zukam, eine düstere Erscheinung im Sonntagssonnenschein. Sie hatte aus ihren Gedanken einmal blitzschnell hochgeblickt, ein Blick unter ihrem schwarzen Schleier hervor, und ganz kurz hatten sich die beiden alten Freundinnen in die Augen gesehen. Seit Súsanna vor zwei Jahren ihren Koffer in Upphæðir gepackt hatte und zu den Kostgängern ins Madamenhaus gezogen war, hatten sie sich nicht mehr gesehen. Eine Holzhausgöttin und Norwegergattin unter Tabakstrollen. Vigdís erschrak, wie hart Súsannas Gesichtsausdruck geworden war: zusammengebissene Lippen, eingefallene Wangen, stechender Blick.

So weit war es mit den Jugendfreundinnen gekommen. Sie begegneten sich in der hier entstandenen Stadt nicht mehr.

Wie mochte wohl ihr Leben aussehen, überlegte Vigdís und guckte wieder auf ihre Finger. Und wie um alles in der Welt hatte sie gegen Magnús derartige Anschuldigungen erheben können? Anfangs hatte sie ihrer Freundin geglaubt und ihrem Mann die Angelegenheit vorgetragen, aber der hatte ihr daraufhin überraschende Details über eine Beziehung zwischen Súsanna und diesem Gestur offenbart. Sie hatte wiederum Súsanna danach befragt, und deren Unumwundenheit und rüde Ausdrucksweise hatten sie völlig aus dem Gleichgewicht gebracht. Danach hatte der Lauf des Lebens jeder von ihnen ihren Platz zugewiesen, und dazwischen herrschte Schweigen. Ein Schweigen, das in ihrer Vertrautheit einen Riss entstehen ließ, und aus dem Riss war bald eine ganze Kluft geworden. An deren geistlichem Rand zu stehen, hatte es leichtgemacht, sie zu akzeptieren. Madam Vigdís fühlte durch die Affäre ihr Haus beschmutzt. Viele Wochen lang hatte sie ihre Hausmädchen gründlicher putzen und scheuern lassen als sonst. Doch manchmal beschlichen sie Zweifel: War ihr Faktotum womöglich doch eines solchen … Vergehens fähig? Tatsächlich hatte sie, seitdem Súsanna ausgezogen war, wöchentlich, manchmal täglich über diese böse Sache nachgedacht. Klarer sah sie darin allerdings noch immer nicht und betrachtete wieder ihre spielenden Finger, die sie jetzt an zehn kleine Heringe erinnerten, die sie letzte Nacht in ihrem Fass gesehen hatte.

In der Nacht hingegen hatte sie die Fische als Noten vor sich gesehen, jeder von ihnen gab einen Ton von sich, als sie ihnen die Kehle durchschnitt, unterschiedliche Töne je nach Größe, dann hatte sie sie im Fass platziert wie Noten auf einem Blatt, das ergab Melodien in der Tonne.

Warum hatte sie überhaupt die Arbeit im Fisch angefangen? Warum war sie nicht einfach die Madam von Upphæðir geblieben? Was trieb sie dazu, mit ihren Geschlechtsgenossinnen auf einer glitschigen Plattform zu stehen und sich an den Fässern den Rücken zu ruinieren? War es Solidarität mit ihnen, oder hatte sie sich unwillentlich dem Gestank des Orts angeglichen? Es war eine schreckliche Vorstellung, diesem grässlichen Ort erlaubt zu haben, sie auf sein Heringsniveau herabzuziehen. Sich von diesem schmierigen, schleimigen Leben so langsam töten zu lassen, dass man es nicht merkte.

Aber es hätte auch eine Flucht von zuhause sein können, weg von dem Mann, der ihr jeden Tag das Gefühl gab, er wolle sich in eine Flasche verkriechen und es sich darin, abgeschirmt von seiner Frau, gemütlich machen. Den Winter nach ihrer Aussprache auf den Decksplanken war er trocken geblieben, im Frühjahr darauf hatte es ein paar Rückfälle gegeben, und bis Weihnachten war er noch einige Male abgestürzt, aber seit Jahresanfang 1909, also des bald ablaufenden Jahres, war er völlig abstinent. Nur wusste sie nicht, wer von beiden schlimmer war, der trockene oder der saufende Kerl. Der eine rannte stets zur Pulle, der andere vor ihr davon. Es war, als ob mitten im Haus, etwa auf dem Teppich vor der Treppe, eine selten schöne und attraktive Geliebte namens Pulle stehen würde, in einem flaschengrünen Kleid und mit einem Flaschenhals an den Lippen. Sie war für jeden im Haus sichtbar, und ihr Geruch füllte alle Zimmer, ein nach Kümmel riechender *spiritus fortis*, aber alle taten so, als würden sie sie nicht sehen. Manchmal lugte Vigdís durch die einen Spalt geöffnete Tür und beobachtete heimlich, wie der Mann an der schönen Frau vorbeikam. Jedes Mal wurde sie beklommen, egal ob er nun, stolz auf seine Selbstbeherrschung, einen großen Bogen um sie machte oder sich so dicht an ihr vorbeidrückte, dass die Hand ihre Hüfte streifte.

Am Morgen sei er ganz überschwänglich gewesen, berichteten die Dienstmädchen. Die Ursache hatte sie herausgefunden, als sie kurz vor der Messe zur Kirche gegangen war. Schon im Talar war er ihr strahlend entgegengekommen. Gute Neuigkeiten aus Kopenhagen! Seine Volksliedsammlung würde wahrscheinlich endlich verlegt werden. Sie gratulierte ihm mit einem Kuss auf die Wange und setzte sich mit dem Gedanken an die Orgel, wo es jetzt die langersehnte Publikation zu feiern gab, würde sie vermutlich auch begossen werden. Da kannte sie ihren Mann.

Kapitel 21

Sonntag in einer Kate

Das norwegisch-isländische Psalmenjaulen drang aus der sonnenerwärmten Kirche, und gleich würde Séra Árni einer rotäugigen Gemeinde auf Isländisch und Norwegisch predigen. Gestur hatte keinen Blick für die Kirche übrig, er schlenderte fröhlich pfeifend und zweifach befriedigt von der *Södal Seglo Sildfabrik* zu seinem Grundstück und dachte an seine Anna, die sich in ihre Siebenfrauenstube geschlichen hatte. Die Erdhaufen auf der Baustelle leuchteten rötlich gelb in der Morgensonne, und auf ihnen wippten Bachstelzen mit ihren schwarz-weißen Schwänzchen; der Himmel hatte inzwischen alle Wolken abgestreift. Gestur stieg auf einen der Haufen und überschaute das Schloss. Das Kellergeschoss war fertig, als Nächstes kämen die Holzwände. »Ja, das werden richtige Wände«, sagte er halblaut und lächelte, dann zog er weiter nach Strönd.

Helgas taubstumme Mutter Engilfríður stand in der Baðstofa neben einem ihrer beiden Logiergäste, die die Schlafstelle gegenüber Gesturs Bett gemietet hatten. Lási hatte seinen Widerstand gegen das Verkaufen von Schlaf endlich aufgegeben, nachdem all seine Bücher in sein Bett gewandert waren und so ein Bett frei geworden war. Das teilten sich zwei anständige Männer aus Grindavík, Svanlaugur und Svanbergur, die Lási die Südschwäne nannte. Es waren ebenfalls engelsfeine Menschen, die fast ebenso wenig sprachen wie Engilfríður Helgumóðir und schliefen wie die Kätzchen.

Einer von ihnen reparierte gerade den Boden von Engilfríðurs Bett. Sie stand mit müdem Gesicht dabei und trug die Kleine auf der Hüfte. Das Kind blickte Gestur still an, als er in die Stube trat, und wusste ganz genau, dass er sein Vater war, weil es noch keinen Verstand besaß. Es heulte ihm auch nicht die Ohren voll wegen nicht gezahlter Alimente, zeigte aber auf sein zugeschwollenes blaues Auge. Die Mutter warf einen schwesterlichen Blick darauf und wollte ihn nicht fragen, wo (und mit wem) er die Nacht verbracht hatte, tat es unausgesprochen aber doch. Lási lag noch auf dem Kissen und las in einer dicken Schwarte, machte dabei aber ein komisches Gesicht, weil er es nicht gewohnt war, zu liegen, während andere mit Holz arbeiteten, schon gar nicht im eigenen Haus. Im Bett gegenüber lag Grandvör wie eine lebende Leiche.

In dem Augenblick kamen sie Gestur wie ein altes Paar vor, als hätte sie den Endpunkt des Alterns erreicht und würde nicht mehr älter, während er sie zügig einzuholen schien. Vielleicht war das der Grund für die zunehmende Verdrießlichkeit des Alten.

Lásis Mutmaßungen und Berechnungen zufolge würde seine Schwiegermutter im nächsten Jahr achtzig. Mithin lag da eine Frau, die drei Zeitalter erlebt hatte, die zarten Anfänge eines selbstständigen Island mit den Männern um die Zeitschrift *Fjölnir*, den Vormittag unter Jón Sigurðsson und nun den Zenit der autonomen Selbstverwaltung und Hannes Hafstein.

Die alte Frau hatte das Sprechen so gut wie eingestellt und das Essen ebenfalls. Selmína hatte aber ein Händchen dafür, ihr warme Milch einzuflößen und manchmal auch einen Bissen in Milch eingeweichten Trockenfisch. Sie kümmerte sich auch darum, zweimal täglich unter ihr sauberzumachen, denn Grandvör lag jetzt auf ihrem Totenbett und stand nicht mehr auf, um ein Geschäft zu erledigen. Gerade war Selmína allerdings nirgends zu sehen. Olgeir petzte, sie sei in der Nacht und auch am Morgen nicht nach Hause gekommen. Das verkündete er schon draußen vor der Tür, wo er mit seinem vierbeinigen Papa und zusammengekniffenem Auge in der Sonne stand.

Dann aber entdeckte er Gesturs blaues Auge, das er wegen des Sonnenlichts kaum öffnen konnte, und frohlockte: Endlich war außer ihm noch jemand einäugig!

»Hat dich ein Rabe gebissen?«

»Na, jedenfalls ein Nachtvogel. Und wo warst du?«

»In der Kirche.«

»Was hast du denn da gemacht?«

»Da gibt's Geld. Sonntags haben die Männer gute Laune. Da schenken sie einem eine Öre, wenn man nur ein Auge hat.«

»Und wie ist es gelaufen? Hast du was bekommen?«

»Ja, zwei Öre und auch zwei Kronen.«

Gestur war so begeistert, dass er den Jungen hochriss und fest drückte, etwas, das er viel zu selten tat.

»Olli, du bist so ein schlaues Kerlchen! Und danke, dass du mich letzte Nacht gerettet hast!«

»Gerettet?«

»Ja, vor der Norwegerin, dem Spritquellenweib, dem Tiefdruckgebiet.«

»Sie wollte dich fressen«, sagte der Kurze, und sie lachten beide einträchtig wie Brüder.

Kapitel 22

Alarm

In diesen harmonischen Moment platzte Svenni von Mjólkurbær, er kam mit bestürzter und dringlicher Miene von der Kirche angelaufen und rief Gestur zu, in der Nacht sei Södals großes Versorgungsschiff, die *Magnus VI*, draußen bei Segulnes gestrandet. Man stelle gerade eine Rettungsmannschaft zusammen. Wahrscheinlich werde es eine fette Bergungsprämie geben, denn das Schiff sei bis oben hin voller Ladung.

Olgeir wollte unbedingt mit. Der Sechsjährige war schon ganz wie Gestur, wollte bei jedem Ereignis dabei sein. Gestur erklärte ihm, Kinder kämen nicht in ein Rettungsboot, außer wenn sie gerettet würden. Dabei spähte er hinaus auf den Fjord, konnte das Schiff aber nicht sehen.

»Es liegt nördlich des Kaps auf der Seite«, rief Sveinn noch wie ein atemloser Reporter und rannte nach Hause, um sein Ölzeug zu holen. Gestur stürzte ins Haus, um Lási Bescheid zu sagen, und führte eine kurze Pantomime für die Taubstumme auf: Ich, gehen, Schiff, gestrandet. Selmína, weiß nicht. Du, Olgeir, aufpassen! Dann musterte er kurz Svanlaug oder Svanberg – er konnte sie einfach nicht auseinanderhalten – und überlegte, ob er ihn mitnehmen solle, war aber unsicher und stieg währenddessen in die Lederhose und die hohen Seestiefel und streifte den Anorak über. Aus der Speisekammer holte er sich etwas Mundvorrat.

Gerade als er bereit war, sah er Svenni und Skapti von jenseits der Teiche heraneilen. Sie trafen sich am Friedhof, und die beiden löcherten Gestur sogleich mit Fragen zur vergangenen Nacht, geierten über sein Veilchen und johlten, als der Name Anna fiel. Gestur wurde rot wie ein kleiner Junge. An der Ecke des Nordpols stand Óskar Eviger, und Gestur grüßte ihn herzlich, aber auch ein wenig bang; der Norweger sollte nicht glauben, er hätte seine Arbeit bei ihm aufgekündigt, und das an einem Sonntag. »Wir helfen Södal«, erklärte Gestur, und Eviger hob lediglich die Brauen. Am Ende der Pier lag die *Ármann SE 30*.

Eigner und Skipper war Hermundur, Gemeindevorsteher Hafsteins Sohn. Er hatte ein altes Haifangboot seines Vaters auseinandergesägt und mittschiffs um zwei Meter verlängert. Dazu Maschine und Schraube eingebaut. Die Masten hatte das Schiff behalten, wodurch es aussah wie eine alte Oma mit Außenborder. Deshalb wurde es nie anders als *Schleichender Pott* genannt. Hermundur war kein leiblicher Sohn Hafsteins, sondern von ihm und der großherzigen Mildiríður an Sohnes statt angenommen worden, und er sah seinem Adoptivvater auch kein bisschen ähnlich, war vielmehr groß und kräftig und hatte auch einen völlig anderen Charakter, war impulsiv, hitzköpfig und rotzfrech.

Zwanzig Männer hatten sich an Bord seines Pottes eingefunden, lauter Isländer, und bei dem ruhigen, sonnigen Wetter kamen sie relativ schnell voran. Gestur überlegte die ganze Zeit, was die Miene Óskar Evigers wohl bedeuten mochte. War ihm Verärgerung anzumerken gewesen? Obwohl sich die Eviger-Brüder ihr Land angeeignet und noch nicht dafür bezahlt hatten, verehrte Gestur sie, ja betete sie geradezu an, besonders den jüngeren. Den Zahlungsrückstand schrieb er ausschließlich Eiríkur R & F zu. Es gab im Fjord – auf der ganzen Welt – keinen besseren, klügeren, schöneren, prächtigeren Mann als Óskar Eviger. Für Gestur war er ein Halbgott.

An der Fjordmündung empfing sie die Dünung, und backbord, östlich von Segulnes, erblickten sie weißumschäumt das Schiff. Es war ungefähr so groß wie die *Spritquelle,* ein mächtiger Rumpf. Sie hatten gehört, die ganze Besatzung habe es an Land geschafft, bis auf den Kapitän, der sich weigere, das Schiff aufzugeben. Aber das war lächerlich, wie sie sogleich erkannten, als sie das Schiff sahen. Es lag auf der Seite, steuerbords ganz unter Wasser. Da war nichts mehr zu machen. Das Schiff war verloren.

»Er traut sich bloß nicht an Land. Man muss sich schon richtig blöd anstellen, um mitten im Hochsommer ein solches Schiff, gerade mal ein Jahr alt und technisch auf dem neusten Stand, auf Grund zu setzen«, spuckte Hermundur, der hinter dem Besanmast am Ruder stand, verächtlich aus. »Das ist doch gar nicht möglich und muss mit dem Teufel zugegangen sein«, rief er durch den Motorenlärm seinem Steuermann Ásbjörn zu, einem Hünen mit gelichtetem Haar. »Wofür muss der arme Södal büßen? Der versichert doch nie etwas!«

Seine abfällige Verurteilung schwand jedoch, als sie sich dem gewaltigen Schiffsrumpf näherten. Gegen ihn war der *Schleichende Pott* wirklich nicht mehr als ein Pöttchen. Mast und Schornstein der *Magnus VI* ragten ihnen entgegen wie mächtige Waffen, Lanze und Gewehr, und Wellen rollten über das Deck. Ein betrüblicher Anblick. Von der Brücke ragte nur die Backbordseite aus dem Wasser sowie zwei Fenster der Vorderseite. Hermundur steuerte sein Boot so nah wie möglich heran, um den Kapitän zu finden; sie peilten durch die Frontfenster, sahen aber kaum etwas, weil die Sonne auf ihnen reflektierte. Stattdessen sahen sie am Strand Männer neben zwei Jollen stehen und hielten auf sie zu, landeten bei ihnen.

Etwas zurückversetzt war hoch oben am Berghang der neue Leuchtturm von Segulnes zu sehen. Sein Standort war umstritten, Seeleute hatten ihn draußen auf die Landspitze stellen wollen, die Behörden aber hatten eingewandt, dann müsse er, um weit genug gesehen zu werden, so hoch sein, dass die Baukosten ins nicht mehr Finanzierbare stiegen. Am Ende errichtete man einen kleinen, niedrigen Turm, dafür aber hoch oben am Hang. Diese Lösung erschien vielen als symbolisch für die Einstellung der Staatskasse gegenüber ihrem Goldfjord. Das Resultat war, dass das Leuchtfeuer bei Nordwind nur selten zu sehen war, wenn Wolken und Nebel die Hänge bis hinab zur Mitte einhüllten. Die Seeleute nannten den Leuchtturm darum bloß die Tischleuchte und spotteten, er sei für die Schafe gebaut worden.

Die jetzige Havarie konnte man allerdings nicht der Tischleuchte zum Vorwurf machen, denn obwohl August war, blieben die Nächte noch hell genug.

Derweil trafen aus Segló weitere Heringsboote ein, und es wurde eine Lagebesprechung einberufen. Hermundur Hafsteinsson ließ keinen Zweifel daran aufkommen, dass er die Bergungsaktion leiten würde, Södal habe ihn zum Chef des Havariekommandos ernannt. Da gerade die Flut auflief und die Männer Brücke und Schornstein des gestrandeten Schiffs im Wasser verschwinden sahen, wurde beschlossen, die Wartezeit für Vorarbeiten zu nutzen. Das Wetter war günstig.

Das Ufer war mit Treibholz übersät. Da konnten die Norweger ihre angeborene Fertigkeit beweisen: sie errichteten über dem Flutsaum eine stabile Schutzhütte in ihrem einheimischen Blockhausstil. Sie sollte die Einsatzzentrale sein. Seinen besten Mann, Önundur Ásgeirsson, ernannte Hermundur zum Lademeister. Er hatte jedes Stück der Ladung, das an Land kam, zu registrieren, damit nichts gestohlen wurde. Önundur besaß vor anderen die Qualifikation, in Amerika gewesen zu sein, und damals galt ein Winteraufenthalt in Amerika so viel wie ein sechsjähriges Universitätsstudium. Zudem hatte der gewissenhafte und mit einem Sinn für Zahlen ausgestattete Mann von dort eine vornehme Brille mitgebracht – die zweite ihrer Art im Segulfjörður –, und die verlieh ihm noch mehr Würde. Bekanntlich war das Lästermaul Hans vom Duo Hans und Baldvin der erste Mensch im Fjord, der eine Brille trug. Am Ort des Unglücks waren die beiden Klatschbasen nicht zu sehen, sie mussten aber dort sein, denn am nächsten Tag waren sie über alles im Bilde, was sich dort zutrug.

Kapitel 23

Rhetorikwettbewerb am Strand

Während die Norweger das Blockhaus bauten, saßen die Isländer auf dem Strandwall, aßen ihr Pausenbrot und maßen mit ihren Blicken das große Schiff ab. Es war schon seltsam, das perfekteste Fahrzeug, das sie je gesehen hatten, hier in völliger Hilflosigkeit liegen zu sehen. Jemand machte auf den Umstand aufmerksam, dass das Schiff auf den Namen eines berühmten Norwegerkönigs getauft sei, und es entspann sich eine längere Diskussion, wer der sechste Magnus gewesen war: Magnus Barfuß, Magnus der Blinde oder Magnus der Gesetzesverbesserer. In der Genealogie der Könige waren die Männer nicht ganz sattelfest. Nur wenige hatten die Chronik von Snorri Sturluson gelesen, manche aber hatten Großväter oder Urgroßväter, die sich dieser Mühe unterzogen hatten. Wie immer bei solchen Debatten entschied am Ende die Lärmpegelmessung. Wer sich seiner Sache am sichersten war, brüllte am lautesten.

»Magnus VI. war Magnus der Gesetzesverbesserer! Er war 1262 König, als wir den Alten Vertrag unterschrieben und den norwegischen Königen huldigten. Seitdem ist Island immer von fremden Mächten regiert worden. Das war er, Magnus der Gesetzesverbesserer!«, rief ein Mann vom Mývatn mit schriller Stimme.

»Dann handelt es sich um eine späte Rache«, warf ein humorvoller Mann aus Flóðir mit krausem schwarzem Bart und Entennase ein.

Das wollten viele nicht gelten lassen, keiner sollte Norwegern Böses wünschen oder den Verlust des Schiffes bejubeln, denn keine Nation habe den Isländern mehr Gutes getan. In der Folge entbrannte eine heftige Debatte darüber, ob die fremde Königsherrschaft ein Unglück oder ein Segen für Island gewesen sei und wer die besseren Herren der Insel seien, die Dänen oder die Norweger.

»Man muss es den Norwegern anrechnen, dass sie in fünf Jahren mehr für Island getan haben als die Dänen in fünfhundert.«

»Mag sein, aber das tun sie nicht aus reiner Menschenfreundlichkeit, sondern weil sie den eigenen Profit im Sinn haben. Sie mogeln bei den Fangmengen, dass sich die Balken biegen, damit der Fasszoll möglichst niedrig ist.«

»Ja, ja, aber wenigstens tun sie was. Es gibt Veränderungen.«

»Der Däne hat uns mit seinem Mehl immerhin am Leben erhalten, auch wenn es voller Würmer war. Jedes Jahr hat er uns zwei Schiffe geschickt. Wir selbst konnten ja keine bauen.«

Betretenes Schweigen machte sich angesichts dieser Tatsache breit. Die Männer äugten zu dem havarierten Schiff hinüber.

»Auch das tat er nicht aus Gutwilligkeit. Der Däne wollte nur irgendwas an seiner Kolonie verdienen«, behauptete ein plumper Kerl mit einer eingerissenen Schiebermütze auf dem Kopf und schnäuzte sich in sein rotes Taschentuch.

Da erhob der Mann vom Mývatn wieder seine schrille Stimme, er war ein gewitzter Autodidakt.

»Das ist es, was ich immer sage. Die Dänen haben niemals auch nur die geringste Achtung vor uns gehabt. Die hatten sie nicht, die haben sie nicht und werden sie niemals haben. Denen ist und war Island immer scheißegal. Denkt nur daran, dass in den fünfhundert Jahren, in denen sie unsere Herren sind, nur ein Mann von ihnen, sage und schreibe ein einziger Mann, sich die Mühe gemacht hat, Isländisch zu lernen, die Sprache, die hundertmal bedeutender ist als der deutschdurchseuchte Dünnpfiff, den sie Dänisch nennen. Und das war Rask. Rasmus Christian Rask. Der einzige Däne in fünfhundert Jahren.«

»Aber sie hielten immer Quotenplätze für isländische Studenten an der Universität frei, mit freier Kost und Logis.«

»Ja, damit sie Dänisch lernten.«

»Was ich trotzdem nicht verstehe, ist, warum sie uns nicht Hering fischen ließen. Sie wussten, dass Hering auch Fisch ist. Das wussten sie die ganze Zeit! Sie haben immer schon Hering gegessen, aber uns haben sie das nie gesagt. Dabei wimmelte es hier von Hering.«

»Richtig! Und jetzt kommen sie und wollen den Norwegern verbieten, uns beizubringen, wie man Hering fängt!«

»Dabei hätten sie es uns zeigen sollen.«

»Das ist jetzt aber so, als würde ein kinderloser Mann seinem Vater vorwerfen, dass er ihm nicht beigebracht hat, wie man Kinder macht«, warf der Gewitzte mit der Schiebermütze ein und brachte damit die Versammlung auf dem Strandwall zum Lachen.

»Tja, dann war es wohl unsere eigene Blödheit.«

»Dänen können, verdammt noch mal, überhaupt nicht fischen! Die sind bloß Bauern.«

»Moment mal, fangen die Dänen nicht ihre Schweine?«

»Fangen? Ach was, die päppeln sie an ihrer Brust und fressen sie anschließend. Habt ihr nicht die fetten Schweine von Buus gesehen?«

»Ich habe mal gehört, die würden sie in ihren Wäldern jagen.«

»Quatsch! Das sind Wildschweine. Die jagt man in Deutschland. In Dänemark gibt es keine Wälder mehr. Die haben sie längst aufgefressen.«

»Das haben sie aber von uns gelernt, wie man Wälder frisst.«

Wieder leises Gelächter.

»Aber Schuhe zu essen, das können wir ihnen nicht anhängen. Wir sind das einzige Volk, das so ausgehungert war, dass es lernen musste, seine Schuhe zu fressen.«

Gelächter.

»Und ich dachte, das hätte uns Magnus Barfuß beigebracht.«

Noch mehr Gelächter. Sie saßen jetzt im Kreis, hatten alles aus-

reichend durch den Kakao gezogen, seufzten zufrieden und warfen begehrliche Blicke auf das Schiff. Die Isländer waren nämlich
auch das einzige Volk, das den Ausdruck »ein guter Schiffbruch«
kannte.

Kapitel 24

Überfluss und schöner Schein

An Nachmittag kam die Ebbe, und am Strand schlief der Wind ein, es herrschten also optimale Bedingungen, um die Ladung aus den Eingeweiden von Magnus Gesetzesverbesserer zu bergen. Die Entfernung zur Ladeluke betrug lediglich zwanzig Meter, und alle verfügbaren kleinen Fahrzeuge wurden aufs Meer gescheucht. Sie setzten Männer über, die in den Laderaum klettern sollten, bei Flut aber konnte man in ihn hineinrudern wie in eine romantische Grotte. In einem der Boote saßen Gestur, Sveinn und Skapti, alle drei gelenkige und pfiffige Burschen. Sobald sie im Laderaum waren, verschwanden sie zwischen den zum Teil umgestürzten Kistenstapeln. Feinste Möbelstücke standen hier und da größtenteils unter Wasser. Zwischen Salzfässern und etwas, das ein Öltank sein konnte, stand ein Pianoforte eingeklemmt. Im grünen Wasser zeichnete sich etwas schwarzes Stählernes ab. Über ihm trieben helle Unterröcke wie Quallen in Übergrößen. Sie befanden sich in einem Märchen.

Gestur kletterte auf einen Haufen Stühle. Sie lagen wirr durcheinander und ließen ihn an die Nacht mit Anna denken; er wollte auf sie losgehen und ihnen jeden Arm und jedes Bein brechen, in Rücken und Sitzpolster beißen, weil tief unter ihnen Anna verborgen läge, sechzig Kilo purer Lust. So heftig war die Liebe. Er begann sofort, den Stapel zu entwirren, gab Skapti einen Stuhl, der ihn an Svenni am Rand des Wasserspiegels weiterreichte, und der stellte ihn ins Boot, das zwei sehr gestresste Ruderer aus Flóðir an Ort und Stelle hielten.

Gemeindevorstehersohn Hermundur stand am Ufer wie ein glatzköpfiger Piratenkapitän. Vom Charme seines Vaters hatte er nichts abbekommen, machte das aber durch eine von ihm ausgehende Tatkraft und eine Härte wett, die sagte: Zum Teufel mit dem Charme, damit fängst du keine Fische. Sein Hemdausschnitt stand stets über Gebühr offen, als wäre ihm nie kalt, und von den Schultern her wuchsen beidseits die Halsmuskeln herauf wie kräftige Arme, die den Kopf hochhielten wie einen Siegespokal.

Hermundur freute sich über jedes Möbelstück, das an seinen Strandabschnitt trieb. Södal wäre sicher sehr zufrieden, wenn es so weiterginge wie bisher, und bestimmt bekäme er, Hermundur, auch das eine oder andere Prachtexemplar für sein eigenes Heim ab. Um den Güterberg zu inspizieren, ließ er sich zur Ladeluke des havarierten Schiffs übersetzen. Da waren ganze Betten, Liegen und Matratzen zu sehen, Treppengeländer, Kochherde, Öfen und Rollen von Manilaseil. Und wozu brauchte er nur all diese Stühle? Wollte der Kerl etwa ein Hotel eröffnen? Und was lag da unter Wasser? Eine Maschine? Ein Trankochkessel? Es sah so aus, als wolle Södal seine dänischen Kollegen an reichhaltiger Ausstattung noch übertreffen. Und sie mussten diese helle Zukunft jetzt erst einmal aus der dunklen Tiefe heraufholen.

Gestur und seine Freunde arbeiteten zusammen mit einer zweiten Mannschaft im Südteil des Frachtraums, während auf der Nordseite zwei andere Gruppen zugange waren. Von dort drangen jetzt Rufe und Geschrei herüber. Waren sie auf eine Goldader gestoßen? Doch wegen des geringen Lichts und des Widerhalls konnten sie weder sehen noch hören, was am anderen Ende der Grotte los war. Darum schleppten sie weiter Kisten und Koffer zu ihrem Boot, und allmählich öffneten sich auf ihrer Seite Schneisen in die Ladung. Zwischen Kistenstapeln kamen drei nigelnagelneue schwere Heringsnetze zum Vorschein. Um die herauszubringen, mussten sie zu dritt anpacken und ihre Anstrengungen verdoppeln.

Draußen zog der Abend herauf und brachte noch mehr Windstille, eine Flaute in der Flaute, so drückend, dass manche Atemnot bekamen. Als wäre die Welt zugeschlossen worden. Das Meer lag nach Norden zum Pol und ostwärts nach Gramsey wie ein Spiegel so glatt, dass man es kilometerweit überblicken konnte. Weit draußen hob sich ein Walrücken über die Oberfläche, und Heringsschwärme ließen den Spiegel an einigen Stellen anlaufen wie von Gott behaucht. Nah bei der Küste spiegelten sich Berge darauf und hatten noch nie ein klareres Abbild von sich erhalten. Als die Sonne hinter ihnen im Westen verschwand, bekam der klare Himmel eine sanfte Wolkenhaut, deren Muster jeden Fischer an Schuppen denken ließ und dem Auge so wohltat wie ein gutgemeinter Tropfen.

Silberabend auf Goldgefilden.

Bei ablaufendem Wasser erhielt das Pianoforte mehr Beinfreiheit, und der eiserne Klotz hob einen flachen schwarzen Schädel aus der Tiefe. Die jungen Männer waren uneins, um was es sich dabei handelte, Sveinn mutmaßte, es sei ein stählerner Schornstein für eine Heringskocherei, Gestur und Skapti tippten eher auf eine Art Tank oder Kessel. Doch für den Moment konnten sie die Frage nicht klären, denn Hunger und Müdigkeit machten sich immer stärker bemerkbar, und sie wurden für eine Erholungspause an Land gebracht.

Die Schmerzen in seinem Kiefer hatten während der Bergungsarbeit eher noch zugenommen, und aus dem geschwollenen Auge konnte Gestur kaum mehr sehen. Skapti grinste ihn an und fragte, ob er in Sachen Anna vielleicht ein Auge riskiert hätte. Abgesehen von ihm verlor aber keiner ein Wort über Gesturs ramponiertes Gesicht. In Segló wachte sonntagmorgens jeder zweite Mann mit einem blauen Auge auf.

Als sie aus dem Dunkel des Laderaums ins Abendlicht kamen, erblickten sie noch eine andere Art von Helligkeit um sich herum. Die zwei Boote, die zwischen Ufer und nördlichem Ende des Laderaums pendelten, wurden mit lautem Gelächter und klatschenden Riemen von wild reinhauenden Trollen vorangetrieben, von denen, die im

Schiffsrumpf arbeiteten, kam Gesang und ein Rumoren, dann ein Platschen. Da war irgendwas oder irgendwer ins Wasser gefallen. Am Ufer herrschte schon wieder ein heilloses Durcheinander: Am Strand fand eine Party statt, Männer sangen und rauften, stießen klirrend Flaschen aneinander, schüttelten sich, übergaben sich, entleerten sich. Weiter draußen auf dem Meer waren noch mehr Heringsboote unterwegs als vorher, ein paar uralte Haikähne waren auch darunter. Die Fischmeldung hatte sich schnell herumgesprochen.

In der Ladung des sechsten Magnus hatten sich natürlich auch Unmengen von Alkohol befunden, allein sechzehn Kisten edler Cognac, hundertsechzig Kästen Bier (in jedem fünfzig Flaschen) sowie siebenhundert Flaschen Rot- und Weißwein. Sie waren alle registriert und mussten vollzählig geborgen werden, und damit waren die Männer gerade emsig und sehr engagiert beschäftigt. Keiner von ihnen hatte je etwas so Köstliches getrunken: Bier! Das war, obwohl sie ja auch trinkbar war, doch etwas ganz anderes als die Höllenpisse. Und ein solcher Anblick hatte sich ihnen auch noch nie geboten: Flaschen füllten ihre Augen wie Heringe die Netze, und sie füllten und füllten sich. Wie sollten sich Männer auch anders benehmen, wenn sie endlich ins Paradies gekommen waren? Hier waren ehemalige Bauern, Bauernsöhne und Knechte, Tagelöhner und Wanderarbeiter, Männer, die noch nie etwas Kostbares gesehen hatten, in den Garten Eden gelangt. Sollte man ihnen verbieten, sich an dessen Früchten zu laben? Einige glaubten ernstlich, ans Ufer des Jenseits gekommen zu sein, wo die Flaschen nie zur Neige gingen und Kopfschmerzen unbekannt waren und sicher bald himmlisch schöne Jungfrauen herbeiströmten. Es gab eine solche Unzahl an Trinkbarem, dass sich keiner der Männer an »seiner Flasche« festhielt, sondern die Pullen ebenso kreisend die Runde machten wie Anekdoten, Küsse und Umarmungen. Der Alkohol machte die Männer sentimental und die Erde zu einem großen Zimmer, in dem alle Freunde waren, alle Bootsmannschaften, Männer aus dem Süden und dem Westen, dem Norden und dem Osten, Hai- wie Heringsfischer, bettelarme wie gestandene

Männer, Isländer und Norweger, alles war ein einziges Gewimmel, ausgelassen singend und ehrlich vor Freude heulend: Hier hatten sie ihr echtes, wahrhaftiges, gemeinsames Glück gefunden.

Den schönsten Abend ihres Lebens.

Was aber war mit dem Oberbuchhalter? Wo steckte der verehrte Aufseher und Amerikafahrer Önundur Ásgeirsson in dieser gewaltigen Havarie?

Blicke suchten die durcheinanderredende Menge und den Haufen feucht gewordener Möbelstücke ab, schweiften den Fjord entlang zum Blockhaus auf dem Strandwall, und richtig: Da saß der Mann und verbuchte mit hängendem Kopf und sabberndem Mund jedes Glas. Ja, auch er, der Amerikakiller, war sternhagelvoll. Er hatte seine Brille verloren, hielt aber den Stift noch in der Hand, umklammerte ihn wie einen letzten Strohhalm und versuchte, so gut er konnte, Zahlen in seine aufgeschlagene und weinfleckige Kladde zu kritzeln.

Und was war mit dem Lademeister, mit Hermundur Vorstehersohn? Hatte er total die Kontrolle über die Bergungsaktion verloren? Gestur hielt nach ihm Ausschau und fragte nach ihm, bis jemand auf einen kahlköpfigen Mann zeigte, der für sich allein auf dem Strandwall saß und ein Liebesgedicht an eine Flasche Cognac zu richten schien, die ihm zu Füßen stand. Zwischen ihm und der Flasche spann sich ein feiner, im abnehmenden Licht des Augustabends glitzernder Spuckefaden.

Alles hatte Schlagseite: Schiff, Berge, Menschen.

Selbstgekrönte Könige thronten auf edlen Hochsitzen, triefnassen Plüschsesseln mit Armlehnen, und hielten lallend Ansprachen. Zwei flaschenfrohe Gesellen lagen gemütlich in dem Doppelbett, das Gestur mit Svenni und Skapti mühsam ins Boot geschafft hatte. Im selben Bett schlief am Fußende ein Herr mit imposantem Schnauzbart, der augenscheinlich außen wie innen gleichermaßen komplett durchtränkt war.

Alles war versoffen: Matratzen, Möbel, Menschen.

Kapitel 25

Strandvergnügen

Gestur sah Skapti und Svenni unten am Ufer an einer Kiste mit Lebensmitteln stehen und alles in sich hineinstopfen, was sie darin fanden, Biskuits ebenso wie geräucherten Schafsbauch. Er ging zu ihnen, und als er sie erreichte, hielt er in jeder Hand eine Flasche. Sie ebenfalls. Sie prosteten sich mit Rotwein und Bier zu. Hier konnte man nicht anders, als mitzuspielen. Schließlich hockte dahinten sogar ein Teil der norwegischen Schiffbrüchigen und trank putzmunter seinen »Rettern« zu.

Dennoch konnte Gestur sich nicht mit ganzem Herzen ins Vergnügen stürzen, denn er hatte noch immer Zahnschmerzen und ein dickes Auge. Außerdem trug jeder zweite Gedanke von ihm die Aufschrift »Anna«. Noch nie hatte er eine solche Liebesbesoffenheit erlebt. Er brachte kein Wort heraus und guckte in die Luft, ohne etwas anderes zu sehen als das Mädchen mit den kurzen dunklen Haaren und den Grübchen.

Seine Freunde zogen ihn auf.

»He, schläfst du?«, fragte Skapti.

»Und ob! Der schläft immer noch bei *ihr*«, lachte Svenni.

Gestur hatte noch nie Rotwein probiert und verzog bei dem Geschmack das Gesicht. Dann schauten sie zum Schiffsrumpf hinüber und sahen, dass sich ein Mann an der Reling nach vorn gehangelt hatte und jetzt auf der Bugspitze stand und den Fjord betrachtete. Es war ein großer, beleibter Mann mit einem Bart bis auf die Brust und einer richtigen Schirmmütze.

»Hallo, Kaptein!«, rief einer der Norweger am Strand, und jemand in der Nähe erklärte, das sei Holmedal, der Kapitän.

Da stand er schweigend wie ein Gott und betrachtete das lästerliche Treiben der Menschen, diese Schlangengrube, die er nun einmal erschaffen hatte. Der bärtige Gott verharrte an seiner Position, und nach und nach verstummte das laute Treiben an Land wie ein Sinfonieorchester beim Anblick seines Dirigenten. Schließlich war die ganze Versammlung, auch der letzte Betrunkene, auf den Beinen und sah stumm zu dem Schiffskapitän hinüber, der wie eine Statue auf dem Bug seines havarierten Fahrzeugs stand. Man hätte eine Stecknadel ins Meer fallen gehört, so dicht war das Schweigen, und eine graue Möwe quittierte die Stille mit einem horizontalen Strich direkt über Holmedals Kopf.

»Na, wieder nüchtern?«, rief plötzlich eine Stimme auf Isländisch, und die Menge brach in Gelächter aus. Danach gab es keine Stille mehr. Hatte der Kapitän vorgehabt, vor der Versammlung eine Ansprache zu halten, so konnte er das jetzt vergessen. Seine Macht hatte sich aufgelöst. Jemand warf sogar einen Stein nach ihm, der vom Bug abprallte und ins Wasser fiel.

Alles stand wieder kopf, es wurde noch mehr gezecht, einer rezitierte Reimgedichte, ein anderer brüllte immer wieder nach einer »Sigga!«, und eine Gruppe stimmte den allbekannten Schlager an: »O meine feine Flasche!«, eigentlich ein altes Duett aus dem Vatnsdalur, eins der berühmtesten Volkslieder in Séra Árnis Sammlung, und es kam wunderbar an.

> *Darf ich es wohl küssen,*
> *das Mäulchen dein, dein?*
> *Deinen Mund so weich und fein?*
> *Ich werde ganz verzaubert sein.*

Es sagte viel über dieses Volk, dass das eines der erotischsten Lieder war, das je auf Isländisch geschrieben worden war, und noch mehr, dass der isländische Mann seine Flasche noch mehr zu mögen schien als sein Liebchen. Wo andere Völker den Alkohol nutzten, um an die Weiber ranzukommen, als Mittel zum Zweck, verhielt es sich in Island genau umgekehrt. Hier war das Mittel der Zweck. Männer liebten ihren Flachmann sosehr, dass sie ihn besangen und nicht die Frau, die zuhause auf sie wartete. Im Ergebnis hatten die Frauen der Insel den Männern die Initiative abgenommen.

Gestur saugte die Stimmung in sich auf. Er erlebte unzweifelhaft einen wunderbaren und historischen Augenblick mit. Wie alle anderen am Strand waren er und seine Kumpel noch vom Vorabend verkatert, aber dieses Unwohlgefühl wich nach und nach einem vorher ungekannten Bierwohlgefühl. Dieses herrliche Besäufnis war so ungewohnt und märchenhaft, dass die Männer praktisch vom ersten Schluck nüchtern wurden. Dabei standen sie eigentlich auch noch mitten im Fanggebiet. Gestur guckte aufs Meer und sah die Stelle, wo sie am Vortag nur wenig vom Kap entfernt einen gewaltigen Fang gemacht hatten. Das gab noch ein paar magische Extrapunkte, sich so nah an der Quelle harter Arbeitseinsätze einen auf die Lampe gießen zu können. Hier standen sie einen Moment außerhalb der Zeit, der Welt und der Wirklichkeit, hier gab es keine Herren, keine Polizei, keine Frauen, keine Pflichten! Hier konnten arme Fischer ihren Traum saufen, frei von allem, auch von Geld. Trotz seiner Liebesparalyse erkannte Gestur die Einzigartigkeit des Augenblicks und stieß noch einmal mit seinen Freunden an. Noch ein Schluck Rotwein! Schmeckte eklig, aber man gewöhnte sich dran.

»Mehr wird Södal aus seinem Wrack nicht rausbekommen«, lästerte Skapti und stieß mit seiner Pulle Bier an Gesturs Weinflasche. Svenni naschte schon wieder von ihrem Proviant.

»Wart mal ab«, gab Gestur zurück und zeigte aufs Wasser, wo einige Wagehälse das Pianoforte aus dem Laderaum gewuchtet hatten. Es lag jetzt quer über zwei parallel ausgerichteten Booten. Soweit sie sehen konnten, schwammen sogar zwei Männer hinter den Booten und schoben sie an.

Die Meute an Land honorierte diesen Einsatz mit Beifallsgejohle und schwenkte die Flaschen. Gleich würde auch noch zum Tanz aufgespielt. Doch leider waren die Pianolebensretter zu betrunken, um ihr Werk zu vollenden. Als sie dem Land näherkamen, drifteten die Boote langsam auseinander, bis das Klavier von einem abrutschte und im Meer versank. Von der Last befreit, richteten sich die Boote plötzlich auf und die Männer, die als Gegengewicht auf den äußeren Dollborden gesessen hatten, wurden fast ins Meer katapultiert.

Vom Land watete ein Dutzend Männer zu ihrer Unterstützung ins Wasser, das ihnen bis zur Brust reichte, als sie bei dem Klavier ankamen. Einige tauchten, und nach einigem Plätschern schafften sie es, das Instrument anzuhieven. Acht Mann trugen es unter großem Hurra mit vereinten Kräften ans Ufer. Da setzten sie es ab, und das gute Stück musste über die raue Behandlung kräftig weinen, salzige Zähren strömten aus Klaviatur und Pedalöffnungen.

Man rief nach Kalli von Bakki, dem Einzigen in dem ganzen Haufen, der ein Piano traktieren konnte, und setzte ihn an die Tasten. Er wehrte auf seine sensible, schlanke Art ab, wurde aber sehr dazu gedrängt, und bald klimperte der Kosterwalzer in den Abend, als würde er in einem vollen Lebertrantank gespielt, doch kräftiger Männergesang übertönte schnell die tranigen Töne. Das Klavier tränte weiterhin Töne.

Andere wollten nicht zurückstehen und begannen mit vier überfüllten Booten ein Wettrudern zum gestrandeten Schiff, bei dem mindestens zwei Mann ins Wasser fielen.

Nach weiteren sechs Liedern wurde es langsam dämmerig, und obwohl wenige darauf achteten, erreichte die Ebbe ihren Tiefstand, Magnus Gesetzesverbesserer lag nun fast vollständig frei. Etwa zu dem Zeitpunkt erscholl ein triumphaler Jubelschrei aus dem Laderaum des Schiffs. Da war irgendeine Großtat vollbracht worden. Welche, war allerdings nicht zu ersehen, auch nicht, als die vier Boote mit mächtigem Tiefgang aus der Ladeluke hervorkamen. Eine Ladung war nämlich nicht zu sehen. Als sie näher kamen, wurden Eisenstangen oder Träger sichtbar, die quer von Boot zu Boot lagen. Sie fuhren zwei und zwei hintereinander, und zwischen sich schleppten sie etwas furchtbar Schweres.

Plötzlich brach etwas, die Stangen gaben ein peitschendes Geräusch von sich, das Gewicht war weg, und die betrunkenen Ruderer transportierten eine Art schwarzen Schild zwischen sich. Gestur und seine Freunde erkannten das schwarze Stahlungetüm wieder, das sie unter Wasser gesehen hatten. Es war offenbar von etwas abgebrochen, denn es stiegen Luftblasen auf; das größere Teil war gesunken. Die Reaktion war die gleiche wie vorhin: Männer eilten zu Hilfe, deutlich mehr als zuvor, und es gab Gedränge, Geplätscher und Gespritze im Wasser.

Das Bild, das aus dieser Entwicklerflüssigkeit aufstieg, würde Gestur nie vergessen: Die Männergruppe rollte ein ganzes Auto aus dem Meer. Ein völlig neues, unbekanntes Modell, das zwar entfernt an Buus' vierrädriges Pferd erinnerte, aber stattlicher war, mit einer Karosserie verkleidet, der allerdings das Dach fehlte, das schwarze Blech, das noch zwischen den Booten hing. Manche hier waren lebenserfahrene Männer, sie hatten den Fjörulalli, Kúalabbi, Walschafe und andere Seeungeheuer mit eigenen Augen gesehen, aber das übertraf alles: Sie sahen die Zukunft aus den Fluten steigen und an Land rollen. Viele hatten Buus' Kutsche nie gesehen (die seit Jahren mit einem Segel abgedeckt im Lagerhaus des Dänen stand und auf ihre Straßen wartete) und wurden starr vor Staunen. Was für eine Maschine!

Sie schoben das Meeresfahrzeug so weit den Strand hinauf, bis auch die Flut es nicht erreichen würde, und drängelten sich dann danach, jeweils fünf Sekunden am Lenkrad sitzen zu dürfen. Das Pianoforte geriet total ins Abseits, stattdessen gab es einen Auflauf um das triefend nasse Automobil im Abendlicht am Strand von Segulnes. Das Wunderding hatte eine so befeuernde Wirkung auf die Menge, die schon reichlich »vorgeheizt« hatte, dass der kleinste Funke eine Keilerei auslöste. Einer hatte sich vor einem anderen ans Steuer gedrängelt, und der fiel rücklings auf einen Dritten. Im Handumdrehen brach eine Massenschlägerei aus, die jedoch ein ebenso schnelles Ende fand, als auf einmal einer der besten Söhne des Segulfjörður, Kjartan von Ránarkot, nach einem Faustschlag bewusstlos am Boden lag und heftig aus einer Platzwunde auf der Stirn blutete. Das ernüchterte einige der Besonneneren, die die Blutung mit Hemdzipfeln stoppen wollten, und man kam überein, Kjartan so schnell wie möglich zu Doktor Guðmundur zu schaffen.

Kapitel 26

Einäugiger Skipper

Der Spaß hörte sofort auf: ein Mann lag blutend am Boden. Er durfte nicht verbluten. Die See draußen blieb ruhig, die Natur war menschlichen Unglücksfällen gegenüber ungerührt. Nach Mitternacht war die Augustnacht nur leicht blauer geworden, ein Rabenpaar schwebte das Ufer entlang.

Die Nachricht vom Unglück drang auch ans Ohr von Lademeister Hermundur, woraufhin er sich sogleich aufrappelte. Man stützte ihn zum Strand hinab, und er wollte unbedingt sein Boot zur Verfügung stellen. Dann sah er Gestur und seine Kumpel und befahl ihnen, das Boot heranzubringen. Ein paar Ruderschläge später waren der Verletzte und einige andere im Schleichpott untergebracht. Doch weder Hermundur noch einer seiner Männer waren in der Verfassung, den Motor zu starten, und mit einer unwirschen Handbewegung gab er Gestur & Co. die Anweisung, das zu übernehmen. Svenni kannte sich von ihnen am besten mit Motoren aus. Zusammen mit Skapti verschwand er im Maschinenraum, während Gestur das Ruder übernahm und darauf wartete, dass die ersten Motorengeräusche die Stille durchbrachen.

Als sie rückwärts ablegten und ganz nah am gestrandeten Schiff vorbeifahren mussten, weil weiter draußen alles voller Boote lag, erschien Kapitän Holmedal auf der Abdeckung des Niedergangs und winkte. Er wollte mit, und Gestur steuerte das Boot so dicht an den havarierten Schiffsrumpf, dass der Norweger übersteigen konnte. Hermundur saß mit seiner Flasche Cognac hinter Gestur und warf dem Kapitän einen betrunkenen Blick zu. Holmedal hockte sich wortlos aufs Dollbord, drehte ihnen den Rücken zu und blickte aufs Meer.

An Bord nahm das gemeinschaftliche Besäufnis einen anderen Charakter an. Die Männer schwiegen müde über den Flaschen und anderen Dingen, die sie gehortet hatten, tranken jeweils für sich, dachten an den tollen Abend zurück und starrten mit dem traurigen Kapitän über den Bootsrand in die meeresstille Augustnacht oder beugten sich über den Verletzten. Das Ruder überließen sie weiterhin Gestur; er hatte zwar nur ein offenes Auge, war aber noch der Nüchternste von allen. Hermundur saß bei ihm, spähte über den Bergesspiegel und erteilte ihm Kommandos. »Nach backbord! Ja, so. Kurs auf die Kirche nehmen!« Ein paar hübsche Möwen eskortierten den tuckernden Fjordspalter. Gestur fühlte sich stolz. Er guckte zu den Náskriður und erinnerte sich daran, wie weit er seine Zeit als Schafhirte hinter sich gelassen hatte. Jetzt stand er am Ruder seines Lebensschiffs und bewahrte eine ganze Frau hinter seinen Augen auf.

Als sie in den Fjord einliefen, drehte Holmedal seinen großen Kopf und richtete den Blick auf Hermundur. Drei Sekunden lang sahen sie sich in die Augen, dann ließ der Norweger seinen Blick zu der Cognacflasche wandern, die sein isländischer Kollege in Händen hielt. Hermundur dachte nach, dann stellt er die Flasche ab.

Als Eyri in Sicht kam, warf Holmedal ihm erneut einen Blick zu. Hermundur starrte zurück, als wäre er verärgert oder beleidigt, dann sprang er auf, zu schnell, denn er wäre beinah gefallen, und wurde von seinem Sitznachbarn aufgefangen und gestützt. Vorsichtig ging er zum Ruder, schob Gestur beiseite und übernahm es selbst. Gestur machte wortlos Platz, aber es gefiel ihm nicht, Hermundur war viel zu betrunken, um ein Boot zu steuern, das sah jeder, außerdem war es um einiges dunkler geworden.

Der Pott kam in der Stille gut voran, und es bestand eigentlich auch keine Gefahr, im Segulfjörður war einfach zu navigieren, wenn man erst einmal das Kap hinter sich hatte. Aber bald fand Gestur, dass sie nicht mehr den richtigen Kurs hielten; er blickte zu dem Mann am Ruder und sah, dass er eingenickt war, das Boot fiel nach steuerbord ab und lief nun direkt auf die Kirche zu, dabei hätten sie eher Kurs auf Ytri-Skriða und die dort entstehende Fabrik nehmen müssen.

Gestur ging zum Ruder und rüttelte Hermundur, der wurde allerdings nicht wach, sondern grunzte nur im Schlaf und klammerte sich am Steuer fest. Skapti und Svenni kamen Gestur zu Hilfe, aber auch zu dritt bekamen sie Hermundur nicht vom Ruder weg. Immerhin hatte ihr Gezerre den Kurs leicht verändert, und sie hielten jetzt genau auf Strönd zu.

Noch einmal versuchte Gestur, Hermundur zu wecken. Unter den anderen an Bord kam Murren auf, ihnen gefiel die Sache nicht. Holmedal war kurz davor, aufzustehen, da kam Hermundur endlich zu sich und reagierte äußerst unfreundlich. Mit wütender Miene stieß er Gestur weg und lallte sabbernd:

»Zur Hölle, Junge, mir sagt keiner, was ich zu tun oder zu lassen habe!«

Alle Blicke waren auf den Skipper gerichtet, die meisten hoffnungsvoll, denn wenigstens war der Kerl jetzt wach. Doch seine Augen waren nach wie vor umnebelt und stierten verständnislos vor sich hin, er schien keinerlei Peilung zu haben. Eyri kam jetzt rasch näher. Holmedal drehte unablässig den Kopf hin und her, blieb aber auf seinem Platz. Gestur bat Skapti, den eigentlichen Steuermann des Boots, den dünnhaarigen Troll Ásbjörn, zu wecken, der steuerbords auf einem Netzhaufen im Koma lag. Das gelang aber nicht. Gestur wappnete sich und wollte Hermundur erneut vom Ruder wegschieben, doch der hielt stur dagegen und nahm den Übergriff ungehalten auf. Sie zerrten noch aneinander, als es plötzlich einen Rums gab und die Männer übereinanderfielen. Der Norweger sprang auf und hielt sich an einem Stag fest, Gestur packte das Ruder, über dem jetzt schlaff Hermundur hing. Sein Boot war auf Grund gelaufen.

Sie versuchten einige Male zurückzusetzen, aber das Boot bewegte sich keinen Millimeter, und schließlich stellten sie den Motor ab. Die nun einsetzende Stille schnitt zunächst in die Ohren, bis ein paar Möwen aufflogen. Ihr Kreischen unterstrich das Schweigen in dem weiten Saal, dann verhallte es über Eyri. Aus derselben Richtung waren Stimmen zu hören, dann Gelächter. Die Nacht war so warm, wie Nächte in Island werden können, erreichte fast acht Grad.

Die gestrandeten Männer machten das Beiboot fertig. Gestur und seine Kumpel bemannten die Ruder. Alkoholschlappheit zog durch den Wasserspiegel. Jemand hatte in einem Verbandkasten eine Binde gefunden, deren helle Farbe um den Kopf des Verletzten leuchtete wie eine Wundfackel im Nachtdunkel. Zwei Männer legten ihn zwischen sich auf die achternste Bank und versorgten ihn und sich selbst mit Cognac.

Die beiden Kapitäne, nun auch Kollegen im Schiffbruch, waren mit den meisten an Bord des *Schleichenden Potts* geblieben, der gerade aufgerichtet festsaß. Hermundur hatte ihn vorbildlich auf Grund gesetzt. Mit der nächsten Flut würde er wieder freikommen.

Zu sechst schleppten Gestur und seine Genossen den Verletzten das Ufer hinauf. Der bedankte sich, stand auf und wankte Richtung Ort. »Kjartan, nein, warte!« Drei Männer schwankten ihm nach, hakten ihn unter, und gemeinsam taumelten sie nach Eyri hinein.

Gestur war von der Anstrengung völlig erledigt und legte eine gründliche Verschnaufpause ein. Was für ein Tag und was für eine Nacht, und erst die Nacht davor! Wo schläfst du gerade, Anna? Mit deinem Zwölften, oder bist du mir noch treu? Zusammen mit Svenni, Skapti und einer nachtgesalzenen Rotweinflasche streckte er sich im Ufersand aus. Sie stießen mit der blauen Dunkelheit an und ärgerten sich, nicht mehr auf der Strandparty auf Segulnes zu sein. Wie ärgerlich, dass sie das irdische Paradies hatten verlassen müssen. Dann schliefen sie in schöner Eintracht ein, für sechzehn Minuten.

Kapitel 27

Ein Seestern

Die oft Papa gerufene Schäferhundmischung weckte sie bellend und leckte ihnen die Füße. Die Kaiser-Augustus-Nacht atmete blaue Dunkelheit.

Gestur rieb sich die Augen, schob die kalte Schnauze und die raue Zunge weg und richtete sich auf. Kopfschmerzen klopften von innen gegen seine Augen, der Alkohol sang noch in seinem Schädel, obwohl er nach seinem Job als Skipper und dem kurzen Schlaf nicht mehr betrunken war. Er brauchte etwas Zeit, um sich zurechtzufinden: Wo waren sie eigentlich? Dann erkannte er Papa, der ganz bedrückt wirkte. Etwa zweihundert Meter entfernt waren am Ufer vor Strönd Menschen unterwegs, Laternenlicht und Stimmen.

Als das Trio dort anlangte, trafen sie eine Handvoll Menschen an, alle mehr als knülle, einer hielt eine Gaslampe. Es lag eine sensationslüsterne Geilheit über ihnen, etwas merkwürdig Schurkisches. Gestur sprach sie an, brauchte aber keine weiteren Fragen zu stellen, als sie zwischen den schwankenden Gestalten ankamen. Im Sand zu ihren Füßen lag ein anderes Licht, ein blitzhelles Körperlicht: ein nacktes Mädchen, weiß wie eine Rübe, dicker Bauch, Arme und Beine gespreizt wie ein Seestern. An seinem Zustand war kein Zweifel möglich.

»Was zum Teufel macht ihr?«, fragte Gestur erbost.

»Sie wurde gerade gefunden. Angetrieben, scheint mir. Ist das nicht euer Mädchen?«, fragte der mit der Laterne.

Gestur bückte sich tiefer über das Mädchengesicht, das vom Wasser aufgeweicht und -gequollen war wie Blasentang. Er erkannte es trotzdem. Sie war es. Selmína.

Eine angetriebene nackte Wasserleiche. Und in dem bläulichen Bauch steckte ein halb ausgetragener Fötus, nun natürlich ebenfalls tot. »Holt den Arzt, Doktor Guðmundur!«, hörte sich Gestur außerhalb der Hülle sagen, die der Schock über ihn gestülpt hatte. Er wiederholte die Aufforderung noch einmal, beugte sich dann schnell wieder über die Leiche und legte die Hand auf den eiskalten Bauch, als könnte er so mögliche Lebenszeichen des Ungeborenen erspüren, er wusste aber nicht, ob er etwas fühlte. Könnte nicht Skapti den Leib mit seinem guten Messer aufschlitzen? Gedanken tauchten aus der Tiefe auf und verschwanden ebenso schnell wieder. Einer lautete: Mord! Sie war umgebracht worden! Und wer der Mörder war, lag auf der Hand. Gestur sprang blitzschnell auf und rief:

»Holt Eiríkur! Eiríkur Rein & Fein. Er war das.«

Seine Freunde wollten ihn beruhigen, aber er riss sich los und rief weiter. Als niemand darauf reagierte, trat er zu dem Mann mit der Laterne und schrie ihm ins Gesicht:

»Er hat sie getötet! Er hat sie umgebracht!«

Gestur war selbst überrascht, wie aufgebracht und betroffen er war, und er fragte sich selbst ganz schnell: Lieber Gott, habe ich das arme Luder am Ende doch gerngehabt? Bevor er sich eine Antwort geben konnte, stellte er fest, dass der Kerl mit der Laterne Magnús Mannlos war, voll wie tausend Mann und herrlich zahnlos. Gestur änderte den Tonfall und raunte ihm zu:

»Es war Eiríkur. Lass Doktor Guðmundur und den Gemeindevorsteher holen. Der Mann muss verhaftet werden.«

Dann beugte er sich erneut über die Leiche und musterte Selmínas Gesicht, ihre Wangen und ihren Mund. Dabei stellte er fest, dass ihr primitiver Anhänger vom Hals verschwunden war. Vielleicht hatte sie so enden müssen. Wer auf Männerhoden tanzte und auf blutprallen Eicheln durchs Leben tippelte, musste einmal so enden. Männer verachteten wenig so sehr wie diejenigen, die ihre Phantasien befriedigten, wer seine Talente am freizügigsten feilbot, wurde am härtesten bestraft.

»Ist sie nicht einfach ins Wasser gegangen?«, hörte Gestur über seinem Kopf jemanden sagen.

Er blickte zur Seite und guckte in die Laterne in der Hand des Gehilfen, etwa in Kniehöhe.

»Das muss festgestellt werden. Es muss eine Leichenschau geben.«

Gestur wollte den Männern die Möglichkeit eines Selbstmords von Selmína nicht zugestehen. Das Mädchen hatte viele gute Seiten gehabt; eine davon war ihre Lust aufs Leben, ihr Hunger nach Essen, Feiern und Liebe gewesen. Zimperlichkeit gehörte nicht zu Selmínas Charaktereigenschaften, sie hatte keine Spur von Feigheit in sich, sich nie vor etwas gedrückt, sondern das Leben stets bei den Hörnern gepackt, wie bei der Weihnachtsfeier in Upphæðir, als sie sich umstandslos einen Messergriff in den Mund gesteckt hatte. Niemals würde sie ins Wasser gehen, schon gar nicht wegen einer beschissenen Schwangerschaft. Sie hätte dieses Kind geworfen wie eine Hündin und wäre gleich am nächsten Abend wieder auf einer Norwegerparty erschienen. Jetzt merkte er, wie furchtbar nah ihm dieses Mädchen gestanden hatte. Und vielleicht fühlte auch sie es, ihre Seele, die irgendwo in der Dunkelheit über der Fjordmündung herumflatterte. Keiner lebt intensiver als der, der gerade gestorben ist.

»Es ist keine verdammte Leichenschau nötig. Die war doch ein Flittchen, heißer als eine rollige Katze, an der konnte sich jeder mal die Finger verbrennen, so mannstoll und schäbig, wie die war«, polterte einer der Umstehenden. »Das musste doch so enden.«

»Da kommen sie schon«, sagte eine Frauenstimme über Gestur, der noch immer neben der Leiche kauerte.

»Wo?«, fragte jemand.

»Da. Der Gemeindevorsteher und der Pfarrer.«

Gestur sah auf und erblickte einen ausgestreckten mageren Arm, der das Ufer entlang nach Westen wies. Der Arm ragte ein Stück weit aus dem Ärmel und wurde von der Laterne von unten beleuchtet. Oberhalb des Handgelenks hatte die Frau zwischen zwei Sehnen einen ausgeprägten Leberfleck. Gestur starrte ihn an. Und da noch jemand nachfragte und die Frau weiterhin zeigte, konnte er den Arm eingehend betrachten. Es war seltsam, aber der Anblick rief in ihm ein altes Bild wach, ein Bild, das seit Jahren in ihm schlummerte, ein Bild, das – jetzt erinnerte er sich – vielleicht das erste war, das sein Gedächtnis malte.

Seine frühe Kindheit kam zurück. Er war zwei Jahre alt, dann wieder einundzwanzig und alles dazwischen. Er stand an einem frostkalten Tag neben seinem Vater am offenen Grab seiner Mutter ...

Kapitel 28

Mósesdóttir

Gestur richtete sich auf und drehte sich suchend nach der Frau in diesem Haufen sturzbetrunkener Männer um. Er fand sie nicht gleich, denn es waren noch weitere Gaffer in den Kreis um die Leiche getreten, und die Frau hatte sich aus der ersten Reihe dorthin verzogen, wo tiefer Schatten lag. Doch schließlich erblickte er sie, ein sehr helles, markantes Gesicht mit Stupsnase, faltiger Stirn und starren Augen von der Art, die eine tiefsitzende, permanente Angst verraten. Die Wangen eingesunken und voller Sommersprossen, helle Brauen, rötliches Haar; sogar in diesem Licht war zu erkennen, dass es sich um jenen Typ von Rothaarigen handelte, deren sehr helle Haut schnell ins Rötliche spielt. Er hatte sie noch nie im Leben gesehen, aber ihren Arm schon. Er war noch ganz aufgewühlt, ging auf die Frau zu und packte sie am rechten Arm, wobei er sie nach ihrem Namen fragte.

»Was fällt dir ein, Junge?« Sie wollte sich losreißen, aber er gab sie nicht frei.

»Wie heißt du?«

»Sigríður.«

»Wessen Tochter?«

»Sigríður Mósesdóttir.«

Gestur drehte ihren Arm so ins Licht, dass er den Fleck noch einmal begutachten konnte. Dabei sah er aus wie ein Bauer, der ein Schaf

findet und nach seiner Markierung guckt. Die Frau trug ein Arbeits-
kleid aus einem hellen, leinenähnlichen Stoff.

»Lass das, habe ich gesagt.«

Aber er ließ es keineswegs, sondern fragte weiter wie ein Polizist:

»Woher kommst du?«

»Was ist denn das für eine Fragelawine? Wer bist du überhaupt?«

»Woher stammst du?«

»Aus dem Süden, Biskupstungur.«

»Und seit wann bist du hier?«

»Das ist jetzt mein zweiter Sommer im Hering.«

»Und wo warst du vorher?«

»Was meinst du?«

»Bist du früher schon einmal hier gewesen?«

»Ja, aber das ist lange her. Ich habe mal zwei Winter als Dienstmädchen hier in Fanneyri gearbeitet, bei …«

Sie biss sich auf die Zunge, ihr Gesicht schwoll an von dem Gedanken, der ihr gerade durch den Kopf schoss, sie riss die Augen weit auf
und starrte den Jungen beziehungsweise den Mann an, der aus ihm
geworden war. Dann riss sie ihren Arm los und entfernte sich vom
Ufer. Er sah das helle Kleid mit dem blauen Dunkel verschmelzen,
ohne dass es sich ganz auflöste, es blinkte wie ein Fisch im Meer.

Über dem Ort standen die Berge wie Schatten, doch die Resthellig-
keit am Himmel zog ihre Grate deutlich nach.

Um die Zeit traf die sich nähernde Gruppe am Tatort ein, Gemeindevorsteher Hafsteinn, Séra Árni und ein Gefolge von vielleicht zehn
Mann, eine prächtige Zechgesellschaft, denn es ließ sich kaum übersehen, dass sie allesamt voll waren wie die Strandhaubitzen. Der
Pfarrer nicht weniger als die anderen. Nachdem er ein paar Schritte
vor der Menge, die die Leiche umringte, stehen geblieben war, schien
Hafsteinn im Stehen einzuschlafen. Der Pastor hielt sich kaum auf
den Beinen, stützte sich auf der einen Seite auf seinen Spazierstock,
auf der anderen auf einen Kavalier mit breitem Brustkasten und glim-
mender Pfeife. Das Strandgut hatte ganz offensichtlich schon früh

am Abend seinen Weg auch nach Eyri gefunden, es schien hier keinen nüchternen Menschen mehr zu geben. Magnús Mannlos wandte sich an die beiden, erklärte ihnen die Sachlage und leuchtete ihnen den Weg. Der Gemeindevorsteher schritt mit geradem Rücken und das Kinn auf der Brust hängend wie schlafwandelnd durch die Menge zur Leiche.

Gestur hatte eigentlich der rothaarigen Sigríður Mósesdóttir aus Biskupstungur nachsetzen wollen, aber Magnús hielt ihn fest und befahl ihm, der Obrigkeit mitzuteilen, was er vorhin zu ihm gesagt hatte.

»Gestur hier hat nämlich eine Meinung zu ihrem Tod.«

»Ja, also bei der Frau, die hier gefunden wurde, handelt es sich nämlich um unsere Selmína. Und die ist nie im Leben ins Wasser gegangen. Sie war erst sechzehn und in Umständen. Die Sache muss untersucht werden. Wo ist der Arzt?«

Das Gesicht des Gemeindevorstehers war vor Trunkenheit so aus den Fugen, dass er kein Wort von sich geben konnte, und der Pfarrer starrte den Leichnam mit hängender Unterlippe an und machte ein Gesicht, als hätte er den gesamten Carlsberg-Fonds leergesoffen. Gestur sah, dass man mit diesen Männern, auch wenn sie Amtspersonen waren, zum jetzigen Zeitpunkt kein gescheites Wort wechseln konnte, dermaßen zu waren sie.

Kapitel 29

Rotgesträhnte Stimme im Dunkeln

Er durfte keine Zeit verlieren. Die Kindheit hatte sich ihm geöffnet und war gleich wieder davongelaufen. Während die Betrunkenen durch die Menge drängten, gelang es Gestur mit Geschick, sich außer Magnús' Reichweite zu schmuggeln und der Frau nachzugehen. Papa begleitete ihn, und beide liefen fast gleich schnell Richtung Strönd und weiter über die Wiese. Ich muss sie einholen, dachte Gestur, sein Innerstes verlangte es, schließlich hatte dieser Arm über sein Leben entschieden.

Und dann war er von einem Moment auf den anderen verschwunden.

Mann und Hund suchten die dunkle Ansammlung von Häusern ab – hier und da brannte eine Tranlampe in einem Fenster –, aber sie konnten die Frau nirgends sehen, hörten nur Lärm und lautes Gelächter. Überall, in jedem Haus, in jedem Keller verrichtete das Strandgut sein Werk. Von Schneelawinen, gestrandeten Walen und Erdbeben war diese Nation so konditioniert, dass ihr keine andere in Reaktionsschnelligkeit das Wasser reichen konnte. Blitzschnell hatte sie aus einem gewöhnlichen Sonntagabend im August eine johlende, quirlige Silvesternacht gemacht, das Besäufnis des Jahres.

Der Hund nahm eine Bewegung bei den Außengebäuden von Ránarkot wahr, schoss dorthin und begann, um Schafstall und Scheune zu schnüffeln. Gestur lief ihm nach und sah, dass über der Scheunentür ein Stück Seil in der Windstille schaukelte. Er riss die Luke auf und trat zusammen mit dem Hund in das schwarze, modrige Dunkel. Durch Riechen und Ertasten stellte er fest, dass frisch gemähtes Heu den baufälligen Schober etwa zur Hälfte füllte. Papa fand die weibliche Nadel im Heuhaufen schnell, sie hatte sich in den hintersten Winkel verkrochen. Gestur konnte sie nicht sehen, merkte aber am Knurren und Rascheln, was los war. Und als sich seine eigene Atmung beruhigte, hörte er das Atmen der Frau.

»Warst du einmal bei Séra Jón in Stellung?«, fragte Gestur das Dunkel.

Keine Antwort.

»Ob du bei Séra Jón warst? Jón Guðfinnsson?«

Keine Antwort.

»Warst du bei Séra Jón Guðfinnsson, Pfarrer hier in Fanneyri?«

»Ich habe ihn nicht gestoßen.«

Gestur vernahm die Worte. Das Dunkel hatte gesprochen. Aus dem Grab und dem Reich der Toten. Die Stimme zitterte vor Kurzatmigkeit, kaum verhohlener Angst und leichter Trunkenheit. Indem sie einen Vorwurf abstritt, den ihr niemand gemacht hatte, gestand die Frau ihre Schuld. Gestur überlief ein Schauder, und sie schwieg, die Dunkelheit ebenfalls, in das muntere Treiben in den Häusern hinein entstand eine unerwartete Pause; es war, als wäre die Vergangenheit mit einem Knall in die gegenwärtige Nacht eingezogen. Die Stille währte, bis der Hund laut bellte.

»Aus!«, befahl Gestur. »Sag, erinnerst du dich an meinen Vater, an Eilífur?«

Es dauerte ein Weilchen.

»Ja.«

»Weißt du, was aus ihm geworden ist?«

»Ich war bei der Beerdigung deiner Mutter und deines kleinen Bruders.«

»Schwester.«

»Ach ja, natürlich, Schwester. Es war alles so schrecklich. Und Jón ...«

»Was?«

»Es war das Beste für ihn.«

»Wer hat ihn gestoßen?«

Gestur hatte oft von diesem Ereignis gehört, von dem er sich an nichts weiter erinnerte als an die Momentaufnahme eines Arms, der den Pfarrer im Rücken schubst, ein Arm mit einem auffälligen Leberfleck oberhalb des Handgelenks. Lási hatte ihm diesen historischen Vorfall aus seiner Sicht geschildert, und manchmal hatten ihn ein Mann auf einem Schiff, eine Frau an einem Verarbeitungsplatz oder ein Säufer in einem Laden daran erinnert, dass er der Sohn eines Priestermörders war. Ungewollt hatte er das Wort im Gespräch seines Kaufepapas mit einem Kaufmannskollegen in Fagureyri aufgeschnappt. Priestermörder. Es war mit Sicherheit das schändlichste Wort im Isländischen. Mörder eines Gottgeweihten.

Eilífurs Ausspruch an Bord eines schottischen Schiffs: »Island ist ein Verbrechen«, kursierte immer noch auf den Schiffsdecks und sorgte weiterhin für Dispute über seine Bedeutung. Gestur hatte zweimal Matrosen den Spruch zitieren gehört, die nichts über seine Verbindung zu Eilífur wussten. Beim zweiten Mal folgte darauf die Geschichte, dass der Urheber des Zitats bei der Beerdigung von Frau und Tochter den aussegnenden Pfarrer getötet hätte. Der Ruf des Vaters hatte Gestur mithin lange verfolgt und belastet. Um sich von dieser ewigen Vergangenheit zu befreien, hatte er sogar seinen Namen geändert. Aber jetzt hatte er jene rothaarige, rothäutige, mit großen Augen starrende Frau in einer Ecke festgenagelt, die die eigentliche Schuldige war, die in Wahrheit die Schuld tragen müsste, die die Geschichte seinem Vater aufgebürdet hatte. Die Gelegenheit war unwiederbringlich.

»Wer hat ihn gestoßen?«, wiederholte Gestur mit der Strenge eines Polizeichefs.

»Das war … niemand.«

»Niemand?«

»Nein, er ist von allein gefallen.«

»Aber ich erkenne deinen Arm wieder. Ich weiß noch, wie du ihn vorgestreckt hast ...«

Draußen wurde es laut, jemand rief »Villi!«, dann hörte Gestur, wie Papa es sich im Heu gemütlich machte.

»Ja, das kann sein«, sagte die Stimme im Dunkeln schließlich und klang jetzt ehrlich und aufrichtig in ganz ruhigem Tonfall. »Ich habe ihn stoßen wollen, aber ...«

»Aber was?«

»Ich habe ihn kaum berührt. Er ist von allein gefallen.«

Gestur wurde nachdenklich. Er wollte ihre Aussage widerlegen, indem er versuchte, sich das in sein Gedächtnis eingebrannte Bild aus der Kindheit noch schärfer vor sein inneres Auge zu holen, aber das ging natürlich nicht. Wieder raschelte es im Heu, der Hund zeichnete sich vor der Luke ab, durch die ein wenig Licht einfiel, und dahinter die Frau. Verschwommen sah Gestur den hellen Rock vor sich, und da packte ihn die Frau auch schon an den Schultern, ihre großen Augen funkelten ihn in dem schwachen Lichtschein voller Nachdruck und Heftigkeit an.

»Du darfst keinem Menschen etwas davon sagen! Keiner Menschenseele! Séra Jón war das reinste Scheusal. Er hat mich mit seinen Händen angerührt und mit anderem ... und das viele Male. Die Madam hat es gewusst, und die Haushälterin auch. Ich spucke auf ihre Gräber. Es war die reinste Hölle, die mit ihm in der Erde versunken ist. Wie heißt du, Junge?«

»Gestur.«

»Gestur, natürlich. Gestur Eilífsson. Wenn du auch nur ein Sterbenswörtchen von dem ausplauderst, was ich dir jetzt gesagt habe, dann ...«

Sie brach ab und gab ihm blitzschnell eine Backpfeife.

»... kriegst du es mit mir zu tun.«

Dann stürzte sie, eine der Sigríðurs in der Geschichte der Insel, in die Nacht hinaus und war verschwunden, ehe Gestur sich besann. Der Hund bellte ihr hinterher, verließ aber sein Herrchen nicht, das wie versteinert im Türspalt stand, mit brennender Wange und einer neuerlich aufgeplatzten Lippe, aber auch mit einem innerlichen Lächeln: Endlich war das Rätsel gelöst. Es hatte eines weiteren Todesfalls bedurft, um einen alten aufzuklären. Letzten Endes war sein Vater also kein Mörder. »Island ist ein Verbrechen.« Er sah den Satz jetzt in einem neuen Licht und fühlte einen Schluckauf in der Seele. Dann erinnerte er sich an Selmína und ging an seinem Haus vorbei über Eyri nach Norden. An einem Rhabarberbeet nahe dem Strand war ein Paar in der Horizontalen zu hören, und vom Strand selbst drangen Männerstimmen herauf. Gestur blieb stehen. Über den Zinnen der Náskriður erschien ein matter, gelblicher Schein am dunkelblauen Himmel, der mit der Geschwindigkeit der Uhr zunahm. Es war jetzt vier.

Kapitel 30

Ende eines Tages

Was für ein Tag hinter ihm lag! Er hatte nicht nur seine langersehnte Anna bekommen, sondern darüber hinaus auch seine Mallamama wiedergefunden und einen Mord gelöst, den Schlüssel zu seinem Leben gefunden. Im Gegenzug hatte er seine Hauswirtschafterin Selmína verloren und seinen Respekt vor der Obrigkeit.

Er überdachte noch einmal die Aussage der rötlichen Sigríður und beschloss, ihr zu glauben, obwohl er ihr vielleicht nicht ganz über den Weg traute. Sie hatte erklärt, dass sie Séra Jón in der Tat hatte stoßen wollen, ihn aber kaum berührt habe, weil der Pfarrer schon von allein gefallen war. Das war sicher, wie sie sich die Sache für sich zurechtlegte, aber egal, für ihn war die Angelegenheit damit beendet. Er kannte Leute, die das Ansehen ihrer Vorfahren mit schriftlichen Darlegungen in der Presse und jahrelangen Prozessen rehabilitiert hatten, aber er fühlte, dass er nicht der Mann dafür war. Er brauchte seine ganze Kraft, um die Nase über der Gegenwart zu halten, seine Lungen gestatteten keine Tauchgänge in dunkle Vorzeit. Er hatte für Obdach und mehrere Mäuler zu sorgen, obendrein gerade seine Haushälterin verloren, und dann gab es ja auch Anna – sie allein war ihm mehr wert als Eilífur und sein Andenken.

Ich bleibe auch weiterhin Elison, sagte er sich selbst, es muss mir reichen, zu wissen, dass ich nicht der Sohn eines Mörders bin. Er strich über seine Wange, die an diesem einen Tag einen Kinnhaken und eine Backpfeife zu verkraften hatte. Letztere tat noch weh, die Frau hatte ordentlich zugelangt! Aber sich vorzustellen, dass die Hand, die ihn geschlagen hatte, die Hand des Schicksals war, die Hand, die er zweimal in seinem Leben gesehen hatte, von oben und von unten, und dass diese Hand wirklich die Abfolge in Gang gesetzt hatte, die sein Leben bestimmte. Ohne sie wären er und sein Vater jetzt in Amerika. Ohne sie wäre er nicht in einem Kaufmannshaus aufgewachsen, und sein Vater hätte nicht auf einem Haifänger sein Leben verloren. Wer weiß, was für ein Leben er statt des jetzigen bekommen hätte. Was die Handbewegung eines einzigen Menschen doch für einen Einfluss auf das Leben eines anderen haben konnte.

Ein paar Möwen kreisten über dem makabren Leichenfundfest am Ufer und kreischten wie Geier. Die Zahl der Gaffer hatte noch zugenommen, alles Männer und junge Burschen, die sich an der obszönen Stripshow delektierten. Gestur blieb noch etwas auf dem Strandwall stehen und betrachtete die prächtige Szenerie. Das ruhige Meer ließ zunehmend glitzernde Flecken sehen, davor taumelten die doppelt Besoffenen wie fliehende Schatten auf einer Leinwand und wandelten im Kreis um die Frauenleiche, die jenes Weiß aufwies, über das nur der Tod verfügt, und die traurig im schwachen Frühlicht leuchtete.

Er erhaschte einen Blick auf Gemeindevorsteher und Pfarrer, wie sie sturzbetrunken und verachtenswert über der Leiche schwankten. Das waren die Männer, die den Tod des Mädchens untersuchen und seine Beisetzung durchführen sollten. Der Doktor kniete neben der Leiche und versuchte es noch mit Wiederbelebung. Etwas von der Menschentraube entfernt stand eine Gruppe am Flutsaum und brachte der Fjordmündung, den einsetzenden Morgenwellen und dem Tag, der gerade über die Bergkanten tastete, ein Ständchen. Es war dasselbe Lied wie draußen am Ort der Strandung: »O meine feine Flasche!«

Gestur sah sich auf einmal als Zeuge eines archaischen Rituals, des steifbeinigen Tanzes trunkener Greise um das nackte Fleisch der blühenden Jugend, zu Lob und Preis ihrer Pimmel und Lüste. Wie viele von ihnen hatten sie wohl gehabt? Und wer von denen hatte gemeint, sie opfern zu müssen, um seinen erbärmlichen Ruf zu schützen? Er würde es herausfinden. Er würde auch diesen Mordfall aufklären. Er hatte Blut geleckt.

Da bemerkte er jemanden, der auf seinen Stock gestützt nicht weit von ihm ebenfalls auf dem Strandwall stand. Er meinte, Södal zu erkennen, seinen Bart und die glitzernd vor seinem teuren Bauch baumelnde Uhrkette. Der Mann sah zu ihm hin, und Gestur las aus seinem Blick und seiner Haltung mehrfache Trauer und Betroffenheit. Er hatte nicht nur ein prachtvolles Frachtschiff und den größten Teil seiner Ladung verloren; dazu gingen ihm auch Zweifel an diesem Ort, diesem Land und seinen Einwohnern durch den Kopf. Wieso bin ich eigentlich hier?

Kapitel 31

Fehlwurf!

Gestur stand gleich hinter dem dröhnenden Maschinenaufbau an der Reling der *Havstjernen*, die zusammen mit anderen Heringskähnen vor den Útdalabergen auf der graugrünen See schaukelte, und zählte Möwen. Wäre das Resultat eine ungerade Zahl, würde er in der kommenden Nacht allein schlafen, bei einer geraden Zahl dürfte er zu Anna ins Bett.

Siebzehn. Na gut.

Der August ging langsam zu Ende, und Gestur vertrieb sich so die Zeit des Wartens in der Heringsflaute, die seit jenem historischen Sonntag anhielt, an dem der Sýslumaður in der Kirche nächtigte, die große *Magnus VI* strandete, der Fjord kopfstand, Selmínas Leiche angespült wurde und er das Mordrätsel seines Lebens löste und endlich seine Anna bekam. Länger als zwei Wochen liebte er sie jetzt heiß und innig, und so oft hatten sie das Bett geteilt, dass sie bestimmt schon etwas angesetzt hatten: Sie würde mit einem Kind im Bauch nach Hause fahren. Noch nie hatte er solches Liebesglück erlebt – doch, mit Súsanna, aber das hatte sich anders angefühlt. Würden am Ende auch seine Gefühle für Anna erkalten? Nein, sagte er sich entschieden. Er streifte einen Fäustling ab und schnäuzte sich über Bord, dann steckte er die Hand in die Hosentasche, fühlte nach dem Bündel Geldscheine dort, schob die Hand weiter zu den Hoden und kraulte sich da ein wenig im Takt der Wellen. Das Bündel war in diesem

Monat kaum dicker geworden, die Zeit für Akkordzulagen war fast vorbei; allein der nackte Monatslohn wartete am Monatsende.

Es roch nach Salzluft, Heringsabfällen und Tiedemanns Pfeifentabak. Wie ein ellenlanger Seidenschleier, der mit einem Ende zwischen den Zähnen von Skipper Bergsvåg klemmte, stieg die Duftfahne aus dem kaputten Fenster des Steuerhauses, wehte übers Achterschiff, füllte den leichten Ostwind und senkte sich manchmal auf Gestur. Bergsvåg, gewöhnlich ein Choleriker, der, rot im Gesicht vor Verlangen nach Alkohol und einem Fang, mit vorgerecktem Kinn jeden anblaffte, war ganz still und in sich gekehrt, hielt sich fast immer im Steuerhaus auf, paffte seine Pfeife öfter denn je, hing stundenlang am Fenster mit der zerbrochenen Scheibe und schickte dem Hering sinnlose Rauchsignale.

»Nei, diese Islandhering is genaußo launisch wie det islandske Wetter und die islandske Frolleins, fy fan!«

War das Ausbleiben der Heringsschwärme vor Segló vielleicht die Strafe der Fanggötter für die wunderbare Party? Und die in Sachen Alkoholkonsum beispielhaft vorangehenden Amtspersonen? Oder lag die Ursache im Aufstand der norwegischen Fischer und ihrem Umgang mit dem Sýslumaður? Andere deuteten zur Brunneneinfassung am Haus des Gemeindevorstehers und machten das mysteriöse Verschwinden des Siebensteins verantwortlich.

Jeden Tag fuhren sie raus, aber nicht ein Mal kehrten sie mit vollem Boot zurück, manchmal sogar ohne einen einzigen Fisch. Bergsvåg leierte ständig seine Fluchformel: »fy fan, fy fan«, wenn er die Pfeife aus dem Mund nahm und aus dem Fenster spuckte. Obwohl die Fangflaute nicht nur sein Boot traf, sondern alle zweihundertsechzig »Sloops« der Heringsflotte (in den letzten zwei Wochen hatte keine von ihnen auf einer Tour mehr als zwanzig Fass gefangen), gab er langsam, aber sicher seinem »Notebas« die Schuld, dem schwarzhaarigen und schwarzbrauigen Tonnenbewohner Matre, der vom Ausguck auf dem Dach des Steuerhauses nach einem Heringsschwarm Ausschau hielt und Netze und Fangboote kommandierte. Am Morgen hatte er ihn von Torgersen ablösen lassen, dem Hünen, der die Kunst beherrschte, im Stehen zu schlafen, aber auf dem Wasser einen Fisch nicht von einem Fleck unterscheiden konnte. Doch er war einen Kopf größer als Matre, und Bergsvåg war der Verzweiflung nah und zu jeder Maßnahme bereit. Er behauptete, ihm sei diese Lösung im Traum erschienen. Wie ein ratloser Fußballtrainer guckte er auf seine Auswechselbank, zeigte auf den, dem eine Rettung am wenigsten zuzutrauen war, und schickte ihn zum Warmlaufen. Wenn man mit seiner Weisheit am Ende ist, probiert man es mit Dummheit.

Gestur warf einen Blick hinauf zu dem Mann in der Tonne und konnte sich eines Lächelns nicht erwehren. Die Norweger bezeichneten seine Aufgabe und Stellung als »Notebas«, Chef der Netze, die Isländer in Segló aber sprachen das Wort verballhornt wie »Notenbass« aus. Torgersen reckte seinen langen Hals und beschattete die Augen mit der Hand, so spähte er über die gekräuselte Wasserfläche wie eine Giraffe, die sich wichtigtun will. Dass er keine Mütze trug, ließ ihn noch bescheuerter aussehen: seine Haarstrippen standen im Wind steif vom Kopf ab. Er hatte so noch keine Dreiviertelstunde da oben gestanden, als er das Zauberwort aussang: »Sild!« Die ganze Mannschaft reagierte und starrte abwechselnd aufs Meer und zu dem Knaben in der Tonne. »Sild!«, sang er bewegt und zeigte voraus, Richtung zehn nach zwölf. Bergsvåg schoss vom Fenster ans Steuer und gab Gas, ein paar Strich nach steuerbord. Zweifel erkennen zu lassen, verkniff er sich. Vielleicht war es nur eine Schule Delfine, ein Tanz von Vögeln oder ein Wal.

Aber es zeigte sich, dass dem nicht so war. Die Männer sahen frohlockend auf einen Fleck, der sich auf dem geriffelten Meeresspiegel bewegte wie sanftes, braunsilbernes Geigenspiel zu einem disharmonischen Bläsereinsatz, eine Begleitung an der Oberfläche der abgrundtiefen Sinfonie, die das Meer darstellte. Dann bemannten sie die beiden Netzboote, die der Heringsfänger im Schlepptau hatte, und verstauten darin jeweils die Hälfte der legendären Ringwadennetze. Als auch die Ruderer übergestiegen waren, war alles bereit.

Nun musste der Skipper die Sloop in die richtige Distanz zum Schwarm manövrieren, nicht zu weit entfernt, aber auch nicht zu nah heran, sodass das eine Boot vor dem Bug des Schiffs der wimmelnden Masse in einem Bogen den Weg verlegen konnte, während das andere sie von hinten einkreiste. Dabei kam es vor allem auf die zeitliche Koordination an, und es war die Aufgabe des Notenbasses, den Ruderern die passenden Kommandos zu erteilen. Mit dieser Aufgabe war Torgersen allerdings nicht vertraut, weshalb der Skipper das Kommando selbst übernahm, als er befürchtete, sie könnten den richtigen Zeitpunkt für ein erfolgreiches Ausbringen der Netze verpassen.

»Legt ab, los!«, donnerte er aus seiner Luke.

Sie stießen die Boote von der Bordwand ab und begannen ein Wettrudern über die Wellenkämme, jedes Boot auf seinem Kurs. Die Männer lagen nicht nur im Wettstreit mit den Heringen, sondern auch miteinander, und diese Konkurrenz garantierte das Tempo des Einkreisens. Hinter dem Schwarm trafen sie aufeinander, und Sieger wäre, wer als Erster sein Netz vollständig ausgebracht hatte. Als Preis gab es kein Geld, aber den Ruhm. Jedes Boot war mit sieben Mann besetzt. Einer saß an der Pinne, vier ruderten, zwei brachten das Netz aus. Gestur war einer der Letzteren in dem Boot, das den Heringsschwarm in seinem Rücken umkreiste. Der grobe Hanf war salzverkrustet, nass und mächtig schwer. An der oberen Leine waren Schwimmer aus Kork befestigt, um die Oberkante des Netzes an der Wasseroberfläche zu halten, an der Unterleine hingen Bleigewichte und die Metallösen zum Zuziehen, und besonders aus diesem Teil wurde schnell eine Wuhling. Die ersten Handgriffe waren immer die schwersten, dann liefen die Handflächen heiß, und Arbeit und Schmerzen wurden eins.

Obwohl er stets Handschuhe zum Wechseln dabeihatte, immer zwei Paar übereinandertrug, aus Wolle und aus Leder, und er sie nach jedem Törn mit Lebertran einrieb, bekam Gestur sehr schnell Blasen. Seine rechte Handfläche war zur Hälfte eine offene Wunde, aber mithilfe von Schweinefett und Borvaseline hatte Anna es vollbracht, dass sich keine Entzündung bildete. Auf so etwas verstanden sich die »Ganajenter«, wie die Norweger die Heringsarbeiterinnen nannten, und sie tauschten ihre Erfahrungen mit Blasen untereinander aus. Die Heringsbarone hielten, was das anging, strenge Aufsicht, seit im vorigen Sommer viele Bootsladungen verdorben waren, weil ein großer Teil der weiblichen Arbeitskräfte wegen »Hautkrankheiten« arbeitsunfähig gewesen war. Die Bäuche der Heringe waren voll, man fing sie, während sie verdauten. Ihr Mageninhalt war daher mit Magensäure gesättigt, und dieser dunkle Matsch quoll beim Ausnehmen heraus und ätzte die Haut der Arbeiterinnen noch lange, nachdem die Fische tot und eingesalzen waren. Blasen bildeten sich am schnellsten dort, wo die Haut am dünnsten war, in den Innenflächen der Hände, auf den Fingerkuppen, und wenn sie nicht richtig behandelt wurden, fraßen sich die Wunden immer tiefer. Bald wurden die Blutgefäße angegriffen, die Erkrankung wanderte am Arm aufwärts, Adern und Lymphgefäße schwollen an. Doktor Guðmundur musste sich für diese Art von Erkrankungen sehr schnell weiterbilden und tat alles, um Blutvergiftungen entgegenzuwirken. Anna hatte zwar keine Infektion, aber ihre rechte Handfläche war mit Blasen übersät, die Gestur zu Beginn jeder Liebesnacht so gewissenhaft küsste wie ein Mönch seinen Rosenkranz.

Diesmal trafen sich die Boote hinter dem Schwarm, nachdem sie jeweils ihre Hälfte des Netzes fast gleichzeitig ausgebracht hatten. Die beiden Enden wurden zusammengeknotet, dann hielten sie nach der Aufforderung des Notebas Ausschau, die Schnürleine dichtzuholen. Sie hing in der Tiefe in den Ösen der Unterleine. Wenn sie dichtgeholt wurde, zog sie die Unterseite des Netzes zusammen und bildete so etwas wie eine Schüssel, aus der man die Heringe nur noch abschöpfen musste.

Diesmal war darin allerdings kein Hering zu sehen, auch nicht, nachdem der größte Teil des Netzes zurück in die Boote gehievt worden war. Wenn ein Netzwurf gut gelang, wimmelte es an der Oberfläche innerhalb des Netzes von Fischen, aber diesmal war nicht ein einziger Heringsschwanz zu sehen. »Fehlwurf!«, rief jemand, und Gesturs Bootsführer gab dem Skipper ein Zeichen, dass sie leer ausgegangen waren. Sie hörten Bergsvåg wüste Flüche ausstoßen und sahen, wie er Torgersen in der Tonne mit der Faust drohte. Anschließend legten die Rauchsignale aus dem Steuerhaus eine längere Pause ein.

Gestur krümmte vor Schmerz die Finger, mit denen er sich Schweiß und Schwindel von der Stirn wischte. Diese Arbeit war nicht für jeden. Es war, wie einen Graben in einer Wiese auszuheben, die ständig auf und ab schwoll, und jetzt war die ganze anstrengende Arbeit der letzten halben Stunde in dem Graben versunken. Alles umsonst.

Das Boot hüpfte auf den Wellen, und Gestur hörte erschöpft dem Fluchen und Schimpfen seiner Kollegen zu. Als die Wellenkämme es zuließen, sah er, dass auch die Netzboote dreier anderer Fangschiffe ausgesetzt waren. Es musste hier also irgendwo Hering geben. Und kurz darauf, sie hatten etwa den halben Weg zur *Havstjerne* zurückgelegt, erscholl zum zweiten Mal der Ruf aus der Tonne: »Sild! Sild!« Dazu zeigte Torgersen genau in ihre Richtung. Wieder ging das Wettrudern los, und sieben Minuten später hatten sie hundert Tonnen im Netz, den größten Fang in zwei Wochen. Als der Schwarm neben der Bordwand zappelte, glich er nichts mehr als dem flirrenden Glitzern tanzender Zehnöremünzen.

Kapitel 32

Der Tag der Gedärme

Am Segulfjörður standen die ersten Berge, auf die König Winter auf seiner Nord-Süd-Wanderung vom Nordpol zum Äquator traf, und schon Mitte September konnte man seinen weißen Atemhauch an ihren Hängen und die Hufabdrücke auf dem Meer sehen. Wie oft bei Monarchen trat er nur in zwei Tonlagen auf: Stille oder Sturm. Derzeit trugen die Berge einen hermelinweißen Kragen, die See war glatt wie Samt, und die Sonne saß wie eine Krone auf dem Strókstindur.

Fast alle Norweger waren davongeflogen wie der Goldregenpfeifer und die Küstenseeschwalbe, und auch die meisten Kaufleute waren im Aufbruch. Eyri hatte die meisten Landungsbrücken eingezogen. Sie waren zerlegbar konstruiert wie die Fertigmöbel der Zukunft und standen nur den Sommer über. Im Herbst wurden sie abgebaut und an Land aufgestapelt, sonst würden sie dem Eis und der Brandung zum Opfer fallen. Der Winter war ein anderes Land.

Der Morgen begann mit Schafsblöken, es war der erste Tag der Schlachtzeit. Bald wären die Hauswiesen und Wege blutgetränkt, die Gassen ein Morast von Innereien. Der Herbst war die rote Jahreszeit. Ein Schlachthof existierte hier nicht, die meisten schlachteten auf den Vorplätzen ihrer Häuser. Andere trieben ihre Lämmer aus dem Fjord herbei oder transportierten sie in Booten von Segulnes herüber. Zwei alte Haifangboote tuckerten schwerbeladen mit einem schwachen Motor fjordeinwärts; nur die Köpfe der Schafe waren

351

über der Bordwand zu sehen, und diese Herde Köpfe fuhr mit jämmerlichem Geblöke übers Meer und ließ an die Scharen der Sünder denken, die in den Strömen der Hölle waten und genau wissen, was sie erwartet, und darüber ein herzerweichendes Wehklagen anstimmen. Sie landeten bei Strönd, und die kleinen Böckchen und Lämmer sprangen den Strandwall hinauf, wurden jedoch von zwei füchsigen Schäferhunden schnell wieder zusammen- und zwischen dünn vereisten Teichen und dem bereiften Gamlibær hindurch zum Lagerhaus des Krónufélag getrieben. An der Südwand der alten Bruchbude standen die zwei Propheten in fleckigen langen Unterhosen und würzten die frische Luft mit ihren Fürzen.

Das war ihr Tag, der Tag der Eingeweideweissager. Keiner verstand sich besser darauf, in Innereien zu lesen, als sie. Es war eine uralte Tradition: Indem sie die Eingeweide der frisch geschlachteten Lämmer beschauten, lasen die Menschen die Briefe, die der Sommer dem Winter geschrieben hatte. Meist waren es allgemeine Grußworte und gute Wünsche, manchmal waren aber auch Hinweise darunter, wie er sich verhalten solle. Seltsamerweise befolgte der Winter die Anweisungen des Sommers immer.

Die beiden noch lebenden Propheten, Jónas und Jeremías, waren mittlerweile hochbetagt, und manche gaben nichts mehr auf ihre Eingeweideschau, die sie am Ende eines Schlachttags mit großem Pomp an einer Ecke des Friedhofs zelebrierten. Da standen die beiden Testamentsverkünder mit dampfenden Därmen in den Händen und verlasen ausgewählte Abschnitte aus dem Sendschreiben des Sommers vor Gästen und Vorbeigehenden in archaisch klingenden Sprüchen, ob es nun am Schreibmaterial oder dem Briefschreiber liegen mochte, der so alt war wie die Sonne. »Robbenfett ohne Regen verzehr, verheißt unbeständigen November.« Es gaben immer weniger etwas auf diese Wintervorhersage, und seit einiger Zeit sah die ganze Veranstaltung eher wie eine Clownerie für Kinder als für Erwachsene aus. Die Spaßvögel sagten dazu, die beiden Greise »verrichteten ihr Gedärmgeschäft«.

Der Kurs des Prophetenduos war vor einigen Jahren stark gefallen, als Jeremías nicht nur einen strengen Winter vorhersagte, sondern nicht weniger als das Ende der Welt, das am Bauerntag, nach dem heidnischen Kalender der erste Tag des vierten Wintermonats, eintreten würde. Als der besagte Tag dämmerte, änderte sich allerdings nichts als Jeremías' Umgang mit der Welt. Sehr überrascht und ein bisschen enttäuscht tappte er an den Bettstellen entlang durchs Haus, ließ sich durch den Gang nach draußen stützen und setzte seitdem die Füße so zögerlich auf den Boden, als wäre er dünnes Eis. Die Erde war nicht untergegangen, sie existierte noch, aber sie war eine hohle Schale geworden, sie konnte jederzeit zerbrechen, Untergrund und Berge eingeschlossen.

Jetzt stand er neben seinem Genossen und blinzelte ins Morgenlicht, bis die Magd mit ihren Hosen kam und ihnen befahl, sie überzuziehen.

»Am Darmtag könnt ihr nicht in Unterhosen bleiben!«

Gestur kam von seinem Torfhaus und hatte vor, sich wegen Haus und Schulden Eiríkur zur Brust zu nehmen. Das bisschen Empathie, das er für diesen Windbeutel empfunden hatte, war völlig durch den sich zunehmend erhärtenden Verdacht verschwunden, dass Eiríkur für Selmínas Tod verantwortlich sein könnte. Das Mädchen war sowohl eine Zeugin für dessen Urkundenfälschung als auch von ihm schwanger gewesen.

Beim zweiten Teich traf er Malla mit ihrem Bottich. Sie war früh nach Gamlibær gegangen, denn dort konnte sie ihre Wäsche im Waschzuber waschen; in Strönd gab es keinen. Das Problem war dort inexistent gewesen, bis die Mallamama gekommen war. Sie war bei ihnen eingezogen und schlief im vordersten Bett, in dem vorher Engilfríður und Helga geschlafen hatten. Die rückten ein Bett auf, in das Selmínas. Es galt dieselbe Regel wie am Regierungstisch: Je länger du daran schläfst, desto weiter darfst du aufrücken.

Málfríður hatte nach dem Tod der Haushaltshilfe Mitleid mit Gestur und seinen Schutzbefohlenen bekommen und ihre Winterstellung in der Þingeyjarsýsla ohne Bedauern gekündigt. Sie übernahm die Haushaltsführung in Strönd von der umstrittenen Selmína, die Séra Árni völlig nüchtern in der nordöstlichen Friedhofsecke beigesetzt hatte, so weit wie möglich von den anderen Gräbern entfernt. Sie war unverheiratet gewesen, hatte aber ein Kind getragen, war eigentlich eine Gemeindearme und keines Holzhauses würdig, eigentlich sogar kaum eines Holzsargs. Der Pfarrer hatte nicht vergessen, wie sie vor einigen Jahren am Heiligen Abend bei ihnen einen Messergriff abgelutscht und außerdem eine Talgkerze verputzt hatte.

»Glücksfall« war das Wort, das Gestur in den Sinn kam. Es war, wie einen frischen Heuballen ins Haus zu bekommen, ein duftender Glücksfall in seinem Leben. Alles wurde ein wenig leichter, allein das Wissen, dass es diesen Gefühlsheuballen gab, beruhigte sein Gemüt. Sein Bild einer Mutter war mit ihrem vertrauten Räuchergeruch in sein Haus gekommen.

Auch andere waren glücklich.

»Fleisch? Gibt's heute etwa Fleisch?«, seufzte die alte Frau von ihrem Totenbett, weil sie den Duft von geräuchertem Schaffleisch wahrgenommen hatte. Denn wie tüchtig die neue Frau auch ihre Kleidung waschen mochte, der Geruch von Hangikjöt haftete ihr immer an.

»Ja, es ist Weihnachten, und das mitten in der Schlachtzeit«, sagte Lási.

»Wir kriegen Malfleisch!«, frohlockte die zweijährige Helga.

»Nein, kein Malfleisch. Die Frau heißt Malla, und wir werden sie nicht schlachten«, verbesserte sie Olgeir wie ein gelangweilter Neunmalkluger.

»Ich will aber Malfleisch!«

Ihre Mutter wies sie mit Augen und Händen zurecht. Als Selmína noch lebte, hatte Engilfríður ihr, so gut sie konnte, im Haushalt geholfen, doch seit Malla da war, blieb ihr kaum etwas zu tun, die neue Haushälterin war unglaublich tüchtig. Nachdem sie festgestellt hatte, dass Engilfríður nur stockend lesen konnte, fand sie sogar noch Zeit, ihr mit Engelsgeduld Nachhilfe zu geben. Dabei stellte sich heraus, dass die junge Mutter nicht vollkommen taub war und die Laute eines Gedichts verstand, wenn man sie nur oft genug wiederholte. Allmählich öffnete sich der Hörgeschädigten die Welt der Bücher, in der Gehörlosigkeit zu den Vorzügen zählt. Zu Lásis Begeisterung wie Befürchtung gleichermaßen begann sie, in dessen Büchern zu blättern. Er hatte nie eine Frau ein Buch lesen gesehen und war nun in Verlegenheit, weil er so viele schlüpfrige besaß, darum gab er sich Mühe, schöne Texte für sie auszusuchen.

Malla wurde immer verlegen, wenn jemand den Rauchfleischgeruch erwähnte. Sie erklärte ihn damit, dass sich in Gvendarstaðir, wo sie ein gutes Jahrzehnt in Stellung war, die Räucherkammer und die Küche mit der offenen Feuerstelle in einem Raum befunden hätten. Die Familie war daran gewöhnt und schlief nachts oft in dichtem Qualm. Es roch doch nach Festessen, wie es sich für einen wahren Þingeyringer ziemte.

Das gefiel Lási, und er erhob Málfríður beinah zu einer anzubetenden Göttin; die Frau duftete nicht bloß herrlich, sie hatte auch einen guten Sinn für Humor. »Wo hast du sie nur gefunden, Junge?«, fragte er Gestur immer und immer wieder. Dann dichtete er eine Strophe:

Im Rauchfang ihrer Seele hängt ein Schlegel,
Haut bildet keine Grenze für den Flegel.
Hätte ich bloß eine Leine,
seilte ich mich dorthin ab.

Das war nun grenzwertig, dachte Gestur und überlegte noch, als er dem Trauerblöken von Segulnes über die Wiesen folgte. Er stellte fest, dass unterwegs aus jedem Gebäude, aus Kötukot, Ránarkot, Mjölkot, Rabbabæli und der Bude, die noch immer nach Hai-Jói genannt wurde, obwohl er gestorben war, und auch aus Mjólkurbær Schafe auftauchten, nur nicht aus seinem eigenen. Die armen Leute schienen ihr Vieh unter dem Kopfkissen aufzubewahren und ließen es nun zum Sterben raus. Der Chor der Lämmer ließ nun unisono Hallgrímur Péturssons Passionspsalm »Wie eine einzelne Blüte« über Eyri erschallen, doch die Hunde übertönten den Gesang mit ihren Glocken wie die Totenglocke bei einer Beerdigung.

Auch Papa von Strönd raste schon auf die Herde von Segulnes zu, und Gestur versuchte nicht, ihn aufzuhalten. Das war sein Weihnachten.

Kapitel 33

Die Magnetkraft des Fjords

Auf dem Weg über den Blutplatz traf Gestur einen Kramladenbesitzer, einen mageren Herrn mit Zylinder und zwei Stoffrollen unter dem Arm, der noch nie Schafe gesehen zu haben schien und sich auf ein Fass setzte, während die Bauern von Segulnes schweigend ihre Sammlung vorbeitrieben. Der säuberlich gekleidete Hutträger gehörte einem neuen Berufsstand in Segulfjörður an. Seine Vertreter kamen meist aus der Hauptstadt, einige auch aus Fagureyri, und trieben hier den Sommer über Handel. In der Heringssaison gab es mittlerweile ein Dutzend solcher Kramläden in Eyri. Zwölf solcher Läden, dachte Gestur, in denen es alles Mögliche zu kaufen gibt, wo man in einem einzigen Regal Gerste, Schiffszwieback, Sensenblätter, Barometer, Bonbons, Eisenwaren und Feuerwerkskörper finden konnte.

Was waren Eisenwaren? Gute Frage. Schrauben, Nieten, Nägel. Die Zivilisation hatte auch das letzte Kaff erobert. Im Sommer vermochte niemand ein Ding zu nennen, das es in Segló nicht zu kaufen gab. Mottenpulver und Bügeleisen? Bei J. Árdal. Krawattennadeln und Manschettenknöpfe? Bei Guðmundur Jakobsson. Die Barttasse für den vornehmen Herrn? Im Krónufélagsgeschäft. Blitzlichtpulver für den Fotografen? Fragen Sie den Geschäftsführer bei Buus. Hier stand im Sommer eine Großstadt, im Winter ein kleines Nest.

Darüber hinaus gab es zwei Geschäfte speziell für Hüte, zwei Buchläden, zwei Friseure und einen Schuhmacher: Valdi Skó. Seine Frau besaß die erste Nähmaschine im Ort, die mit den Füßen angetrieben wurde wie die Orgel in der Kirche. Im ersten Sommer spazierten viele an Valdis Haus vorbei und legten das Ohr ans Fenster, um dieser Zukunftsmusik zu lauschen.

Daran dachte Gestur zurück, während er und die Haushaltsmitglieder in Strönd für den Verkauf bestimmte Strümpfe strickten, gegen die sie Mehl eintauschen konnten. Auch er hatte jetzt wie andere die Möglichkeit, bei Árdal in Sixpencer und Einstecktuch ein und aus zu gehen und beides beim nächsten ausartenden Gelage zu verlieren. Doch mit der vollbesetzten Baðstofa, die ihm auf der Tasche lag, konnte er sich das nicht leisten. Dabei waren die finanziellen Aussichten besser als früher, denn vor ihrer Abreise im Herbst hatten die Eviger-Brüder ihm einen Platz in ihrer Wintermannschaft angeboten, die sich um ein paar kleinere Arbeiten im Neubau am jenseitigen Fjordufer kümmern sollte. Vorarbeiter war ein neuangekommener Ganzjahresnorweger namens Ole Næss, ein Bär von einem Mann.

Die Neuigkeit mit dem größten Sensationswert stellte allerdings das Erscheinen der landesweit berühmten Díana Pálsdóttir aus Dulvíkurdalur dar, der »schönen Díana«, wie sie durchweg genannt wurde.

Sie ließ sich nicht lange bitten und eröffnete im Keller des Nordpols ein ganz absonderliches Lokal, in dem nicht ein Tropfen Alkohol ausgeschenkt wurde: das Café Nordkap, das erste Kaffeehaus des Nordlands. Dort konnte man sich »eine Tasse Kaffee kaufen«, was eine recht zweifelhafte Investition darstellte, denn man erwarb damit keineswegs die Tasse, sondern allein das Anrecht, ihren Inhalt zu trinken. Außer Kaffee servierte Díana auch Schokolade in flüssiger Form, und darüber kursierten abenteuerliche Geschichten. Wie konnte sie denn Festes in Flüssiges verwandeln? Mit ihrer Schönheit? Oder konnte die Frau hexen? Manche behaupteten sogar, sie könne allein mit ihrem Blick Ufersteine in Tassen verwandeln.

Die Spaßvögel sahen die Angelegenheit nüchterner und tauften das alkoholfreie Lokal »Trockenzelle«.

Díana war eine Generation älter als Gestur und hatte die Welt gesehen. Die schwarzhaarige Göttin mit dem Märchennamen aus einem Tal im Nordland hatte nämlich einen Winter in Kopenhagen gelebt und zwei in Reykjavík, wo sie auf der Bühne des Theaters im Iðnó gestanden und mit kessem Auftreten, tiefgründigen Blicken, kerzengerader Haltung, morgenfrischer Stimme, engelsgleichem Gesicht, schneeweißer Haut und rabenschwarzem Haar die Jungpoeten der Stadt bezirzt hatte. Sie weckte den Tenor in jedem Mann: Sobald er sie sah, hörte er plötzlich ein ganzes Streichorchester (aus Sprühregen und Fischschleim entstand eine raumhohe Leinwand) und fühlte sich getrieben, vorzutreten und den Mund aufzureißen, um herauszuschmettern, was sein Herz sang.

Díana war klein und ganz hübsch, besaß aber eine große Ausstrahlung, die alles um sie herum zum Leuchten brachte, und noch keiner hatte ihre Moral zum Wanken gebracht, obwohl es viele versucht hatten. Selbst Neid und Eifersucht perlten an ihrer wasserdichten Schönheit ab wie Schneekörner an einer Fensterscheibe. Sie hatte, wie man sich erzählte, noch nie die Liebe genossen und kehrte jetzt in den Norden, diesmal nach Fagureyri, zurück wie eine würdige und respektierliche Bergkönigin, viele, viele Liebesgedichte im Kielwasser, die der Schuldichter und andere enttäuschte Poeten in der Stadt auf sie gedichtet und in den Sonntagsblättern veröffentlicht hatten. »An ihrem Fenster ging ich so oft ...« (Guðmundur Schuldichter). Aber jetzt war auch sie nach Eyri gekommen. Kaum etwas bewies mehr als das, zu welchem Magneten der Fjord geworden war.

Gestur war ihr zweimal begegnet, und sie erinnerte ihn an Súsanna, wie sie mit erlesenem Schal und schuhlangem Rock den Ort mit jedem ihrer Schritte etwas näher an das Kopenhagen heranbrachte, wie Gestur es sich vorstellte. In ihm löste sie jedoch im Unterschied zu anderen lediglich Mitleid aus. Bis über beide Ohren verliebt, wie er war, betrachtete er sie kühl und fand, dass sie, wie anfangs auch Súsanna, die Gefangene ihrer eigenen Schönheit und der vielen Lobeshymnen und Liebesergüsse, die sie über sich hatte ergehen lassen müssen, reichlich müde war. Die Liebe würde nie all die Zäune übersteigen, die zuerst die vielen Verehrer und schließlich sie selbst mit all den Kaffeetassen und dampfenden Kakaoschalen um sie errichtet hatten. So lautete auch der Befund der Spottvögel: Die Alkoholabstinenz bildete in Wahrheit den Burggraben und die Dornenhecke um dieses nordländische Dornröschen.

Anna war eine Schönheit anderer Art, aus erstklassigem Holz und nicht aus Porzellan, eine Schönheit zu liebevollem Gebrauch und nicht zur Aufbewahrung in einer Glasvitrine. Anna lächelte von innen heraus, bei ihr waren Liebe und Schönheit eins, ihr Strahlen gehörte zum Leben und stand nicht außerhalb davon. So viel hatte er in seiner kurzen Zeit der Frauenbekanntschaften gelernt, dass er die schöne Liebe der Liebe der Schönheit vorzog.

Kapitel 34

Sceleratus stuprum

Gestur ging weiter und nahm vor dem Lagerhaus des Krónufélag ein Messer wahr, das einen Sonnenstrahl durchschnitt und ihm
ins Auge blitzte. Er sah, wie sich Lämmer um das blinkende Messer
drängten. Er selbst war auf dem Weg in den Nordpol, hatte sich auf-
gerafft, von dem verdammten Eiríkur Bláfeld endlich Taten zu verlangen. Der Sommer war zu Ende, und das Haus war erst zur Hälfte
fertiggestellt. Zwei hölzerne Hauswände erhoben sich auf dem gegossenen Fundament, in jeder ein einziges Fensterloch ohne Fensterrahmen und -scheibe. Eiríkur hatte sein Versprechen von vier
Fenstern und dann auch das von zweien gebrochen, mit der Ausrede,
er habe sie beim Spiel verloren, erwarte aber neue – vier neue! – mit
dem nächsten Schiff. Das hatte er am zehnten September erklärt, als
er genau wusste, dass vor dem nächsten Frühjahr kein Schiff mehr
kommen würde.

Anna hatte Gestur Feuer unterm Hintern gemacht und ihn losgeschickt, er solle endlich die Weiterführung des Baus einfordern. Auf
dem Land von Ytri-Skriða stand auch die Fabrik jetzt zur Hälfte, nur
wegen eines Schiffsunglücks war sie noch nicht fertig. Die beiden
letzten Schiffe der Eviger-Brüder waren neulich bei Langanes untergegangen, das eine mit schönen roten Ziegelsteinen beladen, das andere mit Bauholz. »Liebe und Wetter kann man nicht kaufen, für kein
Geld der Welt«, lautete eine der gängigen Redensarten damals.

»Vielleicht solltest du dich mit deiner Forderung nicht an Eiríkur wenden, sondern direkt an die Brüder. Sie haben das Land schließlich gekauft.«

»Sie sagen, sie haben ihm die Summe längst gezahlt.«

»Ja, klar. Natürlich liegt es an Eiríkur. Es liegt immer an Eiríkur«, hatte Anna gesagt, konzentriert vor sich hin geguckt, die kurze Nase hochgezogen und sich geräuspert, was eine ihrer niedlichen Angewohnheiten war.

Sie wollte nach Hause abreisen, vorher aber Klarheit über den Hausbau haben, um die Zukunftsaussichten einschätzen zu können. Allen war bewusst, dass in diesem Jahr nichts mehr gebaut würde, denn auch die Zimmerleute waren wie alle anderen in den Süden, den Osten oder nach Norwegen zurückgekehrt. Irgendwelche Papiere in der Rechten kam Gemeindevorsteher Hafsteinn aus dem Nordpol, dicht gefolgt von Séra Árni; beide blinzelten ins Tageslicht. Gestur nutzte die Gelegenheit.

»Tag zusammen!«

»Ach, ich grüße Sie, Freund! Wie geht es meinem Lási? Ist er nicht wohlauf und súnn?«

Gestur brauchte wie üblich einen Moment, um die Norwegischbrocken zu verdauen. *Súnn* bedeutete nichts anderes als »gesund«. Hafsteinn und Árni hatten ein nicht enden wollendes Interesse an dem alten Mann.

»Der Gute dichtet, wenn er spricht, ein storartiger Dichter, behaupte ich steif und fest. Ich entsinne mich noch immer der Strophe, die er auf Mildiríður und mich gedichtet hat, im Jahr unserer Hochzeit. Die ist zwar nicht zitierfähig, aber mir altem Mann ist sie noch immer von Nutzen. Richten Sie ihm meine besten Wünsche aus. Es ist lange her, seit ich ihn das letzte Mal gesehen habe.«

»Ja, ich werde sie ihm ausrichten. Aber ... Sagen Sie ... Wie weit sind denn die Ermittlungen?«

»Welche Ermittlungen?«

»Ich meine die im Fall Selmína.«

»Selmína?«

»Ja, die Frau, die hier angespült wurde.«

»Ach, Selmína hieß die? Tja, hässliche Sache.«

»Was hat denn die Leichenschau erbracht?«

»*Sceleratus stuprum* nennt es der Doktor.«

Gestur sah den Pfarrer an, der leicht ungeduldig einen Schritt abseits des Gesprächs stand, als könne der ihm das Latein übersetzen. Aber Séra Árni schien nicht zuzuhören.

»Was heißt das?«

»Nun, das ist ein weibliches Vergehen, das wir nicht weiter untersuchen können. Leider.«

»Ein weibliches Vergehen?«

»Ja, *raptus*. Das lässt sich keinem Mann nachweisen, wenn die betreffende Frau keine Aussage machen kann.«

Und damit gingen sie davon, der krummbeinige Kurze und der gerade Lange, die Schirmmütze und die Melone, ein Komikerduo aus einem Stummfilm. Sie bekleideten ihre Ämter nun schon so lange, dass sich Mustergültigkeit allmählich in Lächerlichkeit verwandelte. Gestur sah ihnen nach. Sie wollten in dem Fall also nicht weiterermitteln? Mord! War das denn kein Mord?, wollte er ihnen nachrufen, ließ es aber, weil er das Gefühl hatte, der Ort stehe trotz aller Veränderungen der letzten Jahre und seines Übertritts aus der Vergangenheit in die Zukunft noch außerhalb der Rechtsprechung, wenn es um Kapitalverbrechen wie Mord und Vergewaltigung ging. Die beiden da würden sich nie in eine Mordermittlung stürzen, hier ließ man so etwas versickern, hier blickten die Menschen so konzentriert nach vorn, dass nicht eine Minute zur Erforschung der Vergangenheit blieb. Gestur fiel noch einmal seine eigene private Untersuchung ein, die zu guter Letzt den Tod von Pfarrer Jón Guðfinnsson aufgeklärt hatte, und dachte, dass er den Mörder von Selmína wohl selbst werde finden müssen.

Kapitel 35

Schlag aus dem Maul

Im Nordpol war Eiríkur nicht. Die norwegische Bedienung verwies Gestur an die hübsche Kneipe im Norwegischen Haus; meist halte er sich dort auf. Aus dem offenen Keller drangen Lachsalven herauf, und Gestur fand, dass er dort jetzt nichts verloren hatte, man erörtert Immobilienfragen nicht mit einem Betrunkenen. Dennoch stieg er die Stufen hinab und spähte in die dunkle Spucknapfhöhle, sah erst wenig, hörte aber Eiríkurs Stimme laut rufen:

»Ach nein, Gvendur! Komm her, altes Haus! Lass uns feiern!«

»Gestur«, verbesserte ihn jemand.

Obwohl kaum Mittag vorbei war, hatte Eiríkur schwer einen sitzen, aber eher auf die fröhliche als auf die aggressive Art, er war sichtlich in bester Stimmung. Manche meinten, wenn er betrunken sei, sei er am umgänglichsten, dann kämen seine guten Seiten zum Vorschein, während seine schlechten auf dem Tisch schliefen. Gestur betrat die schummerige Kneipe, ohne die Tür hinter sich zu schließen, hier stand ohnehin alles offen, und der Abend, der drinnen mit Suff und Schummerlicht herrschte, feierte ein lustiges Stelldichein mit dem hellen Herbsttag draußen mit Sonnenschein, Schafsgeblöke und blitzenden Messern.

»Darf ich Sie auf ein Glas einladen?«, fragte Eiríkur von seinem Tisch aus und winkte dem Kellner in seiner Ecke bei der Tür. »Noch einen Cognac für meinen Lieblingsburschen hier!«

Mit an Eiríkurs Tisch saßen die beiden unangenehmen Zeitgenossen Hans und Baldvin, daneben hing ein zahnlückenbesetztes Heringsmaul aus dem Süden mit speckigen Lippen und einer in die Stirn hängenden schweißnassen und lebertranfettigen Haarsträhne schief auf seinem Sitz. Am anderen Tischende stand ein unbekannter grobschlächtiger Norweger auf kräftigen Beinen und starrte hackeblau auf die Flecken und Kritzeleien auf der Tischplatte, als stünde da eine komplizierte Berechnung, die den Heringsmangel des Spätsommers erklärte. Hans und Baldvin beobachteten, wie Gestur Eiríkur gegenüber am Tisch Platz nahm, und guckten wie zwei Raben im Fuchsbau, die versprochen haben, sich zu benehmen. Sie waren nüchtern wie immer, obwohl ihre Gläser den teuersten Cognac enthielten. Ihre Häme war so giftig, dass sie sogar den Alkohol abstieß.

Nach dem Anstoßen verzettelte sich Eiríkur in eine viel zu lange Geschichte von seinen früheren Abenteuern auf den Färöern, wo er im Bauch eines Frachtschiffs seine Cognactaufe erhalten hätte – ein bedeutender Augenblick in der Geschichte der Menschheit. Während er erzählte, drang von draußen lautes Mähen von Schafen herein. Gestur trank von seinem Gold und dachte plötzlich an die Tatsache, dass er nur ein paar Schritte vom Grab seiner Mutter und seiner Schwester entfernt saß, das sein Vater eigenhändig in steinhart gefrorener Erde ausgehoben hatte, und hier aus einem versilberten Schnapsglas französischen Cognac trank. Wie sich die Zeiten auf Eyri doch gewandelt hatten.

»Eiríkur, ich komme wegen des Hauses.«

»So? Ja, ja.«

»Sollte es nicht zum Herbst fertig sein?«

»Doch, doch, wir arbeiten daran.«

»Daran ist seit vier Wochen nicht gearbeitet worden. Und heute ist der zwanzigste September.«

»Moment mal!«, sagte Eiríkur mit einem breiten Grinsen und hielt seine Zigarre hoch. Der Qualm verteilte sich im Raum und stieg in den einzigen Sonnenstrahl, der sich in den Keller verirrt hatte. »Ist mein Lieblingsbursche etwa auf dem Weg, sich in feste Hände zu begeben?«

»Was? Nein«, antwortete Gestur.

»Wieso nicht? Sie ist doch so ein leckeres Mädchen, lustig und munter«, fuhr Eiríkur fort und wandte sich an seine Tischgenossen: »Der Junge hat nämlich was mit einem von meinen Mädchen, dem allerschönsten von allen, mit der Anna, der Anna aus dem Osten, die mit den Grübchen und den dunklen Haaren. Und jetzt will er auch noch ein Haus von mir!«

»Sie heißt nicht Anna, sondern Margrét, und sie ist auch nicht aus dem Osten, sondern von hier, sie ist die Tochter der seligen Steinka aus Bæjarkot«, erklärte der dickliche Baldvin.

»Was? Wirklich? Das habe ich nicht gewusst«, sagte der gut aufgelegte Tausendsassa und wandte sich an Gestur: »Wusstest du das?«

In Gestur stürzten die Berge des Fjords mit gewaltigem Aufklatschen ins Meer. Er wurde leichenblass und innerlich eiskalt, saß am Tisch und wollte seinen Ohren nicht trauen; ein sechzig Kilo schwerer Kinnhaken schmetterte in seine Seele, und vor Erregung musste er die Augen zusammenkneifen, während Eiríkur nachfragte:

»Wie kann das sein? Moment, Steinka? Ist das nicht die Alte, die ihren Kerl umgebracht hat? Ich habe davon gehört.«

»Es wurde nie bewiesen, aber so sagt man. Die einzigen Zeugen waren die Kinder. Die Familie wurde aufgelöst und die Kinder auf einem Hof im Eyrarfjörður untergebracht, bevor sie die auch noch tötete. Die Alte war völlig durchgedreht. Beide Geschwister änderten ihre Namen und wollten ein neues Leben anfangen. Dann erschien letztes Frühjahr das Mädchen, erzählte allen, sie käme aus dem Vopnafjörður und ließ sich mit jedem zweiten Kerl ein.«

Der bebrillte Hans verkündete das wie ein Nachrichtensprecher und nippte zum Abschluss an seinem Schnapsglas wie ein Vögelchen.

»Ach, tatsächlich? Und Sie, Gestur, wollen so einer die Hand zum

Ehebund reichen? Für ein so verlogenes Frauenzimmer bekommen Sie das Haus nie!«

»Sie ist ein durchtriebenes Luder«, stieß Baldvin hervor.

»In einer hübschen Hülle«, lachte Eiríkur HB.

»Es heißt, sie habe ebenso viele Fässer gesalzen, wie sie Kavaliere an der Hand hatte. Das muss schon ein toller Hecht sein, der dieses Weib heiraten will«, zischte Hans, und Baldvin nahm den Ball volley aus der Luft:

»Und er muss achtgeben, dass er die Richtige zum Altar führt: Margrét und nicht Anna.«

Eiríkur lachte, und das Heringsmaul fiel so heftig ein, dass die fettige Locke vor der Stirn wackelte.

»Tja, guter Freund, Sie müssen sich entscheiden, ob Sie Margrét, die Tochter der Hexe aus dem Bæjarkot, wollen oder Anna, die größte Schlampe des Sommers, die mehr Norweger bei sich eingestallt hat als die norwegische Fahne«, zwitscherte Hans, und das Gelächter am Tisch dröhnte jetzt so laut, dass der Norweger am anderen Ende aufsah und dabei den Speichelfaden in die Länge zog, der von seiner Unterlippe auf die Tischplatte hing.

Gestur musste sich klar machen, sie redeten über sein Herz, sein Heiligtum, die Liebe, die er endlich gefunden hatte, über das ehrliche, attraktive Endlich-Köpfchen, an das er den eigenen Kopf lehnen konnte, den ersten Menschen, der ihn verstand, der ihn sich fühlen ließ, als sei er ein Mann und kein kleiner Junge mehr, ein zu allem fähiger Mann und kein ewiger Fürsorgeempfänger. Er wollte losbrüllen, sie zusammenschlagen, sich auf sie stürzen, um ihnen das Gift, das sie verspritzten, zurück in den Hals zu stopfen, aber er tat nichts dergleichen, sondern blieb gelähmt sitzen und grinste sogar, grinste zu alldem wie der größte Idiot aller Zeiten, ein Grinsen, das wie Schwefel schmeckte und sich so tief in sein Gesicht einbrannte, dass er wusste, er würde es nie wieder abwaschen können; es war vermutlich der schlimmste Moment in seinem Leben, und trotzdem saß er belämmert da und grinste.

Aus Verlegenheit griff er nach seinem Glas und nahm einen großen Schluck.

»Sie sagen ja gar nichts, Gestur? Wollen Sie sich von denen ihre Liebe unter dem Leib wegziehen lassen? Es ist keine Kleinigkeit, euch beide zusammen zu sehen.«

Das sagte Eiríkur, und auf einmal fand Gestur diesen Stenz wieder ein ganz klein wenig sympathisch. In Gesellschaft dieses Ungeziefers war er fast ein Engel.

»Das tun sie nicht«, konnte er hervorstoßen, was wohl dem Alkohol zu verdanken war.

»Sie wussten davon?«, fragte Eiríkur weiter.

»Wovon?«

»Dass sie unter falscher Flagge segelt.«

»Glauben Sie denen denn?«

»Glauben Sie ihnen nicht?«

»Warum sollte ich? Sie heißt Anna und ist Jónsdóttir von Brunná im Vopnafjörður.«

»Brunná?«, wiederholte Baldvin hämisch. »Es gibt im Vopnafjörður keinen Hof, der Brunná heißt.«

»So? Und woher wollen Sie das wissen?«

»Weil ich nachgesehen habe. Auf einer Landkarte«, gab der feistwangige Lockenkopf zurück.

Teufel auch, er hatte eine Karte studiert! Was trieben die Kerle eigentlich den ganzen Tag? Waren sie Spione im Dienste der norwegischen Regierung? Agenten des Sýslumaðurs? Schnüffler von Buus? Gestur zog sich wieder in sich selbst zurück, sein Geist stürzte sich zusammen mit den Bergen ins Meer, ihm wurde kalt und heiß und fürchterlich übel beim Sturz in den nachtschwarzen Strudel, und er klammerte sich fest an den Kinnhaken in seiner Seele.

Kapitel 36

Ehemannsfleisch

Er taumelte hinaus auf den Platz vor dem Norwegischen Haus, betäubt von der plötzlichen Enthüllung, dieser demütigenden Offenbarung. Lange nachdem sich seine Tischgesellschaft verabschiedet hatte, war er noch allein bei dem stummen Saufkopf sitzen geblieben, angeschlagen vom Cognac, erschüttert von Baldvins Worten.

Es bestand kein Zweifel, der Mistkerl, der über alles Bescheid wusste, hatte recht. Gestur sah es ein. Am liebsten hätte er alles als erlogene Verleumdung aus Eifersucht abgetan, aber das konnte er nicht, denn er entsann sich ihres Gesichts, als er ihr treuherzig die Geschichte von Steinka, der Hexe von Bæjarkot, erzählt hatte, wie sie dem Pfarrer Regenwasser zu trinken gegeben hatte. Die hatte er oft von Lási gehört. Anna hatte kein Wort dazu gesagt, nicht gelacht, sondern nur geschluckt. Er hatte dem damals keine Beachtung geschenkt, aber jetzt war ihm klar, was das zu bedeuten hatte.

Anna war Margrét, das kleine Mädchen, an das er sich von seinem Aufenthalt im Bæjarkot erinnerte, die niedliche Kleine, die ihrer Mutter so ähnlich sah, dass es für jeden ein Rätsel war. Wie konnten abstoßende Hässlichkeit und Schönheit einander so ähnlich sehen? Sie hatte ihn getäuscht, oder wusste sie nicht, wer er war und dass er in der Kindheit bei ihnen untergekommen war und mit eigenen Augen gesehen hatte, wie die Mutter der Kinder ihrem Mann ein Stück Fleisch aus der Seite gebissen hatte und damit im Mund durch die

Baðstofa gelaufen war und ihre Kinder und ihn mit dem Stück Menschenfleisch im Mund, aus dem ihr das Blut übers Kinn lief, angelacht hatte, während der Mann sich vor Schmerzen krümmte und brüllte und langsam verblutete? Der Anblick war so grauenerregend gewesen, dass er ihn in seinem Gedächtnis hinter einem Berg versteckt hatte, aber jetzt erschien er ihm wieder wie ein blutdurchtränkter Blitz, und das Hexengelächter der Mutter erfüllte seine Ohren. Seine Anna oder Margrét war die Tochter einer Mörderin und eines Ermordeten. Würde er sie noch einmal mit denselben Augen sehen können wie vorher?

Nein.

Aber Moment, sie waren doch beide unter falschen Namen aufgetreten. Er hatte sich schließlich unter einem anderen Namen in ihrem Elternhaus aufgehalten. Verflixt! Vielleicht hatte sie keine Erinnerung daran und demnach keine Ahnung, dass Gestur Elison derselbe war wie der Junge, der sich eine Woche lang Guðmundur aus dem Heiðinsfjörður genannt hatte. Doch änderte das etwas?

Nein.

Das Leben hatte nicht an grausamen Erlebnissen in seiner Kindheit gespart, er hatte sämtliche Väter verloren, und unter Franzosen war er von den niedrigsten Trieben des Menschen besudelt worden, außerdem war er auf der Beerdigung seiner Mutter Zeuge eines Mordes geworden und ein weiteres Mal in einer fremden Armeleutehütte. Das alles hatte er hinter den inneren Berg gedrängt und war erwachsen geworden, und jetzt sprang es ihn hinterrücks an, schlimmer als je zuvor, und das aus dem Mund dieses Kerls, dieses dreisten Schandmauls Baldvin Eiðsson. Feind aller Menschen. Gestur empfand sein Leben als einen einzigen Trümmerhaufen, das Schönste und Beste, das er kannte, hatte sich als das Hässlichste und Schlimmste entpuppt. Sie war eine Tochter dieser Hexe. Stammte von Trollen ab. Ihre Mutter war eine Menschenfresserin. Nie wieder würde er sie berühren können. Oder würde er sie irgendwann wieder anfassen, streicheln, küssen können?

Nein.

Dabei traf sie keine Schuld. Sie selbst war unschuldig bis auf den Drang, mehr zu einem Menschen zu werden, Menschen zu begegnen und unter einem neuen Namen ein neues Leben zu beginnen. Was hatte sie in der Zwischenzeit nicht alles ausstehen müssen? Ihre Mutter wurde nie verurteilt, ebenso wenig wie andere Mörder in diesem Fjord. Und es traf nicht zu, was sich jedermann erzählte, dass sie ihren Mann »mit Gift und einem Hammer« getötet hatte, denn sie hatte ihn buchstäblich zu Tode gebissen – nachdem er drei ganze Tage und Nächte mit einer Flasche im Bett gelegen hatte. Nach ihrer schauerlichen Vorführung für die Kinder hatte sie ihm das abgebissene Stück Fleisch wieder in die Seite gedrückt. Warum um alles in der Welt hatte er, Gestur, das mit ansehen müssen? Wie konnte er überhaupt noch aufrecht gehen, mit all dieser Finsternis auf seinen Schultern?

Der Bauer »ist in seine Sense gestürzt«, hieß es in den offiziellen Akten, und trug so die Wunde davon, und es war kein Selbstmord. Gestur hatte schon früh von dieser Verdrehung der Wahrheit gehört und manchmal mit dem Gedanken gespielt, sich zu Wort zu melden, aber wer war er schon, Kottenbewohner und Gemeindearmer, diese Königin der Armen zu verurteilen, zumal sie ihm Gutes getan und ihn bei sich aufgenommen hatte, als es ihm am dreckigsten gegangen war?

Solche Gedanken flogen ihm durch den Kopf, Fragen und Antworten, mit dem Tempo der Verzweiflung, sein Verstand war ein Wirbelwind aus Kummer und Zweifeln, ein Schneesturm aus Worten und Erinnerungen. Wie hatte das nur so kommen können, wie konnte ihn die Liebe so hereinlegen?

Hatte er denn nichts Besseres verdient?

Halb von Sinnen irrte er zwischen den Häusern umher, der Strom und das Blöken zog ihn zum Lagerhaus des Krónufélag. Dort waren viele zusammengekommen, Hüte und Mützen, Lämmer in Pferchen. Die beiden Schlachter waren bei der Arbeit, der Boden unter ihren

Füßen ebenso blutrot wie ihre Messer und ihre Hände. Ein Helfer hielt jeweils ein Lamm an den Hinterläufen, während der Henker ihm die Kehle durchschnitt. Das tat er mit behutsamer Präzision, denn das Blut sollte maßvoll aus dem wolligen Hals fließen, sonst konnte es ins Fleisch einbluten. Daher röchelten die frisch Geschlachteten eine ganze Weile hörbar vor sich hin – von da leitete sich wohl der Ausdruck »Böcke schneiden« ab, wenn jemand laut schnarchte.

Ein Schaf auszubluten verlangte also einige Geduld, und ein Mädchen musste unterdessen in der Auffangschüssel rühren, damit das Blut nicht stockte. Danach wurde das Rückenmark durchtrennt, und das Ausschlachten begann. Das Bauchfett wurde weggeschnitten, dann Milz, Galle, Blase, Pankreas und Gebärmutter. Die Leber wurde ausgedrückt, das Fell abgezogen, Fleischfetzen und Fasern davon abgeschabt, schließlich der Kopf abgetrennt. (Den sengte man später, kochte und spaltete ihn, fischte das Hirn heraus und aß es gesondert mit etwas Salz.) Aus all diesen Arbeitsgängen ergab sich, dass ein Mann kaum mehr als zehn bis fünfzehn Schafe am Tag schlachten konnte.

In jenen ersten Herbstzeiten des zwanzigsten Jahrhunderts waren noch einige alte Bräuche lebendig. Einer bestand darin, einem geschlachteten Schaf sogleich das Herz zu entnehmen, es entzweizuschneiden und die beiden Herzohren abzutrennen. Einem anderen gemäß legte man die Milz auf ein Brett, ritzte Runen hinein, nagelte es dann fest und hatte so ein Orakel für den kommenden Winter: Blieb die Milz rot, durfte man auf gutes Wetter hoffen, wurde sie stellenweise grau, würden Teile des Winters hart werden. Verglichen mit der Darmleserei der alten Propheten erschien diese Art der Vorhersage spannend, und viele kamen am nächsten Tag zur Weissagungskarte an der Wand des Lagerhauses, begutachteten die Veränderung der Färbung, deuteten und spekulierten und stritten zugleich heftig ab, an solchen Hokuspokus zu glauben.

Gestur trieb am Faktorshaus vorüber und bog um die Ecke des großen Krónufélaglagers. Wie ein Gespenst wandelte er durch das

Tohuwabohu von Menschen und Lämmern. Als er am Tisch eines der beiden Schlachter vorbeikam, stach der gerade sein Messer in ein Schafsherz und schnitt es entzwei. Dabei spritzte das Blut in beide Richtungen, ein Tropfen gar so weit, dass er auf Gesturs linkem Schuh landete. Es war ein altes Paar Schaflederschuhe von Lási, das Gestur am Morgen rasch übergestreift hatte. Besser ließe sich nicht verbildlichen, wie er sich fühlte, dachte Gestur und wischte mit dem anderen Fuß das Blut vom Schuh; dann ging er weiter zwischen den Rümpfen geschlachteter Schafe hindurch, die mit den Hinterbeinen an einem Balken vor der Lagerhaustür hingen und aus deren Hälsen noch immer Blut tropfte – da hing seine Liebe, geköpft und gehäutet.

Kapitel 37

Frauenabmurkser

Um ihn und den ausgestülpten Inhalt von Schafsmägen herum standen lachend Männer und prosteten sich zu. Was war es doch für ein Spaß, sich so mit seinen Lämmern zu treffen und mit anzusehen, wie sie unters Fallbeil kamen. Ihr Angstblöken drang durch das Gelächter. Jemand packte Gestur bei den Schultern, hielt ihm seinen Flachmann hin und wollte ihm unbedingt die Geschichte von Valdi Skó aufbinden, dem neuen Schuster, der keine Schaflederschuhe zu nähen verstand und ausschließlich dänische Schuhe produzierte. »Ich meine, wer trägt schon Dänenschuhe?! Wer kann sich denn Dänenschuhe leisten?« Gestur konnte den ausgestreckten Arm beiseiteschieben und rettete sich um die Ecke des Lagerhauses. Wie in Trance steuerte er Kopps Grundstück an und kam erst zur Besinnung, als er vor der Tür des kleinen Mannes stand. Sie war offen, und drinnen kam jemand die Treppe herab. Ein dicker Mann mit schmalem Oberlippenbärtchen trat heraus, nickte grüßend und ging weiter. Gestur blieb stehen und las die großen roten Buchstaben auf der grauen Hauswand: KOPP. Dann erkannte er endlich das Gesicht, es war sein Kaufepapa persönlich, der da über den Vorplatz schritt, plötzlich innehielt, ihn kurz ins Auge fasste und dann gut gelaunt auf ihn zu kam.

»Ich grüße Sie. Mir ist zu Ohren gekommen, dass Sie den Winter über für die Eviger-Brüder in deren Fabrik drüben arbeiten werden.

Das sind gute Neuigkeiten. Es gefällt mir, wenn junge Männer ihren Weg gehen.«

Zur Bekräftigung boxte er Gestur wohlwollend mit seiner kleinen Faust gegen die Brust, als gehöre ihm jeder Knochen in dem jungen Mann.

Gestur stand wie angewurzelt da und sah dem Heringsherrn nach, der mit in der Morgenbrise wehenden Rockschößen zu einem Schiff spazierte. Was hatte der Dreckskerl gerade gesagt? Dieser Knirps mit kleiner Nase und dicken Backen hatte ihn seit dem neunzehnten Jahrhundert nicht mehr angeredet, als er ein zwölfjähriger Junge in seiner Obhut war, sein zwölf Jahre alter Sohn. Seitdem hatte der arrogante Schnösel ihn mehrfach verleugnet, in nüchternem wie betrunkenem Zustand. Was hatte jetzt das zu bedeuten? War er inzwischen etwa bereit, zu seiner Vaterschaft zu stehen? Hatte seine Frau Undína das Zeitliche gesegnet, und konnte er sich endlich frei zu ihm bekennen?

Gestur sah erstaunt, wie behände Kaufmann Kopp am Ende der Landungsbrücke nach unten kletterte, wo bestimmt ein Ruderboot auf ihn wartete. Diese Gelenkigkeit passte nicht recht zu Gehrock und Melone.

Wieso aber war er hierhergegangen? Was hatte er sich dabei gedacht? Hatte ihn sein Unterbewusstsein vor die Vatertür getrieben? Etwa in der Hoffnung auf eine väterliche Anerkennung? In dem Moment wurde eine Schafherde über Kopps Platz auf ihn zugetrieben, als käme die alte Zeit auf Lämmerbeinen über den Tanzplatz der Gegenwart getippelt. Es waren sicher mehr als fünfzig Schafe und zwei Hunde. Das Mähen umgab ihn schnell, denn er blieb stehen und ließ die Tiere beidseits um sich herumfließen. Er war zur Statue geworden.

Verflucht, was ging es ihm dreckig! Anna war eine Fälschung. Anna war Margrét. Konnte das wirklich stimmen?

Hinter der Schafherde folgten ein paar faulenzende Arbeiter, und dahinter trottete ein Bauer, es war Kristmundur auf Hvammur, der weißhaarige Fjordpatriot, der zu Anfang unserer Geschichte der größte Bauer der Gegend gewesen war, mittlerweile aber wie ein spät kastrierter alter Kater in seinem Bau hockte und keinerlei Einfluss auf den Gang der Dinge mehr hatte, weder in positiver noch in negativer Hinsicht. Das Alter hatte ihm jegliche Macht genommen, es hatte einerseits dem entgegengewirkt, dass er sich an die veränderten Verhältnisse anpasste, und ihn andererseits davon abgehalten, ihnen Widerstand entgegenzusetzen. Im Lauf der Jahre war ihm klargeworden, dass sich die norwegische Revolution nicht aufhalten ließ, aber wiederum das Alter hatte ihn gehindert, an ihr teilzunehmen.

Nach und nach war der Hvammsbauer friedlich geworden, und er lebte jetzt mit seiner Landwirtschaft in friedlicher Koexistenz mit dem neuen Abenteuer, abgesehen davon, dass er ein Boot auf Hai- und ein anderes auf Heringsfang gehen ließ, wie ein Mensch, der auf zwei gegensätzliche Felder setzt, aber jeweils so kleine Einsätze, dass Gewinn oder Verlust fast keinen Unterschied machen. Kristmundur war das geworden, was früher niemandem in den Sinn gekommen wäre, über ihn zu sagen: harmlos. Schlimmer noch, er hatte sich damit abgefunden. Der weißhaarige Mann tappte wie ein Kind über die Wiese und freute sich schon allein, dass sein Herz schlug. Im letzten Frühjahr hatte die Taschenuhr, die er zur Konfirmation von seinem Großvater bekommen hatte, ihren Geist aufgegeben. »Meine Uhr ist abgelaufen. Jetzt läuft meine Nachspielzeit«, lautete die Reaktion dieses einstigen Großkopferten, dem von da an alles nur noch Zugabe und Freude war, jeder Tag ein Geschenk.

»Ah, ich grüße, ich grüße. Ist das nicht unser aller Gestur, der Sohn von Stundar-Eilífur, wie der Dichter sagte, der ewige Stundarbauer, gesegnet sei sein Andenken.«

Das äußerte der Hvammsbauer schon aus der Entfernung (Gestur hörte es kaum, so fasziniert starrte er den berühmten, dichten weißen Haarschopf an, der trotz seines hohen Alters nicht ausgedünnt war), im Näherkommen änderte er dann seinen Tonfall und fragte mit Ernst im Blick:

»Sie haben eine Frau verloren?«

»Wie?«

»Hast du nicht eine Frau verloren? Ich habe so etwas neulich gehört.«

»Ach, wirklich?«

»Ja, die Jungs haben mir das gesagt. Die Leiche ist am Strand gefunden worden.«

»Richtig. Selmína hieß sie, sechzehn Jahre alt«, erklärte Gestur, ohne bei der Sache zu sein. Er hatte den Vorfall vom Morgen noch nicht verdaut. Aber ja, es war ein herber Verlust an Frauen, erst Selmína, jetzt Anna ... »Ja, man hat sie am Strand gefunden, gleich hier in der Nähe.«

Kristmundur trat noch weiter auf ihn zu. Gestur roch seinen Atem: Trockenfisch, Tabak, Cognac? Der Hvammsbauer war nicht nur heiter, sondern auch angeheitert.

»Es gibt immer ein schwarzes Schaf. Ich behaupte nicht, dass es ein norwegisches ist«, sagte er und grinste Gestur an.

»Was willst du damit sagen?«

»Vielleicht erinnerst du dich nicht, aber wir haben im Frühling eine Magd verloren. Sie wurde am Ufer gefunden. Dann hörte man im Sommer von einer Frauenleiche am Fjord. Hast du davon gehört?«

Gestur dachte nach, ja, er hatte etwas Derartiges gehört, aber die Zahl der Menschen und Ereignisse im Fjord war inzwischen so groß, dass die Ertrunkenen in ihr ertranken.

»Ja, doch ... Aber was wollen Sie damit sagen?«

»Nun ja, es gibt eben immer ein schwarzes Schaf. Und unter uns gibt es einen Frauenabmurkser.«

»Einen Frauenabmurkser?«

»Ja, zuerst vergewaltigt er sie, anschließend bringt er sie um«, erklärte der Bauer und grinste wie der kastrierte alte Kater, der aus ihm geworden war. »Jæja, der Tod wartet. Ich will jetzt den Luxus genießen, meine Lämmer für mich schlachten zu lassen«, sagte er und boxte Gestur gegen die linke Schulter, ganz ähnlich, wie es Kopp eben getan hatte.

So locker war Kristmundur geworden, dass er sich entschlossen hatte, nicht zuhause zu schlachten, wie es üblich war, sondern diese Arbeit probeweise den Schafscharfrichtern des Krónufélags anzuvertrauen und in diesem Herbst den eigenen Hofplatz erstmals von Blut frei zu halten.

Gestur sah dem Weißhaarigen nach, wie er am Stock seinen Jungen und seinen Schafen hinterhertrottete. In seiner Schulter saß noch die Berührung, die ihm etwas zuraunte, das er nicht verstand. Er merkte nur, dass der Stoß des Hvammsbauern kräftiger gewesen war als der von Kopp. Es fühlte sich an, als hätte sein ewiger Vater ihm auf diesem Weg Botschaften zukommen lassen, die er noch nicht begriff, die sich aber seinem Gefäßsystem mitteilten. Es waren viele Handgriffe, die diese Gesellschaft vorantrieben.

Kapitel 38

Stunde des Abschieds

Er folgte dem Bachlauf aufwärts. Vor dem Haus des Gemeindevorstehers stand dessen Sohn, Lademeister Hermundur, in einer Metzgerschürze, blutig bis zu den Schultern, und schnitt den Lämmern seines Vaters mit einem riesigen Messer die Kehle durch. Zwei junge Kerle mit Schiebermützen hängten die getöteten Tiere sogleich auf und ließen sie in zinkgraue Eimer und Schüsseln ausbluten. Einer der beiden war ungewöhnlich leicht bekleidet, er trug nur ein Unterhemd, dessen Blutflecken schon sehr dunkel geworden waren. Die noch nicht abgesengten, blutigen Lämmerköpfe lagen säuberlich aufgereiht auf dem Boden, und bei der Brunneneinfassung im Hintergrund stand eine Schar Kinder aus der Nachbarschaft, die Hände auf dem Rücken verschränkt, und trank das Schafsblut mit den Augen. Gestur registrierte, dass der Siebenstein noch nicht wieder an seinem Platz stand. Einige meinten, er sei endgültig weg, andere behaupteten, wütende Norweger hätten ihn in der Nacht geraubt, die der Sýslumaður in der Kirche verbrachte, und mit nach Hause genommen. Darum sei der Hering in diesem Sommer so gut wie ausgeblieben. Der Gemeindevorsteher hatte die Angelegenheit auf einer Sitzung außerhalb der Tagesordnung zur Sprache gebracht und eine »umfangreiche Suche« nach dem guten Stein angeordnet, doch die war ergebnislos geblieben.

Gestur balancierte auf der Balkenbrücke über den Aulalækur, der schön rot unter ihr dahinströmte wie eine riesige Schlagader, und dachte über seine Herzensangelegenheit nach.

Er war zutiefst erschüttert. Sein ganzes Blutvolumen zitterte so, dass es ihn an eine Sturzsee erinnerte, die er im vorletzten Herbst auf einer strapaziösen Reise an Bord eines Evigerschiffs nach Fagureyri in der Fjordmündung gesehen hatte, das einzige Mal, dass er in Seenot geraten war. Kurz bevor sie Segulnes passierten, hatte der Nordsturm seine Wogen so hoch getürmt, dass sie das Fahrzeug fast bis zu seiner Mastspitze überragten, und als sich die höchste Welle aus der Tiefe erhob wie ein hohes Haus, lief ein solches Beben durch die Brandung, dass ihr vor ihrer eigenen Gewalt zu schaudern schien, und für einen Moment sah sie aus wie ein Turm aus Bauklötzen, der unter dem eigenen Gewicht in sich zusammenbricht. Der Anblick war so faszinierend wie Furcht einflößend. Sie befanden sich in echter Lebensgefahr, aber der norwegische Kapitän Alhaug, ein schwerbeweglicher Stier von einem Mann, von dem die Mär ging, er sei einer aus der Besatzung Fridtjof Nansens bei der berühmten *Fram*-Expedition gewesen und könne einen Eisbären allein mit seinem Blick bannen, legte eine unglaubliche Kaltblütigkeit und Geschicklichkeit an den Tag und manövrierte das Schiff in einem Wellental um das Kap. Aber jetzt kochte die See in Gesturs Innerem vor dem Nordsturm, den die Worte des feisten Baldvin in ihm ausgelöst hatten.

Die Anna, die er seit Wochen liebte, hieß nicht einmal Anna. Die Anna, die er seit Wochen liebte, war eine andere. Stammte aus der Hölle.

Doch wieso änderte das so viel? Oder war seine Liebe vielleicht eher wegen ihres Doppelspiels gestorben, wegen der Lügen, die sie ihm aufgetischt hatte? Das war ihm nicht klar. Wieder und wieder sah er ihre Mutter Steinka vor sich: den Mund voll mit dem Fleisch des Vaters, aus beiden Mundwinkeln liefen glänzende Blutrinnsale zum Kinn, der eiternässende Höcker über ihrem Auge, das irre Wutlachen das ganze Gesicht verzerrend, dieser Anblick ... Hatte es ihn wirklich gegeben, oder war er Einbildung? Auch das war ihm nicht klar. Dann fiel ihm ein, wie Anna ihn am ersten Morgen gebissen hatte, zwar im Scherz, aber es hatte wehgetan. Jesus!

Der Klagechor am Félag war jetzt größer und lauter als vorhin; die Lämmer warteten ungeduldig darauf, endlich den Flug ins Gelobte Land anzutreten. Vor jedem Haus war das Gemetzel im Gang, beim Haus des Gemeindevorstehers, dem Madamenhaus, dem norwegischen Haus, dem Haus des Arztes und auch bei den ärmeren Katen. Auf dem Schotterweg zwischen Kirche und Madamenhaus liefen Gestur Bäche von Blut entgegen, und aus seinen düsteren Gedanken aufblickend sah er die Menschen um den Bluttümpel vor dem Lagerhaus des Krónufélag; da wurden Kinder und Hunde zurechtgewiesen, die darin wetteiferten, entlaufene Lämmer wieder einzufangen. Doch hinter dem ganzen Treiben entdeckte er in einiger Entfernung eine dunkelgekleidete Gestalt. Sie bewegte sich durch Södals schafhelle Herde über den Blutplatz wie der Tod in einer Larve, mit einer frisch gemordeten Liebe in einem schweren Koffer.

Für einen Augenblick, der jedoch viel mehr Zeit enthielt, blieb er starr stehen. Er meinte in seinem eigenen blutüberströmten Herzen zu stehen, und dieses Herz stand offen und leer wie eine Höhle. Und in der Höhle lag sein Herz, ein blutiger, harter Stein. Die Sonne schien in die Herzhöhle auf dieses Herz, um ihm zu zeigen, wie klein und verhärtet es war. Und er stand in dem großen Herzen über das kleine gebeugt, ließ sich von der Sonne wärmen und fragte sich, was denn das sei, das in seiner Brust schlug.

Er besann sich und entschied hektisch, sich hinter dem Madamenhaus zu verstecken. Auf Steinen musste er über den Sumpf von gerinnendem Blut und Darminhalten springen, um auf die Hausseite mit der Außentreppe zu gelangen. Im herbstkühlen Morgenschatten dort atmete er auf und beschloss, unter einem halb geöffneten Fenster über sich in der Wand abzuwarten, ein etwas über zwanzig Jahre junger Kerl in dunkelbraunem Wollpullover mit dichten, glatten Haaren, die ihm in die Augen hingen.

Er wusste, wohin sie auf dem Weg war. Mithin hatte sie es aufgegeben, auf ihn zu warten, während er zu Kaufepapas Einsalzplatz gegangen war, und jetzt marschierte sie mit all ihren Habseligkeiten, dem Gepäck für einen Sommer, zum Schiff. Er lugte um die Ecke und beobachtete, wie sie zwischen Vieh und Fahrenden, Schwätzern und Schlawinern, Schluckspechten und Shopkeepern, manche Schweden, manche Norweger, und den wenigen noch verbliebenen Frauen aus dem Süden oder dem Westen durch den Sonnenschein ging. Sie trug einen langen schwarzen Rock und ging Richtung Neue Brücke, die noch immer in einer Flucht mit der Friedhofspforte gerade unterhalb des Madamenhauses lag.

Er sah sie hinter dem Krónufélagslager verschwinden und südlich von ihm wieder zum Vorschein kommen. Sie blickte sich andauernd um, und er verwandelte sich dann schnell in einen Müßiggänger, der bei der Treppe des Madamenhauses auf einem Strohhalm kaute. Aus der Entfernung konnte sie ihn kaum erkennen. Er beobachtete sie aus den Augenwinkeln. Sie ging weiter und bog zur Pier ab. Auf dem Rücken trug sie eine kleine Tasche, und ihr Koffer war sichtlich schwer, denn jetzt packte sie seinen Griff mit beiden Händen.

In dem Moment hörte er durch das offene Fenster über sich die Stimme Halldóras, der ehemaligen Haushälterin des Pastors und jetzigen Hausherrin: »Súsanna, könnten Sie bitte für mich das Fenster schließen?«

Gestur zog sich blitzschnell von Fenster und Hauswand zurück, erreichte im Nu die sonnenbeschienene Fläche auf der Fjordseite des Hauses und eilte weiter, um nicht die Aufmerksamkeit seiner Verflossenen zu erregen. Er traute sich nicht, sie zu sehen, zum gegenwärtigen Zeitpunkt schon gar nicht. Er traute ihr nicht zu, ihn zu sehen, schon gar nicht zum gegenwärtigen Zeitpunkt. Doch als er einer Besatzung auf dem Weg zu ihrem Schiff auswich, hörte er von der Pier laut seinen Namen rufen: »Gestur! Gestur! Hier bin ich.« Er winkte Anna, die ihren Koffer abgestellt hatte und lachend verschnaufte, linkisch zu und ging zu ihr.

»Da bist du ja«, spielte er ihr vor.

»Ich habe bei der Baracke auf dich gewartet, musste dann aber los, weil sie vor zwölf alles Gepäck an Bord haben wollen.«

Mit ihrem hübschen Lächeln nickte sie zu dem Küstenschiff, das draußen auf dem ruhigen Pollur lag, ein Zweimaster mit solidem Schornstein. Gestur kannte es, es war die *Thyra*.

»Heißt das, du bist dann einfach mal so weg?«

»Einfach mal so« – er hatte den Ausdruck noch nie in den Mund genommen, er war wie eine ungewollte Verlängerung von endlosem Abschiedsschmerz, ein verteufeltes Schwanzende, das ihm aus dem Mund hing und hin und her wedelte, als hätte er gerade eine Ratte verschluckt.

»Ja.«

Sie war unzweideutig und sonnenklar in ihrer Abschiedsfreude.

»Du versprichst, mir zu schreiben, und zwar auf Papier genauso lustig und nett, wie du im Bett bist.«

Beim letzten Satz senkte sie die Stimme und zwinkerte ihm mit ihrem spitzbübischsten Lächeln zu, das jeden Mann schlucken gelassen hätte. Dann schmiegte sie sich an ihn, legte ihm den Arm um die Taille und kuschelte den dunklen Schopf in seine Halsgrube. Sie passten zusammen wie zwei Puzzleteile. »Oh, ich werde dich schrecklich vermissen, Gestur.«

Doch dann erspürte sie seine Frostigkeit, sie hatte das Ohr an sein Herz gelegt und den Orkan vernommen, der darin tobte. Sie lauschte noch einmal, machte dann ein ernstes Gesicht, löste sich von ihm und sah fragend zu ihm auf:

»Ist irgendwas?«

Der schlimmste Satz, der bei einem Paar fallen kann. Damals wie heute.

»Bæjarkot.«

»Was?«

»Sagt dir das was?«

»Nein.«

»Bist du ... bist du Margrét vom Bæjarkot?«

Sie sah ihm lange in die Augen, ihr Lächeln war hinter den sieben Bergen verschwunden. Momente des Schmerzes. Dann entdeckte er einen feuchten Film auf ihren Augen, ähnlich dem Schleier auf der Hornhaut im Auge frisch getöteter Fische. Sie gewann ihre Sprache zurück.

»Wieso fragst du mich das?«

Die Wörter zwängten sich an dem Kloß vorbei, der ihr hörbar im Hals saß.

»Bist du die Tochter von Steinka vom Bæjarkot?«

Sie schluckte und sah weg, zu den Bergen östlich des Fjords, zum alten Hof von Skriðubær, zu der Fabrik, die sich jetzt unterhalb von ihm erhob, zu den Schneefeldern darüber. All das betrachtete sie eingehend und systematisch, bevor sie fragte:

»Wer hat dir das gesagt?«

»Ich habe es in einer Kneipe gehört.«

»Glaubst du dem, was in Kneipen getratscht wird?«

»Nein, ich hoffe nicht. Aber ist es wahr?«

Sobald ein Mensch das Wörtchen »wahr« ausspricht, sieht er, was wahr ist.

»Wird man sein Leben lang nach seinem Loch beurteilt?«, fragte sie.

»Nach was für einem Loch?«

»Nach dem, aus dem man gekrochen ist.«

»Ich weiß nicht. Aber ich … ich bin einmal in diesem ›Loch‹ gewesen. Erinnerst du dich daran?«

»Nein, ich erinnere mich nicht daran. Was meinst du damit?«

»Ich war mal eine Woche bei euch; allerdings unter anderem Namen.«

»Ach ja? Unter welchem Namen?«

»Ich habe gesagt, ich heiße Guðmundur und komme aus dem Heiðinsfjörður.«

»Und weiter? Soll ich dich jetzt dafür verurteilen?«

»Hm, ich … ich war … Ich habe deine Mutter gesehen …«

»Soll ich jetzt für die Sünden meiner Mutter büßen? Und was bist du? Bist du nicht der Sohn eines Mannes, der einen Geistlichen ermordet hat, und obendrein eigentlich das Kind eines anderen ...«

Sie brach ab und biss sich auf die Zunge.

»Uneheliches Kind? Wessen Kind?«

»Ich weiß es nicht, ich habe mal was in der Richtung gehört. Du etwa nicht?«

»Nein, erzähl's mir!«

»Wirklich, ich weiß es nicht mehr. Ich hätte es gar nicht erst erwähnen sollen, verzeih mir! Es ist nur ein Gerücht.«

»So?«

»Was ich nur sagen will: Wir sind nicht unsere Eltern. Wir sollten nicht in der Vergangenheit feststecken. Liebe hat keine Angst vor Gespenstern.«

»Gespenster? Deine ... Warum segelst du dann unter falschem Namen?«

»Warum segelst du unter falschem Namen?«

»Weil man sonst ... Ich war dazu gezwungen.«

»Manchmal muss man etwas tun, das ... Meine Mutter hat versucht ...« Sie war nahe dran, auszuweichen. »Sie hat versucht, uns zu töten. Wir wurden ihr weggenommen. Sie war schwer geisteskrank. Und ich beschloss, mein Leben frei davon zu leben.«

»Aber ... das ist unmöglich.«

»Das versuchen wir doch alle. Sieh dich um! Siehst du nicht all die Menschen, die beschlossen haben, ihr Leben in die eigenen Hände zu nehmen, noch einmal von vorn anzufangen. Was meinst du, wie viele Menschen hier in genau so einem Loch geboren wurden wie ich? Und du ... Dich hat man sogar aus einer Schneewehe gerettet.«

Ihre Wangen waren rot angelaufen, sie hatte sich in Wallung geredet und zeigte auf die Menschen um sie herum, sommerbärtige Männer und abreisende Frauen mit schaffenden Händen, aber Schimmel in der Seele. Segulfjörður war der freiste Ort der Insel, hierher kamen aus Löchern stammende Menschen, die ein Leben mit aufrechtem Gang leben wollten.

Jetzt war es an Gestur, den Blick abzuwenden und auf das Weiß zu richten, das noch die obersten Gipfel bedeckte wie Puderzucker einen Kuchen. Sie sah, wie sein Adamsapfel auf und ab wanderte, und sie sah ihn liebevoll und entschlossen an; es war deutlich, dass sie ihn nicht aufgeben wollte. Sie schlug einen sanfteren Ton an:

»Gestur. Ich ... ich liebe dich. Ich ... ich fahre nicht weg.«

Überrascht sah er ihr in die Augen.

»Ich kann den Winter über hierbleiben, wie du mich gebeten hast. Ich muss nicht abreisen.«

»Wo lebst du in Wahrheit?«

»Im Osten, auf einem Hof in Hróarstunga. Ein kleiner Hof namens Brekka.«

»Nicht im Vopnafjörður?«

»Nein«, sagte sie schuldbewusst und guckte auf ihren Rock. »Ich wollte den Bauern von Brekka aus dem Spiel lassen.«

Gesturs Frage und ihre Auskunft waren im Grunde überflüssig und sollten bloß Zeit gewinnen. Währenddessen arbeitete sein Verstand, erwog Möglichkeiten, stellte Fragen, erforschte sich selbst. Sie schien jetzt die Wahrheit zu sagen. Sie schien ihn wirklich zu lieben.

»Kannst du nicht wenigstens versuchen, mich zu verstehen ... mich und ...«, fragte sie ernsthaft und verletzt.

Er versuchte es, so gut er konnte, aber wieder erschien vor seinem inneren Auge ihre Mutter triumphierend mit einem Brocken rohem Menschenfleisch im Mund. Gleichzeitig fühlte er erneut den Schmerz von ihrem scherzhaften Biss.

»Du heißt nicht Anna«, sagte er.

»Doch. Ich heiße Anna. Die andere bin ich nicht mehr. Ich bin ich. Ich bin Anna.« Der Kloß in ihrem Hals war nicht mehr zu überhören. »Gestur, ich bitte dich! Ich liebe dich!«

Doch Gestur stand eiskalt wie sein eigener Schatten in diesem sonnengewärmten Septembermorgen und ließ sich nicht erweichen.

Herzlos stand er in seinem Herzen und beugte sich über den rötlich schimmernden kleinen Stein. Es war vorbei. Sosehr er es auch gewollt hätte, er konnte sie nicht so sehen, wie sie hier im hellen Licht des Tages vor ihm stand, er sah sie nur noch in einer Baðstofa voller Finsternis. Die Vergangenheit hatte den Brocken geschluckt, Blut lief übers Kinn.

Wortlos drehte er sich um. Sie blieb mit ihrem Koffer zurück, begann zu zittern und zu beben, konnte nichts mehr verbergen, wurde von Weinen voll und ganz überwältigt, schlotterte, schlug sich die Hand vor den Mund und stand so da, bis ein Bootsmann zu ihr trat und sie fragte, ob er ihren Koffer tragen solle. Sie folgte ihm, stieg ins Boot und ließ sich mit dem Gepäck anderer Passagiere zum Schiff rudern, war selbst zu einem Stück Gepäck geworden.

Gestur ging erschüttert über die blutroten Wiesen. Das Mähen klang leiser, die meisten Lämmer waren zu Kadavern geworden. In Senken und Abfallrinnen flossen Eiter, Därme und Innereien ineinander.

Vor Gamlibær stieß er auf Mallamama, die mit einer Wanne voll Wäsche unterwegs war. Sie sah, dass der Junge eine wandelnde Erschütterung war und begleitete ihn, ohne ein Wort zu sagen, nach Hause, stellte dort die Wanne ins kühle Gras und führte ihn zu der Bank, die Lási aus dem Treibholzstamm geschnitzt hatte. Dort setzte sie ihn hin und sich selbst wortlos an seine Seite. Stumm blickte Gestur lange vor sich hin, sah dann die Frau an, fühlte, was für eine seltene Einheit sie waren, und klappte zusammen, legte den Kopf in ihren Schoß und heulte in heftigen Schluchzern los.

Kapitel 39

Unterhaltung in Strönd

Mallamamas Anwesenheit übte beruhigenden Einfluss auf Gestur aus, reichte aber nicht hin. Er zog sich den Winter über den Kopf, ruderte am liebsten bei Dunkelheit über den Fjord zu dem Palast, der auf der anderen Seite entstand, und nahm apathisch sein Werkzeug zur Hand.

Gestur gehörte zur Handwerkermannschaft der Eviger-Brüder, die den ganzen Winter über beschäftigt wurde. Aus importierten roten Ziegelsteinen mauerten sie eine Wand, zimmerten Treppen, Tür- und Fensterrahmen, verlegten Fußböden. Gasleuchten zeigten dem Hammer, wo er zuschlagen musste. In sämtlichen Kaffeepausen schwiegen die Norweger in drei verschiedenen Dialekten, und er schloss mit keinem Bekanntschaft, dachte kaum an anderes als an Anna, schrieb ihr in Gedanken Briefe, die er nie zu Papier brachte, Liebesbriefe, wütende Briefe, langatmige juristische Auslegungen mit Verweis auf Psychologie und Logik des Herzens. Er liebte sie so sehr, dass er nicht einmal sich selbst begründen konnte, weshalb er sie so kalt stehengelassen hatte. Er schwieg ganze Tage lang, schluckte das Tageslicht wie ein Placebo, und interessierte sich für nichts.

»Was baut ihr da drüben?«, erkundigte sich Lási einmal, als er den Jungen zur Arbeit gehen sah. Der alte Tischler-Bauer verlor seine Sehkraft und sah nicht mehr klar bis zum jenseitigen Fjordufer, merkte aber aus Intuition und am Geruch von Gesturs Pullover, dass da drüben etwas Großes im Gange war.

»Eine Heringsfabrik. Die größte in den nördlichen Ländern. Es soll eine Kocherei werden, die alles zu Fischmehl verarbeitet. Es wird nichts mehr in Fässern eingesalzen wie hier in Eyri. Sie sagen, das sei die Zukunft: Heringsmehl in Säcken.«

»Was sagst du da, Junge? Und wo soll sie stehen?«

»Auf unserem alten Land. Ytri-Skriða. Ich habe es den Eviger-Brüdern verkauft.«

»Du ... du hast ihnen das Land verkauft?«

»Ja.«

Gestur erwog kurz, seine Matratze anzuheben und den Kaufvertrag hervorzuholen, der noch immer darunterlag, und dem Bauern die eigene Unterschrift unter die Nase zu reiben. Aber er ließ es. Lási sah ihn an und fragte mit etwas schwacher Stimme:

»Du konntest ihnen das Land verkaufen?«

»Ja. Du wolltest nicht verkaufen, da habe ich es verkauft.«

Die Aussage überraschte den Sprecher selbst. Die Zunge hatte sich nach der Regel selbstständig gemacht, die besagt: Die beste Verszeile dichtet sich das Gedicht selbst. Das war eine der Erklärungen für den Vorgang, der trotz aller Papiere und Handschläge noch ebenso unsicher war wie die Ungewissheit, die über dem Haus lag, auf dem offenen Meer, in den umliegenden Bergen, auf Häusern, die noch gebaut wurden oder auch nicht, eine Erklärung von vielen, aber vielleicht die, die dem Kern der Sache am nächsten kam. Gestur merkte, wie sein Herz klopfte; es war ihm also doch nicht alles egal, und gespannt wartete er auf die Reaktion des alten Mannes. Nach kurzem Schweigen fragte Lási:

»Für was?«

»Für den Traum, aufrecht zu stehen, für eine Hochzeitsnacht in einem eigenen Zimmer, für eine nicht verqualmte Küche, für ein überdachtes Klo.«

»Aha. Und ist der Traum wahr geworden?«

»Er wächst. Hoffentlich.«

Das war trotz aller Nervosität ein neuer Ton von Gestur, unbekümmert, nihilistisch, ein Friss-oder-stirb-Ton, der den alten Mann dermaßen überrumpelte, dass er keine weiteren Fragen stellte. Malla, die Übersetzungsmaschine, hatte, die Hände voll mit Dämmmaterial, ihr Gespräch gehört und schaltete sich jetzt ein.

»Wir bekommen ein Haus mit Sommer.«

»Was? Ein Haus? Mit Sommer?«

»Ja, es wird Sonnenschein in allen Zimmern geben«, platzte es aus Gestur heraus.

Engilfríður sah auf ihrem Bett vom Gesangbuch auf, in dem sie inzwischen manchmal las. Die immer etwas arbeitende Malla zwängte sich, sich verbiegend, an Lási, Gestur, Olgeir und Klein-Helga vorbei zu Grandvör in die Ecke und stopfte da über dem Bett der Greisin ein Gemenge aus Heidekraut, Moos und Birkenreisig zwischen die Dachlatten.

»Entschuldige, Grandvör, aber das sollte erst einmal die meiste Feuchtigkeit abhalten. Ich bringe später mehr, der Magnús hat mir gestern noch eine Ladung davon versprochen.«

»Meinst du Magnús Mannlos?«

»Ja.«

»Du musst dich vor ihm in Acht nehmen.«

»Soso. Wieso meinst du das?«

»Der Mann ist ein frauenwütiger Stier.«

»Der Magnús?«, fragte Málfríður verblüfft, wobei sie Halme von Grandvörs Bett und ihrem Rock wischte. »Ich weiß, dass der Gute dumm ist wie ein Ochse, aber dass er auch in anderer Hinsicht ein Stier sein soll, war mir nicht bekannt.«

»Das Böse füllt alles, was hohl ist«, murmelte die alte Frau.

Grandvör hatte ihr Sterbelager, das jahrelange Schweigen, offenbar gut genutzt; doch seit Mallamama nach Strönd gezogen war, wurde die Alte redseliger, wenn nicht gar besser gelaunt. Málfríðurs Handgriffe gefielen ihr wohl. Die neue Frau im Haus war fürsorglich und hatte ein offenes Ohr für ihre Wünsche, ließ sie nicht lange in ihrem Schmutz liegen, wusch sie hinterher mit gereinigter Baumwolle und fütterte ihr den Brei mit der richtigen Temperatur, die Grandvör mundwarm nannte.

Sie verbrannte sich nicht mehr Lippen und Zunge, und vielleicht sprach sie deshalb wieder. Außerdem waren ihre Druckgeschwüre immer kleiner geworden, seit die neue Haushälterin die Idee hatte, ein Loch in die Matratze zu schneiden und es mit einem Luftkissen aus- zufüllen, sodass Luft an Kreuz und Gesäß kam, unter die schwarzge- wordenen Fersen legte sie Mullringe, die sie geschickt selbst angefer- tigt hatte. Als Nächstes löste sie den jahrzehntealten Dutt der Greisin auf, was zwei ganze Tage in Anspruch nahm, kämmte das Haar unter Zuhilfenahme von Spiritus durch und flocht es dann zu zwei Zöpfen.

»Du hast mir einen Stein vom Kopf genommen«, atmete die Alte erleichtert auf.

Als Lási sie so frisch zurechtgemacht in ihrem Bett liegen sah, konnte er sich nicht zurückhalten zu fragen, ob der Tod sie jetzt holen käme. Darauf antwortete Grandvör:

> *Zu töten trachtet der Tod*
> *tauben Leidensfall*
> *und löst im Lumpen aus*
> *'nen Liederschwall.*

Lási war auf dem Weg ins Bett, blieb aber angesichts dieser Strophe überrascht stehen und sah die auf ihrem Sterbelager liegende Greisin an, die jetzt auch noch zu dichten begann. Dann drehte er sich zu sei- nem eigenen Bett um und furzte leise in ihre Richtung. Málfríður war in die Küche gegangen, aber Gestur hatte auf seiner Bettkante ihr Ge- spräch mitgehört und sich das Wort »frauenwütig« gemerkt. Der Er- mittler in ihm fragte sich, ob Magnús Mannlos den Mord an Selmína begangen haben könnte, und er erinnerte sich an dessen von der La- terne beleuchteten Gesichtsausdruck am Fundort der Leiche.

Kapitel 40

Einfall am Herdfeuer

Gestur war ein anderer Mensch geworden. Ob die Liebe ihn enttäuscht hatte oder er die Liebe, jedenfalls war ihm die Hoffnung mit der Zange ausgerissen worden wie ein Zahn. Er war, mit einem anderen Wort, desillusioniert oder was man auch erwachsen nennt.

Wenn das Herz erkaltet, freut sich die Häme.

In seiner rechten Brustseite hatte sich gegenüber dem guten Pumpmuskel ein Kühlfach geöffnet, dem er jederzeit erfrischend kaltblütige Reaktionen und Tricks entnehmen konnte. Er war geschasst worden und durchschaute nun das Leben in Gänze, erkannte den Kern von allem und jedem bis hin zu dem Giftzwerg im Innersten, einem kleinen, wohlgenährten Teufel, schwarzglänzend vor Streitlust.

In dieser neuen Welt konnte er niemandem trauen. Außer seiner Mallamama.

Nach und nach vertraute er ihr zu seiner Erleichterung mehr an, und im Frühling taute die Wahrheit, die tiefgefroren in ihm gesteckt hatte. Ja, er hatte mehrere Frauen geliebt, eine von ihnen war in Wirklichkeit eine andere als die, für die sie sich ausgab, nicht Anna, sondern Margrét, an die er sich von seinem Aufenthalt im Höllenhaus am Fjordende erinnerte.

Málfríður hörte schweigend zu und erforschte dabei sein Gesicht.

»Konntest du denn ihre schwierigen Umstände nicht verstehen

und ihr verzeihen? Ich kenne mindestens zwei Frauen, die nach einer schweren Kindheit und einer Ehe mit einem Teufel in einem neuen Landesteil ein neues Leben begonnen haben.«

»Ich hab's versucht … aber es ging nicht«, antwortete er mit einem Kloß im Hals.

»Vielleicht musst du nur etwas Zeit vergehen lassen. Vielleicht kommt sie im Sommer wieder, um im Hering zu arbeiten.«

»Nein, sie wird nie mehr zurückkommen. Sie wird mir niemals verzeihen. Sie konnte nicht verstehen, wieso ich … Sie wollte die Vergangenheit einfach auslöschen.«

»Ja, das versuchen wir manchmal.«

»Ich konnte das nicht einfach mal so.«

Wieder sagte er »einfach mal so« und wechselte lieber schnell zu einem benachbarten Thema. Die andere Frau, die er liebte, war die Schönheit des Fjords gewesen und dazu verheiratet, aber jetzt war sie zu einem das Gewissen quälenden Schalgespenst geworden, das er bei jedem seiner Wege durch Eyri zu sehen oder zu treffen fürchtete. Wenn er abends von der Arbeit kam, machte er sein Boot sogar in Boknavik fest, damit er am Ufer entlang nach Hause und morgens zur Arbeit gehen konnte. Einer seiner Arbeitskollegen hatte erzählt, sie sei von einem unbekannten Norweger vergewaltigt worden und dabei fast gestorben; daher sei sie so, eine beschädigte Seele und eine verfallene Schönheit. Gestur erklärte aus bitterem eigenem Wissen, dass eine solche Tat in der Gegend nicht als Verbrechen betrachtet und entsprechend verfolgt würde, nicht einmal, wenn die betroffene Frau dabei stürbe wie die arme Selmína.

»Ein Mord interessiert sie nicht, solange der Ermordete kein vornehmer Dandy oder Däne ist. Dann setzen sie die Brille auf.«

So unterhielten sie sich in der verqualmten, dunklen Küche, in der es nach geräuchertem Fleisch roch – eine rare Stunde. Gestur fischte mit den Fingern so in dem guten Kupferkessel über dem kleinen Feuer, dass der an dem langen, morschen schwarzen Seil, an dem er vom Dachbalken hing, ein wenig ins Schaukeln geriet. Da oben hing auch geräucherter Bauchspeck und Schafsbug sowie Seehase, Lásis Lieblingsessen, das außer ihm niemand anrühren durfte.

Mallamama stand neben dem jungen Mann und rührte in der Milchgrütze, die im großen Topf auf dem Hauptfeuer stand, deckte sie dann mit einem schweren und verbeulten Deckel zu und bückte sich über die Flatkökur, die auf einer Steinplatte an der Ecke des Herds buken. Sie beugte sich tiefer, nahm den Schürhaken und schürte das Feuer unter den Fladen. Malla hatte immer mehrere Eisen im Feuer. Bei alldem hielt sie das vertrauliche Gespräch in Gang und blies geschickt in die Glut. So kamen sie endlich auf den heißesten Punkt der Tagesordnung zu sprechen. Gestur zögerte und überlegte, bis seine Eingeweide das Heft in die Hand nahmen und ihm die Worte in den Hals schoben. Ehe er sichs versah, sprach er von der dritten Frau in seinem Leben. Das war die, die in der Baðstofa bei ihrem Kind in dem Bett vor dem Grandvörs lag und immerzu las. Bei dem Kind, dessen Vater er im Übrigen war.

Malla drehte sich zu ihm und starrte ihn über all ihren Schürzen und Röcken mit weit aufgerissenen, trockenen Augen an.

»Wie bitte? Helga ist deine Tochter?«

»Ja.«

»Aha, so! Jetzt, wo du es sagst, sieht man es eigentlich auch.«

Der Vater bereute sofort, Málfríður dieses Geheimnis, das außer der Kindsmutter niemand kannte, anvertraut zu haben. Aber nun war es geschehen, und so machte er weiter: Es sei eine spontane Augenblicksgeschichte gewesen. Sie habe ihn wortlos auf sich gezerrt, nicht nur ein-, sondern eigentlich sogar zweimal, erst in einem Heuschober, dann in einer Schneewehe. Sie habe ihn dazu benutzt, ihr ein Kind zu machen, ehe es ihr Peiniger tat, der Knecht auf dem Hof, der dort augenscheinlich das Kommando führte und sie für sich reklamiert hatte. Es sei ihr gelungen, zu fliehen und schwanger hier vor der Tür zu stehen, doch dann sei der Knecht auf der Suche nach ihr ebenfalls erschienen. Mit Glück und Geschick habe er, Gestur, es geschafft, Magnús Mannlos auf den Kerl zu hetzen, der ihn aus dem

Ort geprügelt habe, und seitdem sei der Mann aus dem Óðalsfjörður nicht mehr gesehen worden.

»Liebt sie dich?«

»Was? Wer?«

»Na, sie, die Stumme.«

Die Frage überrumpelte Gestur; daran hatte er noch nie gedacht.

»Nein, ich glaube nicht. Warum fragst du?«

»Was meinst du, weshalb sie hier ist?«

»Sie konnte nirgends anders hin. Sonst müsste sie von einem Bezirk in den anderen ziehen.«

»Bist du dir sicher? Ich habe gesehen, wie sie dich ansieht.«

Dass Engilfríður in ihn verliebt sein könnte, daran hatte er nicht ein einziges Mal gedacht. Lag das Glück womöglich doch hier, unter einem Dach mit ihm, im nächsten Bett auf der anderen Seite des Gangs? War er so blind, wie sie stumm war? Hatte er sie von sich gewiesen ... vielleicht aus Angst, dass sein Ausrutscher und die Schwängerung herauskämen? Hatte er deswegen seine Gefühle ihr gegenüber unterdrückt? Oder hatte ihm seine Affäre mit Súsanna den Blick verstellt?

Und jetzt?

Er verließ die Unterredung mit Mallamama und ging in die Baðstofa, trat leise auf die Bodendielen und betrachtete die Kindfrau, die mit ihrem Strickzeug auf der Bettkante saß und ab und zu in ein Buch guckte, das aufgeschlagen auf ihrem Schoß lag. Er besah sie, wie ein Mann eine wertvolle Münze betrachtet, die er für eine Fälschung gehalten hat, die aber gerade für echt erklärt wurde. Sie blickte auf, und sie sahen sich für einen Moment in die Augen. Nein, es war dummes Zeug, nie würde er sie zur Frau nehmen können, das hatte die Kameradschaftlichkeit entschieden, die im obersten Fach seines Denkens lag, und dieser Entschluss wurde nicht abgeändert und schon gar nicht für niedere Instinkte aufgehoben. Er zerstörte den Moment mit der Frage:

»Schläft sie?«

Die Taubstumme las es von seinen Lippen, drehte den Kopf und lächelte leise in den Winkel, in dem ihre Tochter in ihren Träumen lag.

Und doch befiel ihn diese Vorstellung, er und sie als Mann und Frau. Vielleicht wäre es das Richtige, sie hatten schließlich ein Kind zusammen. Von daher traf es ihn nicht völlig unvorbereitet, was Málfríður am ersten sonnigen Tag des Sommers bei Südwind draußen an der neuen Wäscheleine von Gamlibær sagte, die sie manchmal benutzen durften. Grauschleirige Putzlappen und in die Jahre gekommene Bettwäsche flatterten hinter ihr, als sie sagte:

»Du solltest sie heiraten. Das wäre für alle das Beste.«

Kapitel 41

Hai. Hausanstrich. Halstuch

Im Spätfrühjahr ereignete es sich, dass ein Hai die Stundará hinaufschwamm und es mit beträchtlichem Flosseneinsatz bis in den Stundarásee schaffte. Dort furchte tagelang seine Rückenflosse das Wasser und weckte damit Befürchtungen. Das bedeutete Unglück.

»Im Sommer wird der Hering ausbleiben.«

Dem zum Trotz bereiteten sich die Männer vor, Anlegestege wurden montiert, Boote bemannt, Frauen eingestellt. Nie zuvor hatten sich so viele Spekulanten in Eyri eingefunden. Seit dem letzten Jahr waren noch einmal fünf Norweger, ein Schotte und ein Deutscher hinzugekommen, mit vorgereckter Brust stolzierten sie durch den Ort, die Abenteuerlust in der Arschritze. War man erst einmal im Eldorado, bedeutete jede Minute bares Geld. Séra Árni bediente sie zügig und verpachtete ihnen Grundstücke am Nordufer der Halbinsel. In dem Knick bei Mjólkurbær stand jetzt eine chaotische Anlage, die dem Norweger Norheim gehörte, und daneben baute der Deutsche Thiel seine grundsolide Pier. Zwei weitere entstanden östlich davon, sodass die Verarbeitungsplätze für Heringe bald bis an die Hauswiese von Strönd reichten.

Aus der Vogelperspektive sah Eyri aus wie ein Nest von Gewehren, deren Läufe aufs Meer gerichtet sind. Doch würde sich die Beute blicken lassen?

Die beiden Strönd benachbarten Fangstationen waren im Besitz von Isländern, denn inzwischen hatte die unterworfene Nation ihre eigenen Spekulanten und Eiríkur Beinteinsson Bláfeld seine Kollegen. Sie waren ihm in vielem ähnlich, aber jünger. Blinde Optimisten aus der Stadt, um die dreißig und aus prominenten Familien, reine Geschäftsleute, die alles auf Kredit beschafften, Netze, Boote, Brücken, und sich dazu voll und ganz auf einen kleinen Fisch verließen, den sie noch nie gesehen hatten, der sie aber in nur einem Sommer steinreich machen sollte. Den Gesichtern dieser Männer war anzusehen, dass sie ihr einziger Besitz waren; durch sie hatten sie Zutritt zu den Büros der Bankiers bekommen, und darum pflegten sie diese bis zu den Haarspitzen verpfändeten Gesichter sorgsam. Jeden Tag erschienen sie frisch rasiert, mit glatter Haut und nach Rasierwasser duftend und versteckten ihre manikürten Hände in den Taschen, um den grobschlächtigen Ort nicht zu beschämen.

Eins dieser grünäugigen Wunschkinder, ein junger Fant mit dünnen, blonden Haaren und einem Anzug mit messerscharfer Bügelfalte, sprach Gestur an einem feuchten Morgen an, als der mit seinem Milchdeputat von Mjólkurbær an seinem neuerrichteten Lagerschuppen vorbeikam. Wo man in diesem Ort Milch bekommen könne, erkundigte sich der Dünnhaarige. »Bei mir«, sagte Gestur, verkaufte ihm die Flasche zum fünffachen Preis und zapfte sich im Kuhstall eine neue voll. Später am Tag kam er mit einem Gedichtband von Þorsteinn Erlingsson nach Strönd und schenkte ihn der Hausfrau. Málfríður las ihnen ein paar der neumodischen Gedichte vor. »Früher ging's heiter zu in der armen Hütte«. Lási schnaubte in seiner Ecke. Diese jungen Leute dichteten, wie die Menschen sprachen. »Kinder spielten zusammen«. Du liebe Güte, das hatte aber auch gar nichts Erhebendes, keine »Schwertes Scharte«, wie er es ausdrückte, dass es keiner verstand.

Engilfríður passte ihre Gelegenheit ab und verschlang das Büchlein in dem durchs Oberlicht einfallenden Licht der Frühlingswelt.

Sicherheitshalber und vielleicht auch wegen des Hais leitete der Gemeindevorsteher eine »noch weitere Suche« nach dem Siebenstein ein, der seit dem Aufstand im letzten Jahr nicht wieder gesehen worden war. Nicht, dass jemand an seine Kraft geglaubt hätte, es gehörte sich einfach nur, dass er an seinem Platz stand, daran ließ niemand einen Zweifel aufkommen, selbst die Abergläubischsten nicht. Die Suche geschehe vor allem aus Respekt vor den Verstorbenen, redeten sie anderen und sich selbst ein. Doch trotz umfassender Anstrengungen wurde der Stein nicht gefunden. Die alte Brunnenfassung klaffte leer ins Nachtlose.

Drüben wuchs die Eviger-Fabrik auf einer Grundfläche von sechshundert Quadratmetern. Das größte Gebäude des Landes hatte jetzt zwei Obergeschosse, und es fehlte nur noch das Dach. Dazu wartete man auf ausreichend großes Bauholz, das mit dem nächsten Versorgungsschiff aus Norwegen kommen sollte. Mit großer Spannung erwartete man, welche Wunderdinge der Großbau einmal enthalten sollte: Lebertrantanks, Fischmehlsäcke, Trockenpressen (was war das?), Förderbänder (was war das?), elektrisches Licht, für das eine eigene Dampfmaschine mit einem mit Kohle geheizten Kessel den Strom produzieren sollte. Elektrisches Licht kannte man vor allem vom Hörensagen, doch hatte Södal in einem Herbst solche Pracht bei sich über dem Platz aufhängen und von einem kleinen, aber lauten Bootsmotor betreiben lassen. Die Arbeiterinnen wussten allerdings nicht, was schlimmer war, in Schweigen und Septemberdunkel zu arbeiten oder in grellem Licht und Lärm. Die Situation besserte sich, als Södal ein ausgepolstertes Gehäuse um den ratternden Motor bauen ließ, doch die Glühbirne brannte nach einer Woche durch, und ihre mitgelieferten Schwestern waren alle kaputt angekommen.

Während auf die Dachbalken und Sparren gewartet wurde, durfte Gestur die Fensterrahmen außen und innen mit dickem weißem Harzlack streichen. Es waren nicht weniger als neunundfünfzig! In Eyri war das Anstreichen von Häusern eine spannende Neuerung, ein weiteres Anzeichen, dass die Menschen sich auf dem Weg aus der farblosen Natur ins bunte Reich der Möglichkeiten befanden. Oder von der Vergangenheit in die Gegenwart. Indem er Farbe aufs Holz strich, hatte der Mensch für sich markiert: Das Holz gehörte jetzt ihm und nicht umgekehrt er der Natur. Diejenigen, die schon einmal in Buus' Kontor gewesen waren, das er in kräftigem Rosa hatte streichen lassen, erklärten hinterher, man habe sie aufgefordert, in der möblierten Gebärmutter ihrer seligen Mutter Platz zu nehmen.

In den Kaffeepausen redeten die Isländer über den Hai im See; als die Norweger davon erfuhren, lachten sie und meinten, ob der Hai seine Fänger wohl sosehr vermisse, dass er einfach in ihren Ort geschwommen sei. Sie hatten einfach keine Ahnung von isländischem Volksglauben.

Ende Juni erschienen die beiden Grindwikinger wieder, die Südschwäne, und mieteten dasselbe Bett wie im Vorjahr. Sie waren immer noch maulfaul, erklärten aber immerhin, sie hätten sich in Södals Fasswerkstatt verdingt, die bald den Betrieb aufnehmen würde. Zu Beginn würden sie von einem norwegischen Böttcher angelernt. Die beiden hellhaarigen Burschen mit ihren klaren Gesichtern bewegten sich anständig und so gut wie unsichtbar im Haus, kamen als Letzte herein und gingen als Erste hinaus, zwei stille Schwäne mit großen Händen.

Gestur merkte einen Anflug von Verärgerung, als einer der beiden, Svanlaugur, am zweiten Tag nach ihrer Ankunft ein schön besticktes Halstuch aus Baumwolle aus dem Ärmel zauberte und es der jungen Mutter im mittleren Bett verehrte, das er im vorigen Sommer so geschickt für sie repariert hatte. Engilfríður wurde abwechselnd rot und weiß wie das neue Leuchtfeuer am Berghang von Segulnes, hielt sich das Tuch kurz an die Nase, ehe sie es sorgfältig unter ihrem Kopfkissen verstaute und sich achtmal verbeugte. Der junge Schwan badete in ähnlichem Rot, ließ es aber dabei bewenden und verzog sich wortlos zu seiner Bettstatt. Gestur verfolgte das Ganze ebenso wie die übrigen Hausbewohner, und die Atmosphäre in der Baðstofa lud sich mit der Tatsache auf, dass der Suðurnesmann gerade den ersten Schritt zu einem Antrag gemacht hatte. Engilfríður hegte und pflegte das Tuch. Gestur sah, wie sie es in einer hellen Nacht einmal an ihre

Wange schmiegte und es am Morgen wieder sorgfältigst zusammenfaltete, als wäre es ihr Geburtsschein.

Sollte etwa dieser schweigsame Schwan die Vaterschaft an seinem Kind übernehmen? Sollte er nicht selbst das stumme Mädchen heiraten? Eifersucht erwachte in Gestur, wenn auch nicht ganz auf die übliche Weise, denn sie trug die Bleigewichte des Schuldbewusstseins und kam daher nicht bis an die Oberfläche. Lange Zeit hatte er mit der Frau unter einem Dach geschlafen, ohne besondere Gefühle für sie zu entwickeln. Zweimal hatte er sie in einem anderen Fjord beschlafen und sie seitdem nicht mehr anders angeguckt denn als Mutter und Kindermädchen. Doch jetzt schnarchte ein Rivale im vorderen Bett, und da erwachte sein Interesse an ihr schlagartig. Nun ja, Mallamama hatte den Boden dafür bereitet. Er hatte in der Tat gerade angefangen, sich zu überlegen, ob er sie heiraten solle, als dieser Drecksschwan mit seinem Halstuch auf der Bildfläche erschien. Und im Vorjahr hatte er schon ihr Bett gerichtet – ihr zukünftiges Ehebett! Was für eine widerliche Intrige!

Kapitel 42

Dilettantenwerk

Die Tage trotteten dahin, müde Pferde, ausgetretene Eisen. Es war nicht zu erkennen, dass schon Mitte Juli war. Üblicherweise versanken Häuser und Menschen um diese Zeit in Fischschleim, -matsch und -morast, aber bislang war noch kein Hering gesichtet worden. Ohnehin sah man überhaupt so gut wie nichts. Nieselregen verschluckte Häuser wie Masten und auch Buus' großen Schornstein. Der Däne hatte nämlich ein ähnliches Kochereischloss in Angriff genommen wie die Eviger-Brüder, und seine mauergewohnten Landsmänner waren geübt auf Steinen hoch hinaufgeklettert. Durch das Ausbleiben des Herings war der Bau dieses Schornsteins das größte Event, und die einfachen Isländer begafften staunend die dänischen Hochseilakrobaten. Abgesehen davon dröhnte Södals Böttcherei im Nebel wie eine hohe Halle voller Hammerschläge. Alles war auf einem guten Weg. Zweihundert Fässer pro Tag lautete das große Versprechen.

Vor einem Monat hatte Séra Árni eine Präsentation des Projekts nach Fagureyri geschickt, aber sie war noch nicht im *Norðurland* abgedruckt worden, dabei waren in der Zwischenzeit drei Ausgaben erschienen. Gerade saß er in seinem Büro und las die briefliche Antwort des Redakteurs: »Ihr Bericht über die sogenannte ›Fassfabrik‹, die nach Ihren Angaben in dem schönen Fjord im Norden im Aufbau sein soll, finden wir für unsere Leserschaft zu anstößig und lassen sie daher diesmal unberücksichtigt. Senden Sie uns aber weiterhin die üblichen Meldungen über Fischfang und Wetter. Die werden wir gern drucken.«

Die Fagureyringar wollten also nicht davon berichten, dass nördlich von ihnen, ja nördlich aller Wohlanständigkeit eine Ortschaft wuchs, wo man sich nur mit Ellbogen einen Weg bahnen konnte und wo Wunder derart an der Tagesordnung waren, dass man sie manchmal zu erwähnen vergaß. Nachrichten der vergangenen Jahre über Massenschlägereien, Geiselnahmen, Unzucht und Prostitution, Schießereien, angetriebene Frauenleichen, selbstfahrende Fahrzeuge und elektrisches Licht hatten in dem stolzen Ort, der sich als Hauptstadt des Nordlands betrachtete, Befremden erregt. Außerdem hatten die führenden Großbauern des Landesviertels jahrelang für eine eigene Fassfabrik gekämpft, die der Landwirtschaft im Ganzen nützen sollte mit Fässern für Mehl und Futter, Skyr und vergorenen Hai, aber die Angelegenheit war noch jedes Mal im Parlament hängengeblieben. Und dann tauchte dieser Traum einfach mal so als Fußnote in einer Meldung aus Segulfjörður auf, ohne dass man vorher davon erfahren hatte.

»Im Übrigen entsteht hier gerade im Auftrag des norwegischen Heringsreeders Johan Södal eine Fassfabrik, die viele Arbeitsplätze schafft. Vorgesehen ist, dass sie am nächsten Dienstag mit der Produktion beginnt.«

Möglicherweise war dem Redakteur gerade die letzte Zeile als anstößig erschienen. War das Leben in Segulfjörður jetzt so gravierend anders geworden als im übrigen Land, dass dort »Fabriken« (das Wort löste bei den Landsleuten noch immer leichte Schwindelgefühle aus) praktisch über ein Wochenende errichtet wurden und die Menschen es gerade noch bemerkenswert fanden, wenn eine solche, von der gestandene Männer seit Jahren träumten, dort mal eben am nächsten Dienstag oder Mittwoch in Betrieb ging?

Die führenden Leute im Fjord kämpften aber nach wie vor hart dafür, ihn endlich in eine fernmündliche Verbindung mit Island zu bringen, und im Spätwinter schien Séra Árni den seltenen Erfolg errungen zu haben, den einflussreichsten Abgeordneten des Wahlkreises auf seine Seite zu ziehen, indem er ihn darauf hinwies, dass inzwischen fünfhundert Wählerstimmen im Ort wohnten. Brächte er ihr Projekt einer Telefonleitung durchs Parlament, dann würden diese Stimmen ihm gehören und er würde die nächste Wahl mit großem Vorsprung gewinnen. Im Frühjahr beschloss das Parlament, dass eine Leitung über Berg und Tal und Stock und Stein nach Norden in den schmalen Fjord gebaut werden solle.

Nach vielen Jahren des Verhandelns mit erfahrenen Geschäftsleuten aus Norwegen, Dänemark und Schweden war der Pfarrer von Segulfjörður ein mit allen Wassern gewaschener Unterhändler geworden, der inzwischen genau wusste, wie man anderen seine eigenen Vorstellungen unterjubelte. Nachdem er einmal mit der Politik ins Gespräch gekommen war, ließ sich dann später immer noch eine kleingedruckte Fußnote in die Gesetzesvorlage einschmuggeln. So tauchte im neuen Heringsfischereigesetz, das in derselben Parlamentssitzung verabschiedet wurde wie die Telefonangelegenheit, eine nur von wenigen bemerkte Bestimmung auf: Für jedes Fass eingesalzenen Hering waren fünf Öre an den Pfarrer von Fanneyri abzuführen. In Séra Árnis Augen war das lediglich eine angemessene Vergütung für die viele, viele Arbeit, die er für den Ort auf sich nahm. Zum Zeitpunkt der Verabschiedung des Gesetzes war zwar noch kein einziges Fass versiegelt worden, aber die Zukunft war rosig.

Sie war allerdings auch schwarz. Nach der Lektüre des Schreibens vom Redakteur des *Norðurland* öffnete der Pfarrer einen weiteren Umschlag. Darin schickte ihm ein Bekannter aus der Hauptstadt eine dortige Tageszeitung mit der Warnung: »Lies es mit Fassung!« In der Zeitung standen zwei Rezensionen seiner großen Liedersammlung *Isländische Volkslieder*, die im Frühjahr endlich erschienen war, neunhundertneunzehn Seiten, herausgegeben vom Isländischen Literaturverlag in Kopenhagen mit Unterstützung des renommierten Carlsberg-Fonds. Die eine Kritik kam aus dem Inland, die andere aus

Dänemark, die eine war nörgeliges Gemecker, die andere eine Hinrichtung.

Jón Jónsson, Portier am Hohen Haus des Alþings, hatte eine ausufernde, stänkernde Besprechung verfasst, in der er mit viel Aufwand seine eigene musikalische Ausbildung und seine speziellen Kenntnisse über Psalmen und Kirchenlieder darlegte. Er kenne die Melodien, die Séra Árni ihnen in seinem großen Buch zuschreibe, in ganz anderen Tonarten. Den eigentlichen Volksliedern im engeren Sinn maß er wenig Wert bei, da sie von Gewährsleuten wie einem »Dagur auf Darmstätten, einer Gunnhildur Heulkuh oder einem Rögnvaldur Sommersonne« stammen sollten.

»Wie kann es sein, dass von ihren Gemeinden ausgehaltenen armen Schluckern und Streunern auf diese Weise ein Platz in der Tonhalle der isländischen Kultur zugeschanzt wird?«

Was für eine Schmiererei, dachte Pastor Árni. Die Menschen in der Hauptstadt waren derart aufgeblasen, dass sie sich wohl für Adlige hielten und über andere erhaben fühlten. Und das Hohe Haus des Alþings war derart hoch, dass selbst sein Portier höher stand als gewöhnliche Menschen! Musste er jetzt Musikkritik von einem Türsteher hinnehmen? Begriffen diese Leute denn nicht, dass man Volkslieder aus der Tiefe des Volksgeists schöpfen musste, aus den Reihen der Betten in Grassodenhäusern und aus den Gemütern von Menschen ohne festen Wohnsitz? Wie weit wäre wohl die Handschriftensammlung Árni Magnússons gekommen, wenn er seine Suche allein auf die Höfe der Führungsschicht beschränkt hätte? Wer war dieser Wachhund, dass er sich für etwas Besseres hielt als Rögnvaldur Sommersonne?! Séra Árni atmete heftig und gedachte plötzlich seiner Nächte in Bæjarkot, in denen die Sommersonne ihm an einem dunklen, nassen Herbstabend so vorgesungen hatte, dass sich ihm dieser Schatz überhaupt erst erschlossen hatte, tausend Seiten gesungener Wahrheit. Gott segne dich, mein Rögnvaldur, wo immer du auch gerade sein magst. Dann öffnete er die Augen und las mit zitterndem Blick die Übersetzung und Zusammenfassung der Kritik, die letzten Monat in der dänischen Presse erschienen war.

Axel Moldrik, Professor für Nordische Philologie an der Universität Kopenhagen, bezichtigte Árni mangelnder Kenntnis »moderner Arbeitsmethoden«. In seinem Buch werde alles durcheinandergeworfen, lateinische Kirchenlieder, ausländische Psalmen, dänische und deutsche Volkslieder und Material, das als »isländisch« bezeichnet würde. Für dessen große Anzahl bezweifelte der Professor die isländische Herkunft. »Es braucht sich niemand einzubilden, ein winziges Völkchen wie das isländische könne eine solche Unmenge an Liedgut zuwege gebracht haben. Auch wenn die Ausgabe zweifellos etwas vor dem Vergessen gerettet hat, erkannte ich doch unter diesen Volksliedern etliche des dänischen Kirchenmusikers und Komponisten Laub wieder.« Dem Literaturverlag und dem Carlsberg-Fonds warf Moldrik vor, eine solche hingeschluderte Arbeit überhaupt gefördert zu haben. »Wie es scheint, hat der isländische Geistliche die Entwicklung der Wissenschaft in den Nachbarländern, geschweige denn auf dem Kontinent, nicht verfolgt. Sein Werk erweckt den Eindruck einer vor hundert Jahren angefertigten Arbeit eines Dilettanten.«

Dilettant. Pfarrer Árni stand auf und nahm dieses Wort mit ans Fenster seiner Schreibtischecke. Sein Kopf wackelte etwas, während er sich mit der Rechten den Bart strich.

Er starrte so intensiv in die graue Suppe draußen, dass sein Blick sie durchdrang und er die den Fjord einrahmenden Berge sah, Berge, die ihn erst zu einem Fjord machten, Berge, die den Blick begrenzten, Berge, die Schutz boten, Berge, die zwischen ihm und der Welt standen.

Er war nicht der erste Isländer, der so am Fenster stand, erschüttert von Kritik und akademischen Schrotkugeln, und auch nicht der letzte.

Er rief die Berge zu seiner Verteidigung, sie waren seine Schutzwehr und Entschuldigung. Natürlich war es bis zu einem gewissen Grad richtig, natürlich war er kein Wissenschaftler, bekleidete keine

Universitätsprofessur, und ja, er war ein Isländer des neunzehnten Jahrhunderts und hatte obendrein hundert anderweitige Pflichten zu erfüllen. In dieser kleinen Gesellschaft konnte niemand nur einen einzigen Beruf ausüben, hier musste jeder ein Tausendsassa sein, den einen Tag kam der Hering, am nächsten fiel eine Lawine, am dritten stand eine Taufe an, am vierten eine Sitzung im Gemeindeausschuss. Am fünften wurde das Richtfest des ersten Hauses an der geplanten Hauptstraße durch Eyri begangen, und der Pfarrer musste dem Eigentümer den von der Gemeinde beschlossenen Bebauungsplan überreichen, die Schlussabrechnung über den Grundstückserwerb fertigstellen, eine Ansprache halten und ein Lied für den Hausherrn schreiben (das dieser bestellt und bezahlt hatte) und nicht zuletzt: einen Namen für die Straße finden.

Für Letzteres konnte er sich keine Zeit nehmen, das verhinderten die Kinder, und er gedachte, sich auf dem Weg zur Baustelle einen auszudenken – gesetzt den Fall, Vigdís plapperte unterwegs nicht zu viel. Sie sollte sein Lied singen. »Unser Heim in dieser wirren Welt / ist dies schöne Eyri, von Bergen umstellt.« (Ja, es fehlten noch drei stabreimende Silben in der ersten Zeile, aber dafür war ihm keine Zeit geblieben. Keine Zeit!)

Die Frau hielt wohlweislich den Mund, aber am Hang über dem Gemeindevorsteherhaus trafen sie auf seinen Freund Hafsteinn und einen rothaarigen norwegischen Spekulanten, den frischesten in deren Haufen, und der Gemeindevorsteher erzählte ihm die Geschichte des Siebensteins und wie sehr er ihn vermisse. Dann deckten sie die Pfarrersleute mit Anekdoten aus Ålesund ein, dem Heimathafen des Kapitäns, und mit Tratsch über das große Rätsel des ausbleibenden Herings. Schließlich erinnerte der Pfarrer den Gemeindevorsteher an das Richtfest und wurde ihn damit los. (Hafsteinn sollte ebenfalls teilnehmen, musste dazu aber vorher noch nach Hause und eine bessere Hose anziehen.) Ungeduldig beschloss der Pfarrer, seiner Frau vorauszueilen und schnell die fiktive Hauptstraße zu begehen (die noch nichts weiter war als ein pfützenübersäter Trampelpfad), bis zu dem fahnengeschmückten Haus, wo man sie schon erwartete. Auf diesem eiligen Gang gab er sich geschlagen und überlegte, die Straße solle einfach Hauptstraße heißen, Aðalgata, so wie die Aðalstræti in Fagureyri.

So war das Pionierleben im Wilden Norden: Man beschritt eine Straße und gab ihr im gleichen Moment einen Namen. Das Leben taufte sich selbst, sobald es geboren wurde.

Doch jetzt stand er am Fenster, mit zitterndem Schnurrbart und bebender Seele, sein Leben hing an einem einzigen Nagel, und der bestand in der Aussage des arroganten dänischen Professors, die Ausgabe habe zweifellos ein paar Lieder vor dem Vergessen gerettet. Reichte das nicht? Ging es nicht genau darum? War das nicht der große, hehre Zweck? War alles andere überhaupt wichtig? Gewiss nicht. Rettungsarbeit ist Rettungsarbeit, nicht Wissenschaft. Wenn eine Kunstsammlung brennt, kommt es darauf an, die Kunstwerke zu retten, und nicht darauf, ob das in der richtigen Einordnung und Reihenfolge geschieht.

Hätte er die Volkslieder nicht in sein Buch überführt, wäre dieser Schatz der Nation auf immer und ewig verloren gegangen. Ja und nochmals ja, er war kein Wissenschaftler, das wusste jeder, er war ein Amateur, ein Pfarrer, der Noten lesen konnte. Séra Árni versuchte die Kritik so weit wie möglich abzuschütteln und sich mannhaft zu zeigen, aber seinen Gedanken gebot er damit keinen Einhalt. Die nächsten sieben Wochen dachte er siebenmal täglich an die Bezeichnung »Dilettantenwerk«. Die darauffolgenden sieben Wochen noch dreimal täglich.

Erst am Heiligen Abend wurde ihm bewusst, dass er seit dem Vorabend nicht mehr daran gedacht hatte. Am Morgen des Weihnachtstags träumte er von Rögnvaldur Sommersonne mit Liedern in seiner Tasche, der eine Zeile nach der anderen entströmte. Und am Abend bat er seine Frau vor dem Essen, ihm zu seiner Begleitung »Mutter mein im Schafpferch« vorzusingen. Die Pille wirkte. Im neuen Jahr fühlte er sich besser.

Kapitel 43

Der Sommer ohne Hering

Und weiterhin schläft der Hering draußen im Meer, klopft der Regen aufs Wellblech. Und es passiert weiter nichts, als dass aus dem Regen ein Schauer und aus dem Schauer wieder Regen wird. Der Regen fällt senkrecht auf Schiffsdecks, auf Holz- und Torfdächer, das Wasser sammelt sich in Hutkrempen und läuft daraus in langen Tropfenreihen. Die Tonne in der Gasse am Norwegerhaus ist zum Überlaufen voll; es hat eine ganze Woche durch geregnet. Die Menschen halten sich in ihren Behausungen auf, die Möwen haben keine Lust zu fliegen, und auch die Boote liegen unbewegt fest. Das letzte Schiff ist mit Ladung für Boknavik vor drei Tagen aus Haugesund eingetroffen, Fässer und Salz, aber es liegt noch immer mit der ungelöschten Ladung an der Pier. Wozu sie ausschiffen, wenn es keine Heringe gibt und das Leben stillsteht?

Die meisten lagen in ihren Betten und Kojen und lasen die letzte Ausgabe des *Norðurland* zum dritten Mal oder blätterten in den Ausgaben der Nationaldichter, die sie besaßen. Die Gedichte von Hallgrímur, Steingrímur und Matthías wurden von Haus zu Haus weitergereicht, aber die flüggesten Verse flatterten papierlos durch Fenster und Türen. »Liegt ein Land, vom Meer umschlungen ...«

In den Heringsbaracken saßen die Frauen und nähten oder strickten, während eine von ihnen den anderen vorlas, den Fortsetzungsroman aus der *Ísafold*, den Bestseller *Halla* von Jón Trausti oder Gedichte von Hannes Hafstein, dem hellsten Stern der Zeit, dem ersten isländischen Premierminister, schönsten Mann und besten zeitgenössischen Dichter des Landes. Oder sie lasen den Zweitbesten und Zweitschönsten: Einar Ben. In den Baracken lebte die Baðstofaatmosphäre, Vorlesen war die beste Antwort auf die Beschäftigungslosigkeit. Der Hering hatte dem Volk also doch nicht die Bücher aus der Hand genommen, wie so viele befürchtet hatten.

Die Julimitte knallte rund um die Uhr mit voller Strahlkraft auf die Fenster, aber der Sommer hatte noch kein Fass Hering abgeworfen. Es wurde nicht ein einziger Schwanz gesichtet. Sobald das Wetter aufklarte, schickten Buus und Södal ihre Jungen mit Mundvorrat und Decke auf den Berg, nannten sie ihre »Heringshirten« und befahlen ihnen, nicht zurückzukommen, bevor sie einen Heringsfleck auf dem Meer gesichtet hätten. Drei Tage später war der Vorrat aufgebraucht, und die Jungen kamen mit hängenden Ohren angeschlichen: kein Hering.

Wie konnte das sein?

Der Hering und seine Frau waren kapriziöse Fische, das war bekannt, darüber war sogar schon geschrieben worden, der erste Fischwissenschaftler des Landes hatte gerade erst von seinem Studium unter anderen auch diese Erkenntnis mitgebracht. Er unterteilte die Heringe vor Island in zwei Arten: eine laiche im April, die andere im Mai. Beide laichen südlich und westlich der Insel und wandern anschließend im Uhrzeigersinn nach Norden, wo sie vor den Fjorden des mittleren Nordlands Nahrung suchen und fett werden. Beide Arten, der Frühjahrslaicher und der Sommerlaicher, wandern ab Mitte Juli in die Fjorde und werden bis Anfang September gefangen. Die Heringsfangzeit währte mithin kaum mehr als sechs, sieben Wochen, von denen aber hing das ganze Jahr ab, mittlerweile sogar das ganze Land. Der Staatshaushalt baute inzwischen für einen guten Teil seiner Einnahmen auf das Erscheinen der unstet umherwandernden Schwanzträgerin. Würde sie zum Ball erscheinen? Allein, oder würde sie hundert Freundinnen mitbringen? Oder ging sie jetzt mit einem anderen? Oder war sie aktuell überhaupt nicht in der Stimmung? So sprachen die Männer von dem schönen Fisch, der im Isländischen ein Femininum ist und der den Männern ins Netz ging oder auch nicht.

Und jetzt war es so weit: Seit Beginn des Märchens trat der erste Sommer ohne Heringe ein. Schon in den Sommern davor waren die Fangmengen zurückgegangen, aber es war noch auf allen Verarbeitungsplätzen eingesalzen worden, noch kein Juli war gänzlich ohne Ertrag vergangen. Der Ort platzte vor einsatzbereiten Arbeitskräften, dreitausend Fischerburschen und Heringsmädchen erwachten jeden Morgen in dem Fünfhundert-Einwohner-Örtchen mit ihren Schürzen, Kopftüchern und Fäustlingen, bereit zum Loslegen, sobald der Ruf käme.

Geschlafen wurde auf allem, was glatt und flach war: in Betten und Kojen, auf Liegen und Fußböden, auf Tischen und unter Tischen, auf Sitzbänken und Borden und zusammengestellten Stühlen, in Scheunen, Ställen und Futtertrögen. Clevere Vermieter konnten in den sechs Wochen der Saison Einkünfte für ein ganzes Jahr erzielen, indem sie ihr Haus in eine Fischerhütte und ihre Scheune in ein Hotel verwandelten. Die Unterkunft Suchenden waren sogar bereit, zwei Kronen pro Nacht in einem alten Grassodenhaus zu zahlen. Manche vermieteten das Bett der Oma und verstauten die alte Frau über die Heringssaison im Pferdestall. So weit ging Gestur nicht, aber er fühlte sich, als würde er bald auch die taubstumme Mutter seines Kindes vermieten. Oder als hätte er es sogar schon getan.

In ihren Kontoren saßen die Heringsreeder und beteten zu Gott. Das Beten war dieser Tage ihre einzige Tätigkeit. Zwei von ihnen suchten Pastor Árni auf und flehten ihn an, in der Kirche einen besonderen Bittgottesdienst zu halten. Ihr Leben stehe auf dem Spiel, ihre Investitionen für den Sommer schnürten ihnen den Hals ab. »In deine Hände, Herr, empfehle ich mein Geschäft.« Der Pfarrer setzte den Allmächtigen unter Druck. Und auf den Anlegern sah man Männer zum Himmel aufblicken, ob ihnen dort nicht ein fliegender Heringsschwarm erschiene.

Kapitel 44

Himmel und Meer

Verzweiflung gibt jedem Hoffnung auf Flügel ein. Der Hering erschien den Menschen als etwas Übernatürliches und Unbegreifliches. Konnte ein schwimmender Fisch nicht auch fliegen? Die wenigen, die einen Heringsschwarm beobachtet und nicht gejagt hatten, waren sich einig über dieses Wunder: zigtausend Individuen, die wie *ein* Wesen dachten. Wie ein Schwarm von Kleinvögeln schwenkte so ein Schwarm blitzschnell durch seinen nassen Himmel, und mit nichts waren diese Richtungswechsel vorherzusehen oder Gründe dafür zu erkennen.

Die Königin des Meeres war eine einzige Monarchin, ohne erkennbare Anführer schoss das Volk durch die Meerestiefen, liebreizend und launisch, wie die menschliche Geschichte in ihren abrupten Wechselfällen. Jahrhundertelang hatte dieser Wirtschaftsfaktor Schleifen durch die Meere gezogen, hatte Wohlstand hierhin und dorthin gebracht und wieder mitgenommen. Der Hering hatte den Atlantikanrainern Reichtum beschert. In den nordischen Ländern leitete man seinen Namen *sild* von einem Wort für Sieb oder Kescher her, und im Singular bedeutete das Wort eine wimmelnde Masse. Im Isländischen war *sild* wie *súld* (»Sprühregen«) eine mannigfache Menge. Lange blieb der Hering in der Ostsee und machte die Wikinger reich, dann erschien er vor den Niederlanden und machte aus ihnen eine Weltmacht mit Rubens und Rembrandt (»Amsterdam wurde auf Heringsgräten errichtet«). Er zog weiter nach Schottland und berührte es mit seinem Zauberstab. Zum Dank schenkten die Schotten der Welt die Dampfmaschine. Überall schuf der Hering Wohlstand und Wirtschaftskraft. Jetzt war die Reihe an Norwegen und Island gekommen, zwei lange Zeit bettelarme Kolonien, denen nun endlich bessere Zeiten ins Haus standen. Die eine hatte die Unabhängigkeit soeben erlangt, in der anderen bahnte sie sich zumindest an. Oder war die Königin etwa schon weiter nach Westen geflogen?

Fische sind die Vögel des Meeres.

Von Beginn an hatte sich die Erde in Himmel und Meer geteilt. Land tauchte erst später auf und entfaltete nur ärmlichere Lebensformen, an die Erde gefesselt und der Schwerkraft unterworfen. Auf ihm lebten die Menschen und mussten seinen strengen Gesetzen gehorchen. Die beiden anderen Sphären spiegelten sich gegenseitig wider, waren beide klare, weite Säle, in denen die verschiedenen Arten frei umherflogen, die einen auf großen Flügeln wie der Adler, die anderen auf kurzen wie der Schellfisch.

Von daher hatten viele Fischarten Geschwister am Himmel. Die Möwen waren der Kabeljau des Himmels, der Rabe war sein gestreifter Seewolf, der Falke sein Hai, die Trottellumme sein Leng, der Papageitaucher sein Rotbarsch, der Kormoran sein Rochen. Seeigel waren der Rogen uralter Monde, Quallen ehemalige Wolken und Seesterne die Sternschnuppen früherer Äonen. Es gab Fische, die durch salzlose Lüfte flogen, und Vögel die auf Beutejagd ins Meer tauchten, mit ausgebreiteten Schwingen durch die grünen Tiefen segelten und mit zappelnden kleinen Fischen im Schnabel wieder auftauchten. Es gab Vögel mit Schwimmflossen und Fische mit Luftöffnungen.

Der Pinguin war die einzige Tierart auf Erden, die allen drei Aggregatzuständen gleichzeitig angehörte, dem Festen, dem Flüssigen und dem Gasförmigen. Pinguine waren ehemalige Vögel, die inzwischen aufrecht an Land watschelten und nach Futter tauchten, wobei sie so elegant durch die Meere flogen, wie es ihre Herkunft gebot.

Zwischen Gott und den Menschen lagen Himmel und Meer. Diese beiden großen Säle der Welt, der eine offen zutage liegend, der andere ein Geheimnis, waren sich mithin gar nicht so unähnlich. Die Menschheit hatte davon geträumt, über beide zu herrschen. Über die Meeresoberfläche ließ sie bereits seit geraumer Zeit Steinchen flitschen, und seit einigen Jahren drangen Nachrichten über den Atlantik, dass sich zwei Brüder auf seiner Westseite Flügel gebaut hätten, um sich in den Himmel aufzuschwingen. Der Mensch wurde also zu einer invasiven Art – im Himmel wie im Meer.

Gestur überlegte manchmal, besonders auf seinen ersten Heringstouren, bei denen er nach jeder Mahlzeit die Fische fütterte, ob der Mensch nicht weitere siebentausend Jahre bräuchte, um sich an die See zu gewöhnen, und ob es überhaupt richtig sei, dass er auf der Suche nach Lebensunterhalt so weit über seine eigene Domäne hinausstrebte. Auf einer Fangfahrt war durch pures Pech ein Mann über Bord gegangen. Die anderen Besatzungsmitglieder sahen ihn durch Auskühlung starr werden und im Meer versinken wie etwas, das überhaupt nicht dorthin gehörte.

Jede Seefahrt war eine Weltraumreise. Und der Hering ebenso unbegreiflich wie das Silber, das am Nachthimmel leuchtete.

Kapitel 45

Das Telefon kommt

Die Telefonleitung sollte von Westen her verlegt werden, aus dem Hagafjörður, und nicht via Óðalsfjörður vom Eyrarfjörður, wie es das Nächstliegende gewesen wäre. Der Widerstand und der Neid der Behörden blieben sich unverändert gleich. Obwohl Parlament und Regierung das Projekt beschlossen hatten, weigerte sich Sýslumaður Guðvarður nach wie vor, Gespräche aus dem Segulfjörður durch seine Leitungen gehen zu lassen. Es war für ihn eine unzumutbare Vorstellung, sich das ganze Theater dort und die mit Norwegisch durchsetzten Schilderungen von rauchspeienden Schloten und lauten Fabriken anzuhören.

Die Vorarbeiten wurden eingeleitet, sobald das Alþing die Finanzierung genehmigt hatte. Zum Leiter der neuen Telefonzentrale wurde Freymóður Antonsson bestimmt, was einige Verwunderung auslöste, denn Freymóður war so ziemlich der stillste Mann des Ortes, ein knapp vierzigjähriger Mechaniker und Tüftler aus dem Heiðinsfjörður, ein alleinstehender Sonderling, berühmt für seine sachkundigen Reparaturen von Bootsmotoren und allen möglichen anderen Apparaten und Maschinen. Nur wenige hatten ihn je sprechen gehört. Eine Anekdote erzählte man sich allerdings über ihn, wie er einmal vor Södals Generator kniete und gefragt wurde, woher seine Begeisterung für Motoren komme.

»Tja, eine meiner Vormütter war wohl Hebamme, und ich schätze, es kommt von ihr«, brummte er über dem Ölfilter, die Nase schwarz vor Maschinenliebe.

Daher bekam er unter den Ortsansässigen den Spitznamen »Vormutter«.

Wozu sollte das Telefon in den Fjord verlegt werden, wenn an ihm ausgerechnet der schüchterne »Vormutter« für den Fjord sprechen sollte? Séra Árni und Hafsteinn versuchten, den Leuten zu erklären, dass seine Aufgabe allein in der technischen Aufsicht, der Wartung der Apparate und dem Herstellen von Verbindungen bestehen würde und nicht im Führen der Gespräche, denn das würde jeder selbst tun, der jemanden anrufen oder ein Gespräch entgegennehmen wolle.

»Ah, verstehe«, sagte das Volk. »Dann ist Vormutter genau der Richtige, denn er wird nie etwas ausplaudern, was durch seinen Apparat gesagt wird.«

In der Vorstellung der Ortsansässigen existierte Telefon nur in der Einzahl. Es würde einen einzigen Apparat geben, der bei Vormutter stehen würde. Das Segulfjorder Telefon.

Ende Juni lieferte ein Frachter aus dem englischen Leith zwei edle Kisten an Buus' Pier, voller Wunderdinge einer neuen Zeit. Sie wurden von einem norwegischen Fernmeldetechniker namens Birkeland begleitet, der die Zentrale einrichten und Vormutter in die neue Welt einarbeiten sollte. Als Dolmetscher hatte man ihm einen Studienanfänger aus der Stadt mitgegeben, einen unberührten Jüngling aus der Þingvellirgegend, der gewöhnlich hoch aufgerichtet dabeistand, als würde er in einem öden Schultheaterstück einen würdevollen Goden am heiligen Gesetzesfelsen mimen. Vormutters Gesprächsbeiträge brauchte er nie zu übersetzen, denn der tat nichts anderes, als vor sich hin zu brummen und Birkelands Anweisungen wiederzukäuen. Von gutem Nutzen war er allerdings, wenn es galt, die englischen Bedienungsanleitungen des schottischen Herstellers zu übersetzen. Sie brauchten zwei Wochen, um alle Kabel, Geräte und die Telefonzentrale aufzubauen und mit dem einen Apparat im neuen Telefonhäuschen zu verbinden, das mit staatlichen Geldern auf halbem Weg zwischen Madamenhaus und Krít auf dem Blutplatz errichtet worden war, wo sich die Norweger am häufigsten und heftigsten geprügelt hatten.

Auf Vormutters Tisch standen die Wunderwerke: ein Empfänger aus Edelmetall, der am ehesten einer isländischen Zither ähnlich sah, ein Morseapparat mit Taster, Papierrolle und Walze, die Schaltzentrale mit goldglänzenden Knöpfen und Schaltern, eine einzelne goldene Klingel und schließlich das eigentliche Telefon, ein hübsches metallenes Hündchen auf vier ausgestellten Füßen, mit drehbarem Schwanz (der Kurbel), großen Ohren (einem Trichter zum Hören, einem zum Sprechen) und einem riesigen Auge (der Wählscheibe). Diejenigen, welche die Pracht mit eigenen Augen erblickten, hatten nie zuvor eine solche Ansammlung von Kostbarkeiten gesehen, denn alles schien aus purem Gold gemacht zu sein. Männer und Frauen stockte der Atem, wenn sie eintraten, und der Besucherandrang wurde eines Tages so groß, dass der Student die Rolle eines Türstehers übernahm und Schaulustige nur grüppchenweise einließ. Aus diesen Geräten würde man bestimmt nie etwas hören, sie waren allein für die Augen bestimmt.

Während Vormutter und Kollegen die kostbaren Apparate befingerten, fuhr eine Gruppe von Männern in zwei heringslosen Heringsbooten zum Hagafjörður, um von dort den Telefondraht auf den Schultern nach Norden zu tragen. Zehn Tage später wurde ausgerufen, die Gruppe sei jenseits des Sattels von Skarð angekommen, und da es noch immer keinen Hering gab, ging ihnen eine noch größere Gruppe entgegen und überquerte den Sattel an einem bedeckten Nachmittag. Auch Gestur, Sveinn und Skapti waren dabei, ebenso die beiden Schwäne, Magnús Mannlos, Lademeister Hermundur Hafsteinsson, sein Steuermann Ásbjörn und weitere Jungen und Männer aus Norwegen und anderen Ländern. Alle wollten mit anpacken, sie sahen dem Telefon erwartungsvoll entgegen, wollten sich endlich mit der Welt verbinden.

Am nächsten Mittag, als alle Winde der Welt dem historischen

Augenblick gewichen waren und der Wolkenwärter den Vorhang von den Gipfeln gezogen hatte, wurde ein großartiger Anblick sichtbar. Eine Schar von hundert Männern kam über den Sattel gezogen, die Lange Schlange auf den Schultern, einen ellenlangen und schweren Kabelstrang in einer Bleiummantelung, damit man ihn auch in der Erde verlegen konnte (wo es möglich war). Vor den Männern schritt ein flinkes Pferd mit einem Rumfässchen auf dem Rücken – ein Schluck daraus war der Lohn, die Mohrrübe, die die Männer vorantrieb. Sie gingen im Abstand von nur einem Meter, denn das Kabel wog schwer. Das Ende legten sie ab, stiegen wieder ein Stück den Berg hinauf, schulterten einen weiteren Abschnitt des Kabels und trugen es nach unten. Dann wieder das Vorderende, und so kam das Kabel Stück für Stück in den Fjord.

Am Hang oberhalb der Ruine des ehemaligen Stundarkots dachte Gestur, der gerade wieder ein Stück des Kabels trug, an all die Worte, die einmal von Nord nach Süd und umgekehrt durch diese Schlange fließen würden. Mitteilungen über Fangmengen, Geburten und Todesfälle, über Bergrutsche und Lawinen, Schiffbrüche, Hauseinweihungen, Hochzeiten, Fahrtverläufe und Passagiere der Küstenschiffe, dazu Bestellungen von Schnupftabak, Seife, Damenuhren, Gebäck und weiteren Märchen von Hans Christian Andersen bitte sehr.

Ach, und drei Kilo Weizen. Plötzlich hörte er das Kabel ihm genau das zuflüstern. Da bat jemand um drei Kilo Weizen.

Irgendwann kamen sie aus den Höckerwiesen auf den Schafspfad und gingen auf ihm an Hvammur vorbei. Kristmundur stand mit seinem Gesinde, zwei alten dienstverpflichteten Mägden und einem invaliden Knecht, und seinem Hund vor dem Haus. Manchmal kommt es vor, dass ein Zeitalter auf ein anderes trifft, so etwas nennt man dann Zeitenwende.

Am Ende langten sie auf Eyri an und trugen das Kabel bis vor Vormutters Dienstgebäude. Es war, als hätte dieser frostgewohnte Fjord, der äußerste bewohnte Fleck Europas, endlich ein Schwanzende der Welt erhascht.

Es war nach Mitternacht, als das Weltschwanzende endlich probeweise unter Dach und Fach gebracht war (die Endmontage würde später stattfinden). Leider hatte Birkeland nicht länger bleiben können, sein Schiff tutete andauernd, auch andernorts wartete man auf sein Telefon. Er hatte Vormutter allerdings genaue Anweisungen hinterlassen. Der Telefonist beugte sich mit seinem Studenten über das Weltende, und hinter ihnen reckten die Nächststehenden die Hälse. Draußen stand eine dichte Menge, dicht vom Rum, keiner wollte das erste Gespräch mit der Welt verpassen, die irgendwo hinter den sieben Bergen lag.

Gestur und Skapti hatten sich mit hineingedrängt, steckten aber im Türrahmen fest. Das Telefonhäuschen war klein. Draußen herrschte eine klare, helle und stille Julinacht, doch drinnen war die Luft vor Erwartung so dick, dass die Leute kaum Sauerstoff bekamen. Dennoch verließ keiner den Raum, obwohl sich der gute Vormutter mit dem Verbinden Zeit ließ. Er war es nicht gewohnt, vor einer solchen Menschenmenge zu arbeiten, und es belastete ihn, den halben Ort über der Schulter hängenzuhaben. Ab und zu tropfte Schweiß auf seine Elfenschrauben und Zwergenzieher.

Gestur entdeckte seinen Polier bei Eviger, Ole Næss, der in einer Ecke mit seinem gutmütigen Gesicht aus der Menge ragte, der Mund ein langer Strich, die Augen zwei kurze. Gestur konnte sich nicht helfen, Ole erinnerte ihn immer an einen Menschen, der gerade auftaucht, seiner Größe wegen sogar an eine unbekannte Bärenart, einen Seebären, der im Meer lebt und ab und zu wie eine Robbe seinen Kopf aus dem Wasser hebt. Der Polier, den die Seglufjorder den großen Óli nannten, zwinkerte Gestur mit beiden Augen lächelnd zu, und Gestur fragte sich, wie man zu einem solchen Menschen wurde, zu so einem durch und durch anständigen, ganz in sich ruhenden Norweger, der selten trank und sich nie prügelte, und warum er um Himmels willen ausgerechnet hier gelandet war. Waren das ganz besondere Exemplare, die sich aufmachten und ein neues Leben in einem anderen Land anfingen?

Er sah nicht, dass er so etwas tun könnte. Seine Fahrt in die Bretagne war ein einziger Albtraum gewesen, und vor seinem inneren Auge erstand wieder das Bild des großen Jacques auf dem französischen Schiff in jener Woche, in der sie draußen vor dem steinernen Dorf gelegen hatten, mit seiner widerlichen roten Gurke, aus der er morgens und abends klebrige weiße Flüssigkeit hatte reiben müssen, verfluchte Pest! Nur warum zum Teufel holte ihn dieses Bild jetzt ein? Das Bild, das er doppelt und dreifach in den hintersten Winkel seines Inneren verbannt hatte. Er versuchte, es mit anderen Bildern zu vertreiben, und da erschien ihm die Anna-die-keine-Anna-war, als sie noch Nur-Anna war, nackt, lachend, Fischschuppen in den Haaren, in der Dachkammer bei Södal, ein Anblick, der ihn jedes Mal aufs Neue umwarf.

Gut zwei Stunden später stand die Menschenmenge noch immer in der Rund-um-die-Uhr-Helligkeit des Nordens um das neue Telefonhäuschen, als ein Laufjunge geschickt wurde, um den Pastor und den Gemeindevorsteher zu holen. Da war es drei Uhr in der Nacht.

Gerade als die beiden Amtsträger kamen, Séra Árni offensichtlich aus dem Bett geholt und frisch angezogen, Hafsteinn in einem vom Schlafen verknitterten Jackett und schiefsitzender Mütze, standen Vormutter und der Student von den Geräten auf. Man öffnete in der Menge eine Gasse für die Honoratioren, und kurz darauf verkündete ein wach gewordener Gemeindevorsteher laut und deutlich, jetzt werde Herr Olav Forsberg, der Chef der staatlichen Telefonbehörde, angerufen, um dankbar die frohe Botschaft zu übermitteln. Árni unterbrach ihn und wies auf die unbezweifelbare Tatsache hin, dass in Anbetracht der Uhrzeit selbst der norwegische Behördenleiter wahrscheinlich schlafen würde, zumindest aber sein Büro jetzt geschlossen wäre. Ach so, ja, hm ... Aber wen könnte man stattdessen antelefonieren? Jemand rief: »Den Sýslumaður in Fagureyri.« Dafür erntete er große Heiterkeit vonseiten der Kabelträger. Guter Rat war jetzt teuer. Niemand hier kannte jemanden, der ein Telefon besaß, und schon gar nicht die Ziffern, unter denen dieses Telefon angemeldet war. Allein der Pfarrer hatte sich zwei Nummern in der Hauptstadt notiert, die eine gehörte dem Bischof: 3, die andere der Literaturgesellschaft: 52. Es gefiel ihm aber nicht, so ehrwürdigen Schlaf zu stören, und er schlug vor, das Einweihungsgespräch auf den nächsten Tag zu verschieben. Dieser Vorschlag kam gar nicht gut an. Die Menge forderte ihr Telefonat jetzt.

»Wir können anrufen meinen Bruder«, erscholl eine tiefe Stimme in der Masse. Die Leute drehten die Köpfe, bis in einer Ecke des Häuschens Södal sichtbar wurde. Da saß er, bis dahin von niemandem beachtet, mit seinem Stock auf einem Stuhl. Man ließ den einflussreichen Reeder nach vorn durch, wo er Vormutter einen Zettel mit einer Nummer in Seyðisfjörður reichte, wo sein Bruder lebte und eine Firma betrieb. Ihn hatte eine erste Welle von Norwegern gegen Ende des letzten Jahrhunderts nach Island gespült, als einen der Männer des großen Otto Wathne. »Er schläft in seinem Büro und antwortet immer, Tag und Nacht.« Die Spannung unter den Leuten stieg noch höher: Sollte es wirklich möglich sein, mit Seyðisfjörður zu sprechen? Das lag vier Tagesreisen entfernt.

Noch einmal erklärte jemand, sobald eine Verbindung hergestellt sei, könne man überall im Land anrufen, sogar in Fagureyri, und via Seyðisfjörður sogar Telegramme in andere Länder schicken, denn von dort gab es ein Unterseekabel nach Europa. Man konnte sogar eine Verbindung mit China herstellen, es gab keinerlei Begrenzung mehr. An der Vorstellung, dass man menschliche Botschaften durch ein Kabel im Meer verschicken konnte, hatten die Männer schwer zu schlucken. »Wenn das so ist, kann dann nicht mal einer die Heringe anrufen und ihnen sagen, sie sollen sich schleunigst hier blicken lassen?«, fragte ein Witzbold, und es wurde kräftig gelacht.

Tja, es war nicht gelogen, was die Zeit alles erfunden und erschaffen haben sollte. Vormutter betätigte seine Hebelchen und drückte auf das, was der Student »Tasten« nannte, drehte gemäß den Ziffern Södals die Kurbel an dem Metallhündchen, als wäre das Organ ein Instrument und die Zahlen wären die Noten. In der rechten Hand hielt er das Sprachrohr von der Größe eines kleinen Öltrichters, und nach all dem Kurbeln kehrte Stille ein, dicht wie Nebel. Die Leute platzten geradezu vor Spannung. Dann tönte aus dem Hörrohr ein verisländischtes Westnordisch:

»Halló!«

Vormutter machte sich bereit zu antworten und führte die Lippen an das Sprachrohr, aber der Druck war zu groß, der Telefonist brachte kein Wort heraus. Stattdessen lief sein Gesicht fürchterlich rot an, wie aus einem Eimer übergossen, und sein Kopf begann, in ganz kleinen Bewegungen zu zittern. Es kam genau so, wie die öffentliche Meinung gemutmaßt hatte, seine Schüchternheit überwältigte den Telefonisten, während die Stimme am anderen Ende der Leitung fluchte und schimpfte.

»Halló? Wer zum Teufel ist da? Halló, sage ich!«

Die Menge bekam es mit der Angst zu tun, und mit der neuen Technologie noch völlig unvertraut, wich sie von dem Apparat zurück, als könne er jeden Moment explodieren. Der Mann vor ihm quetschte Gestur die Brust ein, und er sah, wie dem Gemeindevorsteher die Mütze vom Kopf fiel, als er geschubst wurde und auf zwei großgewachsenen Männern landete. Mit den Worten, es sei doch nur sein Bruder, so sei der immer, trat der erfahrene Södal ans Telefon und nahm Vormutter das Sprachrohr aus der Hand.

»Hallo! Hier spricht Johan Södal. Ist da Jostein? Hier ist dein Bruder Johan.«

»Ah, Johan! Nein, was … He … bist du hier?«

Allen im Raum wurde deutlich, dass der Mann am anderen Ende sturzbetrunken war.

»Nein, ich rufe dich von Segulfjörður an.«

»Sag mal, wo ist denn die andere Flasche? Hast du die andere Flasche?«

»Jostein!«

»Sie stand gestern noch hier auf dem Tisch. Aber jetzt kann ich sie nicht finden. Hast du die?«

So verlief das erste Telefonat des Segulfjörður mit der Außenwelt hinter den sieben Bergen. Die Welt war wütend, sie war besoffen und wollte ihre Flasche haben.

Kapitel 46

Mordermittlung

Die Nacht war schön, und die Menschen flogen ihrer Wege, sie schwebten auf der Tatsache davon, dass ihr Ort in der Welt angekommen war. Wieder und wieder rekapitulierten sie im Geist die Ereignisse des Tages, des Abends und der Nacht. Es war alles so unglaublich. Gestur war einmal mit ein paar Worten in der Tasche in den Óðalsfjörður hinübergewandert und mit dreien zurückgekehrt, ganz romantisch und durchnässt, jetzt aber flogen Worte über den Sattel von Skarð in den Inselosten, ein Ritt von drei Tagen, und zurück in Sekundenbruchteilen, schneller als der stärkste Sturm. Kein Mensch mit etwas Verstand zwischen den Ohren konnte über diese Innovation sofort einschlafen, und manche fragten sich und ihr Kissen, ob sie vielleicht ihre Mutter Sigurfríður auf Hlíð im Lón anrufen sollten, die sie seit sechzehn Jahren nicht gesehen hatten.

Aber was sollte man ihr sagen? Ist der südliche Hof inzwischen verschalt worden?

Andere machten sich Sorgen, ob die Neuerung womöglich die isländische Sprache verhunzen könnte. Die häufigere Verwendung könnte sie verschleißen. Es wurde schon erzählt, ein Mann in Fagureyri habe einmal ein Telefongespräch über geschlagene siebenundzwanzig Minuten geführt. Worüber konnte man so lange quatschen? Kein Mensch konnte ehrlich und korrekt so lange über etwas reden, er musste irgendwas erfunden und erlogen haben. Wieder andere sahen es kommen, dass, sofern sich die Geräte überall verbreiteten, wie es in anderen Ländern schon der Fall war, Klatsch und Tratsch das ganze Land in ihrem Griff halten würden. Welche Stellung würde dann das Buch noch einnehmen?

Gestur stand draußen vor dem Telefonhäuschen in ein Gespräch verwickelt, als Ole Næss ihn ansprach, ob er nicht das Boot der Mannschaft nehmen könne, um über den Fjord zu setzen, das Seine sei gerade kaputt. Der norwegische Polier wohnte drüben in dem neuen Fabrikgebäude, das jetzt rasch seine endgültige Gestalt annahm. In der heringslosen Heringssaison gingen Männer und Frauen zum Zeitvertreib ans Ende der Anleger von Södal oder Buus und betrachteten den Prachtbau, keiner hatte je ein solches Gebäude gesehen, einen solchen Palast. Abends standen dort manchmal ganze Gruppen beisammen und hielten den Atem an, wenn wieder ein Arbeiter mit Ziegelsteinen den hohen Schornstein erklomm, der anscheinend nie mehr zu wachsen aufhören wollte. Gestur verabschiedete sich von Skapti und fuhr Ole mit lautem Motorbellen über den blanken nächtlichen Spiegel. Der große Norweger streckte sich auf seiner Bank aus und saß da in seiner dicken Jacke wie ein freundlicher Eisbär. Einige Möwen schwebten parallel zum Boot neben ihnen her, aber wohl mehr aus Pflichtbewusstsein als aus Hoffnung auf Essbares. Auf dem letzten Stück stellte Gestur den Motor ab, wie es bei Windstille üblich war, um Treibstoff zu sparen. Eine Pier für die Eviger-Station fehlte noch, und Gestur landete das Boot bei einem kleinen Frachter an, der am Ufer lag. Die Stille war wie in Fels gemeißelt, nur die gurrenden Rufe zweier Eiderpaare durchbrachen sie, dieser Mischehen der Natur, die nahe dem zukünftigen Anleger dümpelten.

»Das war ein Tag zum Feiern«, sagte Ole Næss. »Danke fürs Übersetzen! Jetzt fahr nach Hause und ruh dich aus. Ich gebe euch frei bis um zehn.«

Er zwinkerte Gestur freundlich lächelnd zu und wollte schon aus dem Boot steigen, als Gestur ihn mit der Frage konfrontierte:

»Sag mal, Ole, warst du das ganze Frühjahr hier? Den gesamten März?«

Da sprach der Ermittler. Obwohl er von der Ankunft des Telefons ebenso begeistert war wie alle anderen, war ihm den größten Teil des Tages noch etwas anderes durch den Kopf gegangen. Magnús Mannlos hatte mit zu denen gehört, die durch das Skarðstal und über den Sattel aufgestiegen waren, um das Telefonkabel zu holen. Gestur hatte sich stets in seiner Nähe gehalten und heimlich genauestens jeden seiner Schritte beobachtet, wo er ihn endlich einmal unter Aufsicht hatte.

Seit Selmínas Tod waren ungefähr zehn Monate vergangen, aber mit seiner »Ermittlung« war Gestur noch nicht weitergekommen; er hatte keine Hinweise erhalten und keine kleinen Geschichten aufgeschnappt, dachte aber ab und zu an Kristmundurs Bemerkung über die Tote am Strand und eine zweite weiter draußen im Fjord. Kurz vor dem vergangenen Osterfest war dann eine weitere Frauenleiche bei Strönd angespült worden, etwas westlich vom Fundort Selmínas. Auch in dem Fall handelte es sich um die nackte Leiche einer jungen Frau, der siebzehnjährigen Tochter des Kaufmannsehepaars von Krít, Karólína Sigvaldadóttir.

Anders als die vorangegangenen Leichenfunde erschütterte dieser grauenhafte Fall den Ort und lähmte ihn für lange Zeit. Die Beisetzung in der Kirche war die mit der weitaus größten Trauergemeinde, die Menge draußen war noch größer als die drinnen. Der neue Ortsdichter, der junge Sigurður Eyfjörð, verfasste einen schönen Nachruf (»Fjordes Gipfeln einen Stoß versetzt, / wenn eine Seele versinkt im Meere«), zu dem Séra Árni eine Melodie komponierte und der dann bei der Trauerfeier gesungen wurde. Gleichaltrige Mädchen brachen noch bis in den Sommer hinein in Tränen aus, und Kaufmann Sigvaldi ließ den größten Grabstein aufrichten, den der Friedhof je gesehen hatte.

Bei Doktor Guðmundurs Leichenbeschau stellte sich heraus, dass die Kaufmannstochter ebenfalls schwanger gewesen war, aber noch nicht so lange wie Selmína. Zwei Wochen bevor ihre Leiche gefunden wurde, war Karólína nach einem Abend, den sie »mit Freundinnen bei Södals Station« verbringen wollte, spurlos verschwunden. Gestur und Skapti hatten zufällig eine dieser Freundinnen getroffen und sie nach dem Abend gefragt, aber nur ausweichende Antworten erhalten, die nach Lügen rochen. Auf manche Fragen wollte das Mädchen überhaupt nicht antworten. Skapti schrieb das dem Schock und der Trauer zu, doch Gestur ließ es keine Ruhe, schon gar nicht, als man sich erzählte, am fraglichen Abend wären die Mädchen an Bord eines Heringsboots gegangen. Wessen Boot? Besaß Magnús ein Boot? Nicht, soweit irgendjemand wusste. Eiríkur besaß sehr wohl Boote, drei Stück in diesem Sommer. Dennoch glaubte Gestur nach wie vor, dass Magnús der Täter sein könnte. Alle wussten von dem wilden Tier, das in seinem Rippenkäfig auf und ab tigerte. Außerdem gingen Gestur Grandvörs Worte nicht aus dem Kopf, dass Magnús ein »frauenwütiger Stier« sei.

Da der überraschende Tod der Kaufmannstochter ein solcher Schock für die ganze Gemeinde und Hafsteinn außerdem mit den Eltern gut bekannt war, hatte er einen Polizisten aus Fagureyri angefordert, um mit ihm den Fall zu untersuchen. Der Befund Doktor Guðmundurs war der gleiche wie bei Selmína: *raptio*, Vergewaltigung. Im neuen Fall fügte er als wahrscheinliche Todesursache aber hinzu: *submersus*, ertrunken. Doch obwohl seit dem Auffinden der Leiche drei Monate vergangen waren, zeichneten sich weder Verhöre noch Anklageerhebungen ab.

»Was wollen Sie, dass ich tun soll?«, hatte Hafsteinn im frühen Sommer gefragt. »Es ist nicht einfach. Ganz im Gegenteil ist es sogar sehr vanskelig, kompliziert. Das sehen Sie doch selbst, wo wir jetzt vielleicht dreitausend Norweger im Ort haben.«

»Der Vorfall hat sich im März ereignet. Da waren es höchstens fünfzig.«

»Ja, sicher, das ist an und für sich richtig, aber im Fall dieser Selma ... Nein, wie hieß sie noch? Selmína, ja, Entschuldigung, da liegen die Dinge doch anders.«

»Wer sagt denn, dass es ein Norweger war?«

»Wie? Glauben Sie etwa, dass es einer der Unsrigen gewesen sein könnte? Sind Sie der Meinung, einer von uns Einheimischen könnte sich an einem unserer Mädchen vergreifen?«

Gestur verblüffte es dermaßen, wie abwegig der Gemeindevorsteher diese Vorstellung fand, dass er jegliches Vertrauen in die »polizeilichen Ermittlungen in der Angelegenheit« verlor. Seinen Verdacht, Eiríkur Bláfeld und Magnús Mannlos betreffend, behielt er daher für sich.

Jetzt aber saß er mit seinem Polier Ole Næss im Boot, einem Mann, vor dem er großen Respekt hatte, den er mochte und den er für über jeden Verdacht erhaben hielt. Vielleicht konnte der ihm weiterhelfen. Der große Óli beobachtete alles, nicht zuletzt die Bewegungen der Boote und Schiffe, denn sein Zimmer lag der Einfahrt am nächsten. Erinnerte er sich vielleicht an einen Freitagabend im März? Hatte er eine verdächtige Schiffsbewegung bemerkt, Menschen gesehen, die unterwegs waren? Hatte er etwas gehört, das mit Karólínas Tod in Verbindung stehen konnte? Ole war überrascht, hörte sich aber aufmerksam und teilnahmsvoll die Schilderung von Selmínas Schicksal an und teilte Gesturs Einschätzung: Zwei einander so ähnliche Leichenfunde deuteten auf ein und denselben Täter hin. Er fürchtete aber, keine große Hilfe sein zu können, so gut sei sein Gedächtnis nicht. Er machte Gestur allerdings auf das Hafenbuch aufmerksam, die dicke Ortsbibel. In ihr seien sämtliche Schiffsbewegungen im »Eldoradofjord« verzeichnet. Und dieser Berg von einem Buch läge beim Hafenchronisten, dem Gemeindevorsteher.

Der Norweger stieg aus, Gestur startete den Motor und fuhr in der nächtlichen Stille zurück. Auf den Anlegern hielt sich niemand mehr auf, der Ort war zur Ruhe gekommen, doch am Ende von Eiríkurs Steg sah er ein Wesen stehen und die prachtvolle Nacht einatmen. Unwillkürlich änderte er den Kurs und hielt auf die Norwegerbrücke zu. Die Gestalt reagierte, indem sie sich umdrehte und den Steg verließ.

Kapitel 47

Randalíns Zorn

Manchmal ging Súsanna nachts aus, wenn sie nicht schlafen konnte. Die Kostgänger im Madamenhaus blieben oft lange auf, und solche Abende mündeten vielfach in gemeinsames Singen, das ein empfindliches Ohr verletzte.

Die Wirtin Halldóra servierte Essen bis nach Mitternacht, denn gegessen wurde in vielen Gruppen, da während des Heringsfangs die Schichten ganz unregelmäßig sein konnten. Manchmal kamen die Logiergäste mit nassem Schleim bedeckt ins Haus und hatten seit sechzehn Stunden nichts mehr zu sich genommen. Manche wohnten im Keller und verzogen sich dorthin, wenn Feierabend war. Der Keller des Madamenhauses aber war bekanntlich ein Armeleuteloch und eine Schule des Lasters – die einzige, die Selmína in ihrem kurzen Leben besucht und in der Malla es nur eine Saison lang ausgehalten hatte –, überfüllt von Leuten, die kamen und gingen und ihre Brüder mitbrachten. Dieses aus Steinen erbaute Fundament des Hauses war andauernd erfüllt von Sauferei, Schlägereien und Sex, den drei Hauptpfeilern des Lebens in Segló.

Frühstück gab es ab fünf, sodass die einzigen ruhigen Stunden die beiden zwischen drei und fünf Uhr in der Nacht waren. Als der Hering ausblieb, wurde der Zustand nur noch schlimmer, denn da war es kaum möglich, die Leute rauszuwerfen und nach Hause zu schicken, da ja keiner von den Kerlen zur Erholung seine Nachtruhe brauchte. Nur das Original Eiríkur H. B. B. kam mit ihnen zurecht. In den seltenen Fällen, in denen man Halldóra ignorierte, war er der Einzige, der auf sie hörte, und dann führte er die johlende Bande mit leeren Versprechungen von einem Bierfass in einem Schuppen oder einer leibesschönen Maid, die er am Ufer feilbieten könne, aus dem Haus.

Und in diesem Bahnhof hatte Súsanna ihr Betätigungsfeld: Abspülen und Wäschewaschen, das war ihre Aufgabe. Sie hatte es zuvor mit Brotbacken und Kochen versucht, musste aber kapitulieren. Etwas zu beseitigen, war mehr ihr Ding, als etwas herzustellen. Das war eine mechanisch und unbeteiligt zu erledigende Arbeit, kein Orgelspiel. Im Madamenhaus hatte sie Zuflucht gefunden, als das Leben ihr das Rückgrat gebrochen hatte. Darin hatte sie sich zusammengeflickt, war aber längst noch nicht wieder so weit, es hinter sich lassen zu können. Zweimal verlassen zu werden und eine brutale Vergewaltigung waren keine schnell heilenden Verletzungen. Ihr größter Zorn richtete sich aber nicht gegen die Männer, die ihr das angetan hatten, sondern gegen Vigdís. Ihr Verrat traf sie am härtesten, ihre engste Freundin hatte sie fürchterlich im Stich gelassen, und Súsanna ertrug es kaum, wenn die Kostgänger die Madam über den grünen Klee lobten oder Halldóras Mädchen (also ihre Arbeitskolleginnen im Haus) ihren Gesang und ihr Orgelspiel priesen. Jegliches Gerede über die Familie in Upphæðir, über die Frau des Hauses, den Pastor oder die Kinder, war Gift in ihren Adern. Das Allerschlimmste war, Vidgís irgendwo zu sehen oder ihr in einem Laden zu begegnen. Aus diesem Grund verließ Súsanna das Haus nur noch in den frühen Morgenstunden.

Zum Rhythmus des Hauses passte das gar nicht, denn das waren eben die einzigen ruhigen Stunden dort, in denen man ungestört schlafen konnte. Aber die arme Frau war dermaßen übermüdet und mit den Nerven am Ende, dass sie, wenn endlich Ruhe einkehrte, um keinen Preis Schlaf finden konnte. Daher unternahm sie nächtliche Spaziergänge bei den Anlegern, betrachtete die Fässerstapel, die Fischabfälle und die Vögel.

Die Waschküche befand sich im Keller, ein Waschkessel und ein Waschbrett neuester Machart, im selben Raum, in dem Vigdís an ihrem ersten Tag in Segulfjörður in einen vollen Wassereimer geheult hatte. Und auch wenn es eine schwerere Arbeit war, Kleidung und Bettwäsche zu waschen, als Teller und Besteck zu spülen, arbeitete sie dort am liebsten, in dem kleinen steinernen Raum mit dem aus roten Ziegeln gemauerten Kamin auf dem Ehrenplatz. Sie war nicht nur aus den Himmeln der Liebe gestürzt, sondern auch auf der gesellschaftlichen Stufenleiter abgestiegen. Mit ihrem Auszug aus Upphæðir war ihr vornehmes Luxusleben beendet, und es folgten lange Arbeitstage. Abends legte sie ihre Hände auf den alten Frisiertisch und sah, wie ihre schönen Finger von der Wäschelauge aufquollen und rissig wurden, Abschürfungen vom Waschbrett bekamen und sich in Werkzeuge verwandelten.

Der Keller des Madamenhauses war nicht nur berühmt für seine Prügeleien und seinen Gruppensex, sondern es kursierten auch die verschiedensten Gerüchte über die feuchte Luft, die darin herrschte und die jeder wache Mensch spürte, sobald er die Treppe hinabstieg. Sie war drückend und von einer undeutlichen schweren Kraft erfüllt, als wäre die Anziehungskraft der Erde dort stärker als sonst wo. Es war bekannt, dass Menschen in dem Keller viel betrunkener wurden als andernorts und in einen so bleischweren Schlaf fielen, dass sie die Dampfpfeifen ihrer Schiffe nicht hörten und ihren Platz an Bord verloren. Viele erwachten müder, als sie eingeschlafen waren. Außerdem hatte sich die Theorie verbreitet, in diesem Keller würde keine Frau schwanger, was auch immer man mit ihr anstellte. Es lag etwas süßlich-klebrig Unfruchtbares in der Luft, das jedes Schwangerwerden unterband. Manche erinnerten an die Geschichte der Seele der alten Madam, der seligen Sigurlaug, der Königin des Fjords, die vor drei Jahren hochbetagt im Obergeschoss gestorben war. Die Zahl der an Geister Glaubenden nahm zu, und ihre Erklärung lautete, die Seele der Madam habe, wie die anderer auch, mit dem letzten Atemzug den Leib verlassen, sei aber nicht weit geflogen, sondern im Haus geblieben. Die hundert Jahre Kummer und Sorgen dieser Frau, die mit dem schrecklichsten Mann des Landes, mit Séra Jón, verheiratet gewesen war, seien in die Wände eingedrungen und im Lauf der Jahre nach unten in den Keller gesickert, wo sie jetzt ein erfolgreiches Eigenleben führten.

Andere taten solches Gerede als Aberglauben ab, aber Súsanna spürte sehr wohl eine magische Kraft dieser geplagten Frauenseele, die auch die Waschküche erfüllte und dafür verantwortlich war, dass die Wäsche auf der Leine kaum trocknete. In letzter Zeit bezog sie auch daraus ihre Schwermut. Die Atmosphäre im Steinkeller passte zu ihrem schweren Herzen, und ihr Nachtmahr gedieh zwischen den dicken, feuchten Mauern. Kam Súsanna mit bleiernen Beinen aus dem Keller nach oben, wunderte sich Halldóra oft, wie eine so schlanke und hübsche Frau einen so schweren Gang haben konnte. Die Wäscherin las den Gedanken der Hausherrin, ließ ihn aber nicht an sich heran. Vielmehr genoss sie diese Schwere, schleppte ihre müden Beine in ihr Zimmer, schloss ab und holte ihre Briefe hervor.

Der norwegische Kapitän Arne Mandal hatte ihr seinerzeit einige Briefe geschrieben. Den ersten hatte sie beantwortet, die anderen nicht. Das heißt, ihre Antwort auf den ersten Brief hatte sie in die Post gegeben. Auf die anderen hatte sie in ihrem dänisch gefärbten Norwegisch geantwortet, diese Antworten aber nie abgeschickt. Sie wollte sie lieber bei sich behalten und nahm sie manchmal wieder hervor, um sie zu lesen und ihre Trauer zu wärmen. »Keinen habe ich so geliebt wie dich, und ich glaube nicht, dass je ein Mann eine solche Liebe von einer Frau erfahren hat.« Indem sie die handschriftlichen Worte noch einmal las, nährte sie ihre große Trauer und besänftigte sie zugleich. Súsanna hatte nämlich – auch dank der Waschküche – ein Stadium erreicht, in dem sie ihre Liebe zu dem Norweger wieder in sich fühlen konnte. Keine Liebe, auf die sich etwas bauen ließe, sondern Liebe daher, ihn einmal besessen und geliebt zu haben. Es war ein Triumph, mitten im Hass Liebe zu entdecken, selbst wenn es nur die Liebe dieses Hasses sein sollte.

Die Wut, verlassen worden zu sein, bestand somit aus mehreren Schichten, und jeden Tag kam eine weitere hinzu, sodass sich eine riesige Randalíntorte aufbaute, deren Schichten aus Hass, Briefen, Liebe und Resignation bestanden; nachts wurde daraus im Bewusstseinsofen der Frau langsam der Kuchen gebacken, den sie morgens aß. Es waren bittere Bissen, aber der einzige Weg der Verlassenen – sie musste die Torte erst ganz vertilgen, bevor sie ein neues Leben beginnen konnte.

Ihre nicht abgeschickten Briefe an Gestur waren von anderer Art. Im Lauf der Zeit wurde ihr klar, dass all ihre Gefühle für ihn auf dem Hang der Lüste und Begierden vom Berg der Liebe stiegen. Doch war ihre Wut auf ihn genauso groß. Keiner lässt jemanden fallen ohne Rache.

Im vergangenen Winter hatte sie sich einmal mit Halldóra unterhalten, die den großen Vorzug besaß, nicht klatschsüchtig zu sein, aber gut zuhören zu können. Berichte von der dramatischen Abschiedsszene zwischen Gestur und Anna hatten im Ort die Runde gemacht, und die gebrochene Súsanna hatte über dieses Ende jubiliert und zugleich einen Funken Hoffnung in sich verspürt. Beidem hatte Halldóra mit einem einfachen Satz das Licht ausgeblasen:

»Die Liebesangelegenheiten anderer sind das schlimmste Gift, das der menschliche Verstand kennt.«

Das schien sie aus eigener Erfahrung zu sagen und verdeutlichte noch einmal mit Nachdruck, ihre Haushaltshilfe solle auf keinen Fall weiter über die Privatangelegenheiten ihres früheren Liebhabers nachdenken. Súsanna stöhnte bei diesem weisen Wort, beherzigte es aber den Frühling über und ließ sich davon ihr Leiden lindern.

In dieser Nacht nun stand sie erneut draußen vor dem Madamenhaus und ließ ihr kummerzerfurchtes Herz besprenkeln, eingedenk eines anderen Spruchs von Halldóra: »Gebrochenes Vertrauen: sieben Jahre in der Hölle.«

Die Zahl verdoppelte sie.

Kapitel 48

Exkursion in den Wald

Ein Geheimpolizist ist in vielerlei Hinsicht dem Künstler ähnlich. Beide vertrauen auf ihre innere Fackel, dieses vage Licht, auf den Verdacht eines Gedichts oder Gemäldes, Mordes oder dunkler Machenschaft; und mit dieser einzigen Waffe ausgestattet, tasten sie sich durch das Dunkel in der Hoffnung, ihren Finger auf etwas legen zu können, irgendetwas, auf den Anfang einer Strophe oder auf eine Straftat. Doch während es dem Künstler vielleicht gelingt, ein Kunstwerk aus der dunklen Höhle hervorzuholen, in der die Ideen wohnen, wühlt der Polizist andauernd in der Höhle des Bösen und versucht dort, Verbrechen aufzudecken und ans Tageslicht zu bringen. Die Werkzeuge beider aber sind die gleichen: ein leiser Verdacht, Erkenntnis, Können, Wissen, Disziplin. Während Gestur die beiden letzten Dinge fehlten, verfügte er über die anderen, und denen folgte er.

In der Nacht bekam er kaum ein Auge zu, dachte die ganze Zeit an das Hafenbuch und stand am Morgen als Erster auf, noch vor Mallamama. Mit taunassen Füßen hastete er nach Mjólkurbær, um die weiße Flüssigkeit für seine Familie zu holen, und stand weit vor neun Uhr vor dem Haus des Gemeindevorstehers.

Hafsteinn erschien selbst an der Tür, auf Socken und mit heruntergerutschten Hosenträgern, die Pfeife aber schon im Mund. »Das Hafenbuch? Doch, doch, das haben wir hier«, brummte er auf dem

Weg in die Stube. Sein Lebtag hatte Gestur noch keine solche Schwarte gesehen, selbst Pfarrer Árnis Kirchenbuch war nicht so dick. Er fixierte den mächtigen Berg, der aufgeschlagen auf dem Schreibtisch des Gemeindevorstehers lag wie ein elendes ausgebreitetes Eulenaas.

»Wollen mal sehen. Ja ... März sagst du? Und Freitag?«, erkundigte sich das Pfeifenmännchen und blätterte große Seiten voller Schiffsnamen, Auslauf- und Ankunftszeiten durch. Als Gestur einen Blick auf die Seiten warf, kamen ihm Zweifel, ob der Gemeindevorsteher wirklich eine Vergnügungsfahrt einiger junger Frauen an einem unauffällig alltäglichen Abend eingetragen hatte. Es war wohl kaum möglich, dass sämtliche Schiffsbewegungen in diesem Buch notiert wurden.

»Hier haben wir's. In jenen Tagen war übrigens eher wenig Traffik bei uns. Aber hier ist zum Beispiel ein Schiff registriert, am Freitag, dem vierten. Nun sehe ich nicht auf den ersten Blick ... Ja, doch, zu der Zeit hat sicher mein Gísli das Buch geführt, ein storartig gewissenhafter Mann, nur nicht bei seiner Handschrift, ha, ha.«

Gestur suchte nach dem Namen des Schiffs und entzifferte: »*Ármann SE 30*, aus 21.07 Uhr«. Und eine Spalte weiter: »5. März, 08.12 Uhr, im Hafen«.

»Können Sie lesen, was da steht? Ich finde gerade meine Brille nicht«, sagte der Gemeindevorsteher.

»Ja, da heißt es ...«, setzte Gestur zu einer Antwort an, als ihm erst klarwurde, dass die *Ármann SE 30* nichts anderes war als der *Schleichende Pott* von Hafsteins Sohn Hermundur! Der sie letztes Jahr an den Ort der Havarie gebracht hatte und auf dem Rückweg selbst bei Strönd gestrandet war. Der Eigner war des Gemeindevorstehers eigener Sohn. Karólína und ihre Freundinnen waren zu ihm an Bord gegangen.

»Nein, das ist nicht das Schiff, nach dem ich gesucht habe. Ich dachte, die *Havstjerne* sei um die Zeit eingelaufen ... Die Evigers haben mich gebeten, das einmal zu kontrollieren.«

»Ah, nein, die *Havstjerne* ist erst gegen Ende Juni gekommen. Das hätte ich Ihnen gleich sagen können, auch wenn ich hier oben ein bisschen undicht geworden bin.«

Gestur sah Hafsteinn an und wusste nicht, was er sagen sollte, er guckte nur in diese gutmütigen, humorvollen Augen, diese aus dem faltigen Gesicht glitzernden Schlitze, und konnte sie nicht mit dem zusammenbringen, was er gerade herausgefunden hatte. Hatte der Gemeindevorsteher die Ermittlungen aus ebendiesem Grund einschlafen lassen?

An diesem Tag fiel Gestur das Arbeiten schwer. Sie hatten alle neunundfünfzig Fenster fertiggestrichen, und sollten sich jetzt die Fußböden vornehmen. Die mussten zuerst angeraut werden, und Ole hatte ihm und den anderen ein paar Rollen »Sandpapier« bereitgestellt, auch etwas, das man im Segulfjörður zum ersten Mal sah. Die gesamte Bodenfläche mit diesen erstaunlichen Bogen zu bearbeiten, war die schmutzigste Tätigkeit, die sie bisher hatten erledigen müssen, und obendrein sterbenslangweilig, zumal ihr Nutzen nicht einzusehen war. Die Dielenbretter sahen nach der Behandlung kaum anders aus, allenfalls nicht mehr so schön wie vorher. Die war schon seltsam, diese Holzwelt. Das einzige Ergebnis war, dass ihre Nasenlöcher, Gesichter, Haare, Hände, Hosen, Pullover, Schuhe und Socken voll waren von ekelhaft feinem Holzstaub. Jeden Morgen wachte Gestur wie ein hölzerner Mumiensarkophag auf, die Finger steif von Staub, das Haar zu einem Helm verklebt. Dann doch lieber der nasskalte Fang, die glitschigen Innereien und die Dünste, die davon aufstiegen.

In den Staubwolken aber arbeitete er detektivisch weiter. Mit dem Resultat, dass er das fragliche Boot finden und an Bord kommen musste. Die norwegischen Heringsfänger waren meist vollbesetzt, weil die Mannschaften an Bord lebten, aber die wenigsten isländischen Boote, die auf dem Pollur ankerten, wurden bewacht.

Gestur legte sich für den Abend einen Plan zurecht und konnte es kaum erwarten, musste dann aber einige Geduld aufbringen, weil es zwei norwegischen Kollegen einfiel, sich den Staub in dem Stausee oberhalb einer Abdämmung des Rjómalækur abzuwaschen. So hieß der Bach, der nicht weit von der Fabrik den Hang herabfiel. Geplant war, den kniehohen Wasserfall zur Stromgewinnung für die Fabrik zu nutzen. Das Turbinenhaus war im Bau, und die Staumauer war auch schon recht weit gediehen. Es hatte sich bereits ein ganz ansehnlicher See gebildet. Gestur sah sich die Veranstaltung an. Die Kollegen hatten sich nackt ausgezogen und wuschen sich im eiskalten Wasser den Staub von den schneeweißen Körpern, sie lachten, rangelten miteinander und spritzten sich gegenseitig nass. Nach einer Minute waren sie fertig und riefen, er solle das Gleiche tun wie sie. Gestur lehnte dankend ab. Er hatte sich noch nie in einem See gewaschen, höchstens etwas von heißen Quellen im Südland und im Westen gelesen, in diesen jungen Flegelgegenden der Insel, wo Lava floss und Seen brannten. Und in kaltes Wasser würde er niemals freiwillig steigen, dafür war der tägliche Kampf gegen die Kälte zu aufreibend. An Eisschwimmen fanden Isländer ebenso wenig Vergnügen wie Afrikaner an Sonnenbädern.

Ungeduldig wartete er, dass sich die Norweger wieder anzogen, dann steuerte er das mit Arbeitern und zwei Hunden vollbesetzte Boot über den Fjord und machte an Eiríkurs Anleger fest. Nach dem Abendessen kehrte er zum Boot zurück, warf die Leine los und fuhr langsam und heimlich durch das ruhige Wasser zwischen unterschiedlich hohen Rümpfen wie eine Gondel durch die Kanäle Venedigs. Es war eine eigentümliche Welt für sich. Auf jeder Reling hockten Möwen aufgereiht und flogen auf, wenn er ihnen zu nahe kam. Er wusste nicht, wo genau Hermundurs *Schleichender Pott* lag, nur, dass er irgendwo in der Mitte des Pollur ankerte, tief im norwegischen Mastenwald.

Abgesehen von ihrem Grund war es eine Märchenreise in diesen Wald. Gestur war hier noch nie allein und frei umhergefahren. Da waren Möwen, da ein Rabe, und da kippte ein glatzköpfiger Matrose aus einem Emaileimer Spülwasser ins abendliche Meer. Darauf wurde ein Möwenschwarm aufmerksam und stürzte sich ins abwassergrüne Wasser, um ein Stück Flosse oder einen nassen Keks zu erhaschen.

In den Gedanken des jungen Mannes gehörte so ein Emaileimer zu den ungenannten Dingen, die Norweger und Isländer unterschieden. Für Norweger war er lediglich ein Alltagsgegenstand, für Isländer hatte er noch etwas Traumhaftes an sich, für sie war er etwas, das das Leben angenehmer oder leichter machte, wie Flachbildschirme oder Staubsaugerroboter. Seit zwei Sommern träumte er davon, seiner heimischen Kate und der Mallamama so ein Goldstück zu verschaffen, aber noch war es ihm nicht gelungen. Beim Kaufmann waren sie zu teuer, und bei den Norwegern lagen sie auch nicht einfach so herum. Ole hatte ihm aber versprochen, ihm am Ende des Sommers einen billig zu überlassen.

Er fuhr eine Runde um den »Anleger«, einen neuen, freistehenden Steg mitten im Pollur, den Buus und Boknavik im Frühjahr in Kooperation mit dem norwegisch-schottischen Großhändler Robert Falk hatten errichten lassen.

Und da sah Gestur endlich das Heringsboot *Ármann SE 30*. Es lag aber nicht vor Anker, wie seine Kollegen gemeint hatten, sondern längsseits eines größeren Schiffs, der bekannnten *Gry*, einer Bark, groß wie ein Trollschiff, die zu Beginn des Sommers im Schlepp über den Atlantik gekommen war und jetzt an der Nordseite des Anlegers vertäut lag. Boknaviks *Spritquelle* lag an seiner Südseite. Das waren die beiden größten Schiffe im Fjord, und beide wurden zum Ausnehmen und Einsalzen der Heringe und als Laderäume genutzt. Eingesalzen wurden die Fische an Deck, die Fässer dann unter Deck verstaut. Da unten war außerdem noch eine Schar norwegischer Heringsarbeiterinnen untergebracht. Deren Kajütengänge galten vielen als das eigentliche Rotlichtviertel der Goldgräberstadt. Außer den jungen Frauen logierten dort auch einige Vorarbeiter, Wein- und Weibmakler männlichen Geschlechts. Wie im vorigen Sommer floss auch in diesem der Teufelssaft ständig aus den Eingeweiden des Schiffs an Land. Mit einem Ausdruck der vorausschauendsten Spötter hieß diese Quelle für wärmende Spirituosen auch »Segulfjorder Stromversorgung«.

Doch während die *Spritquelle* einen Platz im Herzen der Segulfjorder besaß, als wäre sie im Paradies registriert, war das andere Schiff seit seinem Eintreffen an einem tiefschwarzen Tag verflucht worden. Es roch schon von Weitem nach Unglück, und kein Mensch mit etwas Verstand im Kopf wollte in diesem morschen Eimer hausen, obwohl die Kajüten der Offiziere prächtig ausgestattet waren. Es hieß, der Gestank würde eine Katze umbringen.

Der Frachtsegler *Gry* war hochbetagt, klobig und komplett abgetakelt, er erinnerte an einen zahnlosen Elefanten mit schwerfälligem, angekohltem Rumpf. Dabei hatte das Schiff eine lange Geschichte auf dem Buckel und war unter vielen Namen in vielfältiger Order gesegelt.

Es hatte in der ersten Hälfte des neunzehnten Jahrhunderts das Licht der Welt in einem spanischen Hafen erblickt, war auf den Namen *Bastardillo* getauft worden und hatte seine Blütezeit in den Jahrzehnten des Sklavenhandels erlebt. Es hatte hundert Fahrten zwischen der Westküste Afrikas und Charleston und Savannah in den Südstaaten der USA zurückgelegt, die Laderäume voller Menschenleben.

Später wurde es an eine schottische Holzhandelsgesellschaft verkauft und segelte unter dem Namen *Ivanhoe* mit kanadischen Fichten von Halifax nach Glasgow. Auf einer solchen Fahrt gegen Ende des vergangenen Jahrhunderts geriet das Schiff nördlich der Hebriden in so schwere See, dass es von der Besatzung aufgegeben wurde. Seiner Ladung wegen wurde es aber nicht versenkt, sondern driftete ohne Mannschaft weit über den Ozean bis ins Kattegat, wo es umhertrieb, wie es sich für ein Geisterschiff gehört, bis ein Schiffsmakler aus Göteborg es sich unter den Nagel riss und in einen Hafen holte. Er verkaufte das Sklavenschiff schnell ins norwegische Bergen, wo es in den ersten Jahren des zwanzigsten Jahrhunderts als Kohlenschiff diente. Da es an Bord aber spuken sollte, war es schwer, Männer zu bewegen, auf ihm anzuheuern. Am Ende blieb es in Bergen als Kohlenlager liegen. Der neue Eigner ließ einen Wachmann an Bord wohnen, doch nach einem Monat sprang der total besoffen über die Reling und ward nicht mehr gesehen. Zwei weitere machten sich schon nach wenigen Tagen aus dem Staub. Schließlich holte man einen Priester, um das Schiff, seine Ladung und die Kajüten zu segnen und alles Böse auszutreiben, aber es half nicht: Der junge Theologe, der sich bereitgefunden hatte, auf dem Schiff zu wohnen, wurde eine Woche später mit einem Strick um den Hals im Laderaum gefunden. Da gab der Eigner auf und verschenkte es gewissermaßen für seine Überführung nach Island.

Der Heringsgroßhändler Robert Falk taufte es auf den positiven Namen *Gry* (»Morgendämmerung«) und ließ es von zwei seiner Schiffe nach Segulfjörður schleppen, wo er sich die Kosten für den Bau einer Station und einer Pier sparen und den Hering an Deck des alten Sklavensargs einsalzen lassen wollte, von dem es hieß, er sei voll leerer Fässer. Denn bis dato hatte der Seelenverkäufer noch keinen Hering auf seinem Deck gesehen.

Kapitel 49

Ein Schmuckstück

Gestur wusste ein wenig von diesen Geschichten, doch warum war der *Schleichende Pott* neben diesem Spucknapf längsseits gegangen? Er stellte den Motor ab und lenkte sein Boot zum Bug des Potts, machte es da fest und schwang sich so geschmeidig über die Reling wie einst sein Vater, als er mit einem Haifangboot Kurs auf Amerika nehmen wollte. Der Abend war hell und still, voller Riggs und Rahen. Weder an Deck der *Ármann* noch der *Gry* war ein Mensch zu sehen. Die Bordwand des Dickschiffs überragte die Reling des Heringsboots um eine Manneslänge. Stimmen drangen hingegen von der *Spritquelle* auf der anderen Seite des Anlegers herüber. Gestur tappte zum Niedergang im Bug der *Ármann* und lauschte vorsichtig nach unten.

Die Kajüten des Ersten Offiziers und des Steuermanns waren dunkel und leer, unter Deck herrschte massive Stille. Gestur sah sich um, er war schon einmal auf dem Schiff gewesen, fand sich zurecht. Die Wände waren mit dem Geruch von Fischinnereien gestrichen, in der Steuermannskajüte gab es nichts zu sehen, außer einer heruntergekommenen Koje, einer leeren Cognacflasche im Bett und einem zu Boden gefallenen Lederstiefel, der ihn an die Gruselgeschichte erinnerte, die Lási ihm einmal von Hosen aus der abgezogenen Haut frisch Verstorbener erzählt hatte. Auch in der Kapitänskajüte war nicht viel mehr als eine fest an die Wand geschraubte Kommode mit

vielen Schubladen. Auf einem Tisch stand eine Saftflasche samt leeren Gläsern, daneben ein paar Tabakspäckchen. Gestur öffnete die
Schubladen eine nach der anderen. Schraubenzieher, Engländer,
Flachmann, Papiere, Beutel, Seekarten und noch mehr Seekarten, herausgegeben vom dänischen Generalstab, dazu eine dem Anschein
nach amerikanische. Mehrere Schubladen waren leer, andere enthielten Kleingeld, Haken und Schnüre. Er kniete vor der untersten Lade
und fegte mit dem Blick einmal über den Müll auf dem Fußboden. In
der nächsten Ecke lag eine Flasche auf einem Haufen alter Zeitungen,
eine eingestaubte Socke und eine leere Streichholzschachtel. Dielen
und Wände waren mit längst eingetrockneten Tabaksspuckflecken
übersät.

Das Bullauge in der Bordwand ließ ein wenig Licht auf den Dreck
fallen, in dem Gestur plötzlich einen kleinen Stein von der Größe
eines Lämmerkötels entdeckte. Gestur streckte sich danach, ein Band
folgte, er hielt den Stein ins Licht, und da traf ihn der Schlag: Es war
der kleine Lochstein, den Selmína immer getragen, der aber an ihrer
Leiche gefehlt hatte. Durch das schmale Loch darin war noch immer
ein dünn gewordener Lederriemen gezogen. Irgendein Kavalier hatte
ihr das nach einer gemeinsamen Nacht verehrt. Gestur hatte immer
Eiríkur als den Spender in Verdacht gehabt. Nun aber hielt er das isländische Schmuckstück, den flachen Uferkiesel, in der Hand und sah
vor sich, wie Hermundur Hafsteinn mitten im Bettgerangel Selmína
den armseligen Schmuck vom Hals riss, ihn in die Ecke schleuderte
und das Mädchen auf den Tisch. Tränen traten ihm in die Augen. Er
hatte nie viel von dem Mädchen gehalten, aber auf diese Weise, nackt,
erniedrigt und vergewaltigt, sollte niemand sterben. Und anschließend ins Meer entsorgt werden.

Als von der anderen Seite der Kajütenwand ein Schlag ertönte,
fuhr Gestur zusammen und sprang in Windeseile den Niedergang
hinauf. Oben blendete ihn die Julihelligkeit. Ein kleiner Regenschauer verschleierte die Sicht fjordeinwärts, aber über dem Pollur
war es trocken. Gestur wollte zur Reling, erreichte sie aber nicht, ehe

aus dem zweiten Niedergang am Heck des Schiffs ein kräftiger, dunkelhaariger Mann mit einem Stück Kabel in der Hand auftauchte. Er guckte überrascht, rief dann aber einschüchternd laut:

»He, was machst du hier?«

In dem Moment hätte Gestur einen auf schlapp machen und unbekümmert antworten können, er suche Hermundur, ob der nicht vielleicht noch eine Flasche für ihn habe. Oder etwas in der Art. Aber das bekam er nicht hin. Der Gedanke an den Mord, der Anhänger in seiner Tasche und der drohende Tonfall in der Stimme des Mannes ihm gegenüber setzten ihn unter Spannung. Anstatt etwas zu sagen, stieg er auf die Reling und wollte in sein Boot springen, doch der Mann mit dem dünnen, dunklen Haar hatte ihn schon erreicht, ließ das Kabel fallen und zerrte Gestur zurück an Deck.

»Wer bist du?«

Er hatte eine kräftige Fahne.

Gestur fiel, verdrehte sich den linken Knöchel, konnte sich mit einer geschmeidigen Bewegung aber dennoch von dem Mann befreien, der nicht nur betrunken, sondern auch zwanzig Jahre älter war. Er flitzte quer übers Deck hinter einen Mast, von da zur anderen Bordwand, wo er wieder auf die Reling klettern wollte, als der Mann näher kam. Es war knapp. Gestur kam gerade noch auf die kohlschwarze Reling der *Gry* hinüber, sprang von da auf ihr Deck und lief geduckt im Schutz der Bordwand nach hinten, wo er sich verzweifelt und mit klopfendem Herzen hinter dem Aufbau über dem Niedergang versteckte, dem Einzigen, was sich über das schmutzige Deck erhob. Dort hockte er sich hin und kam zu Atem. Dann lugte er um den Aufbau und sah den dunkelbrauigen Kerl über die Reling klettern, ein Gewehr in der Hand.

Gestur fiel das Herz in die Hose, er öffnete die Luke, starrte in die schwarze Dunkelheit und schloss lautlos die Luke hinter sich.

Kapitel 50

Menschheitsbrunnen

Der Gestank war ebenso überwältigend wie der Schmutz, Gesturs Nase zog sich in sein Gesicht zurück. Die Dunkelheit war so undurchdringlich, dass seine Füße kaum den Stufen trauten, die sie ertasteten. Er war jetzt im Innern eines Sklavenschiffs.

Über sich hörte er Planken knarren, oder bildete er sich das nur ein? Gleich würde der Mann die Luke zum Niedergang weit aufreißen ...

Gestur stieg ihn so schnell hinab, wie er sich traute, und ging dann weiter auf etwas, das er für das Unterdeck hielt, das sich aber gleich darauf als eine zweite Treppe herausstellte. Hinter sich hörte er nichts mehr, sein Herz übertönte alle anderen Geräusche. Er folgte einem Handlauf, bog nach rechts, noch eine Treppe abwärts, dann über einen, wie ihm schien, gewölbten Boden steil nach oben und wieder hinab. Er ließ sich auf alle viere fallen und kroch tastend weiter.

Er brauchte eine Weile, bis er den Boden als Fasswölbung erkannte, denn wieder ging es erst auf-, dann abwärts, dann ein weiteres Mal hinauf und hinab. Er kroch über gestapelte Fässer, musste sich also im Laderaum befinden. Er hielt inne, legte sich flach hin, versuchte, sich einen Fässerstapel in tiefster Dunkelheit vorzustellen und mit allem Möglichen, bloß nicht mit der Nase zu atmen, am liebsten mit den Augen. Er blickte zurück und lauschte, empfing aber keine Signale von oben; der Mann schien ihm nicht in den Laderaum gefolgt zu sein.

Atemlos vor Angst lag er eine Weile auf einem Fass, ein talentierter Privatdetektiv bei seinem ersten Einsatz.

Das menschliche Auge ist etwas Wunderbares. Selbst in tiefster Finsternis, im Schwarzen Loch der Zeit und der Geschichte, erkennt es den schwächsten Schimmer von etwas, das man Licht nennen könnte. Ist es vielleicht ein Licht, das es selbst ausstrahlt, das Licht seiner Seele?

Jedenfalls sah Gestur jetzt, wo der Fässerstapel endete. Das gab ihm genug Selbstvertrauen, um aufzustehen, doch kaum hatte er den Kopf gehoben, wurde er mit einem Schlag in den Nacken niedergestreckt. Ihn befiel Panik. Doch schnell wurde ihm klar, dass er sich selbst niedergeschlagen hatte, denn dicht über dem Fässerstapel ragten Galgen aus der Laderaumwand, hübsche eiserne Galgen, länger als sein Arm und mit einer Öse am Ende. Schwach schimmerten sie in der Dunkelheit.

Gestur rutschte von der Bordwand ab, konnte sich aufrichten und balancierte mit ausgebreiteten Armen von Fass zu Fass wie ein Zirkusakrobat. Einmal rutschte er mit dem Fuß ab, das nächste Fass war morsch, seine Dauben gaben nach, brachen. Gestur fiel in das Fass und mit ihm zusammen eine Fasslage tiefer, darauf rettete er sich und rutschte weiter abwärts, noch einmal zwei Lagen tiefer, und landete schließlich zerschrammt und geschunden auf dem Boden des Laderaums, in einer schleimigen Bilge, die nach jahrhundertealter Kotze, Blut, Schweiß, Pisse, Fäulnis, Schimmel und Rattenscheiße stank, nach allem, was an Ekelhaftem aus der Geschichte der Menschheit trieft, und jetzt kam noch ein weiterer Schwall hinzu:

Gestur erbrach sich in die Suppe.

Ein Fass rollte auf ihn zu, Ratten schwammen von ihm weg, Krähen flatterten mit Teufelsgebeten durch die Luft, und die Frau – welche Frau? – schrie so laut, dass er es nicht hörte. Er hörte es nicht, aber er sah es. Er sah den Schrei. Er sah eine schwarze Frau in schwarzer Finsternis noch mehr Schwärze aus sich herausschreien, ihren Mund so weit aufreißen, dass er in die tiefste Finsternis blickte, in den Abgrund des Menschen, sein Blick sank in den Menschheitsbrunnen, hinab in die Eingeweide der Erde. Er sah in Gottes Rachen und in Satans Därme, und es war eine große Finsternis, ein großes Nichts.

Ein Schaudern durchlief den Jungen, so heftig, dass sein Geist ein flatternder, leerer Sack wurde, der sich schnell füllte, denn nun sah er Visionen, er überblickte den gesamten Laderaum: Die unterste Klasse der Arche war voller Menschen, schwarzer Menschen, halb nackter Menschen in Ketten und Fesseln, an Galgen gekreuzigt, Wellen abreitend, die Menschheitsnacht, schweißglänzend, zähneklappernd, augenfunkelnd, und alles in seinem eigenen Takt, dem eigenen Rhythmus der Ketten, tanzend, Sklaven, die ausharrten, Sklavinnen in ihrer Verzweiflung, doch einige sangen, im Takt der Ketten, der Tränen und Wunden.

> *Den weißen Mann die Sonne brennt*
> *auf hellem Deck, bespült von Gischt.*
> *Die Kette im Dunkeln Glieder durchtrennt,*
> *doch triumphieren darf sie nicht.*

Betäubt hörte Gestur auf den Gesang, allein stand er auf der Bühne, umringt von Zuschauern auf vier Rängen, auf schmalen Simsen an Galgen hängend, sitzend, liegend, wund von laut rasselnden Ketten, ihre Heimat und ihre Kinder beweinend …

Der Rhythmus schüttelte ihn und schüchterte ihn ein. Völlig unerwartet war der Junge aus dem Fjord in ein dunkles Kapitel der Menschheitsgeschichte gefallen und wünschte sich jetzt nichts sehnlicher, als mit heiler Haut nach Hause zu kommen. Er versuchte, sich aus dem feuchten Abgrund aufzurichten. Doch die Dunkelheit war zu finster, das Holz zu glitschig und die Fässer waren zu gewölbt. Er bekam nichts anderes zu fassen als ein paar Dauben aus dem zerbrochenen Fass. Schließlich fand er tastend den Stapel wieder und schaffte es mit Müh und Not auf die unterste Ebene der Stellage, indem er die Kante eines leicht vorragenden Fasses zu packen bekam und sich daran vom Grund des Segulfjörður hochzog und noch höher, bis hinauf zu einer unbekannten Luke, die etwas Helligkeit durchließ, aber erst gegen Morgen nachgab. Nass und stinkend kroch er ans Tageslicht und in die windstille, menschenleere Schönheit des Morgens. Möwen sammelten sich um ihn: Was für ein verführerisch fauliger Duft! Aber sie stoben gleich wieder davon: Was für ein abartiger Gestank!

Als die Sonne aufging, weinte er ein wenig, so glücklich war er, die Mutter des großen Lichts zu sehen. Durch die sandgraue Schmutzkruste auf seinem Gesicht sah er anschließend lange zum Heringsschiff *Ármann* hinüber, bis er sich traute, es wieder zu betreten. Nur, um festzustellen, dass sein Boot verschwunden war. Er kletterte zurück auf die *Gry*, sprang von dort auf den Anleger und lief darauf ratlos auf und ab, wusste nicht, wie er an Land kommen sollte.

Wenig später erschienen zwei Säufer an Deck der *Spritquelle*, schwankend, mit roten Wangen, verbeulten Hüten und bester Stimmung, nachdem sie gerade ihre Fortpflanzungsorgane geleert hatten. Ganz offensichtlich kamen sie aus dem Puff unter Deck der *Britta von Bergen*, der *Spritquelle*, und taumelten jetzt eine Gangway hinab, die Gestur vorher nicht gesehen hatte.

Er gesellte sich zu ihnen, obwohl sie die Nase über seinen Geruch rümpften und ihm die ganze Fahrt zum Land den Rücken zudrehten. Er saß für sich allein im Heck des Boots und sah zu, wie der Betrunkenere der beiden kurz übers Dollbord reiherte. Die Heringsflotte lag im Tiefschlaf, alle Kajüten voller Traumschwärme. An Land jedoch war der neue Telefonstellenleiter bereits auf den Beinen. Gestur sah ihn den edlen Kasten zum Telefonhäuschen schleppen, wo zwei huttragende Herren darauf warteten, mit dem erwachten Teil der Welt telefonieren zu können.

Gestur entkleidete sich vor dem Haus, warf die Klamotten auf einen feuchten Haufen an der Grassodenwand und ging zum Teich, um sich den gröbsten Schmutz abzuwaschen, den Staub von Evigers Fußboden und den Bodensatz der Geschichte. Er wollte schon in seiner dünnen Unterhose ins Haus gehen, kehrte aber noch einmal um und holte das Schmuckstück aus der Hosentasche, den Lochstein mit dem Lederriemen. Nachdem er beschlossen hatte, alle weiteren polizeilichen Ermittlungen einzustellen, schlief er mit dem Stein in der Hand ein.

Kapitel 51

Menschenhaupt, Schwanenhaupt, Tassen

»Zu Papa gehen!«

Die kleine Helga hatte sich angewöhnt, morgens in Gesturs Bett zu klettern, wo er von einer holzverschalten Welt träumte, mit abgeteilten Zimmern, Küchenherd und jeder Menge Fenster. Die Kleine war zwei Jahre alt, sprach unglaublich gut, hatte ein klares Gesichtchen mit hellen Locken und ein Köpfchen, das alles aufsaugte wie ein Schwamm. Für alle anderen außer ihm selbst war sie Gestur wie aus dem Gesicht geschnitten, seine Nase, sein Blut, aber noch niemand hatte geäußert, dass sie doch wohl seine Tochter sei, vielleicht war tatsächlich einfach noch keiner auf den Gedanken gekommen, außer Hans und Baldvin natürlich.

Das Kind aber schien Bescheid zu wissen, denn urplötzlich war Helga dazu übergegangen, ihn andauernd Papa zu nennen. Es störte sich aber keiner daran, denn in dieser Familie gingen die verwandtschaftlichen Beziehungen ohnehin kreuz und quer, bildeten ein solches Wirrwarr, dass niemand durchblickte, wer nun wie mit wem verwandt war. Einauge Olgeir zum Beispiel war Lásis Sohn, nannte ihn aber Opa, folgte Gestur wie ein Sohn, rief aber den Hund Papa. Grandvör war Lásis Schwiegermutter, erwähnte das jedoch nie, und umgekehrt behandelte der sie nicht anders als einen gebrochenen

Mast, der aus irgendeinem Grund unter einer Decke im hintersten Bett seines Hauses aufbewahrt wurde. Engilfríður war mit niemandem im Haus verwandt, am allerwenigsten mit Gestur, der jedoch der Vater ihrer Tochter war. Sie fungierte auch weder als Haushälterin noch als Dienstmagd, sondern hatte in etwa die Rolle einer bücherliebenden, nicht näher bezeichneten Besucherin samt Kind inne.

Diese Versammlung dirigierte die gutmütige Haushaltsvorsteherin Málfríður wie ein mit niemandem verschwisterter oder verschwägerter Part, obwohl sie und Gestur eine gemeinsame Vergangenheit als Mutter und Kind in einem anderen Fjord hatten. Mit den Leuten in Strönd verhielt es sich wie mit Schiffbrüchigen, die das Schicksal zufällig auf denselben Felsen geworfen hat. Das Einzige, was sie verband, war der Schutz vor Wind und Wetter und Nässe. Die Dachsparren hielten sie zusammen, wie man so sagte. Und eigentlich war das der Kerngedanke jeder isländischen Familie, ein Denken, das die Isländer tausend Jahre lang zu Toleranz und Vorurteilslosigkeit erzogen hatte. Wer unter demselben Wetterschutz lebte, war auch miteinander verwandt. Die Eiseskälte machte alle zu Brüdern.

»Zu Papa gehen!«

Helga war reif für ihr Alter und hatte früh zu sprechen begonnen, auch wenn sie mit bald drei Jahren noch kein S sagen konnte.

Gestur lächelte ihr entgegen, nahm sie in sein Bett, noch immer ein wenig mit Gänsefüßchen, und unterhielt sich aufmerksam mit ihr, nicht wie ein Vater, aber auch nicht ablehnend. Er balancierte auf dem schmalen Grat zwischen Freundlichkeit und Vaterliebe. Olgeir (der seit Selmínas Tod mit in Gesturs Bett schlief) war von der Art der Kleinen, sich an den Vater heranzumachen, gar nicht erbaut und versuchte immer, sich zwischen sie und Gestur zu drängen oder sie sogar einfach aus dem Bett zu schubsen. Vom letzten Sturz hatte Helga immer noch Schorf auf der Stirn.

»Nein, Olli, so etwas tut man nicht«, sagte Gestur.

Er machte sich Sorgen, wie rücksichtslos sich der Siebenjährige gegenüber dem kleinen Mädchen verhielt.

»Du bist nicht ihr Papa.«

»Trotzdem darf sie hier bei uns sein.«

»Ihre Mama ist stumm, und sie selbst kann nicht richtig sprechen.«

»Das stimmt. Manche lernen erst spät sprechen, und andere haben bloß ein Auge.«

»Ich kann sehen. Ein Auge reicht. Das sagt auch Opa Lási. Alle haben bloß einen Mund und eine Nase. Da ist auch ein Auge genug.«

»Ich weiß, ich versuche dir nur zu sagen, dass Menschen ganz verschieden sein können.«

»Es hilft aber nicht, einen Mund zu haben, wenn man damit nur dummes Zeug plappert. Ich habe nur ein Auge, aber ich sehe alles richtig.«

»Bist du da ganz sicher?«

»Ja. Ich sehe sogar, was ihr nicht seht, dass sie so blöd ist wie ihre Mutter.«

»Sag so etwas nicht und, nein, Olli, nicht schubsen! Sei vorsichtig!«

»Laf daf! Meine Mama if lieb«, widersprach Helga verletzt.

Gestur bekam sie zu fassen, bevor sie vom Bett fiel, schüttelte Olgeir ab und schaute den Gang entlang, begegnete kurz dem Blick der Mutter der Kleinen, dieser Frau, die ihm einmal in einer Scheune so überirdisch erschienen war wie ein stummer Engel. Jetzt lag sie da wie die irdischste, körperlichste aller Frauen, mit weicher Haut und sanften Augen, und zog laut die Nase hoch, eines der wenigen Geräusche, die sie von sich gab. Dort bei ihr könnte er liegen und jeden Morgen ihre Wärme genießen, und jede Nacht. Warum tat er das nicht längst?

»Ja, deine Mama ist lieb. Und sie ist schön«, sagte er zu seiner eigenen Überraschung und nahm eine Bewegung im Bett gegenüber wahr. Ein weißblonder Schopf kam da zum Vorschein: Svanlaugur, der Zukünftige auf Freiersfüßen, war davon aufgewacht, dass der Kindsvater seiner Verlobten ihr im nieseligen Morgengrauen Komplimente machte.

Im viergeteilten Giebelfenster zwischen Lási und Grandvör stand die Wettervorhersage des Tages: Eine helle Sprühregenwand hing so nah am Ufer, dass nur die vordersten Wellen zu sehen waren. Mit ein wenig weißem Schaum plätscherten sie auf den Strand und schienen nichts anderes zu verkünden als: Auch heute kein Hering!

»Fön! Fie if fön«, wiederholte Helga.

»Sie ist doof«, murrte Olgeir auf der Wandseite des Betts.

»Mami if nich doof! Fi if fön.«

»Gestur ist nicht dein Papa, er ist mein Papa«, rieb ihr Olgeir unter die Nase.

»Ich dachte, der Hund wäre dein Papa«, bemerkte Gestur gutmütig.

»Er heißt Papa, aber du bist mein Papa.«

»Und wer ist deine Mama?«

»Das weißt du doch. Mófríður.«

»Und wo ist sie?«

Der Junge blickte Gestur leicht genervt an. Dieses Spiel, das vor langer Zeit entstanden war, als Olgeir noch klein war, hatten sie schon oft gespielt. Seine Einsätze spulte er jetzt ab wie ein Schauspieler, der seiner Rolle entwachsen ist, aber das Stück noch einmal aufführen muss.

»Sie ist im Meer. Mit meinem Auge.«

»Warum hat sie es mitgenommen?«

»Weil sie es bei sich haben wollte.«

Gestur sprach seinen Part dagegen mit vollem Engagement wie der Chef der Theatertruppe, der zum Unwillen der anderen noch eine weitere Aufführung vereinbart hatte. Dabei überlegte er, ob sein Wunsch, dem Jungen diese kindlichen Repliken noch einmal aufzusagen, vielleicht sein verzweifelter Versuch war, ihn jünger und unschuldiger erscheinen zu lassen.

»Warum? Wozu wollte sie es bei sich haben?«

»Damit ich sie sehen kann.«

»Und? Siehst du sie? Was tut sie gerade?«

Olgeir knuffte gegen den Dachbalken, er hatte keine Lust mehr darauf.

»Sie ist am Stricken.«

»Was strickt sie denn?«

»Einen Beutel für das Auge.«

»Damit sie es darin aufbewahren kann?«

»Ja, damit es nicht nass wird, denn sie liegt ja in der See.«

»Deine Mama if eine Fee?«, fragte Helga mit großen Augen. Sie war einfach zauberhaft und bildhübsch.

Olgeir freute sich, seinen Text abwandeln zu können, und improvisierte sofort:

»Ja, sie ist eine Fee, und sie steckt in Opa. Das hört man immer, wenn er pupst. Dann will sie raus.«

Die Frau des Hauses rief die Kinder zu sich, der Frühstücksbrei sei fertig. Gestur sah dem Zwergenaufstand nach, der o-beinig wackelnden Helga mit dem dicken Windelpo und dem schnelleren, die Ellbogen ausfahrenden Olgeir, wie sie Málfríður zustrebten. Sie nahm sie lächelnd in Empfang. Ihr gegenüber setzten sich die Schwäne auf.

»Vorsicht, Olgeir, lass ihr auch etwas Platz«, sagte Malla mit ihrer allbekannten Ausgeglichenheit, kapitulierte aber bald vor dem Jungen, der sich ständig an sie drängelte, und sie nahm die Kleine auf den Schoß.

Gestur sah zu, wie Helga mit kleinen Händen ihren Brei in ihren kleinen Mund stopfte, und er verstand auf einmal, warum Kleinkindern alles solche Mühe bereitete, das Gehen, das Sprechen, die Welt zu begreifen. Sie waren einfach so klein, so viel kleiner als Erwachsene. Es passte noch nicht so viel in ihre kleinen Köpfchen. Es war eine läppische Einsicht, so trivial wie die Tatsache, dass Kinder nun einmal klein sind. Dennoch öffnete sie seinem Denken eine neue Perspektive. Natürlich passte in eine kleine Tasse weniger als in eine große. Das hatte er so noch nie überlegt. Sie mussten warten, bis das volle Fassungsvermögen erreicht war.

1987 würde Helga achtzig Jahre alt sein. Wie fern diese Jahreszahl erschien. Würde dieses Jahr wirklich jemals kommen?

Es war komisch, aber jede Generation trug eine gewisse Ignoranz gegenüber der Zukunft in der Brust, eine gewisse Ungläubigkeit, falls nicht gar Negierung, dass sie überhaupt jemals eintreten werde. Dabei war doch die Zeit eine der ganz offensichtlichen Grundkonstanten des Lebens, ebenso feststehend wie die Sonne, die Erde, Gott und der Tod. Gestur sah ein riesiges Knäuel vor sich, weit hinten am Horizont, von Nebel umgeben. Aber erst wenn sich der Faden aus den Wirren in Wochen, Tage und Minuten verwandelt hatte, nahmen die Menschen ihn wahr. Der Ruderer nimmt immer nur eine Welle nach der anderen. Die vage Zukunft war wie ein himmelweiter Ozean, der in gewisser Hinsicht gar nicht existierte. Seine entgegengesetzten Enden bestanden aus Luft. Der Faden der Zeit war also aus Nichts gesponnen. Alles, was er berührte, wurde zu Nichts.

In solche Gedanken versunken, betrachtete Gestur Svanlaugur, der, gerade erst aufgewacht, mit zerwühlten Haaren vorgebeugt auf der Bettkante saß und den Kopf in die Hand stützte. Dahinter ragte der Berg über Eyri auf. Dieser große Männerkopf aus Grindavík gegen einen Berg. Da erkannte Gestur, wie gering der Unterschied zwischen einem Kind und einem Erwachsenen war: Obwohl es kleine und große Tassen gab, blieb der Kopf eines Menschen doch immer nur eine Tasse. Vor der Welt blieben wir immer Kinder, unwissende, dumm dreinblickende, unfertige Kinder, krabbelnd, kletternd, watschelnd, um uns auf glattem Eis zu halten, um Wellen abzureiten, um uns über Zahlungen zu einigen.

»Brei fertig effen!«, krähte die Kleine durch die Baðstofa, dass alle grinsen mussten. Aber für Gestur gab es auf einmal gar keinen Unterschied mehr zu dem großen Ole, wenn der Polier seinen letzten Löffel Hafergrütze verputzt hatte und laut rief:

»Essenszeit beendet. Alle wieder an die Arbeit!«

Vor den Bergen des Lebens sind alle Menschen Kinder.

Gestur saß auf seiner Bettkante, als Helga auf wackeligen Beinen zu ihm kam, an ihm hochkletterte und verlangte, huckepack genommen zu werden. Zuneigung wallte in ihm auf, und er packte sie, legte sie auf den Rücken, drückte seine Haare auf ihre Brust, presste Pupsgeräusche auf ihren Bauch und vergaß sich, vergaß seine Gänsefüßchen: Er wollte so gern ihr Vater sein! Ganz plötzlich empfand er das so. Und auch noch dies: Wenn er dieses schnarchende Primelchen auf der anderen Gangseite heiraten müsste, um der anerkannte Vater Helgas zu werden, dann würde er das tun. Gern.

Kapitel 52

Frauen halten um eine Frau an

Es vergingen jedoch erst noch weitere heringslose Regentage, bevor die Angelegenheit offiziell behandelt wurde. Die auf dem Sterbebett liegende Greisin klagte wieder über Schmerzen in der Gesäßgegend. Ihre Ausscheidungen waren zu der Zeit mehr oder weniger flüssig wie Suppe, und Málfríður musste ihre Bemühungen um die entzündeten Wunden um ständiges Waschen und Wenden erweitern. Außerdem versuchte sie es mit einer Neuerung, die das norwegische Invasionsheer mit ins Land gebracht hatte: kalten Umschlägen. Die hatten die Isländer in Norwegen vergessen, als sie Island besiedelten, obwohl an jedem Hof im neuen Land ein Bach mit kaltem Wasser vorbeifloss. Málfríður ließ Olgeir einen Lappen nach dem andern in einem kleinen Wasserfass (einem ehemaligen Heringsfässchen) befeuchten, das zusammen mit einem größeren für ihr Brauchwasser draußen vor der Tür stand und aus dem der Hund nicht trinken durfte.

Durch das lange Zusammensein von Patientin und Pflegerin ergaben sich Gelegenheiten für Unterhaltungen. Bei kalten Umschlägen redeten sie sich warm. Málfríður erwähnte dabei auch ihre Idee, dass Gestur die sprach- und namenlose Frau mit dem Kind heiraten solle, allerdings ging sie nicht so weit, der Greisin zu verraten, dass die kleine Helga seine Tochter war. Auf dem Sterbelager wurde die Idee jubelnd begrüßt. Der Gedanke setzte sich im Oberstübchen der

Alten fest, und fortan murmelte sie nichts anderes mehr als »es muss eine Hochzeit geben« und »jetzt muss ein Pastor her«, meist mit dem Zusatz »möglichst ein nüchterner«.

Beide bedrängten Gestur, er solle endlich Farbe bekennen und Engilfríður einen Antrag machen. Er hielt sie mit einer Frage hin: Wie macht man einer Gehörlosen einen Antrag? Doch nach einer zweiten Unterredung in der Küche hatte die Frau des Hauses ihn so weit. Was sollte er auch anderes tun, als einem Rat Málfríðurs zu folgen?

Es trat allerdings noch einmal eine Verzögerung ein, denn der mächtige Óskar Eviger nahm Gestur mehr und mehr für sich in Anspruch. Da es ohnehin keinen Hering gab, er andererseits immer wieder zu Besprechungen mit anderen führenden Köpfen des Fjords und zu Einladungen musste, Leute die werdende Fabrik besichtigen wollten und er hin und wieder auf Segulnes zu tun hatte, beförderte er Gestur zum Privatchauffeur seiner Exzellenz. Fortan musste er sich jeden Abend mit dem Boot bereithalten, manchmal sogar bis spät in die Nacht. Óskar hatte sich drüben ein Zimmer eingerichtet und übernachtete manchmal dort. Einige Male musste Gestur von da übersetzen und ihm in Eyri eine Frau besorgen, die er nach genossenem Stelldichein auch wieder zurückbringen durfte. Dann schaffte es der Bräutigam in spe erst in den frühen Morgenstunden, sich im eigenen Haus aufs Ohr zu legen.

»Gestur, mein Bester. Auf dich kann ich mich immer verlassen. Und du weißt, dass ich mich zu jeder Zeit auf dich verlassen können muss«, sagte Óskar, als er nach einer Feier bei Södal gut angeheitert in sein Privatboot plumpste wie ein venezianischer Aristokrat und sich über den Fjord schippern ließ. Gestur barg das Lob unter dem Kopfkissen und konnte vor Aufregung kaum schlafen. Ein Óskar Eviger hatte ihn ausgezeichnet.

Am Ende verloren die Frauen die Geduld. »Wir werden uns darum kümmern«, versicherten sie Gestur und verklickerten der jungen Frau mit Gesten und Pantomimen, mit in die Luft gemalten Herzen, an Finger gesteckten Ringen und im Turm geläuteten Glocken, dass sie in gut drei Wochen zum Altar geführt werden solle. Eine mögliche Ablehnung des Ansinnens vonseiten Engilfríðurs war in dem schönen Plan nicht vorgesehen. Málfríður hatte sogar schon mit Séra Árni gesprochen. Er würde die bevorstehende Hochzeit im Gottesdienst am nächsten Sonntag ankündigen. Die Haushaltsvorsteherin setzte sich für die Sache ein, als würde sie ihre eigene Heirat vorbereiten, und die alte Grandvör erteilte aus ihrer Ecke ihren Segen dazu.

Engilfríðurs Gesicht war nicht anzusehen, ob sie all die Fingerfertigkeiten mitbekommen und richtig gedeutet hatte. Am Abend aber legte sie Svanlaugur, der gerade sein Abendessen aus einem hölzernen Essnapf löffelte, die Hand auf die Schulter und schenkte ihm einen dankbaren Blick. Gestur sah es und verschluckte sich an einem Stück Roggenbrot. Málfríður, die ebenfalls alles beobachtet hatte, ging zu der jungen Frau, geleitete sie zu Gestur, legte ihre Hand auf dessen Schulter und machte ihr so klar, dass der ihr Bräutigam war, ihn sollte sie heiraten, nicht den anderen.

Es lässt sich nur ohne Worte beschreiben, was ein stummes Gesicht alles auszudrücken vermag, doch wenn jemals jemand eine aufleuchtende Seele gesehen hat, dann stand sie in diesem Moment da, strahlend hell. In diesem einen Augenblick erkannte Gestur, wie sehr sie sich nach ihm gesehnt hatte, drei Jahre lang, und er schämte sich. Er hatte sie nicht verdient. Sie hatte ihm die Tiefe und Innigkeit der Gefühle einer Heiligen voraus. Ihre Liebe war eine strahlende Sonne, die Seine ein fahler Mond.

»Bift du auch der Papa von meiner Mama?«, fragte Helga entzückt und strahlte ebenfalls.

Die Freude und die Liebe, die sich hier leuchtend entfalteten, entgingen auch dem Kind nicht. Gestur lachte mit den anderen, bis sein Blick dem Dachbalken folgte und auf Svanlaugurs Augen traf. Darin wallte eine stumme Sturmflut.

Kapitel 53

Morgengabe

Der Tag der Hochzeit wurde auf den zweiten Augustsamstag festgesetzt. Er würde eine willkommene Erhebung im Flachland des noch immer hoffnungs- und heringslosen Einerleis darstellen. Ein Teil der Norwegerflotte blieb im Hafen (um Treibstoff zu sparen, wurden nur die Segelschiffe ausgesandt, um den Hering aufzuspüren), und ihre Besatzungen schliefen morgens ihren Rausch vom Vortag aus und packten abends die Fäuste aus.

Gemeindevorsteher Hafsteinn hatte aus Fagureyri zwei Polizisten zur Verstärkung bekommen, doch einem von ihnen hatte ein Norweger gleich am ersten Wochenende einen Arm gebrochen, woraufhin der andere zu viel Angst hatte, um allein auf Streife zu gehen, und so latschte er neben dem Gemeindevorsteher her wie ein armloser Armleuchter. Nachdem das Telefonproblem erledigt war, stand als Nächstes der Kampf um ein solides Gefängnis auf der Tagesordnung. Vorübergehend hatte Hafsteinn die schlimmsten Raufbolde in einen Verschlag seines Kellers gesperrt und einen massiven Riegel vorgelegt. Doch eines Tages hatte er einen seiner Delinquenten, einen jungen, hübschen Burschen aus Stavanger, im Bett seiner Tochter vorgefunden, der sechzehnjährigen Mekkín. Sie hatte in dem Sommer ihr Zimmer im Obergeschoss zugunsten eines fülligen Bankierssohns aus Reykjavík geräumt und schlief mit zwei zwanzigjährigen Heringsarbeiterinnen in einem der Zimmer im Keller. Die norwegische

Invasion hatte auch das Haus des Gemeindevorstehers erreicht. Zum dritten Mal in seinem Leben verlor Hafsteinn die Beherrschung, stürmte nach Upphæðir und verlangte ein Gefängnis.

»Wir brauchen ein Zuchthaus! Das geht so nicht länger! Was ist los mit diesen Herrenbürschchen in der Stadt? Sie begreifen das einfach nicht. Sie verstehen nicht, dass man ein Gefängnis braucht, um einen Ort mit fünftausend Einwohnern zu leiten. Ein separates, solides, storartiges Zuchthaus!«

Strönd steckte derweil voll froher Erwartung. Lási war mit dem Verfassen eines Brautgesangs beschäftigt und hatte sich das neue Wort »Sterbelagerfreude« ausgedacht, um den schönen Anblick in einen Begriff zu fassen, der sich ihm jetzt jeden Morgen auf dem Bett gegenüber bot: Die steinalte Grandvör schien mit jedem Tag jünger zu werden. Durch ihr eisgraues Haar spannen sich grüne Fäden. Das Angebot, sich zur Kirche tragen zu lassen und dort liegend auf der hintersten Bank der Trauung beizuwohnen, lehnte sie jedoch strikt ab.

»Eine Hochzeit ist was für lebende Menschen, Tote haben da nichts verloren.«

Die Schwäne kamen höchstens in den frühen Morgenstunden nach Hause. Die Fassfabrik arbeitete allem Fernbleiben der Heringe zum Trotz und stieß ihre leeren Behältnisse aus wie ein Schornstein Rauch. Die Abende wiederum verbrachten die beiden in der Gesellschaft von Bekannten aus ihrer Gegend. Diese Männer von Suðurnes besaßen jetzt im Keller von Norheim etwas nördlich von Mjólkurbær ihre eigene Kneipe.

Málfríður brachte es durch ihre Beziehungen zum Madamenhaus tatsächlich zuwege, ein richtiges Brautkleid zu organisieren. Gestur war eines Abends vollkommen perplex, als er von der Arbeit nach Hause kam und in der Baðstofa seine ehemalige Geliebte Súsanna vorfand, mit konzentriertem Blick unter gefurchten Brauen und Stecknadeln zwischen den Zähnen. Zögernd grüßte er mit einem »Hallo«, aber sie nickte bloß in seine Richtung, ebenso stumm wie die Braut, der sie gerade half. Engilfríður stand vor ihr in einem langen weißen Kleid mit Spitzen und Stickereien und war wieder ein Engel geworden. Diese Göttergestalt sollte er in vier Tagen heiraten!

Langsam ging ihm auf, dass er die Mutter seines Kindes im Kleid seiner Verflossenen zum Altar führen würde. Eigentlich hätte er noch der Anna-nicht-Anna schreiben sollen, ob sie ihnen nicht ein gutes Paar Schuhe dazu leihen könnte.

Am Morgen der Hochzeit flaggte der Sprühregen einen unerwarteten Regenbogen, und Gestur erschien es als Glück verheißendes Omen, unter einem solchen zu heiraten. Er hatte es geschickt hinbekommen, sich von Óskar Eviger einen Tag freigeben zu lassen, ohne den wahren Grund zu verraten. Es war nicht sicher, ob der Norweger von diesem Seitensprung seines Privatchauffeurs erfahren würde.

Beim Treiben des vorhergehenden Wochenendes hatten es Skapti und Svenni allerdings allen verkündet, die es hören wollten, und sie hatten den Bräutigam hochleben lassen, der anschließend in der Kneipe viele Fragen beantworten musste.

»Na, wer ist denn die Glückliche? Eure Hauswirtschafterin?«, hatte ein braunzahniges Maul aus dem Þorskafjörður nachgefragt, und der Backgroundchor hatte mit Gelächter und Gläserklingen reagiert: »Ist die nicht ein bisschen zu alt für ihn?« – »Wie, will er echt die heiraten?« – »Wen, diese Trantüte aus dem Óðalsfjörður?« – »Was findet er denn an der?« – »Na ja, die ist doch stumm, Mann, und das ist doch ein Vorteil bei jeder Frau.« – »Mann, der hat doch an jedem Finger eine. Da kommste mit dem Zählen gar nicht mehr nach.« – »Was ist denn aus Anna geworden? Mann, leck mich, hat die gut ausgesehen! Die Anna! Prost, auf Anna! Die Heringsprinzessin!«

Nach der ganzen Fopperei musste Gestur erst mal allein zum Ufer, wo er dann in den Sonnenuntergang pinkelte, den ersten, den der Ort seit drei Wochen zu sehen bekam. Dabei überlegte er, ob er wirklich das Richtige tat. Dann verbannte er Anna zum tausendsten Mal aus seinen Gefühlen, aus seinem Kopf, ab in den Sonnenuntergang und in den Fernseer. Erst auf dem Rückweg zu seinen Kumpels machte er sich klar, dass man ihn von nun an stets in Verbindung mit einer taubstummen Frau sehen würde.

»Ja, es stimmt schon, ich begreife dich nicht, Kerl. Ausgerechnet die heiraten zu wollen ... eine Unbekannte aus dem Óðalsfjörður, von der du nichts weißt, nicht einmal, wie sie heißt«, stichelte Skapti und blieb mit seinem scharfgeschnittenen Gesicht unter dem wirren, dunklen Haar für einen Moment stumm, bevor er und Svenni in Lachen ausbrachen.

Aber recht hatte er, der Bräutigam kannte nicht einmal den Namen seiner Zukünftigen. Im Aufgebot hatte sich der Pfarrer für die Formulierung »namenlose Mutter Helgas aus Óðalsfjörður, Magd in Strönd« entschieden. Doch es fanden weitere Nachforschungen statt. Am Morgen der Hochzeit kam ein reitender Bote vom Gemeindevorsteher im Óðalsfjörður. Das Schreiben wurde Séra Árni, der gerade seine Ansprache für die Trauung zusammenstellte, auf den Tisch gelegt. Als der Pfarrer Gestur wenig später beiseitenahm und ihm den Namen seiner Braut verriet, traute Gestur kaum seinen Ohren. Sie hieß Engilráð und war die Tochter eines Ólafur auf Minni-Brekka im Óðalsfjörður. Und er hatte sie jahrelang Engilfríður genannt!

»Ist sie die Richtige?«, fragte der Pfarrer wie ein Glückspolizist im Talar.

Gestur befiel ein Zaudern.

»Äh, ja, ich glaube schon.«

Dann lächelte er ein engelsgleiches Lächeln. Er hatte den Namen der Braut als Hochzeitsgeschenk erhalten.

Die Sonne stach in digitaler Form herab und beleuchtete das Schreiben in Séra Árnis Hand, als sie vor der Hauswand von Upphæðir standen, den gesamten Ort im Hintergrund. Gesturs frisch gekämmter Schopf leuchtete wie ein Strahlenkranz.

Seine Ausstattung hatte er bei den Evigers bekommen. Sein Polier auf der anderen Seite, der sanfte Riese Ole Næss, besaß noch einen dreiteiligen Anzug aus englischer Schurwolle, den sein Freund auf einer Einkaufstour nach Schottland erstanden hatte, bevor er auf dem Rückweg über Bord gefallen war. »Den kannst du gern behalten. Mir ist er eh zu klein, und wer weiß, wann du das nächste Mal heiratest.« Wieso sagte er das? Das sah ihm gar nicht ähnlich. Und es tat ihm auch auf der Stelle leid. Ein Rot, wie es dem norwegischen Ole daraufhin in sein merkwürdig flaches, breites und grobes Gesicht schoss, hatte Gestur noch nie gesehen. Es flog darüber hin wie ein windschneller Wolkenschatten über einen Berghang.

»Entschuldige, teurer Freund. Das habe ich nur so dahingesagt. Ich wünsche euch nur das Beste, und ich hoffe, dass sie nicht früh stirbt, aber ... so viele meiner Freunde daheim in Ålesund haben ihre Frauen verloren. Einer war mit nicht einmal dreißig schon dreimal verheiratet.«

»War das der, dem der Anzug gehört hat?«

»Nein, ich bitte dich! Der ist so jung schon gestorben, aber ... doch, er war zweimal verheiratet.«

Kapitel 54

Hochzeit

In einem schon einmal gebrauchten norwegischen Hochzeitskleid und einem zweimal verheirateten Dreiteiler schritten die Brautleute zum Altar. Es war eine, wenn man so will, mehrschichtige
Hochzeit, ein Augenblick des Glücks, der auf den Schultern vorange-
gangener stand. Schüchtern schritten sie über den Kirchenboden
und nahmen auf dem Doppelstuhl neben dem Altar Platz, der als
Äquivalent zur früheren Hochzeitsbank fungierte. Hier wurden alte
Volksbräuche noch befolgt, keine neumodische Inszenierung mit
sentimentalen Orgeltrillern. Séra Árni wollte an der Schlichtheit
festhalten, die zu einer Hochzeit einfacher Leute passte, obwohl er
stets ein üppiges Musikprogramm vorsah.

Engilráð war am Morgen im Madamenhaus von einem großen
weiblichen Hofstaat zurechtgemacht worden. Die Hauswirtschafterin Halldóra, inzwischen auch als Madam tituliert, obwohl unverheiratet, kümmerte sich um die Frisur, Súsanna um Schleier, Lippenstift
und letzte Kleinigkeiten am Kleid, Málfríður um das Anziehen und
Kämmen der kleinen Helga. Dienstmädchen eilten mit Blumen-
sträußen, Scheren und Schuhwichse umher. Im Zentrum der Aufmerksamkeit stand die Braut, niemals tiefer in ihr Stummsein versunken als an diesem Tag.

Halldóra sah dem Brautzug auf dem Weg zur Kirche nach und
machte sich dann zusammen mit den Mädchen an die Töpfe. Im An-

schluss an die Zeremonie sollte in ihrem Haus ein einfaches Hochzeitsessen stattfinden.

Magnús Mannlos kam mit finsterer Miene von Gamlibær zurück. Als er zur Kirche gekommen war, hatten die Mägde von dort nicht ihre Wäsche von den Kirchenbänken gesammelt, wie sie es versprochen hatten. Man hatte ihnen nämlich erlaubt, bei Regen ihre Bett- und Unterwäsche in der Kirche zu trocknen. Magnús hatte die halb trockenen Wäschestücke wutschnaubend zusammengerafft, sie in einem Knäuel zu ihrem Haus gebracht und dort mit ein paar saftigen Flüchen einfach in den Gang geworfen, sodass alles wieder schmutzig wurde. Jetzt war er schweißnass und verschwand im Turm zu seinen Glocken.

Als Engilráð vor Beginn der Zeremonie unter dem Schleier neben ihrem Bräutigam im Vorbau der Kirche stand und der Turm über ihnen vom Glockenläuten dröhnte und bebte, sah sie ein älteres Paar auf das Friedhofstor zukommen. Die Sonne wärmte die Gräber, auf der Mauer stand eine Bachstelze und wippte mit dem Schwanz, der ebenso glänzte wie der Stoff auf den Schultern und der Mütze des Mannes, so abgetragen war er. Die Nasenspitze der Braut zitterte leicht unter dem Schleier, als sie die alten Leute die Stufen heraufsteigen und die Kirche betreten sah.

Einen peinlichen Augenblick lang stand die Frau vor der Braut wie eine Kurzhalsgans, die nicht weiß, wie man sich unter Menschen begrüßt, und der Mann mit seiner Schnabelnase und einem Kinn, das vollständig unter seinem Bart verschwunden war, warf nur einen nickenden Blick auf den Bräutigam. Gestur erschrak, wie sehr Engilráðs Vater in den vier Jahren gealtert war. Die Brauteltern hatten drei jüngere Kinder an die Diphtherie verloren und die Älteste an einen anderen Fjord. Für sie war das Leben vorbei. Doch dann hob die Frau mit den blutunterlaufenen Augen und einem Netz geplatzter Äderchen auf den Wangen einen Flügel und patschte ihrer Tochter auf die Schulter. Deren Nase zitterte weiter, und ihr Blick blieb starr. Gestur würgte den unerwarteten Besuch wie einen bitteren Schluck hinunter und sah seine Braut an, sobald die alten Leute durch die Tür verschwunden waren. Sie verzog böse das Gesicht unter dem Schleier.

In dem Kirchenschiff für siebzig Menschen verloren sich an die fünfzehn. Mallamama saß mit Helga auf der linken Seite auf der vordersten Bank, Lási entsprechend auf der rechten Seite, sein abgegriffenes, vollgedichtetes Notizbuch auf dem Schoß, Olgeir rechts neben sich. Der ließ andauernd seinen Blick schweifen, über die Schultern, an die Decke, aus dem Fenster, zurück zum Altar. Hinter ihm saßen die Freunde, Sveinn und Skapti, außergewöhnlich sonntäglich gekleidet und mit streng zurückgekämmten Haaren. Ersterer mit rotglühenden Wangenknochen und ein bisschen linkisch wie immer, der andere, mit seinen scharfen Gesichtszügen und dem hübschen Gesicht, hatte nie besser ausgesehen.

Zwei Reihen hinter ihnen saß der große Ole, der Polier. Obwohl er seinen schwärzesten Anzug trug, sah er aus wie frisch aus dem Wasser gezogen und nach Luft ringend. Mit ihm wärmten noch zwei von Gesturs Arbeitskollegen die Bank, zwei Norweger mit weißen Knöcheln.

Auf der Frauenseite etwa in der Mitte des Kirchenschiffs hockte dicht nebeneinander das Trauerpaar aus dem Óðalsfjörður, Engilráðurs durchgefrorene Eltern, die offenbar noch nie davon gehört hatten, dass man bei einer Hochzeit nach Geschlechtern getrennt saß. Hinter ihnen, allein, Súsanna. Kurz bevor Vigdís Hand und Fuß an die Orgel legte, schlichen sich zwei Schwäne aus dem Süden herein und hockten sich in die hinterste Reihe der Männerseite, die Fluchtwege immer im Auge.

In einem Winkel bei der Orgel saßen zwei junge Frauen, die eine Dienstmädchen in Upphæðir, die andere aus dem Madamenhaus, und bei ihnen ein halsloser Mann von Strandir mit stark gewölbtem Brustkorb. Dieses Trio erhob sich nun langsam und würdevoll, nahm vor der Orgel Aufstellung und strich die Kleider glatt. Der Ort war inzwischen groß genug für einen Kirchenchor mit zehn Mitgliedern, mit denen Vigdís bei Gelegenheit probte, was sie zu den schwersten

Prüfungen des Lebens in Segulfjörður erklärte. Obwohl jedes Mitglied in seiner Stimme die Tonlage halten konnte, klang der Chor als Ganzes immer wie Katzenmusik.

Nach jeder Probe wollte Madam Vigdís den Chor auflösen, doch jedes Mal vermochte ihr Mann sie davon abzubringen. Es sei eine Frage von Würde und Kultur des Orts ebenso wie von musikalischer Erziehung und Traditionsbildung. Nach einer Weile würde der Chor besser werden, es bedürfe nur einiger Geduld. Jede Art von kollektiver Anstrengung war Isländern nach wie vor fremd. Sie konnten gegeneinander dichten, ebenso wie sie beim traditionellen Ringkampf gegeneinander antraten, Mannschaftssportarten aber waren ihnen völlig unbekannt, und zusammen dichten, zusammen singen oder gar zusammen tanzen wie die Färinger, das konnten sie nicht. Nur auf See gelang es diesem eigensinnigen Volk, wie ein Mann zu arbeiten, die Todesangst sorgte für die nötige Disziplin unter den Ruderern.

Vigdís wagte es noch nicht, dem Chor als Ganzem seine Premiere zu geben; für Anlässe wie diesen wählte sie jeweils drei bis vier Mitglieder aus. Sie selbst gab den Ton vor und sang, so laut sie konnte, um das Gejaule der anderen zu übertönen. Gesungen wurde das im Norden traditionelle Brautlied, diese übel zusammengestoppelten Verse aus dem sechzehnten Jahrhundert, die längst allen zum Hals raushingen:

> Gott schuf Adam grecht, fromm und weis
> Und setzet ihn ins Paradeis
> Und nahm im Schlaf aus seinem Leib
> Ein Ripp und baut ihm draus ein Weib.

> Da Adam von dem Schlaf erwacht
> Und Eva sah, sein Herz ihm lacht.
> Er sprach: Das ist mein Fleisch und Bein,
> Die meim Herzen gefällt allein.

Voller List aber war die Schlang,
Eva das Wort Gottes abdrang,
Dass sie übertrat sein Gebot
Und führt uns in Höll, Sünd und Tod.

Du Weib sollt Kinder gebäen
Mit Schmerz und Weh auf dieser Erdn,
Auch sollt du unterworfen sein
Mit Gehorsam dem Manne dein.

Adam, weil du gehorchet hast
Deim Weib und mein Gebot verlasst,
Sollst du im Schweiß essen dein Brot
Und dich nähren mit Angst und Not.

Adam und Eva ins Elend
Aus dem Garten mussten behänd;
Geschlossen wurd für ihn die Tür,
Den Cherub stellet Gott dafür.

Lási schüttelte den Kopf und warf rasch einen Blick auf sein eigenes Hochzeitsgedicht, das er neu in sein Notizbuch geschrieben hatte. Warum sang man nicht lieber das statt dieses Frevels an der Poesie, bei dem sich »Erdn« auf »gebäen« reimen musste? Und die Botschaft war auch nicht gerade erbaulich. Aber das sah diesen Kirchenvertretern ähnlich, die Ehe noch in der feierlichsten Stunde junger Paare mit solchen Gift verspritzenden Sprüchen herabzusetzen. »Das ist mein Fleisch und Bein, / Die meim Herzen gefällt allein«. So etwas wurde gesungen! Man probte und studierte in Kirchenchören solchen Schwachsinn ein! Noch einmal schüttelte der alte Mann ungläubig den Kopf.

Nach dem Lied schlich sich der zweifelhafte Eiríkur Rein & Fein, der noch nie reiner und feiner gewesen war, in die Kirche und schob seinen Leib mit den langen Beinen in die vorletzte Bankreihe, dazu lächelte er hold mit einem perfekt waagerechten Schnurrbart. Gestur sah ihn von seinem Platz aus und dachte an ihr letztes Zusammentreffen.

»Jetzt ist das Haus also endlich fertig.«

»Nein, noch nicht ganz, es ist noch nicht vollständig.«

»Aber es ist voller Menschen.«

»Sie wissen doch, wie das ist. Heringssaison. Es waren ein paar Mieteinnahmen erforderlich, um das Schloss zu vollenden. Zum Herbst wird es fertig. Es wird Ihnen im Herbst übergeben.«

»Das Gleiche haben Sie letztes Jahr gesagt. Wie sollen wir … Wir überstehen keinen weiteren Winter mehr in diesem Dreckloch. Beim letzten dreiwöchigen Sturm im Januar drückte es den Schnee durchs Fenster, wo die alte Frau …«

»Ich habe gerade erfahren, dass etwas Liquidität vorhanden ist. Erlauben Sie mir, Ihnen ein kleines Hochzeitsessen bei der guten Halldóra auszurichten, Suppe und etwas Leckeres. Dazu Branntwein, Magenbitter und Cognac.«

Gestur verschlug es die Sprache. Dieser Mann überraschte ihn immer wieder. Jetzt wollte dieser Hochstapler ihm auf einmal am Kostgängertisch im Madamenhaus ein Hochzeitsessen spendieren, für fünfzehn Personen, ihn und eine ungenannte Begleiterin eingeschlossen. Er konnte nicht einmal klipp und klar ein Betrüger sein, sondern schwindelte selbst in dieser Hinsicht. Und jetzt nahm er auch noch an der Trauung teil.

Gestur musste sich mit Gewalt daran erinnern, dass dieser Mann den Gegenwert des Landes von Skriða in seine eigene Tasche gesteckt hatte, wo er sich noch immer befand. Ganze achttausendneunhundert Kronen. Das war viel Geld, und obendrein stand dort jetzt das größte Gebäude in diesem Teil der Welt, eine Fabrikhalle mit drei Etagen, eins der Wunderwerke Islands. Für so etwas wurden mit Sicherheit Tausende bezahlt. Und die waren alle in Eiríkurs Tasche verschwunden und von dort durch seine Hosenbeine gerutscht oder aus seinem Mund geflogen, wenn nicht aus dem hinteren Ausgang. Du verdammter Herr des Heringskochens, dachte der Bräutigam mitten im Trauungsakt, während Séra Árni die Zeremonie vollzog.

»So sind sie denn nicht mehr zwei, sondern ein Fleisch. Was Gott zusammengegeben hat, soll der Mensch nicht scheiden.«

Die Worte wallten unter dem üppigen Schnauzbart hervor, doch klangen sie etwas brüchig; auch der Pfarrer wurde älter. Nach dem Bibelwort fing er endlich die Aufmerksamkeit des Bräutigams und gab dem Paar ein Zeichen, aufzustehen. Gestur streckte die Hand aus und führte seine Braut zu dem großen, mächtigen Mann, der geistigen Obrigkeit und dem weltlichen Präsidenten des Fjords. Dabei blickte er zu ihr hin und wurde von einem Schönheitsschlag getroffen, denn erst jetzt sah er, dass die Lippen der Braut gefärbt waren, in einem leuchtenden Rot, das an die dänische Fahne erinnerte. Der Schleier fiel ohne Falten vor ihr Gesicht, und die sonnenhellen Fenster beleuchteten ihre Wange. Noch nie hatte diese junge Frau Lippenstift getragen, ihr Profil war dermaßen schön, dass es auch die letzten Zweifel in Gesturs Kopf auslöschte. Er musste wirklich zu einer anderen Hochzeit zurückgehen, um einen schöneren Anblick zu finden: In ihrer Schönheit erinnerte Engilráð an Súsanna in der Stunde ihres Triumphs in dieser Kirche. Sie bot ein schlichteres Bild, zugegeben, aber ein auf seine Art auch wahreres. Die stumme Frau würde nicht die Liebe aus ihm heraussaugen und sie in einem Jahr verbrauchen, dieses Glück würde nicht im Herbst geschlachtet werden, es war eins, das man durch den Winter brachte.

Séra Árni blätterte die Schrift um und sah Gestur in die Augen:

»Und so frage ich Sie, Gestur Eyleifsson, ist es Ihr fester Entschluss, diese hier neben Ihnen stehende Engilráð Ólafsdóttir zur Frau zu nehmen?«

Als er den Vatersnamen des Bräutigams hörte, erschrak Lási so heftig, dass er sein Büchlein zu Boden fallen ließ, wo es mit einem leisen Poltern aufschlug. Gewiss war dieser Vatersname neu. Gestur hatte die Gelegenheit genutzt, seinen Namen einem neuen Leben anzupassen, den Elisonnamen war er längst leid. Er fand ihn inzwischen anmaßend und pathetisch. Bei dem leisen Knall drehte sich Gestur um und sah den alten Mann, wie er sich bückte, um sein Büchlein aufzuheben. Den Rest der Frage vernahm er daher nur mit einem Ohr, während sich das andere fragte, ob es wirklich sein fester Entschluss war, diese stumme Schönheit zu ehelichen. Doch als dieser Gedanke zu Ende gedacht war, hatte der Pfarrer das Fragezeichen hinter der klassischen Frage erreicht, und der Bräutigam holte schnell Luft, um genug für seine Antwort zu haben. Er öffnete gerade den Mund, als die Kirchentür aufgerissen wurde, ein fischschleimiger Bursche hereinstürzte und schrie:

»Hering! Hering! Die Heringe sind da!«

Der Erste, der aufsprang, war Eiríkur H. B. Bláfeld. Er war schneller zur Tür hinaus, als man gucken konnte. Als Nächste folgten Evigers Arbeiter, dann der Polier Ole, der sich immerhin erst noch höflich von dem am Altar stehenden Bräutigam verabschiedete. Der Mann, der die Neuigkeit gebracht hatte, war schon wieder draußen. Man hörte ihn auf dem Weg zu den Hütten und Häusern nördlich der Kirche immer wieder rufen:

»Hering! Hering!«

Als wäre ein Feuer ausgebrochen, das sich unkontrolliert durch den Ort verbreitete. Unruhe erfüllte die Luft, dass selbst Lási davon erfasst wurde, die Spannung war mit Händen zu greifen, mit jeglicher Ruhe war es vorbei. Olgeir rannte aus der Kirche, Súsanna stand auf, der Kirchenchor schlängelte sich an der Orgel entlang hinter Vigdís vorbei Richtung Ausgang, nur Magnús Mannlos schüttelte heftig den Kopf und blieb auf seinem Platz sitzen.

Gestur sah schnell Séra Árni an und erkannte die Aufregung in seinen Augen, da stand klar und deutlich der Gedanke: Der Hering ist gekommen! Der Hering ist da!

Dann musste sich der Bräutigam umblicken, und er sah durch die noch offenstehende Kirchentür draußen einen Herrn in Schlips und Kragen am Friedhofstor vorbeigehen. Es war Óskar Eviger, der zu seiner Station oder zu seinem Privatboot hinabstrebte. Da konnte sich Gestur nicht mehr zurückhalten. Er sprang die Stufen vom Altar hinab und rannte aus der Kirche. Er lief von der eigenen Hochzeit davon. Ein Mann in Schlips auf dem Weg in den Schleim.

Zurück blieben der überraschte, aber nicht völlig verdatterte Pfarrer und die Braut, die mit einem Mal aufbrüllte, dass es zwischen den Pfeilern der Kirche widerhallte:

»Nein!«

Auf der hintersten Bank saßen zwei Schwäne und reckten staunend die Hälse. Einer trug das Kinn jetzt höher als der andere.

6. Buch

Der Palast auf der anderen Seite

Kapitel 1

Geburt einer Nation

Eine Türklinke klappert. Die Tür schlägt im Rahmen. Jemand hat vergessen, sie richtig zu schließen, und jetzt rüttelt der Nachtwind an ihr, ein nasser, grauer Westwind. Tropfen fallen von rostendem Eisen, datiert auf den 28. Juni 1914. Die helle Nacht wird von Regenschleiern verdüstert, draußen vor der Fjordmündung lodern Brände. Die Sonne ist aufgegangen und geistert durch die Wolken, schleudert feurige Blitze in das Gewaber und übersetzt damit, was sich im Lauf des Tages ereignen wird: Ein Mann ermordet in Sarajewo einen anderen Mann, und ein Krieg wird in Gang gesetzt.

Historisches ereignet sich auch hierzulande, denn nach tausend Jahren im selben Eierstock, im selben engen Raum, kommt die Nation aus dem Geburtskanal. Der Grassodenhof bekommt Wehen, verliert Fruchtwasser, und der Muttermund öffnet sich. Der Gang weitet sich, und nach einem Tag der Anstrengung wird ein rotes Köpfchen sichtbar; es knarrt in den Sparren, Steine verschieben sich, fallen aus der Wand, die Nation presst sich heraus, aus der Gebärmutter aus Erde, durch den Gang, ans Licht.

Richtet sich auf und furzt. Schüttelt ein Frösteln ab, schnieft den Geruch von Moder und Pisse aus. Nimmt ihr Bett und wandelt, hat bis zum Abend sprechen gelernt, braucht am nächsten Morgen keine Windel mehr. Ist aber noch ein Jahrhundert später nicht zur Reife gelangt.

Andere Nationen stiegen aus Höhlen, segelten bis zu den Rändern der Welt oder setzten ihren Fuß auf den Mond. Doch keiner dieser Schritte war größer als dieser: als das isländische Volk zur Welt kam und von gestampftem Erdboden auf Holzdielen umzog, aus einem Grab in der Erde in ein Haus.

Ein Volk, das seit der Landnahmezeit Ende des neunten Jahrhunderts in immer denselben Bedingungen gelebt hatte, begann etwas Neues: wechselte aus einer Kultur in eine andere, verließ Eiszeit, Steinzeit und Bronzezeit, umging die Aufklärung, übersprang die industrielle Revolution und trat gleich in die elektrifizierte Jetztzeit ein mit all ihren Petroleumlampen und Kochherden.

Es stieg vom Donnerbalken gleich in donnernde Düsenflugzeuge.

Es entfachte Feuer nicht mehr mit Brennmaterial aus der Eiszeit (Reisig), es schlief nicht länger unter aufgeschichteten Steinwänden aus der Steinzeit, es kochte nicht mehr in Behältnissen aus der Bronzezeit, es bewahrte Feuer nicht länger in Kohlen aus der Eisenzeit, es wischte sich den Hintern nicht länger mit Moos und trockenen Grasplaggen ab, es schlief nicht mehr auf mit Torf gefüllten Matratzen, es schlug sich morgens nicht mehr mit Baldachinspinnen herum, es trocknete gewaschene Windeln nicht mehr auf den Rücken von Kühen, es hörte damit auf, nie zu baden, es wusch sich die Haare nicht länger mit Kuhurin, es machte sich nicht länger Schuhe aus Lammleder, es steckte nachts seine Kleider nicht mehr unters Kopfkissen, es nähte sich keine Kissenbezüge mehr aus Mehlsäcken, es schlief nicht mehr in Rauch, es kochte nicht mehr in Rauch, es feuerte nicht mehr mit Schafsmist, kochte nicht mehr mit Scheiße, es dichtete Fenster nicht mehr mit Kuhjauche ab, es wachte nicht mehr von lautem Furzen in umstehenden Betten auf, es drehte sich nicht länger mit dem Gesicht zur Wand, wenn es im Nachbarbett zu Geschlechtsverkehr kam, es verschloss nicht länger die Ohren, wenn der Bauer seine Tochter beschlief, es versuchte nicht mehr einzuschlafen, während die Magd im selben Bett ein Kind zur Welt brachte, es drehte sich nicht mehr um, wenn im nächsten Bett jemand starb, es fühlte beim morgendlichen Aufstehen keine vereisten Stellen mehr unter den Fußsohlen, es bestreute den Fußboden aus Gründen der Reinhaltung und des Trocknens nicht mehr mit Asche, es spülte Messer und Essnäpfe nicht mehr im Kochwasser von geräuchertem Lammfleisch, es wischte den Boden nicht mehr mit dem Wasser, in dem man vorher Fisch gekocht hatte, es hörte überhaupt damit auf, mit Schmutzwasser zu putzen, es säuberte Kleidung nicht mehr mit trockenem Pulverschnee, es benutzte keine Nachttöpfe mehr, es unterschied nicht länger zwischen sauberer und unsauberer Scheiße.

Und es hörte auf, seine eigene Heizung zu spielen, eine Baðstofa wurde nämlich von nichts anderem erwärmt als von den Menschen darin, und darum füllten gute Bauern sie mit so vielen wie möglich. Denen musste man zwar irgendwas zu essen geben, aber das war immer noch billiger als Heizmaterial. Also saßen die menschlichen Strickmaschinen auf ihren Bettkanten und ließen ihre Herzen schlagen, damit die Körperwärme nicht unter siebenunddreißig Grad Celsius sank. Mit zehn solchen Leibern ließ sich eine mittelgroße Baðstofa einigermaßen warm halten, umso besser, wenn sie Fieber hatten.

Die Menschen behandelten ihre Pisse auch nicht mehr wie einen wertvollen Rohstoff, pinkelten sich nicht mehr zum Waschen über die Hände, sie sammelten Urin auch nicht mehr in Bottichen, damit er gärte und als Waschmittel für Wolle und Kleidung benutzt werden konnte. Sie waren auch nicht länger genötigt, zu entscheiden, ob sie Talg zu Kerzen drehen oder doch lieber essen wollten. Die Frage »Was willst du lieber, satt im Dunkeln sitzen oder dein Elend hungrig bei Licht besehen?« erübrigte sich mit dem Ende des Torfzeitalters.

So wurde sie geboren, die isländische Nation, durch einen engen, langen Gang, von Hausschimmel befallen, mit Harn gekämmt, nach Moder duftend und verlaust, im Gesicht mit Kochwasser geschrubbt, mit roten Augen von dichtem Qualm, Rauch in der Lunge und Väterchen Frost auf der Brust, einem Herzen mit Erfrierungen und Menschengestank in der Seele.

Obwohl mit einer Grundausbildung in menschlichem Fortbestand und menschlichem Verhalten versehen, co-abhängig von diversen Beischläfern und Beischläferinnen, belesen, aber ungewaschen. Sicher ziemlich verärgert darüber, tausend Jahre in Gemeinschaftsschlafräumen zusammengesperrt gewesen zu sein, nach eigenen Zimmern, Privaträumen und Ruhe im Haus lechzend, aber das Frühere doch vermissend. Sich auf Partys in der Küche drängend (ein Volk, das jahrhundertelang feuerlos leben musste, liebt den Raum des Herdfeuers) und mit Vorliebe die Hintertür benutzend, sich weder in feinen Gemächern noch weiten Empfangsräumen wohlfühlend, verdrückte es sich lieber in den Windfang oder in die Waschküche.

So stammen wir alle aus der Baðstofa, dieser speziell isländischen Einrichtung mit dem komischen Namen, diesem Raum, der gleichzeitig Schlafsaal, Esszimmer, Werkstatt, Krankenstation und Raum für gesellschaftliche Ereignisse war, in dem Menschen geboren wurden, strickten, spannen und werkelten, schliefen und aßen, lasen und redeten, Liebe machten und starben.

Bei ihrer Ansiedlung in Island hatten die Landnehmer Höfe erbaut, wie sie sie aus ihrer Heimat kannten: große Langhäuser mit entsprechenden Langfeuern in der Raummitte. Darauf wurde das Essen zubereitet, als große Griller mochten die Wikinger keine Küchen (überhaupt mögen Männer es, wenn andere sie bei der Hausarbeit sehen). Nachdem sämtliche Wälder der Insel verfeuert waren, ließ die Freude am Grillen nach, und das Kochen wurde mühseliger. Die Frauen übernahmen es, und man schob sie dazu in eine Ecke ab. Daraus entwickelte sich die Küche mit offener Feuerstelle, die im Lauf der Zeit immer weiter schrumpfte, bis gerade noch Platz für eine Frau und zwei Töpfe blieb.

Als die Nation aus den Erdhütten in Häuser umzog, behielt man diese Tradition bei: Küchen waren klein und halb versteckt. Nach und nach erst wuchsen sie mit steigendem Wohlstand, und als die Männer das Kochen wieder übernahmen, wanderte die Küche zurück ins Wohnzimmer, damit Gäste den mit allen Raffinessen gewaschenen Chef bei der Arbeit bewundern konnten.

Sobald die Langfeuer in den Höfen aus der Landnahmezeit erloschen waren, fanden die Menschen Wärme in der *ónstofa*, die auch »Dampfbadstube« genannt wurde. Abgesehen vom Kochhaus gab es nur dort ein Feuer, unterhalten mit Zweigen, Ästen, Reisig und dem einen oder anderen Holzkloben. Nach und nach versammelten sich die Menschen in diesem Schwitzraum, der mit der Zeit größer, zum Treffpunkt und zum Platz für die Heimarbeit wurde, aber eben die Bezeichnung »Badstube«, *baðstofa*, behielt. Schließlich gab es überhaupt kein Holz mehr auf der Insel, keinen niederen Buschwald, kein Reisig. Das Feuer erlosch in der Stube, brannte jedoch im Kochhaus weiter. (Brennmaterial suchten die Menschen mit viel Aufwand in Mooren, stachen dort Torf, oder sie trockneten den Dung ihres Viehs.) Ihre Betten schoben die Menschen in die Baðstofa. Durch die permanente Anwesenheit aller in einem Raum konnte man es, was die Wärme betraf, darin aushalten. Nach Ansicht von Wissenschaftlern betrug die Durchschnittstemperatur in einer isländischen Baðstofa 14,5 Grad. Wenn sie gut isoliert war, stieg, wenn man zwanzig Menschen hineinsetzte, die Raumtemperatur binnen einer Stunde um zwei Grad. Es wurden also 16,5 Grad erreicht, an einem schönen Sommertag wohl auch etwas mehr, aber wärmer wurde es nicht, ganz gleich, wie lange die zwanzig Leute im Raum blieben. Erde ist kalt, Torf ist kühl, und Steine sind Steine.

Das also war die isländische Nation: ein Volk in einem Zimmer. Nächtliche Kälte ließ diese Höhlenmenschen sich ums Feuer scharen, nur dass es kein anderes Feuer gab als das, das in ihrer Brust brannte. Kälte war für ewige Zeiten der schlimmste Feind, brutal grausam und immer in der Nähe. Fast das ganze Leben drehte sich darum, die Kälte fern- und etwas Wärme bei sich zu halten. Wir haben uns nie an sie gewöhnt.

Noch heute sind die Isländer – entgegen ihrem Namen – das verfrorenste Volk der Welt.

Kapitel 2

Ein Haus an der Straße

Ganze sieben Jahre waren vergangen, seit Gestur zum Gemeindevorsteher gegangen war, um den Vertrag über den Verkauf des Landes von Skriða zu unterschreiben. Jetzt war es endlich so weit: Am 28. Juni sollten sie in ihr neues Haus einziehen, das allerdings schon seit ein paar Jahren auf dem Grundstück südlich der Schule stand: ein zweistöckiges, mit Wellblech gedecktes Holzhaus auf einem niedrigen Betonsockel, einfach, aber in Ordnung.

Keiner war gespannter als Olgeir, gerade elf Jahre alt geworden und der Energischste beim Aufräumen und Zusammenpacken für den Umzug. Er war wieder das einzige Kind im Haushalt, denn Helga, die im August sieben würde, war vor zwei Jahren mit ihrer Mutter in ein sehr kleines Häuschen umgezogen, das Stapakot hieß und von Svanlaugur aus Grindavík in einer Häusergruppe hinter Norheims Station am Nordostende von Eyri erbaut worden war. Das Viertel nannte man Nýja-Njarðvík, weil sich dort viele aus Suðurnes Zugezogene angesiedelt hatten. Sie fühlten sich an dieser windigsten Kante des Fjords nicht unwohl, waren sie doch mit Durchzug in der Seele geboren.

Engilráð und Svanlaugur hatten im August 1911 geheiratet.

Mit einer von Lásis Bücherkisten beziehungsweise Bettdecken und Laken, die Malla Olgeir zusammengefaltet in die Arme gelegt hatte, tappten er und Gestur über nasse Wiesen. Der Junge platzte bald vor

Aufregung, diesen Abend würden sie im Haus schlafen, im Holzhaus! Papa der Hund rannte schwanzwedelnd um sie herum, als hätte er sechs Beine, er lief vor und zurück und bellte sogar, was er sonst nie tat. Der Hund war ziemlich in die Jahre gekommen, spürte aber, dass noch einmal ein Neues beginnen sollte, ein neuer Fußboden, neue Stufen.

»Mein Bett kommt in dein Zimmer, stimmt's? Oben«, meinte Olgeir.

»Wir werden sehen.«

»Ich will nicht bei Malla schlafen.«

»Und wo soll Papa schlafen?«

»Er kann ja bei ihr sein. Schläft sie nicht in der Küche?«

»Wenn sie möchte. Das ist natürlich das beste Zimmer.«

»Wieso?«

»Da steht der Herd.«

Gestur überlegte noch immer, wie man sie alle am besten verteilte. Es war alles so neu und kompliziert. So viele Zimmer!

Er stand jetzt in der Blüte seiner Jahre, sechsundzwanzig Jahre alt, breites Gesicht, hohe Stirn, ein Augenschaden von allem, das er schon mitangesehen hatte, das Haar nach dem Diktat der Mode nass gekämmt unter einer edlen Schiebermütze, die ihm Óskar Eviger am Ende des vorigen Sommers geschenkt hatte.

Das Haus, nach seinem Erbauer Eiríkshús genannt, war eine Zeitlang von Arbeitern in Eiríkur H. Beinteinssons Heringsfirma belegt gewesen und daher nicht mehr ganz neu. Die hatten sich wie die Schweine aufgeführt. Schmutz und Fischschleim im Obergeschoss, zwei kaputte Fensterscheiben im Keller und eine angekohlte Wand am Herd. Malla hatte eine Woche lang geputzt, und Gestur hatte bei Eviger Wandfarbe und Bodenlack besorgt.

Trotz aufeinanderfolgender Rekordjahre im Heringsfang war Eiríkur Hreinn Anfang des Jahres bankrottgegangen, nachdem sich der Schwanz seiner Schulden über beide Etagen der Landsbanki in Reykjavík und über die Straße in beide Etagen der neuen Islandsbanki geringelt hatte. Mit steigendem Interesse der Banken an dem neuen Wirtschaftszweig verbanden sich auch strengere Auflagen und Forderungen. Alles, was E. H. B. B. besaß, wurde beschlagnahmt und versteigert. Es existierte kein schriftlicher Vertrag mit den Bewohnern von Strönd, Eiríkshús betreffend, nur eine mündliche Zusage des Eigentümers, das Haus werde ihnen einmal überschrieben werden, und der ihnen geradezu abgepresste Kaufvertrag, auf dem Gestur seit sieben Jahren schlief. Er hatte sich in der ganzen Zeit nicht getraut, das Schriftstück hervorzuholen und anzusehen, vielleicht aus Angst vor Lási, vielleicht aber auch wegen Befürchtungen, die Buchstaben könnten weggeschlafen worden sein oder die Katze Mama könnte es von unten zwischen den Bodenbrettern des Betts in Fetzen gekratzt haben. Zu solchen Bettbedenken bestand aber kein Anlass, denn der gute Södal nahm sich der Sache an. Er kannte die Angelegenheit gut, war damals als Vermittler des Geschäfts tätig gewesen und wusste auch von der schäbigen Behandlung der Ströndfamilie durch Eiríkur. Bei seinen Bemühungen, verschiedene Dinge aus dessen Konkursmasse zu übernehmen, schaffte er es mit seiner Gewieftheit und mithilfe seines Reykjavíker Anwalts auch, dass Gestur Eyleifsson, Vorarbeiter bei Eviger, zum Eigentümer des Hauses erklärt wurde.

In ihren Anfängen waren Banken nett.

Das Haus stand nicht mehr auf dem Schulgrundstück, vielmehr verlief dort inzwischen eine Straße, die Kolbjörnsgata hieß, benannt nach dem Landnehmer Kolbjörn Segull, aber immer Skautagata, Schlittschuhstraße, genannt wurde, weil man sie zu tief gelegt hatte und sie sich daher gern mit Wasser aus den umliegenden Tümpeln füllte, das spiegelglatt gefror. In den ersten Wintern im Leben der neuen Straße hatten die wohlhabenderen Bürger, die sich Kufen unter Schuhen leisten konnten, das Schlittschuhlaufen mit solcher Kunstfertigkeit vorgeführt, dass sich das gemeine Volk zum Zuschauen einfand. Besonders taten sich dabei die kräftigen Töchter Södals, Sissel und Siri, hervor, aber auch Kristjana, die Schwester des

Kaufmanns, und die Kinder von Upphæðir, Kristín, Birgir und Alli. Die ältere Generation war konsterniert über dieses Schlittschuhspektakel: Die neue Zeit machte sich aus allem ein Vergnügen, selbst aus den verfluchten Eisflächen.

An der Skautagata standen nun vier weitere nagelneue Häuser, Zugezogene von den Westmännerinseln, aus dem Südland, von Snæfellsnes und aus dem Osten der Insel hatten sie von ihrem Heringsgeld gekauft. Eyri war eine Art Ganzjahresnationalfeiertag geworden. Wie das Eiríkshaus waren es kleine, aber vitale Träume einfacher Leute, ohne genügend Kapital errichtet, aber von frischem Stolz erfüllt. Auch wenn sie nicht abgelichtet wurden, war jedes dieser Häuser beste Werbung für den Ort und sein Gewerbe. Unerreicht war die Geschichte des Knechts Finni, der nach Segló ging, dort drei Sommer im Hering arbeitete, sich niederließ, eine Frau fand und jetzt im eigenen Haus wohnte. In seinem eigenen Holzhaus! Mit Wellblechdach und Kohlenherd in der Küche!

Was zum Donnerwetter machen wir noch hier, strickend in unserer torfkalten Kate in Mýrar?

Fünf Straßen wies der Ort mittlerweile auf, weitere lagen auf Séra Árnis Reißbrett. Der Pfarrer war selbst überrascht, was für ein Stadtplaner in ihm geschlummert hatte, wo er sich doch in erster Linie für einen Musiker gehalten hatte, und für einen Sonntagsdichter. Insgeheim hatte er sich schon zweimal zu einem Renaissancemenschen erklärt. In seinen wildesten Träumen hatte er das Verlangen ausgelebt, dem dänischen Musikkritiker Moldrik eine Kopie seiner Entwürfe und Fotos der neuen Stadt zu schicken, die hier so weit jenseits von dessen musikalischer Reichweite entstand. Heringsstadt im Segulfjörður.

Séra Árni gab es daher ein ganz besonderes Gefühl, wenn er durch die neuen Straßen spazierte. Es war so, wie durch seine eigene Melodie zu gehen.

Kapitel 3

Verlegung einer im Sterben Liegenden

Auf einer speziellen Bahre, die Lási zur Feier des Tages zusammengezimmert hatte, trugen sie sie aus dem Kotten. Was Gestur, Skapti, Svenni, Magnús und die beiden Singschwäne aus dem Süden trugen, ließ einen schon an einen Sarg denken. Die Frau wurde sofort geblendet und stöhnte darüber, seit sieben Jahren kam sie zum ersten Mal wieder an die frische Luft. Das letzte Mal war das während der Diphtherieepidemie passiert, als man sie für einige Wochen auf das Quarantäneschiff verbannt hatte.

Vorsichtig wurde sie über die Wiese bei den Teichen getragen, doch als sie Gamlibær passierten, nahm Grandvör die Hand von den Augen und legte sie, verbunden mit einer Frage, auf Gesturs Arm. Der ließ anhalten, und sie setzten die alte Frau im Gras ab, das nach dem Regen in der Nacht gerade abtrocknete. Über dem meerschönen Fjord lachte ein leicht bewölkter blauer Himmel, Möwen und Alkenvögel sangen sich durch die Duftwolke von vergammeltem Fisch, die von dem Fassberg bei Vetlesen aufstieg. Dort standen alte, unverkaufte Fässer, Jahrgang 1912, etwa zweitausend Stück, mit faulem Fisch und schwitzten Tränen. Es hieß, mit einer solchen Träne könne man ein ganzes Königsschloss evakuieren.

»Sagen Sie, ist das Gamlibær?«, fragte die Alte und sah in höchstem Staunen zu dem grasbewachsenen Hausgiebel auf, als wäre er eine der ägyptischen Pyramiden. Gestur bestätigte es und sah gleich, worum es eigentlich ging. Er bückte sich zu ihr und hob ihren Kopf an, sodass sie sich besser umsehen konnte. Grandvör fragte nach Eyri, und ein kindlicher Zug trat in ihr Gesicht. Alle Träume waren in Erfüllung gegangen und standen hier um sie herum!

Da stand die neue Schule, mit zwei Stockwerken und aus Beton gegossen, und dahinter der wüste Betrieb Vetlesens mit seinem großen Berg von Fässern.

Die alte Grandvör zeigte mit dem Finger auf den Stapel, imposant, aber wertlos, öffnete den Mund und wollte etwas sagen, fand aber keine Worte. Dann blickte sie von einem Neubau zum anderen; und diese Pracht ließ ihr Gesicht erstrahlen und die Brauen in die Höhe wandern.

Nach Norden schloss sich Falks Betrieb an, das Lager ein fensterloses Wunderwerk aus hellem Holz, daneben ein stattliches Wohnhaus in norwegischem Stil wie eine gelbgestreifte Katze: gelbe Wände mit weißen Zierleisten entlang der Kanten. Dahinter folgte Boknaviks Heringskocherei mit ihrem geraden, dreißig Meter hohen Schornstein, dann der ausgedehnte Gebäudekomplex Södals, für das Auge eine Sinfonie in Holz: Heringsfabrik, Lagerhalle und Fassfertigung, Arbeiterbaracke und Wohnhaus der Familie, alles ein einheitliches Ensemble.

Aus dem Abluftrohr der Fasswerkstatt stieg weißer Rauch, den der leichte Wind gleich mit sich nahm. Darauf folgten die neuen Hallen des Norwegers Jacobsen, die Séra Árni in die Lücke zwischen Södal und Buus noch hatte stopfen können, und auf dem Land jenseits des Fjords, falls die alten Augen so weit sahen, erhob sich der Palast, das größte Gebäude des Landes, eine gewaltige, rotgestrichene Wand auf einem Steinsockel, fünfzig Meter lang, mit einer Unzahl weißer Fenster und, leicht versetzt, einem himmelhohen Schornstein. Auch aus ihm stieg Dampf auf, obwohl es in der Kocherei ruhig war. Sicher veranstalteten sie einen Probelauf des Elektrizitätswerks.

In der Fluchtlinie stand das höchste Haus auf Eyri, Jörgen Buus' Heringskocherei mit ihrem mächtigen Schornstein, der am Fuß etwa den Durchmesser der *Spritquelle* hatte, an der Spitze aber nur noch den einer Heringstonne. Nahebei stand das Wohnhaus, so elegant wie ein Besucher aus den Hainen Seelands, in dessen Umgebung es schwerfiel, überhaupt Isländisch zu sprechen. Im Schutz von Buus' Anlage lag der ehemalige Betrieb Eiríkur H. B.s, den der Krónufélag im Auftrag der Gläubigerbanken kommissarisch weiterführte, treu der isländischen Devise, dass die ältesten Vögel immer die größten Happen bekommen. Westlich davon erstreckte sich die neue Verarbeitungsanlage von Sigurður Jónsson; dieser schwierige Mensch von Skagi hatte in Rekordzeit ein ganzes Quartier erstehen lassen.

Das Südufer von Eyri war nahezu komplett bebaut, von Krónufélag bis Kopp, darunter die beeindruckende Anlage Hedins, dessen Name auf der breiten Giebelwand prangte, und eine ähnliche im Besitz von Áki Pjetursson, der größten isländischen Hoffnung in der Fischschleimbranche. Dazwischen verstreut weniger prachtvolle Holzhäuser, ein- oder zweigeschossig, Madamenhaus, Göss, Norwegerhaus, Nordpol, Krít sowie eine Reihe weiterer Häuser entlang der Aðalgata, Geschäfte, Werkstätten, Schuppen und Wohnhäuser, aber auch das hübsche Kino-Café, eines der ersten eigens als Kaffeehaus errichteten Cafés im Lande. Drum herum standen noch ein paar der alten Katen, Kötukot und Ránarkot, und natürlich die Kirche, dazu die neuen Arbeiterträume an der Skautagata.

Die sieche Frau saugte das alles in sich auf, als wäre es eine umgekehrte Lawine, und ihr Gesicht wurde heller und heller. Sie trugen sie weiter über die Wiese und die neue Straße, und sie riss weiter vor Staunen die Augen auf und ließ ihre Blicke über all die Dächer und Schornsteine wandern. Es kam nicht oft vor, dass ein Jahrhundert ein anderes besuchte. Hier war ein 1828 geborener Mensch unterwegs, der zwei Lawinen überlebt hatte, mit einem Kind auf den Schultern und schwanger über steile Uferfelsen geklettert war und dem jetzt auf dem Sterbebett solche Köstlichkeiten serviert wurden.

Sie freute sich, dachte an ihre Zeit in Útdalir zurück und fand, dass sie sich ein Stück weit in dem großen Werk fortbewegt hatte, das die Geschichte Islands darstellte.

Kapitel 4

Dreckbrett

Es war für die Träger verflixt schwer, die Bahre ins Haus balanciert zu bekommen, denn die Türen waren schmal, die Flure eng. Gestur hatte gedacht, Grandvör solle im Obergeschoss ein Zimmer über der Küche bekommen, wo sie etwas von der Wärme des Herds abbekäme. Das Haus war kein handwerkliches Meisterstück. Es stand auf der Ostseite der Straße mit der Längswand zur Straße, die Haustür asymmetrisch etwas zum Nordende versetzt. Beim Eintreten stand man vor einer steilen Treppe, fast als Fortsetzung der drei Stufen, die zum Haus hinaufführten, als solle man nur gleich nach oben gehen. Dahinter führte eine dunkle Stiege in den kaum mannshohen Keller. Linker Hand lag die Küche, rechts das Wohnzimmer. Oben gab es rechts und links ebenfalls zwei Zimmer, das südliche etwas größer, darin auf jeder Seite der Schräge ein Bett. In dem kleineren nördlichen Zimmer stand ein Bett quer vor der Stirnwand. Vom Fenster blickte man auf die Schule, Vetlesens Fassberg und Falks und Solvangs Betriebe. Letzterer hatte seinen Anlegesteg am Nordufer geradewegs nach Norden ausgerichtet, »ihm direkt ins Gesicht«, was als mutig bis gewagt betrachtet wurde. Das Zimmer war doch wie geschaffen, um darin in seinem Sterbebett zu liegen und, mit dem Fassberg im Blick, die Äste in den Dachsparren zu zählen. Doch beim Einzug trauten sich die Männer nicht, die alte Frau die enge und steile Treppe hinaufzubugsieren. Also blieben nur zwei Alternativen:

Wohnzimmer oder Küche. Die Temperatur im Wohnzimmer war ähnlich der in einer Baðstofa, die Küche wurde vom Kochherd geheizt. Ob es darin womöglich zu heiß war? Könnte Grandvör in der Nähe einer solchen Wärmequelle ersticken? Für sie war die Antwort klar, als sie gefragt wurde, welchen Raum sie vorziehe.

»Lieber wähle ich das kalte Himmelreich, als in der Hölle zu braten. Alle meine Angehörigen sind im Himmel.«

Das Mobiliar im Wohnzimmer hatten ein einziges, von den Arbeitern zurückgelassenes Feldbett, eine Sammlung leerer Flaschen auf dem Fußboden und eine nach Fischinnereien riechende Wachstuchschürze mit Löchern an der Wand gebildet. Málfríður hatte bis auf das Bett alles in den Keller geschafft. Olgeir wurde nach Strönd geschickt, um Bettlatten zu holen, kam aber schnell zurück. Die neuen Bewohner, ein ehemaliger Bauer, nun ohne Hof, aus dem Steingrímsfjörður in Strandir mit seiner dunkelhaarigen Frau und sechs Kindern mit düsteren Brauen, hatten die Betten bereits mit Beschlag belegt und fingen an zu schreien, als ein einäugiger Knabe aus dem vordersten Bett die besten Bretter entnahm wie ein dreister Dieb und sich schnellstens wieder aus dem Staub machte.

Als so viele Menschen auf einmal in das nach frischer Farbe riechende Wohnzimmer gingen, ächzten die Dielenbretter des Holzhauses vernehmlich. Die Wände waren himmelgrün gestrichen, die einzige überzählige Farbe bei den Evigers. Die Fieberkleematratze der alten Frau hatten sie mitgebracht. Der isländische Name der Pflanze, reiðingur, kam daher, dass man sie zur Füllung von Decken und Polstern unter Tragsätteln verwendete, um den Auflagedruck der Lasten zu mindern. Später legte man solche Polster, oft in eine Art Laken eingenäht wie in diesem Fall, auch als Matratzen in Betten. Die ungeschriebenen Gesetze der Insel sahen vor, dass solche Matratzen fest zum Bett gehörten und dort auch bei einem Umzug verblieben. Eine Ausnahme wurde gemacht, wenn im Sterben Liegende noch einmal verlegt werden mussten.

Nun hoben sie die alte Grandvör auf ihrer Matratze von der Bahre auf das Feldbett. Die beiden blieben aber nicht im Gleichtakt, die Matratze verzog sich, und aus einem Riss im Laken ragte etwas hervor, das einige an einen getrockneten Kuhfladen erinnerte, andere an eine viereckige Scheibe trockenes Fladenbrot. Als sie die alte Frau auf ihr neues Lager gebettet hatten, zog Gestur den dünnen Gegenstand unter ihr hervor und verzog gleich das Gesicht über dessen Geruch. Málfríður nahm es ihm aus der Hand.

»Was ist das, Grandvör?«

»Das ist nur mein altes Dreckbrett. Ich habe es vor ein paar Tagen erst wieder benutzt.«

»Ein Dreckbrett? Was ist das?«, fragte Gestur.

Lási, der gerade die Bettlatten von Strönd an das Feldbett anpassen wollte, mischte sich ein:

»Die hat man benutzt, wenn Leute nicht mehr aufstehen konnten, um auf den Topf zu gehen. Was drauflag, hat man danach in den Topf gekippt. Sie waren allerdings meist … Tja, also das Exemplar hier ist ungewöhnlich dünn und biegsam für ein solches Utensil.«

Málfríður war anzusehen, dass sie das Ding sehr gern und schnell losgeworden wäre. Es war etwa so groß wie eine Zeitung, sehr braunfleckig in der Mitte, heller an den Rändern.

»Soll ich es nicht für dich aufheben?«, fragte sie Grandvör in dem Ton, in dem man Kindern etwas vormacht. Hinter den Worten lauerte der Wunsch, das Teil schnellstens zu entsorgen.

»Ich … ich habe dir nur deine Arbeit erleichtern wollen, gute Málfríður«, kam es vom Bett.

»Nein, nein, das brauchst du nicht, du brauchst dir meinetwegen keine Gedanken zu machen«, versicherte Malla und wollte das Ding wegbringen.

Lási blickte ihr nach und sah etwas auf der Rückseite des Brettchens. »Einen Moment, Málfríður«, hielt er sie zurück und bat sie, das gute Stück einmal umzudrehen. »Verdammte Scheiße«, stieß er unterdrückt hervor und verließ mit der Haushälterin das Zimmer. Draußen auf der Straße hielt Málfríður die Rückseite des Bretts in das

Sonnenlicht, das gerade auf Eyri fiel, und Lási musterte es eingehend mit zusammengekniffenen Augen. Dazu sagte er leise: »Allmächtiger«, und: »Ich bin vollkommen ...«, dann griff er sich plötzlich an die Stirn und fiel der Länge nach auf den harten Boden.

Kapitel 5

Ein gutes Buch

Gestur und seine Freunde waren den beiden auf die Stufen vor dem Haus gefolgt und bückten sich jetzt über Lási, sprachen ihn an, tätschelten ihm die Wange, holten Wasser. Nach ein paar Augenblicken kam der alte Strophenschmied wieder zu sich und forderte sie auf, sich die Rückseite des Dreckbretts genau anzusehen. Sie taten es und sahen, dass sie undeutlich mit einem komplizierten Muster bedeckt war. Was war daran so bedeutend? Lási sagte, sie sollten es lesen. Lesen? Waren da Buchstaben? Sie begannen am oberen Rand, und indem sie ihre sechs Augen zusammenlegten, meinten sie, tatsächlich Bruchstücke eines sehr merkwürdigen Satzes entziffern zu können:

»Kessel ... flatter ... ließ ... man ... Hohn ... Törn ... Buhne.«

Lási lächelte vom Boden aus und schüttelte den Kopf, die letzten Haarfitzel auf seinem sonnenglänzenden Altmännerglatzkopf in Unordnung und mit Grasschnipseln durchsetzt, seine Augen feucht in ihren tiefen Höhlen. Dann sprach er:

»Ketil Flatnef hieß ein Mann, Sohn des Björn Buna. Ihr kennt die Zeile, oder nicht?«

Doch die jungen Männer des Jahres 1914 standen mit dem kulturellen Erbe ebenso wenig auf vertrautem Fuß wie die Jugend späterer Jahre. Es zündete nichts bei ihnen.

»Der erste Satz der Laxdæla.«

»Laxdæla?«

»Wohl die schönste aller Isländersagas.«

Der Alte lachte kurz vor sich hin, bekam dann aber Sorgenfalten um die Augen, weil er mit seinem Humor so allein war. Einsam ist der Mann, der keinen Lacher hat.

»Das ist das Schmutzblatt einer Pergamenthandschrift, höchstwahrscheinlich sehr alt, aus der Zeit vor der Reformation. Ein Schmutzblatt …«, wiederholte er und lachte wieder nur für sich.

»Was ist ein Schmutzblatt?«

»Die vorderste Seite in einem Buch oder einer Handschrift, daher oft am ehesten der Verschmutzung ausgesetzt. Vielleicht waren diese Autoren durch die Bank Stallknechte, wer weiß. Aber normalerweise ist ein Schmutzblatt auf beiden Seiten unbeschrieben. Lasst mich noch mal sehen«, sagte er und streckte die Hand aus. »Ja, seht ihr, diese Seite ist leer, die, auf die die Alte ihren Dreck gemacht hat. Puh, stinkt das! Dass sie die ganzen Jahre auf dem Anfang der Laxdæla gelegen hat …«

Sie gingen ins Haus zurück und fragten Grandvör, woher sie ihr edles Dreckbrett habe.

»Das habe ich schon seit vielen Jahren. Wenn ich mich recht erinnere, habe ich es in Útdalir im Schuppen gefunden und es meist bei Durchfall benutzt. Was ist denn damit? Bekomme ich es nicht zurück?«

»Lási sagt, es sei der Anfang der Laxdæla-Saga, das erste Kapitel und ein bisschen aus dem zweiten«, sagte Gestur.

»Das ist eine der besten Isländersagas«, schob Skapti nach.

Es entstand eine kurze Holzhausstille mit entsprechendem Knacken.

»Ja, das ist ein gutes Buch, das habe ich wohl bemerkt.«

Lási setzte sich draußen auf die Stufen, kniff im Sonnenschein das Gesicht zusammen, wischte sich Halme aus den Haaren und strich sich mit dem raspelnden Geräusch von Schwielen, das nur er selbst hörte, über Stirn und Augen. Dabei wuchsen in ihm neue Scherze, neue Zeilen, die keiner verstehen würde und die darum auch nicht aufgesagt werden mussten. Manche haben eben ihre eigenen Methoden, sich mit einem Buch gründlich auseinanderzusetzen. Oder: Seltsam, dass eine so alte Frau auf die Tradition scheißt.

Gestur kam ebenfalls vor die Tür und wollte sich bei Lási darüber aufregen, dass ihre alte Lady eine solche Rarität unter ihrem Allerwertesten verborgen gehalten hatte, doch dann sah er von Strönd über die Wiese an den Teichen einen Jungen mit dunklen Brauen auf sie zukommen, der so etwas wie ein gelbliches Brettchen trug. Gestur merkte, wie ihm Hitze zu Kopf stieg, und lief dem Jungen entgegen, der ihm das Brettchen auch sofort aushändigte, sie hätten es in einem Bett gefunden, erklärte er. Gestur hielt es ins Licht, es war bräunlich, kalt und brüchig und wies Streifen von den Bettlatten auf, weich wie Leder. Welche Botschaft nun dieses Ding enthielt, war nicht zu erkennen, lesbar war allein die Signatur *Sigurlás Friðriksson* in der unteren rechten Ecke, wie sie Maler auf ihren Bildern hinterließen. Eiríkur hatte sich mit der Fälschung der Unterschrift solche Mühe gegeben, dass die Tinte ins Papier eingedrungen war.

»Was ist das?«, fragte Lási von der untersten Treppenstufe.

Gestur drehte sich um und hielt ihm das Ding hin.

»Ist das nicht dein Dreckbrett? Jedenfalls trägt es deinen Namen.«

Kapitel 6

Holzleben

Die ersten Wochen in der Holzwelt waren wie ein Märchen. Sie tippelten über die Fußböden wie Elfen über die Manuale einer Orgel, als wäre ihr Haus ein großes Musikinstrument. Jeder Schritt, jede Bewegung erzeugte einen Ton: Wenn Olgeir die Treppe hinaufging, ein Teller zu Boden fiel, wenn Malla mit dem Holzlöffel gegen den Topfrand klopfte, während eine Ratte vor der Katze in den Keller floh – alles war Klang, alles war Musik. Das Köstlichste war, oben unter dem Dach zu liegen und den Mäusen zu lauschen, die zwischen den Sparren umherhuschten, oder dem Pochen der Regentropfen aufs Blechdach. Letzteres war eine absolute Neuigkeit in der Erfahrungswelt der Isländer, in den Grassodenhäusern starb jeder Laut in den Wänden. Im Holzhaus dagegen konnte man sogar zwischen den Zimmern und Stockwerken einfach rufen: »Essen fertig! Gestur! Hering!«

Als Köchin schlief Malla in einem Winkel beim Herd, die Katze Mama am Fuß-, die Tür zur Speisekammer am Kopfende. Der Herd war ein graues Eisentier mit vier Löwenfüßen und drei Augen mit Deckeln. In jedem von ihnen brannte Feuer, das Ungeheuer konnte Unmengen von Brennmaterial verschlingen, und es wurde so heiß, dass man einen Topf mit etwas Wasser nur ganz kurz aufsetzen musste, und schon kochte es. Malla brauchte zwei Wochen, um mit dem Tier einigermaßen umgehen zu lernen. In den ersten Nächten war die Küche wie eine Dampfsauna, und selbst Gestur rümpfte über den Schweißgeruch seiner Mama die Nase. Der Wand über dem Herd, die vorher schwarz gewesen war, kamen fast Farbtränen vor Hitze, und die Treppenstufen gegenüber wurden während des größten Einheizens so heiß, dass man sie nicht in Socken ersteigen konnte, sondern wieder die alten Schaflederschuhe anziehen musste.

»Das erinnert mich an die Dampfkessel bei Eviger. Du darfst nur weniger Heizmaterial einlegen«, riet Gestur.

Im Wohnzimmer lag Grandvör und war mit dem Umzug eher unzufrieden, sie vermisste etliches aus der Torfkate, die Wände hier kühlten nachts aus, Fischgeruch von draußen drang herein, der Lärm von der Straße war empörend laut, und dauernd befürchtete sie, die Holzdecke über ihr könne auf sie herabstürzen. Sie kam nur schwer mit der Vorstellung zurecht, dass sich oben noch ein weiteres Zimmer befand, in dem Gestur, Olgeir und der Hund schliefen. Papa hatte es sich angewöhnt, abendelang unter Olgeirs Bett an den Bodendielen zu kratzen, als läge darunter Bauchfleisch oder ein Mäusenest.

»Papa, hör auf damit!«, schrie der Junge und weckte damit erneut Befürchtungen bei der Bettlägerigen. Schlug Lási den Jungen etwa?

Allmählich verließ sie diese Welt.

Gestur verrichtete Schichtarbeit, wachte erst gegen Mittag auf und kam um Mitternacht nach Hause. Malla stellte Grütze auf den Herd und holte einen Schafsbug, Jahrgang 1913, hervor. Sie schien über einen endlosen Vorrat von diesem geräucherten Fleisch zu verfügen, den sie im kalten Keller verwahrte. Ein anderweitiger Aufenthalt dort war nicht vorgesehen. Die nicht einmal mannshohen Keller der ersten Holzhäuser in Island waren nur für das Meer gedacht, für den Fall, dass es an Land steigen wollte, was auf Eyri mindestens einmal im Jahr passierte.

Obwohl Gestur meist hundemüde aus der Fabrik kam, hatte er die Gewohnheit angenommen, auf dem Kissen noch in einem Buch zu lesen. Als es im August nachts erstmals wieder dunkel wurde, stellte er eine Petroleumlampe aufs Fensterbrett – sein Vorarbeiterlohn erlaubte das – und konnte so bis in die Nacht lesen. Sein Aufwachsen bei einem Dichter-Bauern trug, wenn auch spät, Früchte. Seine Leselust war allerdings durch seinen ehemaligen Polier Ole Næss angeregt worden, der inzwischen zum stellvertretenden Werksleiter bei Södal aufgestiegen und darüber hinaus der größte Glückspilz überhaupt war: glücklich verheiratet und ein richtiggehendes Schloss an der Aðalgata im Bau. Manchmal lief Gestur dem Norweger über den Weg, und jedes Mal erkundigte der sich, was er gerade Gutes lese. Gestur fraß sich inzwischen sogar durch Bücher auf Norwegisch und Dänisch. Der große Óli hatte ihm eine Neuausgabe von Hamsuns *Hunger* geliehen, und Gestur konnte sich in vielem mit dem Helden in seinen Nöten identifizieren. Obwohl er einiges an der Geschichte komisch fand, nahm sie ihn derart gefangen, dass er eines Abends »die Lampe auslas« – ihr war das Petroleum ausgegangen.

Erziehung ist eine undankbare Aufgabe. Eltern ziehen den Vogel in den Anlagen ihres Nachwuchses mit ständigem Füttern und Lockrufen heran, ohne dass das Kind weiß, dass ein Vogel in ihm steckt. Irgendwann wird der Vogel zu groß und rüttelt an seinem Käfig. Das Kind, das kein Kind mehr ist, fühlt dieses innere Rütteln, spürt dem nach, was in ihm vorgeht, und lässt den Vogel frei. Er fliegt auf den nächsten Pfahl und singt, ruft oder krächzt. Das erwachsen gewordene Kind wendet sich dann ab oder füttert ihn weiter oder fliegt mit ihm. Manchmal kommt es vor, dass der Vogel in seinem Käfig verkümmert und nicht wächst, wie er sollte. Dann braucht es einen außenstehenden Dritten, um ihn zu sehen und freizulassen. So brauchte es Ole Næss, um das in Gestur Angelegte zu wecken, und nun lagen sie beide, Gestur und Lási, in ihren Zimmern und lasen, der eine beim Licht einer Petroleumlampe, der andere mit einer Tranfunzel.

Lási wohnte im Nordzimmer und genoss es, einen geheizten Fußboden zu haben. Der war in den ersten Tagen so heiß, dass er kaum aus dem Bett aufstehen konnte. Das Dach war dagegen so kalt, dass er nachts fror und neuerdings in seinen Kleidern schlief wie ein unwissender Reisender. Dabei glühten seine Fersen. Schon ein komisches Ding, so ein Haus. Zwei Nächte lang lag er wach und überlegte, ob er sich einen Platz bei den beiden Propheten in Gamlibær suchen solle, vielleicht könnte er die Bettstatt des dritten übernehmen, das richtige Alter hatte er, und die meisten seiner Ideen waren inzwischen wunderlich genug dazu.

Außerdem war es verdammt unbäuerlich, so hoch über dem Erdboden zu schweben wie eine Möwe in der Thermik. Jedes Mal, wenn er die Treppe hinabstieg, wurde Lási leicht schwindelig, dabei hatte er selbst die Treppe für die Kanzel in der Kirche gebaut, die es dann weggefegt hatte. Da hatte man allerdings nie nach unten geblickt, sondern immer nur auf die beiden nächsten Stufen. Hier hingegen sah man bei jedem Schritt dem Tod ins Auge. Dazu kam, dass die Stufen sehr heiß waren, was den alten Mann veranlasste, die Treppe so schnell wie möglich hinter sich zu bringen. Dreimal fehlte nicht viel, und er wäre dabei geendet wie Jónas. Er bewältigte den Abstieg etwas besser, nachdem Gestur ihm gezeigt hatte, dass man die Stufen rückwärts leichter herabstieg. Ja, so war es einfacher, aber es ging dem Alten doch gegen den Strich. Rückwärts in den Tag zu treten, konnte für keinen gesund sein.

Was er auch nicht mochte, war die Neuerung, das Essen in der Küche einzunehmen, sich an einen Tisch zu setzen und sich bedienen zu lassen wie die besseren Leute. Sein ganzes Leben lang hatte er auf der Bettkante gegessen. Und jetzt erschien er innerlich schaudernd vor Dachkälte, aber mit verbrannten Fußsohlen in dieser überheizten, stickigen Küche, wo ihn eine schwitzende Málfríður mit roten Flecken im Gesicht mit einer Schale Grütze erwartete, die roch wie achtzehn geräucherte Schinken.

Den alten Bauern verfolgten auch Sorgen wegen des guten Dreckbretts, des Schmutzblatts der Laxdæla. Es war die reinste Hölle, Derartiges im Haus zu haben, eine ungeheure Verantwortung. Besaßen sie womöglich den am vollständigsten erhaltenen Anfang der Saga? Wie sollte er das wissen? Es war dasselbe wie mit einer Truhe Gold im Haus; dabei konnte niemand ruhig schlafen, wie jüngere Beispiele bewiesen.

Sie waren zu dem Entschluss gekommen, das wertvolle Stück in der Speisekammer aufzubewahren. Ein guter Text hielt sich wie Milch sicher am besten an einem kühlen Ort. Doch nach einigen Tagen zwischen Lebensmitteln opponierte die Hauswirtschafterin gegen die Maßnahme, denn dem verdickten Blatt haftete noch immer ein Geruch von menschlichen Ausscheidungen an, und der vertrug sich nicht gut mit Skyr und Sahne.

Gestur wollte es daraufhin zu Séra Árni bringen, der Volkslied-sammler wusste doch mit seltenen Fundstücken umzugehen und könnte es später an die richtige Stelle in der Stadt schicken. Wie aber sollte es am besten in den Süden gelangen, auf dem Land- oder auf dem Seeweg? Dabei könnte es entweder aus einer Tasche fallen und weggeweht werden oder im Meer versinken. Sämtliche isländische Handschriften wurden im Arnamagnaeanischen Institut in Kopenhagen aufbewahrt, weil in Island selbst kein Haus gab, das als Archiv sicher genug gewesen wäre. Dabei waren Gebäude in Kopenhagen letztlich auch nicht viel sicherer, denn ein Teil der Handschriften dort war bei dem großen Brand von 1728 vernichtet worden. Ein Risiko stellte auch der Transport des Schmutzblatts über die See dar, denn große Schiffe gingen noch genauso unter wie kleinere. Eine andere Idee Gesturs war es, den Lederplaggen einem Höchstbietenden zu verkaufen. Buus und Hedin wären sicher interessiert, sie waren beide eitle Männer, die stets Bedarf an Reputation hatten. Den Geruch könnten sie hinter Rahmen und Glas einsperren.

Doch Gesturs Ideen gefielen Lási nicht, weder ein Verkauf noch eine Versendung in die Stadt. Gestur musste lange nachbohren, um den Grund herauszufinden: Der alte Büchermensch ertrug die Vorstellung nicht, die Welt erführe von dem Skandal, dass eine solche Kostbarkeit in seinem Haus jahrzehntelang im Bett einer alten Frau unter deren Hintern zum Auffangen ihrer Exkremente gedient hatte. Damit war die Sache entschieden, und das Schmutzblatt landete wieder da, wo es anscheinend am besten aufgehoben war: unter Grandvörs kackwarmem Hintern.

Kapitel 7

Hämische Schadenfreude

Der Heringssommer 1914 war eine Rekordfangzeit, die ertragreichste seit Beginn, mit zugehörigem gutem Wetter: Sonnenschein und Windstille, Tanz auf den Stegen. Herrliche Sonnenaufgänge, klare Abende, stille Sternennächte. Nie hatte es schönere Schlägereien gegeben. Die Fäuste strahlten wie gestärkte Hemdbrüste im Augustzwielicht, und es wurde Blut in den gleichfarbigen Sonnenuntergang gespuckt. Blaugehauene Augen changierten ins Violette, Blaue und Schwarze und hielten eine Woche, Küsse bis Weihnachten.

Die neue Aðalgata war jetzt der Treffpunkt. Aus dem ehemaligen Schafspfad wurde nachts ein breiter Weg voller Menschen, auf dem kein Grashalm mehr wuchs.

Sobald eine Schicht zu Ende war, eilten alle in ihre Unterkünfte, um sich schnell etwas zu essen zu machen und sich umzuziehen, und eine Viertelstunde später traf man sich wieder, um zu feiern. Etwas so Ausgelassenes hatte Island noch nicht erlebt, hier ereignete sich das erste Straßenleben des Landes, hier machte man zum ersten Mal die Runde, wurde zum ersten Mal gejammt. Aus seinem Fenster in Upphæðir betrachtete der Autor wie Gott seine wunderbare Erfindung.

Hier flanierten Norweger in blauen Cheviot-Anzügen mit Mütze und Kautabak, unsere Mädels in Seidenblusen (!) und Mänteln mit vornehmen Schals gegen die nächtliche Kühle, sehr isländisch anzuschauen in der Menge, Arm in Arm, und alle hatten sie die Lippen angemalt! Im Laden des Krónufélag und bei Sigvaldi in Krít gab es jetzt Ersatzkaffee in roten Papierverpackungen. Rieb man die Lippen an dem Papier, wurden sie leuchtend rot, und betupfte einem die Freundin anschließend die Wangen damit, glänzten sie frisch bis nach Mitternacht. Wer konnte all diesen breiten, hübschen Gesichtern – vielleicht gleich sechs auf einem Haufen – mit ihren hohen Wangenknochen, weichen Lippen und starken Brauen widerstehen? Es gab Norweger, Schweden und Schwindellandsleute, die wie in Trance herumliefen und glaubten, sie seien im Paradies gelandet. Sie sangen sich von der Straße zum Strand, wo sie über den spiegelglatten Pollur grölten:

»Eldorado, Eldorado! Ich bin in meinem Eldorado!«

An der nächsten Ecke saßen zwei Akkordeonspieler und traktierten ihre faszinierenden Instrumente. Manche tanzten dazu im vollgespuckten Gras, und über der Menge stiegen blaue Rauchkringel auf. Die allerflottesten jungen Stutzer kauten keinen Tabak mehr, sondern rauchten Zigaretten wie Menschen in exotischen Romanen. Die damit verbundene herrenmäßige Attitüde war unwiderstehlich, und der Duft wehte wie Parfüm über den Fischgestank.

In der neuen Holzstadt traten die jungen isländischen Männer inzwischen vornehmer auf als die Norweger – irgendwie musste man doch der Konkurrenz bestehen. Lodenstoff war Geschichte. Ehemalige Bauerntrampel stolzierten in funkelnagelneuen Lederschuhen und Gehröcken mit langen Schößen, neuen Krawatten und Angeberhütchen umher – selbst die Ärmeren trugen Humbug! Und das Wichtigste: ein Spazierstöckchen. Kaum etwas kennzeichnete den neuen freien Isländer besser als dieser fröhliche Schwerttanz: Ein angetrunkener junger Geck mit Hut, der unablässig sein schwarzglänzendes Stöckchen durch die Luft wirbelt und sich einbildet, damit die Welt zu dirigieren, aber eigentlich mehr einem Hütejungen ähnlich sieht, der eine Kuh treibt.

Oft wurde mit den rotierenden Stöckchen im Gedränge Schabernack getrieben, oder es kam zu kleineren Duellen. Bekam ein Norweger so einen Stock mal an den Kopf und reagierte, indem er das dünne Ding entzweibrach, kam es zum Strudel eines Handgemenges in der ansonsten friedlichen Menge, die durch die Aðalgata strömte. So sah es jedenfalls für die Eule aus, die sich unbemerkt auf dem First des Kino-Cafés niedergelassen hatte. Sie strich aber gleich wieder Richtung Berge ab, als jemand rief:

»Eine Eule!«

In ihrer Abwesenheit schob sich die Menge weiter, lebenslustig und lebensgierig, eigentlich müde, aber voller Vergnügungslust, Staunen und Freude, alle mit einer Flasche in der Hand, alle unterwegs, auf und ab, die Straße vor und zurück, die Augen tanzten, und schließlich endete es irgendwo in der Menge oder in jemandes Armen, hinter einem Schuppen oder oben in der Mulde auf dem Berg.

Als man gerade dachte, die fetten Jahre mit ihrer Romantik und ihrem Wahnsinn seien vorbei, da ging alles auf noch höherem Niveau weiter. Der Hering wurde noch fetter, die Löhne stiegen weiter, die Norweger wurden noch flotter, die Frauen noch schöner, die Herren edler, die Schlägereien professioneller, die Partys dauerten länger und länger, und es wurde noch mehr herumgevögelt, gute Figur, Ficken und Finanzen verschmolzen.

Selbst die raue Hugljúf, die Heroin aus Hvammur, die jetzt ihren zehnten Heringssommer absolvierte und in jedem unter den Top Fünf gewesen war, drei Fangzeiten hintereinander sogar die »Heringskönigin« mit den meisten eingesalzenen Fässern, stand eines Montagmorgens auf der Brücke von Jacobsens Station, wohin man sie für teures Geld nach fünf guten Jahren bei Eviger abgeworben hatte, und schaute verträumt einem hoch im Wasser liegenden Heringseimer auf seinem Kurs fjordauswärts nach. Nach lebenslangem Alleinleben hatte sie schließlich ihren Roar getroffen, einen schon älteren Witwer aus Stavanger, einen dicken, langnasigen Brocken, der durch sein schweres Gewicht auf ihr eingeschlafen war. Montags wollte er sie natürlich nicht sehen, dienstags auch nicht, mittwochs und donnerstags schon gar nicht, da sei er *opptatte*, »besetzt«, ob wegen der Arbeit oder einer anderen Frau, wusste Hugljúf nicht. Freitagabends aber warf er ihr Blicke zu, und samstagabends forderte er sie zum Tanzen auf, zur schwedischen Variante des isländischen Samstagwalzers, wenn die Zauber der Sonne und des Alkohols selbst dieses aus Fels gemeißelte isländische Gesicht in ein wunderschönes Blumenantlitz verwandelt hatten.

Es ist doch Samstagabend, drum schwing die Füßchen schnelle,
du bist so flott und süß wie eine Karamelle.

Es machte ihr nichts aus, sechs Tage in der Woche verschmäht zu werden, einmal in der Woche war immer noch so viel mehr als überhaupt nicht.

Die Arbeitsbedingungen waren ebenfalls von Sommer zu Sommer besser geworden. Die Frauen brauchten die Fische nicht länger kniend auszunehmen, dafür gab es jetzt spezielle Tische. Hier und da tauchten die ersten Leinenhandschuhe und Heringsscheren auf, manche Frauen trugen sogar Gummistiefel. Der Fortschritt kannte keine Grenzen.

Sonntags wurde mit Mama zuhause telefoniert, jeder hatte das Recht auf ein Telefongespräch im Monat. »Hallo, ich bin schwanger. Nein, ich weiß nicht, wer der Vater ist. Wahrscheinlich ein Norweger.« Das hier war eine andere Gesellschaft, ein anderes Land, selbst die Sprache wurde südlich der Hochheiden nicht verstanden. »Hallo, ich bin schwanger.« Eine solche Aussage klang in traditionellen isländischen Ohren unbegreiflich. Was für eine Sorglosigkeit und Freizügigkeit! Und die Stimme hatte schon um zwei Uhr mittags an einem Sonntag eine Fahne.

Einige Kellerkneipen ließen ihre Feigenblätter fallen und priesen sich in öffentlichen Anschlägen als Vergnügungslokale an: »Der schwedische Geiger Arvid Petterson spielt in nächster Zeit jeden Abend.«

»Der Akkordeonspieler Einar Sæmaundsson von der *Hœringur SE* tritt in den kommenden Wochen im Faktorskrug auf.« Zwischendurch gab es volkstümliche Belustigungen: »Jónmundur Guðmundsson trinkt heute Abend. Eintritt 1 Krone.« Bei diesem Jónmundur handelte es sich um das berühmteste Medium der Vorkriegsjahre, einen Mann, der in einzigartige Verbindung mit dem Jenseits trat, aber nur, wenn er betrunken war.

In Segló traten die Stars auf.

Niemand frohlockte mehr als die Reeder, Spekulanten und Heringsunternehmer. Die Fangergebnisse seit dem berüchtigten Ausbleiben der Heringe im Sommer 1910, als Gestur seine Braut mitten in der Trauungszeremonie stehengelassen hatte, waren schon einträglich gewesen, aber jetzt begann das Gold so richtig zu fließen. Ins ganze Land wurden Notrufe nach weiteren Arbeitskräften geschickt, denn der Heringsort ertrank in Fischen und die vorhandenen Arbeiterinnen und Kochereien konnten die Mengen nicht bewältigen. Sämtliche Lagerbehältnisse liefen über, an den Rändern der Verarbeitungsplätze türmten sich Haufen von Fisch, die Ufer waren übersät mit aussortierten minderwertigen Tierleibern, in der andauernden Windstille wurde das Meer zu Fischsuppe. Es herrschte Dauermangel an leeren Fässern und Zeit. Eine Schicht konnte von morgens neun bis fünf am nächsten Morgen dauern. Keine Zeit für Kaffee- oder Essenspausen, dafür sorgte der Akkord. Wer Kinder hatte, schätzte sich glücklich, denn die lieben Kleinen konnten zwischendurch nach Hause laufen und ein paar Kekse und ein Glas Milch holen. Malla etwa unterbrach für zehn Sekunden ihre Arbeit bei den Fässern von Ákis Firma und ließ sich von Olgeir etwas Kaffee in den Mund gießen, weil sie selbst bis zum Kinn von Fischschleim bedeckt war. Olli hatte zu helfen begonnen. Bis zum Boden der Fässer reichten seine Arme nicht, aber er schichtete für Malla die obersten Lagen ein.

Helga tat das Gleiche für Engilráð, der Junge sah sie mit seinem einen Auge auf dem Platz bei Hedin. Das Mädchen war wegen des

Abbruchs der Trauung bestimmt noch immer böse auf Gestur, denn dadurch hatte ihre Mutter die Sprache wiedererlangt. Niemand möchte den Schock erleben, seinen Bräutigam oder seine Braut mitten in der Trauung fluchtartig die Kirche verlassen zu sehen. In Engilráð waren dadurch mehrere Bänder gerissen, unter ihnen das Zungenband, seitdem konnte sie Wörter formen, wenn auch nicht gut und für viele unbegreiflich. Olgeir hatte gesehen, wie Helga bei den Brumm- und Grunzlauten vor Scham im Boden versank.

Gestur mied jeglichen direkten Kontakt mit Mutter und Tochter, kompensierte das aber durch sein Wohlwollen gegenüber Svanlaugur, dem weißhaarigen Grundwikinger und Bruder Svanbergs. Er fand, dass er den beiden Schwänen etwas schuldete, denn der eine hatte sich der Mutter und der Tochter angenommen und der andere war so zurückhaltend, dass ihm niemand böse sein konnte. Svanbergur war weiblicherseits unversorgt, aber Gestur hatte bemerkt, mit welchen Augen er Málfríður betrachtete, obwohl sie vierzehn Jahre älter war als er.

Nicht nur die Fangmengen schwangen sich himmelwärts, die Preise taten es auch. Es war eine Zeit des Wohlstands und Überflusses angebrochen, in der alles nach Wunsch verlief: Der gute Mord in Sarajewo Ende Juni hatte zur Julikrise geführt, die im August in einen Weltkrieg mündete. Alte Großmächte gingen neue Allianzen ein und fielen über andere Großmächte her, zogen Schützengräben kreuz und quer durch Europa, Männer wurden einberufen und mussten Hering essen, Frauen wurden ohne Essen zuhause zurückgelassen. Schon im September fehlte es an Nahrung für Millionen. Die Märkte wurden nicht ausreichend versorgt, nahmen alles, was sie kriegen konnten, und zahlten dafür fast jeden Preis. Es hätte sich sogar Vetlesens Fassberg verkaufen lassen, wenn es jemandem beliebt hätte, ihn zu verschiffen.

Nichts konnte schieflaufen, jede Rechnung ging auf. Unsere ersten Jahre einer ökonomischen Blase kamen, und keiner konnte diesen gesegneten, wunderbaren, herrlichen Krieg genug loben. Die Großen verdienten groß, Bootsneubauten amortisierten sich in drei Tagen, für zwei Heringsfässer, deren Herstellung so viel kostete wie ein Strumpf, bekam man drei neue Anzüge. Einfache Leute bliesen in neoliberalen Schuhen blaue Rauchringe in die Luft und schwangen ihre neuen Spazierstöckchen. Jeder Tag war ein Knaller.

Nach tausend Jahren der Entbehrungen, während deren der Kontinent seine Steinhäuser, Kirchen und Eisenbahnen bekommen hatte, brachen jetzt in Island die fetten Jahre an, und es bewahrheitete sich die Reziprozitätsregel: Wenn es anderen schlechtgeht, geht es uns gut. Wir sind die Antipoden der Welt. So lernten die Isländer von den Katastrophen anderer zu profitieren. Was sie nicht lernten, war, die hämische Schadenfreude zu verbergen.

Am Fenster seines Kontors stand der schmerbäuchige Södal und rauchte in die Nacht, wo die ersten Strahlen der Morgensonne auf einem marmorglatten Stein glänzten. Es war ein ganz besonderer Stein, den er zwischen seinen Heringslagern auf einen Holzsockel gestellt und mit einem darübergeworfenen Netz gesichert hatte, das an den Sockel genagelt worden war. Da war er also wieder, der gute Siebenstein, der im Unruhejahr 1909 verschwunden und zwei Jahre später im Morast von Södals Heringssammelbecken wieder aufgetaucht war. Für einige Zeit wurde er in einem Schuppen vergessen, doch jetzt war er zum Verdruss vieler auf Södals Gelände zu neuer Würdigung und einem neuem Sockel gekommen. Auch andere wollten schließlich an der Zauberkraft des Steins teilhaben. Der Norweger ließ nie etwas über seinen Glauben an die Macht des schönen Steins verlauten, aber er machte es sich zur Regel, jede Nacht zu warten, bis die Sonne ihn beleuchtete und er ihm zuzwinkerte, dann würde es wieder einen guten Tag und eine gute Nacht geben.

Anschließend legte er die Zigarre ab, zog die Jacke aus, hängte sie über eine Stuhllehne, streifte die Schuhe ab und die Hosenträger runter, mehr aber nicht. Es war keine Zeit, nach Hause zu gehen oder ein Nachtgewand anzuziehen. Er war wie sein Bruder Jostein geworden und schlief auf einer Liege im Büro. Aber nicht des Suffs wegen;

seine Sucht war eine andere: Zahlen. Ständig steigende Zahlen. Fässer und Tonnen, Salz und Sild, Männer und Frauen. Stunden und Schichten. Isländische und norwegische Kronen. Die Boote konnten jederzeit zurückkehren, und er vertraute keinem anderen, die Fangmenge in die Bücher einzutragen. Er bekam nicht genug davon. In seinem langen Seemannsleben hatte er noch nie so hart gearbeitet wie in diesem Sommer, war seines Lebens noch nie so froh gewesen, sein altes, holzverkleidetes Herz schlug wie ein Glockenklöppel jede volle und halbe Stunde: boing!

Nie stieg vor den frühen Morgenstunden Rauch aus seinen drei Schornsteinen oder von seiner Zigarre auf.

Dann schlief Södal auf seiner Liege ein, müde, selig und profitorientiert, in den Schnauzbart schnorchelnd und über dem Doppelkinn röchelnd, der schöngewölbte Bauch erinnerte an den Heringsfassberg draußen.

Södal schlief, genau wie es sein reales Vorbild Söbstad tat, in seinem holzknarrenden Kontor des Sommers 1914.

Kapitel 8

Die Wohltat des Pinkelns

Auch die arbeitende Bevölkerung bekam den Hals nicht voll und mutete ihren Händen, Rücken und ihrem Durchhaltevermögen zu viel zu, obwohl sie nach acht Jahrhunderten unter den Sklavenhalterbedingungen der Knechtschaft hart und zäh geworden war. Alles für Geld, für eine geringfügige Beförderung innerhalb der Hierarchie, aber auch des Vergnügens willen. Es handelte sich nicht um stumpfsinniges Schuften, sondern um Freude an der Arbeit, eine Art Volksbelustigung, wenn man so sagen darf, die sich keinem von außerhalb erklären ließ. Die Menschen konnten es nicht verstehen, bevor der Fischschleim an ihnen herablief.

Das war keine Arbeit, sondern Leben.

Morgens pfiffen die einlaufenden Boote, tief im Wasser liegend, und das war die Musik der Arbeit, die Sprache des Wirtschaftslebens. Jeder Reeder hatte sein eigenes Pfeifsignal: zweimal kurz, einmal lang; einmal lang, zweimal kurz; dreimal kurz. Die Frauen hatten ihre Ohren auf diese Wecker gestellt und eilten nach draußen, wenn das Signal ihrer Firma ertönte. Dann standen sie an den Tischen und Trögen, solange es Nachschub gab, einen ganzen Tag, die anschließende Nacht und manchmal auch noch ohne Pause den folgenden Tag.

Hugljúf Halldórsdóttir hielt den Rekord: zweiundsiebzig Stunden am Stück, von Mittwochabend bis Samstagabend an derselben Stelle, ohne zwischendurch nach Hause zu gehen, ohne eine Mahlzeit, ohne einmal das Klo aufzusuchen, doch ließ sie siebenmal Wasser, das heißt, sie ließ es breitbeinig unter dem Rock rausplätschern, aber nicht auf ihre neuen Stiefel.

»Trägt das Weibsstück denn etwa keine Unterhose?«, fragten die Spaßvögel.

»Pinkelt sie nicht in die Salzlake, und die Deutschen kriegen Pisshering?«, fragten andere Spötter.

Die Fassjungen reimten eine derbe Zote, die von einem Verarbeitungsplatz zum nächsten flog:

> *Hugljúf macht Heringen den Garaus,*
> *lässt nicht einmal das Pinkeln sein,*
> *ruft ihren Roar aus dem Haus,*
> *der haut ihr seinen Stopfen rein.*

In diesen drei Tagen salzte Hugljúf einhundertdreiundsiebzig Fass Hering und verdiente damit hundertdreißig Kronen. Einen Sommer beendete sie mit zwölfhundert Kronen in der Tasche, alles ihr eigenes Geld, auf Kristmundur in Hvammur war sie nicht länger angewiesen. Zweimal versuchten hinterhältige Schufte, sie zu berauben, aber sie hatte vorgesorgt. Es hieß, sie bewahre in Fässern im Lager der Eviger-Brüder achtzigtausend Kronen auf, doch das war nur ein Gerücht, das seinen Ursprung wahrscheinlich in der allerdings wahren Legende von Eiríkur HBs Münzfass hatte.

Im Sommer 1913 war die ungehobelte Hugljúf in ihr eigenes Haus an der Eyrargata eingezogen und damit zur ersten Frau aus dem einfachen Volk geworden, die in ihrem eigenen Namen eine Immobilie erwarb.

Darin logierten jetzt fünf Mädchen aus dem Süden im Keller, zwei von der Insel Flatey und drei aus Ísafjörður im Erdgeschoss, sie selbst schlief mit ihrer Hündin Fass oben unter dem Dach. In den Nächten von Samstag auf Sonntag lenkte Roar sein Schiffchen dorthin und manchmal auch seine Kollegen von der *Velox* aus Haugesund. »Kemenate« war der Name, den die Spaßvögel Hugljúfs Haus anhängten, denn schließlich war sie die Königin der Heringssommer. Das war nett gemeint, doch schnell wurde es zum Hurenhaus gestempelt. Böse Zungen verbreiteten Geschichten, und bald hieß das Haus nur noch Knarrhaus. »Knarren Betten, knarrt's in Wänden, / stöhnt's lüstern unter Norrmanns Händen«, lautete eine Strophe, in der mehrere weibliche Hinterteile vorkamen. Der Ursprung dieser Geschichten lag in unschuldigen Strümpfen, die ein norwegischer Heringsfischer seiner Liebsten zum Abschied verehrt hatte. Aus den zwei Strümpfen wurden zehn Flaschen und daraus zwanzig Kronen ... Bei den Männern jener Tage reichte die Phantasie nicht weiter, ein Haus, in dem so viele Frauen allein wohnten, konnte nichts anderes als ein Freudenhaus sein. Die meisten Heringsarbeiterinnen wohnten damals jedoch in den Schlafsälen der Heringsfabriken, in überfüllten Baracken und Schuppen, vor denen männliche Nachtwächter Posten standen, die aus Gründen des Alters oder ihrer sexuellen Orientierung so frei von Lust auf Frauen waren wie die Eunuchen in den Harems des Orients.

Trotz all der Neubauten war der Andrang noch immer so groß und das Platzangebot so begrenzt, dass Malla und Gestur ungeachtet Lásis Einwänden dem Druck irgendwann nachgaben. Drei Damen aus der Mývatnssveit kamen in den Keller, und zwei aus Reykjavík schliefen im Wohnzimmer auf dem Fußboden neben der Alten im Sterbebett. Der Keller war als Logis eigentlich unzumutbar, selbst die kleingewachsenen Mädchen vom Lande mussten sich dort bücken und auf Fieberkleematratzen auf dem eiskalten Boden schlafen. Ihr Fischgeruch überlagerte den nach Moder, und Katze Mama legte Extraschichten ein, um lange Nächte hindurch Mäuse und Ratten zu jagen.

Grandvör wurde mit jedem Tag wunderlicher, wähnte sich an Bord des Küstenschiffs *Thyra*, da doch nun fremde Menschen über und unter ihr nächtigten, und stellte putzige Fragen:

»Liegen viele in der unteren Koje?«, oder: »Wo sind wir gerade?«

Im Lauf des Sommers mündete ihre völlige Orientierungslosigkeit in die Worte: »Ich gehe nicht allein an Land«, die sie andauernd wiederholte. »Hier setzt ihr mich nicht aus!«

In tatsächliche Gefahr geriet die alte Frau, als eines Nachts ein betrunkener Norweger die Frauen aus Reykjavík nach Hause begleitete, vor ihnen ins Wohnzimmer ging und sich auf das Bett in der Ecke warf, nicht ahnend, dass darin eine lebende Leiche lag. »Die See geht hoch«, lautete ihr Kommentar.

Einmal kam Gestur erst gegen Morgen nach Hause, als eine der Frauen auf dem Wohnzimmerfußboden unter einem unbekannten Freier stöhnte. Die Geräusche aus dem haarfeinen Grenzbereich zwischen Lust und Schmerz drangen aus dem Zimmer nach draußen, und Gestur grinste. Noch mehr, als er die Alte sagen hörte:

»Ja, das ist schwer.«

Lachend nahm er die Treppe nach oben, wo Olgeir von seinem Eintreten erwachte und fragte:

»Was ist da unten los?«

»Da zeugt man ein Kind.«

»Tut das so weh?«

»Ja, es tut so weh, ein Leben zu zeugen.«

»Wieso?«

»Weil … weil das Leben einfach wehtut. Es tut weh, eins zu machen, es tut weh, geboren zu werden, noch mehr, zu sterben, das Schlimmste aber ist zu leben. Sogar alles Gute bereitet Schmerzen: sich zu verlieben, ausbezahlt zu werden, Weihnachten zu feiern …«

»Aufzuwachen.«

»Ja, genau.«

»Und einschlafen zu müssen.«

»Ja, das tut alles weh.«

»Aber eins tut gut«, wandte der Junge im Bett unter der Dachschräge ein.

»Und was ist das?«

»Zu pinkeln.«

»Ja, es tut gut, zu pinkeln. Sehr gut. Es tut immer gut, zu pinkeln.«

Er hatte vollkommen recht, Olgeir war ein tiefsinniger Philosoph, wahrscheinlich gab es nichts Wohltuenderes auf der Welt, als zu pinkeln, wenn man musste. Gestur legte sich hin, dachte über das Leben nach und dankte dafür, diesen einäugigen Jungen als Sohn bekommen zu haben.

Nach einer Weile fragte der:

»Muss sie das lange aushalten?«

»Ja, bestimmt. Man muss sich große Mühe geben, wenn man so etwas tut. Schlaf jetzt!«

»Sind sie am Reiten?«

Gestur drehte den Kopf zu dem Jungen, dessen Auge unter der Decke hervorblinkte.

»Ja.«

»Warum heißt das reiten?«

»Ich weiß es nicht, aber Lási meint, Isländisch sei die einzige Sprache auf der Welt, in der man dasselbe Wort dafür benutzt, ein Pferd oder eine Frau zu reiten. Er sagt, das komme daher, dass das Isländerpferd so störrisch sei.«

»Wild?«

»Nein, nicht durchlässig im Rücken, es wirft den Reiter so heftig im Sattel.«

»Sind Frauen auch nicht durchlässig im Rücken?«

Jetzt konnte sich Gestur eines Lächelns nicht länger erwehren.

»Ja, manche. Manche beherrschen aber fünf Gänge und können sogar Rennpass. Das hängt aber auch vom Reiter ab.«

»Muss man Frauen auch zähmen?«

Gestur starrte eine Weile an die Decke.

»Nein, aber man muss das Herz zähmen.«

»Das Herz?«

»Ja, das Herz in einem selbst.«

»Hat dich Anna deswegen verlassen?«

»Sie hat mich nicht verlassen.«

»Wolltest du mit ihr zusammen sein?«

»Nein.«

»Warum nicht? Sie war die allerschönste Frau in Eyri.«

»Das stimmt ... aber es reicht nicht, schön zu sein«, antwortete Gestur und fühlte einen Stich in der Brust.

»Wolltest du lieber mit der norwegischen Kuh zusammen sein?«

»Mit welcher norwegischen Kuh?«

»Die, die dich auffressen wollte. Weißt du nicht mehr?«

Gestur wurde wieder völlig wach und schaute zu dem Jungen rüber. Olgeir fühlte die Hitze im Blick des Mannes im Nachbarbett und schloss sein Auge, sagte nichts mehr und tat so, als sei er eingeschlafen. Unten ging das laute Rammeln in leiseres Stöhnen über. Die Alte murmelte etwas in ihrem Bett, aber es war nicht zu verstehen, was sie sagte.

Kapitel 9

Beine lügen nicht

Die erstaunliche Unterhaltung mit dem Jungen rief eigenartige Bilder in Gestur hervor. Vermutlich war es richtig: Sein Herz war ein ungezähmtes Pferd, das völlig übereilt die Liebe abgeworfen hatte. Welche Rolle spielte es denn, in was für einer Hütte die Liebe geboren wurde? War Liebe nicht Liebe, ungeachtet ihrer Herkunft, ihres Standes und ihrer gesellschaftlichen Stellung? Welche Rolle spielte es, wo ein Tausendkronenschein gedruckt worden war, wenn er nur echt war und in der eigenen Tasche landete? Was für ein Idiot er gewesen war! Was für einen grandiosen Fehler er begangen hatte!

Gestur lag weiterhin wach, und das Leben wogte aus der Nacht heran, Gedanken und Bildfolgen strömten unters Dach, als wolle sich das Leben dafür revanchieren, dass er so schlecht über es geredet hatte. Plötzlich sah er die Tatsache vor sich, dass er sich selbst nicht mehr als zwei Minuten Zeit genommen hatte, um in der Schneewehe oder in der Scheune die kleine Helga zu zeugen. Er hatte sie am heutigen Tag zusammen mit ihrer Mutter gesehen; die hatte ihn mit einem bösen Blick bedacht, aber das, abgesehen von der Anlage zu einem fliehenden Kinn von Mutterseite, bildhübsche blonde Mädchen hatte ihn unbeschwert und fröhlich angeschaut. Wie hatte er nur damals von ihr weglaufen können? Das war gar nicht er gewesen, sondern seine Beine! Die waren schuld. Sie waren einfach losgerannt. Auf ihnen war er aus der Kirche gestürzt, Óskar Eviger hinterher, hatte ihn am Nordpol eingeholt und ihm dann atemlos und in noch schlechterem Norwegisch als sonst versichert, er sei bereit und das Boot sei es auch, wenn der Herr übersetzen wolle, kein Problem, er sei ohnehin auf dem Weg zum Wasser.

»Habe ich dir nicht heute freigegeben?«, hatte der Norweger mit seinem Eggesbö-Akzent gefragt.

»Doch, aber ... da wusste ich ja noch nicht, dass der Hering heute kommen würde.«

»Willst du etwa in diesem Aufzug ...?«

»Ja, ich komme direkt von einer Hochzeit.«

»Soso. Hoffentlich nicht von deiner eigenen«, hatte Óskar gemeint und gelacht.

»Nein, nein«, hatte Gestur ebenfalls gelacht und sich im Leben nie schlechter gefühlt.

Was zum Teufel hatte er sich bloß dabei gedacht? Waren Hasenfüßigkeit und Unterwürfigkeit so dominant, dass er bereit gewesen war, seine eigene Hochzeit für den großen Herrn, seinen Arbeitgeber, zu opfern, für diesen norwegischen Napoleon, und möglicherweise wenige Minuten, die dieser einmal hätte warten müssen, um zu seiner Fabrik zu kommen? Gestur war also bereit, sich selbst, sein Leben und seine Zukunft für eine verdammte Minute im Leben eines anderen zu verleugnen. Was für ein kleiner Arsch er doch sein konnte.

Sobald er Óskar angelogen hatte, besann er sich eines Besseren und sagte zu dem mächtigen Mann: »Warte mal einen Moment«, einfach so, »warte mal«, als könne er, der Laufbursche, ihm, dem Chef, Anweisungen erteilen. Damit lief er in die Gasse zwischen Faktorshaus und Krónufélagslager, blieb aber an der Ecke des Lagerhauses wieder stehen.

Aus der Ferne sah er Séra Árni aus der Kirche kommen und sich umsehen. Gestur zögerte, lief jedoch nicht zur Kirche, sondern blickte über die Schulter zurück: Óskar war gegangen. War er Gestur böse, weil der ihn so plötzlich stehengelassen hatte? Und ihm obendrein noch geboten hatte zu warten? Konnte er seine Karriere bei der

Firma Eviger jetzt vergessen? Hatte er auf einen Schlag beides verloren, Braut und Arbeit? Die Braut dürfte gerade heulend auf der vordersten Bank in der Kirche sitzen. Sicher kämen gleich ihre Eltern mit ihrer sachten und kühlen Güte zu ihr. Wie kommt eine Braut unverheiratet aus der Kirche? Natürlich kommt sie so nicht aus der Kirche. *No way.* Für eine Frau im Brautkleid gibt es nur einen Weg aus einer Kirche: am Arm ihres Glückes.

Gestur machte sich klar, dass er sofort in die Kirche zurückgehen musste. Doch sosehr er es auch wollte, seine Beine gehorchten ihm nicht. Es lag alles an den Beinen, sie hatten die Macht übernommen und weigerten sich, ihm zu gehorchen. Man mochte so tief denken, wie man wollte, bis hinab in die Beine und die Füße reichte das Denken so gut wie nie. Dort aber lag die Tiefe, dort lag der wahre Wille. Ohne sie waren Kopf und Herz wie Staat und Kirche ohne Armee.

Jetzt, vier Jahre später, überlegte er immer noch, weshalb er nicht zurückgegangen war. Hatte er sich geschämt? War es wegen Eviger? Mangelte es an Liebe? Oder war es, weil der Schaden ohnehin schon passiert war. Eine zerbrochene Heirat klebte man nicht wieder zusammen. Geschehen war geschehen. Diese letzten Gründe ließen es so aussehen, als wäre es eine Art Unfall gewesen. Er war nicht aus der Kirche desertiert, sondern ihm war ein kleiner Fauxpas unterlaufen. Die wahrscheinlichste Erklärung war die, dass Beine nicht lügen. Die Beine verrieten ihn. Sie wollten nicht in diesen Hafen der Ehe einlaufen.

Malla hatte bloß den Kopf geschüttelt und zwei Wochen lang geschwiegen. Die Braut weinte ebenso lange. Es war ein zu Herzen gehendes Weinen, noch dazu zum Greifen nah, gleich auf der anderen Seite des Ganges: ein Bett voll Tränen. Und darüber die dreijährige Tochter mit großen Augen:

»Nich weinen, Mama. Warum weinftu? Nich weinen, Mama!«

Einen Sommer später begegnete sie ihm bei Sonnenschein und kaltem Wind in einem weißen Kopftuch auf der Straße. Sie drückte ihm beide Hände auf die Brust und fuhr ihn an:

»Du has mich im Stich gelassen!«

Sie wiederholte es und versuchte noch einmal, ihn umzuschubsen, dann lief sie weinend davon.

Weitere Abrechnungen folgten nicht. Sie ging mit gebrochenem Rücken in ihr Schweigen, war aber ein Stück weit des Sprechens mächtig geworden. Er solidarisierte sich mit seinen Beinen und dankte ihnen insgeheim dafür, ihn vor einer nicht richtigen Eheschließung bewahrt zu haben. Gleichzeitig begleitete ihn die Schande wie eine dunkle Wolke. Er merkte sehr genau, dass Frauen ihn mit scheelen Blicken bedachten, sobald er irgendwo auftauchte. Alle wussten, was passiert war, alle. Gestur schien die Hälfte der Menschheit versetzt zu haben. Keinen Begriff machte er sich hingegen von dem Platz, den ihm der Vorfall in der Geschichte des Landes eingetragen hatte. Kaum etwas gab besser die Goldgräberstimmung wieder, die der Hering ausgelöst hatte, als der Bräutigam, der seinetwegen die eigene Hochzeit platzen ließ.

Gestur lag noch immer wach im Obergeschoss des Eiríkshauses. Draußen kreischten die Möwen ihr Morgenlied, das Auge im Bett gegenüber war fest geschlossen. Wieder einmal dachte Gestur dankbar an Svanlaugur, den Mann aus Grindavík, der den Schaden wiedergutgemacht und an seiner Stelle die Vaterschaft übernommen hatte. Sollte er nicht trotzdem darum bitten, dass sie nach ihm benannt würde? Das war das Einzige, das ihm nicht gefiel. Seine Tochter hieß jetzt Helga Svanlaugsdóttir.

Wo mochte Anna in dieser Nacht sein?

Kapitel 10

Heringsherrschaften

Als Frau des Hauses versuchte Malla, so gut sie konnte, auf Disziplin zu achten, manchmal waren ihre eigenen Schichten jedoch länger als die der Untermieterinnen, denn natürlich stand auch sie wie andere arbeitsfähige Frauen den größten Teil der Tage und manchmal Nächte an den Heringsfässern. In diesem Frühjahr war sie allerdings spät dran gewesen und hatte keinen Platz mehr bei den Norwegern bekommen, die die begehrtesten waren, sondern sich stattdessen von einem jungen Mann anheuern lassen, der erst den zweiten Sommer seinen eigenen Betrieb führte: Áki Pétursson aus Hvalbakseyri.

Áki gehörte zu den seltenen Isländern. Er war anständig, solide, gut gelaunt, eine elegante Erscheinung. Zu jener Zeit herrschte noch die Bartmode, die König Christian IX. bei seinem Staatsbesuch im Jubiläumsjahr 1874 den Isländern nebst ihrer ersten Verfassung mitgebracht hatte: der Schnurrbart. Séra Árni trug ihn seit Jahrzehnten. Der prächtige und weiche Schnurrbart Áki Péturssons stach ihn und alle anderen aber bei Weitem aus. Er bauschte sich vor seiner Nase wie eine Wolke, die trotz ihrer schwarzen Farbe von kräftigem Wachstum, Pflege und Profit kündete. Die meisten Frauen, die für ihn arbeiteten, schwärmten für ihn und erträumten sich dies und jenes, er aber ließ sich nie auf Abwege locken und blieb treu in der Spur, die er mit seiner Ehefrau Alma Jörmundardóttir aus Hnísey eingeschlagen hatte. Sie hatten einen Haufen Kinder.

Sein Werkmeister Þorsteinn Þorsteinsson kam von der gleichen Insel und war auf dem Papier ein Verwandter der Frau, in Wahrheit aber ein illegitimer Sohn des lebenslustigen Kopp, zehn Jahre älter als Gestur. Sie kannten sich nicht, hatten jedoch beide die Angewohnheit, zuweilen nach Kopps Betrieb hinüberzusehen wie verlorene Söhne, die sich nach ihrem Zuhause sehnen und sich insgeheim Hoffnungen auf all seine Besitztümer machen. Der Unterschied bestand darin, dass Gestur nur ein zeitweiliger Ziehsohn Kopps gewesen war, Þorsteinn dem kleinen Mann aber wie aus dem Gesicht geschnitten war. Sein Aussehen machte allerdings mehr her als das des Kaufmanns, er war etwa mittelgroß, und sein Gesicht entsprach mehr dem vorherrschenden Geschmack. Þorsteinn war der lebende Beweis für die Fortschritte in allen Bereichen der Gesellschaft. Nicht nur Häuser und Schiffe wurden besser, sondern auch Söhne und Töchter.

Kopp war selbst in einer Torfkate gezeugt worden, hatte sich aber mit großer Kraft aus dem dunklen Hausgang gezwängt, sich draußen aufgerichtet und seinen Namen geändert. Er war nämlich wiederum ein illegitimer Sohn des dänischen Gesandten Ludwig H. Kopp und brachte diesen dazu, seine Vaterschaft anzuerkennen, was den Grundstein für Kopps Aufstieg legte. Der Däne herrschte Mitte des neunzehnten Jahrhunderts über vereiste Gebiete des Nordlands und erstellte für seinen König ein Bevölkerungsregister. Es hieß, die geringe Geburtenquote in Island habe ihn so empört, dass er sich vorgenommen habe, sie nach bestem eigenem Vermögen zu steigern. (Allein im Eyrarfjörður sollte er dem Vernehmen nach neun Kinder hinterlassen haben.) Dadurch, dass der kleinwüchsige Junge aus der Torfkate ein wohlhabender Kaufmann mit einem respektablen dänischen Familiennamen wurde und sein Leben lang auf Holzfußböden wohnte, mussten sich seine Gene gestreckt haben, denn wie krumm und verhutzelt die Mütter seiner Kinder auch sein mochten, die Kinder selbst wurden alle mindestens einen Kopf größer als er, hatten gerade Rücken und ein gutes Gesicht. Sie machten aus der katzenhaften

Koppmiene ein menschliches Antlitz, und viele wunderten sich, welche Ansehnlichkeit aus dem mit der Zeit immer schlafferen Hängebackengesicht des Kaufmanns erwachsen konnte.

Þorsteinn von Hnísey gehörte zu den gutaussehenden Männern, die schnell grau werden, mit Ende dreißig war er schon fast weißhaarig. Kopp hatte von der Existenz dieses Sohnes keine Ahnung und glaubte, er habe inner- und außerhalb der Ehe lediglich Töchter. Manchmal bleiben Geheimnisse solche sogar für die, die sie angerichtet haben.

Kopp war der erste Isländer, der auf den Hering gesetzt hatte. Nach ihm kamen Eiríkur HBB, Sigurður Jónsson von Skagi und eine Reihe jüngerer Männer hinzu, Bankierssöhnchen, die höchstens einen oder zwei Sommer blieben. Doch nun erschienen fähigere Männer am Ort des Geschehens, zu denen auch besagter Áki Pétursson gehörte. Nach und nach freundete sich das Volk mit Eigeninitiative und Risikobereitschaft an, wenn auch nur langsam, und es war nicht allen gegeben, überkommene nationale Tugenden und jahrhundertealte Wertvorstellungen über Bord zu werfen, die jegliches »Abenteurertum« verteufelten. Bis dato hatte Island keine Unternehmer hervorgebracht, sondern nur Dichter, Beamte und beleibte Bauern. Am nächsten kamen einem Unternehmergeist noch die Kaufleute, aber die errichteten ihre Imperien auf zwei soliden Grundpfeilern: Hunger und Wucher.

Doch Geld lockte, glitzernde Münzen, Silber, das aus dem Meer geschöpft wurde, und nun betraten einer nach dem anderen Menschen die Bühne der Geschichte, die das Schicksal nicht fürchteten, sondern es in die eigenen Hände nahmen wie eine Schubkarre. Und da ging den Landsleuten auch die Tatsache auf, dass Geld keine begrenzte Größe war, dass sich in Island nicht nur eine jeweils festgelegte Geldmenge in Umlauf befand, um die sie sich schlugen wie die Hunde, sondern dass weiteres Geld noch frei im Meer schwamm. Jeder konnte dort nach Gold graben, das dann ungeteilt in die eigene Tasche floss. Der berühmte Kuchen, der für jede Gesellschaft gebacken wurde, ließ sich vergrößern, und man konnte sogar weitere backen! Den Möglichkeiten war kein Zaumzeug angelegt. Das war eine Offenbarung für junge Männer und einige ältere Gäule.

Einer der Letzteren war Birgir Thorgilsen, Madam Vigdís' Vater. Er war zusammen mit deren Bruder Pétur im Fjord seiner Tochter erschienen, und gemeinsam hatten sie am Südufer von Eyri eine Anlage errichtet. Séra Árni freute sich so über diese Zeitenwende, dass er seinem Schwiegervater das zweitbeste Stück Land im Fjord anbot, ein vierzig Meter breites Strandgrundstück zwischen Neuer Brücke und Ákis Brücke. Birgir bewies ungewöhnliche Initiativkraft und fing mit siebzig in einer völlig neuen Branche noch einmal ganz von vorn an. Sein Sohn war ihm dabei eine gute rechte Hand. Sie bauten sich ein stattliches Haus an der Aðalgata, das sich schnell mit den neuesten Errungenschaften der Zeit füllte: Grammophon, Telefon, Badminton.

Pfarrersgattin Vigdís brauchte also nicht länger ihrem bürgerlichen Leben aus Bíldudalur nachzuweinen, denn Bíldudalur war zu ihr gekommen. Buus der Däne ging sogar so weit, ihr seinen Chauffeur zu schicken, der Madam sonntagmorgens über die Aðalgata fuhr, damit sie vor dem Gottesdienst ein Frühstück bei ihren Eltern einnehmen konnte, während ihr Mann noch einmal die Predigt (auf Isländisch und Norwegisch) durchging. Noch gab es nur zwei Automobile in Segló, den Seewagen Södals, den einst ein paar Besoffene an Land getragen hatten, und Buus' berühmten Wagen, der in Strönd durchs Dach gekracht war und später unter einem Segel im Lagerhaus seines Besitzers auf seine Straßen gewartet hatte wie ein zu früh erschienenes Wesen aus der Zukunft. Madam Vigdís erntete nun ein klein wenig Freude für ihre jahrelangen Entsagungen. Ihr Mann erlitt auch keine bösen Abstürze mehr, derart guten Einfluss übte das Erscheinen der Schwiegereltern auf ihn aus. Dabei fehlte es durchaus nicht an Anlässen für einen Umtrunk. Der Bürgermeisterpastor vollzog im Jahr dreizehn Trauungen und schloss jede Woche einen neuen Pachtvertrag ab, dazu kamen jetzt auch noch Verträge über Wasserver- und Abwasserentsorgung sowie über die bevorstehende Elektrifizierung des Orts.

An windstillen Abenden spielten die Kinder von Upphæðir und die ihres Onkels Pétur und seiner Frau Íva auf dem kleinen Gartengrundstück hinter dem Thorgilsenhaus an der Aðalgata dieses neue und fremde Spiel, Badminton, unter zugehörigem Geschrei und Gelächter. In Rufweite stand die Weiblichkeit des Orts an den Einsalztischen von Thorgilsen und Áki und lauschte stolz dem Treiben. Ihre ganze Mühsal war also nicht vergeblich, denn schließlich hatte sie auch dieses schöne Schauspiel hervorgebracht: Oberschichtkinder in weißen Shorts schlugen einen komischen Federball mit Luftschlägern hin und her. Das war doch unvergleichlich. Diese Ansicht von den Fischschleimplätzen aus war so etwas wie ein Blick in die Sportabteilung des Himmelreichs.

Und über diesem lustigen Treiben wehte würdig eine Laubkrone. Die Thorgilsenfamilie hatte es sich nämlich nicht nehmen lassen, aus dem Westen eine in ihrem eigenen Garten dort gewachsene Eberesche mitzubringen. Sorgfältig hatten Birgirs Arbeiter den Baum aus der heimischen Erde gegraben und auf ein Schiff verfrachtet. Bei den Einwohnern von Segló erregte er kein geringes Aufsehen, war es doch der erste Baum, der nicht als Treibholz oder Überseefracht zu ihnen kam. Ortsansässige, die ihren Fjord noch nie verlassen hatten, verlegten ihre Abendpromenade eigens dorthin, um den Wunderbaum zu bestaunen, manche wollten ihn sogar anfassen. Wozu war so etwas gemacht? Zwei eifernde Ebereschengegner protestierten auf einer Bürgerversammlung gegen den Baum. Mit seinen giftigen Beeren sei er eine Gefahr für die Kinder. Außerdem könne sich das Gewächs auf Eyri ausbreiten und die Kommune dadurch kostbares Bauland verlieren. Deshalb forderten sie, dass der Baum gefällt würde.

Vigdís hatte jegliche Teilnahme am Salzen eingestellt, obwohl Bedarf dafür vorhanden war. Sie wurde bald fünfzig und füllte ihre Zeit nun mit der Verschönerung des Heims bei sich und ihren Eltern aus.

Da die Bürgerlichkeit im Fischschleimort Einzug gehalten hatte, gab es genug überflüssige Beschäftigungen.

Vigdís' Tochter Kristín hatte lediglich ein einziges Fass Heringe eingesalzen. Sie hätte gern mit ihren Freundinnen bei dem munteren Akkordtreiben mitgemacht, aber Pfarrer Árni hatte genau verfolgt, wie die Töchter von Gemeindevorsteher Hafsteinn der Liederlichkeit verfallen waren. Mekkín, die mit fünfzehn vor den Augen ihres Vaters einen Norweger zum Anleger gezerrt hatte, war inzwischen mit zwanzig zweifache Mutter unehelicher Kinder, mit denen sie im Elternhaus wohnte. Vielleicht konnte man aus dem Badezimmerfenster mit ansehen, wie es draußen die Gemeindekinder trieben, aber die eigenen – nein, danke! Die Vorstellung ertrug er nicht und tat alles, um seine noch nicht einmal konfirmierte Tochter zu schützen. Kristín war jedoch kein Kind von Traurigkeit und führte einen andauernden Aufstand gegen die elterliche Gewalt. Zur Erleichterung aller entschärfte die Ankunft der Bíldudaler diesen Konflikt etwas; in deren Haus lebte die Cousine Aldís, und es war immer etwas los, im Gegensatz zu den gästelosen Zimmern in Upphæðir.

Kapitel 11

Ein Gemälde

Die Thorgilsens waren von Natur aus gastfreundlich und hatten Vergnügen daran, andere sich an ihrem Wohlstand erfreuen zu sehen. Sie gehörten zur Sorte der *grand*, wie man im Westen sagte. Sie führten ein offenes Haus, und in diesem Sommer war in ihrem Keller sogar so etwas wie eine kleine Künstlerkolonie entstanden. Vigdís' jüngster Bruder Halldór, genannt Duggur, war mit zwanzig zusammen mit seiner Freundin Kristrún Jónsdóttir aus Mjalteyri im Nordland zum Studium an die Kunstakademie in Kopenhagen gegangen. (Sie war die Tochter von Jón Antonsson aus Band 1, dem leitenden Handwerker beim Bau der ersten Anlegebrücke in Segló.) Duggur war erst der dritte Isländer, der Malerei studierte, Kristrún die erste Frau.

Jetzt waren sie zusammen mit ein paar jüngeren Bekannten aus Eyrarfjörður, unter ihnen ein junger Dichter vom Hof Fagraskafl, ins hiesige Abenteuer gekommen. Neugierig beobachteten die Einheimischen, wie sich diese jugendliche Bande in fußlangen Mänteln, mit Brillen wie Buus und Mantelschößen, in denen die Freiheit flatterte, durch Straßen und Gassen lachte. Die nördlichsten Weltbürger der Welt in der nördlichsten Weltstadt der Welt.

Die Künstlerin (eine Frau!) trug unter einem Topfhut ihr Haar kurz geschnitten, und Duggur sah aus wie eine Frau und stieß jungmädchenhafte Schreie aus. Die Geduld der Spottdrosseln gegenüber dieser Bande war nicht die gleiche wie gegenüber den Badminton-kindern, denn keiner von diesen degenerierten Jünglingen war hier, um zu arbeiten, sie zogen nur rauchend um die Häuser oder hockten sich mit ihrer »Staffelei« auf einen Grashöcker und malten Bilder. Echte Oberklassenkinder. Viele Ortsansässige hatten noch nie ein richtiges Gemälde gesehen, höchstens billige Abbildungen von solchen, gedruckte Porträts des russischen Zaren, des dänischen Königs oder von Königin Victoria. Daher umringten sie Duggur, wenn er auf einem Heringsfass saß und Skizzen von Buus' Schornstein oder akkordeonbeschwingten Heringsbällen zeichnete. Da fiel dem Künstler die Frage zu, wer hier nun eigentlich arbeitete.

Wem kommt im Leben Höheres zu? Dem hastig verzehrten Hering im Bauch oder gerahmter und geschätzter Kunst? Ersterem, der im Auge des Klos landet, oder der anderen, die ein ganzes Abenteuer später noch in der Nationalgalerie hängt?

Doch so entwickelte sich die Gesellschaft. Erst kam der Bauer, dann der Sklave, daraufhin der Hirte, der Seemann und Fischer, Pfarrer, Arzt, Postbote, Kaufmann. Ihnen folgten Küfer, Maschinisten, Telefonisten, Heringsarbeiterinnen, Reeder, Spekulanten, Bankiers. Dann Spötter und Lazzaroni. Und zum Schluss: Künstler. Erst wenn genügend Geld angehäuft und für alles ausgegeben ist, das man für den täglichen Bedarf braucht, erst dann darf man fragen, ob noch etwas für das übrig ist, das so überflüssig ist wie die Kirsche auf dem Kuchen.

Gestur lief diesen Gleichaltrigen einmal über den Weg, dem zauberhaften Duggur, Kristrún der Malerin, dem Dichter von Fagraskafl und noch weiteren aus dieser Truppe, und fand, er sei seinem Vater selten so ähnlich gewesen wie in diesem Moment. Duggur sprang in die Mitte der Straße und kreischte wie eine mechanische Puppe, deren Gangwerk klemmt. Sie lachten sich kaputt.

Gestur folgte weiter seiner Skautagata, nach Fischabfall riechend und müde von der Schicht, eine kleine Brandwunde an der Handkante, wo ihn der Deckel des Trockenofens getroffen hatte. Die Nacht war wie Nieselregen, obwohl die Tropfen in der Luft zu leicht waren, um zu Boden zu fallen. Sie setzten sich lediglich auf seinen dunkelblauen Pullover. Er stieg die Stufen zum Eiríkshaus hinauf, bemerkte dann aber einen Mann auf der Straße, der ihm anscheinend gefolgt war und ein in irgendwas eingewickeltes Bild unter dem Arm trug. Als der Mann an der Treppe vorbeiging, sah er Gestur an. Ihre Blicke trafen sich. Es war Eiríkur Rein & Fein Bláfeld.

»'n Abend«, grüßte der umtriebige Mensch.

»Hallo. Sie sind wieder im Ort?«

Eiríkur verlangsamte seinen Schritt.

»Ja. Ich wohne hier in der Nähe.«

»Wo denn?«

Eiríkur blieb stehen, trat aber auf der Stelle, als wäre es ihm unangenehm, zu antworten.

»Ich bin vorübergehend in Strönd untergekommen. Der Hausherr und ich sind Geschwisterkinder.«

»In Strönd?«

»Äh, ja, ganz in der Nähe. Ein ganz hübsches Häuschen. Haben Sie nicht auch einmal in der Gegend gewohnt?«

»Ja. In Strönd.«

Damit hatte der Mann nicht gerechnet, er ließ sich aber nicht so leicht in Verlegenheit bringen.

»Ach? Sie haben in Strönd gewohnt? Ich bin da nur vorübergehend. Tja, es geht mal so, mal so mit Cousine Exi.«

»Exi?«

»Nun ja, der Existenz. Aber Ihnen geht es gut im Haus?«

Etwas wie Schmerz schimmerte durch Eiríkurs Worte.

»Ja, sehr gut. Aber mal abwarten, wie es im Winter wird. Meinen Sie, es wird warm genug sein?«

»Ganz sicher. Der Kamin wird heiß wie Höllenfeuer. Ein Mädchen hat sich sogar mal am Türrahmen verbrannt.«

Damit wechselte der Risikospieler schnell den Gesichtsausdruck und entfernte sich nicht weiter von seinem ehemaligen Haus. Das feine Oberlippenbärtchen wippte, als er über die Straße auf Gestur zuging.

»Sagen Sie, kann ich das hier nicht vielleicht bei Ihnen unterstellen? In der Baðstofa von Strönd ist es schimmelig feucht, und manchmal steht Wasser auf dem Fußboden.«

Schon stieg er die Stufen hinauf und stand gleich darauf im Wohnzimmer und hängte das Bild über Grandvörs Bett. Es war ein frischvollendetes Gemälde Kristrúns, das ein Fest auf einer Pier zeigte, mit tanzenden Paaren, einem Ziehharmonikaspieler auf einem umgestürzten Fass und sommerlichen Schneefeldern in der Abendsonne.

»Heben Sie das für mich auf. Ich habe es dieser Künstlergruppe abgekauft, wusste nicht, dass die Frau es gemalt hatte, ich dachte, es sei von dem Thorgilsenjungen. Aber heutzutage macht das Weibervolk ja alles, salzt Heringe ein und betreibt Kneipen wie unsere Díana.«

Er trat von der Wand zurück und richtete das Bild gerade, hörte ein Röcheln von dem Bündel darunter und erschrak, er hatte die alte Frau gar nicht bemerkt. Infolge ihrer langen Bettlägerigkeit war sie fast unsichtbar geworden und lag unansehnlich in einer Ecke des Betts wie ein Gesicht auf einem Kissenbezug. Eiríkur zog alter Gewohnheit gemäß eine Grimasse und betrachtete wieder das Bild, während sich seine Schnurrbartenden hoben und senkten, als würde er ein Bonbon von einer Backe in die andere schieben. Gestur sah ein paar graue Haare in seinen Koteletten und fand, die Gesichtshaut des Mannes sei ihm eine halbe Nummer zu großgeworden, unter dem Kinn legte sie sich bereits in Falten. Falten gingen auch von den Augen aus und zogen sich über die Stirn. Eiríkur war ein leibhaftiger Spieler, sein Körper schrumpfte mit seinem Kapital.

»Ja, mein Freund, hier bei Ihnen ist es gut aufgehoben. Vielleicht erfreut es ja die alte Dame. Ich habe neulich in der Zeitung gelesen, dass sie in Kopenhagen untersucht haben, was langfristig die beste Kapitalanlage ist, und da haben Gemälde am besten abgeschnitten. Wer hätte das gedacht? Das Wichtigste, worauf man dabei achten muss, ist, dass es sich um Kunst handelt. Denn wenn es keine Kunst ist, verliert man sein Geld. Ich weiß nicht, ob es sich bei dem Bild hier um Kunst handelt, bin aber das Risiko eingegangen. Ich habe ohnehin kein Geld mehr. Das war das letzte. Jæja, mein Freund, so ist das. Passen Sie mir nur gut darauf auf. Dass es nicht mit dem verdammten Kamin in Berührung kommt. Godnat!«

Damit war er auf und davon. Schlief er wirklich in Strönd? Dieser Mann war unberechenbar.

Gestur blieb mitten im Zimmer zurück und guckte verdattert das Bildnis im Spätjulizwielicht an. Etwas Derartiges hatte er noch nie gesehen. Solche Formen und Farben. Es war nicht ganz so, wie er es kannte, stilisierter, aber der Grundeindruck des Bildes war stark und echt. Ein Heringsball auf einer Brücke, wahrscheinlich die von Eviger oder die Norwegerbrücke. Und plötzlich schwammen Gesturs Augen in Tränen. Das Bild zeigte nämlich genau einen solchen Abend wie den, an dem er endlich seine Anna gewonnen hatte. Auf so einem Ball hatte er sie kennengelernt. Er hörte die Musik wieder, während sein Blick über die Linien, Farbflächen und Pinselstriche wanderte, mit denen die Malerin seinem Leben nachgefahren war. Und dann hörte er sich selbst tief in seinem Seelental schluchzen, denn jetzt sah er ganz am Rand des Bildes ein hübsches Fräulein, eine junge Frau mit kurzen, dunklen Haaren, die mit einem unbekannten Mann tanzte. O Gott!

Sie war es. War sie diesen Sommer etwa hier? War sie zurückgekommen? Wie auch immer, Eiríkur Hreinn hatte seine letzten Öre auf das richtige Pferd gesetzt. Dieses Werk war Kunst.

Gestur weinte eine ganze Weile und kam erst wieder richtig zu sich, als die Alte im Bett krähte:

»Ist Land in Sicht?«

Kapitel 12

Gast in einem Traum

Wie oft Gestur auch über den Fjord setzte, von diesem Anblick bekam er nie genug: Am Ufer erhob sich die Eviger-Fabrik in ihrer ganzen Pracht, Erdgeschoss, zwei Stockwerke und Dachgeschoss, eine fünfzig Meter breite Front voller Fenster, deren Rahmen er alle gestrichen hatte, dazu eine Ansammlung weiterer Gebäude wie ein kleines Dorf, Wohnungen, Maschinenhaus, Eigentümerhaus, Schuppen, Lager. Darüber ragte steil die Felswand auf. Das ergab ein großartiges Zusammentreffen von Weltstadt und entlegener Natur, der reinweiße Dampf aus dem Schornstein verwob beides miteinander. Er konnte den Blick einfach nicht von diesem Wunderwerk wenden, das die Norweger hier erbaut hatten. Jeder Einwohner von Segulfjörður schlief mit diesem Anblick ein und wachte mit ihm auf, das Letzte, was die Leute abends vor dem Einschlafen, und das Erste, was sie morgens nach dem Aufwachen taten, war, einen Blick über den Fjord zu werfen.

Als der August kam und Gestur nach Mitternacht von der Arbeit nach Hause fuhr, fiel es ihm schwer, dem Prachtbau den Rücken zuzudrehen. »Der Palast im Jenseits«, wie die Spaßvögel das Wunderwerk nannten, leuchtete dann mit allen Lichtern in der ersten Dunkelheit wie ein Objekt aus dem Weltall, denn auf der Ortsseite des Fjords gab es noch kein elektrisches Licht. Auf den östlichsten Anlegern von Eyri saßen manchmal Heringsmädchen nach dem Ende der

Abendschicht, ließen die Beine vom Stegende baumeln und schauten mit verträumten Augen über den stillen Fjord auf das Traumschloss. Im Gegenzug erhellten die Lichter der Evigers ihre tranglänzenden Schürzen und schweißroten Gesichter. Manche behaupteten, sie könnten die Wärme des großen Dampfkessels über den Fjord hinweg spüren, andere behaupteten dagegen, die Wärme stamme von der Lichterpracht, und die Verträumten unter ihnen nannten es Schlosswärme.

Niemand konnte sich an dieser Pracht sattsehen. Kein anderer Fjord in Island hatte eine so schöne Fabrik vorzuweisen. Die Elfenburgen im heimatlichen Tal verblassten dagegen.

Die Menschen verfügten nur über sehr geringe Kenntnisse von Elektrizität. Zwar hatten sich einige Heringsfischer aus Eyri Glühbirnen besorgt und sie an die lauten Bootsmotoren angeschlossen, das aber waren nur kleine Experimente verglichen mit dem Licht aus dem Jenseits. Das dortige Wasserkraftwerk lief inzwischen und spann Strom aus dem nicht abreißenden Faden des Rjómalækur. Von allen Wundern der neuen Zeit faszinierte dieses Gestur am meisten. Er hätte stundenlang am Rand des kleinen Stausees hocken und zusehen können, wie dieses Wunderwerk von Turbine Licht aus Wasser spann.

Im Erdgeschoss der Fabrik arbeitete eine Hundertvierzig-PS-Dampfmaschine – noch so ein Wunderding – und bezog ihre Kraft aus dem Heizkessel. Ihr Dampf stieg in kochend heißen Eisenrohren in die oberen Etagen und wurde dort auf mehrere Kochkessel und weitere Antriebsmaschinen verteilt. Der Dampf trieb auch eine mächtige Welle an, über die ein breiter Treibriemen aus einem unbekannten Material senkrecht nach oben durch die Decke verlief, wo er seine Kraft an zehn weitere Riemen abgab, bevor er ins zweite Stockwerk und bis auf den Dachboden weiterlief. In beiden Räumlichkeiten trieb er jeweils fünf andere Riemen an – überhaupt wurde die gesamte Fabrik von diesem primären Riemen angetrieben. All die neuen Maschinen und Apparate, die er am Laufen hielt, verlangten natürlich auch nach neuen Bezeichnungen: Ansauger, Trockenpressen, Zentrifugen, Brennstoffpumpen, Mahlwerke, Gebläse, Schnecken, Winschen, Trockenöfen ...

Die Boote legten vollbeladen an und löschten die Heringe in kleine Loren, die auf Schienen zu einem riesengroßen, gemauerten Becken auf halbem Weg zwischen Anleger und Fabrik fuhren. Dorthinein kippten sie ihren Inhalt, der mithilfe des Ansaugers, eines schräg aus dem Fabrikgebäude ragenden Rohrs, später eines Förderbands, ins oberste Stockwerk transportiert wurde und dort in den hundertsiebzig Grad heißen Kochkesseln landete. Der eingekochte Heringsbrei lief dann eine Etage tiefer zu acht hydraulischen Trockenpressen.

Bei jeder hing unter dem Fallrohr ein großes Tuch, das den Matsch aufnahm wie Pressrückstände von Trauben. Wenn es voll war, schlug man die Enden über diesem Trester zusammen und legte das Tuch in einen rautenförmigen Rahmen auf dem Schlitten der Presse, sodass seine überstehenden Enden nach unten hingen. Dann kam eine Eisenplatte obendrauf. Sobald das nächste Tuch auf die gleiche Weise gefüllt war, wurde es auf diese Eisenplatte gebreitet, darauf kam die nächste Platte, und immer so weiter. Waren zehn solcher Lagen aufeinandergestapelt, schob man den Schlitten unter die eigentliche Presse, eine mächtige Spindel senkte das Presswerk ab und presste alle Flüssigkeit aus dem Brei. Der Tran lief über die Tuchenden in Rinnen und ins erste Stockwerk, durch mehrere Behälter, bis im kleinsten, frei von jeglichen festen Bestandteilen, das reine flüssige Gold glänzte. Die Aufsicht über Tücher, Schlitten und Presse zu führen, war die schwierigste und schmutzigste Aufgabe in der Fabrik. Und genau das war Gesturs erster Posten in dieser neuen Arbeitswelt.

Was nach dem Pressen auf den Tüchern verblieb, war ein ansehnlicher Kuchen aus trockener Heringsmasse. Der wanderte als Nächstes in den Trockenofen. Der stand ebenfalls im ersten Stock und wurde ausschließlich mit Kohle befeuert. Der Ofen war doppelwandig gemauert und inwendig mit importierten Schamottsteinen gefüttert, die glühten wie Lava. Die Maurer hatten so etwas wie einen Vulkankrater in Miniatur errichtet. Damit musste also vorsichtig umgegangen werden, und es war nicht allen gegeben, einen Vulkan zu füttern und zu hüten. Senkrecht wurden darin in kürzester Zeit Heringspizzen gebacken, brüchig und mürbe wie Kekse, die dann im Erdgeschoss von einem Zerkleinerer zerstückelt wurden. Die Stücke landeten abschließend im Mahlwerk und rieselten von dort als Fischmehl in bereitstehende Säcke.

Das war der Weg des Herings aus dem Meer in ein Schiff, von dort ins oberste Stockwerk der Fabrik, über zwei weitere wieder abwärts in Säcke und zurück auf ein Schiff. Ob ihm auf dieser Berg-und-Tal-fahrt nicht schwindelig wurde, fragten die Schelme und gaben sich selbst die Antwort: In Norwegen verkaufen sie ihn bestimmt als Backtriebmittel.

Die Eviger-Brüder besaßen drei Frachter, die ebenso wie die Fabrik ohne Pause dafür sorgten, dass die Welt ständig mit ihren Produkten beliefert wurde.

Im Werk arbeiteten hundert Mann in zwei Schichten von je zwölf Stunden. Fast ausschließlich Norweger. Isländer wurden kaum eingestellt. Jedes Stockwerk war unbekanntes Terrain für sie und die Hitze ungewohnt. Außerdem kannten sie sich mit den Maschinen nicht aus. Die Fangsaison war zu kurz, um einen ganzen Tag fürs Anlernen zu verschwenden. Gestur gehörte zu den ganz wenigen Einheimischen, die ihre Zeit in dieser Festung der Zukunft verbrachten, diesem Tempel des Fischmehls, der nach Fischbrei und Tran roch und in dem es durch den großen Dampfkessel überall enorm heiß war. Der Kessel war das brennende Herz des Gebäudes, das Dampf in seine Adern pumpte, die durch sämtliche Wände, Decken und Böden verliefen. Die meisten arbeiteten nur leicht bekleidet, und Gestur sah sein altes Nest in der Baðstofa von Strönd inzwischen durch eine rosarote Brille: erfrischend kühl.

Sein Zimmer im Eiríkshaus war seit dem Einzug noch nicht kalt geworden, denn Malla heizte den Ofen rund um die Uhr. Sie war eine

Köchin der alten Schule, hatte ihr Leben an Feuern hantiert, aber nie eins gelöscht oder angezündet. Gestur hatte am Tag des Einzugs Glut in einer Laterne mitgebracht, und seitdem hütete sie das Feuer wie ein eigenes Kind.

Es bedeutete natürlich eine gewisse Ehre, für die Eviger-Brüder arbeiten zu dürfen, und Gestur sonnte sich zusätzlich auch noch immer darin, ihnen das Land »verkauft« zu haben. Manchmal schaute er aus einem der Fenster nach Eyri hinüber, um sich zu vergewissern, dass der Fjord noch da war und er selbst in ihm, aber auch um ein inneres Flämmchen zu schüren: Der Ausblick war noch genau der gleiche wie damals aus dem alten Grassodenhaus von Ytri-Skriða, und doch war die Wirkung eine ganz andere.

Die ersten beiden Sommer hatte er an der Presse gearbeitet, in einer Schicht mit dem seltsamen Sjur Johnsen, einem kräftigen Kerl, der nicht einen einzigen Gedanken in seinem Kopf zu haben schien und kein Leben außerhalb der Arbeit. Dazu schwieg er wie ein Isländer, tage- und wochenlang. Die Trockenpresse war sein Leben und sein Vergnügen. War ihm ausnahmsweise der Zutritt zum Mehlgeschoss unten gestattet, kam er mit Weihnachten in den Augen wieder nach oben, besonders wenn er dem gewaltigen Zerkleinerer nahegekommen war, einer zylinderförmigen Maschine mit großen, groben Zähnen, die Heringsmehlkuchen verschlang wie Wogen ein Schiff. Dann wiederholte er das Wort »Zerkleinerer« bis zum Feierabend.

»Der ist stark, der Zerkleinerer.«

Einmal hatte Gestur ihm außerhalb der Arbeit helfen müssen, er sollte eine Ansichtskarte für ihn zur Post bringen. Dabei erst ging ihm auf, dass der »Sauer-Jón«, wie der schweigsame Stählerne von Isländern genannt wurde, keine Ahnung hatte, dass er in Island gelandet war. Er dachte, er sei in einem nordnorwegischen Fjord, und wollte seiner Mutter eine Postkarte in den Süden schicken.

Die Karte mit einer Ansicht der Eviger-Fabrik in voller Beleuchtung und einer berghohen weißen Rauchwolke hatte Gunnar drucken lassen und zum Ende der Fangzeit 1913 an die Belegschaft verteilt. Es war ein Souvenir, um es mit nach Norwegen zu nehmen, wohin fast alle Arbeiter nach dem Sommer zurückkehrten. Es war die einzige Eitelkeit, die sich die Brüder erlaubten, doch Gestur überlegte manchmal, wie es wohl sein müsse, einen solchen Palast zu besitzen. Die Brüder mussten sich doch wie Märchenkönige fühlen, es blähte einen doch schon genug mit Stolz auf, nur als einfacher Arbeiter in der Fabrik tätig zu sein.

Gestur hatte seine Neider in Eyri und bekam einiges zu hören, wenn die Männer genug intus hatten. Kaufmann Tonis Sohn, Hemmi Góss, der die Kinder aus den Torfkaten schon immer auf dem Korn gehabt hatte, war besonders tüchtig im Erfinden von Spitznamen. Gestur hatte er eine Zeitlang »Heiratssprenger« genannt, danach »Gestur XI.« (wegen Anna), und das hatte sich ziemlich verbreitet. Die neueste Variante lautete »Gestur XI., Prinz von Norwegen«.

»Was tut der Prinz, wenn Eviger einen fliegen lässt?«

»Er füllt ihn in Flaschen und schickt sie Steinkas Tochter.«

»Genau, oder der anderen, seiner Braut.«

Dem neidischen Gerede folgten manchmal Bemerkungen über die Fabrik, die viele für eine Totgeburt hielten, sie stehe auf untauglichem, verfluchtem Lawinengebiet. Die übelsten Verunglimpfungen betrafen jedoch Eiríkshús, weil die Leute einfach nicht begreifen konnten, wie die armen Schlucker von Strönd zu einem solchen Haus hatten kommen können. Dazu gab es aber auch Anerkennung und bewundernde Blicke von Frauen. Es bekam nicht jeder Arbeit bei den Evigers. Darum hatte sich Gestur auch noch nicht getraut, etwas von seiner Beförderung verlautbaren zu lassen. Seit diesem Sommer hatte man ihm die Verantwortung für das große Heringsbecken übertragen, wo der Hering einzuschaufeln und dem Ansauger zuzuführen war. Außerdem musste das Blutwasser, das dabei austrat, in einem speziellen Behälter aufgefangen werden, denn darin fanden sich Anteile von Fischöl, die sich noch verwerten ließen. In den norwegischen Büchern firmierte Gestur jetzt als »Beckenaufseher«, ein Titel, der zu würdig war, um ihn mit nach Eyri hinüberzunehmen, wo er lediglich eine Steilvorlage für weitere Spitznamen geliefert hätte.

Er entsann sich, Óskar Eviger einmal nach Eyri übergesetzt zu haben, nachdem das Werk vollständig elektrifiziert war. Als sie die halbe Strecke zurückgelegt hatten und sich zwischen Frachtern und färingischen Fangbooten befanden, hatte sich der norwegische Napoleon auf der Heckbank umgedreht und die ganze Herrlichkeit mit einem Blick betrachtet wie ein Bräutigam, der zum ersten Mal seine Braut im Hochzeitskleid erblickt. Über sein männlich schönes Gesicht zogen Stolz und Staunen. Davon abgesehen erlebte Gestur an den Brüdern nie, dass sie sich in Eigenlob oder Prahlerei über ihr Wunderwerk ergangen hätten, und lange Zeit bewunderte er die Reife und Besonnenheit, die sie besaßen. Er war sicher, dass beides keinem lebenden Isländer gegeben war. Allein schon die Rauchsäule hätte eine so maßlose Überheblichkeit in ihnen ausgelöst, dass sie laut gebrüllt hätten: »Guck, Mama!«, und dann vom nächsten Felsen gesprungen wären.

Wie schon gesagt, erwachten die Segulfjorder jeden Tag mit einem staunenden Blick auf das triumphale Bauwerk vor der Bergwand gegenüber, und mit Sicherheit waren Berichte dazu längst über den Fjord hinaus – und wohl selbst bis in die Hauptstadt gedrungen. Aber die gesamte Presse des Landes, von Fagureyri und Reykjavík, Schriftsteller und selbst die Regierung schienen verabredet zu haben, dieses Wunder der Technik totzuschweigen. Das Land tat so, als existierte das größte Gebäude der nördlichen Meere nicht, nicht das verzweigte Dampfkesselsystem, nicht die ziegelmauerglühenden Maschinensäle, als gäbe es diese komplett neue Daseinsform gar nicht, und das nur, weil die Zukunft dieses Raumschiff in Segulfjörður, in einem minderwertigen Teil der Insel, gelandet hatte.

Gestur arbeitete folglich in einer irrealen Fabrik, in einem Schloss, das nicht existierte. Er war ein Gast in einem Traum.

Kapitel 13

Hnísey im August

Der Aufstieg unseres Helden ging weiter. Mitte August, zur schönsten Zeit des Fjordlebens, sandten die Eviger-Brüder und zwei weitere Heringsunternehmer, Vetlesen und Áki Pétursson, eine Expedition über die Berge zum Eyrarfjörður und nach Hnísey aus. Das Heringsleben war dort längst nicht so weit gediehen wie im Segulfjörður, aber immerhin betrieben dort drei Unternehmen das Einsalzen. Ein viertes hatte im Frühjahr den Betrieb eingestellt, nachdem seine Anlage abgebrannt war.

Bei der Zwangsversteigerung Anfang des Monats hatten die Segulfjorder Heringsherren die Reste, die in die Konkursmasse eingegangen waren, unter sich aufgeteilt: ein größtenteils unbeschädigtes norwegisches Holzhaus, die vorgefertigten Module eines Anlegestegs, Maschinenteile, Fässer und Kohle. Das alles sollte nun abgeholt werden. Gunnar Eviger stellte dafür einen Frachter der Brüder bereit, ein großes Dampfschiff mit Namen *Argo*, und aus Arbeitern der drei beteiligten Firmen wurde eine Mannschaft gebildet. Außer Gestur waren fünf Norweger von Eviger dabei, dazu zehn Mann von Vetlesen, denn der sollte sich einen großen Bestand an Kohle gesichert haben. Diese Truppe hob sich deutlich vom Rest ab, es waren alles langbärtige, ungehobelte Brocken, die vor Kraft nicht laufen konnten. Von Áki kamen sechs Isländer mit, unter ihnen sein Werkmeister Þorsteinn, der ja von Hnísey stammte.

An Bord der *Argo* trafen die beiden »Brüder in Kopp« zum ersten Mal zusammen, ohne jeweils etwas von der »Vaterschaft« des anderen zu wissen. Gestur stand an der Reling und freute sich, endlich andere Berge als die im Segulfjörður zu sehen, als sich Þorsteinn neben ihn stellte, die Ellbogen auf die Reling legte, sich darüberbeugte und seinen Pfeifenrauch vom Fahrtwind mitnehmen ließ.

»Eviger?«

»Ja.«

»Wie viel habt ihr gemacht?«

»Achtzehntausend, schätze ich.«

»Hui. Das nenne ich ordentlich.«

»Und ihr?«

»Wir? Wir salzen bloß ein. An die sechstausend Fass etwa bis jetzt.«

»Ist das nicht das meiste von den Isländern?«

»Doch, diesen Sommer liegen wir vorn, gleichauf mit Hedin, aber bei Kopp und Thorgilsen läuft es auch nicht schlecht. Nicht so gut beim Krónufélag.«

»Ein zäher alter Knochen, der Kopp«, meinte Gestur.

»Stimmt.«

»Wer führt den Laden für ihn?«

»Für den? Keiner. Der macht alles selbst. Hjalti hat er immerhin die Geschäftsführung des Ladens in Fagureyri überlassen. Er selbst wäre am liebsten das ganze Jahr mit Hering beschäftigt, habe ich gehört. Ein richtiger Heringskönig.«

»Ja, der ist zäh. Wie alt ist er jetzt? Über sechzig?«

»Vierundsechzig. Aber er könnte schon jemanden gebrauchen. Einen, der was kann. Aber er will nur ungebildete, schlichte Männer und Frauen um sich haben, heißt es.«

»Ich weiß, ich habe mich mal bei ihm beworben.«

»Ach. Kennst du ihn näher?«

Gestur sah Þorsteinn an. Schwarze Pfeife, weißgraue Haare, gelbliche Haut, rote Knöchel.

»Ich war mal für einige Zeit sein Sohn.«

Er traute seinen eigenen Ohren nicht. Gab das einfach so von sich preis und ließ es klingen, als hätte er lediglich einen Winter für Kopp gearbeitet. Dieser pfeiferauchende Werkmeister schien ihn dazu zu bringen.

»Aber er ist nicht dein Vater?«

»Nein, ich denke nicht.«

Wieder überraschte er sich selbst. Als ob das eine Möglichkeit wäre.

»Und wer ist dein Vater? Wessen Sohn bist du?«

»Ich bin Eilífsson. Mein Vater hieß Eilífur Guðmundsson und war Bauer auf Stundarkot im Segulfjörður.«

»Eilífur auf Stundarkot?«

»Ja. Hast du ihn gekannt.«

»Nein, aber es hört sich gut an. Wie Ewigkeit für ein paar Stunden.«

Gestur sah ihn noch einmal an. Þorsteins Blick ruhte auf dem Berg, an dem sie gerade entlangfuhren, einem Landvorsprung, der senkrecht aus dem Meer aufstieg und an seiner Oberkante noch ein paar Schneefelder aufwies, deren Weiß mit der Brandung an seinem Fuß konkurrierte. Der Fels war graublau, aus regelmäßigen Schichten aufgebaut und leuchtete von hundert, von keiner Nacht unterbrochenen hellen Tagen, obwohl es inzwischen nachts wieder dunkler wurde. Ab und zu stieß der Pfeifenraucher eine weiße Rauchwolke aus, die der Fahrtwind ebenso mit sich trug wie den hellen Qualm aus dem stattlichen Schiffsschornstein. Schließlich nahm Þorsteinn die Pfeife aus dem Mund, lächelte gutmütig und sagte:

»Wir haben doch alle drei Väter. Einer zeugt uns, einer zieht uns auf, und einer liebt uns.«

In Gesturs Vorstellung marschierten sie gleich auf: Eilífur, Lási und Óskar Eviger. Letzterer erschien gänzlich unerwartet und von selbst. Er hatte den Norweger nie als Vaterfigur gesehen und war sich schon gar nicht sicher, ob der ihn etwa liebte, doch offenbar erhoffte er es sich.

Sie schwiegen eine Weile. Das Schiff passierte den Útdalaberg, eine lotrechte Felswand. Voraus, vor der Mündung des Óðalsfjörður, tauchte eine Schule Delfine auf, die aufgerichteten Rückenflossen durchschnitten das Wasser wie schwarze Messerspitzen.

»Jæja, da ist sie ja, die heimatliche Insel. Frei und fabelhaft ist es am Eyrarfjord«, sagte der Weißhaarige und nickte Richtung Bug, vor dem sich gerade ein weiter Fjord öffnete. Dann ging er unter Deck.

Gestur blieb zurück und atmete die Weite ein, es gab einem immer ein gewisses Gefühl der Freiheit, wenn man aus dem zwischen Bergen eingezwängten Segulfjörður herauskam. Im Vergleich zu ihm glich der Eyrarfjörður mehr einer breiten Meeresbucht. Vor ihm breitete sich Hnísey aus. Auf Karten hat die Insel die Form eines Tropfens, der in den offenen Fjordmund fällt. Von See her lag sie eher wie ein heidegrüner Pfannkuchen auf einem Meer, das glatt war wie eine Tischplatte, graugefleckt von Windstille und einem milden August, weiter draußen entlang der Küstenlinie weißgekräuselt.

Über dem Heck schwebten Möwen des Jahres 1914 und unterschieden sich in nichts von ihren Artgenossen des Jahres 1814 oder des Jahres 2014. Die Eismöwe bildete den Zusammenhang in der Geschichte Islands, sie war Augenzeuge sämtlicher Ereignisse und wusste bestens über sie Bescheid.

Nur an solchen Spätsommertagen kam Island dem nahe, zu Skandinavien zu gehören und eins der nordischen Länder zu sein, ein Land unter ähnlichen anderen. Es brauchte allerdings einen ganzen Sommer, um dieses Ergebnis zu erzielen, das sich einer geringfügig erhöhten Meerestemperatur und drei Monaten ununterbrochen heller Nächte verdankte. So kam auch eine erträgliche Lufttemperatur zustande. Wolken wurden dann zu wohlgeformten Polstern, und die Menschen konnten tagsüber ohne Pullover aus dem Haus gehen. Dieser sommerliche Zustand hielt aber lediglich ein paar Tage, dann zog über die Grönlandsee der Herbst heran, mit schneidender Kälte, Dunkelheit und Frust. Ähnlich stand es um die Menschen, diese Vorposten der Europäer im Nordwesten. Sie versuchten, aufrecht und kultiviert über ihre Hauswiesen und Heringsschlachtplätze zu wandeln, und schafften das in dieser besagten einen Woche des Jahres vielleicht auch, doch dann mussten sie sich wieder so gegen den Polarwind ducken, dass ihnen die Kultur hinten herausstand, die aber nie so hochtrabend daherkommen konnte wie ihr Vorbild, das, umgeben von Allongeperücken und hohen Absätzen, in den Spiegelsälen des Kontinents geboren und aufgewachsen war. Der Isländer war das, was vom Europäer übrig blieb, wenn ihm der Sturm seine Kultur und seine gespreizte Feinheit weggerissen hatte. Isländische Kultur war Menschheit im Rohzustand.

Am Südende der Insel standen eine kleine Ansammlung von Häusern und drei längliche Anlegestege. Dort hatte ein berüchtigter Sturm im vorigen Jahrhundert in nur einer Nacht fast die gesamte frühere norwegische Walfangflotte kurz und klein geschlagen. Es hieß, alle Häuser auf der Insel seien aus dem Holz der Wracks gebaut worden. Entsprechend krumm und ungemütlich sah es darin aus, und angeblich spukte es auch. Eine alte Frau wurde nach übernatürlichen Erscheinungen befragt und äußerte dazu, Norweger verstünden nicht zu sterben. Nach ihrem Ableben würden sie doppelt so viel Rabatz machen wie vorher, und außerdem würden sie immer noch ihren unverständlichen Dialekt sprechen.

»Sie glauben, im Jenseits würde man Norwegisch sprechen. Dabei ist doch allgemeinbekannt, dass der Tod und seine Handlanger nichts anderes als Dänisch verstehen.«

Verständlich also, dass die Hníseyjer Heringsmädchen es mit der Angst bekamen, als aus der *Argo* zwei Dutzend Norweger an Land stiegen, von denen viele ziemlich berserkerhaft aussahen. Gestur fühlte die Angst, die in der Luft lag, und sah das Verzagte in den Gesichtern. Anders als in seinem Fjord schienen die Leute hier nicht mit dem Anblick Fremder vertraut zu sein, sofern es sich nicht um Verstorbene handelte.

Mit Þorsteinn hatte er sich während der Fahrt so weit angefreundet, dass der ihm jetzt Kost und Unterbringung im kleinen, wellblechverkleideten Häuschen seiner Mutter unweit des Hafens anbot, während die Kollegen in der Enge des Schiffes schlafen mussten. Die Nacht brachte einige Windstöße, und da sang es vernehmlich im Holz des Hauses. Ein Umgehen von Gespenstern konnte Gestur allerdings nicht sehen, für ihn klangen die Geräusche eher wie Jaulen und Wimmern im Holz, das viel lieber auf große Fahrt gehen und Wellen, Wind und Wogen erleben wollte, als hier in diesem windarmen Haifängernest festzusitzen. Am Morgen kam man auf den Nachtgesang des Bauholzes zu sprechen, und dabei stellte sich heraus, dass die Menschen daran so gewöhnt waren, dass man geradezu von einer Hníseyjer Musikkultur sprechen konnte, in der deutlich zwischen Frühmusik und Nachtgesang unterschieden wurde.

Sollte das etwa das Gespenstertreiben gewesen sein, von dem so viel die Rede war, fragte sich Gestur auf dem Weg zum Schiff. Es war früh am Morgen, wieder völlige Windstille mit weißgrauem Nebel, als er sich plötzlich doch einem Gespenst gegenübersah. Es trug einen langen schwarzen Rock und einen hellen Leinenbeutel in der Hand und hatte kurzes schwarzes Haar. Gestur blieb wie angewurzelt stehen. Das Gespenst auch.

Es war ein in Nebel gehülltes Liebesgespenst.

Kapitel 14

Elliptische Umlaufbahn

An diesem Tag sahen sie sich nicht wieder. Gestur brachte zusammen mit den Eviger-Arbeitern das Holz des Anlegers an Bord der *Argo*. Hier lagen keine Schienen auf den Brücken, es war alles etwas primitiver als in Segló. Alles musste mit Muskelkraft bewältigt werden. Der Nebel löste sich auf, und die Berge zu beiden Seiten des Fjords kamen zum Vorschein. Aber es gab ein weites Unterland, frei bis zu den Bergen. Während der Arbeit ließ Gestur immer wieder seinen Blick über die Gruppen der salzenden Frauen schweifen. Doch wie genau er auch suchte, sie war nicht unter ihnen.

Ihr Geist hatte ihn aus dem Nebel mit großen, dunklen Augen angestarrt, die so viel sagten, dass Gestur noch fünf Stunden später darin las. Er hatte versucht, sie ruhig, mit Respekt, neutral und höflich mit ihrem Namen anzusprechen. Auch mit fünf Jahren Gewissensbissen. Das Gespenst hatte reagiert, indem es einen großen Bogen um ihn machte und dann im Nebel verschwand.

Mit dem Heben des Nebels kehrte auch vernünftiges Überlegen zurück. Er hatte sie gesehen. Sie war es. Die Sonne strahlte wie Liebe am Himmel. Er fand kaum Schatten, um seine Zweifel zu füttern und nachzudenken. Sein Gefühl war ein einziges Strahlen. Nie hatte er sie so heiß geliebt. Er sehnte sich nach ihr. Er liebte sie. Sie war sein Ein und Alles. Er verstand überhaupt nicht, was er vor fünf Jahren gedacht hatte. Seine ganze Wut auf sie, die ganze Trauer, die er durchgemacht hatte, all das wich einem einzigen Verlangen, das allein dadurch aufgeflammt war, dass er ihr in die Augen gesehen hatte.

Manchmal ist die Liebe so unglaublich simpel. Ein Name mit vier Buchstaben.

Er ging wie in Trance und trug alle Lasten, als wären sie Streichhölzer. Balken wurden zu Brettchen, Berserker zu Blagen. Abends boten sie ihm Schnaps an, und er trank, bis sie »Stopp!« riefen. Seine Liebe hatte so lange in der Tiefe geschlummert, dass sie zu einem Wal herangewachsen war. Sie war so mächtig, dass ihr selbst das Schicksal gehorchte und der *Argo* einen Maschinenschaden verpasste. Das Schiff konnte nicht auslaufen. Außerdem fiel an Bord der Strom aus. Der Maschinist schuftete im Maschinenraum mit zwei isländischen Kollegen von Hníseyer Heringseimern.

Jemand sagte was von Nockenwelle. Gestur verstand natürlich Lockenwelle.

Das Trinken brachte die Leute einander näher. Segulfjorder und Besatzung, Norweger und Isländer. Leute von der Insel fanden sich ein, schmallippige, blasse Männer, die beisammenblieben, zu allem grinsten, zu Schlepphebeln wie Klappmessern, und die Sitze und Bänke erst mit den Händen befühlten, bevor sie sich setzten. Sie könnten ja glühend heiß sein; man war schließlich noch nie auf einem Dampfschiff gewesen. Der dänische Koch gefiel sich als wohlwollender Kolonialist und holte einen Apfel aus der Kombüse, um ihn den Insulanern zu zeigen. Eine solche Frucht hatten sie noch nie gesehen, kannten sie aber dem Namen nach aus der Bibel und wollten unter keinen Umständen hineinbeißen; sie seien glücklich und zufrieden in ihrem Paradies auf Hnísey.

Als es dunkelte, setzte an Deck ein Schifferklavier ein, Frauenstimmen kicherten sich aus der Dunkelheit ins Licht einer Gaslampe, die über der Brücke hing und ihren Schein auf die Mannschaft warf.

Gestur steckte in einem Besäufnis in der Messe. Þorsteinn hatte ihn zu seiner Truppe gewunken und schenkte reichlich von seinem Inselgebrannten aus, einem grässlichen Rachenputzer. Es gesellten sich noch mehr zu ihnen, Männer, die sich auf Isländisch unterhalten wollten, und andere, die er kannte, unter ihnen Hermundur Hafsteinsson und sein Steuermann Ásbjörn, der dünnhaarige Kraftprotz, den er seinerzeit auf dem *Schleichenden Pott* im Vollrausch gesehen hatte, bei der Strandung vor Strönd. Gestur fühlte sich unbehaglich in ihrer Nähe. Er dachte an seine Durchsuchung ihres Boots und an den Lochstein am Lederriemen. Er saß eine Weile stumm dabei und forschte in Hermundurs Gesicht, ob er aus dem Zucken in seinen Augenwinkeln seine Schuld an Vergewaltigung und Mord herauslesen könnte.

Die beiden meinten, sie nehmen im Auftrag Kopps an dieser »Expedition« teil, doch aus ihrem Mund klang das Wort mehr wie »Exil«. In Segulfjörður gehe es drunter und drüber, »der Alte« sei völlig durchgedreht (Gestur war nicht sicher, ob sie Kopp oder den Gemeindevorsteher meinten), schön, da auf Hnísey zu sein, außerdem seien die Frauen hier besser, es gebe keine verdorbenen Norwegerflittchen. Dazu soffen die beiden wie Personen in den gestrichenen Kapiteln der Egils-Saga und hauten dermaßen auf die Pauke, dass es den meisten bald reichte. Gestur lauschte auf die Musik und wollte an Deck, vielleicht war der Liebeswal dabei, aufzutauchen. Wenn nicht, würde er ins Meer springen, von hier hatte er die Nase voll. Aber der dünnhaarige Hüne Ásbjörn war anderer Meinung, packte Gestur am Halsausschnitt und zog ihn zu sich herab, setzte ihn neben sich und verkündete, er müsse mit ihm reden.

»Ich muss dir was sagen.«

Gestur war weder nüchtern genug, um ihm ein Gespräch abzuschlagen, noch betrunken genug, um sich darauf einzulassen.

»Ich muss dir nämlich was sagen.«

Doch ehe er dazu kam, ging im Kopf des Betrunkenen ein anderes Licht an:

»He, du warst das doch. Du bist doch der, der von seiner eigenen Hochzeit getürmt ist! Teufel, das war klasse von dir, Junge! Ich weiß noch, dass ich zu Hermundur gesagt habe, das sollten sich mal ein

paar mehr trauen, haha! Man sollte sich nämlich nie binden ... nie ...
Sein Heringsweibchen darf man nicht betrügen, sag ich immer. Die
Rogner sind die Königinnen, mit denen bin ich verheiratet. Ich würde
nie ... Mann, hast du mir imponiert, Kerl! Aber ich muss dir noch was
sagen, du ...«

Wieder brach Ásbjörn ab. Er hatte sich Gestur zugedreht und ihm
den Finger so fest in die Brust gebohrt, dass der meinte, er stecke ihm
zwischen den Rippen. Ásbjörn rülpste ihm kräftig ins Gesicht. Seine
Unterlippe hing ihm feucht auf den Bart. Dann schnappte er sich sein
Glas und nahm einen großen Schluck von dem selbstgebrannten
Stoff. Die Lippe glänzte im Licht der Tranlampe. Das Schiff lag größtenteils im Dunkeln, die Maschine war nach wie vor tot. Ásbjörn
setzte erneut an:

»Ich muss dir mal was erzählen. Ich muss dir unbedingt was sagen.«
Aber wieder blieb es dabei. Der Mann starrte Gestur in die Augen,
sein Bart stank fürchterlich nach Schweiß, Tran und Kautabak, dazwischen wehten seine Fahne und sein Mundgeruch, doch was er sagen wollte, kam ihm nicht über die Lippen. Bevor er einschlief, stand
Gestur auf, tastete sich im Dunkeln zum Niedergang und die Stufen
hinauf zu Licht und Musik und der Liebe, die so groß war wie ein
Wal, der nach fünf Jahren des Abgetauchtseins zum Atmen an die
Oberfläche musste.

Þorsteinn war offensichtlich schon vor ihm gegangen, denn er traf
ihn munter und gut gelaunt oben an der Luke. Er zog Gestur beiseite
und aus dem Licht, wollte ihm etwas über Kopp sagen. Um sie herum
war eine ausgewachsene Party im Gang. Frauen tanzten mit Frauen,
Frauen tanzten mit Männern. Männer sahen zu, manche waren hinüber, und sie, die einzig wahre Anna, stand ein Stück weit entfernt im
Gespräch mit einem langen Norweger. Noch genauso schön wie früher, noch die gleiche Ausstrahlung, vielleicht ein klein wenig gesetz-
ter. Na klar, sie hatte sich einen Norweger geangelt, war verheiratet
und hatte hier auf Hnísey einen Stall voller Kinder. Sechseinhalb
Schwangerschaften, seit er ihr Herz und Rückgrat gebrochen hatte.

Sie warf ihm einen schnellen Blick zu, er ihr auch. Es waren Blitze, flammend auf der einen Seite, ausgebrannt auf der anderen.

Und doch hatte er den Eindruck, sie würde allein dadurch, ihn zu sehen, nervös und nicht mehr ganz sie selbst. Gleichzeitig wurde dem Unverheirateten immer deutlicher, wie sehr er sich nach ihr verzehrte, es ging nur noch um sie oder die See ... Sagte sie Nein, würde er auf der Heimreise über Bord springen. Vor den Klippen von Óðalsfjörður einsam untergehen und zu einem taubstummen Wal im Atemstreik werden. An diesem Abend würde sein Bild vollendet, gemalt von der Künstlerin mit ihren Linien, Farbflächen und Pinselstrichen. Sie hatte ihm Anna zurückgegeben.

Wieder warf sie ihm einen verstohlenen Blick zu, den er erwiderte, es war ein kurzer, ein toter Blick. Þorsteinn sagte ihm gerade etwas Wichtiges zu Kopp. Gestur hörte nicht alles. Plötzlich brach Anna ihr Gespräch mit dem Norweger ab und ging quer übers Deck zu ihrer Freundin. Dabei kam sie nah an Gestur und Þorsteinn an der Luke zum Niedergang vorbei. Gestur rief sie an:

»Anna!«

Sie sah ihn von oben herab an, antwortete nicht und ging einfach weiter, plauderte dann mit ihrer Freundin, die die Arme in Leinen und Stage geflochten hatte und mit zwei jungen Schiebermützenträgern flirtete. Gestur wollte nichts, als sich umdrehen und Anna beobachten, aber Þorsteinn hielt ihn an den Schultern und meinte mit bedeutungsvoll schwankendem Kopf:

»Ich habe es noch keinem gesagt, aber er ist mein Vater. Kopp ist mein Vater. Ich bin sein rechtmäßiger Sohn, auch wenn er es nicht weiß.«

Gestur riss sich zusammen und wandte seine Aufmerksamkeit wieder Þorsteinn zu, betrachtete dessen Gesicht, sah, wie es darin auflockerte und die Kaufmannssonne aufging. Dieser Mann war der Sohn des Mannes, der in seiner Kindheit sein eigener Vater gewesen war. Er sah es jetzt.

»Glaubst du mir nicht?«, fragte Þorsteinn mit dem Eifer des Betrunkenen, und die Oberlippe verriet durch leises Zittern seine Erregung.

»Doch, ich glaube dir.«

»Wir könnten es zusammen durchfechten.«

»Was?«

»Die Anerkennung ... den Namen, das Erbe. Geld, sonstigen Besitz!«

Trotz seiner Armut hatte Gestur nie daran gedacht. Er hatte lediglich anerkannt werden wollen, er wollte Vaterliebe, faire Behandlung, Respekt, Wiedergutmachung der Ungerechtigkeit des Lebens. Die Hoffnung darauf war fast erloschen. Dass er irgendwelche Ansprüche auf ein Erbe geltend machen könnte, war ihm nie in den Sinn gekommen, und er hatte ja auch keine, er war weder ein ehelicher noch ein unehelicher Sohn des kleinen Mannes.

»Kopp hat nichts, was ich haben wollte.«

Doch so schnell gab Þorsteinn nicht auf.

»Aber stell dir doch vor, Gestur, wir könnten Brüder sein! Und wenn der Alte hinüber ist, gehört der Laden uns.«

Dann folgte eine lange, besoffene Ausführung über hätte, könnte, würde, vielleicht und all ihre Geschwister. Er spielte sämtliche Möglichkeiten durch, und alle führten zu dem Resultat, Þorsteinn Þorsteinsson gehörten Anteile an der Kopp'schen Fischverarbeitung in Segulfjörður sowie am Kaufladen in Fagureyri.

Die Tanzmusik war reichlich laut, und Gestur senkte den Blick, um das Ohr näher an den Hníseyinger zu drehen. Seine Augen fegten das Deck: Holzpantinen und Schaflederschuhe schleiften über die Planken, dazwischen einzelne Ledersohlen, kurz sah er auch Annas schwarzen Rock darüber schwingen, dann war das Lied zu Ende. Sie stand allein, meinte er. Hatte sie nicht mit jemandem getanzt? Er hielt den Blick weiter gesenkt, das Ohr dem Mund seines Freundes zugewandt, aber er hörte nicht mehr zu.

Nach zwei weiteren Liedern endete das Vergnügen, die Leute suchten ihre Sachen, Pullover und Schals. Ein paar Männer standen noch vor der Brücke und an der Reling wie Fliegen ums Licht, tranken noch einen für den Heimweg, verabschiedeten sich oder gaben letzte Geschichten von Leithengsten und Zuchtvieh zum Besten oder von Jörmundur, dem berühmtesten Haijäger von Hnísey. Der Maschinist tauchte an Deck auf, marschierte mit ölverschmierten Händen durch die Menge, ein arbeitender Mensch zwischen feierabendlichen Tänzern, und versicherte auf Nachfragen, die Reparatur gehe gut voran, sie würden in höchstens ein, zwei Stunden fertig.

Gestur suchte weiter nach ihr. War sie gegangen? Er saß immer noch bei Þorsteinn fest, konnte sich ihm gegenüber nicht unhöflich verhalten, nachdem er von seiner Mutter so gastfreundlich aufgenommen worden war. Aber sein Herz zappelte in der Brust wie ein junger Hund in einem Sack. Endlich erspähte er den Rock wieder, da stand sie, am Rand seines Sichtfelds, im Gespräch mit den Hníseyingern um den Großmast. Er hielt die Augen gesenkt, traute sich nicht, den Blick zu heben, aus Angst vor einem wütenden Funkeln, endgültiger Ablehnung, kalter Umarmung der See. Þorsteinn hatte seinen Lebenslauf gerade mal zur Hälfte berichtet, denn wie viele andere begann er mit weit zurückliegenden Vorfahren. Es war der typische und klarste Fehler in der isländischen Erzähltradition. Der Anlauf war viel zu lang.

»Also, meine Großmutter mütterlicherseits, die die Fiedel hatte, von der ich dir erzählt habe, also das war die, die auf einem Schiff zur Welt gekommen ist. Meine Urgroßmutter ist mit ihr hier auf Hnísey ausgesetzt worden, der Däne hat sie und das Kind hier abgesetzt, und nur deshalb lebt meine Familie seitdem hier, reiner Zufall.«

Gesturs Ohren folgten seinem Gewissen, seine Augen seinem Verlangen, und bald sah er den schwarzen Rock wieder übers Deck schwingen. Er blieb kurz bei zwei Männern stehen, schwebte dann scheinbar ziellos in einem Bogen zur Reling, einen Bogen um ihn, Gestur, beschreibend wie die elliptische Laufbahn eines Mondes um einen Planeten. Der Planet vibrierte, durch die Anziehungskraft des Mondes.

Beine lügen nicht.

Kapitel 15

Nächtliches Gespräch

»Anna!«, rief er.

Sie drehte sich auf dem schmalen, langen Steg um, ihr Gesicht erhielt Licht von der Laterne auf dem Dampfschiff, das querab am Ende des Stegs vertäut lag.

»Anna«, sagte er atemlos und blieb vor ihr stehen.

»Du nennst mich Anna?«

»Wie sonst?«

»Nicht Margrét?«

»Ähm, ich … ich habe dich als Anna kennengelernt.«

»Aber du weißt, dass ich Margrét heiße.«

»Du bist nicht dein Name.«

»Ah, das ist neu. Als Anna hast du mich geliebt, aber als Margrét gehasst.«

»Ich habe dich nie gehasst.«

»Was dann?«

»Ich … ich war nur nicht reif genug, damals.«

»Ich bin nicht anders geworden.«

»Nein, ich weiß. Ich sehe es. Du … du bist nur du. Und ein Name ist bloß ein Wort.«

»So? Und ich dachte, du seist in jedermanns Leben nur Gast. Selbst bei deiner eigenen Hochzeit.«

Das war dreist. Jetzt führte sie sein Opfer gegen ihn ins Feld!

»Ich konnte sie nicht heiraten.«

»Warum nicht?«

»Weil ich an nichts anderes denken konnte als ...«

»Als?«

»Lebst du hier?«

»Nein, nur im Sommer.«

»Und wo wohnst du sonst?«

»In Fagureyri.«

»Wo da?«

»Bei den Großeltern meines Sohns.«

In ihrer Stimme lagen Stolz und Feindseligkeit.

»Deines Sohns?«

»Ja, ich habe einen einjährigen Sohn.«

»Ach ja?«

»Ja.«

»Und ... wie heißt er?«

»Jón.«

»Hast du ihn hier bei dir? Wo ist er?«

»Er ist in seinem Vaterhaus. Ich konnte ihn nicht hierher mitnehmen.«

»Im Vaterhaus? Wer ... wer ist denn sein Vater?«

»Jón Jónsson heißt er, oder, richtiger, hieß er. Er ist im März auf See umgekommen.«

Gestur schloss kurz die Augen. Hier kamen Menschen zur Welt und starben im Eiltempo.

»Schön zu hören.«

»Wie bitte?«

»So meinte ich das nicht, entschuldige! Ich meinte, schön, dass es dir gut geht und dass du ein Kind hast und ... Mein herzliches Beileid wegen des Vaters.«

»Und du? Kinder?«

»Ja.«

Ja? Bis zu diesem idiotischen Messen im Kinderhaben hatte er das

noch nie zugegeben. Wahrscheinlich tat er es aus Neid, diesem widerlichen Biest, wollte Anna Gleiches mit Gleichem vergelten.

»Ein Mädchen von sieben Jahren.«

»Sieben Jahre? Du hast mir nie davon erzählt.«

»Nein. Ich bin erst seit einem Jahr ihr Vater.«

»Bist du nicht tatsächlich überall nur zu Gast?«

Hölle, war sie hart! Gestur konnte nichts mehr sagen, Tränen stiegen ihm in die Augen. Er war getroffen.

»Was meinst du damit?«

»Gast auf Höfen, Gastsohn, Gast bei der Liebe, Gastvater …«

Er sah sie eine Weile an, ihren stolz geschwungenen Mund, ihren
strengen Blick, und er fand, es war an der Zeit, zu gehen. Die Liebe
ist ein Land, das man nur einmal betritt. Wer es verlässt, kann nie
wieder zurückkehren. Er wusste das.

»Wo wohnst du hier?«

»Im südlichsten Hof, oben auf der Anhöhe. Wir schlafen zu dritt in
einem Zimmer.«

»Darf ich dich morgen wiedersehen?«

»Was?«

»Darf ich dich morgen früh wiedersehen? Ich möchte mich bei
Tageslicht von dir verabschieden.«

Er wollte sich von ihrem Gesicht bei Tageslicht trennen und es so
in sein Gedächtnis packen, eine glänzende Silberschale.

»Ja, ja.«

Er kehrte mit dem Gefühl zum Schiff zurück, sie nie wiederzusehen. Der Kapitän würde ablegen, sobald die Maschine wieder lief.

Kapitel 16

Schattenbild an der Wand

Gestur schlief an Bord und fuhr erschrocken hoch. Er hatte
erst nicht schlafen können, wollte es auch nicht, war dann aber doch
eingeschlafen und erwachte jetzt mit einem Erschrecken, als wäre es
schon zehn und er hätte alles Wichtige verpasst. Er stürzte an Deck,
erkannte an der Helligkeit, dass es höchstens sieben war und dass
sie abgefahren waren, das Schiff lag jetzt in einem anderen Hafen.
Obwohl er den Anlegestegen auf Hnísey sehr ähnlich sah. Er brauchte
ein paar von Herzklopfen erfüllte Augenblicke, bevor er erkannte,
dass sie doch noch in Hnísey lagen. Mit wirrem Blick betrachtete er
die Häuser und Schuppen. Was sollte er tun? Er befand sich allein auf
Deck, andere Menschen waren nirgends zu hören, auch nicht auf den
Anlegern; es war ein menschenleerer Morgen mit Möwen. Er ging
zur Gangway und überlegte, von Bord zu gehen. Er könnte rasch zu
ihrem Zimmer laufen, die Tür aufreißen, drei Frauen wecken, von
einer Liebe fordern und sie schütteln, bis die Liebe wieder zum Vorschein kam. Hol's der Teufel! Trotz ihrer Feindseligkeit, ihres abwei-
senden Gesichts und ihrer verletzenden Äußerungen hatte er in
ihren Schritten beim und nach dem Tanzen etwas anderes gesehen.
Beine lügen nicht. Das wusste er. In diese Gedanken hinein erschol-
len Männerstimmen aus einer offenen Tür. Gestur drehte sich um
und sah zwei Mechaniker mit Tasse und Pfeife aus dem Niedergang
kommen.

»Wie läuft es mit der Reparatur?«, konnte er wie ein Mann fragen, der seine sieben Sinne beieinanderhatte, obwohl sein Verstand eine rasend stampfende Dampfmaschine war.

»Hör mal, das läuft einfach überhaupt gar nicht«, antwortete der eine der beiden, ein kleingeratener Langbart, und blinzelte beim Übersteigen des hohen Schotts in die Sonne. Es war eine Eigenart der Inselbewohner, jeden Satz mit »Hör mal« zu beginnen und jeden zu duzen.

»Oh, woran liegt's denn?«

»Hör mal, wir warten auf eine neue Nockenwelle vom Land«, erklärte der andere, ein aus der Form gegangener Hríseyinger mit öl-verschmierten schwarzen Händen.

Gestur sah über den Kuldabaksbergen im Osten die Hoffnung auf-gehen.

»Dauert das lange?«

»Hör mal, na klar.«

Eine halbe Stunde später stand er oben auf der Anhöhe über dem »Dorf«, wo Syðsti-Bær, der südlichste Hof, stehen sollte. Es war das größte Wohnhaus, das er je gesehen hatte, größer sogar als Upphæðir oder die Häuser von Södal und Buus in Segló. Auch hier gab es also Geld, dachte Gestur, erfuhr aber später, dass es sich um ein altes Ge-schlecht von Haifängern handelte. Die Villa war ein ziemlich neuer Holzpalast mit zwei Stockwerken, lang und symmetrisch. Die Fas-sade wies zum Dorf und in der Mitte einen Turmreiter über einem mit Säulchen und Bogen verzierten Balkon im Obergeschoss auf. Ge-stur glaubte, nach Norwegen gekommen zu sein, und zählte sech-zehn Sprossenfenster auf der Vorderseite, auf denen sich hell der Morgenhimmel spiegelte, sodass drinnen nichts zu erkennen war. Im Garten war ein Schneehuhn mit vielen Küken unterwegs. Die Vögel waren ungewöhnlich zahm auf der Insel. Ein anderer Schwarm stob auf, als er um die Hausecke bog. Zum herrschaftlichen Haupteingang zu gehen, erschien ihm nämlich nicht angemessen, und darum klopfte er an die Hintertür.

Eine kleine, ältere Frau mit einem Bärtchen und schmutziger Schürze kam angewackelt, öffnete und schnäuzte sich in die Hand. »Ja, hör mal«, sagte sie und meinte in schwerverständlichen Worten, er solle nach oben gehen, dort habe die gesuchte Maid mit ihren beiden Freundinnen ihr Zimmer im Nordflügel. Die Anordnung der Zimmer war sehr simpel, wie in einem Gasthaus: langer Flur, unzählige Türen, kein Mensch zu sehen. Am Nordende des Flurs stand eine Tür nach außen offen wie eine Haustür. Die Zimmerwand war weißgestrichen und wurde vom Morgenlicht erhellt. Die Tür war schmaler als normal, der Durchlass eng.

Leise ging Gestur bis zur Schwelle und wollte leicht an den Türrahmen klopfen, doch er spürte, dass jenseits der Wand jemand stand. Und als er auf die Außenwand guckte, die im rechten Winkel vom jenseitigen Türpfosten verlief, sah er auf der weißen Wand den dunklen Umriss eines Menschen. Drinnen stand jemand und erwartete ihn. Das Licht, das durch die Fenster einfiel, zeichnete ein zartes Schattenbild dieses Wesens auf die Wand, keine klar umrissenen Linien, nur ein diffus wolkiges Gebilde. Gestur konnte den Blick nicht von diesem weichen Schatten wenden, der jetzt einen Arm hob und sein Haar zu richten schien. Noch kein blasses, zartes Bild hatte eine solche Wirkung auf einen einzelnen Mann gehabt.

Beine lügen nicht. Sie stand auf der anderen Seite der Wand.

Er klopfte leicht an die Tür und sagte leise »Hallo« in das offene Zimmer. Nach einigen Augenblicken und schweren Atemzügen trat das Wesen wortlos vor und tat dabei so, als hätte es hinten im Zimmer gesessen und nicht lediglich ein paar Zentimeter entfernt auf der anderen Seite der Wand gewartet. Dass sich seine Silhouette auf der gegenüberliegenden Wand abgemalt hatte, schien es nicht bemerkt zu haben. Sie lächelte und schnaubte leicht durch die Nase. Gestur war von dem Schattenbild noch so bezaubert, dass er kein Wort herausbrachte, aber das war auch nicht nötig. Ihre Gesichter standen sich gegenüber, einige Augenblicke.

Sie atmeten zweimal ein und zweimal aus.

Dann wirkte die Schwerkraft, die Kraft der Liebe, das, was die Welt zusammenhält und die Sterne am Himmel, was die Spermien zur Eizelle treibt und die Monde auf ihrer Umlaufbahn hält. Sie konnten nichts dagegen tun, Gestur und Anna. Langsam neigten sich ihre Gesichter einander zu, berührten sich, streifte Wange an Wange, senkten sich die Köpfe auf die gegenüberliegende Schulter, sie umarmten sich, verschmolzen miteinander, ohne Worte, ohne Gedanken, ohne Erklärungen.

Manchmal ist die Liebe etwas ganz Selbstverständliches.

Er fühlte sich, als wäre seine ganze bisherige Geschichte, sein ganzes Leben nichts weiter als ein Vorwort zu diesem stillen Augenblick gewesen, die Tausende von Wörtern wichen der Stille und seiner Gewichtigkeit wie Sklaven, die ihren jahrelangen Arbeitseinsatz beendet haben und der Pyramide nun erlauben, für sich selbst zu sprechen, der Pyramide, als die die Liebe in der Wüste aufragt, einfach und imponierend, ein dreifaltiger Gott (Mann, Frau und heilige Liebe), ewig, stark und einfach, aber auch ein vollkommenes Rätsel, und drinnen die früheren Partner tot. Die Liebe besitzt nämlich vier geneigte, sonnenbeschienene Außenseiten (Lust, Freude, Freundschaft, Vertrauen) und ein massiv gebautes, kompliziertes Innenleben sowie einen schwarzen Kern, in dem die Verflossenen auf dem Altar des Glücks liegen, einbalsamiert in Trauer und in Binden aus Vergessen gewickelt, die Pharaonen des früheren Lebens.

Sie weinten beide. Pressten sich aneinander und lösten sich mit tränennassen Gesichtern aus dieser Umarmung, wussten, dass jetzt vorbei war, was sie blockiert hatte. Sie war Anna und würde auch in Zukunft Anna sein, und er war nicht länger Gast, sondern wieder Gestur. Und ihrer war das Reich und die Herrlichkeit, in Ewigkeit, amen. Es war eine kurze Zeremonie, aber eine eindeutige.

Die schmutzige Schürze mit dem Damenbart kam in den Flur gewackelt und ging zu einer Tür. Doch bevor sie sie öffnete, bellte sie mit härtestem Nordlandakzent:

»Hör mal, unten steht Grütze.«

Kapitel 17

Stein in der Sonne, Stein in der See

Die Liebe ist der Mond, der unser inneres Meer steigen lässt und unseren Geist aufstachelt, bis er zu wehen beginnt: Eine Woge hebt sich in der Brust und bricht am Gestade des Denkens, die Gischt besprüht unser Jubeln. Unser Alltagsschiff sinkt, und wir werden in der Brandung herumgeworfen, begeisterungstrunken, mit jubelnder Seele und Salzgeschmack auf der Zunge, in einem Moment in küssende Tiefe getaucht, im nächsten wie ein Korken emporgeschleudert: Wir kriegen uns nicht mehr ein, wissen vor Freude nicht mehr, wo wir sind, und können uns nur von der Welle mitreißen lassen, einer Welle, die unsere eigene ist, die in uns steigt und steigt und nicht sinkt. Wir stehen auf ihrem höchsten Punkt und grinsen. Ein Wort mit fünf Buchstaben.

Gestur ritt auf dieser Welle, die wuchs und wuchs und niemals fiel, zum Schiff hinab. Jeder Schritt schien ihn fünfzehn Meter weit zu tragen, er lachte, er sang, sein Herz hüpfte. Von den Hausvorplätzen beobachteten ihn Reihen von kleinen Kindern an Laufleinen mit Pausbäckchen, strengen Brauen und schmutzigen Fingern. Vom Hafen schob eine Frau mühselig eine Schubkarre voll Heringe herauf. Auf ihren Köpfen trippelte er zum Schiff.

Gestur hätte sich nicht zu beeilen brauchen, denn die Reparatur zog sich hin; erst gegen Abend lief die Maschine an. Zu Anna konnte er trotzdem nicht noch einmal zurück, das hätte ihren intensivsten

Moment verwässert, also hielt er sich unter Deck und dachte an die Morgenstunde, die sie im Türrahmen gehabt hatten, an die stumme Wahrheit und die langersehnte Lösung. Das alles war so groß und neu für ihn – man braucht ein Weilchen, um eine ganze Pyramide in seinem Innern unterzubringen.

Die Mechaniker sprangen gerade noch an Land, als der ungeduldige Skipper ablegte, die Pfeife schrillen ließ und eine Dampfwolke in den Himmel schickte. Die Fahrt war eine Extratour für die *Argo*, bei Eviger wartete ein Berg neuer Säcke voll Fischmehl, und die Besatzung bekam die Verärgerung des Kapitäns zu spüren, manche sagten, er habe die Inselbewohner zusammengeschissen, sogar die Männer, die sich mit Maschinen auskannten und alles taten, um bei der Reparatur zu helfen.

Die Einwohner kamen zahlreich aus den Häusern, um der Abfahrt des Frachters zuzusehen. Die Abenddämmerung setzte gerade ein. Gestur stand an der Reling und hob mit klopfendem Herzen die Hand, als er ein vertrautes Gesicht auf der Heringsfläche erblickte. Sie winkte, ihr Lächeln erhellte das Zwielicht wie ein Blitz. Er schluckte sein Glück wie ein grinsendes Pferd und sah mit feuchten Augen zum Anleger, sah, wie sich die Menschen entfernten, wie die Insel ihr Aussehen änderte, sich ausbreitete, dann kleiner wurde, und er hätte sie und am liebsten die ganze Welt umarmt.

Sie fuhren in einen Regenschauer hinein. Gestur ließ sich von den Tropfen das Gesicht waschen und winkte fröhlich einem alten Segelkahn, den die dampfgetriebene *Argo* überholte. Zwei nicht verliebte Matrosen saßen auf der Back und winkten im Abendlicht lässig zurück.

Vor Liebe konnte er nichts essen und blieb allein auf Deck, nur mit der Rauchfahne und einem Vollmond, der über die Nordmeerkimm heraufstieg und weißes Licht auf die ruhige See und die Bergwand warf. Das Schiff lief am Óðalsfjörður vorbei, und Gestur warf einen Blick auf den Ort, der wie eine Elfenburg über dem Strandwall kauerte. Dort war er früher einmal auf allen vieren herumgekrochen, mit einer Botschaft in Schneeböen, als Postillon d'Amour, der sich durch Schneewehen gevögelt und zum Liebhaber hochgearbeitet hatte, innerhalb von vier Wochen erwachsen geworden war und dieses Studium im Frühjahr abgeschlossen hatte. Er dachte an Engilráð und Súsanna, die jetzt beide Mumien waren und neben dem ertrunkenen Vater von Annas Sohn in der Grabkammer ihrer Pyramide ruhten. Keine von beiden war wirklich tot, aber Súsanna vermutlich nicht mehr weit davon entfernt, so grau, wie sie geworden war. Eiríkur hatte Gestur gefragt, ob er sie nicht bei sich aufnehmen wolle, aber auf dieses Ansinnen war er nicht eingegangen.

Svanlaugur hatte Engilráð zwei Söhne gemacht, aber man sagte, ihr Leben in Nýja-Njarðvík sei nur trocken Brot. Der Mann von Suðurnes habe seine Schwester bei sich aufnehmen müssen, ein träges Trampeltier, und deren nichtsnutzigen Mann, einen versoffenen Strohkopf. Gestur sah seine Tochter Helga vor sich, wie dieses helle, siebenjährige Geschöpf in geistiger und feindseliger Dunkelheit verkümmerte. Die größte Sorge bereitete ihm aber die Möglichkeit, dass sich der Schwachkopf, den man auch Gefängnis-Fúsi nannte, an der Kleinen vergreifen könnte, denn tagsüber musste das Mädchen oft auf seine kleinen Brüder aufpassen und war dann mit dem Dreckskerl allein im Haus. Gestur musste versuchen, Kontakt zu seiner Tochter zu bekommen. Nur wie? Svanlaugur war kein Hindernis, aber er hatte immer noch Scheu vor Engilráð. Um Olgeir kümmerte er sich an Vaters Statt, und bald würde er Stiefvater des kleinen Jón werden, wie peinlich war es da, dass er nie wieder nach seiner eigenen Tochter gesehen hatte!

Der Mond stieg schnell am Himmel auf und machte den Abend zur Nacht. Es war sternklar, und weißes Pulver lag über das Meer gestreut, der Blas von Walen im Osten. Der Mond schien hell auf all die Nagelköpfe, die der Herr in das Gewölbe, wie die Isländer den blanken Nachthimmel nannten, geschlagen hatte, um es dort oben zu befestigen. Da über den östlichen Bergen stand Orion, um ihn herum weitere Sternbilder, deren Namen Gestur nicht kannte. Die Nacht schien ihr Bestes zu geben, um die Hochstimmung unseres Protagonisten wiederzugeben. Die Welt war schön. Schwarz, aber schön. Gestur dachte wieder an die Hände des Mechanikers, diese ölverschmierten schwarzen Hände des Mannes von Hnísey, den er am Morgen aus dem Niedergang hatte kommen sehen. Später war herausgekommen, dass die Dusseligkeit dieser beiden Männer die Verzögerung verursacht hatte. Gestur hingegen hatte diesen schwarzen Händen sein Glück zu verdanken, ohne sie hätte er Anna nicht noch einmal bei Tageslicht getroffen, ohne sie hätten sich ihre beiden Gesichter nie wieder berührt. Diese kräftigen Männerhände hatten mit ihrer pechschwarzen Ungeschicklichkeit das Schicksal wenden und zwei in entgegengesetzte Richtungen verlaufende Bahnen zusammenführen können.

Am Nordwesthimmel gleich voraus sah er eine Sternschnuppe, die mit langem Schweif erdwärts stürzte und verglühte, ebenso kurzlebig wie der Blas eines Wals über dem Meer. Im selben Moment sah er zwei Kometen, die mit wahnsinniger Geschwindigkeit aufeinander zuflogen. Aber kurz bevor sie zusammenprallten, griff die Liebe ein: Ihre Gravitationsfelder waren gleich stark, und anstatt zu explodieren, schlugen sie Umlaufbahnen umeinander ein, zwei Sterne, die in grellem Licht miteinander tanzten und Kreise in den Himmel schrieben, doch wegen ihrer Geschwindigkeit wurden die Bahnen verzerrt und bildeten ein Herz.

Die Liebe hatte aus unserem Helden einen romantischen Sterngucker gemacht.

Das Schiff fuhr an der Außenwand Islands entlang. Sie befanden sich jetzt auf Höhe der Berge zwischen Óðals- und Heiðinsfjörður. Ein Matrose, ein typisch isländisches Feixgesicht, kam angeschlendert, stellte sich neben Gestur ans Schanzkleid und betrachtete mit ihm die majestätische Küste, die vor ihnen im Mondlicht lag.

»Da wurde früher einmal gewohnt. Útdalir hieß der Hof. Der reine Irrsinn! Da hätte sich niemals jemand ansiedeln dürfen.«

Gestur blickte zu dem schmalen Felsband, das Grandvör ihr halbes

Leben lang gewärmt hatte, wie ein Buch in einem Regal. Er glaubte, so etwas wie die Ruine eines Schuppens zu erkennen. Man konnte das da drüben mit gutem Willen eine Talsenke nennen, aber eigentlich glich es mehr dem Fanneyrisattel über dem Ort zuhause. Senkrecht stieg die Felswand aus dem Meer und reichte so bis zum Hofplatz hinauf. Irrsinnshof war ein passender Name, das sah man sogar von hier.

»Da lebte einmal eine Frau mit einem Stall voller Kinder und Männern auf See. Als ihr einmal das Feuer ausging, ist sie zu Fuß da entlang, siehst du, um die Váboðar da ganz im Westen herum, und dann ist sie noch den ganzen Weg bis in den Heiðinsfjörður marschiert, um Feuer zu holen, dabei hatte sie ein Kind im Bauch, ein anderes am Hals, und drei warteten zuhause. Das war die größte Leistung eines Isländers, selbst Grettirs Schwimmtour mitgerechnet.«

Gestur tat so, als würde er die Geschichte zum ersten Mal hören, und stieß anerkennend die Luft aus. Er hatte keine Lust, dem Mann zu erklären, dass die Frau, die diese unglaubliche Leistung vollbracht hatte, bei ihm zuhause im Wohnzimmer schlief. Sie unterhielten sich noch ein Weilchen, dann verschwand der Matrose unter Deck. In der Messe wartete eine Flasche.

Gestur blieb zurück und betrachtete eingehend den Schauplatz von Grandvörs Leben. Die *Argo* war jetzt am östlichen Horn des Heiðinsfjörður. Die Brandung rollte ruhig gegen Felswand und Blindschären, seidenhell war das Mondlicht, das die Möwen ihm auf ihren Schultern entgegentrugen. Was für eine Geschichte, was für ein Schicksal! Die Frau verdiente eher ein Denkmal als einen Grabstein. Gestur versuchte sich ein solches Monument auf dem Friedhof in Segló vorzustellen, musste dabei aber an das gute Dreckbrett denken: Was sollten sie mit dem edlen Teil anfangen, wenn die alte Frau erst einmal unter der Erde war?

Noch einmal blickte er zu der Hofstelle auf dem Felssims hinüber, von dem ein Schneebesen eine ganze Familie gefegt hatte, und er sah, wie das Leben ein Stein auf Land war und im nächsten Augenblick schon ein Stein im Wasser. Der Unterschied zwischen einem Leben mit Liebe und einem ohne betrug mindestens zweihundert Höhenmeter. Ohne den Fehler seines Lebens auszubügeln, hätte er nicht weiterleben können. Und die Möglichkeit dazu verdankte er der Tölpelhaftigkeit zweier Männer von Hnísey. Ihn schauderte bei dem Gedanken, und er ging in die Messe.

Kapitel 18

Messeklatsch

Die Isländer waren ins Flaschenstadium eingetreten und tauschten Klatsch aus. In der Messe hielten sich keine Norweger auf. Entweder feierten die Vorgesetzten auf der Brücke, oder sie waren alle unten im Laderaum und trainierten für die nächste Keilerei. Gestur setzte sich etwas von den anderen entfernt allein an einen Tisch. Der Matrose von vorhin führte das Wort und die Flasche an seinen Mund, nahm schnell einen Schluck, bevor er fortfuhr:

»Das Einzige, was ich gehört habe, ist, dass er einer Frau aus dem Süden ein Kind gemacht haben soll, die dann verschwunden ist.«

»Nein, das ist eine schmutzige Lüge! Unser Pastor Árni säuft, und er säuft oft zu viel, aber dass er fremde Frauen besteigt, das habe ich nie gehört«, widersprach ein breitgesichtiger Langbart mit Stupsnase, der zu Þorsteins Männern gehörte.

»Ich wüsste sowieso lieber, was er mit dem ganzen Geld macht, das er von Norwegern und Isländern für Grundstücke, Fässer und was weiß ich noch einstreicht. Man darf sich da kaum bewegen, ohne dass der Pfarrer einem etwas abknöpft«, warf ein Mann mit schiefen Schultern und einer Schiebermütze auf dem Kopf ein.

»Das verschwindet alles im Haus und dessen Unterhaltung. Haben sie jetzt nicht schon drei Dienstmädchen?«, fragte der Matrose.

Die Konversation nahm ein abruptes Ende, denn Þorsteinn Þorsteinsson platzte mit einer großen Neuigkeit herein:

»Jetzt ist der Krieg über uns hereingebrochen, Jungs! Gestern haben die Deutschen vor der englischen Küste unseren Trawler *Skúli fógeti* versenkt. Vier Tote. Dreizehn Mann konnten gerettet werden. Das Schiff war auf dem Rückweg von einer Handelsfahrt. Sie haben es mir oben auf der Brücke gesagt.«

Er ließ sich am größten Tisch nieder, stopfte sich seine Pfeife und ließ die größte Aufregung vorübergehen. Die Männer regten sich sehr über die Deutschen und ihre Parteigänger in Island auf.

»Und so welche unterstützt ihr, Magnús!«

Nach nur einem Monat hatte der Krieg Island erreicht. Was sollte aus der *Argo* und anderen Frachtschiffen auf ihrer letzten Fahrt des Sommers nach Norwegen werden? Würde die Route blockiert werden? Das und vieles mehr diskutierten die Männer in Lärm und Qualm und verlangten die Flasche. Alle tranken aus einer gemeinsamen.

»Jetzt werden die Deutschen wohl mit Kriegsdrachen aufmarschieren«, sagte Þorsteinn.

»Was?«

»Jawohl, Kriegsdrachen. In Deutschland gibt es eine lange Tradition von Kriegsdrachen, angefangen mit Siegfried dem Drachentöter.«

Das konnten die Männer schwerlich glauben. Was für Drachen sollten das sein?

»Feuerspeiende Drachen, Panzerechsen! Sie haben keine Arme und Beine, keinen Schwanz und keine Flügel, weil sie auf Raupenketten kriechen. Darum heißen sie auch Kriechdrachen. Noch sind sie nicht auf den Schlachtfeldern eingetroffen, aber ich habe Gerüchte gehört, dass sie ihre neueste Waffe sein sollen.«

Der konnte gute Witze machen, dieser Þorsteinn.

»Und dann gibt es auch Flugdrachen! Ihr habt doch sicher schon von Flugmaschinen gehört. Die Flugdrachen aber werfen Bomben und Granaten auf den Feind ab. Die dritte neue Erfindung sind Waldrachen. Das sind Tauchschiffe, die unter Wasser in die Tiefe tauchen und Schiffe von unten mit Kanonenkugeln beschießen. So eine Kugel hat die *Skúli fógeti* getroffen. Ja, Kollegen, die Welt, wie wir sie kennen, wird sich verändern. Ihr könnt euch nicht mal ausmalen, was die als Nächstes aushecken.«

»Ja, es ist das Beste, sich aus diesem Scheiß rauszuhalten«, meinte der Langbärtige mit der Stupsnase.

»Aber können wir das überhaupt?«, fragte ein schmalnäsiger ehemaliger Bauer aus Bárðardalur, der bei Áki arbeitete. »Wenn sie jetzt anfangen, unsere Schiffe zu versenken?«

»Sie sagen, das täten sie nur aus reiner Notwendigkeit. Das sei der Krieg, der alle Kriege ein für alle Mal beenden würde, weil sie jetzt ganz andere Waffen hätten. Die Großmächte müssen ihre Grenzen neu ziehen und die übrigen Länder gerecht unter sich aufteilen«, erklärte Þorsteinn und zog an seiner Pfeife.

»Wir Isländer haben bislang von jedem Krieg profitiert«, versicherte der Bauer aus Bárðardalur. »Das englische Zeitalter war ein solcher Zugewinn. Die Napoleonkriege ein anderer. Erst da ist es bei uns hell geworden. Genauso könnte ich mir denken, dass uns dieser Krieg hier auf der nördlichen Erdhalbkugel eine Menge Geld einbringt. Die Preise für Hering werden noch weiter steigen. Es ist doch so, nur Völker ohne eigene Armee gewinnen in Kriegen.«

Bei alldem saß Gestur verträumt auf seiner Bank und erfreute sich an dem Schattenbild auf der Wand, dem schönsten Gesicht, das er in seinem Leben gesehen hatte. Als dann aber die Rede auf seinen guten Freund Ole Næss kam, sperrte er die Ohren auf.

»Ihr habt schon gehört, wie er das angestellt hat, oder?«, fragte Þorsteinn.

»Was denn?«

»Sich die schönste Frau nördlich der Hochheiden zu angeln, die Traumfrau aller Männer, und das er, dieser grobe Klotz. Eigentlich war das völlig undenkbar.«

»Moment, war das nicht bei einer Schlägerei?«, rief der Matrose dazwischen.

»Doch, doch«, antwortete Þorsteinn.

»Ich habe nie gesehen, dass sich der große Óli geprügelt hätte«, warf ein Mann dazwischen, der lang ausgestreckt auf einer Bank in einer anderen Ecke der Messe lag.

»Völlig richtig, er ist ein Mann des Friedens«, stimmte Þorsteinn zu. »Ein lieber Teddybär, sagen manche, einen zahmen Riesen nennen ihn andere. Aber einmal gab es draußen vor dem Pol eine wüste Schlägerei. Blutiger als sonst, und Ole gefiel das nicht. Er ging dazwischen, um für Ruhe zu sorgen. Und das hat er auch geschafft. Ein paarmal hat er ordentlich eine aufs Maul gekriegt und dann noch eine auf die Augenbraue, bevor er umgekippt ist. Da war es vorbei mit dem Kämpfen. Sie haben ihn in das Café im Keller getragen. Ich weiß gar nicht, wieso das noch geöffnet war, aber egal, da hat man ihn auf einen Tisch gelegt, das Gesicht voller Blut, und mindestens ein Zahn war abgebrochen. Sie trugen ihn also rein zu Díana und ließen ihn da bewusstlos auf ihrem größten Tisch liegen, den blutenden Teddybären.«

»Und die hatte noch nie einen Mann in der Waagerechten gesehen«, kommentierte der Mann auf der Bank. Einige lachten leise.

Þorsteinn erzählte weiter:

»Wie auch immer, sie kümmert sich jedenfalls um ihn, wischt ihm das Blut ab, verpflastert seine Wunden. Am Ende kommt er zu sich, erblickt einen Engel über sich gebeugt und fragt auf Norwegisch, wo er denn sei. ›Am Nordkap‹, antwortet sie, und er missversteht das und glaubt, er sei am Nordpol. Es heißt, er wäre in einer christlichen Gemeinde aufgewachsen, in der man glaubt, dass Gott da oben am Pol lebt. Also glaubt Ole, er sei tot und im Himmel, wo ihn dieser Engel in Empfang nimmt. Und sie findet das so komisch, dass sie dahinschmilzt ...«

»Man musste den Blödmann erst k. o. schlagen, um ihn unter eine Frau zu bringen«, krähte der Matrose.

»Genau. Und wie viele hatten vorher versucht, ihre Burg zu ersteigen? Sie wussten nicht, dass nur einer sie bekommen sollte, der flach lag«, tönte es aus der Ecke. Der Mann hatte sich auf die Ellbogen aufgerichtet, er hatte eine Glatze, verschmitzte Augen, eine kräftige Nase und einen graumelierten Bart.

»Richtig. Was hatte man ihr noch mal in der Jugend prophezeit?«, fragte Þorsteinn.

»Dass nur ein toter Mann sie bekommen soll …«, fing der Stupsnasige an, aber der Mann in der Ecke unterbrach ihn gleich:

»Nein, nein, nein, das war eine Strophe:

Ein toter Mann Díana kriegt.
Ein Traum zerbricht die Kette.
Nur der das Land des Lebens sieht,
den die Schöne hat errettet.

Die habe ich vor der Jahrhundertwende mal in Dulvíkurdalur gehört. Schon damals hat man viel von dem Mädel geredet, und viele schwärmten um sie herum.«

»Ich weiß von zweien, die sich ihretwegen umgebracht haben, und einer ist verrückt geworden, ging in die Berge, kam in Biskupstungur wieder zum Vorschein und lallte nur noch Dänisch«, sagte der schmalnäsige Ex-Bauer aus dem Bárðardalur.

»Die Traumfrau aus dem Dulvíkurdalur …«, schmachtete der Matrose.

»Mir scheint, die Strophe ist in allem aufgegangen«, sagte der Kahlkopf.

»Wie viel Glück ein einzelner Mensch aber auch haben kann«, polterte die Stupsnase. »Seitdem ist ihm doch alles zum Guten ausgeschlagen.«

Der Mann in der Ecke pflichtete ihm bei:

»Stimmt, dem kannst du das Grinsen nicht mehr aus dem Gesicht kratzen. Er war lediglich Vorarbeiter bei Södal und stieg mit einem Schlag zum stellvertretenden Werksleiter auf, eröffnete seine eigene Firma und wohnt jetzt in einem Haus an der Aðalgata. Und alles nur, weil er bei einer Prügelei k. o. geschlagen wurde.«

»Ach, er ist einfach sagenhaft nett, der Ole«, meinte Þorsteinn. »Jeder mag ihn.«

Das konnten die Männer bestätigen.

»Es gibt keinen besseren Menschen in Segló«, stellte der Schiefschultrige mit der Schiebermütze fest, der lange nichts mehr gesagt hatte.

»Man braucht sie doch nur zusammen zu sehen, die beiden. Sind doch wie Schneeweißchen und Rostigrot«, knurrte der Bauer aus Bárðardalur. Er hatte es eher nörgelig als witzig gemeint, aber die Männer in der Messe platzten vor Lachen. Draußen lag Mondlicht auf der stillen See, seidengrau auf schwarzem Samt.

Kapitel 19

Sonnenkönig des Segulfjörður?

Alle gingen reich in den Winter, die, die nach Hause fuhren, ebenso wie die, die blieben. Es war eine gute Sache, einen ganzen Krieg zu ernähren. Die ersten Befürchtungen hatten sich als unbegründet herausgestellt, der Krieg holte keine weiteren Schiffe, die mit Island zu tun hatten. Der vollständige Fangertrag des Sommers wurde nach Übersee verkauft. Gestur behielt seine Arbeit im Palast am jenseitigen Ufer, war den größten Teil des Winters mit dem Beenden gewisser Arbeiten und der Instandhaltung beschäftigt. Anna schrieb ihm und kündigte an, mit dem ersten Schiff zu kommen. Er nutzte die Zeit, um sich für das Getratsche zu wappnen. Die Leute würden sich mit Sicherheit das Maul zerreißen.

Nach dem Gottesdienst fing er in der Menge Baldvins Blick auf und las darin, dass der Krauskopf alles von seiner Wiederbegegnung mit Anna im Obergeschoss auf Hnísey wusste. Wagen Sie es nicht, sie in unseren schönen Ort zurückzuholen, schien der Blick zu sagen. Gestur ließ das an sich abprallen. Was bildete sich der Kerl eigentlich ein, wer er sei? Aber er fragte sich einmal mehr, woher diese Plaudertasche immer ihre Informationen bezog. Niemand, wirklich niemand hatte gesehen, wie er seine Liebste umarmt hatte. Bis auf das oberlippenbärtige Weib mit der schmutzigen Schürze.

In diesem Herbst stand Baldvin Eiðsson übrigens selbst absolut im Mittelpunkt der Gespräche im Ort. Nach sieben Jahren im Kontor des

Krónufélags hielt er seine Zeit für gekommen, kroch aus der Höhle und gründete zusammen mit seinem Freund Hans G. Guðmundsson die Zeitung *Áfram!* (»Vorwärts!«). Unterstützung bekamen sie von einigen Kaufleuten und Heringsgroßhändlern, die der Ansicht waren, da die Einwohnerzahl jetzt gegen tausend lief, brauche Segló sein eigenes Presseorgan. Die beiden hatten damit ihren Beruf gefunden und taten das, was sie am besten konnten: Klatschgeschichten verbreiten und Menschen mobben. Die letzte Seite des Blattes im Quartformat war Klatsch und Tratsch vorbehalten, die auf kunstvollste Weise unter der Rubrik »Humor« verkauft wurden. Gemeinheiten wurden darin in hochgestochene Formulierungen und vage gehaltene Reime verpackt. Die beiden Redakteure erkannten schnell ihre neue Machtstellung und nutzten sie hemmungslos aus, um Menschen aufzubauen oder niederzumachen oder sie gar aus dem Ort zu vertreiben.

Außerdem hatte Baldvin neuerdings eine Freundin, Ingveldur Eide, eine zur Hälfte norwegische Böttcherstochter, und stolzierte jetzt leicht herrschaftlich durch die Straßen, trug das Kinn auf komische Weise hoch, als wolle er Hannes Hafstein, den ersten Minister der autonomen Selbstverwaltung, imitieren, so wie man ihn ihm beschrieben hatte, denn natürlich hatte noch keiner den Mann persönlich aus der Nähe gesehen. Ingveldur hatte kaum eine eigene Meinung, ihr Gesicht sah blass und kompromissbereit aus, es hieß aber, im privaten Umgang sei sie nett und habe ein gewinnendes Lächeln. Ihre Beziehung war den meisten ein Rätsel, denn nach außen gab sich Baldvin grotesk und witzig, wurde aber verschlossen und butterweich, sobald Ingveldur erschien. Sie wohnten zusammen mit Baldvins Freund Hans in einer Dachgeschosswohnung in einem neuen, stattlichen Steinhaus in der Aðalgata, das nach dem Café im Erdgeschoss genannt wurde, dem Kino-Café.

Was Baldvin endgültig zum Gesprächsthema machte, war ein von ihm gegen Ende des Sommers veröffentlichter Artikel, der beispiellos populär wurde. »Sonnenkönig des Segulfjörður?« lautete die

Schlagzeile und zielte auf Séra Árni. Der Verfasser bezichtigte den Bürgermeisterpfarrer, sich wie ein Diktator zu verhalten, Gemeinde-ausschusssitzungen nur pro forma einzuberufen, alle wichtigen Entscheidungen aber allein zu treffen. Der Pfarrer kümmere sich wenig um öffentliches Haushaltsrecht, entnehme ohne Quittung Geld aus der Gemeindekasse und gehe mündliche Vereinbarungen ein, die er umgehend wieder vergesse. Dafür verwies Baldvin besonders auf die aktuelle Elektrifizierung, deren Kosten um einiges höher ausfallen würden als geplant und von der niemand wusste, wie viel dafür bereits gezahlt worden war.

»So lange schon herrscht der Sonnenkönig über uns, dass er nicht mehr zwischen sich und der Gemeinde unterscheidet, sondern sich aus deren Kasse bedient, als sei es seine eigene.«

Den Kern des Artikels bildete ein schwerer Korruptionsvorwurf: Séra Árni habe seinem Schwiegervater Birgir Thorgilsen eines der besten Grundstücke von Eyri kostenlos überlassen, denn es seien weder ein Mietvertrag noch Belege über Mietzahlungen zu finden gewesen.

»Vater unser auf der Anhöhe schätzt seinen Schwiegerpapa mit höheren Summen.«

Es war, als wäre eine Bombe vom Himmel gefallen. Zwei Jahrzehnte lang hatte Séra Árni als unangefochtener Führer in geistlichen und weltlichen Dingen den Ort regiert. Im Wachen und im Schlaf hatte er seine Gemeinde aus der Torfzeit in die Jetztzeit geleitet, Plätze und Grundstücke vermessen, den Ort von Grund auf geplant, Straßen gezeichnet und ihnen Namen gegeben, jede Menge Gelegenheitsgedichte verfasst und vertont, hundert Herren empfangen und einen Platz für sie gefunden, mit dazugehörigem Anstoßen, Menschen getauft, getraut und beerdigt und sich zusätzlich mit unermüdlichem Fleiß in Sitzungen der Sýslakommission und mit Schriftverkehr nach außerhalb für die Interessen des Fjords verwendet. Zweimal war er zu Treffen mit dem Bischof, Abgeordneten und einem Minister nach Reykjavík gereist. Diese ganzen Mühen hatte er auf seine Schultern genommen, weil es keine anderen Schultern gab, auf die sie hätten verteilt werden können, und er hatte dafür unendlich viel Respekt und die Bewunderung seiner Gemeindekinder und anderer erhalten. Ihm und Gemeindevorsteher Hafsteinn zu Ehren hatten die Norweger im Nordpol und auf ihren Schonern Bankette gegeben, und seit geraumer Zeit nannte man den Pfarrer den »Vater des Segulfjörður«. Und jetzt auf einmal wurden all die verdienstvollen Arbeiten sowie die Anerkennung, die er dafür bekommen hatte, in den Schmutz getreten – noch dazu von einem Schandmaul, dessen bisherige Verdienste allein darin bestanden, Zahlen zu notieren und die Buchhaltung des Krónufélags in Schönschrift in die Bücher zu übertragen, eines Unternehmens im Übrigen, von dem alle wussten, dass es permanent in Geldnöten steckte und die am schlechtesten geführte Heringsreederei des Landes war, die ihr Überleben allein früherer Bekanntheit und ungesunden Beziehungen zur Finanzwelt der Hauptstadt verdankte. Nach allem, was Séra Árni für Segulfjörður getan hatte, sollte er jetzt wegen eines einzigen beschissenen Vertrags, der nicht gleich bei der ersten Suche gefunden wurde, zu Fall gebracht werden? Was unterstand sich dieser Mann?

Die Bürger bezogen sogleich Stellung gegen den Artikel, die Zeitung und ihren Redakteur. Anfang September wollten einige Baldvin sogar den Zutritt zum Gottesdienst in der Kirche verweigern. Das gelang ihnen allerdings nicht, und der Schreiberling nahm mit seiner halb norwegischen Verlobten und seinem Kumpan Hans auf der vordersten Bankreihe Platz, was als keine geringere Provokation angesehen wurde als der Artikel selbst. Die Leute schienen die Hand des Pfarrers bei der Predigt zittern zu sehen. Es wirkte fast so, als wolle Baldvin das Ortsoberhaupt ermorden.

In der nächsten Ausgabe erschien Séra Árnis Erwiderung, in der er mit keinem Wort auf die Korruptionsvorwürfe und das Unterstellen diktatorischer Praktiken einging, aber lange, beleidigende Angriffe gegen die Person des Redakteurs richtete. Namentlich hob er dessen Herkunft aus der »armseligsten Kate von Eyri« hervor und leitete davon ab, dass Baldvin durch sein Aufwachsen in solcher Armut zu »Streitlust« erzogen worden sei, während seine Mutter und seine Schwestern stets die gleichen mageren Klappergestelle geblieben seien. »Wieso sollte man diesem Manne Beachtung schenken, der seiner eigenen Mutter und seinen Geschwistern die Haare vom Kopf frisst?«

Das Ende lautete folgendermaßen:

»Und jetzt setzt dieser Mensch, fett wie der Teufel, der sich auf dem Stallbalken mästet, obwohl niemand ihn jemals Essen zu sich nehmen sah und er sich vermutlich allein von übler Nachrede ernährt, den Menschen in unserem Ort vor, was er selbst auf die Seiten seines Pamphlets erbricht und was dem Unterzeichnenden zu Hohn und Schaden gereichen soll. In diesem Erbrochenen lässt er Halbverdautes aufglänzen: erlogene Vorwürfe, Halbwahrheiten und pure Unterstellungen, gepaart mit einer verwerflichen Undankbarkeit gegenüber dem Mann, der sich für seinen Wohnort krummgelegt und abgerackert und ihm viele schlaflose Nächte zum Opfer gebracht hat. Obendrein macht er sich anschließend ein Vergnügen daraus, seine Hurerei öffentlich vor dem heiligen Altar von uns Segulfjordern vorzuführen. Bisher galt immer noch die hochheilige Regel des Herrn, dass sich Paare zunächst durch den Geistlichen in den heiligen Stand der Ehe trauen lassen, bevor sie sich zum Gottesdienst bei ihm auf die Bank setzen. Aber nein, hier sollte provoziert werden, sollte die Sünde in ihrer ganzen Macht demonstriert werden!

Dazu sollte der Pamphletist wissen, dass hier ein Entweder-oder gilt. Sollte der Artikel die Ansichten der Bürger dieses Ortes wiedergeben, fällt dem Unterzeichnenden nichts leichter, als von allen seinen Posten in der Leitung des Ortes und der Landgemeinde zurückzutreten und sich zukünftig ausschließlich mit seinen dringenden Privatinteressen zu beschäftigen. Er braucht durchaus nicht sein ganzes Leben dem Wohlergehen des Ortes zu widmen.«

Séra Árni drohte mit Rücktritt. Gemeindevorsteher Hafsteinn eilte wie ein geölter Blitz nach Upphæðir und bat seinen Freund innigst, nichts zu überstürzen, keiner glaube den Anschuldigungen

Baldvins, alle stünden auf seiner, des Pfarrers, Seite. Vigdís hatte ihren Mann schon eine Stunde lang mit Fragen überhäuft. Warum um alles in der Welt hatte er sie seine Antwort nicht vorher lesen lassen? Glaubte er wirklich, sein Ansehen würde durch eine solche Brandrede wachsen?

»Du beleidigst ihn, indem du ihm vorhältst, in Armut aufgewachsen zu sein. Kommst du nicht selbst aus ähnlichen Verhältnissen? Als wäre das Leben für Metta nicht schwer genug gewesen. Oder für das Mädchen, deine Schwester. Und dass du, als Geistlicher ... Gütiger Himmel, Árni!«

So dachten die meisten im Ort. Es war ein Schock, zu sehen, wie tief ein ehrwürdiger Pfarrer in seiner Reaktion sinken konnte. War der geweihte und kunstverständige Schöngeist wirklich genauso widerwärtig wie dieses schmierige Fischschleimhirn hier unten? Wohnte dem Talar keine mäßigende Kraft inne?

»Und was soll's schon, wenn er mit einer Frau zusammenlebt? Das ist wohl kaum die schlimmste Sünde, die unser Fjord dieser Tage erlebt.«

Der Pastor duckte sich unter der Predigt seiner Frau und starrte regenäugig und erschüttert in den Septembertag. Die Reaktionen auf seinen Artikel, den er selbst für einen herrlich geschriebenen, kräftigen Tritt in den Arsch des Fettsacks hielt, fielen ganz anders aus, als er erwartet hatte, und sie trafen ihn sogar schlimmer als Baldvins Beitrag.

Séra Árni trat nicht zurück. Aber er versuchte, sich in den folgenden Wochen auf gute Taten zu konzentrieren, und zu tun gab es nach wir vor mehr als genug. Wie sehr ihn seine Familie, der Gemeindevorsteher und die treuen unter seinen Schafen auch wieder aufzurichten versuchten, Freude blieb aus seinen Augen verschwunden. »Sonnenkönig des Segulfjörður« – pfui! Seine innere Krise, in die ihn die vernichtende Rezension des Musikkritikers seinerzeit versetzt hatte, kam wieder in ihm hoch, und das alte Pilzgift mischte sich mit der frischen Ätzlauge auf eher unappetitliche Weise.

Kaum etwas trifft Ältere und Arrivierte härter als Giftspritzer vonseiten junger Aufsteiger, denn in ihnen meinen sie das berüchtigte »Urteil der Zeit« zu fühlen, einen jener mächtigen Ströme, die mit jeder neuen Generation einsetzen, mit den Generationen, die die vorangegangenen hinwegspülen. So verachtet jede Generation die vorherigen, denn sie hält sich selbst für besser (so ist die Selbsterhaltungsarroganz des Menschen beschaffen), und sie fürchtet die nachfolgende, weil sie weiß, dass die sie in den Orkus fegen wird. Die Abwehrreaktionen verstecken sich in ständig zunehmender Ablehnung alles Jungen und äußern sich in Meckern und Nörgeln: Die jungen Leute können nichts und haben von nichts eine Ahnung, ihnen fehlt alles, was es zum Leben braucht. Hinzu kommt Neid auf die neue Generation, die ihre Möglichkeiten aus dem bezieht, was die ältere mit Schweiß, Tränen und bloßen Händen aufgebaut hat. All das fällt dem jungen Gemüse ganz umsonst in den Schoß, und dann stellt es sich auf die alternden Schultern und macht die Besitzer dieser Schultern auch noch schlecht.

Séra Árni entsann sich einer Strophe, die Lási in Skriða zugeschrieben wurde:

> *Das junge Volk rückt näher,*
> *voll Arroganz und Anmaßung,*
> *verurteilt am härtesten die Schulter,*
> *auf der es sich verschafft Erleichterung.*

Nicht alle machten sich Sorgen über ihr Leben nach dem Tod, Séra Árni aber gehörte zu ihnen. Er war mit der Unsterblichkeit in Berührung gekommen, als er an seiner großen Ausgabe des musikalischen Erbes Islands arbeitete. Allen Kritiken zum Trotz glaubte er, sich einen Platz im Saal der Geschichte gesichert zu haben.

Seine Reaktion war daher aus der Befürchtung erwachsen, man würde ihn jetzt des edlen Saals verweisen. Ein kleines Versehen würde sein ganzes Lebenswerk überschatten. Dabei vergaß er, dass niemand unumstritten Unsterblichkeit erlangt. Keiner kommt aus dem Fluss, ohne dass andere versuchten, ihn wieder hineinzuzerren. Nur sehr wenigen gelingt es, sich und ihr Vermächtnis ans trockene Ufer zu retten, wo es die stehen sehen, die später vorbeischwimmen.

Der Pfarrer dachte an nichts anderes mehr als an Baldvin Eiðsson, Tag und Nacht. Wie ein Liebender seine Liebe nicht aus dem Kopf bekommt, wird der Hassende vom Objekt seines Hasses besessen.

Baldvin auf der Gegenseite dachte an alles andere als an den Pfarrer. Der Angreifer sieht hundert Ziele, wer sich verteidigt, nur die eine anfliegende Kugel.

Kapitel 20

Zimmerfrost

Gewöhnlich dauerte der Herbst im Segulfjörður nur kurz, etwa acht Tage, dann brach mit aller Macht der Winter an. Am ersten September waren mit einem Schlag die Berge weiß, und Mitte des Monats kam eisiger Nordwind mit hartem Frost auf und stellte als Erstes Eiríkshaus auf die Probe. Der liebe Herd in Málfríðurs Küche kam gegen die Kälte nicht an. Am dritten Tag drang sie bis zu der Greisin vor. Grandvör starb in der Nacht und wurde am Morgen erfroren in ihrem Bett gefunden.

Eine Frau, die achtundachtzig Jahre in den Grassodenhäusern des Nordlands gelebt und zwei todbringende Lawinen überlebt hatte und schwanger durch schultertiefes Wasser um die Váboð in den Heiðinsfjörður gewatet war, überlebte nur zehn Wochen in einem Holzhaus. Málfríður weinte und machte sich Vorwürfe: Sie hätten Grandvör in die wärmere Küche umbetten sollen. Gestur wurde den Anblick nicht los. Die Leiche sah aus, als wäre sie vollständig tiefgefroren. Lási versuchte, sie zu beruhigen, die Alte wäre ohnehin gestorben, ihre Zeit war abgelaufen. In den letzten Wochen sei sie auf dem Meer »vor Hades' Sammelbecken« umhergetrieben und nicht mehr von dieser Welt gewesen. Aus seinen Phrasen war eine gewisse Erleichterung herauszuhören, endlich war er seine überalterte Schwiegermutter los, die ihm immer leichten Verdruss bereitet hatte, denn jahrzehntelang war sie kaum mehr als ein zusätzlich zu fütterndes Maul im Haus gewesen und hatte ihm nie eine Freude bereitet; im Gegenteil hatte sie in ihrem Bett einen der größten Schätze der isländischen Literatur versteckt gehalten und mit ihrem Hinterteil auf einem Pergament gelegen, das, in Zeit wie in Geld gemessen, wertvoller war als die gesamte Heringsflotte der Segulfjorder, Bestände, Brücken und Behausungen eingerechnet.

Sie standen am Totenbett und hauchten Atemfahnen über der Leiche, denn auch wenn die Wärme aus der Küche bis in den Flur reichte, war das Wohnzimmer ein Eiskeller, gegen dessen Fenster das Schneetreiben prasselte. Das Wasser in der Tasse auf dem Nachttisch trug eine Eishaut.

Olgeir berührte die Verstorbene am Arm und zuckte zurück, als hätte er sich verbrannt. Vereist war Eislands Frau. Gestur schaute von der Leiche zu dem Bild über ihrem Bett und überlegte, wie die Kälte den Ölfarben bekommen mochte. Dann dachte er an Anna.

Kapitel 21

Sild im Sakko

Eiríkur Rein & Fein schien diesen Gedanken aufgeschnappt zu haben, denn er erschien am Nachmittag und holte das Bild ab. Er behauptete, er habe eine neue Wohnung in der Aðalgata. Er trug auch einen ganz neuen schwarzen Wollmantel und verschwand mit dem Gemälde im Schneegestöber. Er hatte kaum darauf reagiert, dass eine gerade erst verstorbene Frau im Wohnzimmer lag, lediglich die Neuigkeit mit einem Brummen quittiert und einen verächtlichen Blick auf die Leiche geworfen, wie jemand, der den Tod nicht erträgt.

Es hieß, er habe Kaufmann Toni mit üblen Drohungen zur Herausgabe seines Geldfasses gezwungen, unter anderem wollte er in der Lokalzeitung über dessen heimliche Seitensprünge schreiben. Toni war aber mit einer prächtigen Frau aus der Gegend am Mývatn bestens verheiratet und Vater von sechs Kindern, der Inbegriff ehelichen Glücks. Über den Sommer waren die Gebäude des Krónufélag immer voll junger Menschen, die Toni persönlich einstellte, und einige behaupteten, er suche sich seine Arbeiterinnen nach der Weichheit ihrer Kurven aus. Er war verrückt nach schmalen Taillen.

Das war so üblich bei den Kaufleuten. Von Kopp war es bekannt, und das Gleiche galt auch für andere reiche Männer im Ort. Hedin sagte man nach, sich ein paar Gespielinnen zu halten, und die Spottdrosseln sangen es von den Dächern, dass die Vetlesenbaracke im nördlichen Teil von Eyri, in der sechzig junge Frauen ihre Schlafplätze hatten, in Wahrheit Vetlesens »Harem« sei. Fast jede seiner Heringsarbeiterinnen hatte schon einmal »mit ihm zu tun« gehabt, und viele waren entlassen worden, weil sie ihm ihre Gunst verweigert hatten. Es hieß, er habe eine besondere Schwäche für die schnellsten Einsalzerinnen, und das minderte den Ertrag seiner Firma, denn viele Frauen arbeiteten absichtlich langsam, weil sie Angst hatten, sonst auf der Wunschliste des Eigentümers zu landen. Beide Eviger-Brüder waren alleinstehend, verfuhren aber mit ihren Kontakten zur Weiblichkeit so diskret, dass Gerüchte über etwaige sodomitische Neigungen aufkamen.

Eiríkur H. Beinteinsson hatte dagegen ständig eine an der Hand, wobei es sich immer um die Gleiche zu handeln schien: um die zwanzig, kindliches Gesicht, hilfloser Blick, aber mit einem Körper, bei dem man etwas in der Hand hatte, und in der Regel über sich selbst staunend, in den Klauen dieses seltsamen Vogels gelandet zu sein. »Du gehst mit einem Buch ins Bett, ich mit einem Bauch«, war einer seiner Sprüche.

Herr Bláfeld war also nach einer kurzen Strandung in Strönd wieder auf die Beine gekommen und baute seinen weiteren Weg auf ein Fass voller Münzen. Jeden Tag begann er damit, sich eine Handvoll aus dem Fass zu holen, und lebte damit auf großem Fuß. Sein Mittagessen nahm er zusammen mit zwanzig anderen Kostgängern bei Halldóra im Madamenhaus ein, ein teures Abendessen samt dazugehörigem Wein und anderen Luxusdingen aber im Nordpol oder im Kino-Café. Wenn der Cognac kam, hob er regelmäßig die Stimme und verkündete allen, er stehe kurz vor der Abreise, denn es sei hinderlich, dass es im Ort keine Bank gäbe. Er müsse nur noch warten, bis sein Fass ein wenig leichter wäre. Allein traue er sich mit dem Ungetüm nicht auf ein Schiff, und hier wolle er es niemandem anvertrauen, um für ihn darauf aufzupassen. Deswegen bleibe er noch für kurze Zeit, in der er so viel Geld wie möglich unter die Leute bringen wolle. Das waren wirklich gravierende Geldprobleme: voller Annehmlichkeiten.

Zweimal bekam er Gestur und Skapti zu fassen und nötigte sie, sich im neuen Kaffeehaus, das samstags erlesene Frikadellen servierte, an seinen Tisch zu setzen. Beim zweiten Mal saßen außer ihnen und Eiríkurs namenloser Geliebter zwei übelriechende Obdachlose mit am Tisch, und Eiríkur forderte sie auf, zuzugreifen und so viel zu essen und zu trinken, wie sie konnten, denn er müsse nun wirklich bald endlich in die Stadt. Andererseits machte er sich andauernd Sorgen um seinen Schatz, der bei ihm zuhause stand, während er all diese Ausgaben tätigen musste. Schließlich kaufte er von einem norwegischen Schiff einen aus England stammenden Hund mit Namen George V., damit er sein Gold bewachte. Er nannte ihn seinen »Schäfer- und Schatzhund«.

Eiríkur verhielt sich so nett gegenüber Gestur und seinem Freund Skapti, den er durchgehend Skúli nannte, dass Gestur fast Gewissensbisse bekommen hätte, ihm das Haus »weggenommen« zu haben. Das hatte dieser Finanzgaukler drauf, sich sogar da, wo er massenhaft geschwindelt und betrogen hatte, in die Opferrolle zu bugsieren. Er war einer der seltenen Menschen, denen es gleichermaßen Spaß machte, andere zu belügen und zu betrügen und sie auf Händen zu tragen. Er war wie ein Hering, in jeder Hinsicht unberechenbar, ein Sild im Sakko.

»Los, Leute, trinkt noch was! Heute ist die Gelegenheit, wer weiß, was morgen ist. Fräulein, noch eine Runde!«

Dann gab er sich geradezu schleimig vertraulich gegenüber Gestur und ließ durchblicken, dass die Zustände im Madamenhaus schrecklich seien, den Frauen dort gehe es schlecht. Halldóra, diese prachtvolle Göttin des Hauses, altere zusehends, und Súsanna, die Heringskönigin, habe seit zwei Wochen das Bett nicht mehr verlassen.

»Wir Männer merken das nicht, wir sitzen nur zum Essen da, aber irgendeine Teufelei ist da im Gange. Hol mich der Leibhaftige! Sie beklagen sich nicht, aber man sieht, wie ihnen das Haus zusetzt. Von dem Gelichter im Keller gar nicht zu reden. Da hinunterzugehen, ist in etwa so, wie in Vetlesens Heringstrog zu steigen. Sie haben jetzt einen norwegischen Teufelsaustreiber, nein, Verzeihung, wie heißt das? Einen Propheten oder Seher ... jedenfalls so einen Jenseitsscharlatan, und der behauptet, das Haus sei von etwas befallen, das er Seelenheimsuchung nennt. In Häusern, in denen viele gestorben sind, soll das häufiger vorkommen. Soweit ich weiß, ist in dem Haus außer der alten Dame, nach der es benannt ist, aber überhaupt niemand gestorben. Und die soll eine sehr friedliche Frau gewesen sein, sagen sie. Es ist also alles sehr verwunderlich.

Vielleicht haben Sie für mich ein Auge auf die Frauen. Ich habe ihnen meine Wohnung angeboten, sobald ich abgereist bin. Ich kann gar nicht mit ansehen, wie die Heringskönigin ... na ja, sie ist wie eine Wachskerze geworden, und Halldóra, dieser Prachtleib, verdorrt immer mehr.

Ja, ich mache mich bald auf den Weg, nur mein Goldener Topf hält mich noch hier fest. Aber sagen Sie, als ich neulich mein Bild abgeholt habe, sah ich, dass die alte Frau bei Ihnen gestorben war. Gestatten Sie mir, die Beerdigung, den Sarg und auch den Leichenschmaus zu bezahlen. Ich muss noch Geld loswerden. Sie müssen übrigens den Ofen mehr heizen, mein Freund. Sie wissen hoffentlich, dass Kunst keinen Frost verträgt.«

In dem Moment sah Eiríkur im Fenster ein Gesicht. Es war Baldvin, der in Begleitung von Hans und Ingveldur durch die herbstliche Dämmerung von der Redaktion zur Wohnung über dem Kaffeehaus ging.

Es war das erste aus Beton gegossene Haus am Ort, aus jenem neuen Wundermaterial, mit dem man in Ortschaften Berge bauen konnte. Das Haus besaß zwei Stockwerke plus Dachgeschoss. Die Räume hatten hohe Decken und riesige Fenster, die Schmalseiten des Hauses wiesen dagegen überhaupt keine Fenster auf, sondern sogenannte Brandmauern. Der Gedanke dahinter war, dass entlang der Aðalgata einmal eine geschlossene Bebauung aus Betonhäusern stehen sollte, und das Kino-Café war das erste in dieser Reihe. Der Bauherr Friðþófur Hansen wollte im Hinterhof ein großes Kino errichten lassen, daher kam der Name. Der Eingang über der Freitreppe war etwas zurückversetzt und hatte drei Türen, eine davon führte ins Café und hatte eine große Glasscheibe eingesetzt, die erste Glastür nördlich der Hochheiden.

Der Finanzjongleur winkte dem Redakteur, der zurücknickte und kurz darauf das Café betrat, während Hans und Ingveldur an der offenen Glastür warteten. »Guten Abend!« Baldwin kam an den Tisch, musterte die kleine Gesellschaft, wandte sich aber nur an den Gastgeber.

»Was sehe ich hier? Eiríkur und das gemeine Volk, oder Christus speist die fünftausend?«

»Ha, ha, schön, Sie zu sehen, Freund! Der ganze Ort spricht ja von nichts anderem als Ihnen und Pfarrer Árni.«

»Ja, ganz schön viel Aufhebens. Als wäre er Franz Ferdinand und ich Gavrilo Princip«, gab der Zeitungsmensch mit froher Genugtuung zurück und sah sich rasch um. Bis auf einen tonnenförmigen Norweger mit seiner Frau in isländischer Tracht am Fenster waren weiter keine Tische besetzt. »Ich habe selbstverständlich den größten Respekt vor dem Mann, er ist in jeder Hinsicht einzigartig. Aber Unterschlagung von Geldern darf nicht toleriert werden. Aber sagen Sie, was ist denn mit dem Beitrag über unseren guten Kaufmann, den Sie mir versprochen haben?«

»Der liebe Toni war so freundlich, mir dafür mehr zu zahlen, als Sie jemals honorieren könnten.«

Dröhnendes Gelächter auf beiden Seiten. Ingveldur verabschiedete sich und ging zur mittleren Haustür, hinter der die Treppe in die oberen Stockwerke hinaufführte. Hans betrat dagegen das Café und zog die Handschuhe aus. Baldwin fasste jetzt Gestur ins Auge, der leicht belämmert vor seinem fast leeren Cognacschwenker saß.

»Und wen sehe ich da? Ist das nicht unser verliebtes Vögelchen von Hnísey?«

Baldwin trat einen Schritt näher und beugte sich zu Gestur hinab. Die Locken fielen ihm in die Stirn, als er ausspie: »Sie wissen aber schon, dass sie die Tochter der einzigen Frau in Island ist, die ihren eigenen Mann aufgefressen hat. Sie hat Kannibalismus am eigenen Ehemann begangen! Und dann wissen Sie vermutlich auch, was die Tochter heimlich unter ihrem Gürtel trägt?« Der Redakteur richtete sich auf und strich sich mit den Händen über den vorgewölbten Bauch. »Bæjarkot! Ha, ha, ha!«

Gestur stutzte, fiel zurück in sein altes Denken und vergaß sein neues Glück, fand dann aber schnell seinen klaren Kopf wieder. Doch wie konnten die größte Schönheit und das Allerhässlichste in einer einzigen Frau zusammenkommen?

»Was reden Sie da von Kannibalismus?«, fragte Eiríkur verdattert.

»Der junge Mann möchte eine Verbindung mit Kannibalen eingehen«, antwortete Baldvin.

Gestur wollte schon etwas von der Art »Sie glauben alles zu wissen, aber Sie wissen längst nicht alles« erwidern, dachte dann aber daran, dass der Mann Redakteur der *Áfram* war, sah den Klatschartikel schon vor sich und biss sich lieber auf die Zunge.

Skapti sah ihn an, erkannte die Angst in Gesturs Augen und sprang ihm bei wie ein Anwalt seinem Klienten:

»Sagen Sie, neulich habe ich übrigens Ihre Ingveldur im Leibschwägerregister nachgeschlagen.«

Das kam aus heiterem Himmel und traf den Redakteur völlig unvorbereitet. Er riss die Augen auf.

»Leibschwägerregister? Was für ein Leibschwägerregister?«

»Nun, das Leibschwägerregister für den Norden Islands, das der Hólar-Verlag letztes Jahr herausgab. Es umfasst die Jahre 1903 bis 1913.«

Das musste man Skapti lassen, er zwinkerte nicht einmal mit den Augenlidern, erlaubte sich kein Grinsen.

»Was für eine Veröffentlichung soll das sein? Ich habe nie von ihr gehört«, erwiderte Baldvin barsch.

»Das ist seltsam, denn Sie kommen reichlich darin vor, allerdings wird nicht erwähnt, ob Kinder Ihnen ihre Existenz verdanken.«

Dem Redakteur verschlug es die Sprache. Skapti hatte ihm das

Maul gestopft, und das hatte vor ihm noch niemand fertiggebracht. Vom Lokalblatt hatten die beiden Freunde jetzt nichts Gutes zu erwarten.

»Ha, ausgemachter Unsinn!«, stieß Baldvin hervor, stampfte, begleitet von seinem bebrillten Freund, aus dem Café und hinauf zu seiner Wohnung.

Gestur und Skapti platzten vor Lachen, Eiríkur stand der Mund offen. Die beiden Streuner hatten überhaupt nichts kapiert und guckten ihre leeren Gläser an wie erwartungsvolle Hunde eine Festtafel. Um sicherzugehen, erkundigte sich Eiríkur, ob es diese Publikation wirklich gebe, und aus seinen Worten war leise die Hoffnung herauszuhören, dass sein Eintrag darin den meisten Platz einnähme. Skapti zog ein Gesicht, weil er erklären musste, dass es sich lediglich um einen beliebten Scherz in seiner Clique handele. Eiríkur grinste verlegen (ebenfalls ein seltener Anblick) und setzte dann zu einer längeren Betrachtung Baldvin Eiðssons an, die mit dem Resümee endete:

»Er ist blitzgescheit und ein guter Imitator, aber Gott bewahre uns davor, dass er in irgendeine Machtposition kommt.«

Kapitel 22

Wiederbegegnung unter dem Dachfirst

Anna kam eine Woche später bei schlechtem Wetter und hielt ein zierliches Kerlchen an die Brust gedrückt. Jón Jónsson junior blinzelte in den Regen, und Gesturs erster Gedanke war, dass der Kleine blind sei. Doch so war es nicht, oder höchstens in dem Sinn, dass der Kleine sah, was kein anderer sehen konnte. Die Mutter hatte einen Platz an Bord eines alten Seglers im Besitz von Áki Pétursson bekommen, den er von Fagureyri nach Segló geschickt hatte, um seine letzten Saisonarbeiter abzuholen. Anna war blass und völlig erledigt, sie hatte sich die Seele aus dem Leib gekotzt und war aus Sorge, der Kleine könnte in den heftigsten Sturmböen oder Brechanfällen über Bord fallen, mit den Nerven am Ende. Ein paar gelbliche Reste von Erbrochenem klebten noch in seinen dunklen Haaren.

Gestur war froh wie nie. Sie war seine Frau!

Mit ein wenig Herzklopfen führte er sie durch den Ort, besonders als sie am Norwegerhaus vorbeikamen, denn in dessen oberer Etage befanden sich die Redaktionsräume der *Áfram*. Vor einem der Fenster standen Menschen, drehten ihnen aber zum Glück die Rücken zu. Baldvin ließ immer Meldungen mit Neuigkeiten aus dem Großen Krieg von innen an die Fenster anschlagen, Informationen über Kämpfe, Verluste und Einschätzungen führender Militärs gab es zweimal täglich. Die Menschen waren damals schon ebenso hungrig auf Nachrichten wie heute, und es herrschte immer Betrieb vor dem Norwegerhaus.

»Offensive der Deutschen an der Marne gestoppt.«

Eiríkur hatte der Redaktion empfohlen, die Meldungen in den Innenräumen auszuhängen und dafür Eintritt zu kassieren, aber Baldvin war einer, der immer im Zentrum der Aufmerksamkeit stehen wollte, die Beachtung der Menschen war ihm wichtiger als ihr Geld, und er fürchtete, dass weniger kämen, wenn sie Eintritt zahlen müssten. Man brauchte nur auf seine Mundwinkel zu achten, wenn er oben aus dem Fenster schaute, um zu sehen, wie er es genoss, wenn die Leute die Zeilen aufsaugten, die er geschrieben hatte.

Gestur führte seine Frau in die Skautagata, und sein Stolz wuchs, als er ihr sein Haus öffnete, das hölzerne Schloss. Drinnen stellte er sie der Köchin und dem einäugigen Jungen vor. Lási lag wie üblich oben und las ein Buch. Málfríður verbarg ihren forschenden Blick nicht und maß Anna von Kopf bis Fuß wie ein Bauer einen von weit her herbeigeschafften Zuchtbock. Es fehlte bloß, dass sie Becken und Euter befühlt hätte.

»Warum hat es so komische Augen?«, fragte Olgeir und meinte das Kind auf Annas Arm.

»Die hat er von seinem verstorbenen Vater, der hatte auch solche dunklen, funkelnden Augen«, erklärte Anna und lachte.

»Aus welcher Familie stammt er?«, erkundigte sich Lási bei erster Gelegenheit, und Gestur wurde blass. Hatte Lási schon von der Herkunft der Mutter gehört?

»Er kommt aus der großen Jónssippe. Sein Vater, sein Großvater und sein Urgroßvater hießen alle Jón und waren Jónssöhne. Sie wohnten auf Klif im Óðalsfjörður. Selbst seine Großmütter hießen Jónfríður und Jónína.«

»Ach, dann stammt er von Post-Jón ab, der muss sein Urgroßvater gewesen sein. Ich habe ihn gut gekannt. Alles zähe, ausdauernde Leute. Er flitzte hier durch alle Fjorde wie ein Fuchs. Leichtfüßig und leichtsinnig. Aber der Winzling hier ist ja furchtbar klein und zerbrechlich.«

So wurde man in Island in eine Familie aufgenommen: Man zeigte die Abstammungsurkunde von einem würdigen Stammvater vor. Nach der Familie der Mutter fragte Lási dagegen nicht, und Gestur dankte Gott für das Patriarchat und den Glauben an die direkte männliche Linie.

Im Wohnzimmer stand noch der Sarg auf dem Boden, wo Lási ihn gezimmert hatte, und die alte Frau war darin aufgebahrt, eine verrunzelte Eisblume auf einem Kissen. Anna wurde ein wenig anders, als sie die vereiste Totenmaske sah. Das Wohnzimmer war noch immer eiskalt, eine erstklassige Leichenhalle. Gestur erklärte mit roten Wangen, Grandvör werde in ein paar Tagen beigesetzt und bis dahin würde es etwas beengt sein im Haus, aber Olgeir würde bei Málfríður in der Küche schlafen. Lási wollte ein Kinderbett für sie bauen, er war nur wegen der Sargtischlerei noch nicht dazu gekommen. Anna nahm alles offen und positiv auf. Sie hätte in Fagureyri in einem Torfhaus gewohnt, meinte sie, und würde Holzhäuser nur aus der Heringssaison kennen. Wie für Gestur und seine Familie würde es auch für sie der erste Winter in der Holzwelt werden.

Der Glückspilz ließ in den ersten Nächten unter dem Dach die Petroleumlampe brennen, das erwärmte die Luft ein wenig, der Fußboden über der Leichenhalle aber blieb eiskalt. Im Übrigen sorgte die Liebe für Wärme.

Sie überstürzten aber nichts, pusteten eher vorsichtig in die Glut. Obwohl sie schon unzählige Male miteinander geschlafen hatten, stellten sie jetzt keine derartigen gymnastischen Übungen an, sondern schliefen in getrennten Betten wie ein altes Ehepaar, vielleicht wegen der Leiche unter ihnen, vielleicht auch, weil das Haus so hellhörig war, oder wegen des kleinen Nonni.

Ihre Umarmungen waren innig und bedeutungsvoll, Lichtjahre von Lust und Leidenschaft entfernt. Gestur kamen sie fast heilig vor, wie kurze Abschnitte einer langen Zeremonie, durch die sie nach und nach miteinander verheiratet wurden. Er drückte seine Wange an ihre glühend heiße und wartete geduldig, bis sie sich küssten, intensiv, nicht eifrig oder wild, sondern solide und verantwortungsvoll, überraschend reif. Ihr Duft, den sie besonders hinter ihrem rechten Ohr aufzubewahren schien, war ein ganz wenig rauchig, noch viel schöner als Mallas Rauchfleischgeruch. Gestur sah ein ausländisches Edelholz vor sich, leicht salzig vom Treiben im Meer, in einem offenen Trockenschuppen in geruchloser Seeluft brennend. Anna war Treibholz, Edelholz, das an seinem Strand angetrieben war, und dabei stammte sie sozusagen vom nächsten Wiesenhöcker. Er würde für sie sorgen, sie besser kennenlernen und sie lieben mit Haut und Haar. Was für ein Leben, eine solche Gefährtin gefunden zu haben! Er würde sein Lebensglück nie wieder fortwerfen. Sie sollte nie wieder über seine Worte weinen. Er wollte ihr nie wieder nachsehen!

Was die Liebe anging, waren sie beide schon einmal gestorben und erlebten jetzt ein Weiterleben, das nichts glich, was sie von früher kannten. Jede Kleinigkeit war ein Diamant, das kleinste Licht eine Elfenwelt. Sie betrachteten jeweils die Hände des anderen bei den alltäglichsten Verrichtungen wie verzaubert, als wären sie weltberühmte Pianistenhände, die ein wundervolles Werk aufführten und nicht simpelste Hausarbeit erledigten. Sie erwartete ihn jeden Abend, in der Küche, auf der Schwelle oder im Bett, und sie küssten sich fünf Minuten lang. Unter dem Dach in der Südwestecke regten sich kleine Atemzüge. Er dachte den ganzen Tag an sie, an ihre Wangen, ihre Lippen, ihre Augen und ihre Blicke, daran, was sie gesagt hatte, wie sie lächelte; ihm war eine ganze Welt von Bewegungen, Haarsträhnchen, Lachen und Gedanken zuteilgeworden. Gestur sah das Leben jetzt in einem völlig anderen Licht. Sicher konnte es hart und schwierig und eisekalt sein, und dennoch war es in seinem innersten Kern ganz unabhängig von allen Umständen voller Magie.

Sie erlebten Tage, wie sie Eilífur und Guðný im Stundarkot gehabt hatten, nur einen Steinwurf von Steinunn und Einar in Bæjarkot entfernt. Das Einzige, was einen Schatten auf ihr Glück warf, waren die Befürchtungen Olgeirs: Er hörte die Kinder im Ort begeistert von der Tochter der Menschenfresserin reden und bekam Angst, sie könne sie alle auffressen, samt Hund, Katze und Haus.

»Vielleicht sollten wir am Dienstag heiraten«, meinte Gestur irgendwann unvermittelt. Er lag unter dem Dach und seiner Decke, in der Mitternacht draußen brauste der Polarwind.

»Am kommenden Dienstag?«

»Ja, wenn die alte Grandvör beigesetzt wird.«

»Beerdigung und Hochzeit in einem? Ist das überhaupt gesetzlich zulässig?«, lachte Anna mit ihrer schönen hellen Stimme, von der er nie genug bekam.

»Nein, sicher nicht. Ich sage das nur so. Willst du mich heiraten?«

»Ja.«

Er drehte sich vom Rücken auf die Seite und sah zu ihr rüber. Sie tat das Gleiche. Er streckte die Hand aus, sie die Ihre, sie flochten ihre Finger ineinander und segelten so gemeinsam in die Nacht, zwei frisch verlobte Schiffe.

Kapitel 23

Anna Margrét Einarsdóttir

Die alte Grandvör wurde an einem grauen Dienstag beerdigt. Es war eine Beisetzung mit wenigen Trauergästen, obwohl Gestur sich noch weniger gewünscht hätte. Etwa zehn Personen wärmten die Kirchenbänke, neben dem Pfarrer, seinem Gehilfen und den beiden noch lebenden Propheten aus Gamlibær, die kamen, um ihre Altersgenossin zu verabschieden. Während des Gottesdienstes erschien Eiríkur HB und setzte sich auf die hinterste Bank. Magnús Mannlos war nur noch zwei Zähne davon entfernt, zu Magnús Zahnlos zu werden. Er war deutlich gealtert und hässlich geworden, sah aus wie ein roter Ziegelstein mit schneeweißen Haaren. Er hatte es geschafft, sein mieses Innenleben vor allen verborgen zu halten, außer vor seinem Körper und seiner Haushälterin Steinhetta. Die hatte ihn eines dunklen Morgens verlassen, und niemand wusste, ob sie nach Norwegen gefahren oder ins Wasser gegangen war. (Ein weiteres ungeklärtes Verschwinden einer Frau in der Gegend.) Magnús blieb also allein, all seine Schuld in seinem Schweigen und seinem Inneren eingeschlossen, wo sie nichts anderes tat, als an ihm zu nagen und sein Äußeres von innen her zu entstellen. Gewalttätern und Vergewaltigern aller Länder ist es gemeinsam, nur zwei Wege des Alterns zu kennen, entweder sie werden feine feiste Familienväter oder, haben sie nicht die Chance, ihre Sünden an Nachwuchs und andere Angehörige zu vererben, enden sie einsam und hässlich.

So wie die Dinge im Ort lagen, und auch wegen seines eigenen Verhaltens bei seinem ersten Versuch einer Trauung, hatte Gestur starke Bedenken, ob sich Séra Árni bereitfinden würde, die Zeremonie vorzunehmen. Sicherheitshalber hatte er den norwegischen Seemannspastor aufgesucht, der inzwischen auch im Winter in Segulfjörður sein Amt verrichtete, weil dort ein Seemannsheim gebaut werden sollte, in dem Fischer aus dem norwegischen Vestlandet bei Krankheit ein Bett beziehen und ihr ausgeprägtes Gottesdienstbedürfnis stillen konnten. Doch als es so weit war, übernahm Séra Árni die Angelegenheit gern und erschien mit einer eigenen Flasche zum Leichenschmaus, den Eiríkur im Café Nordkap der schönen Díana im Keller des Nordpol ausrichtete. Nachdem die Tote ausgesegnet und der Psalm mit der Blume gesungen war, hielt der Pfarrer kurz inne und bat Gestur und Anna mit einem freundlichen Wink zu sich nach vorn.

Nach dem Kübel von Beschimpfungen, den Árni in seinem berüchtigten Artikel über Baldvin und Ingveldur ausgegossen hatte, hatten sie es nicht gewagt, auf derselben Bank Platz zu nehmen. Leise eilten sie zum Altar und stellten sich vor den schnurrbärtigen Talarträger. Gestur trug den guten schottischen Anzug, der schon dreimal zu einer Trauung getragen worden, aber erst zweimal verheiratet war, die Braut ein säuberliches graues Armeleutekleid aus einem seidenähnlichen Stoff, das nicht bis zum Boden reichte und dadurch die glänzenden Brautschuhe sehen ließ, die Annas kostbarster Besitz waren, feine dänische Lederschuhe mit Riemchen und solidem Absatz. Kleid und Schuhe hatte sie während des Beerdigungsgottesdienstes unter einem weiten schwarzen Mantel verborgen. Als sie ihn nach dessen Ende ablegte, hatten die Frauen aufgeseufzt.

Séra Árni ging umstandslos zur Trauungszeremonie über, stellte dem Pärchen schnell und undeutlich seine Fragen, murmelte sie nahezu in seinen Bart, sodass die Kirchenbesucher nicht verstehen konnten, was überhaupt vor sich ging. Diese Zeremonie war ausschließlich für die Brautleute gedacht. Sogleich im Anschluss an

Grandvörs Aussegnung hatte auch niemand damit gerechnet. Was Gestur als Scherz gemeint und überraschend um Mitternacht mit seinem Antrag von Bett zu Bett geendet hatte, hatte sich bei näherer Überlegung als die beste Lösung herausgestellt. Die Trauung sollte im Schatten und im Schutz eines Todes stattfinden, sodass nur die wenigsten etwas davon mitbekamen.

Séra Árni hatte Gestur mit seiner Bereitschaft sehr überrascht, seine absonderliche Idee zu akzeptieren, eine ganz einfache Trauung der Beerdigung anzuschließen. Das einzige Problem bildete das Aufgebot. Laut Bestimmungen der Kirche sollte die Hochzeit eines Paares mindestens drei Wochen vor der Trauung bei einem Gottesdienst bekanntgegeben werden.

»Drei Wochen, drei Tage … wir werden eine Lösung dafür finden. Ich werde das Aufgebot beim morgigen Sonntagsgottesdienst so verkünden, dass es niemand hört«, hatte der Pfarrer gesagt und Gestur zugezwinkert. War der Mann betrunken? »Du hast bei uns Segulfjörðurpfarrern noch etwas gut.« Noch ein Zwinkern.

Dachte Séra Árni denn nicht mehr daran, dass er mit einem Mann sprach, der schon einmal aus der eigenen Trauung davongelaufen war? Erinnerte er sich nur noch an die Geschichte, wie unpassend sich Séra Jón bei der Beerdigung von Gesturs Mutter und Schwester aufgeführt hatte? Hatte Eiríkur die Sache hinter den Kulissen gedeichselt?

Málfríður saß mit Olgeir auf der ersten Bank und machte kein völlig überraschtes Gesicht, verwandelte ihre Trauerzähren sogar rasch in Freudentränen und sperrte die Ohren auf. Es war aber einfach nicht zu verstehen, was der Pastor sagte. Vielleicht wollte er auch nur so schnell wie möglich zu den Hochzeitsgelübden kommen, bevor der Bräutigam wieder durchbrannte. Gestur war es vor allem wichtig, dass die zuständige Instanz den Namen der Braut »korrekt« nannte, und das klappte:

»Und so frage ich dich, Anna Margrét Einarsdóttir, bist du mit Gott im Himmel und deinem eigenen Herzen, danach auch mit Angehörigen und Freunden zu Rate gegangen und entschlossen, den jungen Mann, der hier an deiner Seite steht, zu ehelichen?«

»Ja.«

Sie konnten sich kaum beherrschen. Gerade einmal fünf Tage war sie hier, und schon war alles in trockenen Tüchern und erledigt! Sie dämpften aber ihre Begeisterung und schritten nicht durch den Mittelgang, denn dazu war keine Zeit, erst musste noch der Sarg zu Grabe getragen werden. Sie grinsten bloß wie zwei Honigkuchenpferde in den Kirchenraum. Skapti und Svenni zwinkerten ihrem Freund zu. Gestur stellte sein Leben wieder auf null, jetzt konnte es endlich anfangen. Ein neunhundert Seiten langes Vorwort war zu Ende.

Málfríður packte einen etwas schlichten, aber hübschen Blumenstrauß aus, den sie in einen alten Schal gewickelt und auf dem Weg zur Kirche in einem Beutel versteckt hatte: Butterblumen und Kamille, Schafgarbe und Vergissmeinnicht, mit Strandhafer und ein paar anderen Halmen dazwischengesteckt, die schwachbestückte Flora Islands. Sie schickte Olgeir damit zum Altar und dem glühenden Paar, und er kam mit roten Ohren zurück. Gestur und Anna lächelten schüchtern, steckten dann die Nasen in den Strauß und spürten die Hitze ihrer Herzen in ihre Wangen steigen.

Dann löste sich der Bräutigam von seiner Braut und trat an den Sarg. Er war so selig, dass er kein Problem darin sah, mit einem Sarg in der Hand aus der eigenen Hochzeit zu kommen. Im Gegenteil war ihm die alte Grandvör nie so lieb gewesen wie jetzt, als sie ihre Leiche zur Neunzehntesjahrhundertecke des Friedhofs trugen, denn aus einer unglaublichen Laune des Schicksals heraus tauchte auf der am Friedhof vorbeiführenden Aðalgata justament mit Kopftuch und dickem Rock die Mutter seiner Tochter, Engilráð, auf und sah ihn wieder mit bösem Gesicht an. Da war es gut, einen Sarg in der Hand zu halten.

Kapitel 24

Hochzeitsleichenschmaus

Nach der Beisetzung erschien Ole Næss und geleitete den Trauerzug zur Restauration seiner heißgeliebten Frau, wo frisch gebackenes Schmalzgebäck und Christstollen auf den Tischen standen und das Liebesglück der Bäcker ausstrahlten. Dazu gab es Kannen mit heißem Kakao, acht teure Flaschen Wein und zwei mit Cognac, alles gespendet vom edelmütigen EHBB.

Díana ging umher, strich Tischtücher glatt, richtete die Dekoration, die gut aussah und sich auch gut anfühlte, und der norwegische Glücksteddy stand in der Mitte des Raums und sah ihr bei allem hingerissen zu. Ihre eigene Hochzeit lag erst einen Monat zurück, und Ole wachte noch immer jeden Morgen mit einem Goldbarren im Arm auf. Jedes Mal wieder erstaunt und glücklich, sie zu sehen. Wie hat nur das Leben, Island, Gott mir, einem einfachen Mann, diesen Traum schenken können, den ich niemals zu träumen wagte? Vielleicht war genau das der Schlüssel zu ihrem Glück. Der goldenen Versprechen mehr oder weniger zweifelhafter Verehrer überdrüssig, hatte sie schließlich einem durch und durch anständigen Mann ihr Jawort gegeben, der nichts versprach, aber alles hielt. Díana hatte die Leute im Ort nicht nur mit dieser Wahl überrascht, sondern auch mit ihrem tüchtigen Meistern der Alltagsgeschäfte, die Göttin war am Ende doch ein Mensch. Gestur hatte schon oft sein Vorurteil über Díana als Gefangene ihres guten Aussehens revidiert.

Séra Árni nahm in der Mitte des Saals Platz, öffnete seine Flasche und hielt sie wie ein Zepter, das er nie aus der Hand gab. Jetzt ging es darum, den Mist aus dem Fjord zu fegen.

»Eiríkur, setzen Sie sich zu mir!«

Lási tappte in Schafslederschuhen in den Raum und hielt seine Mütze wie ein Gebetbuch vor die Brust. Ihn die Hochzeitsleichenschmaustafel anstaunen zu sehen, war so aufschlussreich wie ein ganzes Semester Geschichtsstudium. Gestur musste lächeln. Zwei alte Freundinnen von Anna, die Schwestern Sjöfn und Signý aus Kvíðagerði, hatten wegen der Arbeit auf dem Hof nicht in die Kirche kommen können, trafen aber jetzt in ihren besten Sonntagskleidern ein.

Anna hatte ihnen heimlich geflüstert, es könnte vielleicht eine ganz abwechslungsreiche Beerdigung werden, und jetzt klatschten sie in die Hände aus Entzücken über das Brautkleid, den Strauß und das Essen und machten Gesichter wie Bauernkinder im Königsschloss. Es war alles so unglaublich! Da saß der Herr Pfarrer, bei ihm der berühmte Eiríkur Rein & Fein. Mit seinen langen, dünnen Beinen sah er aus wie eine Schnake. In einer Ecke stand Ole Næss, mit eingezogenem Kopf wegen der geringen Deckenhöhe im Keller (ein Witz besagte, er passe nur waagerecht hinein), und seine Frau Díana servierte. *Die* Díana! Wie konnte das alles sein?

»Gestur kennt ihn«, erklärte Anna und meinte Eiríkur.

Die Freundinnen waren sprachlos und kicherten. Ihre eigenen Hochzeiten würden nicht entfernt an diese heranreichen. Sie würden wahrscheinlich im Stall gefeiert, wenn's hoch käme, auf dem Vorplatz, und vielleicht dürften sie den Hund von Gvendarhús einladen. Ihr Vater, Sæmundur auf Kvíðagerði, hatte sich kein bisschen geändert, keuchte noch immer unter der »Drillingsknechtschaft«, die ihm das Leben aufgebürdet hatte, obwohl es durch den Tod der dritten Schwester, Sóley, doch etwas erträglicher geworden war. Anna fütterte ihr Gekicher noch, indem sie sich in ihrem Brautkleid vor sie stellte und einen Fuß hob, damit sie ihre dänischen Lederschuhe bewundern konnten. Mit einem schelmischen Grinsen flüsterte sie ihnen, Gestur wisse nicht, dass ihr Verflossener, der ertrunkene Jón, ihr die Schuhe zur Geburt des kleinen Jón geschenkt habe. Die Schwestern von Kvíðagerði kriegten sich nicht mehr ein, und ihre Entzückensschreie sprudelten ihnen zwischen den Fingern hindurch wie Wasser aus einer geplatzten Leitung. Gestur drehte sich nach ihnen um, aber sie konnten ihren Anfall in reine Freude umleiten, als Anna ihnen ihren Brautstrauß überreichte. Dabei blickten sie verstohlen zu Skapti und Svenni.

Malla durfte ihren Svanbergur mitbringen, und gemeinsam achteten sie auf den Mäusejungen Nonni, während seine Mutter den Saal mit ihren Grübchen und ihrem salzweißen Lächeln für sich einnahm. Magnús Mannlos setzte sich nicht, sondern stand massig an der Tür und erinnerte die Ältesten an den seligen Maron, den Gehilfen des toten Séra Jón.

Die, die sich am längsten in Pfarrer Árnis Nähe aufhielten, bekamen von ihm einen gehörigen Schluck Wut eingeschenkt. Es fiel ihm schwer, von etwas anderem zu reden als von seiner Fehde mit dem Redakteur und jungen Gecken aus Mjölkot, Baldvin Eiðsson. Er schien von ihm richtig besessen zu sein, trank heftig und gab nichts auf die Solidaritätserklärungen Anwesender und ihre Ratschläge, er solle nichts auf dessen Fiepen geben, der Ort stehe geschlossen hinter ihm. Ole Næss ließ seine beachtliche, weiche Pranke lange auf dem geweihten Rücken ruhen, und Eiríkur versuchte, Séra Árni durch ein paar deftige Anekdoten über Seitensprünge Hedins und Vetlesens aufzumuntern. Gegen Ende des Essens erschien eine seiner Gespielinnen und verlangte einen Cognac. Málfríður staunte Bauklötze, wie sich eine Frau so aufführen konnte.

Ganz zum Schluss wurde die Stimmung dann doch getrübt, als zwei Berserker hereinplatzten, zwei sturzbetrunkene Grobiane, die aus der Dunkelheit auftauchten, sich unaufgefordert setzten, etwas zu saufen forderten und dann Óli anschrien, wer er überhaupt sei, sich zum »Prinzgemahl« aufzuschwingen, was er sich einbilde, hier aufzukreuzen und die Perle aus der Krone Islands zu stehlen und einer ganzen Generation die Traumfrau wegzuschnappen, so rostbackig wie er sei und totenhässlich obendrein. Es half nichts, dass die Anwesenden sie baten, sich zu mäßigen und den Umstand mit Würde und Anstand zu respektieren, dass sie sich zum einen im Café besagter Königin aufhielten, zum anderen auf einer Trauerfeier und zum Dritten auf einer Hochzeitsfeier, dem glücklichsten Moment des jungen Brautpaars. Darauf reagierten sie, indem sie ihre Fäuste schüttelten, jedem Prügel androhten und laut den Namen Steinkas von Bæjarkot riefen.

Die beiden Rüpel waren Hermundur und sein Kumpel Ásbjörn, die Gestur zuletzt bei dem Besäufnis in der Messe des Schiffs vor Hnísey gesehen hatte. Gestur wollte sie beruhigen, wurde aber ebenfalls mit dem Namen Steinkas niedergebrüllt. Lási starrte sie verwundert an. Was sagten diese Männer da?

»Soll ich das glauben, Gestur? Hast du die Frau wirklich nicht eingeladen?«

»Ich finde, du bist sehr optimistisch, Mann«, sagte Ásbjörn zu Gestur. »Weißt du denn nicht, dass die Weiber im Alter alle wie ihre Mütter werden?« Damit packte er Signý von Kviðagerði, die sich gerade an seinem Stuhl vorbeidrückte, und zwang sie mit einem sabbernden Lachen auf seinen Schoß.

»Du bist ja richtig niedlich geworden, Mädchen.«

Sie riss sich los und rief laut:

»Auch wenn du meine Schwester Sóley genommen hast, so …«

Sie biss sich auf die Zunge, rannte in eine Ecke, vergrub das Gesicht in den Händen und weinte. Ihre Schwester tröstete sie, und Anna beugte sich über die beiden.

Die Gesellschaft verstummte. Ásbjörn saß stumm auf seinem Stuhl und grinste mit einem versteinerten Lächeln gegen die Anklage an, die so gravierend war, dass sie den Raum bis in den hintersten Winkel ausfüllte. Wegen ihrer Schwere vermochte sich niemand zu bewegen. Gestur fühlte bleikalten Schweiß auf seiner Stirn. Hermundur wollte etwas sagen, bekam aber kein Wort über die Lippen. Signýs Anklage stopfte sie ihm in den Hals zurück. Ásbjörns Blicken war anzusehen, dass er am liebsten ein imaginäres Schwert gezogen und alle niedergemetzelt, Tische umgeworfen und Flaschen und Stühle zerbrochen hätte, wie es ihn die Isländersagas gelehrt hatten, aber er tat es nicht, seine Berserkerwut verließ ihn, er saß da wie ein Verurteilter und grinste, dass die Backenmuskeln knackten und sein von Zähnen weitgehend entblößter Kiefer zu sehen war.

Schließlich ging Díana zu den beiden Männern und forderte sie höflich auf, ihr Lokal zu verlassen. In Verehrung rissen sie ihre Augen auf, so nah waren sie der Schönheit noch nie gekommen, gehorchten und verließen geduckt den Keller.

Die Feier war zu Ende. Magnús schnappte sich seinen Pastor und schleifte ihn, einen seiner Arme über seine Schulter gelegt, nach Upphæðir. Als sie daran vorbeikamen, wurde an einem der Fenster im Madamenhaus der Vorhang zugezogen. Gestur tat es leid, den Pfarrer so sinnlos betrunken gehen zu lassen, sosehr mochte er den Kerl mittlerweile. Eiríkur verschwand mit seiner Cognacmaid in der Dunkelheit. Malla zog mit Lási, Olgeir und dem kleinen Nonni auf dem Arm heimwärts. An der Ecke Aðalgata/Skautagata küsste Svanbergur sie zum Abschied. Als Letzte verließen die frischgebackenen Eheleute das Lokal; vorher verabschiedeten sich Freunde und Bekannte mit Küssen, und nach einem ausgiebigen Bedanken bei Díana und Ole gingen auch sie nach Hause, an einem Dienstagabend frisch verheiratet, und die Möwen über ihren Köpfen erteilten der guten Partnerwahl ihren Segen.

Gestur dachte darüber nach, dass in dieser Fischseimwelt, an diesem Plankenplatz kein Ereignis für sich allein bleiben durfte, ein anderes drängte sich ihm immer auf. Eine Beerdigung war nicht nur eine Beerdigung, sondern musste gleichzeitig auch eine Hochzeit sein. Liebe durfte nicht einfach Liebe sein, sondern man brauchte fünf Jahre Selbststudium, um sie auch genießen zu können. Und ein geselliges Beisammensein blieb nie, was es war, sondern artete immer in Abrechnung, Schlägerei und weinende Frauen aus. Eine Hochzeitsfeier konnte zu einem Tribunal werden, und selbst ein Streifen Strand produzierte etwas anderes, das zu einem Leichenfund führte, der wiederum zur Lösung eines alten Mordrätsels beitrug. Gestur hatte davon gehört, wie das Leben in Norwegen war, und er sah ein hübsches Dorf zwischen hohen Bäumen vor sich, in dem sich ganze Jahre hindurch nichts Wichtigeres ereignete, als dass sich die Frau des Pastors das Haar einen halben Zoll kürzer schneiden ließ.

»Hat Signý dir etwas davon gesagt?«, fragte Gestur seine Ehefrau.

»Ja, sie haben mir davon geschrieben. Das war natürlich schrecklich. Wann war das noch mal?«

»Dass Sóley verschwunden ist? Vor zwei Jahren. Es war ganz ähnlich wie das Verschwinden der Kaufmannstochter voriges Jahr, und im Übrigen auch wie das unserer Selmína.«

»Und ist nichts unternommen worden?«, fragte Anna wie eine ahnungslose Auswärtige.

Gestur schüttelte den Kopf, dann hörte er Geräusche, die aus der Richtung der Friedhofsecke kamen. Ásbjörn kam aus der Dunkelheit und war noch betrunkener als vorhin. Sie blieben stehen, aber er schien sie nicht zu sehen, sondern schwankte durch seine eigene Welt. Er ging quer über die Straße, schien es eilig zu haben. Sie sahen ihn Richtung Södal zwischen den Häusern verschwinden. Sie lächelten nachsichtig und überließen sich ihrem Glück, holten endlich die Küsse nach, die der Tag ihnen schuldete, sie beide allein mitten auf der Straße. Über ihnen lächelte der Mond zwischen Wolken, wie es einem Landesherrn ansteht, wenn er von einer gelungenen Hochzeitsnacht erfährt.

Kapitel 25

Torfhaus im Holzhaus

Die Zeit bis Weihnachten verging mit Nachrichten vom Krieg an der Fensterscheibe und ruhigem Arbeiten bei Eviger. Auf den strengen Winteranfang folgten Tauwetterperioden und harmloses Wetter. Auf dem Heimweg über den Fjord angelte Gestur gelegentlich einen Dorsch, Malla bereitete die meisten Mahlzeiten zu und öffnete Anna die Wunderwelt des Dorschkopfs, lehrte sie die Namen seiner zwanzig Knochen, zeigte ihr, wie man Fußböden mit Sand scheuert, und schickte sie Kohlen und Kaffee kaufen. Zwischendurch strickten sie zusammen am Herd, auf dem ein Topf mit Windeln kochte, und der kleine Jón krabbelte zwischen ihren Beinen und gab Pupsgeräusche von sich.

Ende Oktober veröffentlichte Baldvin einen zweiten Artikel gegen Séra Árni. Darin warf der ehemalige Buchhalter des Krónufélags dem inoffiziellen Bürgermeister dreiundvierzig Verstöße gegen eine ordnungsgemäße Buchführung vor. Dabei handelte es sich um nicht beglichene Rechnungen oder Zahlungen ohne Beleg, »völlig inakzeptables Fehlen von Unterlagen« oder Beträge in Höhe von mehreren tausend Kronen, die gezahlt worden waren, ohne dass davon auch nur ein Buchstabe in den Büchern der Gemeinde stand. Zum Abschluss würzte der Redakteur diese Auflistung mit einer bitteren, aber wahren Pille:

»Das verschwommene Bild, das die Unterlagen ergeben, verwundert weniger, wenn man wie die Bürger dieses Orts sehen muss, wie ihr ausgabenfreudiges Gemeinderatsmitglied wiederholt über die Aðalgata nach Hause getragen werden muss, sei es an einem Samstag- oder an einem Dienstagabend.«

Der Pfarrer antwortete diesmal nicht darauf, aber dafür ergriffen viele respektable Männer und Frauen in der Zeitung seine Partei, Leute aus den Katen ebenfalls, und trugen vieles zu seinen Gunsten zusammen, von seinen Erfolgen in der Planung und Verwaltung des Orts über seine Kompositionen bis zu der Tatsache, dass die Pfarrersleute den Armen regelmäßig Milch aus ihrem Kuhstall zukommen ließen – »dieses Ehepaar gehört zu den besten Menschen im Land«. Dieser Eifer übertrug sich auch auf die Wahlen Mitte November, bei denen der Pfarrer mit überwältigender Mehrheit in seinem Sitz im Gemeinderat bestätigt wurde. Den Schritten des Pastors war Erleichterung und dem Wirbeln des Stöckchens Freude anzumerken, wenn er nun über seine Straßen und Plätze in Eyri flanierte. Manche mutmaßten allerdings, das unbeschwertere Gemüt des Pastors rühre daher, dass Vigdís Anfang des Monats mit den Kindern nach Reykjavík zurückgekehrt sei. Ihr Vater, der Großhändler, hatte sich dort am Laufásvegur ein großes Haus im Burgenstil bauen lassen und in dessen Turm seinem Sohn Duggur das erste Maleratelier des Landes eingerichtet. Séra Árni wohnte nun also mit dem Personal allein in Upphæðir und lud zum ersten Mal seit Jahrzehnten zu sich nach Hause ein. Dessen Salon war jetzt endlich schnapsfähig. Der offizielle Grund für Vigdís' Fahrt in die Stadt war eine Erkrankung ihrer Mutter, Arnfríður Thorgilsen, aber viele hatten bemerkt, wie erleichtert Vigdís gewesen war, als die Anker gelichtet wurden.

Kurz nach den Wahlen kam mit all seiner Macht der Nordwind zurück und brachte Eiseskälte bis in die Adventszeit. Im Eiríkshús brach eine harte Zeit an. Lási war an Grandvörs Stelle ins Wohnzimmer gezogen, Málfríður zusammen mit Olgeir in sein altes Zimmer im Obergeschoss, denn durch die Ankunft von Anna mit dem kleinen

Jón war es in der Küche enger geworden. Lási genoss es, mehr Platz zu haben, und schnell verwandelte sich der Raum in eine Mischung aus Bibliothek und Schreinerwerkstatt. Dann aber beschwerte sich der Mann über die Kälte und vermisste seine Zeit in der Torfhauswelt. Über seine Decke breitete er ein Segel, dessen Ecken er mit Vierzöllern beschwerte, um es über Nacht einigermaßen warm zu haben. Als aber die Novemberkälte so ins Wohnzimmer drang, dass der Urin im Nachttopf gefror, ergriff Lási seine eigenen Maßnahmen dagegen. Einer seiner Bekannten hatte in einem Trockenschuppen oberhalb von Limbo noch einiges an Grassoden gelagert, und mit einer bei Södal geliehenen Schubkarre holte Lási die Plaggen zum Eiríkshús. Als Gestur an diesem dunklen Tag von der Arbeit nach Hause kam, erwartete Málfríður ihn an der Tür. Sie verdrehte die Augen und zeigte auf den alten Mann, der eifrig dabei war, vor den Zimmerwänden Torf aufzuschichten. Etwa die halbe Stirnwand hatte er schon geschafft, obwohl er die untersten Schichten in drei- oder vierfacher Dicke angelegt hatte. Die höheren Lagen verjüngten sich dann, aber die Grundfläche des Zimmers hatte nicht wenige Quadratmeter eingebüßt.

»In diesem eisigen Wind und Durchzug kann ich nicht wohnen. Hier muss besser isoliert werden, und Torf ist das beste Dämmmaterial, das Island uns geschenkt und das uns jahrhundertelang gut gedient hat. Punkt. Jahrhundertelang. Im Winter bewahrt man einen alten Mann nicht in einem zugigen Trockenschuppen auf. Du hast gesehen, wie das der lieben Grandvör bekommen ist.«

Gestur erhob keine Einwände, wartete aber nur darauf, dass in der Zeitung ein entsprechender Beitrag über die etwas spezielle Maßnahme erschiene. Lange brauchte er nicht zu warten. Es kamen Kunden mit einem Anliegen zum Sargschreiner, und denen wurde leicht schwindlig, wenn sie ein Holzhaus betraten, aber ein Torfhaus verließen. Unbestreitbare Tatsache jedoch war, dass Lási es mit seiner Dämmung schaffte, die Raumtemperatur beträchtlich zu erhöhen, und wenn in dem ewigen Abend, der im Wohnzimmer herrschte (er hatte natürlich auch alle Fenster mit Torf verfüllt), eine Kerze ange-zündet wurde, ließ sich nicht leugnen, dass eine gewisse isländische Gemütlichkeit einkehrte.

Auf der letzten Seite der *Áfram* vom 10. Dezember konnte man einen Artikel mit der Schlagzeile »Torfhaus im Holzhaus« lesen:

»In einem noch neuen Haus an der Skautagata hat sich ein älterer ehemaliger Kleinbauer in seinem Wohnzimmer ein Torfhaus und gleichzeitig einen Tischlerschuppen eingerichtet. Bauer Sigurlás er-klärt, durch die Torfwände erziele man im Haus bessere Isolation und mehr Wärme. Weitere Ex-Kottenbewohner teilen sich das Haus mit ihm, Menschen aus Strönd und Ytri-Skriða, wie das Land einmal hieß, das vor einem Jahrzehnt von einer Lawine verwüstet wurde. Auch eine junge Frau aus Bæjarkot, das am Ende des Fjords stand, ist neulich in das Haus an der Skautagata eingezogen. Sie ist die Toch-ter von Steinunn und Einar aus Bæjarkot. Steinka war zu Lebzeiten berüchtigt und wurde unter anderem wegen Mordes verurteilt. Die Tochter brachte einen kleinen Jungen mit, den sie von einem Mann hat, der nicht aus dem Fjord stammt. Jetzt ist sie mit dem Eviger-Arbeiter Gestur Elofsson verheiratet. Es bestehen allerdings Vorbe-halte gegen diese Hochzeit, weil das Paar von Séra Árni Benediktsson am Ende eines Trauergottesdienstes in der Segulfjorder Kirche ohne ordnungsgemäße Verkündung des Aufgebots getraut wurde. Ver-schiedentlich wurde die Ansicht geäußert, das neulich erst wieder-gewählte Gemeinderatsmitglied lasse nun auch bei seinen kirchli-chen Tätigkeiten den Schlendrian einreißen.«

Darunter stand ein Hinweis an alle, die rechtzeitig mit dem Trin-ken aufhören wollten, bevor mit Beginn des neuen Jahres das Alko-holverbot in Kraft träte, dazu wurden die Termine für Treffen der Guttemplerloge »Sonnenschein« bekanntgegeben. Ganz unten auf der Seite folgte eine weitere kurze Meldung:

»Leichenfund. Am Montagabend wurde am Ufer unterhalb Hvam-mur eine Leiche gefunden. Nach Aussage von Dr. Guðm. trieb sie etwa zwei bis drei Monate im Meer. Es dürfte sich dabei um die Leiche des Seemanns Ásbjörn Nikulássons handeln, der seit September vermisst wird.«

Anna und Gestur schluckten den Mist, mit dem sie da beworfen wurden, und auch die falsche Schreibung seines Vaternamens, die vonseiten des Artikelverfassers (der das Kirchenbuch auswendig kannte) sicher absichtlich erfolgt war, um seine Identität zu verschleiern. Gestur dachte daran, dass sich der Redakteur sicher auch noch an Skapti rächen wolle; die Sache mit dem »Leibschwägerregister« lag jetzt drei Monate zurück, und der Gegenschlag würde noch heftiger ausfallen. Gefährlich ist das Schweigen des Rachsüchtigen.

Besonders grübelte Gestur wegen des Leichenfunds. Vermutlich war damit die Möglichkeit einer Lösung der mehrfachen Morde hinfällig, die er selbst zu enträtseln aufgegeben hatte. Er dachte an ein Wort des Gemeindevorstehers, dem viele mangelnden Einsatz bei der Aufklärung der Verbrechen vorwarfen. »Bacchus kümmert sich darum. Branntwein ist der beste Detektiv. In Island werden alle Verbrechen im Vollrausch begangen, alle werden im betrunkenen Zustand aufgeklärt und die meisten auch besoffen gerächt.« Vielleicht war das ein versteckter Hinweis auf Ásbjörns Trunksucht. Vielleicht auch nicht. Plötzlich musste Gestur wieder an Selmína denken.

Im Hinblick auf die eigentliche Meldung, die Torfauskleidung eines Holzhauses, erwies sich der erfindungsreiche Lási als seiner Zeit voraus, wenn auch nicht allzu weit, denn nur wenige Jahre später gingen die Isländer allgemein dazu über, ihre Hauswände mit Fieberklee zu isolieren, ein Verfahren, das lange beibehalten wurde. Als dann die Wellblechverkleidung aufkam, durfte man sagen, dass das isländische Volk, diese einzigartige Mischung aus nordischen Wikingern und irischen Sklavinnen, ihre Variante des Holzhausbaus vollendet hatte: ein norwegisches Holzhaus mit einer isländischen Torfkate isoliert und mit keltischem Wellblech verkleidet.

Der Artikel in der *Áfram* hatte einen unerwarteten Nebeneffekt, denn er bewog einen alten Bekannten, Ágúst von Bakki, zu Besuchen in Eyri. Er war vor Zeiten ein Knecht des Bauern Steingrímur gewe-

sen, der Gesturs Vater Eilífur in größter Not einmal ein Stierfell geliehen hatte. Ágúst hatte zu denen gehört, die an jenem Weihnachtstag
zu Beginn unserer Geschichte Eilífurs Frau, Tochter und Kuh auf Fell
und Ski von Stundarkot nach Bakki geschleift hatten.

Steingrímur war längst gestorben, seine Söhne ebenfalls, und
Ágúst hatte den Hof weitergeführt, einer der raren Isländer, die sich
durchs eheliche Bett dazu hocharbeiteten, den Hof zu übernehmen,
auf dem sie als Knechte gearbeitet hatten. Auch er war inzwischen
alt geworden und widmete sich voll und ganz seiner Liebhaberei:
Büchern und alten Ausgaben. Nun besuchte er seinen ehemaligen
Nachbarn, und die beiden plauderten lange im Grassodenwohnzim-
mer. Lási war deutlich anzumerken, wie er sich freute, endlich einen
Bruder im Buche zu haben. Schlecht steht's um den, der niemanden
hat, mit dem er lachen kann. Leider stellte sich schnell heraus, dass
Ágúst weniger Humor besaß, als seine Bücher vermuten ließen. Es
zeigte sich ebenso rasch, dass er in Wirklichkeit der Mann nur eines
Buchs war, ansonsten erstreckte sich sein Interesse nur auf Erschei-
nungsdaten, Papier und Einbände, Schrifttypen und deren Lesbar-
keit. Sein kostbarster Besitz war eine gebundene Handschrift der
Vopnfirðinga-Saga aus dem Jahr 1737. Auf die Auskunft hin sah Lási
zwischen seine Beine, wo die bräunliche Ecke eines Pergaments aus
der Matratzengruft lugte, eines Pergaments, auf dem er buchstäblich
noch immer saß, aber er sprach es nicht an, sondern gab Ágúst lediglich zurück:

»Die Vopnfirðinga-Saga, tatsächlich? Sie wissen aber schon, dass
das mutmaßlich die langweiligste aller Isländersagas ist. Fürchterli-
ches Bauerngeschwafel. Blutvergießen auf irgendwelchen ungastlichen Hochheiden.«

»Ah ja? Nun, ich habe sie nie gelesen. Ich bin vor allem ein Mann
der Njála. Die lese ich in jedem Frühjahr und Herbst, seit ich sechzehn Jahre alt war. Hundertsechsundfünfzigmal bin ich mit den
Augen über deren Schauplätze geritten. Sie ist wie die Tage: immer
gleich und immer neu.«

Vor der Tür stand hochaufgerichtet sein Pferd, schwarz, mit einer Blesse auf der Stirn, wie eine vierbeinige Nacht mit Mond. Ágúst selbst sah eher nachsommerlich aus, Frostbrauen und laubbrauner Bart. Unter seinem Kinn hingen wie lockere Zügel die Falten eines Doppelkinns, zwischen denen es immer gleich dunkel war.

Kapitel 26

Es werde Licht!

Zu Anfang des Herbstes war ein Rundschreiben vom Ortsvorstand gekommen, des Inhalts, dass sich alle, die elektrisches Licht
vom neuen Elektrizitätswerk beziehen wollten, das seine Energie
von den neuen Turbinen in der Fanná oberhalb von Eyri bezog, mit
der Anzahl der gewünschten Lichtquellen registrieren müssten. Gestur hatte sich drei Glühbirnen vorgestellt, eine in der Küche, eine im
Wohnzimmer und eine oben unterm Dach, aber Lási wollte solches
neumodische Gedöns nicht in seiner Baðstofa haben. Dann hätte
man das ganze Jahr über Sonnenschein im Haus, ohne Rücksicht auf
Wetter und Jahreszeit, das könne keiner aushalten, jeder brauche ein
bisschen Nieselregen. Außerdem habe er gehört, dass jede Lampe an
einen Pfosten, der draußen vor der Tür stehe, angebunden werden
müsse »wie ein Pferd«.

»Ich lasse mein Licht doch nicht ins Joch der Stadt spannen«,
brummte der Alte in seinen Bart wie ein präsumtiver Gegner des
Dritten Energieabkommens mit der EU.

Gestur hatte in der Eviger-Fabrik, die ihr eigenes Kraftwerk betrieb, zwei Winter bei elektrischem Licht gearbeitet und war sich
nicht sicher, wie sich eine solche Helligkeit im Eiríkshús machen
würde. Drüben brannte das Licht tagein, tagaus rund um die Uhr,
er hatte nie bewusst mitbekommen, ob die Lampen je ausgeschaltet
wurden und ob sie auch den Sommer über brannten, und wie Lási

fürchtete er, es könne im Haus einfach zu hell sein, sodass man kaum mehr schlafen konnte. Darum wollte er kein Licht im Schlafzimmer, hatte aber Lási eine Glühbirne angeboten, weil die Baðstofa in tiefster Dunkelheit lag. Am Ende bestellte er zwei Stromanschlüsse, einen für die Küche und einen für den Treppenabsatz oben.

Es herrschte große Spannung in Erwartung der Zeitenwende. Nachdem sie tausend Jahre in stockfinsterer Dunkelheit ausgeharrt hatten, sollten die Menschen nun endlich das Licht sehen. Der Erfindungsgeist des Menschen sollte die kurzen Tage überwinden. Kurz vor Weihnachten wurde zu einer festlichen Zusammenkunft in die Schule eingeladen, wo Séra Árni im größten Klassenzimmer eine feierliche Rede hielt und erkennbar in eigener Sache von der Hoffnung auf »zukünftig hellere Zeiten« sprach. Vigdís und die Kinder waren inzwischen wieder da, ihre Mutter war zu Beginn der Adventszeit verstorben. Der Pfarrer verstieg sich sogar in die Rolle des Herrn, als er ausrief:

»Es werde Licht!«

Der Chef des neuen Elektrizitätswerks, Höskuldur Eyfjörð, ein langer Schlacks mit kleiner Brille, drückte einen Knopf, und der Raum sprang aus dem neunzehnten ins zwanzigste Jahrhundert wie ein Schiff, das vom Stapel ins Wasser rauscht. Die Leute atmeten vor Erleichterung und Staunen auf, was für eine göttliche Lichterpracht! Gestur stand mit Anna und Olgeir dabei, und ihnen stiegen ob der ausbrechenden Freude Tränen in die Augen. Nicht einmal sosehr wegen des Lichts, obwohl es wunderbar war – das Klassenzimmer war ein sonnenerfüllter Raum –, sondern wegen der Rührung und Ergriffenheit, die ihnen aus den Augen der Anwesenden entgegenblickten. Die alten Frauen lobten Gott, Männer und Frauen falteten die Hände, Kinder schrien, ein alter Mann nahm die Mütze ab und bekreuzigte sich. Die Stimmung war biblisch, es war, als hätte Christus sein größtes Wunder vollbracht. Man hätte meinen können, Olgeir habe sein zweites Augenlicht zurückbekommen, derart starrte er wortlos die Glühbirnen an. In der Ecke stand der große Óli, lächelte über die kindliche Freude der Isländer und legte den Arm um seine Díana, die selig den Kopf an seine breite Brust legte. Selbst solche nächtlichen Gestalten wie Magnús Zahnlos leuchteten im Gesicht wie Apfelsinen.

Und dann begannen die Menschen zu weinen, weinten für ihre Vorfahren, für Oma und Opa, für das ehemalige Leben und das zukünftige, für erkaltete und neuerwachte Hoffnungen, für landlose Wanderarbeiter und ausgesetzte Kinder, für alle Pferde und Schafe, für alte Bauern und die Menschen im Hochland, für die meisterlichen Schneewanderer früherer Zeiten, für all die ewigen Guðmundssöhne, die auf zwei Beinen gewandert und mit zwei Armen gerudert waren, mit aufgesprungenen Lippen und erfrorenen Füßen, die in den Kotten dunkler Jahrhunderte gekauert hatten, die wie die Pferde Stürmen den Hintern zugedreht und sich im Schnee eingegraben hatten, für die Gvendur ohne Laternen und die nie bekannt gewordenen Eyvindur, für die Landbriefträger und ihre Siebenmeilenstiefel, Freunde der Dunkelheit und der Menschen. Sie alle hatten ihre Tränen verdient. Genauso all die Finnas in den Küchen des Qualms und der offenen Feuerstellen, die Strickerinnen, blind vor Müdigkeit mit chronischem Rheuma in Händen und Füßen, die Hebammen, die auf Isländisch »Lichtmütter« hießen, aber ohne Licht in Schneewehen Nabelschnüre durchtrennt, Leben von Müttern und Kindern gerettet hatten, um dann selbst auf dem nächsten Höcker zu sterben.

All das beweinten die Leute im Klassenzimmer gemeinsam mit Séra Árni. Er stieg vom Katheder und schloss seine Gemeinde in die Arme, küsste Männer, umarmte Frauen, die Augen in Seligkeit schwimmend. Die Leute dankten ihm vor allen anderen, denn das hatte er und er allein durchgesetzt und erreicht, wie überhaupt alles andere hier. Was spielte es da für eine Rolle, ob er ein paar Belege verschusselt oder vergessen hatte, eine Rechnung gegenzuzeichnen, solche Quisquilien konnten nur den Augen kleiner Geister groß vorkommen.

»Der Mensch hat sich auch nicht getraut, heute hier zu erscheinen.«

Licht war Licht, und keiner konnte etwas anderes sehen als diese Tatsache. Licht war Licht und erhellte alles. Nichts blieb mehr verborgen. Das Licht war Gottes, die Quittung des Teufels.

Was für ein Triumph! Welche Sonne!

Eiríkur Hreinn lud alle, die wollten, auf ein Glas ins Café Nordkap. Díana hatte ihm zur Feier des Tages erlaubt, dort zwei Flaschen Cognac zu deponieren. Gestur und Anna lehnten dankend ab, sie konnten es nicht erwarten, nach Hause zu kommen und Treppe und Küche in Licht baden zu sehen. Dort aber fanden sie Malla über den alten Lási auf einem Hocker in der Küchenecke gebeugt. Seine Augen waren verletzt. Die Neugier hatte ihn dazu verleitet, auf den Hocker zu steigen, denn trotz allem glaubte er ja an die Technik und wollte sich das elektrische Licht aus nächster Nähe ansehen, wenn es in dieses Glasgefäß geleitet wurde, das verkehrt herum über dem Tisch hing und im Innern einen Draht enthielt. Noch nie hatte er eine so zwergenhaft winzige Arbeit gesehen. Aber das Licht ließ auf sich warten. Also kletterte Lási vom Hocker, stieg wieder hinauf, nahm das gläserne Wunderding in die Hand und führte es an sein Gesicht, und genau in dem Moment ging das Licht an. Es war greller, als seine Augen vertrugen, Augen, die nie Helleres gewohnt waren als Tranlampen, und der alte Mann, der nie jammerte, saß jetzt schmerzgeplagt da. Doktor Guðmundur kam schnell und diagnostizierte, dass der Lichtblitz den Sehnerv des rechten Auges geschädigt hätte. Nun gab es zwei Einäugige im Eiríkshús.

Zwei Tage später lag der Ort wieder nahezu komplett im Dunkeln. Es war der Abend, an dem Hansen sein Kino eröffnete, das er auf dem Grundstück hinter dem Kino-Café hatte bauen lassen. Die Leinwand war etwa so groß wie die Giebelwand des Madamenhauses, und auf den Plüschsitzen fanden bis zu einhundertfünfzig Zuschauer Platz. Der Eröffnungsfilm war das monumentale Werk *Les misérables*, »der größte Publikumserfolg weltweit«, wie Hansen den Film ankündigte, »mit den besten Schauspielern Frankreichs. Bestellen Sie Billetts unter Telefonnummer 12.«

Es handelte sich um die erste Verfilmung von Victor Hugos berühmtem Roman, vier Stunden lang und für die Vorführung in Reykjavík in vier Episoden unterteilt. So kam sie auch in den Norden. Dort folgten die Großereignisse Schlag auf Schlag. Vor zwei Tagen erst hatten die kurzen Wintertage volle Beleuchtung erhalten, und an diesem Abend füllten die Ortsanwohner einen brandneuen Kinosaal, um bewegte Bilder aus der größten Stadt der Welt zu sehen! Darauf bildeten sie sich durchaus etwas ein. Es vergingen allerdings nicht mehr als zehn Minuten, bis die Vorführung abbrach und der Saal dunkel wurde. Die starke Projektorlampe im Vorführraum zog fast den gesamten Strom aus dem Elektrizitätswerk, und sobald *Die Elenden* begann, gingen im Ort die Lichter aus, bis am Ende auch die Lampe selbst durchbrannte. Lediglich zwei Glühbirnen im Haus des Gemeindevorstehers und drei in Upphæðir gaben noch Licht. Die beiden Honoratioren wohnten aber gerade der Vorführung bei Kino-Hansen bei.

Es musste eine Lösung gefunden werden. Zunächst wurden weitere Vorführungen bis nach Weihnachten abgesagt. Danach wurde beschlossen, einen schnellen Volksentscheid durchzuführen, denn die Technik wurde des Problems nicht Herr. Die Frage lautete also, ob sich die Leute vorstellen könnten, ihr Licht im Haus für täglich eine Stunde Filmvorführung zu opfern. Viele hielten das für ausgemachten Schwachsinn. Wie konnte man denn die Lebensqualität der Menschen in ihrem Alltag gegen irgendwelche Klimbimaufführungen abwägen, die sowieso keiner verstand?

»Wieso sollten die armen Massen, die für ihre heimische Beleuchtung bereits mit ihrem Schweiß und ihrem Blut bezahlt haben, nun noch einmal für deren Abschaltung zur Kasse gebeten werden, nur damit die Bourgeoisie sich bei Hansen im Licht sonnen und ihm die Taschen mit ihrem illegal angeeigneten Geld stopfen kann?«, schrieb ein junger Demagoge. Auch solche klassenkämpferische Sprache war etwas Neues im Norden und musste noch etwas auf ihre Blütezeit warten, denn immerhin waren es drei Jahre hin bis zur Oktoberrevolution in Russland. Hier im Norden Islands hatte das Volk den großen Verlust seiner Unschuld noch vor sich, es war noch arglos, froh und arbeitswillig, mit den Arbeitsbedingungen zufrieden und betrachtete seine Arbeitsschenker als Wohltäter und nicht als Klassenfeind. Sehr gern wollte es den Film über das Leben der einfachen Leute im Frankreich des vorigen Jahrhunderts sehen. Dafür konnte man doch mal Kerzen anzünden und es sich wie in vorelektrischen Zeiten gemütlich machen. Die Diskussionen darüber entspannen sich in Kneipen, Geschäften und auf den Kaianlagen und teilten die Einwohnerschaft in zwei Lager, in lichthungrige Buren und kinohungrige Bohème.

Gestur und Anna gehörten mehr zu den Ersteren, aber Málfríður wollte unbedingt ins Kino. »Hier zuhause Licht zu haben, ist eine Sache, aber eine ganz andere ist es, all die Lichter von Paris zu sehen«, lautete ihre Meinung. Das Ergebnis des Volksentscheids war eindeutig, auch wenn viele nicht daran teilnahmen: dreihundertzweiundachtzig waren für das Kino, dreiundzwanzig dagegen.

Die Familie aus dem Eiríkshús machte sich eine schöne Zeit und ging vier Tage hintereinander ins Kino. Die Eintrittskarten bezahlte Malla, die noch etwas Heringsgeld in einer Schublade hatte. Sie, Gestur, Anna und Olgeir quetschten sich in eine Reihe und sahen in einer Dunkelheit, so dicht wie im Hausgang von Strönd, großformatige Bilder auf der Leinwand ablaufen, während Klein-Jón auf dem Schoß seiner Mutter schlief oder seinen eigenen Film guckte. Die Franzosen bewegten sich ungeheuer hektisch, das Leben schien in ihrem Land schneller und ganz anders abzulaufen, als Gestur es vom Schiff aus in der Bretagne gesehen hatte. Ein Mann in der Reihe hinter ihnen erklärte die Geschwindigkeit hingegen damit, dass der Roman so lang sei; wenn die Schauspieler sich nicht beeilt hätten, würde der gesamte Film zehn Episoden dauern und nicht bloß vier.

Kapitel 27

Eile dich!

Mit dem neuen Jahr kamen neue Ströme und Strömungen, nicht nur elektrischer Art, denn am 19. Juni unterschrieb der dänische König endlich eine Gesetzesvorlage des isländischen Althings, die den Frauen Wahlrecht verlieh. Die isländischen Abgeordneten hatten der Vorlage schon zweimal zugestimmt, 1911 und 1913, aber Christian IX. unterschrieb erst 1915. Die Isländer waren ein wenig ungeduldig.

Die Neuigkeit traf die Segulfjorder völlig unvorbereitet. Sie waren so mit Fischen und ihren Innereien beschäftigt, dass die Diskussion vollständig an ihnen vorübergegangen war. Dabei war es der Ort mit der größten Frauengleichberechtigung im ganzen Land. Frauen arbeiteten hier auch außerhalb des Haushalts, hier hatten sie überhaupt zum ersten Mal eigenes Geld verdient, einige genauso viel wie Männer, sie genossen freie Wahl des Arbeitsplatzes, überhaupt eigene Machtpositionen, und hatten den Schritt heraus aus den Küchen getan. Allerdings nur mit den Beinen. Das Denken war noch nicht gefolgt. Hier ließen die Frauen ihre Leistungen für sich sprechen, in der Hauptstadt stellten sie theoretische Überlegungen an und verfolgten die internationalen Strömungen. In England verschafften sich Suffragetten Gehör, Frauen in langen Röcken, die ein zukünftiges Hosenzeitalter ausriefen, in den Reykjavíker Zeitungen aber als »Wölfinnen« tituliert wurden. Die Forderung der Zeit war gleiches Wahlrecht für

Männer und Frauen, und in den Kneipen Islands und allen Männergrüppchen draußen vor der Tür weckte sie ungläubiges Staunen.

»Die haben doch überhaupt keine Zeit, sich um Politik zu kümmern, so beschäftigt wie sie mit Haushalt und Kindern sind.«

»Es sieht doch jeder, wie abwegig das ist. Meine Ranka weiß nicht mal, wie der Gemeindevorsteher heißt. Und dann soll ich nicht mit ihr in die Wahlkabine gehen dürfen!«

»Wie soll denn eine Frau, die schon sowohl mit der Autonomiepartei als auch mit der Unabhängigkeitspartei ins Bett gegangen ist, wissen, wen von beiden sie wählen soll?«

»Na, vielleicht weiß sie das ja gerade am besten.«

Polterndes Männergelächter. In einer Kneipe in Akranes, in einer Kajüte auf dem Breiðafjörður, in einem Laden im Reyðarfjörður.

Die Nachricht von der Unterschrift des Königs verbreitete sich rasch. Eine Welle der Frauenbefreiung rollte durch Fjorde und Buchten. Selbst die Redakteure der *Áfram* wurden mitgerissen und entschlossen sich, dem Thema eine halbe von vier Seiten der nächsten Ausgabe nach dem 19. Juni zu widmen. Darin erschienen ein kurzer Beitrag von Ingveldur Eide mit der Schlagzeile »Vorwärts ans Licht!« und auch ein selbstverfasstes Gedicht von jemandem, der oder die sich Himna nannte:

Eile dich!

In weiße Arme du eiltest
aus Kälte, zerschunden, zugetan.
Der Freundin neue Welten öffnest und zeugtest,
was unterm Herzen wuchs heran.

Vor ihrem Herzen eiltest
du davon aus eurem Bund,
du neues Leben mit ihr leugnest
und flohest wehe Wund.

Vor deiner zarten Blume eiltest
du davon in wilder Flucht,
die Vaterschaft auch bald verwirkest,
nun eile dich, rasch wächst die Frucht.

Im Ort wurden jede Menge Vermutungen über den Autor oder die Autorin angestellt. Dass es sich um eine Frau handelte, legten Stoff, Zusammenhang und Pseudonym nahe. Eine Frau, die an einen Mann schrieb.

Die Frauen im Eiríkshús lasen das Gedicht so oft, dass Verse daraus in fast jedes Gespräch einflossen, und selbst Lási lobte dessen Qualität, womit er allerdings auch gleich die Ansicht verband, es sei ausgeschlossen, dass es eine Frau ausgebrütet habe. Gestur las es ebenfalls, und in den nächsten Tagen verfolgte ihn das Gedicht wie ein Gespenst, bis er in einer Nacht hochschreckte und glasklar vor sich sah, wer es geschrieben hatte und an wen es sich richtete. »Eiltest du davon aus eurem Bund«. Zwei Tage später besprach er die Angelegenheit mit Anna, und sie forderte ihn dringend auf, zu reagieren, sie habe ihn den ganzen Winter über immer wieder daran erinnert, dass er eine heranwachsende Tochter habe.

»Die Vaterschaft auch bald verwirkest«. Was sollte das bedeuten? Gestur ging mit dem Problem zu Lási, dem Literaturkenner. Endlich kamen seine Kenntnisse einmal zu Nutzen. Der alte Mann teilte ihm seine Auslegung mit:

»Nun ja, hier wird die väterliche Ehre angesprochen. Im Zusammenhang des Gedichts ist es natürlich als Aufforderung zu verstehen, die an das Ehrgefühl des Betreffenden appelliert.«

»Des Betreffenden?«

»Ja. Das Gedicht ist doch klar ersichtlich einer Frau in den Mund gelegt, die sich an einen verlorenen Geliebten und Vater ihres Kindes wendet. Sie fordert ihn auf, sie zu besuchen. Das ist schon ein halbwegs geeigneter Stoff für ein Gedicht, aber dieses Gedicht macht mehr daraus, und darum glaube ich, eine Frau hat es bei einem Dichter bestellt. Der Ausdruck ›zarte Blume‹ zum Beispiel ist ein schönes Bild für ein Kind. So etwas bringt keine Frau zustande.«

Drei Wochen nach seinem Traum klopfte Gestur an die Tür eines Häuschens in Nýja-Njarðvík. Es war an einem Morgen zu Beginn der Heringssaison, die meisten Boote waren draußen, einige schon wieder zurück. Engilráð ließ ihn mit einem bedeutungsvollen Blick ein: Ich hab's geschafft. Sie war mit ihren drei Kindern allein zuhause und forderte ihn auf, auf ihrem Bett Platz zu nehmen. Der Engel, an den Gestur sich erinnerte, war nach bald zehn Jahren auf Erden sichtlich von schwerer Arbeit gezeichnet. Die Zeit spielt Frauen ärger mit als Männern, dachte er. Von durchwachten Nächten hatte sie Ringe unter den Augen, und das glatte Gesicht war mager geworden, aus ihrem Blick aber sprach klar die Dichterin. Gestur erkannte sofort, dass Lásis Behauptung falsch war, Engilráð hatte dieses Gedicht selbst verfasst. Die Jungen drängten sich in einer Ecke zusammen, während sich das Mädchen, Helga, nützlich machte und ihm in einer schadhaften Tasse etwas Kaffee brachte. Dann setzte sich das bildhübsche, bald acht Jahre alte Mädchen ihm gegenüber. Seine Grübchen erinnerten Gestur an Anna, und in der Stille des wenigen Lichts, das durch ein schmutziges Fenster im Vorderzimmer einfiel (eine Glühbirne konnte er nirgends entdecken), dachte er über dieses Wort nach und darüber, wie poetisch und geistreich das Isländische war: Die isländische Bezeichnung für Grübchen bedeutete wörtlich »Spottnäpfchen«. Wozu waren die kleinen Vertiefungen also da, um seinen Spott hineinzugießen oder, umgekehrt, um Spott daraus auszugießen?

»Dein Gedicht war schön«, sagte Gestur schließlich und gab sich Mühe, laut und mit deutlichen Lippenbewegungen zu sprechen. »Ich wusste nicht, dass du eine Dichterin bist.«

»Bin kein Dichter«, kam es laut aus Engilráðs Mund. »Es kam über mich.«

»Lási hat den Hut davor gezogen. Große Dichtkunst, hat er gesagt.«

»Er war mein Lehrer.«

»Was?«

»Ich ha von ihm gelernt.«

»In Strönd?«

»Ja. Er g-g-g…«

Sie blieb stecken. Wütend schluckte sie, räusperte sich, unternahm einen zweiten Anlauf, blieb wieder stecken, kam nicht über das G hinaus. Gestur versuchte ihr zu helfen:

»Er ging? Er gab?«

»G-g-g-gab mir Bücher ßu lesen.«

»Ja, richtig. Und jetzt will er trotzdem nicht glauben, dass du … dass eine Frau ein solches Gedicht schreiben könnte.«

»Glaub ich auch nich«, sagte sie und verzog das Gesicht zu einem Grinsen.

»Hast du nicht noch mehr Gedichte?«

»G-g-gedich is nur gut, wenn Stoff gut is.«

Einer der Jungen stieß einen Schrei aus, und damit endete die erste Unterhaltung mit der Dichterin Himna. Engilráð brauchte eine Weile, um zwischen den Jungen Frieden zu stiften.

Gestur nutzte die Zeit, um sich klarzumachen, dass die Mutter seiner Tochter ihre Wut auf ihn mit diesen zwölf gereimten Zeilen besänftigt hatte. Mächtig ist die Macht der Dichtkunst, hatte Lási schon oft vor sich hin gemurmelt. Das Einzige, was sie jetzt noch von ihm wollte, war, dass er Helga als seine Tochter anerkannte. Für sie, für ihn und besonders für das Mädchen.

»Wie geht es euch? Wo ist Svanlaugur?«

»Auf Herinsboot. G-g-guter Mann.«

Der Blick dazu fing fünf Jahre gemischter Gefühle ein, presste sie zu einem Knäuel zusammen und bewarf ihn damit.

»Is deine Tochter!«, sagte sie so laut und befehlend, als würde sie ihn auf ein Feuer aufmerksam machen, das gelöscht werden musste.

Die Jungen hörten auf, sich zu zanken, und gingen zu ihrer Schwester. Der kleinere kletterte auf ihren Schoß, der ältere stellte sich neben sie. Zwei Kinder, die sich in die Aufmerksamkeit Erwachsener drängten. Beide waren ihrem Vater wie aus dem Gesicht geschnitten, hatten weißblondes Haar und helle Augenbrauen, zwei Schwanenküken mit roten Backen von Kälte und Hunger. Der Ältere leckte sich mit langer Zunge einen Rotzfaden von der Oberlippe.

Gestur betrachtete seine Tochter. Sie hielt ihren kleinen Bruder im Arm wie eine routinierte Mutter und flüsterte ihm zu, brav zu sein. Der kleine Mann wollte andauernd seine Hand in ihr Kleid schieben, aber sie zog sie immer wieder zurück. Die glatten Haare fielen ihr zu beiden Seiten bis auf die Schultern, die Nase sah vielversprechend aus, die Augen waren groß, aber das Kinn fliehend. Sie kaute auf der Unterlippe und musterte diesen Mann, von dem sie wusste, dass er ihr Vater war. Wahrscheinlich hatte sie ihn nicht mehr aus solcher Nähe gesehen, seit sie unter einem Dach gewohnt hatten. Auf einer Reihe Bücher (dem geistigen Futter der Dichterin) in einem Regal über dem Bett tauchte eine graugetigerte Katze auf und sprang aufs Bett. Die Jungen ließen von ihrer Schwester ab und spielten mit der Katze, die sie Dutzend riefen. Gestur wunderte sich über den Namen, und Engilráð erklärte, als sie noch jung war, hätte die Katze in einer einzigen Nacht ein Dutzend Mäuse getötet. Währenddessen verschwand Helga still wie eine Katze im vorderen Zimmer, der Küche, kam aber gleich zurück und reichte ihrem Vater ein Blatt Papier. Darauf war ein Vogel gemalt, offenbar von ihr selbst.

»Das ist ein schönes Bild. Soll das ein Regenbrachvogel sein?«

»Nein, ein Goldregenpfeifer. Papa hat … Schwanpa hat ihn mir im Frühjahr gezeigt. Er saß oben auf Mjólkurbær. Ich habe ihn aus dem Gedächtnis gemalt.«

»So? Na, das … das nenne ich ein gutes Gedächtnis.«

Sie hatte ihn verletzt, als sie Svanlaugur Papa genannt hatte. Es traf ihn bis ins Mark. Aber das Mark lachte und fragte: Hast du das nicht mehr als verdient?

Gestur bewunderte weiter abwechselnd das Bild und die Künstlerin, bis er dadurch gestört wurde, dass sich an der hinteren Wand etwas regte. Aus einem unordentlichen Wust von schmutzigen Sachen, Kleidungsstücken und nach Petroleum riechenden Lappen erhob sich ein welkes und wettergegerbtes Mannsgesicht, rote Säufernase, schlafblasse Wangen, abstehende, dünne Ohren, der Bart grau von Breiresten, das dunkle Haar klebte ungewaschen am Kopf, die Stirn von den Furchen zerbrochener Selbstbilder durchzogen, die Zähne so zahlreich wie die persönlichen Vorzüge dessen, der hier ins Nachmittagslicht gähnte. Da war also Gefängnis-Fúsi aufgewacht. Der traurigen Beschreibung zum Trotz lag eine Art jugendlicher Frische auf diesem Gesicht, das sich in der Ecke erhob wie die Sonne oder wie ein später, aber neuer Tag. Eine Weile lag er auf dem Kissen und starrte in das Licht, das hier drinnen alles zu Schattenrissen machte wie vor einer hellen Höhlenöffnung. Gestur warf einen Blick auf Engilráð und las in ihrem Gesicht ein striktes Distanzhalten. Helga nahm ihr Bild und brachte es in die Küche zurück.

»Wo ist Sigga?«, fragte Fúsi schließlich. Die Stimme klang kratzig und kläglich und bekam keine Antwort. Diesem Schweigen entnahm Gestur, dass da ein nutzloser Kerl lag, der mit seinem Leben nichts anderes anfing, als sich etwas Betäubendes für die Abende zu beschaffen.

»Wo ist meine Sigga?«

Fúsi stellte die Frage geradezu taktvoll im Ton, unschuldig, kindlich.

Für einen Alkoholiker begannen alle Tage gleich: wie der erste Tag auf Erden. Alle waren unschuldig, niemand hatte Durst, niemand war alkoholabhängig, die erste Stunde war ein leeres Blatt, das Leben ein schönes Wunder, reine, ungetrübte Freude. Wenn es sich ergab, dass der Alkoholiker auf den Vortag zurückblickte, keimte in ihm zugleich eine starke Zuversicht auf, dass der neue Tag auf keinen Fall genauso verlaufen würde. Der Geist versprach es dem Körper heiß und innig, und der Körper lachte zurück: Heute ist ein neuer Tag, ein neues Leben, wir lassen Schnaps und Schlechtes hinter uns zurück! Aber nur wenige Stunden später brannte das Blut und brüllte nach Feuerwasser, um den inneren Brand zu löschen. Der tägliche Ausnahmezustand setzte ein und damit die Suche nach etwas zu trinken. Die gestaltete sich aber zunehmend schwieriger, das tägliche Verlangen ließ die Spendierfreude Fremder und die Bereitschaft der Spritverkäufer zum Anschreiben sinken. Um sich vorausschauend mit einem Vorrat einzudecken, gab es selbst dann keinen Grund, wenn der Alkoholkranke bei Kasse war, denn er konnte sich nicht vorstellen, dass er am nächsten Tag wieder eine Flasche brauchen würde, geschweige denn am Wochenende oder in der darauffolgenden Woche. Er ging immer nur einen Tag nach dem andern an. Morgen beginnt ein neues Leben!

Für den Alkoholiker bedeutete jeder Tag einen ganzen Lebenslauf, er begann mit kindlichem Optimismus, der in den Enttäuschungen des Erwachsenenlebens verebbte, und diese wiederum lieferten den Schlüssel zum Königreich des Abends, der Vergesslichkeit des Alters. Doch war es auf Dauer natürlich ermüdend, sein Leben jeden Tag neu beginnen und jeden Abend aufs Neue beenden zu müssen, und es war wohl am Ende gerade diese Erschöpfung, die die Leute fertigmachte. Nicht das Gift des Alkohols an sich, sondern die psychische Überforderung. Der arme Fúsi wurde seit vierzig Jahren neu geboren und starb und konnte vor Lebensmüdigkeit kaum mehr sprechen.

»Wo ... ist die Sigga hin?«

Engilráð gab darauf keine Antwort. Wenn man dieselbe Erklärung über tausendmal von sich gegeben hat, mag man nicht mehr. Svanlaugurs Schwester Sigríður streifte auf der Suche nach Trinkbarem für ihren Mann Tag für Tag durch den Ort. Gestur hatte sie oft von Haus zu Haus gehen sehen, auf Sichelbeinen, mit totem Blick und hängendem Gesicht. Es war ihre Hauptbeschäftigung, ihr war die Rolle zugefallen, ihren Mann über Wasser zu halten, ihm für den Abend ein oder zwei Fläschchen zu besorgen und von Engilráð etwas Essen zu erbitten, mit dem sie ihn füttern konnte.

So sah es im Heim der Dichterin aus, die das neuerworbene Wahlrecht mit ihrem ersten veröffentlichten Gedicht feierte. Gestur fasste sie genauer ins Auge. In ihrem Schweigen hatten unterschätzte innere Weiten, Gipfel und Länder gesteckt, in denen Wörter nach Versen und Verse nach Wörtern riefen und in denen ständig Gedanken an Land gezogen und aufgetischt wurden. Er hatte das Gefühl, wieder aus dem engen Fjord hinauszuschauen, das gleiche Gefühl hier bei der Mutter seines Kindes, wie er es unten am Ufer bekommen hatte, als er dort gestanden und in seinem Fernseer die ferne Wolke betrachtet hatte, von der er geträumt hatte, sie würde ihn mit sich nehmen bis zum Horizont und darüber hinaus in eine andere Welt. Gestur sah Engilráð, wie sie sich in ihrem Haus bewegte, aufräumte, über Köpfchen streichelte, Besen ausschüttelte, und im selben Moment tat es ihm leid, dass er vor einem Leben mit ihr davongelaufen war, wo er sie doch immer geliebt hatte.

Wer jemals mit einem anderen Menschen ein Bett geteilt hat, behält für immer einen Augenblick in dessen Leben. Und dieser Augenblick kam nun in Gestur wieder hoch und füllte ihn ganz aus. Er folgte ihr mit den Augen, wie sie sich im Heim ihrer Kinder bewegte, bis sich ihre Blicke trafen. Sie spürte den Strom, der von ihm ausstrahlte, bekam leicht zittrige Hände und verlor die Fassung, bis sie sich an einem Bettende festhielt und ihre Augen abkühlte, bis sie sie ihm geben konnte. Wer jemals einen anderen Menschen geliebt hat, behält immer einen schwachen Punkt für ihn. Und da stand jetzt die Dichterin für einen Moment, bis ihm eine andere Tatsache aufging: Das menschliche Herz brennt nie wieder für den, der es verbrannt hat.

Draußen ertönte eine Dampfpfeife, einmal lang, zweimal kurz, ein Schiff lief ein. Gestur kannte sämtliche Signale und wusste, dass es sich um das von Hedin handelte. An Engilráðs Gesicht sah er, dass sie wie im Vorjahr wieder für diese Firma arbeitete. Sie meinte, sie würde die Kinder mitnehmen; dann sah sie zu Helga und fragte Gestur:

»Willst sie mitnehmen?«

Kapitel 28

Generationenfolge

Gestur stand noch erschüttert unter dem Eindruck dieses Einblicks in Engilráðs Gedankenwelt und kehrte ins Eiríkshús zurück, wie ein Heerführer, der erkennt, dass er unwissentlich auf einen ganzen Landstrich verzichtet hat, der ihm sonst ohne eigene Verluste zugefallen wäre, ein Landstrich, der größer war als sein eigener Machtbereich. Immerhin brachte er eine Beute mit: seine Tochter, die im nächsten Monat acht Jahre alt würde. Er stellte sie allen im Haus noch einmal vor. Lási las einäugig bei Kerzenlicht in seiner Baðstofa, ein ewiger Mensch des Winters, obwohl draußen ein heller Sommerabend war. Papa lag vor seinem Bett auf dem Boden. Der Hund war zu alt geworden, um noch die Treppe zu schaffen.

»Sind das Torfwände?«, fragte das Mädchen.

»Ja, er übt schon für das Grab«, sagte Gestur und forderte Olgeir auf, Helga zu begrüßen. Natürlich kannte der Junge sie, sie gingen zusammen in die Schule. Olgeir war vier Jahre älter.

»Sie wohnt in einer Hütte, der vom Schluckspecht«, sagte er verächtlich. »Und ihre Mutter bellt wie ein Fuchs.«

Wegen Fúsi hatten die Spottvögel, diese geheimnisvollen Götter, die mit allbekannter Unbarmherzigkeit über das Alltagsleben herrschten, aus Svanlaugurs und Engilráðs Häuschen Stapakot ein Sopakot gemacht, einen Schluckkotten.

»Olgeir, verhalte dich bitte anständig meiner Tochter gegenüber.«

Der Junge sah Gestur völlig verständnislos an, etwas so Absurdes hatte er noch nie gehört. Er trug inzwischen eine schwarze Augenklappe, die ihm ein norwegischer Boss in Södals Firma geschenkt hatte. Olgeir arbeitete dort mit Malla zusammen. Er sah aus wie ein Junge, der sich auf einem Schulfest als Pirat verkleidet hat. Anders als gedacht, hatte ihn die Klappe noch großmäuliger gemacht. Die Kinder starrten einander an wie Hund und Katze, Olgeir machte sich im Küchentürrahmen breit und wollte Helga nicht einlassen. Gestur wollte ihn schon zur Seite schubsen, als Anna die Straße entlanggelaufen kam, in einer schleimglänzenden Schürze und bis unter die Arme voll Schuppen. Sie kam von einer Schicht bei Áki, während der sie den kleinen Jón in einem Schuppen untergebracht hatte, wo eine schlechtgelaunte Jugendliche auf fünf kleine Kinder aufpasste. Das war der erste Vorläufer einer Kita in Island.

»Hallo! Du bist Helga?«, sagte Anna, vom Laufen etwas außer Atem, und verschlang das Mädchen mit Blicken. Sie sei kurz nach Hause gelaufen, um trockene Lederhandschuhe zu holen, ob Olgeir ihr die nicht kurz bringen könne, sie hingen über dem Ofenrohr. »Hübsches Mädchen«, sagte sie leise zu Gestur, bevor sie wieder zur Arbeit ging.

Málfríður war ebenfalls auf der Arbeit in Södals Betrieb, und Olgeir scheuchte Vater und Tochter mit seinem bösen Blick nach oben, wo sie sich auf die gegenüberstehenden Betten setzten. Gestur war immer noch damit beschäftigt, alles an ihr wahrzunehmen, und sein Blick wurde starr, als er sich ihre Hände und Finger anguckte. Sie waren seinen so ähnlich, dass es fast zum Lachen war. Allerdings waren sie längst nicht so rau von Arbeit, Wind und Wetter. Helgas linke Hand lag auf ihrem Oberschenkel auf dem Rock, und Gestur wurde innerlich ganz ergriffen von ihrem Anblick, etwa wie ein Besucher der Glyptothek in Kopenhagen von einer samtweichen Marmorhand. Er wurde fast trunken von diesem Anblick und sprach unbewusst laut ihren Namen aus:

»Helga.«

»Ja?«, fragte sie, aber er übte nur, wurde plötzlich von dem Wunsch erfüllt, zu tun, was er nie getan hatte: seine Tochter beim Namen zu nennen.

»Helga«, sagte er noch einmal und lächelte.

Wenn sie noch länger hier sitzen blieben, würde sein Leben vollkommen. Aber was mochte in dem Mädchen vorgehen?

»Du weißt, dass ich dein Vater bin?«

»Ja, das hat Mama mir immer gesagt.«

»Auch als du mich noch nicht kanntest?«

»Ja, seit wir von Strönd weggezogen sind.«

»Und Svanlaugur? Wie hat er das aufgenommen?«

»Weiß ich nicht. Ich glaube, er hat es immer gewusst.«

»Aber du nennst ihn Papa?«

»Ja, das habe ich von meinen Brüdern übernommen. Die haben mich immer verbessert, wenn ich Schwanpa gesagt habe.«

»Aber jetzt können wir ...«

Gestur brach ab. Tränen ließen ihn nicht weitersprechen. Helga guckte mit großen Augen auf diese Seelenflut, als wäre sie eine Schneeflut. Weinten Männer?

»Jetzt können wir ...«

Auch der zweite Versuch scheiterte. Er gab es auf, wischte sich die Tränen ab, nahm die Hand des Mädchens in die eigene und hielt sie eine Zeitlang fest, während der sich die Verbindung aufbaute. Das dauerte etwa anderthalb Minuten. Dann begann er wieder zu überlegen, und es ging ihm ein Licht auf: Diese Verbindung von Hand zu Hand hatte er selbst hergestellt, er selbst hatte dieses Hand-in-Hand geschaffen, es war die Aufeinanderfolge der Generationen. Er saß hier mit allen ihm vorangegangenen Generationen im Rücken, eine jahrhundertelange Kette, die über Bergsättel und ferne Hochheiden führte, durch das siebzehnte und das sechzehnte Jahrhundert bis zurück in ein offenes Landnahmeschiff an der Küste. Diese Kette reichte er gerade weiter und legte sie in diese kleine Hand, die sie einmal ihrerseits weitergeben würde. Durch die Verbindung ihrer beiden

Hände fand er den Zugang zu seiner Tochter. Er ließ ihre Hand los, rutschte auf die Knie und nahm das Kind in die Arme. Er grunzte und schluchzte und schniefte und zog die Nase hoch, bis er meinte, mehr sentimentale Weinerlichkeit dürfe er dem Kind nicht zumuten, und vorschlug, sie sollten einen Spaziergang am Ufer entlang nach Norden unternehmen.

Papa der Hund ging mit.

Gestur zeigte seiner Tochter seinen Fernseher und ließ sie in Ruhe das Panorama aufnehmen. Es war ein Segulfjorder Sommertag mit juliblauem Himmelsgewölbe und einem sahneweißen Rahmrand über der Landzunge, nachmittagsruhiger See und fünf Booten auf der Fahrt zum Hafen. Es war der Himmel, den er als Kind vor sich gesehen hatte, wenn er das Märchen von Schneeweißchen und Rosenrot hörte. Jetzt stand das Märchen neben ihm.

»Hast du geheiratet?«, fragte es.

»Ja, Anna und ich sind verheiratet. Anna ist die Frau von vorhin.«

»Und sie hat einen Jungen?«

»Ja, einen kleinen Jón, wir nennen ihn manchmal auch Klein-Jón. Er ist gerade zwei geworden.«

»Und du bist sein Papa?«

Der Hund hörte seinen Namen, trabte zu ihr und sah zu ihr auf. Hatte sie ihn nicht gerufen?

»Nein, ich bin nur sein Stiefvater. Sein richtiger Vater ist kurz nach seiner Geburt gestorben. Auf See.«

Er fand sich für seine siebenundzwanzig Jahre auf einmal ziemlich alt, wie er da so mit seiner Nachkommenschaft anstelle des jungen Mannes stand, der er einmal gewesen war, als er noch mit beiden Beinen in der alten Zeit feststeckte und großen Träumen von weiten Reisen und einem Leben im Ausland nachhing. Er steckte die Hände in die Hosentaschen, wie es Männer gern tun, wenn das Leben sie entwaffnet hat, und was fand er da, wenn nicht den alten Selmínastein, den er auf dem Boden der Kajüte im *Schleichenden Pott* gefunden hatte. Dabei kam ihm ein Gedanke, und er gab den Stein seiner Tochter.

»Das ist ein schöner Uferstein an einem Riemen. Möchtest du ihn nicht haben?«

Er zeigte ihr, wie man ihn umhängte, und legte ihn dann in ihre Hand. Helga betrachtete eingehend das schlichte Schmuckstück, flach, mit einem Loch, durch das der Lederriemen geführt war, dann blickte sie zu ihm auf, ihre Augen strahlten, sie lächelte und bedankte sich. Er gab ihr zum Abschied einen Kuss auf die Stirn und schickte sie zu Hedins Verarbeitungsplatz, wo sie auf ihre Brüder aufpassen und ihrer Mutter helfen wollte, Heringe in Fässer zu schichten. Gestur hätte sie gern mit einem freundlichen, zärtlichen Wort verabschiedet, dachte an Begriffe wie »Zuneigung« oder »Liebe«, aber er bekam sie nicht aus dem Wörtertrog gehoben.

»Grüß bitte deine Mutter von mir und sei tüchtig und lieb zu ihr. Sie ist eine besondere Frau, eine ganz besondere Frau.«

Sie nahm das mit großen Augen auf und lächelte mit einem »Spottnäpfchen«.

Sobald das Mädchen vom Strand verschwunden war, drehte sich Gestur wieder zum Horizont und vergoss noch einmal Tränen, für den Tang und die Möwen. Doch eigentlich verachtete er sie – zu wenige, zu spät. Papa schnupperte mit seinem hellgrauen norwegischen Schnauzbart an den Ufersteinen, hob dann ein Bein und pinkelte auf die Kiesel.

Kapitel 29

Steinumsetzung

Meist kamen die Heringsspekulanten gut miteinander aus. Natürlich gab es Konkurrenz um Arbeitskräfte, Fasszahlen und anderes, wenn ein Boot zum Verkauf stand, aber die stopften sie in ein gesondertes Fach, nicht anders als die Besitzer von Fußballklubs heutzutage: Wir wetteifern auf dem Spielfeld, aber heben zusammen einen an der Bar. Auf dem Höhepunkt der Kriegskonjunktur erhärtete sich die Theorie, dass Södal beim Einsalzen am erfolgreichsten sei, gefolgt von Boknavik, Jacobsen und Buus, und zwar aus dem Grund, dass der berühmte Siebenstein seit drei Jahren auf einem eigenen Sockel auf Södals Besitz stand. Nördlich davon befand sich Boknaviks Anlage, südlich benachbart salzte Jacobsen, dem im Anschluss Buus folgte. Die Ursache für deren Erfolge lag auf der Hand. Die Leute äußerten diese Theorie aber nicht offen, sie wollten sich nicht Aberglaube und Spökenkiekerei nachsagen lassen, doch gegen Ende des Sommers wuchs der Unmut. Welches Recht hatte Södal, den Grundstein für das Gedeihen des Orts und das Heringsmärchen auf seinem Privatbesitz aufzustellen, selbst wenn er im Schlick seines Heringsbeckens gefunden worden war? Das erinnerte die Leute an das Ausbleiben der Heringe um 1910, als der heilige Stein, den Blicken der Menschen entzogen, jahrelang im gärenden Unrat und Gestank gelegen hatte. Die Wende hatte sofort eingesetzt, als der Stein wiedergefunden und auf seinen Sockel gehoben wurde. Er besaß offenbar große Kraft.

»Wo er steht, steht alles in Blüte«, hatte die norwegische Besatzung der alten *Bratteli* gesagt, als sie dem Ort den kostbaren, gelblich glänzenden Stein zu Anfang des Jahrhunderts zum Geschenk gemacht hatte. Und die Menschen hatten seine Geschichte noch gut im Gedächtnis: Siebenmal sei der Siebenstein um die Erde gefahren, über die sieben Meere. Sieben Jahre habe er trocken im Meer verbracht – im Bauch eines Wals – und sieben Jahre nass an Land – als Pinkelstein an der Ostküste Indiens. Durch ihn seien Kolonien und Schiffe untergegangen. Diesem ganz besonderen Stein musste Ehre erwiesen werden.

Schließlich marschierten drei angesehene Norweger im Auftrag der Spekulanten zu einem Treffen mit Gemeinde- und Ortsvorstand, sprich Hafsteinn und Pfarrer Árni, und forderten, der Siebenstein solle an einem angemesseneren Ort im öffentlichen Raum aufgestellt werden, wo alle Einwohner seine Schönheit bewundern könnten und nicht nur einige wenige. Hafsteinn lag der Stein am Herzen, denn schließlich war er anfangs ihm verehrt worden.

Séra Árni konsultierte seine Straßenkarte und schlug vor, auf der Fläche zwischen dem Madamenhaus und dem Haus des Doktors einen hübschen Sockel zu gießen, wo er bereits eine Straßenkreuzung plante. Dort sollte eine demnächst anzulegende Norðurgata vom Friedhofstor zur Neuen Brücke führen und eine Krónugata kreuzen, die den Trampelpfad von der Brücke am Gemeindevorsteherhaus zum Krónufélag ersetzen sollte. Der Sockel sollte so hoch sein wie Hafsteinn, damit niemand auf den Stein urinieren könne. Außerdem solle er von einem Eisengeländer umgeben werden, damit ihn niemand entfernen könne. Das Monument sähe dadurch etwas rustikal aus, aber ein Loch durch einen magischen Stein wie diesen zu bohren, wie einige vorschlugen, erschien nicht ratsam.

Södal war ein ehrenhafter Mann und küsste den Stein zum Abschied, mit dessen Anblick er drei Jahre lang aufgewacht war. Und es kam, wie es kommen musste: Im folgenden Sommer stieg die Zahl der Fässer in den weiter südlich gelegenen Betrieben, sodass es zu einem ungefähren Gleichstand zwischen Kopp, Hedin, Áki, Thorgilsen, Brandsøy (einem neuen Unternehmen, das auf der Norwegerbrücke einsalzte), Sigurður Jónsson und Eiríkur Bláfeld auf der einen und Södal, Jacobsen, Buus und Boknavik auf der anderen Seite kam. Die Kollegen »im Norden«, Vetlesen, Falk, Solvang, Norheim und Thiel, fielen auffällig dahinter zurück. Ihre Betriebe waren am weitesten vom Mirakelstein entfernt. Ole Næss »im Süden« hatte hart zu kämpfen, aber er hatte ja noch das Glück und die Liebe an seiner Seite und beklagte sich nicht.

Es bestand nun aber kein Zweifel mehr, der Siebenstein war eine mächtige magische Kraft. Der Einzige, der gegen seinen neuen Standort protestierte, war Vetlesen, er zog randalierend durch Kneipen und Spelunken, ballte die Faust drohend gegen Hafsteinn und versuchte sogar, allerdings vergeblich, den Stein aus seiner Eisenarmierung auf dem Sockel herauszuholen. Sein Ansehen in der norwegisch-isländischen Heringsgemeinschaft war allerdings noch geringer als das von EHBB.

Die überraschendste Wirkung entfaltete der Siebenstein bei Veränderungen im Madamenhaus. Der norwegische Geistheiler Åmund Vatne, der vor einiger Zeit an dem Gebäude eine »Seelenheimsuchung« diagnostiziert hatte, hatte sich neuerdings zwei Metallnadeln zugelegt, die er zwischen seinen Händen tanzen ließ, um an ihren Bewegungen Kraftlinien in der Erde und in Gebäuden abzulesen. Die Kraft im Siebenstein war unglaublich. Vatne behauptete, er habe noch nie solche Ausschläge der Nadeln erlebt und seitdem der Stein gleich gegenüber dem Madamenhaus stehe, habe er »die kranke Seele des Hauses geheilt«. Halldóra konnte den sich bessernden Zustand im Haus bestätigen, denn die Topfpflanzen auf ihren Fensterbänken trieben auf einmal wie wild und sie selbst habe die Kopfschmerzen nicht mehr, die sie so lange geplagt hätten. Ihre Kostgänger meldeten, das Essen sei viel besser geworden und überhaupt habe sich auch die Atmosphäre zwischen den Bewohnern entspannt. Die Materialisten unter ihnen schrieben die Verbesserungen allerdings der Kanalisation zu, die man versuchsweise gleich nördlich des Madamenhauses angelegt und mit einem Abfluss zum Fjord verbunden hatte.

Über den Siebenstein herrschte eine nahezu einhellige Meinung im Ort. Keiner glaubte, dass ein Stein solchen Einfluss auf das wirtschaftliche Leben haben konnte. Und gleichzeitig konnte keiner glauben, welchen Einfluss der Stein auf das wirtschaftliche Leben hatte.

Kapitel 30

Valtafell

Der Heringssommer des Jahres 1915 war in mehrfacher Hinsicht ein Rekordsommer. Die Berge von Fässern waren nie höher gewesen, der Ort hatte nie mehr Einwohner gehabt, es waren noch nie mehr Boote und Schiffe gekommen. Alle Betriebe schrieben schwarze Zahlen. Auf den Märkten galten Kriegspreise, und jede Fracht erreichte ihr Ziel. Es galt nur darauf zu achten, dass man der britischen Küste nicht zu nahe kam.

Die Großhändler scheffelten Geld mit Händen und Füßen. Sogar Eiríkurs Firma lief wieder auf vollen Touren mit achtzig Arbeiterinnen auf seinem Gelände. Es befand sich nahe dem Siebenstein auf dem ehemaligen Grundstück des Krónufélags. Entgegen der allgemeinen Konjunktur hatte Toni im vorigen Sommer die Heringsverarbeitung aufgegeben. Wie in einem mitteleuropäischen Märchen hatte Eiríkur aus einer Tonne Gold zwanzigtausend Tonnen reines Silber gemacht.

Wenn Gestur ihm auf der Straße begegnete, steckte ihm EHBB wortlos eine Krone in die Brusttasche und ging weiter, eine Zigarre im Mundwinkel und zwei Mädchen am Arm. Es hieß, dieser Barlöwe wache jeden Morgen um halb fünf auf, springe aus dem Bett, eile die Treppe hinab und zum Ende seiner Pier, wo er sein Wasser ins Meer abschlug und anderen Frühaufstehern winke. Dann ging er zurück und zählte Fässer, leere Fässer, trank allein Kaffee und erledigte ein wenig Buchhaltung, bevor er seine Besatzungen antanzen ließ. Seine Boote liefen gewöhnlich als Erste aus.

»Morgenstund hat Gold im Mund«, hieß in diesem Sommer seine Devise.

Mit Jahresbeginn war in Island ein völliges Alkoholverbot in Kraft getreten, was dem Sommervergnügen aber keinen Abbruch getan hatte. Es zahlte sich jetzt aus, dass die Behörden Segulfjörður kaum als ein Teil Islands, sondern mehr als eine norwegische Kolonie betrachteten. Zuerst hatte man den Großteil der Alkoholvorräte vom Land auf die Schiffe verfrachtet, mit denen sie gekommen waren, doch diese höfliche Rücksichtnahme hielt nicht lange, und bald wurden die zwanzig Kneipen in Cafés umgetauft, in denen man überall den besten Kaffee Islands zu trinken bekam. Um die Mitte des Sommers wurden aus dem Süden zwei Mann entsandt, um das Verbot durchzusetzen. Einer von beiden fiel schon am ersten Wochenende, er machte die Bekanntschaft einer kostspieligen Dame und verschwand im Partytreiben. Der Zweite suchte allein den Gemeindevorsteher auf und sah ihm streng in die Augen:

»Sie wissen, dass im ganzen Land ein Alkoholverbot gilt.«

»Sehr wohl, und es ist ganz storartig, wie froh und zufrieden die Menschen darüber sind.«

Gleich nach dem Ende der Fangsaison wurden auf Eyri zwölf neue Häuser gebaut. Die Menschen wollten unbedingt im Ort ansässig werden. In den Landgemeinden, aus denen sie kamen, gab es nichts zu holen, hier hingegen glänzte die Zukunft silbern vor Fischschuppen und Bargeld. Es gab sogar Beispiele von Isländern, die aus Kanada und den Vereinigten Staaten zurückkehrten, um sich in Segló niederzulassen. Und dabei handelte es sich nicht ausschließlich um Eltern, die im Weltkrieg ihre Söhne verloren hatten. Erst jetzt wurde in Island bekannt, dass sich allzu viele junge Isländer in Kanada freiwillig zur Armee gemeldet hatten und auf unbekannten Schlachtfeldern Europas fielen wie die Fliegen, und das, nachdem sie vielleicht erst einen halben oder ganzen Winter im neuen Land erlebt hatten. Das

Unglück und der Irrsinn, die der Weltkrieg mit sich brachte, kannten keine Grenzen.

Die Kanadier wollten sich vor den Briten beweisen und traten in den Krieg ein, die frisch eingewanderten Isländer wollten sich vor den Kanadiern beweisen und kämpften an ihrer Seite. Selbst arrivierte Kaufleute unter den West-Isländern trieben junge Männer und Neuankömmlinge in diesen Sumpf. Das biblische Phänomen des »Sohnesopfers« feierte Urstände. So wird ein Krieg nur für die geführt, die zuhause sitzen, denn an der Front erwartete die jungen Männer das menschenfressende Monster Geschichte, voller Zufälle und Raserei, ziellosem Schießen und unverdientem Glück, Regen und Morast, Frost und Kälte und Durchdrehen ganz normaler Männer. Auf diesem fürs Verderben geschaffenen Schlachtfeld konnte man für nichts kämpfen, außer für das eigene Grab. Die Schützengräben, die die Soldaten morgens aushoben, wurden abends zu ihren Gräbern. Die Kriegsschauplätze im Norden Frankreichs wurden zum größten und nachhaltigsten Friedhof der Geschichte.

Segulfjörður war hingegen ein Land ohne Armee, und die Gelegenheiten lagen auf der Straße. Man brauchte sie bloß aufzuheben. Nach den Eviger-Brüdern hatten inzwischen auch Buus, Södal und Boknavik Heringskochereien aufgebaut, und aus den majestätischen Schloten stieg der Qualm rund um die Uhr. Diese Front war vornehmer, und der Rauch tötete nicht, obwohl manch einer auf das nach wie vor bestehende Lawinenrisiko jenseits des Fjords hinwies. Selbst der Gestank wurde in jeder Nase zum Wohlgeruch, störte niemanden. Ein Zauberwort hatte Fischgestank in Wohlgefallen verwandelt: Als sich ein Bürger einmal darüber beschwerte, hatte der große Johan Södal nur knapp geantwortet:

»Aber das Geld stinkt nicht.«

Geld stinkt nicht. Der Gestank der Fischabfälle verflog augenblicklich, und die Isländer erfanden dafür das schöne Wort »Geldgeruch«, das schnell zu einem ihrer Lieblingsausdrücke wurde.

Als im Herbst das Heringsgeschäft abgeschlossen und jedes Fass in

Bergen, Göteborg oder Kopenhagen angeliefert worden war, waren die Großhändler dermaßen reich geworden, dass es ihnen Probleme bereitete. In isländische Banken hatten sie kein großes Vertrauen, doch irgendwo musste das Geld hin. Die meisten entschlossen sich daher, zu investieren, in neue Maschinen, Schiffe, bessere Wohnungen, oder sich ein Schloss zu bauen. Auf einmal war das Winterhalbjahr eine genauso betriebsame Zeit geworden wie der Sommer.

Der größte Teil des Wachstums sah seine Schösslinge jedoch anderswo sprießen als in Segló. Die Ausbeutung des Orts hatte begonnen. Man ließ sich Steinhäuser in Reykjavík und andernorts errichten. Der fahrende Erzschelm Eiríkur etwa ließ sich eine Prachtvilla im Laufásvegur bauen, einer der vornehmsten Straßen der Hauptstadt, nicht weit von Galtafell, dem neuen Haus der Thorgilsens, und nannte es Valtafell. Diesen Spekulantenscherz fanden nicht alle Bürger lustig.

In Eiríkurs Händen schien in diesen Tagen alles zu Gold zu werden. Im Herbst meldeten die Zeitungen der Hauptstadt den Verkauf eines Kunstwerks: Ein Gemälde von Kristrún Jónsdóttir von einem Ball auf einer Pier in Segló war für dreitausend Kronen verkauft worden. Ein solcher Preis erregte im ganzen Land Aufsehen. Wer gab eine solche Riesensumme für bloße Pinselei aus? Der Käufer galt als unbekannt, als Verkäufer wurde ein Erik H. Blåfeld, ein Däne, angegeben.

Derselbe kam schon bald erneut in die Schlagzeilen, als er im Spätwinter in Kopenhagen auf offener Straße verhaftet wurde. Urkundenfälschung lautete die Anklage. Er hatte einem Auktionshaus ein Pergamentblatt angeboten, das angeblich »aus der Möðruvallabók gefallen« war und die erste Seite der Laxdæla-Saga enthalten sollte. Die Handschrift wurde zur Fälschung erklärt, und Eiríkur saß drei Monate in Untersuchungshaft im *Blegdamsvej fœngelse*, dessen Namen die isländischen Zeitungen zu *Blekdómsfangelsi*, also »Tintenurteilsgefängnis«, verballhornten. Dann kam es zu einem Vergleich, und die Handschrift wurde zur Verwahrung der Königlichen Bibliothek übergeben. Über ihren weiteren Verbleib dort war nichts in Erfahrung zu bringen. Séra Árni persönlich richtete ein Ersuchen um Nachforschungen an die Bibliothek, bekam aber keine Antwort. Dem Pfarrer kamen einige Zweifel in der Sache, denn nachdem Gestur ihm das Pergament schließlich übergeben hatte, hatte sich Árni von dem schönen und aalglatten Eiríkur H & B überzeugen lassen, er könne das Schmutzblatt an geeigneter Stelle unterbringen. Der Pfarrer glaubte, damit meine der Spekulant die Hochschule oder das neue und stattliche Museum in Reykjavík. Die Nachricht von dem Auktionshaus in Kopenhagen traf ihn völlig unvorbereitet.

Vielleicht waren die Handschriften doch am besten unter den Gesäßen unserer vorzüglichsten alten Frauen aufgehoben.

Áki Pétursson und Eðvald Kopp bauten ihre Investitionsobjekte in Fagureyri. Niemand sah seine Zukunft in Segló, in den Augen der Vermögenden war der Ort nichts anderes als eine Fischereianlage. Viel wurde von Villenneubauten in den norwegischen Heimatorten der Heringskönige erzählt. Dass Ausländer aus unseren armen isländischen Nestern einen solchen Reichtum ziehen konnten, war ein Grund zur Freude und erfüllte das Volk mit Stolz.

Von den Eviger-Brüdern baute sich jeder ein großes Haus an derselben Straße in Bergen, aber Vetlesen übertrumpfte sie alle und kaufte sich ein großes Landgut mit Herrenhaus bei Stavanger. In Dänemark nannte man die Kriegsgewinnler »Gulaschbarone« (die alten Adelsgeschlechter belegen nämlich alle gern mit Spottnamen, die ihre Macht bedrohen). In Island dagegen war für die Märchenkönige des Heringsabenteuers seit Längerem der Ausdruck »Heringsspekulanten« gebräuchlich. Der dänische Begriff war klar herabsetzend gemeint, und auch der isländische Ausdruck galt südlich der Hochheiden als Schimpfwort, im Segulfjörður jedoch als Auszeichnung. Eiríkur Rein & Fein war die Personifikation der südlichen Interpretation, Áki Pétursson die Verkörperung der nördlichen.

Von all diesen Prominenten hatte nur Södal einen dauerhaften Wohnsitz in Segló, aber er hatte sich auch ein mächtiges Haus errichtet. Außer ihm unterhielten noch Buus, Falk, Eviger und Thorgilsen kleinere Wohnhäuser auf Eyri, Sommerhäuser im wahrsten Sinn des Wortes. Diese ansehnlichen Gebäude standen alle jeweils nahe ihrer Betriebe (nur das des Isländers in der Aðalgata) und erhoben sich wie Wellblechschmuckkästchen aus den Innereien und Abfällen, die immer um die Verarbeitungsplätze lagen. Die übrigen Chefs wohnten den Sommer über entweder auf ihrem Gelände, auf ihren Schiffen oder in einem Hotelzimmer im Nordpol.

Die Eviger-Brüder verbrachten ihre Sommer in einem zweigeschossigen Holzhaus auf Steinsockel an der Ecke von Eyri, wo das Norwegerhaus stand, fast direkt gegenüber von ihrer Fabrik auf der anderen Seite des Fjords. Das schöne Ziegelsteinwunder füllte ihr Wohnzimmerfenster Tag und Nacht aus.

Kapitel 31

Die Kunst, den Strohmann zu geben

Die späteren Kriegsjahre waren nicht mehr so glorreich wie die ersten. Die Fangerträge sanken, und im Sommer 1917 kam der größte Teil der norwegischen Flotte nicht nach Island wegen der schärferen Bedingungen der Briten für das Anlaufen ihrer Häfen, die unter anderem bestimmten, dass der gesamte Fang des Sommers an sie verkauft werden müsse. Die Isländer fischten daher allein, und die Heringe schienen ihre Norweger zu vermissen, denn die Gesamtfangmenge betrug nur die Hälfte des Rekordjahrs 1915. Die Atmosphäre im Ort war auch nur noch ein Schatten früherer Tage, und die Leute vermissten ihre Schlägereien.

Selbst die, die immer gegen die Norweger gewesen waren, erwachten aus ihrem Dämmerschlaf. Kristmundur auf Hvammur unterbrach den seligen Frieden seines Alters und regte sich in einem Leserbrief in der *Áfram* wieder auf: »Und wo sind die Norweger jetzt, wo wir sie brauchen? Wegen ein paar läppischer Forderungen der Briten trauen sie sich nicht mehr aufs Meer. Schöne Wikinger sind mir das! Sobald sie ihren Profit an Bord hatten, haben sie sich aus dem Staub gemacht und uns ohne Heringe zurückgelassen.«

Die Eviger-Brüder schafften es immerhin, zu kommen, und ließen die Fabrik mit geringer Auslastung arbeiten. Gestur erzielte einen einigermaßen auskömmlichen Lohn, doch im Herbst kündigten sich Veränderungen an.

Wie schon erwähnt, verlangten die rechtlichen Bestimmungen, dass Ausländer, die in Island ein Unternehmen betreiben wollten, dort dauerhaft ansässig waren »mit Tisch und Teller und rauchendem Schornstein rund ums Jahr«, wie es hieß. Jahrelang hatte man dieses Gesetz umgangen, das wussten alle, die Spaßvögel ebenso wie die Behörden. Der Vater von Gesturs Freund Skapti, der Lehrer Guðjón Skaptason, zum Beispiel bezog jahrelang Nebeneinkünfte dafür, dass er für den Schweden Hedin den Strohmann spielte, indem er pro forma als Inhaber von dessen Heringsverarbeitung und Eigner von sieben Fangbooten registriert wurde. Ole Næss war lange als Inhaber der Eviger-Fabrik eingetragen. Da er inzwischen jedoch sein eigener Heringsherr war, mit Pier und Gelände am Ufer südlich von Kopp, galt er nicht mehr als strohmanngeeignet. In den letzten beiden Jahren hatte der lange und gepflegte Höskuldur Eyfjörð über Winter als eingetragener Inhaber aller Eviger-Besitzungen firmiert, während sie sich um ihre Verbindungen und Vorhaben jenseits des Meeres kümmerten. Da er aber neuerdings Chef des Elektrizitätswerks war, fiel auch er aus. Und da kam Gestur an die Reihe.

Óskar Eviger trat gegen Ende des Sommers mit dem Vorschlag an Gestur heran. Der junge Mann hatte als Vorarbeiter auf der untersten Etage der Fabrik gute Arbeit geleistet und war jetzt der Isländer mit der höchsten Position in der Firma. Ob er sich vorstellen könne, Inhaber des Unternehmens Eviger zu werden, also der Fabrik samt Anleger davor, dazu des firmeneigenen Kraftwerks samt Maschinenhaus und sechs weiterer Gebäude, darunter das kleine Haus des Aufsehers Vigleikur Brekke, von zwölf Heringsbooten und der Pier auf Eyri sowie Lager und zugehörigen Wohnhäusern? Gestur wurde schwarz vor Augen. Natürlich war ihm klar, dass die Überschreibung nur pro forma war, aber gleichwohl … die Vorstellung überwältigte ihn. Seine erste Reaktion war: ja, die zweite: nein. Was er laut sagte, war:

»Kann ich das mit meiner Frau besprechen?«

Wie viele Männer hatte das Leben auch Gestur gelehrt, sich der

Überlegenheit der Frauen in allen Bereichen, die den Ernst des Lebens betreffen, zu beugen, als da wären: Gefühle, Verantwortungsbewusstsein, Moral und Gesetzestreue. Er rechnete damit, dass Anna Nein sagen würde, und war daher überrascht, als sie die Idee gut fand. Sie erkannte sofort die Vorteile einer solchen Stellung, nahm aber fälschlich an, sie könnten dann auch im Schloss der Fabrikherrn wohnen. Nachdem das aber nicht infrage kam, erkundigte sie sich, wie viel Geld er denn dafür bekäme. Fünfzig Kronen im Monat, das entsprach seinem halben Monatslohn. Für die Unterschrift auf einem Blatt Papier und dafür, täglich einmal nach dem Ofen zu sehen.

»Und warum dürfen wir nicht in dem Haus wohnen?«

Junge, sie war wirklich frech. Ihm war nicht einmal der Gedanke gekommen.

»Und etwa in ihren Betten schlafen?«

»Klar. Hast du nicht danach gefragt?«

»Nein, das habe ich nicht.«

»Dann frag ihn!« Dazu schallendes Gelächter und das Lächeln, das er so an ihr mochte.

Gestur war nie zu Ohren gekommen, dass ein isländischer Strohmann in den ihm anvertrauten Luxusgebäuden hätte wohnen dürfen; allenfalls Norweger oder Dänen, und die waren meist mit den Besitzern verwandt. Anna aber schien entschlossen, das Äußerste aus der Sache herauszuholen. Sprach da die Kindheit in Steinkas Kate aus ihr? Die verbannte Armutsmentalität? Gestur kam auf den Gedanken, die Dichterin und Mutter seiner Tochter aufzusuchen und ihren Engilráð einzuholen. Er war sicher, ihre Antwort würde überlegter ausfallen als Annas Reaktion.

Das Gewissen schien nicht rein aus dem Dunkel der Torfhütten in die helle Gegenwart überzugehen. Unterwegs nahm jeder etwas Schmutz auf.

Unter der Oberfläche nagten an Gestur noch immer Zweifel, ob er richtig gehandelt hatte, als er den norwegischen Brüdern das Katastrophenland verkaufte. Entgegen dem, was er erhofft hatte, waren seine Bedenken mit jedem Jahr stärker geworden. Mittlerweile versetzte es ihm ein ums andere Mal einen kleinen Stich, wenn er die prächtige Fabrik mit all ihren Lichtern und der Rauchfahne sah. Was, wenn doch eine zweite Lawine aus der Skaðaskál kommen sollte, wie einige alte Leute prophezeiten? »Was ein Mal passiert ist, kann auch ein zweites Mal passieren«, hatte ihm der alte Jeremías zwischen zwei Harnstrahlen zugeraunt. »Der Hang ist noch genauso steil wie früher.« Aber wer hörte schon auf die alten Schnarchsäcke? Tatsache war, dass niemand so etwas vorhersagen konnte, auch wenn die Möglichkeit vielleicht bestand. Sicher könnte eine Lawine die kleineren Häuser mitreißen, auch das Kraftwerk und das Maschinenhaus, vielleicht kämen sogar Menschen zu Schaden (Vigleikur und Marta wohnten den ganzen Winter über dort), obwohl natürlich alles solider gebaut war als Lásis Prunkstück aus Grassoden. Der Alte nörgelte übrigens nicht mehr wegen der Angelegenheit, und Gestur tat so, als beschäftige ihn das gar nicht, obwohl es sich in Wahrheit anders verhielt. Er hatte sein Haus für ein Risiko bekommen, das noch immer vorhanden war. Sein Holzhaus stand auf hölzernen Füßen.

Zwei unruhige Tage endeten damit, dass er Málfríður sein Dilemma darlegte. Ihre Antwort ging tiefer, als er erwartet hatte:

»Puh, Gewissen ist eine Krankheit der Reichen. Wir können uns so was nicht leisten. Ich selbst habe ein Haus mit dreizehn Menschen für den Hering aufgegeben.«

Gestur suchte Eviger auf und ging die Stufen hinauf, die ihn von der Fischschleimebene auf Strohmannniveau und in die bürgerlichen Räumlichkeiten bringen würden, die auf dem Papier bald ihm gehören sollten. Óskar war reisefertig, sorgfältig gekleidet, mit silberner Krawattennadel und vergoldeten Manschettenknöpfen, schritt er auf und ab. Er zeigte Gestur, wie der Ofen zu bedienen war, ein drei Stockwerke hohes Monstrum mit ebenso vielen Türen und einem dicken Rohr, das in den Schornstein mündete. Als der Chef die unterste Ofenklappe öffnete und sich zur Seite beugte, hörte Gestur ein lautes Raspeln, als der weiße Kragen seine Wange streifte – er hatte entgegen seiner Gewohnheit am Morgen vergessen, sich zu rasieren. Auf dem Sofa saß ein dicker, fetter Kater, dem nur die Brille fehlte, um wie eine exakte Kopie Henrik Ibsens auszusehen.

»Ach ja, und dann ist da noch Ibsen. Wenn du den Eindruck hast, dass er hungert, kannst du ihm was geben. Ansonsten lebt er vor allem von Mäusen und Ratten. Er ist wild wie ein Löwe.«

In dem aus Beton gegossenen, gerade mannshohen Kellergeschoss, das zwar einen Holzfußboden, aber nur wenige Fenster hatte und ziemlich kühl war, hatten Arbeiter einen hohen Holzstoß aufgestapelt. Es war aus Norwegen eingeführtes erstklassiges Brennholz, das zehnmal langsamer verbrannte als keltische Kohle und isländischer Torf. Óskar bewegte sich leichtfüßig und nahm zwei Stufen auf einmal nach oben. Er zeigte Gestur Küche und Speisekammer, die voll leckerer Sachen war. Eine solche Auswahl hatte Gestur bisher höchstens in Geschäften gesehen. Säcke voller Weizen- und Roggenmehl, Reis, ein Kübel voll Skyr, Marmelade, Kekse und zwei Lammkeulen.

»Davon nimmst du dir einfach, was du brauchst, ikkje Problem«, sagte der Großmächtige und zeigte lässig auf die ganzen Lebensmittel, als wären sie ihm völlig egal.

Auf dem Esstisch im Wohnzimmer sollte Gestur immer eine Tischdecke auflegen, Teller, Gläser und Besteck benutzen, sonntags und mindestens an einem Tag in der Woche Licht machen.

»Ja, Gestur, du kannst hier ein und aus gehen, wie es dir passt, aber schließe immer hinter dir wieder ab. Einen Ersatzschlüssel deponiere ich für den Notfall im Nordkap.«

Die Frage, ob sie hier einziehen dürften, rumorte in Gestur, aber er konnte sich nicht überwinden, sie zu stellen, und dann war Óskar auch schon nach oben zu seinem Koffer verschwunden. Der Vorarbeiter hörte den Chef herumkramen, bis es an der Haustür klopfte. Der Norweger rief von oben:

»Kannst du sie bitte einlassen? Das ist meine Freundin.«

Gestur verwandelte sich in einen höflich neutralen Hausdiener und öffnete die Tür, bekam danach aber den Mund nicht wieder zu:

Die Frau kam ihm bekannt vor. Sie sah gut aus, war stilvoll und elegant gekleidet. Mit raschelndem Rock trat sie ein, sah sich um, grüßte spöttisch in gutem Isländisch, und erst nach einigen Sekunden klickte es in Gesturs Hirn: Das war Súsanna. Eine Súsanna, die in ihrer einstigen strahlenden Eleganz wiedererstanden war, mitsamt ihrer früheren Selbstsicherheit, ihre Lippen glänzten, die Augen blitzten und warfen ihm Blicke zu, während sie hochherrschaftlich durch Flur und Räume rauschte: Das alles gehörte ihr. Groß war die Kraft des Siebensteins.

»Ich komme«, rief Óskar von oben.

Also mussten sie zusammen im Wohnzimmer warten, mit gedecktem Tisch, Tuch und Teller zwischen sich, sie, die ehemals ein Paar gewesen waren. Doch auch wenn der Raum sie wieder vereinte, sie auf denselben Fußboden stellte und ihnen Zeit ließ, ein paar Dinge zu klären und miteinander zu reden, so brachten sie doch über den Gruß, den Súsanna ihm an der Tür zugeworfen hatte, kaum ein Wort heraus.

»Sæll.«

»Sæll«, hatte er zurückgegeben, und das war's auch schon. Wie eine Salzsäule stand er drei Meter von ihr entfernt, steif und konsterniert von dem Schock, sie hier zu treffen, und durch die Tatsache, dass sie jetzt die Mätresse des norwegischen Napoleons war, des größten Mannes am Ort. Óskar Eviger und er waren also Leibschwäger. Konnte man damit etwas verdienen? Wie hatte er diese Göttin nur gehen lassen können, die einmal in seinen Armen gelegen hatte? Er liebte sie noch immer, hatte es immer getan, oder nicht? Wer weiß, was sie gerade dachte. Lag da ein spöttisches Lächeln auf ihren Lippen? Zwischen ihnen öffnete sich ein Krater im Fußboden, eine Vulkanspalte, eine Schlucht. Es war erstaunlich, welche Macht der Lust innewohnte: Hier schaffte es dieses hinterhältige Stück noch zehn Jahre später, den edlen Fußboden im prächtigsten Haus des Ortes mit solchem Getöse aufzureißen, dass es ihnen unmöglich war, sich über den Krater, diesen steingewordenen Riesen der Lust und der Begierden, hinweg zu verständigen. Im Krater wanden sich die Liebesgespenster so umeinander, dass es laut in ihren Knochengestellen klapperte.

So groß war die Macht der Liebe: Selbst mehr als ein Jahrzehnt nach ihrem Tod vermochte sie diese beiden Herzen zu erschüttern.

Óskar Eviger kam lächelnd die Treppe herab, den Koffer in einer Hand, eine Tasche in der anderen, setzte beides im Flur auf dem Boden ab und kam dann, alle Lichter angesteckt, ins Wohnzimmer gesegelt. Er hatte in Rasierwasser gebadet, ergriff die Hände seiner Angebeteten und küsste sie zart auf beide Wangen. Beim zweiten Kuss blickte er zu Gestur und brannte ihm mit beiden Augen ein Siegesmal ein. Süße Rache.

Gestur stand am Fenster und sah die beiden zum Schiff gehen. Es war der gute Dampfkessel, die *Argo*, das Schiff im Besitz der Brüder. Vielleicht sinkt es ja auf der Überfahrt, dachte Gestur, ohne zu denken. Dann versuchte er, so gut es ging, den eigenen Kopf wieder ins richtige Fahrwasser zu bringen.

Kapitel 32

Zerbrochenes Porzellan

Sie widerstanden nicht der Versuchung und ließen von Málfríður in der Eviger-Küche einen köstlichen Reisbrei auf Óskar und Gunnar Evigers Kochherd zubereiten. Die Zutaten kamen aus deren Speisekammer. Das Festmahl nahmen sie dann an dem mit einem weißen Tuch gedeckten langen Esstisch im Salon ein. Gestur am einen Ende, Anna mit dem kleinen Jón auf dem Schoß am anderen. Der Kleine war inzwischen fünf Jahre alt, aber immer noch ein kümmerliches Kerlchen, das nur wenig sprach, als würde er den vorzeitigen Tod seines Vaters bedauern. Seine Augen waren dunkel von Seetrauer, überhaupt guckte er salzig und traurig. Oder litt er etwa an Tuberkulose? Olgeir saß in der Mitte einer Längsseite und hatte einen Teller in rotgestreiftem Papier eingewickelter Bonbons vor sich. Er wollte keinen Brei, sondern nur Süßes, und kam damit durch; dieser Abend war eine Ausnahme. Málfríður hockte sich wie eine Besucherin auf einen Stuhl an der Wand, betrachtete die Festtafel und lachte.

»Sollten wir nicht bald nach Hause fahren? Was, wenn uns hier und jetzt jemand sieht?«

Gestur stand auf und zog die Vorhänge aus dickem flaschengrünem Samt zu. Dann ging er zu Anna und dem kleinen russischen Prinzen und forderte sie zum Tanz auf. Malla nahm den Kleinen, und Anna und Gestur schwebten auf Wollsocken über den glänzend lackierten, leise knackenden Holzfußboden wie Aschenputtel und ihr

Tänzer. Musik spielte nur die Augenblickseingebung. Wohin hatten sie es gebracht? Wo waren sie gerade? Gestur kam sogar der Gedanke, seine Frau nach oben in Óskars Zimmer zu führen. In dem Moment fiel Malla Jóns Teller aus der Hand, und in Glasgow gebranntes Porzellan zersprang auf dem Boden in fünfzehn Teile, dass es einen Zauberknall tat. Málfríður gab sich die Schuld, aber davon wollte Gestur nichts hören. Er sah zu, dass sie schleunigst das Haus verließen. Das war eine Warnung aus Norwegen gewesen. Auf dem Weg nach draußen erbrach Olgeir rötliche Zuckerkotze auf den Teppich im Eingang. Fehlte nur noch, dass sie einen Haufen auf dem Fußboden hinterließen und das Schloss in Brand steckten.

Am folgenden Tag kaute Gestur an seiner Selbstachtung. Er fühlte sich wie ein behämmerter Gulaschbaron, ein neureicher Geizkragen. Und konnte sich kaum vorstellen, noch einmal den Schlüssel ins Schloss zu stecken.

Kapitel 33

Ein anderer Gast

Keinem der Wintergäste schwante, dass dieser Winter der berüchtigtste des Jahrhunderts werden sollte. Die Kältebrunst begann Anfang November mit unschuldigen fünf Grad unter null. Aber die Temperaturen fielen stetig weiter die Minusskala hinab. Mitte des Monats waren sie bei minus fünfzehn Grad angekommen, eine so langsame, aber anhaltende Verschärfung kannte man hierzulande kaum. Der Fischschleim gefror zu Eisflächen, und auch ohne Schnee (der Himmel blieb die meiste Zeit klar) bildeten sich auf den Straßen weiße Flächen, die sich wie Schimmel oder die Pest ausbreiteten und Wiesen, Gartenmauern, Häuser und Schuppen überzogen. Dem komischen Wetter folgte eine solche Windstille, dass manche von einem Würgegriff zu Wasser und zu Lande sprachen, denn bald stockte in der Kälte selbst das Meer, wurde zähflüssig, und da dachte manch einer: Wie soll ich mich bei dieser Kälte bewegen können, wenn es nicht einmal der Meeresgott Ægir kann?

Von Segulnes her sah man zwei Männer kommen, sie gingen zu Fuß über den Fjord wie Kopien von Christus. Viele machten diese Erscheinung für das verantwortlich, was danach kam. Nach fünf Wochen anhaltendem Frost fiel das Thermometer noch tiefer, bis auf minus zweiunddreißig Grad. Die Haustüren froren an den Rahmen fest und ließen sich kaum noch öffnen, alles schien in Frost erstarrt, der Fjord war samt allem, was in ihm lebte, bis auf den Grund gefroren. Isländer kannten eine solche Kälte nicht, schon eher konnten die Norweger Ähnliches von Svalbard ganz im Norden oder aus der Finnmark im Osten berichten. Telegramme meldeten, dass das Meer rund um die Insel von Reykjanestá bis Langanes zugefroren sei, man könne mit dem Schlitten nach Fagureyri fahren und in drei Tagen zu Fuß Hvalbeinsey erreichen.

Zwei Spaßvögel unternahmen eine solche Fahrt mit zwei Zugpferden und kamen zwei Tage später mit Nachrichten, Mehl und Kohlen zurück. Auf Hnísey hätten sie Löcher ins Eis gebohrt, berichteten sie, bei denen säßen die Leute mit Harpunen und warteten auf Haie – ein uralter Zeitvertreib im Eyrarfjörður.

Sie erzählten auch von einem Pferd, das auf Malteyri am Ufer gestanden hätte. Nie zuvor hätten sie ein derart weißes Pferd gesehen. Sie hielten an, um sich das Pferd in Ruhe anzuschauen. Beim Näherkommen bemerkten sie, dass es aussah, als wäre es aus Eis geformt, und zahm war wie ein Hündchen. Als sie es tätschelten, fiel es der Länge nach um, und eins der Vorderbeine brach ab.

Die eisige Kälte hielt auch über die Feiertage an, und der Neujahrstag Nummer 1918 brach an. Frostmatte Schneekörner trieben durch die Straßen, und über die Meeresdächer fegten Windböen mit Seidenschleiern. Die Kälte war auf minus siebenunddreißig Grad gefallen, und seit vier Tagen wagte sich niemand mehr vor die Tür. Die Menschen blieben in ihren Betten und deckten sich mit Tüchern und Segeln und allem zu, was zur Hand war. Lási packte sich abends zum Schlafen Torfplaggen auf, »die beste Vorbereitung für den Tod«, brummte er. Dabei war sein Zimmer nicht einmal das kälteste. Die Torfisolation bewährte sich. Und doch gefror erst jetzt sein Urin im Topf. Der Ofen bullerte Tag und Nacht und hielt die Temperatur wenigstens in der Küche und dem darüberliegenden Zimmer über dem Gefrierpunkt. Svanbergur war endlich zu seiner Malla gezogen, und die beiden kuschelten sich in der Küchenecke zusammen, wo sie nur einen Arm unter der Decke vorzustrecken brauchten, um ein Holzscheit in den Ofen zu schieben. Gestur und Anna zogen aus ihrem Zimmer über Lásis Baðstofa in das Zimmer über der Küche und schliefen dort dicht aneinandergedrängt mit Olgeir und Jón. Die Kälte härtete die Familienbande. Der hündische Papa legte sich oft zu ihnen, wenn sie nicht vergessen hatten, ihn mit nach oben zu nehmen. Seitdem Malla ihn regelmäßig badete, sollte er keine Läuse und Flöhe mehr haben und durfte deshalb als willkommener Wärmespender mit ins Bett. Mit vierzehn Jahren war er für einen Hund inzwischen hochbetagt und ganz lahm von Rheuma.

Der gute Ole Næss hatte ihnen und einigen anderen aus dem Vorrat in seinem Betrieb einige Schubkarren voll Kohle zukommen lassen, dennoch machte sich zusehends Mangel breit, da die letzte Schlittenfahrt schon eine Weile zurücklag. Die Eviger-Fabrik war ebenso geschlossen wie die Schule.

Eisblumen blühten auf allen Fenstern, die Türen waren festgefroren. Der Pfarrer schickte am Neujahrsmorgen dennoch seinen Gehilfen zur Kirche, um sicherheitshalber einen Anschlag anzubringen: »Der Gottesdienst fällt aufgrund der Wetterumstände aus.«

Magnús Mannlos nagelt ihn an die Tür wie Luther seine Thesen und strebt mit dem Hammer in der Hand nach Upphæðir zurück. Vom Vorplatz aus blickt er über den Ort, über dem seit Wochen eine Art Eisnadelnebel lag. Wegen der Windböen hat er sich an diesem Tag etwas gelichtet. Dadurch nimmt Magnús draußen auf dem Eis eine Bewegung wahr, eine gleitende weiße Bewegung. Er guckt genauer hin und sieht einen riesigen, rundlichen weißen Hund fjordeinwärts auf den Ort zukommen: ein Eisbär.

Magnús hastet ins Haus und meldet dem Pfarrer die Neuigkeit. In der offenen Tür halten sie mit angespannten Gesichtern Ausschau und kommen überein, Frauen und Kindern erst einmal nichts zu sagen. Dann läuft Magnús zu seinem Haus und tauscht den Hammer gegen ein Gewehr aus. Der Eisbär hat inzwischen fast Strönd erreicht. Magnús geht ihm entgegen. Séra Árni streicht sich den Schnurrbart, der allein davon, eine kurze Weile in der offenen Tür zu stehen, frostgrau geworden ist.

Der Bär schnüffelt an dem Haufen bei Strönd und scheint dort anklopfen zu wollen, doch dann trottet er weiter nach Gamlibær. Magnús geht den Hang hinunter. Er ist von Kopf bis Fuß dick eingemummelt. Nur seine Nase befindet sich an der frischen Luft, seine Atemwolke ist dicht wie Wolle und wabert wie Eisnebel um ihn herum. Das mannlose Herz schlägt durch die Kälteruhe, die es befällt, ganz langsam. Magnús ist in seinem Element, die Aufgabe liegt ihm. Der Bär scheint von Gamlibær abzulassen, er bewegt sich von dort über die Wiese Richtung Ránarkot. Magnús beschließt, ihm an der Friedhofsecke aufzulauern. Wie andere auch scheinen Eisbären immer ins Zentrum zu wollen. Magnús geht die Aðalgata hinunter, die Häuser nördlich davon verstellen ihm die Sicht, er kann das Tier jetzt nicht sehen. Er geht weiter, am Kino-Café vorbei, und sieht den Bären im Komposthaufen am Ránarkot wühlen, diesem ärmsten Zufluchtsort auf Eyri. Das Magnúsherz schlägt jetzt etwas schneller. Vielleicht lasse ich ihn erst noch die Alte fressen, denkt er. In diesem Winter wohnt eine grobknochige Frau von Skagi mit Namen Kaðlín in dem Kotten. Meister Petz schnuppert dort gerade an den Fenstern, legt jetzt eine Tatze auf die Scheibe, scheint sich aber zu erschrecken oder zu schneiden oder beides, denn er lässt von dem Fenster ab und leckt seine Wunde. Magnús liegt an der Ecke des Cafés in Deckung, hält aber vorsichtshalber das Gewehr im Anschlag. Plötzlich hat sich eine gewöhnliche Hausecke in einen Kriegsschauplatz verwandelt.

Gestur saß in seiner Küche und unterhielt sich mit dem Grindwikinger Svanbergur, der immer ein verzogenes Gesicht und rote Wangen hatte, als ihn ein unbestimmtes Gefühl veranlasste, aufzustehen und aus dem Fenster zu blicken. Er hauchte ein Loch in den Eisblumen frei und schaute hinaus. Was er sah, würde er nie vergessen: Ein Eisbär tappte vierbeinig die Straße entlang und ging gerade am Küchenfenster ihres Hauses vorbei. Ein Eisbär! Konnte es so etwas in Island überhaupt geben? Gestur wagte es kaum, sich zu rühren, schilderte aber Svanbergur, was er gerade sah, und sprang dann doch in langen Sätzen nach oben zu seinen Frostmitbewohnern, die zu dritt eng beieinander unter fünf Decken lagen. Währenddessen ging Svanbergur ins Werkstattwohnzimmer und fragte Lási, ob es im Haus eine Schusswaffe gebe, doch der Greis lag mit geschlossenen Augen unter seinem Holz und Torf in schönstem Kälteschlaf.

Draußen war Magnús der Mannlose inzwischen bei einem kleinen Holzhaus an der Ecke Aðalgata/Skautagata in Deckung gegangen, in dem stets einige Norweger ihr Logis fanden und das Rotterdam genannt wurde, nicht wegen irgendeiner Verbindung zu den Niederlanden, sondern weil es dort so viele Ratten gab. Jetzt kam Magnús hinter der Ecke hervor und richtete den langen Lauf auf den Eisbären, der ihm rasch entgegenlief. Absolut ruhig zielte der Eismann auf den Kopf und drückte ab. Doch die Kugel verfehlte ihr Ziel, und da lief ein Erzittern durch den Schützen, und mit dem zweiten, ebenfalls auf den Kopf gezielten Schuss traf er den Bären lediglich an der Außenseite eines Schenkels, denn das Tier hatte sich auf die Hinterbeine aufgerichtet und fiel Magnús so an. Niemand lässt auf sich schießen, ohne wütend zu werden. Die Tatze des Bären fällte Magnús wie ein Anker. Im Schnee lag ein menschlicher Braten mit dem Gesicht nach unten. Der erste Bissen war ein Nackenstück, der zweite ein Teil der Schulter – blutiges Fleisch in den Fängen von Reißzähnen.

Im weißen Ort hatte sich eine rote Wunde geöffnet.

So ausgehungert war der Bär (obwohl später bekanntwurde, dass er in Segulnes ein halbes Kalb gefressen hatte, bevor er sich mit Gewehrschüssen vertreiben ließ), dass er auf nichts mehr achtete und nicht bemerkte, wie norwegische Fachleute aus Fenstern und Türspalten auf ihn anlegten und ihn zunächst in die Flanke, dann in den Kopf trafen. Und so lagen an der Ecke Aðalgata/Skautagata zwei weiße Bären hingestreckt Seite an Seite. Diejenigen, die die Tötungen sahen, konnten hinterher keinen Farbunterschied zwischen dem Fell des Eisbären und Magnús' Haaren erkennen. Sein Kopf war nicht bedeckt, das Tier hatte eifrig die Verpackung um seinen Braten weggefetzt.

Kapitel 34

Windkühle

Der Bär wurde in Södals Schuppen geworfen, den Pelz stiftete er der Schule zur Erinnerung an einen »guten Mann, der für seinen Ort und seinen Fjord fiel«. Später wurde er zusammen mit einer Plakette an eine Wand genagelt. Magnús darauf mit seinem Beinamen zu verewigen, erschien als wenig pietätvoll. Sein Vatersname war jedoch unbekannt geblieben, seit fromme Menschen den Jungen ohne Erinnerungen, aber mit eisweißem Haar in einem unbemannt im Fjord angetriebenen Boot gefunden hatten. Nur Magnús ohne Zusatz hinzuschreiben, das ging auch nicht, doch erinnerte sich jemand an eine Verszeile von Lási, in der er ihn einmal Magnús Íshafsson genannt hatte, und »Eismeersohn« erschien als sehr passend und wurde in die Plakette graviert.

Auch irgendwie passend war es, dass dieser Eisbär in Menschengestalt von einem Artverwandten aus der Eismeerregion getötet worden war. In Wahrheit empfanden nur wenige seinen Verlust als bedauerlich, abgesehen von Pfarrer Árni, der sich fühlte, als würde ihm seine dritte Hand fehlen. Wer soll jetzt meine Glocken läuten und wer mich von meinen Konvivien mit Bacchus nach Hause tragen? Selbst den Schreiben des Pastors fehlte in den ersten Wochen das Kraftvolle, und das, wo er doch gerade mit den Querköpfen in Reykjavík über eine Verleihung der Stadtrechte an Segulfjörður korrespondierte.

Das Fleisch des Bären kochte Södals Hauswirtschafterin Ragnhildur im Schuppen auf dem Deckel eines Benzinfasses, und nach sechs Stunden Zubereitung konnte jeder, der wollte, etwas von dem grobgeriffelten dunklen Fleisch mit einem lederzähen Fettrand probieren. Die Einheimischen lehnten jeden Bissen entschieden ab und meinten, das Fleisch schmecke sicher genauso widerlich wie die Innereien des Bären, sprachen von einem Geschmack, der einen umbringe, aber die Norweger lobten es. Einige kannten Eisbärensteaks aus ihren Heimatbezirken, andere erinnerten sich, dass die norwegischen Polarreisenden vom »Triumphgeschmack« des Eisbärfleischs gesprochen hätten. Nicht weit vom Probiertisch im eiskalten Schuppen ruhte Magnús in einem von Lási getischlerten Sarg und musste dort bis zum Frühjahr auf seine Beisetzung warten. Der Frostwinter drang tief in die Erde ein.

Die bösesten Spötter meinten, man solle auch die Leiche entbeinen und das Fleisch kochen, denn bei den meisten gingen die Vorräte zur Neige, war auch der letzte Sack Mehl geleert und der Kohlenvorrat verheizt. Torfsoden hatten einige noch, aber es war schwer, diese Eisziegel zum Brennen zu bringen. Ole Næss und ein paar andere Männer machten sich mit Schlitten auf den Weg nach Fagureyri, doch dann kam starker Nordwind auf, und die Männer saßen zwei Wochen lang dort fest. Dadurch sank die Temperatur in den Häusern noch weiter, denn durch die Windkühle verstärkte sich die Kälte und drang durch Ritzen und Fugen ein. Gestur entsann sich der klugen Feststellung seiner Hauswirtschafterin über Gewissen und Reichtum und beschloss, dass die Familie ins Eviger-Schloss umziehen solle. Auch da war es sicher kalt, aber die soliden Wände ließen wenigstens keine Zugluft ein, und der Ofen heizte viermal stärker als der ihre. Anna und die Jungen richteten sich im oberen Stockwerk in einem Zimmer über der Küche am Kamin ein, Málfríður und Svanbergur blieben im Eiríkshús, vor allem weil Lási nicht zu bewegen war, seine Einmannbaðstofa aufzugeben.

Papa ließen sie ebenfalls zurück, weil Eviger gesagt hatte, Ibsen habe wenig für Hunde übrig.

Nach zwei Nächten in einem soliden Haus war jegliches schlechte Gewissen verflogen; es ging schließlich um Menschenleben und um zwei Lammkeulen in der Speisekammer. Am dritten Tag machte sich Gestur nach einem langen Gespräch mit Anna auf den Weg zum Haus seiner Tochter. Er packte sich so warm ein, wie er konnte, und zog auch eine neuartige Mütze über, die Málfríður erfunden hatte. Sie bedeckte das ganze Gesicht bis auf die Augen. Solche Schneekleidung sah mehr nach einem Taucheranzug aus – womöglich war Island ein Unterwasserland.

Die Luft heulte von Messerstichen, und vereinzelt schossen Möwen durch die Luft wie Stofffetzen, die aus einem kaputten Fenster gerissen wurden. Der Ort lag wie ein Geisterdorf da, denn zusätzlich zur Kälte hielt nun auch die Angst vor weiteren Eisbären die meisten in ihren Wohnungen. Gestur trug eine alte Schafspistole in der Hosentasche, die Lási in seinem Durcheinander gefunden hatte, und watete bis zur Hüfte durch Schneewehen, angehäuft von dem ständigen Wehen vom Eis her, das sich in den Ort ergoss wie ein hüfttiefer Gletscherstrom.

In Sopakot herrschten noch schlimmere Zustände als im Eiríkshús. Engilráð war zehn Jahre älter geworden und konnte vor Husten kaum mehr sprechen, sie ging gebeugt und rieb und klopfte ihren Kindern etwas Wärme ein. Svanlaugur trug einen schneeweißen Bart und hatte das Häuschen von innen mit Resten von gerissenen Segeln und anderem, was er gefunden hatte, ausgepolstert. Alles war von Reif überzogen, der die Räume so erhellte wie eine heutige Kunstgalerie. Gestur fühlte sich, als würde er in ein Walmaul gesetzt. Im Ofen flackerte ein schwaches Feuer, das gerade ausreichte, um seine eisenschwarze Außenseite nicht überfrieren zu lassen. Gestur lugte um die Ecke und sah Gefängnis-Fúsi halb aufgerichtet in seinem Bett in Pullover und Mütze, blaue Wangen, rote Nase, wie er sich an seine Flasche klammerte, den einzigen echten Wärmespender in dieser Hütte. Hinter ihm lag ein Bündel von einer Frau unter einer Decke und stöhnte heftig. Gestur sah, dass sich das Eis an den

Wänden bis auf die Matratze erstreckte. Dieser Winter war wie eine Schimmelpest, dachte er, die sich bis in die Betten hinein ausbreitete wie Unkraut aus der Hölle. Dagegen anzugehen, erforderte große Anstrengung. Außer Magnús Mannlos warteten dreizehn weitere Leichen auf ihre Beisetzung, darunter vier Kinder. Wenn das Tauwetter einsetzte, würde Séra Árni Sonderschichten einlegen müssen. Gesturs Tochter Helga saß zähneklappernd auf der Bettkante. Sie hatte blauschwarze Ringe unter den Augen und vom Frost aufgesprungene Lippen. Nichts ließ darauf schließen, dass sie ihren Vater erkannte, obwohl er seine Gesichtsmaske gleich abgenommen hatte. Es sah aus, als hätte die Kälte ihr allen Lebenswillen geraubt. Ihre Brüder Grímur und Grettir verkrochen sich beide unter einer Decke und schienen sich seit dem letzten Jahr nicht bewegt zu haben. Gestur setzte sich neben seine Tochter und rief mit ernstem Gesicht die Erwachsenen. In Svanlaugurs Augen las er Dankbarkeit, aber auch einen Rest des bekannten Trotzes der Leute von Suðurnes, der sie dazu trieb, lieber stolz zu sterben, als in Schuld zu leben. Engilráð keuchte und hustete sein Angebot weg.

Gestur war gekommen, um ihnen Unterkunft im Obergeschoss des Eiríkshús oder sogar in einer Zimmerecke bei Eviger anzubieten, wo man es wenigstens urinwarm habe. Während er das sagte, spürte Gestur deutlich die Wärme eines Hoffnungsschimmers von dem Flaschenmann in der Ecke ausgehen – wird er mich nicht auch einladen? –, vermied es aber, sich nach ihm umzusehen. Doch wurde die Anwesenheit des Paars zum ausschlaggebenden Punkt, mit dem Gestur im Vorfeld nicht gerechnet hatte. Svanlaugur sprach es klar aus: Er könne seine Schwester und seinen Schwager niemals zurücklassen. Das sagte er, als sie wieder an der Tür standen, leise, damit Fúsi es nicht hörte. Das war zu viel für Gesturs Gastfreiheit und Barmherzigkeit. Er konnte sich nicht vorstellen, mit diesem Abschaum unter einem Dach zu wohnen, und musste an seine Schwiegereltern, Steinka und Einar aus Bæjarkot denken. Darum antwortete er ausweichend:

»Ich verstehe.«

Doch er war kaum zehn Meter gegangen, als sein Gewissen an ihm nagte, weiter reichte sein Egoismus nicht, er war ungefähr zehn Meter lang. Er kehrte um und erklärte den Eheleuten, sie könnten alle zu ihnen kommen, auch Fúsi und Sigga.

Svanlaugur legte ihm die Hand auf die Schulter und sagte gefühlvoll, gedämpft durch seine dichte Atemwolke, aber laut genug, um den Nordwind zu übertönen:

»Diese Hölle mute ich niemandem zu.«

Gestur schluckte und schwieg, bis der Grindwikinger noch hinzusetzte:

»Blut soll bei Blut leben.«

Während dieser Satz fiel, schaute Gestur in die Augen seiner Tochter, die er über die Schulter des ehrenwerten Mannes neben dem Ofen stehen sah, über den sich ihre Mutter beugte. Er wollte fragen, ob er nicht wenigstens Helga mitnehmen dürfe. Der abschließende Satz Svanlaugurs enthielt jedoch eine so schwerwiegende Wahrheit, dass darüber hinaus nichts mehr zu sagen blieb, obwohl die unausgesprochene Frage sie ja gerade bekräftigt hätte. Gestur verabschiedete sich und trat allein den Heimweg an.

Kapitel 35

Wer hat denn nun Vésteinn ermordet?

Aber allein, die Frage gedacht zu haben, trug Früchte. Zwei Tage später erschien Engilráð auf den Stufen zum Eviger-Haus und hatte ihre Tochter bei sich. Anna kam zur Tür und nötigte die beiden leichenblassen Frostbeulen sofort ins Warme, wo sie ihnen einen heißen Sud aus Kräutern bereitete, die sie vor Kurzem in Óskars Speisekammer gefunden hatte. Sie bat sie, unbedingt zu bleiben, sie würde sie auf keinen Fall wieder gehen lassen. Engilráð stieß hervor, sie sei nur gekommen, um ihnen Helga zu bringen. Doch als es jetzt ernst wurde, konnte sich das Mädchen nicht vorstellen, mit ihr gänzlich Fremden allein in diesem fremden Haus zu bleiben, noch dazu dauernd von Olgeirs bösem Auge verfolgt. Der war jetzt vierzehn, sah aber mit seiner Augenklappe älter aus. Durch seinen durchsichtigen Flaum auf der Oberlippe sagte seine stimmbrüchige, aber strenge Stimme:

»Wonach stinken die?«

Endlich kam Gestur nach Hause. Er war zum Eviger-Schloss auf der anderen Fjordseite gegangen (was mit einem sehr merkwürdigen Gefühl verbunden war) und hatte sich dort mit dem Verwalter Vigleikur Brekke getroffen. Der versprach, ihm eine Ladung Kohlen zu schicken, und hatte volles Verständnis dafür, dass sich die Familie im Haus der Eviger-Brüder eingerichtet hatte. Er lobte Gestur für seine Aufrichtigkeit. »In einer Kälte wie dieser wird alles Gemeineigentum.« Das galt allerdings nicht für die Kohlen der Evigers. Dazu waren nicht mehr genug da. Gestur hatte gehofft, die Firma könne einiges davon der Gemeinde zum Wohle aller überlassen.

Nach einer kurzen Besprechung wurde entschieden, dass Mutter und Tochter ins Wohnzimmer ziehen sollten. Gestur holte von Sopakot Engilráðs Nachttopf und Bettdecke und die Bücher, die sie gerade las. Anna machte der Kindsmutter und der Tochter ihres Mannes im Wohnzimmer in einer Ecke beim Kamin das Bett auf einer Matratze, die Olgeir aus dem kalten Zimmer oben holte. Am nächsten Tag erschien Svanlaugur und brachte Engilráð die Jungen. Olgeir schaffte eine weitere Matratze herbei und blickte voller Verachtung auf dieses wachsende Matratzenlager wie ein Bauer, der in seinem Fußboden ein Mäusenest aufdeckt. Grettir, der jüngere Sohn, sah aus wie vom Tode gezeichnet, mit matten Augen und innerlich vereister Lunge dämmerte er den ganzen Tag auf einem Kissen, blieb aber am Leben.

Von seinem Platz auf dem Sofa beobachtete der grauhaarige Ibsen die Zunahme der Bewohner und verzog keine Miene, wie ein Trauerspieldichter im Theaterraum, der alles vorhersieht, weil er es selbst geschrieben hat.

So verging das neue Jahr, bis man am 28. Januar wieder durch die zugeeisten Fensterscheiben gucken konnte. Es war der Tag, an dem nach zehn Wochen zum ersten Mal wieder die Sonne über die Bergwand stieg und für ganz kurze Zeit auf die Südfenster der Häuser schien. Das wiederholte sich noch einige Tage nacheinander, sodass einige glaubten, den Eisfilm auf den Scheiben abnehmen zu sehen. Mit langsam nachlassender Kälte glitt der Ort in den Februar. Im Eviger-Haus aßen die Bewohner in der Küche, oft in löcherigen Strümpfen auf dem glänzenden Fußboden vor dem Herd, ähnlich Neusiedlern in einer neuen Welt, und das waren sie ja auch. Eine der Lammkeulen aus der Speisekammer war bald aufgegessen.

Gerade als sich der alte Wintermonat Þorri verabschiedete und in den Herzen der Ortseinwohner langsam der März in Sichtweite kam, trat ein, worauf alle gewartet hatten: Das Quecksilber erreichte die Frostmarke. War der große Kältewinter damit überstanden? Schneebretter rutschten von den Dächern, wurden zu Matsch und Schmelzwasser. Eyri wurde unpassierbar für alle, die keine Gummistiefel hatten, doch in ihren Wohnungen nahmen die Menschen zum ersten Mal seit November Mützen und Handschuhe ab und lobten dafür Gott und das Frühjahr.

Eine Woche später hatte sich das Eis vom Land zurückgezogen, aber für Boote war der Pollur noch lange nicht befahrbar, und so kam man nicht über den Fjord, nur die wagemutigsten jungen Burschen, die zwischen Eyri und Eviger von Eisscholle zu Eisscholle sprangen. Gestur blieb mit seiner Familie zuhause. Mit Grímur und Klein-Jón spielte er Fuchsen und brachte Helga Kartenspielen bei. Sie war blitzgescheit. Ihre Mutter achtete darauf, dass sie las. Sie war erst elf und hatte schon die Gísla-Saga gelesen. »Aber Mama, wer hat denn nun Vésteinn ermordet?«, fragte das Mädchen wie eine Krimileserin in der Zukunft und fand es fürchterlich, dass der zentrale Mord in der Geschichte unaufgeklärt blieb. Gestur übernahm es für sie, den belesenen Lási danach zu fragen, als er ihn das nächste Mal im Eiríkshús aufsuchte.

»Oh, ich denke, da haben wir eins der besten Beispiele für einen Autor, der seinen Lesern vertraut. Du wirst mich unter gar keinen Umständen dazu bringen, es laut zu sagen, denn die Antwort liegt so offen auf der Hand, dass ich dann schlimmstes Brennen in den Seelendärmen bekäme.«

Gestur sah den alten Mann nachdenklich an; der war noch immer derselbe sture Bock wie früher. Aber dass die Seele einen Darmausgang besitzt, hatte er vorher noch nie gehört. Die Antwort führte dazu, dass Gestur die Saga an den beiden folgenden Abenden verschlang. Lási dagegen hatte sich völlig in die Njála vergraben, denn Ágústs Besuch im vergangenen Herbst hatte ihn dazu angestachelt, dieses Buch der Bücher, die Hauptbibel der Isländer, ein weiteres Mal gründlichst durchzulesen, bevor er womöglich in einer Kneipe der führenden Leute im Himmelreich – oder in der Hölle – auf den unbekannten Autor stieß. Seit Ágústs letztem Besuch hatte er die Saga schon viermal gelesen. Das war vor der Kältewelle. Das Resultat der Lektüren war eine neue Theorie, die er nicht müde wurde, Gestur vorzutragen:

»Es gibt nur einen Satz in der Njála, einen einzigen Satz, der uns betrifft. Er steht im zweiundneunzigsten Kapitel, in dem Þráin mit einem Gefolge vornehmster Leute ostwärts nach Dal reitet. ›Sie brachen Richtung Osten auf, durchquerten den Markarfljót und trafen am anderen Ufer ein paar streunende Bettelweiber, die sie darum baten, auf das Westufer übergesetzt zu werden. Das taten sie.‹ Dabei handelt es sich um arme Frauen aus der Gegend vor den Eyjafjöll, und darin erkennen wir uns, dich und mich, und das einfache, das eigentliche Volk ... Da öffnet sich die Saga für uns, die Islandsaga. Denn es war um diese hochstehenden Anführer herum, das arme Volk, und das ist es heute noch. Da sind sie, die Saga und das Volk, vereint in diesem einen Satz.«

Und trafen am anderen Ufer ein paar streunende Bettelweiber. Manchmal dachte Gestur an diese Frauen bei den Eyjafjöll, die am Fluss warteten und mit der Njála zu ihm in die Gegenwart übersetzten. Groß war die Macht der Literatur.

Anna schien diesen schlimmsten Winter aller Zeiten unbeschadet zu überstehen. Wer Bæjarkot überlebte, dem konnte nichts etwas anhaben. Engilráð aber war für alle Zukunft gezeichnet. Sie war so krumm geworden, dass ihr fliehendes Kinn auf der Brust hing. Auch ihrem jüngeren Sohn Grettir ging es trotz des Tauwetters kein bisschen besser. Helga hatte sich dagegen durch den Aufenthalt in dem schicken Haus vollständig erholt. Die Ränder unter den Augen waren ebenso verschwunden wie die Risse in ihren Lippen, ihre hübschen Wangen bekamen sogar wieder etwas Farbe.

Was für eine Freude dieses Kind ist, dachte Gestur und lobte sich im Stillen selbst für seine Initiative. Ihr Zusammenleben war ohne Zusammenstöße verlaufen. Vielmehr hatte fast ausschließlich füreinander da zu sein das Leben mit den beiden Müttern im anvertrauten Schloss bestimmt. Von Sopakot hörte man nur, dass Svanlaugurs Schwester Sigríður nach wie vor bettlägerig war und die Alkoholjagd für ihren Mann längst aufgegeben hatte. An ihrer Stelle fiel es jetzt Svanlaugur zu, Fúsi mit Schnaps zu versorgen, und er betrieb die Schlucksuche mit Ernst und Eifer, als wäre sie eine täglich zu erledigende Notwendigkeit. Frustration oder Verärgerung waren ihm nie anzumerken. Das Einzige, was er sich erlaubte, war, jedes Mal den Namen seines Häuschens zu berichtigen. Fragten ihn Leute, wie es im Schluckkotten stehe, antwortete er stets mit ausgesuchter Freundlichkeit, in Stapakot schliefen alle Seelen wohlauf. Durch diese Tätigkeit war Svanlaugur viel unterwegs und kam weit herum, hatte Kontakt mit vielen Menschen und kannte stets die aktuellen Todesfallzahlen, wenn er seine Frau im Eviger-Haus besuchte, dort eine Einladung zum Abendessen annahm und sich noch etwas einpacken ließ. Inzwischen waren siebzehn Menschen dem Winter zum Opfer gefallen, darunter sechs Kinder.

Kapitel 36

Eine Blume im Wasser

Nach dem Tauwetter kam noch einmal eine Periode mit leichtem Frost, und es fiel niemandem ein, die Notunterkunft im Eviger-Schloss aufzugeben. Gestur fuhr wieder täglich zur Arbeit, setzte im Boot zwischen noch treibenden Eisschollen über den Fjord und kümmerte sich um die Frostschäden an den Rohren der Fabrik. Und dann machte einsetzender Schneefall alle Hoffnungen auf ein Ende des Winters zunichte. Erst kam ein Schneesturm, dann heftiges Schneetreiben, und schließlich fielen dicke Flocken so dicht wie Heringe vom Himmel. Die Menschen mussten sich aus ihren Häusern graben, jeden Tag aufs Neue, und die Wege zwischen den Häusern waren kaum mehr passierbar.

In einer Nacht aber wurde ein Marsch durch den Ort unumgänglich. Doktor Guðmundur hatte Engilráð eingeschärft, wenn ihr der Zustand des kleinen Grettir Sorgen bereite, solle sie mit dem Jungen zu ihm kommen. Mitten in der Nacht nahm sie den Kleinen auf und wickelte ihn in eine Wolldecke. Da Grímur dabei aufgewacht war, nahm sie ihn mit und drängte zur Eile, weil der Kleine fast nicht mehr atmete. Helga schlief weiter, Gestur mit seiner Familie im oberen Stockwerk. Engilráð verschwand mit ihren Jungen in der schneefallhellen Nacht und orientierte sich an einigen Lichtern entlang des Weges zum Haus des Arztes.

Zwei Stunden später erwachte Helga von einem unglaublich lauten Knall draußen. Sie richtete sich auf, fand ihre Mutter nicht, sprang aus dem Matratzenlager, brüllte »Mama!«, suchte nach ihr und rannte schließlich nur mit einem Nachthemd bekleidet aus dem Haus. Ein böses Rauschen flog durch die Luft, und auch Gestur stand schnell auf. Er war von dem Schrei seiner Tochter aufgewacht und eilte die Treppe hinab. Selbst ein unsensibler Klotz hätte die Bedrohung gespürt, die in der Luft lag und sich nur einen Augenblick später in einer riesigen Flutwelle entlud, die von Osten gegen das Haus krachte, über die Stufen schwemmte und einen Schwall Salzwasser durch die offene Tür ins Haus spülte. Darauf folgte ein lautes Krachen, als ein Schiffsmast gegen die Hausecke flog. Gestur spähte in die Dunkelheit und sah, dass ein großes Segelboot gegen die Hauswand geworfen worden war und mit gebrochenem Mast halb unter Wasser, halb auf den Treppenstufen lag. Er stürzte ins Wohnzimmer, sah dort ein verlassenes Matratzenlager, rannte in heller Angst rufend durch die Zimmer, sprang die Treppe hinauf, zog sich in fliegender Hast an und hetzte aus dem Haus.

»Helga! Engilráð!«, rief er ins Schneetreiben und Morgendunkel, sah, wie in umliegenden Häusern Licht anging. Er ging ins Haus zurück und suchte den Keller nach Mutter und Kindern ab, watete durch knöcheltiefes Wasser, fand sie aber auch dort nicht. Da fielen ihm die Ermahnungen des Arztes ein. War Engilráð vielleicht zu ihm gegangen? Und die Welle ...? Das Haus war von Wasser umspült. Anna kam nach unten, und gemeinsam warteten sie, bis es etwas heller wurde. Auch der Schneefall hörte zum größten Teil auf, und nach und nach wurden die Schäden sichtbar. Um sie herum trieben überall leere Fässer, zerschmetterte Boote, Schiffe mit starker Schlagseite. Die Norwegerbrücke war nur noch halb so lang wie vorher. Der Schaden war katastrophal. Wie rissen sie aber erst die Augen auf, als sie aus dem Wohnzimmerfenster sahen, dass die Eviger-Fabrik verschwunden war. Der Hang auf der anderen Seite hatte sich geschüttelt. Alles war weg. Im Vordergrund lag der Fjord übersät mit Trümmerteilen und Eisschollen, Eisbrei und halb gesunkenen

Schiffen. Eine Lawine vom Berg gegenüber hatte eine Flutwelle ausgelöst.

Genau wie es der alte Mann vorhergesagt hatte, war aus der großen Skaðaskál eine zweite Lawine abgegangen, anscheinend sogar noch größer als die frühere. Sie hatte nicht nur das Kraftwerk, das Maschinenhaus und die kleineren Gebäude um das größte Haus Islands mitgerissen, sondern auch das Haus selbst und den hohen Schornstein. Alles war wegrasiert, alles. Alles, was aus Ziegelsteinen gemauert war und Jahrhunderte überstehen sollte, war verschwunden. Gestur schluckte und wurde blass: Natürlich waren sie alle tot, Vigleikur, Marta und die Arbeiter, die auf dem Fabriksgelände gewohnt hatten. Nicht einmal vom Dampfkessel, vom Ofen, von der Trockenpresse, all den unheimlich schweren Maschinen, war mehr eine Spur zu entdecken. Die ungeheure Kraft, die hier zugeschlagen hatte, war unfasslich.

Und er hatte ihnen das Land verkauft …

Er floh vor diesem Gedanken aus dem Haus, die Stufen hinab in den stillen, mit Schneematsch gefüllten See, der ihm bis in den Schritt reichte. Er wusste nicht, was er tat, wollte nur irgendetwas tun, helfen … Wo war Helga? Das Boot mit dem gebrochenen Mast hing noch auf der Treppe, Gestur konnte es wegstoßen und den Zugang zum Haus frei räumen. Die Kälte des Wassers kroch ihm in die Waden, die Schenkel, die Genitalien. Er watete Richtung Arzthaus, hatte aber gerade erst das Eviger-Haus hinter sich, als er in dem schwappenden Eisbrei eine Blume treiben sah, eine schwimmende Blume in einem weißen Nachthemd. Das graue Morgenlicht warf einen todesfahlen Schein auf die Umgebung und das Gesicht, ihr Gesicht, das Gesicht, das ihn tötete. Sie war es, eine bleiche Blume, die zwischen zerbrochenen Balken und Trümmerteilen trieb, das blonde Haar wellte sich schön wie Tentakel einer Qualle um die Blütenkrone ihres totenbleichen Gesichts, das Gesicht seines einzigen Kindes. Um den Hals trug es den kleinen Selmínastein an seinem Lederband. Er nahm sie in seine Arme, sie war kalt und ertrunken und tot. Seine Tochter.

Gequält stöhnte er sein ganzes Leben aus sich heraus, blickte zur Kirche, die zwischen den nächsten Häusern zu sehen war, dachte an seine Mutter, an seine Schwester und nun an sie hier, in seinen Armen …

Präsentiert mir meinen Tod auf einem silbernen Teller. Her damit!

Dann überwältigte ihn ein hemmungsloses Weinen. Es strömte aus ihm heraus wie die Unterströmung einer Brandung, troff aus der Nase, lief aus den Augen. Völlig durchnässt und unterkühlt stieg er die Treppe hinauf, sah Anna nicht, die ihn schreckensstumm an der Tür erwartete, trat ins Haus, ein elfjähriges Mädchen auf dem Arm, das vor einer halben Stunde noch springlebendig war und laut gerufen hatte. Hinter der Schwelle sank er mit nassen, weichen Knien zu Boden, Helga noch auf den Armen, und weinte, als sei alles zu Ende, wie ein Mann, der seine Sonne, sein Leben, die Welt, alles verloren hatte.

Kapitel 37

Post

Zwei Wochen später klopfte der Gemeindevorsteher in Eiríkshús an. Málfríður glaubte im ersten Moment, der Tod persönlich habe geklopft, um die zu holen, die er beim letzten Mal übersehen hatte, so verändert sah Hafsteinn aus.

Es war Monate her, seit man ihn auf den Beinen gesehen hatte, schon vorher war er kränklich geworden, und der Kältewinter hatte es nicht besser gemacht. Der Mann hatte all seine Fettreserven aufgezehrt und bestand nur noch aus Haut und Knochen, allein seine ewige Redensart hatte er beibehalten: »... das ist doch ganz storartig«.

Die Menschen waren wieder an den ihnen gebührenden Plätzen: Gestur im Eiríkshús, Engilráð in ihrer Kate, um zwei Kinder ärmer, denn Grettir war in derselben Nacht gestorben wie seine Schwester. Hafsteinn kam, um über Unterstützung vonseiten der Gemeinde wegen des kürzlich erlittenen Unglücks zu sprechen, über wahrhafte Katastrophenhilfe, die jetzt viele in Anspruch nahmen, als der Winter mit all seinen Schäden endlich wich. Kaufleute wie die großen Heringsherrn, in- wie ausländische, hatten der Gemeinde große Summen gespendet, Wochen von Solidarität und Sozialismus brachen an, denn wie die Russen am besten wussten, war Kälte der radikalste Revolutionär.

Der gealterte Mann verbeugte sich im Grassodenzimmer vor seinem alten Bekannten und erwähnte höflich »die Lawinentradition dort drüben«.

Lási kniff im Licht der Tranlampe die Augen zusammen und stieß hervor: »Mögen auch Schätze sprießen, / seh ich das Leben verrinnen. / Eins ist die Lawine draußen, / ein andres die Flut drinnen.«

Gestur fragte sich, ob Helgas Tod wohl seine Strafe sei. Er war zum ersten Mal seit zwei Wochen von oben heruntergekommen, wo er mit Selmínas Stein in der Hand im Trauerbett gelegen hatte wie einst Egill in seinem Alkoven. Anna hatte ihre innere Stärke gezeigt und ihm mehrmals am Tag äußere und innere Nahrung gebracht, zu seinem dreißigsten Geburtstag gar eine Schale heißer Schokolade von der schönen Díana und eine schöne Ausgabe von *Peer Gynt* in der Übersetzung von Einar Ben.

»Ich nehme die ganze Schuld auf mich«, sagte Gestur dumpf. »Es ist alles meine Schuld. Ich habe ihnen das Land verkauft.«

»Pah«, machte Málfríður entrüstet, »für so etwas übernimmt keiner die Verantwortung.«

»Er war immer dagegen«, sagte Gestur und nickte Richtung Baðstofa. »Er hat gesagt, er würde ihnen niemals dieses Unglücksland verkaufen. Das wäre, wie jemand anderem sein eigenes Unglück anzuhängen.«

»Das ist eine storartige Äußerung, scheint mir«, sagte der Gemeindevorsteher, der zwischen Küche und Baðstofa stand, sonst aber keine Stellung in der Frage bezog. Es war, wie es war.

»Aber ohne das hättet ihr weiter in Strönd gehockt, in der Kate da«, warf Anna ein. Es war eine Grundeinstellung in ihrem Leben, gegen Katen zu sein. »Es muss jeder sehen, wie er zurechtkommt.«

»Ja. Ja, ja«, stimmte der Gemeindevorsteher zu und schob sich einen üppigen Priem unter die Lippe.

»Wir haben uns verkauft«, urteilte Gestur harsch.

»Na ja, es ist nun mal, wie es ist und wie es in diesem Land schon immer war, die Armen müssen sich entscheiden, ob sie sich krummlegen oder verkaufen, wenn nicht beides«, schloss sie die Debatte und bahnte sich einen Weg in die Küche. Die anderen sollten ihr folgen. Sie setzte auf dem Herd Kaffee auf und wiederholte dabei: »Sich krummlegen oder verkaufen.«

Sie forderte den Gemeindevorsteher auf, sich am Küchentisch auf den Platz am Fenster zu setzen, und stellte die einzige Barttasse, die sie besaßen, vor ihn hin. Ein schönes Stück aus blaubemaltem weißem Porzellan.

Laut den letzten Zahlen waren in der Lawine acht Menschen ums Leben gekommen und zwei weitere in der darauffolgenden Flutwelle. Dazu ein Junge beim Arzt in derselben Nacht. Die Gesamtzahl der in der Katastrophe und dem fürchterlichen Winter Gestorbenen belief sich damit auf achtundzwanzig. Der neue Sargtischler, der die Arbeit von Lási übernommen hatte, hatte mehr als genug zu tun. In jener Nacht und am folgenden Tag waren noch zwei Lawinen weiter Richtung Fjordmündung abgegangen, eine auf Segulnes und drei im Heiðinsfjörður. Bei ihnen kamen keine Menschen zu Schaden, aber die letztgenannten Lawinen begruben vierzehn Schafe und eine Kuh in ihren Ställen.

Auf solche Weise nieste Island, das Land, das gegen sich selbst allergisch zu sein schien und weder seine Hitze noch seine Kälte ertrug. Kam es im Sommer zu Tagen mit Sonnenschein, wurden sie in kaltem Nebel vom Meer erstickt, begann es im Winter zu tauen, schied das Land Kot aus, und fiel frischer Schnee auf Harsch, wurden die überhängenden Schneebretter zu Fallbeilen, die den stärksten Stahl, den der Mensch produziert, und die dicksten Wände, die er aufgemauert hatte, kurz und klein schlagen konnten. Die Leichen von Vigleikur und Marta hatte man zwischen den Pfeilern von Södals Pier gefunden, die Trockenpresse hatte das Meer verschlungen. Óskar und Gunnar Eviger waren noch nicht eingetroffen, es hieß, sie liegen beide zu Bett. Keine Versicherungsgesellschaft hatte genügend Phantasie für einen solchen Untergang besessen.

Hafsteinn setzte sich auf dem Stuhl zurecht, seufzte und nahm die Mütze ab. Gestur meinte zu sehen, wie sich ein grünlicher Schweißfilm über das Gesicht des Gemeindevorstehers legte, bevor der ein paar Papiere hervorzog, ein bärtiges Lächeln aufsetzte und den Priem aus der linken Backentasche in die rechte schob. Es war die einzige Wölbung in seinem hageren Gesicht.

»Tja, ja, das war schon storartig, was da auf uns heruntergedonnert ist, und ihr wisst das am besten.«

Er zeigte ihnen die Bescheinigungen ihrer Beihilfen. Da standen ihre Namen auf Bezugsscheinen für Kohle, Mehl und Kaffee im Krónufélag, und er teilte ihnen mit, dass Kristmundur auf Hvammur ihnen einen Gutschein für eine Warenentnahme im Wert von fünfhundert Kronen bei Kaufmann Toni gespendet habe. »Das ist privat, nur für euch«, sagte Hafsteinn, nickte und zwinkerte vielfach mit den Augen. Anschließend zog er noch einen teuren, länglichen Briefumschlag aus dem Ärmel. Er bog sein edles Haupt erst zum Fensterrahmen zurück, bevor er den Brief Gestur über den Tisch mit den Worten zuschob, der sei leider »untergegangen«, was bedeutete, dass er den Winter über im Postamt von Fagureyri liegen geblieben war, seit vor Weihnachten die Postverbindung eingestellt worden war. Gestur nahm den Brief auf und las die Adresse. *Gester Elavson, Siegelfjord, Island* stand da in großartig geschwungener Handschrift. Viele Briefmarken zierten den Umschlag, die meisten zeigten das bekannte Sternenbanner der Vereinigten Staaten von Amerika. Auf der Rückseite stand in derselben Handschrift der Absender: *Mr. E. Rolf Goodfredson, Walhalla P. O., Pembina County, N.-Dakota, USA.*

Gestur betrachtete den Poststempel, der den 23. September 1916 oder 1918 zeigte. Er lehnte sich ebenso auf dem Stuhl zurück wie der Gemeindevorsteher und fühlte Annas warme Hände auf seinen Schultern und ihren Bauch im Nacken. Er meinte seine Zellen darin umherschweben zu hören, in der Galaxie eines anderen Lebens. Sie war endlich schwanger geworden. Er wollte den Umschlag gerade öffnen, als Málfríður einen Schrei ausstieß und zum Gemeindevorsteher eilte. Der saß stocksteif, starrte mit gebrochenen Augen vor sich hin und war tot. Wurde schon kalt. Es gab einen Tumult in der

Küche, aber das änderte nichts: Gemeindevorsteher Hafsteinn war tot. Sie betteten die Leiche auf die Matratze zu Füßen Lásis, und Svanbergur versah den Totendienst an ihm und sprach ein Gebet, er war mit derlei gut vertraut.

Gestur sah aus dem Fenster und erkannte eine Zeitenwende im Hang über dem Ort. Er ging in die Küche zurück und nahm den Brief vom Tisch. Mit dem Taschenmesser schlitzte er den Umschlag auf und wollte seinen Inhalt lesen, doch ihm fehlte die Kraft dazu. Zu deutlich fühlte er, das war eine andere Geschichte.

Glossar wichtiger
Personen- und Ortsnamen

Bæjarkot	Hofkate
Brekka	Hang, steiler Anstieg
Dulvíkurdalur	Tal der verborgenen Bucht
Eilífur Guðmundsson	Der Name hat die Bedeutung »ewig«
Eyrarfjörður	Landzungenfjord
Fagureyri	Schöne Landzunge
Fanneyri	Schneelandzunge
Galtafell	Eberberg
Gamlibær	Alter Hof
Gestur Eilífsson	Bedeutung: »Gast Ewigssohn«
Hákarl	Auf traditionelle Weise verarbeitetes Haifleisch
Heiðinsfjörður	Heidenfjord
Hnísey	Schweinswalinsel
Hvalbeinsey	Walknocheninsel
Hvammur	Kessel
Marsey	Annähernd phonetische isländische Umschreibung für Marseille, die auf Isländisch die Bedeutung »Marsinsel« hat
Mjalteyri	Melklandzunge
Mjólkurbær	Milchhof
Næsta-Skriða	Nächste-Lawine

Náskriður	Leichenerdrutschhalden
Óðalsfjörður	*Óðal* bezeichnet einen bedeutenden Erbhof
Ole Næss	Die A-Ligatur im norwegischen Nachnamen wird isländisch wie *ai* ausgesprochen, also wie englisch *nice*
Segulfjörður	Magnetfjord
Segulnes	Magnetkap
Skaðaskál	Schadenschale
Skeifuskarð	Hufeisenscharte, Hufeisenpass
Strókstindur	Rauchsäulengipfel
Stundarkot	Stundenkate (das isländische *stund* wird auch allgemeiner als Bezeichnung für einen kürzeren Zeitraum verwendet)
Upphæðir	Anhöhen, hohe Summen
Váboð	Gefährliche Brecher, Sturzseen
Valtafell	Walzenberg
Ytri-Skriða	Äußere-Lawine